KB078366

요셉과 그 형제들

5

이 책의 표지에 사용된 예술작품은 SACK를 통해 ADGP와 저작권 계약을 맺은 것입니다.
저작권법에 의해 한국 내에서 보호를 받는 저작물이므로 무단 전제 및 복제를 금합니다.
표지 해설 : Georges Rouault / ˙Biblical Landscape˙ , 1949, VG Bild-Kunst, Bonn
© Georges Rouault / ADAGP, Paris-SACK, Seoul, 2001

요셉과 그 형제들

먹여 살리는 자, 요셉 上

토마스 만 지음
장지연 옮김

살림

목차

3부 크레타풍의 홀

4부 허락 받은 때

5부 다말

6부 거룩한 놀이

위쪽 높은 곳에서의 서곡

이와 유사한 일이 있을 때 늘 그랬듯이, 당시에도 위쪽에 있던 우리들은 은근히 고소해 하면서 눈썹을 지긋이 내리깔고 둥근 입술을 비죽이며 서로 흡족한 눈빛을 주고받았다. 다시 한번 됫박은 가득 채워졌고, 더 이상 퍼 올릴 부드러움은 없었으니, 남은 것은 정의뿐이었다. 왕은 그럴 뜻은 추호도 없고, 전혀 그러고 싶지 않았지만 우리 준엄한 자들의 압력 때문에(세상을 단순히 온화함과 자비심이라는 지나치게 부드러운 주춧돌 위에 세울 수도 없었지만, 이 준엄한 자들의 요구를 충족시키려면 이 세상은 아예 존재할 수도 없었다) 아무래도 정의의 칼을 내리쳐 쓸어 없애고 파괴하여 다시 지면을 고를 수밖에 없었다. 유황불이 내려와 타락의 도시를 잿물 바다에 가라앉힌 그날과 대홍수 때처럼.

하지만 이번의 정의 실현은 그 규모나 양식 면에서 만물을 익사시킨 대회개의 시간과는 달랐다. 또 우리 같은 두 천사가 소돔 사람들의 타락한 미적 감각 탓에 도시에 이루 형언할 수 없는 끔찍한 조공을 요구받았던 그때와도 상황이 달랐다. 이렇게 인류 전체가 지옥 불이나 구덩이에 빠진 것도 아니고, 원성이 하늘에 닿을 정도로 타락의 길을 걷던 한 집단이 그런 벌을 받은 것도 아니고, 우리 코앞에 놓인 사건은, 단지 어떤 한 종자 중 한 명이 겪은 개인적인 사건이었을 뿐이다.

물론 그 주역은 조금은 화려한 보석 구실을 하던 탁월한 자로, 먼 장래를 내다보는 원대한 계획을 가진 그분이 특별히 편애하여, 그분의 사랑과 관심을 한몸에 받았던 존재였다. 그래서 이 사건을 두고 우리 높은 자들은 이전부터 잘 알고 있던 한 가지 생각을 떠올렸다. 그리고 그동안 어지간히 속을 끓이고 큰 상처를 받은 이 생각의 주인인 동시에 이 생각을 실제 행동으로 옮긴 장본인도 이번에는 우리처럼 속깨나 썩겠구나 싶어서 내심 즐거워한 것도 사실이다. 그 생각이란 바로 이런 것이다.

"천사들은 우리들의 모습을 본떠 만들었으나, 생산은 할 수 없다. 그러나 동물들을 보아라. 이들은 생산은 할 수 있지만 우리들의 모습과는 다르다. 그러니 이제 인간을 만들자. 천사의 모습을 본뜨고, 생산력도 있는 존재로!"

말도 안 된다. 있으나마나 한 정도가 아니다. 아니 이런 변덕스러운 생각이 어디 있는가. 이는 정도에서 한참 벗어나는 생각으로 후회와 속쓰림을 낳을 뿐이다. 그래, 우리 천사들에게는 '생산력'이 없다. 우리는 빛의 궁신으로 조용한 내시였다. 우리가 이전에 인간의 딸들과 몸을 섞었다는 이야기 또한 근거 없는 세상의 헛소문이다. 그러나 모든 것을 고려해 본다면, 그리고 동물의 장점이라는 그 '생산력'이라는 것도 동물을 초월하여 부수적인, 글쎄 흥미로운 의미를 가질 수도 있겠지만, 여하튼 우리 '생산할 수 없는' 자들은 적어도 죄를 물 마시듯 하지는 않았다. 그러니 이제 그분은 보게 될 것이다. 생산할 수 있는 천사의 종자를 만든 것이 자신을 얼마나 곤란한 처지로 몰고 가는지. 혹시 아는가, 그분이 마침내 깨닫게 될지. 원래 근심을 모르는 자신을 위해, 근심거리를 만들지 않도록 지혜롭게 배려할 수도 있고, 자신을 통제할 수도 있는, 전권을 지니신 그분이, 실은 우리 명예로운 천사들만으로 영원히 만족했어야 한다는 사실을.

무엇이든 불러낼 수 있는 전권을 가졌고, 아무 제한도 받지 않고 무엇인가를 생각해 내어 그저 '이렇게 될지어다'라는 한마디로 존재를 만들어내는 것에는 응당 위험이 따른다. 이 위험으로부터 안전한 완벽한 지혜란 없다. 어떤 지혜도 불필요한 것을 만들어내는 결정적인 착오와 실수를 사전에 막을 수 있을 만큼 온전할 수는 없다. 한마디로 절대적인 지혜는 존재하지 않는다. 순전히 조바심에서, 순수한 실현 욕구에서, 다시 말해, '이것 다음에는 저것도'라는 충동에 밀려, '천사 다음에 동물, 그리고 그 다음에는 천사동물을' 만들어보자는 충동이 그분으로 하여금 지혜롭지 못하게도 참으로 난감한 존재를 만들게 한 것이다. 그 피조물이 불완전한 존재임이 분명했는데도, 이 엄연한 창조의 실패작에 오히려 더 큰 애착을 느낀 이기적인 그분은—물론 그분의 이기심은 존중해야 마땅하다—온 관심을 여기에 기울이는 바람에 모든 하늘에 상처를 준 것이다.

그렇다면 그분은 자발적으로, 자기 손으로 이 불쾌한 것을 만들어낸 것일까? 우리 높은 자들 사이에는 쉬쉬하면서도 그 행위의 독창성을 부인하는 추측이 나돌았다. 물론 증명은 할 수 없지만, 맞을 확률이 매우 높은 추측이었다. 이 짐작에 따르면, 여기에는 세마엘(Semael) 천사의 입김이 한몫했다. 그는 당시 섬광과 함께 추락하기 전에는 왕좌에 매우 가까이 있었으며 귓속말로 그분을 부추기고도 남을 천사였다. 왜? 최초로 악을 생각한 그였으니까. 그는 아무도 떠올리지도, 알지도 못했던 악을, 자신만의 생각이었던 악을 실현하여 세상에 내놓으려 했다. 그렇게 세상의 레퍼토리를 더 늘리는 데는, 인간을 만드는 것보다 더 좋은 방법이 없다고 생각했다. 생산력을 갖는 동물의 경우 세마엘의 위대한 착상인 악을 운운할 수는 없었다. 그리고 신을 닮았으나 생산력을 갖지 못한 우리 같은 형상은 두말할 필요도 없고, 악이 세상에 등장하기 위해서는 바로 그 피조물이 필요했다. 모두의 추측에 따르면 바로 세마엘이 그분께 그렇게 제안한 것이다. 신을 닮은 자, 거기다 생산력까지 있는 존재, 즉 인간이라는 피조물이 필요하다고. 그리고 여기서는 전권을 가진 창조주에게 세마엘이 계략을 썼다고도 할 수 없다. 세마엘은 원래 대단한 천사답게 자신이 충고한 창조의 결과인 악의 출현에 대해 입을 다물지 않은 정도가 아니라, 오히려 단도직입적으로 말했기 때문이다. 그는 이를 통해 창조주의 본성이 더 큰 생동감을 얻게 되어 점차 성장할 거라고 지적했다. 물론 이 또한 추측에 근거한 이야기이다.

은혜와 자비를 베풀 기회가 생기고, 바로잡아 주고 고발할 일도 생기고, 한마디로 공로와 잘못이 등장하여 그에 마땅한 상급과 벌을 내리게 되는 기회가 생긴다고 생각해 보라. 아니, 다른 것은 다 그만두고라도 악의 출현과 결합된 선의 출현을 생각해 보라. 선은 원래 악을 모태로 한다. 그리고 창조라는 것도 한마디로 구별에 근거를 두어, 빛과 암흑의 구분으로 시작되지 않았는가. 이렇게 보면 전권을 지닌 분께서 외형적인 구별에서 한걸음 더 나아가 도덕적인 세상을 만드는 것은 당연한 수순이다.

우리 높은 자들 사이에 확산된 추측에 의하면, 세마엘은 이런 근거를 제시하면서 자신의 조언대로 하도록 왕을 구슬렸다. 실제로 이 조언은 뒤돌아 서서 낄낄거릴 만큼 계략의 성격이 짙었다. 아주 노골적이고 솔직한 조언이었음에도 불구하고 이는 함정의 성격을 지니고 있었다. 조언의 솔직함이라는 것도 계략과 악의가 걸친 옷에 불과했던 것이다. 우리 중에는 여기에 동조하는 자들도 적지 않았다. 그러면 세마엘이 어떤 악의를 가지고 있었다는 것인가? 그건 이런 것이다.

　　생산의 재능을 갖도록 계획된 동물들이 신의 모습을 본떠서 만들어진 신의 초상이 아니라면, 신을 닮은 궁신, 그러니까 환관인 우리들 역시 다행스럽게도 신의 초상이 아니었다. 우리에게는 생산력이 완전히 결여되어 있었으니까. 동물과 우리들에게 각기 나눠진 특성, 즉 생산성과 신성은 창조주 안에서는 원래 하나였다. 그러므로 정말로 그분의 모습을 본떠 만들어진 초상이라면 세마엘이 제안한 바로 그 존재, 다시 말해서 위에서 말한 두 가지 특성을 하나로 합친 그 존재가 되어야 할 것이다. 그러나 바로 이 존재와 함께, 즉 인간과 함께 세상에는 악이 들어왔던 것이다.

　　이런 유머 앞에서 어찌 낄낄거리지 않을 수 있겠는가? 다른 것도 아닌 바로 그 피조물이, 창조주와 제일 많이 닮은 존재가 악을 가지고 온 것이다. 이렇게 신께서 세마엘의 충고를 듣고 만든 자신의 거울이 부드러운 아첨처럼 살갑기는커녕, 여러 가지로 화근거리요 당황하게 만드는 요물단지여서 그분은 몇 번이고 당장 때려부수려 했다. 그렇지만 극단적인 행동으로 나간 적은 물론 없었다. 어쩌면 그분께서는 한번 생명을 불어넣은 것을 다시 무(無)의 상태로 되돌려보낼 수는 없었기 때문에, 실패작에 오히려 성공작보다 더 많이 집착했는지도 모른다. 그리고 어쩌면 자신과 가장 많이 닮게 만든 것이 그렇게 완전한 실패로 끝날 수도 있다는 사실을 인정하기 싫어서였을 수도 있다. 아니 어쩌면 최종적으로, 이 거울이야말로 신께서 자신을 인식할 수 있는 수단이라서 그랬는지도 모른다. 그분이 아브람인지 아브라함인지 하는 알쏭달쏭한 피조물을 대견해 한 것도 그래서일 것이다. 그자는 자신을 신의 인식 수단으로 의식하지 않았던가.

이렇게 보면 인간은 자신을 알고자 하는 신의 호기심이 만들어낸 산물이었다. 세마엘은 지혜롭게도 그걸 알고 그런 조언을 한 것이다. 인간을 창조한 후 창조주가 끊임없이 울화통에 시달려야 했음은 물론이다. 특히 악이 놀라운 지능과 논리적 호전성까지 겸비하고 있는 경우는 더더욱 그러했다. 그리고 예컨대 형제를 죽인 살인자 카인이 보여주듯 이런 경우가 드물지 않았다. 형제 살인의 원조인 카인이 범행 후 창조주와 나눈 대화는 우리 높은 자들도 세세하게 알고 있었고 그에 얽힌 소문도 무성했다. 이 이브의 아들과 나눈 대화에서 그분은 그다지 위엄을 지키지 못했다. "대체 무슨 짓을 저질렀느냐? 네가 흘린 네 형제의 피를 받느라 입을 쩍 벌린 땅 속에서 네 형제가 울부짖고 있지 않으냐."

그러자 카인은 이렇게 대답했다.

"물론 나는 내 형제를 쳐죽였습니다. 이것만으로도 충분히 슬픕니다. 그러나 나를 이렇게 만든 게 도대체 누구입니까? 불타오르는 질투심에 떠밀려 경우에 따라 나도 모르는 사이에 엉뚱한 행동을 하게 만든 창조주가 과연 누구입니까? 당신 역시 질투심에 불타는 신이 아니십니까? 그리고 당신은 당신의 모습을 본떠서 나를 만든 것이 아니었던가요? 누가 도대체 내 안에 이렇게 악한 충동을 집어넣어, 이런 행동을 하도록 만들었단 말입니까? 내가 못된 행동을 했다는 사실은 나도 시인합니다. 하지만 도대체 누가 그런 충동을 내 안에 넣었느냐 이겁니다. 당신은 당신 혼자서 이 세상 전체를 짊어지고 있다고 했습니다. 그러면 우리들의 죄까지 짊어져야 하지 않겠습니까?"

그럴싸한 대답이었다. 카인, 혹은 카이인이라 불린 그자는 미리 세마엘의 조언을 듣고 나간 듯했다. 아니, 어쩌면 혈기 왕성한 그자는 워낙 영리하여 그런 충고를 들을 필요조차 없었는지도 모른다. 이에 대응한다는 것은 어려웠을 것이다. 남은 방법은 박살을 내버리거나 아니면 화가 나서 소리를 버럭 지르는 것뿐이었으리라. 이렇게……

"가거라!"

대답은 바로 그러했다.

"당장! 넌 한군데 머물지 못하고 늘 떠돌아다니며 도망쳐야 할 것이다. 하지만 너는 내 소유이니 아무도 너를 때려죽이지 못하도록 너에게 표식을 달아주겠다." 간단히 말해

카인은 자신의 논리 덕분에 무사히 그곳에서 빠져 나올 수 있었다. 이런 마당에 벌을 운운하기는 어렵다. 그리고 당장이라는 것도, 또 한군데 머물지 못하고 도망쳐야 한다는 것도 진심이 아니었다. 카인은 에덴에서 더 동쪽으로 나가서 노드 땅으로 이주한 후에 거기서 아주 편안하게 자식도 줄줄이 낳아가며 잘만 살았다. 사실 자식들을 낳기 위해서라도 그는 꼭 필요한 존재가 아니었던가.

다 알다시피 진짜로 벌이 내려진 경우도 물론 있었다. 왕께서는 자신과 '가장 유사한' 피조물이 노골적으로 치부를 드러내자 상심한 나머지 이보다 무서운 벌을 내리기도 했다. 한편 무서울 정도로 큰 보상도 없지 않았다. 이는 과장된 보상, 절제란 모르는 넘쳐흐르는 보상이었다. 에녹, 혹은 아녹이라는 자를 기억해 보라. 그에게는 믿을 수 없는, 손으로 입을 가리고 해야 하는 말이지만, 정말이지 절제를 모르는 보상이 주어지지 않았던가. 이런 판국이니 우리 높은 자들끼리 조심스럽게 이런 의견을 나눈 것도 당연했다. 아래에서는 보상과 벌이 하나같이 제대로 주어지지 않는다. 세마엘의 조언이 기초가 된 도덕적인 세상이라는 것도 마땅히 진지하게 다뤄야 하건만 그다지 진지한 것 같지도 않다.

그런 의견들을 주고받다가 하마터면—정말 그럴 확률이 높았다—이런 결론을 내릴 뻔했다. 도덕적인 세상을 그래도 더 진지하게 다루는 건 그분이 아니라 오히려 세마엘이라고.

보상이라는 것이, 몇몇 경우에서 관찰할 수 있다시피, 유례를 찾아보기 어려울 정도로 지나쳐서, 축복을 주기 위한 도덕적 변장과 핑계로 쓰여졌다는 사실을 숨길 수가 없었다. 하지만 이러한 점은 숨겨져야 했고 베일을 뒤집어쓰고 있어야 했다. 실제로 그분의 축복은 자기가 특별히 아끼는 자에게 특별한 호의를 베풀려는 편애의 결과로 도덕적인 세상과는 거의 상관이 없었다.

그러면 벌은? 예를 들면, 여기 이집트에서처럼 징벌이 떨어진 경우도 있었다. 하지만 이 징벌은 언뜻 봐도 도덕적인 세상에 영광을 돌리려고 속은 타면서도 마지못해 내린 게 분명했다. 여하튼 그분의 총애를 한몸에 받고 거들먹거리던 악동 하나가 구덩이에 빠진 건 사실이었다. 꿈이나 꿔대는 이 악동은 스스로 그분의 자기 인식 수단이 되려 한 자의 후손이었는데, 구덩이, 곧 지하 감옥에 떨어진 게 벌써 두번째였다. 모두 어리석음 탓이었다. 얼마나 어리석었던지, 이전에는 증오의 잡초가 그러했던 것처럼, 이번에는 사랑의 잡초가 무성하여 머리 꼭대기 위로 뻗쳤던 것이다. 여하튼 이 악동이 당하는 꼴을 보자니 속이 시원했다. 한마디로 보기 좋았다. 그런데 이런 종류의 유황비에 만족하느라, 혹시라도 우리가 주변상황을 착각했던 건 아닐까?

우리끼리 하는 말이지만, **결코** 착각하지 않았다. 따지고 보면 착각한 적은 단 한번도 없었다. 우리는 잘 알고 있었다. 아니, 확실하게 추측하고 있었다. 그분은 준엄한 자들의 나라에 영광을 돌리는 척 준엄한 칼자루를 들어 올렸으나, 도덕적 세상에 속한 이 벌을 이용하여, 막다른 골목에 오히려 문을 열어젖혀, 다시 말해서 땅 아래의 출입구를 열어 빛으로 나아가게 했다는 것을. 실례지만 그분께서는 또 다시 호의를 베풀어 더 높은 곳으로 올려주기 위한 수단으로 벌을 악용한 것이다. 우리가 서로 옆으로 지나치면서 눈썹을 내리깔고 둥근 입을 비죽이면서 눈빛을 주고받을 때는 이런 생각들을 하고 있었다.

더 크게 만들어주기 위한 수단으로 사용하는 벌! 이보다 더 큰 농담이 있겠는가? 이는 이 벌을 받도록 '강요' 한 뻔뻔스러운 과오의 실체가 무엇인지 정확히 알 수 있도록 한 줄기 빛을 던져 주는 것이었다. 물론 이 빛은 도덕적 세상의 빛이 아니다. 이 뻔뻔스러운 과오는 글쎄, 신이나 아실까, 누가 그런 짓을 하도록 씨를 뿌렸든지 간에, 여하튼 당사자를 터무니없이 높은 곳으로 올려 주는 수단이요 들것이었기 때문이다.

주변에서는 이 책략들에 관해 정확히 알고 있다고 믿었다. 이는 모든 것을 다 아는 능력을 지닌 그분에 비길 바는 아니지만, 어느 정도까지는 그분과 함께 하는 부분도 있었던 까닭에, 제한적이긴 하지만 일부는 알 수 있는 우리들의 능력 덕분이었다. 물론 모든 것을 다 아는 분에 대한 존경심에서라도 우리들의 이 제한적인 능력은 아주 조심스럽게, 아니 자신을 부인하고 왜곡하는 방식으로 사용될 수밖에 없다. 그래서 여기서는 들릴 듯 말 듯 아주 낮은 목소리로 덧붙일 말이 있다. 아니 꼭 해야 할 말이 있다. 주변에서는 더 많은 것을 알고 있다고 믿었다고. 그건 더 큰 비밀에 관련된 발걸음들과 시도와 의도, 그리고 책동에 관한 것으로, 이런 이야기들을 빛의 환관들이 지껄이는 쓸데없는 소리라 하여 내쳐서는 안 된다. 물론 이 이야기를 할 때는 절대로 목소리를 높이면 안 된다. 아니 속삭이는 것도 허용되지 않는다. 오로지 거의 침묵에 가깝게 입술을 달싹이는 정도로, 입술을 비죽 내밀고 빈정거리듯 의견을 전달할 수 있을 뿐이다. 도대체 이 주변에서 알고 있었다는 소문과 계획이 무엇이었기에?

그건 감히 비난할 수는 없지만 여하튼 유별나 보이는 상벌의 시행과 결합된 것이었다. 다시 말해서 미리 누군가를 점찍어 그에게 호의를 베풀고 그를 편애하는 선택, 곧 도덕적 세상을 의심스럽게 만드는 이 복잡한 문제와 연관된 것이다. 도덕적 세상은 악과 함께 선이 생산된, 곧 인간 창조의 결과였다. 그리고 이는 또 완전히 증명되지는 않았지만, 근거가 충분하며 거의 움직이지 않은 입술로 전달된 소식과도 관련이 있다. 즉 왕좌에 계신 분께 그분과 '비슷한' 피조물, 즉 인간을 창조하라고 한 세마엘의 자극 또는 속삭임은 세마엘이 왕좌에 올린 마지막 충고가 아니라는 것이었다. 물론 왕좌에 계신 분과 땅으로 추락한 이 천사의 관계가 완전히 끝나지는 않았던 것인지, 혹은 어느 날 다시 재개되었는지 이것에 대해서는 알려진 바 없다. 주변에 있는 높은 분들 몰래 등 뒤에서 구덩이 아래, 감옥으로 누군가 내려가 그곳에서 생각을 교환하는 일이 이루어졌는지 아니면 그 유배당한 자가 자기편에서 되풀이하여 자신이 있는 장소를 떠나 다시 왕좌 앞으로 돌아와 그 앞에서 이야기를 했는지 그건 아무도 모른다.

여하튼 세마엘은 일부러 노골적인 자세로 임했던 자신의

첫번째 제안을 또 다른 제안으로 보충할 수 있었다. 물론 이 역할도 처음과 별로 다를 바 없이, 약간 머뭇거리는 생각과 소원이 씨앗처럼 이미 뿌려진 상태에 불을 붙이고 설득하는 정도였을 것이다.

여기서 어떤 일이 진행 중이었는지 제대로 이해하려면, 이 이야기의 전제가 되었던 서곡에서 이미 다룬 자료와 보고를 상기해야 한다. 다른 게 아니고 서곡에서 이와 관련된 사항을 한마디로 요약한 '영혼의 모험소설'을 되새길 필요가 있다는 뜻이다. 무형상태의 물질과 마찬가지로 태초의 원리 중의 하나였던, 태초의 인간 영혼이 '타락'하여, 이야기로 들려줄 수 있는 모든 사건의 토대가 되었다는 소설 말이다. 그런데 여기서는 오히려 창조를 말할 수 있다. 왜? 무형의 물질이 있는 아래로 내려간 영혼의 타락은 결과적으로 형체의 창조를 가져왔으니까. 영혼은 일종의 우수에 젖은 관능 때문에 높은 세상에 속하는 태초의 원리 중 하나인 무형상태의 물질을 보고 마음이 흔들렸다. 그래서 어떻게 하든지 물질과 결합하여 형체를 만들어 육체적인 쾌락을 느끼고 싶어서 물질 안으로 침투했다. 그러나 물질은 끝까지 무형의 상태로 있으려고 버텼다. 이렇게 물질을 사랑하는 영혼이 물질과 싸우다 지쳤을 때 영혼을 도와주러 나선 것이 바로 지고한 분이었다. 그래서 결국 이야기로 들려줄 수 있는 사건의 세상, 형체와 죽음의 세상을 창조하신 것이다. 그분이 그렇게 한 것은 정도를 벗어나는 과오를 범하여 곤경에 빠진 자신의 한 토막에 대한 동정심 때문이었다. 이렇게 상대방을 잘 이해하는 것을 보면 둘은 구성 성분과 감정적인 면에서 유사하다는 결론을 내릴 수 있다. 이렇게 결론을 내릴 수 있다면, 결론을 내려야 마땅하다. 설령 그 결론이 너무 과격하고 무례한 불경죄처럼 보일 수 있다 해도. 여기서는 정도를 이탈한 과오를 이야기해야 하니까 말이다.

그렇다면 정말 과오라는 발상을 그분과 결합시킬 수 있는가? 턱없는 소리. 아니오! 이런 질문에는 이런 대답이 가능할 뿐이다. 그리고 주변에서도 모두 한 목소리로 그렇게 합창했을 것이다. 물론 남몰래 작은 입을 비죽 내민 후에. 과오를 저지른 존재가 가련해서 그분이 자비롭게도 형체를 창조함으로써 도와주었다 하여 그분 역시 과오를 범했다 해석하는 것은, 물론 너무 멀리 나간 성급한 해석일 것이다. 여기서 너무 이른 해석이라 하는 이유는, 유한한 형체의 세상을 창조했다 하여, 세상 전에 있으며 세상 바깥에 있는 신의 위엄과 그분의 정신과 권위와 절대성에 아직은 단 한군데도 금이 가지 않았으므로, 정도를 벗어난 과오라는 말은 원래 의미에서 **아직까지** 입에 올릴 수 없기 때문이다.

그런데 추측하건대 **지금** 세마엘과 남몰래 나눈 대화에 올라온 발상들과 계획과 소원의 경우가 되면 문제가 달라진다. 이때 세마엘은 아마도 자신이 마치 완전히 새로운 생각을 왕좌에 전달하는 것 같은 표정을 지었을 것이다. 실은 그분이 말은 안해도 속으로는 같은 생각을 하고 있으리라 짐작하면서도 겉으로는 그렇게 모른 체했으리라. 아마 그는 둘이 같은 생각을 떠올렸다면 그 생각은 좋을 수밖에 없다는 착각에 그렇게 했을 게 뻔하다. 그리고 이런 착각은 누구나 한다.

더 이상은 이 문제를 거대한 산 뒤에 감추려고 빙빙 돌려 말할 필요가 없다. 위대한 세마엘이 한 손으로 턱을 고이고 다른 손은 왕좌 쪽으로 들어 올리고 제안한 것은 지고한 분의 육화(肉化)였다. 다시 말해서 마법도 쓰고 강력하며 육신이 있고 생명이 넘치는 이 땅에 있는 다른 민족신과 부족신들이 자신을 받드는 백성을 가지고 있듯이 지고한 분을 섬길 백성을, 아직은 없지만, 그런 백성을 기르자는 충고였다. 여기서 '생명이 넘치는'이라는 단어가 공연히 나오는 게 아니다. 지옥의 연못에서 올라온 세마엘의 핵심 논리는 처음에 인간 창조를 제안했을 때와 마찬가지로 생동감의 증가였다. 그는 세상 밖에 있으며 세상을 초월하는 정신적인 신이 인간을 창조할 경우, 더 큰 생동감을 얻게 되리라 주장했었고, 이번처럼 신이 직접 육화할 경우에 이 생동감은 보다 급격히 증가할 것이라 했다. 물론 육신의 의미에서. 여기서 핵심 논리라 한 이유는 영리한 지옥의 연못은 이것 말고도 내세울 논리가 많았기 때문이다. 그리고 그는 자신이 이 논리들을 내세우는 장소에서는 이미 그런 논리들이 자리잡고 있어서, 그저 불을 붙여 주기만을 기다리고 있으리라 짐작했다. 그리고 그의 이런 짐작은 어느 정도 옳았다.

그들이 관심을 기울인 것은 명예심이었다. 그것은 아래로 내려가려는 명예심일 수밖에 없었다. 왜? 어차피 제일 위에 있는 존재이니 더 이상 올라갈 데가 없지 않은가? 그러니 이것은 아래쪽으로 내려가 다른 것들과 같아지고 싶어하는, 그렇게 될 수만 있다면 자신이 지닌 특별한 면까지도 포기하려는 명예심인 것이다. 정신적이며 세상 위에 있는, 세상을 초월하는 세계의 신은, 마법의 성격을 띠고 관능적인 이 세상의 다른 민족신이나 부족신들과 비교할 때 자신의 추상적이고 보편적인 성격이 무미건조해 보여서 부끄러워졌다. 그러니 이런 지고한 분에게는 아래로 쑥 내려가 자신의 생명형태에 관능을 양념으로 뿌리고 싶은 명예심을 일깨우는 것은 지옥의 연못에게 식은 죽 먹기였다. 정신적인 보편성이 특성이어서 육신, 즉 살이라고는 얼마 붙어 있지 않은 자신의 고상함을 버리고 대신 피가 넘쳐흐르는 육신을 입어 자신을 섬기는 백성의 몸으로 육화하려는 것, 그리하여 궁극적으로는 다른 신들과 같아지려는 것, 이것이 지고한 분이 남몰래 가슴에 품고 있던 계획이었다. 그러나 이 뜻을 막상 실현하려니 좀 망설여지던 차에 세마엘이 간교한 계략으로 부추긴 것이다. 그렇다면 이렇게 아래로 내려가고 싶은 공명심에 이끌려 결국 아래로 내려간 그분의 행동을 두고 영혼의 소설을 떠올리면 정말 안 되는 것일까? 이를 물질을 사랑한 나머지 모험을 벌였던 영혼, '우수에 젖은 관능' 탓에 물질이 있는 아래로 내려간 그 영혼의 **타락**과 비교해 가까이 끌어오면 안 되는 것일까? 사실은 끌어오고 말고 할 것도 없다. 이처럼 명백하게 비교되는 경우도 없으니까. 과오를 범한 영혼이 가엾어서 그를 도와주느라 형체를 창조한 그분이 아닌가. 위대한 세마엘도 그걸 보고 이런 고약한 조언을 할 용기를 얻었음이 분명하다.

이 조언에는 지고한 분을 당황하게 만들고 싶은 불 같은 욕구와 악의가 깔려 있었음이 틀림없다. 인간은 어차피 창조주를 당황하게 만드는 존재였으므로, 그분이 특정한 인종과 육체적으로 하나가 된다면, 그 고달픔도 절정에 이르리라 계산한 것이다. 그리고 이 육화는 일종의 생기를 얻는 변화과정이라 할 수 있는데, 이는 생물학적 변화과정을 뛰어넘는다. 지옥의 연못은 너무도 잘 알고 있었다. 아래로 내려가려는 명예심, 곧 다른 신들과 마찬가지로 한 부족의 신이 되고 그 백성의 몸이 되려는 시도는, 다시 말해서, 세계의 신과 부족의 신의 결합은 결코 좋은 결과로 끝날 수 없다는 것을. 또는 오랫동안 에둘러 가는 동안 당황하고 실망하고 가슴을 치며 통탄한 후에야 좋은 결과를 거둘 수 있으리라는 사실을. 지옥에서 올라온 세마엘은 너무도 잘 알고 있었다. 그리고 그의 조언을 받은 분 역시 이 사실을 알았다.

일단 지고한 분이 한 백성의 몸이 되어 생물학적으로 정말 생동감을 얻게 되었다 치자. 그러면 이 백성은 마법을 수단으로 자신을 섬기고 보호해 주고 또 어떻게든 불을 붙여 계속 존속되도록 돌봐주리라. 그리고 자신은 이런 백성의 삶을 통해 피로 느낄 수 있는 쾌락도 맛보리라. 그러나 이는 세속에 붙들린 쾌락으로 진정한 쾌락이라 할 수 없으니 언젠가는 세계를 바라보는 안목이 그리워지고 그곳으로 다시 돌아가고 싶어질 것이다. 그렇게 다시 생각을 돌이켜 생동감은 넘치지만 제한적인 존재형태를 거부하고 원래 자신이 있었던 저편으로 날아가 전지전능함과 보편성을 갖는 정신으로서의 원래 모습으로 되돌아가고 싶으리라.

　이 사실은 조언을 받은 자나 조언한 자나 다 알고 있었다. 그러나 충고를 했던 세마엘 **혼자** 한 생각도 있었다. 정말 이렇게 지고한 분이 원래 자신이 있던 고향으로 되돌아가게 되면, 세계의 전환기라 할 수 있는 그런 순간이 된다면, 그때 그분이 얼마나 부끄러워할지, 생각만 해도 깨소금 맛이고 가슴이 뛰었다.

　한 몸이 될 백성으로 선택되어 자라게 된 사람들이 하필이면 그런 백성이었던 것도 우연이라면 우연이고 또 아니라면 아니었다. 우선 세계의 신은 그 백성의 몸이 되고 이들의 신이 됨으로써, 이 땅에 있던 다른 민족신들보다 위에 있던 자신의 월등한 지위를 포기하여 다른 민족신들과 **같아졌을** 뿐만 아니라, 오히려 그 권세와 영광이 이들보다 훨씬 **낮아졌다.** 이것이 지옥의 연못을 기쁘게 했음은 두말할 필요도 없다. 그리고 다른 한편으로는 한 백성의 신이 되는 과정은, 그러니까 그들의 몸을 얻어 거기서 생리적인 쾌락을 느끼며 살아가려는 실험은, 애초부터 선택받은 백성의 더 나은 지식, 보다 깊은 통찰을 목표로 삼고 있었다. 지고한 분이 이 세상의 신들 중에서 가장 위에 있는 저편, 그 막강한 지위로 다시 돌아갈 생각을 하고, 또 그렇게 실행하기 위해서는 이 백성의 적극적인 도움이 필수적이었던 것이다. 고약한 세마엘이 이 생각에 얼마나 즐거워했을지는 상상에 맡긴다. 그리고 한편 이 백성은 다른 민족신들에게 그다지 구미가 당기는 대상이 아니었으므로, 한마디로 보잘것없는 백성이어서 이들의 민족신이 되고 그들의 몸을 입는 것은 썩 내키는 일도 아니라서, 떵떵거리는 다른 백성들의 섬김을 받는 다른 민족신들과 비교하면 불리할 수밖에 없었다.

그러나 다른 한편으로는 인간이라는 피조물이 일반적으로 갖는 특징, 곧 신의 자기인식 수단이라는 특성은 바로 이 백성에게서 특별히 더 부각되었다. 신의 본성을 확인하려는 간절한 노력은 이 백성에게 타고난 특성이었다. 그리고 이 백성에게는 태어날 때부터 세상 밖에 거하는 창조주의 보편성과 정신성을 꿰뚫어보는 통찰력의 씨앗이 심어져 있었다. 이는 창조주가 세상의 공간이지만 세상이 그의 공간은 아니라는 사실을(이는 화자의 경우와도 아주 유사하다. 화자가 이야기를 들려주면서 나름대로 설명할 수 있는 이유도, 그는 이야기의 공간이지만, 이야기는 그의 공간이 아니기 때문이다) 인식할 수 있는 통찰력을 뜻한다. 그리고 이 통찰력의 씨앗은 성장을 앞둔 씨앗이어서, 시간이 흐르는 동안 많은 노력을 기울이는 가운데 신의 진정한 본성에 대한 온전한 인식으로 자라나게 된다. 그렇다면 충고를 받은 자나 충고한 자나 생물학적인 모험을 감행할 경우, 결국에는 부끄러움을 느끼고 교훈을 얻게 되리라는 것을 뻔히 알면서도 그 백성을 '선택'했다고 가정해도 될까? 어쩌면 그래도 되는 것이 아니라 그래야만 하는지도 모른다. 세마엘의 눈에는 여하튼 이 선택받은 백성이 처음부터 그들의 민족신보다 더 많이 알고 있는 것처럼 보였다. 그래서 의식은 못해도 최소한 이러한 지식의 씨앗을 품고 있는 이 백성은 성숙해가는 이성을 동원하여 있는 힘을 다해 적당치 않은 상태에

27

있는 그분을 원래 있던 저편의 보편적인 정신으로 되돌아
갈 수 있도록 도와주게 될 것이다. 그러니 이 얼마나 웃기
는 일인가? 세마엘은 통쾌했다. 이렇게 지옥의 주장에 따
르면—물론 증명되지는 않았지만—지고한 분이 타락한 곳
에서 다시 고향의 영예로운 신분으로 돌아오려면, 열심히
노력하는 인간들의 도움이 있어야지, 그분 혼자 힘으로는
결코 돌아올 수 없었다.

주변 천사들의 예지(豫知)는 이렇게 먼 곳까지는 이르지
못했다. 간신히 세마엘과 지고한 분께서 남몰래 만나 밀담
을 나누었다는 것과 그 내용에 이르렀을 뿐이다. 그러나 천
사들이 지고한 분과 '가장 많이 닮은' 피조물 일반에 대한
불만의 강도를 높여서 선민으로 성장할 그 백성을 특히 더
미워하는데는 그 정도로도 충분했다. 그리고 이들은 그분
이 이 백성 중에서 특별히 원대한 계획을 이루기 위해 선택
한 한 명의 후손에게 하는 수 없이 작은 홍수와 유황불을
내릴 수밖에 없게 되리라는 사실도 미리 알고는 은근히 고
소해 했다. 그 벌이 실은 다른 목적에 쓰이는 수단이라는
것은 은폐하려고 해도 뻔히 눈에 보였지만.

이 모든 것이 합창을 하는 주변의 천사들이 비죽 내미는
작은 입과 눈에 보일까 말까한 고갯짓에 담겨 있었다. 이들
은 지금 막 귀를 살짝 움직여 저 아래 그 백성의 어린 가지,
그 후손이 양팔을 뒤로 묶인 채, 노를 젓는 범선에 실려 이
집트의 강물을 따라 감옥으로 내려가는 모습을 가리키고
있었다.

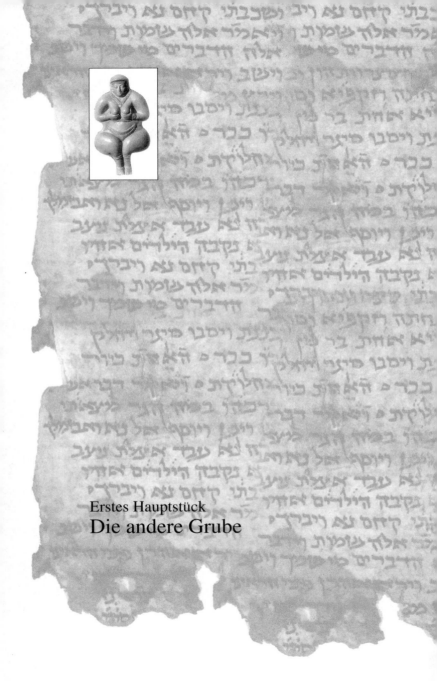

Erstes Hauptstück
Die andere Grube

1부

또 다른 구덩이

자신이 누구처럼 우는지 알게 되는 요셉

위와 아래가 서로 조응한다 했던가. 위에서 홍수를 생각하는 동안 아래의 요셉도 그 생각을 하고 있었다. 생각들이 서로 만났다. 아니 굳이 원한다면 큰 간격을 두고 스쳐 지나갔다고도 할 수 있다. 다만 차이가 있다면, 여기 아래쪽에, 물 위에 있는 인간의 후손의 생각은 정신이 무거운 체험에 짓눌린 탓에 형벌과 관련된 태초의 과정과 전형(典型)을 여러 관념들과 연관 짓는 행위에서 절박함을 보인 반면, 워낙 고통당할 일도 없고 체험도 하지 않는, 그래서 그저 소곤소곤 수다나 늘어놓을 수 있는 위에 있는 분들의 생각은 그렇지 않았다는 것이다.

상세한 이야기는 곧 할 것이다. 여하튼 판결을 받은 자는 아카시아 나무로 만든 짐을 싣는 작은 배의 방수 처리를 한 갑판 아래에 있는 짐칸에 아주 불편한 자세로 쓰러져 있었다. 그 배는 이른바 황소 배로 요셉 자신이 감독 또는 집사의 수행원으로서 집안의 물건들을 장터에 나르기 위해 강 상류나 하류로 타고 다니곤 하던 배였다. 배 안에는 노 젓는 사공이 네 명 있었다. 이들은 맞바람이 불거나 혹은 바람이 잠을 자버려 이중 돛대의 방향을 틀 때면 뱃머리에 있는 각자의 자리에서 노를 꼭 잡고 버텨야 했다. 그리고 이들 외에도 배 뒤쪽에는 키잡이 한 명과 페테프레의 집 시종인 아주 낮은 신분의 종들도 두 명 있었다. 이들은 호위병과 수병 노릇도 하고 뱃길의 물도 살폈다. 그리고 이들의 최고 상관으로서 서기 하아마아트가 대동했다. 그는 주방 서기로서 자위-레 요새, 곧 섬에 있는 감옥으로 죄인을 수송하는 책임자였다. 그리고 그는 봉인된 편지 한 통을 지니고 있었다. 쉽게 실족하는 청년, 곧 전 집사의 주인님 명령으로 교도소장에게 전할 편지였다. 그 교도소장은 '늘 승리하는 군대의 지휘관 서기'로 이름은 마이-사흐메였다.

멀고 긴 여행이었다. 요셉은 그 옛날의 다른 여행이 생각 났다. 그때로부터 벌써 7년하고도 3년이 더 지났다. 당시 그는 자신을 사들인 노인과 그의 사위 밉삼, 조카 에퍼, 그리고 아들 케다르와 케드마와 함께 난생 처음 뱃길에 올랐었다. 그리고 아흐레 동안 미라의 도시 멘페에서 배를 타고 왕의 도시 노-아문에 이르렀었다. 그러나 지금은 거꾸로 멘페도 지나고, 황금의 도시 온과 고양이의 도시 페르-베스테트도 지나서 더 깊숙한 하류로 가고 있었다. 삼엄한 요새 자위-레가 목적지였다. 그곳은 세트의 나라, 붉은 왕관의 나라, 곧 하이집트 중에서도 깊숙한 곳, 삼각주 지역에 있었다. 나일 강 지류 멘데스에 있는 드예데트 주(州)는 한마디로 끔찍한 염소의 땅이었다. 바로 그곳으로 자신을 데려간다 생각하니 가뜩이나 갑갑하고 울적한 마음에 또 다른 걱정까지 겹쳐졌다. 그러나 한편으로는 의미심장한 생각들을 이렇게 저렇게 조합해 자신의 운명을 느끼며 가슴 한편 뿌듯해 하기도 했다.

야곱의 아들은 평생 동안 이런 생각의 유희를 떠나보낸 적이 없었다. 이 정부인의 아들은 영리하지 못한 소년이었을 때도 그랬지만 스물일곱의 청년인 지금도 여전히 생각의 유희를 즐겼다. 그중에서도 사랑스럽고 귀여운 형태의 유희는 바로 암시였다. 늘 주의력 깊게 관찰하는 자신의 삶에는 암시가 넘쳐나고, 또 자신이 처한 상황들이 그에 상응하는 높은 곳의 상황을 내비쳐 주는 한, 그는 그것만으로도 행복해 했다. 속이 들여다보이는 상황이라면 처음부터 끝까지 암울할 수는 없으니까.

물론 지금 그가 처한 상황은 암울했다. 그래서 슬픈 것도 사실이었다. 그는 팔목을 묶인 채 짐칸의 바닥에 쓰러져 있었다. 그 지붕에는 배를 탄 일행의 예비 식량인 멜론과 옥수수 이삭과 빵이 쌓여 있었다. 지금 상태는 옛날부터 잘 알고 있던 아주 끔찍한 것의 재현이었다. 예전에도 그는 이렇게 무력하게 줄에 묶여 있던 적이 있었다. 그 무서운 사흘 동안 그는 깊은 우물의 둥근 바닥에서 축축한 곳에 사는 쥐며느리 옆에 쓰러진 채, 양처럼 자신이 싼 오물로 범벅이 되었었다.

그때에 비하면 지금 상황은 양호했다. 우선 포승줄도 훨씬 느슨하게 묶여 있었다. 포박은 형식이었을 뿐이다. 닻줄로 쓰이는 밧줄로 그를 묶던 사람이 자기도 모르는 사이에 배려해 주느라 아주 느슨하게 묶었던 것이다. 그럼에도 불구하고 이번의 추락은 충분히 깊은 곳으로 떨어진 것이라 정신이 아찔하기는 마찬가지였다. 인생의 급격한 전환은 그때나 지금이나 다를 바 없었던 것이다. 예전의 추락에서, 아버지의 사랑을 독차지하고 자란 어리광쟁이, 항상 기쁨의 향유를 바르고 다녔던 그 아이는, 꿈에도 생각지 못한 그런 일이 있으리라고는 상상도 못해 본 대우를 받았었다. 그리고 지금은 죽은 자들의 나라에서 매우 높은 자리에 올랐던 우사르시프가, 왕들이 입는 아주 세련된 최고급 아마포 옷을 걸치는 데 익숙했던 감독관으로 신뢰의 특실에서 머무르던 그가 머리를 한 방 얻어맞은 것이다.

지금은 세련된 옷은 두말할 필요도 없고, 최신 유행의 웃옷인 소매 달린 귀한 조끼도 없었다(이것은 말하는 '증거물'이 되었으니까). 그가 걸친 것이라고는 노예들이 허리에 두르는 잠방이뿐이어서 배에 타고 있는 다른 종들의 옷차림과 다를 바 없었다. 이것이 그에게 허용된 모든 것이었다. 고상한 가발? 그런 건 어림없었다. 목에 두르는 에나멜로 만든 깃 같은 장신구라든지 팔찌나 갈대와 금으로 만든 목걸이는 꿈도 꾸지 못했다. 이 아름다운 문화의 산물은 모조리 없어졌다. 그의 목에는 이전에 조상의 나라에서부터 달고 다니던 초라한 부적만 남았다. 청동을 입힌 끈에 매단 이 부적 목걸이는 구덩이에 빠진 열일곱 살 소년의 목에 걸려있던 것이다. 다른 것은 모두 '떼 내어졌다'.

요셉은 이 중요한 단어를 되뇌었다. 이 낱말은 암시의 단어였다. 아니 사건 자체가 이미 하나의 암시로 슬픈 질서와의 일치를 보여주지 않는가. 지금 가슴과 팔에 보석 장신구들을 걸고 목적지로 가고 있다면 오히려 잘못된 일일 것이다. 지금은 베일을 벗고 보석들을 떼놓고 저승순례를 떠나는 시간이 온 것이다. 주기가 짧은 순환 과정이 또 하나 끝났다. 그리고 드물게 똑같은 것을 가져오는 이보다 큰 순환 과정도 종착점에 이르렀다. 두 순환 과정이 서로 만난 것이다.

작은 한 해, 즉 태양의 주기로 따진 1년이 한바퀴 돌고 제자리로 되돌아갔다. 이는 진흙을 가라앉히는 물이 다시 다 흘러가(달력에서가 아니라 실제 현실에서) 파종기가 되었다는 의미에서다. 즉 갈퀴와 쟁기로 땅을 파헤치는 때가 온 것이다. 요셉은 이따금 자리에서 일어나 자신을 감시하는 서기 하아마아트의 허락을 받고는 역청을 발라 방수 처리를 한 갑판 위로 올라갔다. 그리고 사람들이 뭐라고 외치는 소리를 들으며 서기와 마찬가지로 일부러 그런 척 허리에 뒷짐을 지고(실은 포승줄에 묶여 있어서 그럴 수밖에 없는데도) 서성거리기도 하고 밧줄 꾸러미 위에 앉기도 했다.

그럴 때면 강가 결실의 땅에서 열심히 일하는 농부들이 보였다. 이렇게 땅을 파헤쳐 씨를 뿌리는 일은 진지하지만 위험한 일이기도 했다. 파종기는 조심스럽게 희생양을 바치는 슬픔의 시간이었으니까. 다시 말해 곡식의 신 우시르를 땅에 묻으면서, 열매를 맺게 될 희망찬 그날을 기대하면서도, 지금 이 순간은 여하튼 우시르를 매장하는 시간이었으므로 눈물을 흘리는 때였던 것이다. 그래서 요셉도 씨앗을 땅에 묻는 농부들을 보면서 조금 울었다. 그 역시 암흑속에 묻히고 희망은 아주 멀리 있었기 때문이다. 이는 보다큰 순환 과정이 끝나고 다시 시작되어 이제 같은 것을 재현해 준다는 표시였다. 어떤 것? 생명을 다시 새롭게 하는것, 즉 거듭나기 위한 심연으로, 지옥으로 떨어지기가 그것이었다.

이 지옥은 진정한 아들이 내려간 땅 아래에 있는 양의 우리 에투라이며 죽은 자들의 나라 아랄라였다. 예전에 그는우물 구덩이를 통해 아래 나라, 뻣뻣하게 굳어 있는 죽음의나라로 들어갔었다. 이제 그는 또다시 뵈르, 곧 감옥으로가는 중이었다. 그것도 아래, 하이집트로. 그러니 이보다더 깊은 곳이 어디 있겠는가? 검은 달의 날이 다시 돌아온것이다. 이 큰 날은 하루 이틀이 아니라, 한 해 두 해의 세월이 되리라. 그동안은 아랫세상의 권세가 아름다운 자를지배할 것이다. 달은 줄어들어 죽지만, 사흘이 지나면 다시커지기 시작하리라. 심연의, 지옥 우물 아래로 아타르-탐무즈는 저녁별로 가라앉지만, 그는 틀림없이 새벽별이 되어다시 떠오를 것이다. 사람들은 이것을 가리켜 희망이라 부른다. 그리고 이것은 달콤한 선물이다. 하지만 희망에는 금지된 것도 들어 있다. 거룩한 지금 이 순간의 품위를 손상시키고 아직 다가오지 않은 축제의 시간을 미리 맛보려 하기 때문이다. 명예롭지 않은 시간은 없다. 어떤 시간이든나름대로 영광스럽다. 따라서 절망할 수 없는 자는 올바로사는 자가 아니다. 요셉의 생각은 그랬다. 그래서 미래의희망을 확실히 알면서도 이 순간은 현재의 자녀로서 울고 있었다.

그는 자신의 눈물이 누구의 눈물인지 알았다. 길가메쉬가 울었던 바로 그 눈물이었다. 자신을 갖기 원하는 이쉬타르에게 치욕을 안겨 주어 그녀가 그에게 '눈물을 마련했을 때', 길가메쉬 역시 그렇게 울었었다. 요셉은 졸라대는 여자 때문에 엄청난 시련과 위기를 겪어야 했고, 결국은 이렇게 급격히 추락해 지칠 대로 지친 몸이 되었다. 그래서 처음 며칠 동안은 하아마아트에게 갑판 위에서 거닐 수 있도록 허락해 달라고 부탁도 하지 않았다. 거기서 한가롭게 다채롭고 부산한 이집트의 뱃길을 구경할 여유가 없었던 것이다. 대신 그는 짐칸의 돗자리 위에 쓰러진 채 꿈 같은 생각들을 이리저리 꿰어맞췄다. 그는 점토판의 시구들을 꿈으로 꾸었다.

분노한 여주인, 곧 이쉬타르 여신이 신들의 왕 아누를 찾아가 복수를 청했다.

"하늘의 황소를 만들어주세요. 그 황소가 세상을 짓밟고 콧구멍에서 불을 내뿜어 온 땅이 말라붙고 들판이 완전히 폐허가 되게 해주세요!"

"아쉬르타(이쉬타르의 다른 이름―옮긴이), 네가 큰 수모를 겪었으니 하늘의 황소는 만들어주겠다. 그런데 앞으로 7년간 가뭄의 해가 다가올 것이다. 이 가뭄의 해가 짓밟고 불태워서 기근이 닥칠 것이다. 그런데 이 결핍의 해를 맞을 준비는 했느냐? 그때 먹을 양식은 제대로 쌓아두었는가?"

"준비는 다 했어요. 양식을 쌓아두었으니까요."

"그렇다면, 아쉬르타, 네가 큰 수모를 겪었으니 하늘의 황소를 만들어 내려 보내마!"

이런 희한한 일이 있는가? 아쉐라가 몸을 사리는 길가메쉬에게 분풀이를 할 생각에 땅을 폐허로 만들려고 모든 것을 태워버릴 하늘의 황소를 만들어 달라고 애원했다면, 7년 동안 이어질 가뭄에 대비하여 양식을 쌓아두고 준비한다는 것은 별 의미가 없지 않은가. 그런데도 그녀는 그 일을 했고 아누의 질문에 그렇게 했다고 대답했다. 복수의 짐승을 만들어 땅으로 내려 보내는 것이 여하튼 그녀에게는 가장 중요했던 것이다. 이 이야기에서 요셉의 마음을 사로잡은 부분은 바로 준비와 대비였다. 여신이 분을 삭이지 못하고 펄펄 뛰는 와중에도 자신이 원하는 불 짐승을 얻으려면 그에 대한 대비를 했어야 한다는 사실이다. 미리 준비하고 조심한다는 것은 이 꿈꾸는 자에게 익숙하면서 아주 중요한 생각이었다. 물론 이 개념과 관련하여 아이처럼 죄를 지은 적도 몇 번 있었다. 게다가 이 생각은 그 나라를 지배하는 이념이기도 했다.

요셉이 샘물 곁에 있는 식물처럼 무럭무럭 자랐던 이 이집트라는 나라는 불안한 나라였다. 그래서 잠복하고 있는 재앙이 들어오지 못하도록 마법의 표식과 주문으로 물 샐틈 없이 막으려고 크고 작은 일에서 매사 따져보고 준비하는 데 익숙했다. 요셉은 이집트인이 된 지 이미 오래였다. 그의 몸과 거기 걸친 옷도 거의 이집트의 질료로만 이루어져서, 조심과 준비라는 국가적인 이념은 그의 영혼에 깊숙이 각인되어 있었다. 그러나 이 이념은 방식은 달라도 그의 고향에서도 찾아볼 수 있었다. 조상 대대로 전해 내려온 이야기만 보더라도 이 이념은 오래된 뿌리를 지니고 있었다. 실은 죄라는 것도 어떤 의미에서는 조심을 제대로 안한 것이나 같았다. 그러니까 조심조심 신을 다뤄야 하는데 어리석게도 미련하게 구는 게 바로 죄이다. 그러나 지혜는 바로 예견과 준비이다. 노아-우트나피시팀이 홍수가 다가올 줄 알고 커다란 궤를 만들었기 때문에 무척 영리한 자, 지혜로운 자라 불린 게 아니었던가. 이 방주, 커다란 관, 곧 아론 안에 들어가 있었던 덕에 홍수가 지나갈 때까지 견뎌내어 창조의 피조물들이 생명을 이어갈 수 있었다. 이것이야말로 요셉에게는 모든 지혜를 보여주는 태초의 예이며 모범이었다. 그것은 바로 모든 것을 알고 있는 준비이다.

이렇게 분노한 이쉬타르가 만물을 불태우고 짓밟은 짐승을 요청하면서 결핍의 시간을 대비하여 양식을 준비했던 사실을 떠올리던 요셉의 생각은, 이 위쪽에 상응하는 아래의, 즉 땅 위에서 일어난 큰 홍수로 이어졌다. 그리고 그는 자신에게 닥친 작은 홍수를 생각하면서 울었다. 신을 배반하여 혹은 그와의 관계를 완전히 망칠 만큼 그런 어리석은 짓은 범하지 않았지만, 조심을 제대로 안한 탓에 그 벌로 이런 작은 홍수를 맞게 된 것이었다.

그러니까 큰 해로 따져서 한 해 전, 처음으로 구덩이에 빠졌을 때도 그랬듯이 이번에도 그는 자신의 잘못을 인정하고 뉘우쳤다. 아버지를 생각하고 애통해 했다. 야곱을 생각하면 가슴이 아팠다. 아버지 앞에서 참으로 부끄러웠다.

자신이 옮겨진 이 먼 나라에서 그토록 높은 자리에 이르렀으나 또다시 구덩이로 떨어지다니 너무 죄송했다. 그토록 높은 자리에 이르다니 얼마나 아름다운 들어 올림이었던가. 그런데 이제 지혜의 부족으로 다시 와르르 무너져 내렸다. 그러니 세번째 모티브 '나중에 데려오기'도 눈앞에서 사라져 저 멀리 떠내려가 버리지 않았는가! 요셉은 말 그대로 풀이 꺾였다. 그리고 죄송하고 애통한 마음으로 '아버지'께 용서를 빌었다. 마지막 순간에 나타나 최악의 사태가 생기지 않도록 막아주었던 그 아버지께.

그러나 자신을 감시하는 주방의 서기 하아마아트 앞에서는 일절 그런 내색을 하지 않았다. 그자는 한편 심심하기도 하고, 또 다른 한편으로는 얼마 전까지만 해도 집안에서 자기보다 한참 높은 자리에 있던 자가 이렇게 비참하게 아래로 뚝 떨어진 상황을 은근히 즐길 생각에 툭하면 요셉을 찾아와 말을 걸었다. 그럴 때면 요셉은 도도하고 자신만만한 태도를 보였다. 정말 그랬다. 요셉은 곧 보게 되겠지만 만사를 자기 방식으로 해석하는 재주 하나로 며칠 안 가 서기를 설득하여 포승줄을 풀게 만들었다. 서기는 감시자의 임무를 다하지 못했다는 이유로 여차하면 책임을 추궁당할 수 있었는데도, 요셉이 원하는 대로 자유롭게 돌아다니게 해준 것이다.

짐칸으로 온 하아마아트는 요셉 옆으로 다가와 돗자리에 앉으며 이렇게 입을 열었다.

"오, 파라오! 원 세상에! 왕년에 집사였던 네 꼴이 이게 대체 뭐냐? 그렇게 빨리 우리 위로 훌쩍 올라가더니 어떻게 이렇게 우리 모두의 아래로 추락했나! 도무지 믿을 수가 없어. 그러니 고개를 흔들 수밖에. 이거야 원, 리비아의 전쟁 포로나 고난의 땅 쿠쉬에서 팔목이 묶인 채 끌려온 노예 꼴이 아닌가. 얼마 전까지만 해도 너는 집 위에 있던 자였지. 그러다 이른바 잡아먹는 여자, 아멘테의 개한테 던져진 거야. 오, 온의 주인님 아툼! 참 딱하기도 해라! 어쩌다가 이렇게 재를 뒤집어썼느냐? 너희 고난의 땅 시리아 사람들이 그렇게 표현한다고 했지? 이건 나도 모르게 너한테서 받아들인 말이야. 콘스께 맹세코, 앞으로는 너한테서 아무것도 안 받을 거야. 그리고 너한테서는 빵 한 조각 받아먹을 개도 없을 거야. 네가 이렇게 누워 있는데 어떻게 받아먹겠어! 어쩌다 이렇게 되었는지 알아? 모두 다 경솔하고 음탕해서야. 이런 집에서 큰 사람 행세를 하려거든, 쾌락을 탐하는 음탕한 욕망이 배고프다고 입을 쩍쩍 벌리더라도 그걸 잘 다스려야지, 하필이면 다른 사람도 아닌 거룩한 여주인을 가지려 들다니. 그렇게 하토르와 거의 맞먹는 여자한테 덤볐으니 얼마나 뻔뻔스러운 거냐? 집안에서 재판이 열렸을 때 주인님 앞에 머리를 떨구고 있던 네 모습은 아마 영영 못 잊을 거야. 넌 한마디도 변명할 수 없었지. 잘못이 없다고 우길 말이 없었으니까. 그리고 또 우길 수도 없었지. 네가 여주인 손에 남기고 간 네 옷이 두 눈 부릅뜨고 네 잘못을 증명해 주는데, 어떻게 아니라고 변명할 수 있었겠어. 그녀를 힘으로 눌러 올라타려 한 것도 그렇지만 그나마도 어설프게 하는 바람에, 일도 못 치르고 옷만 남기고 간 거 아냐. 그러니 이리 봐도 불쌍하고 저리 봐도 불쌍해! 음식저장고로 처음 날 찾아왔을 때, 그때 어땠는지 생각나나? 너는 위층의 노인들한테 줄 간식 쟁반을 받으러 와서는 아주 거만하게 굴었지. 내가 노인들 발 위에 음료수를 쏟지 말라고 주의를 주니까, 그런 일은 절대로 생기지 않을 것처럼 하도 당당하게 굴어서 내가 도리어 무안했지. 그런데 지금 봐. 너는 네 발 위에 뭔가 쏟아버렸어. 이렇게 척 달라붙어서 굳어버리는 걸로 골라서 말야. 오, 아냐! 나는 알고 있었어. 네가 쟁반을 오래는 못 들고 있을 줄 알았어. 왜? 그건 야만성 때문이야! 넌 빈궁한 고난의 땅 출신으로 절제를 모르는 모래밭 토끼에 지나지 않거든. 그러니 인간의 나라에 있는 절도와 인생의 지혜 같은 것을 어떻게 알겠어. 우리들의 예의범절에 관한 격언을 진짜로 가슴 깊이 새길 수 없었던 것도 그래서야. 그게 어떤 가르침을 주는 격언인 줄 말해 줄까? 사람이 세상에서 즐거움을 누릴 수는 있지만 결혼한 여자와 즐기려고 하면 안 된다, 그건 생명을 위협하는 위험한 일이기 때문이다. 그런데도 너는 탐욕에 눈이 멀어 이성까지 이상해져서 여주인을 덮쳤으니, 지금 시체의 얼굴빛으로 변하지 않은 것만으로도 감지덕지해야 해. 이게 네가 기뻐할 수 있는 유일한 이유야!"

"경리실의 도제 하아마아트!"

요셉이 말했다.

"아무것도 모르면서 그런 말 하지 말게! 사람들은 대중이 이해하기에 너무 까다롭고 아주 섬세하고, 심각한 일을 보면, 너나없이 혀를 까불고 말도 안 되는 쓰레기 같은 이야기를 늘어놓지. 이런 건 거의 참을 수 없는 대접이야. 그 일

44

에 연루된 당사자들뿐 아니라, 그 일 자체를 봐서도 있을 수 없는 일이지. 자네가 내 앞에서 이런 태도로 말하는 것은 단순하고, 세련되지 못한 처사로 이집트의 문화 수준도 보여주지 못하지. 자네가 어제만 해도 상관인 내 앞에서 허리를 굽혀야 했다고 이런 말을 하는 게 아냐. 그건 여기서 제쳐놓겠어. 하지만 자네가 잊지 말아야 할 점은, 나와 여주인 사이에 있었던 일에 관해서는 자네보다 내가 훨씬 더잘 안다는 사실이야. 자네야 그저 겉으로 드러난 것만 들었을 뿐이지. 그런데 그런 자네가 어떻게 날 가르치려 드는가? 또 자네는 내 육신이 욕망에 굶주려 배고프다고 하품을 한다 하고, 이집트는 절도를 안다면서 나와 이집트를 억지로 대립시키는데, 이게 얼마나 우스운 짓거리인 줄 아는가? 이집트가 음탕하다는 소문은 온 세상에 퍼져, 저기 멀리서도 알고 있는데 이게 어디 가당키나 한 비교인가! 게다가 자네는 감히 나한테 '올라타려 했다'는 단어도 사용했네. 자네는 아마도 염소를 생각하고 그런 말을 했겠지. 우리가 내려가고 있는 목적지에 있는 그 염소 말일세. 축제를 맞은 그 염소한테 이집트의 딸들을 바친다면서? 이것이 그래 절도고 이성이군! 내 자네한테 몇 마디 해주지. 장차 나에 관해서 당나귀와 암말 같은 욕정을 지닌 백성들과 함께 살면서도 자신의 순결을 지킨 사람이라는 말이 나올 수도 있어. 이건 앞으로 충분히 있을 수 있는 일이지. 그리고 세상의 아가씨들은 결혼식을 앞두고 날 생각하고 내게 곱슬머리를 바치면서 눈물을 흘리며 비가를 부를 수도 있어. 그 노래에서 그녀들은 졸라대는 여자의 불 같은 입김과 맞서서 이겼으나, 그 대가로 명성과 생명을 잃은 청년의 이야기를 들려주겠지. 나는 여기 이렇게 누워 모든 것을 생각해 보면서 나로 말미암아 생겨날 이런 관습들을 상상하고 있는데, 자네는 내 운명과 처지에 대해 그런 식으로 말하니 얼마나 편협하게 들리겠는가! 내 불행을 뭘 그렇게 놀라워하나? 한편으로는 은근히 즐기면서! 생각해 보게, 난 페테프레의 노예였네. 그가 사들인 노예 말이야. 그렇지만 지금은 그의 판결이 있고 난 후 파라오의 노예가 되었어. 이렇게 보면 나는 그전보다 더 커지고 더 늘어난 셈이야! 왜 그렇게 멍청하게 웃는가? 물론 지금 이 순간은 내려가는 중이야. 그렇다면 내려가는 건 아무 명예도, 축제의 엄숙함도 없는가. 혹시 이 황소배가 우시르의 조각배처럼 보이지는 않는가? 아래의 양 우리를 환하게 비춰주고 지옥의 주민들에게 인사를 하려고 밤 여행을 떠날 때 우시르가 타고 가는 그 배 말이야? 어떤가? 그렇게 보이지 않나? 내게는 분명히 그렇게 보여! 알겠나? 그리고 내가 살아 있는 자들의 땅과 이별을 한다고 하면 그 말은 옳아. 그렇지만 내 코가 생명의 풀 냄새를 더 이상은 맡지 못할 거라고 누가 감히 장담할 수 있는가? 그리고 또 내가 내일 아침, 세상의 가장자리에 떠오르지 않을 거라고 누가 말할 수 있나? 그 모습이 방에서 나오는 신랑처럼 어찌나 찬란한지 그 빛 앞에서 자네의 멍청한 눈이 감기지 않으리라고 누가 감히 말할 수 있는가?"

"아, 왕년의 집사. 이렇게 수난을 겪으면서도 하나도 변하지 않고 원래 그대로군. 글쎄 자네의 원래 모습이 뭔지 그걸 말할 수 없다는 게 골치 아픈 일이지만 말이야. 그건 춤을 추는 여자들이 위로 던져 올렸다 다시 받는 여러 개의 울긋불긋한 공 같은 것이라, 서로 구별도 되지 않고 그저 공중에서 반짝이는 둥근 아치를 만들 뿐이니까. 여하튼 이런 고약한 처지와 운명 앞에서 어떻게 그렇게 당당할 수 있는지, 너하고 관계있는 신들이나 아실까. 경건한 사람들은 어이가 없어서 웃음이 나오고 한편으로는 닭살처럼 소름이 돋는군. 그리고 감히 신부들 이야기를 꾸며대질 않나. 뭐, 그녀들이 자네를 기리며 머리카락을 바칠 거라고? 그런 건 신한테나 하는 일인데, 네가 그런 대접을 받겠다는 거지? 또 네가 탄 이 수치스러운 배를 우시르의 저녁 조각배와 비유하는 것으로도 모자라서 '분명히' 그렇게 보인다고 했어. 그래서 순진한 사람한테 정말 그런 게 아닌가 그런 의심을 하도록 만들고 있어. 실제로 네가 정말 레이고 밤의 조각배를 타고 내려가면서 아툼이라 불리는 게 아닌가 그런 생각을 하게 만들잖아. 이러니 닭살이 돋을 수밖에. 이건 어이없고 한편 소름이 끼쳐서이기도 하지만, 다른 이유는 화가 나서 그래. 알아? 하도 불쾌하고 구역질이 나서 더 그런 거라고. 네가 워낙 오만하니까. 넌 지금 네 자신이 마치 지고한 분이라도 되는 양 그렇게 암시하고 그분과 혼동하잖아. 그래서 화가 나서 눈을 깜빡거리는 자 앞에 네 자신이 반짝이는 둥근 아치를 그리며 공중에 나타날 것처럼 그렇게 말하고 있어. 글쎄 누구나 하려고만 들면 너처럼 할 수 있겠지만, 영예로운 자는 그렇게 하지 않고 오히려 지고한 분께 영광을 돌리고 숭배할 뿐이야. 내가 지금 네 옆에 앉은 이유는 네가 안됐기도 하고, 심심하기도 해서 너하고 이야기나 나눌까 해서였어. 하지만 네가 네 자신을 아툼-레이고 그 위대한 자, 배를 탄 우시르라고 암시하니 더는 못 있겠다. 그러니 너 혼자 있어. 얼마나 고약하게 신을 모독하는지 구역질이 날 것 같다."

"그러게. 경리실과 음식저장고의 하아마아트! 나는 자네더러 내 곁에 앉아 달라고 청한 적이 없어. 나는 혼자 있는 것도 좋아하니까. 어쩌면 혼자 있는 걸 더 좋아한다고도 할 수 있지. 자네도 알다시피 난 자네가 없어도 혼자서 충분히 즐길 줄 아니까. 자네도 나처럼 혼자 즐길 줄 안다면, 내 옆에 앉지도 않았고, 자네는 못 하는데 나 혼자 이렇게 즐기는 게 못마땅해서 눈을 흘기지도 않았을 거야. 겉으로는 경건한 신앙심 때문에 나한테 이런 즐거움을 허용하지 않으려 하지만 실은 시기해서 그러는 거야. 그리고 경건한 신앙심이란 자네의 그 시샘과 시기심을 가린 무화과 잎사귀에 불과해. 미안하네. 자네한테 너무 멀리 있는 비유를 써서! 인간은 혼자 즐길 줄 알고 어리석은 짐승처럼 살지 않는 게 제일 중요한 일이지. 그리고 이렇게 즐기는 가운데 얼마나 높이 올라가느냐, 그게 문제지. 누구라도 하려고만 들면 나처럼 할 수 있을 거라는 자네 말은 옳다고 할 수 없어. 아무나 나처럼 할 수는 없으니까. 그자가 명예로운 사람이라서가 아니라, 그에게는 지고한 분과 공감하는 능력이 전혀 없기 때문이지. 그러니 그분과 가슴에서 우러나오는 가까운 관계를 맺을 수도 없는 거야. 하늘의 꽃으로 꾸밀 수 있는, 그러니까 흔히 하는 표현으로, 미사여구로 자신의 삶을 꾸미면서 살 수 있는 능력을 못 받은 거야. 이런 사람들은 지고한 분에게서 당연히 자신과는 다른 것만을 보게 되지. 그래서 오로지 지루한 할렐루야로 그분을 섬길 뿐이야. 그러다 자기와는 다르게 아주 가깝게 그분을 칭송하는 자를 보면 샘이 나서 파랗게 질려서 지고한 분의 상 앞에 나아가 거짓 눈물을 흘리며 이렇게 말하지. '오, 용서하소서, 지고한 분이시여, 당신을 모독하는 저 불손한 자를!' 이 얼마나 옹졸한 행동인가? 그러니 주방 서기 하아마아트 자네는 제발 그러지 말고 차라리 점심이나 주게. 때가 되니 배가 고프군."

"때가 되었다면 그래야겠지." 서기가 대답했다.

"굶겨 죽이면 안 되니까. 난 너를 산 채로 자위-레로 데려다 줘야 하거든."

요셉은 팔꿈치가 묶여 있어서 손을 쓸 수가 없었다. 결국 감시자인 하아마아트가 요셉을 먹여 주어야 했다. 다른 방법이 없었다. 그는 요셉 옆에 꿇어앉아서 빵을 입으로 가져다주고 맥주 잔을 입술에 갖다대어야 했다. 그러자 요셉은 식사 때마다 이런 이야기를 했다.

"키다리 하아마아트. 이렇게 꿇어앉아서 나를 먹여주니 고맙네. 글쎄 조금 부끄러워하면서 마지못해 하는 것 같네만, 여하튼 나로서는 고맙네. 그런 의미에서 이 맥주는 자네를 위해 건배하면서 마시겠네. 그렇지만 자네가 한참 아래로 내려왔다는 생각은 안할 수가 없군. 나한테 먹고 마실 것을 주느라 이렇게 무릎까지 꿇어야 하니까. 이전에 내가 상관이었을 때, 자네는 내 앞에서 허리를 굽혀야 했지만 이렇게까지 한 적은 없지 않았나? 그렇게 따지면 자네는 그 어느 때보다 날 더 극진히 섬기고 있는 셈이야. 결과적으로 나는 그전보다 더 큰 사람이 되었고, 자네는 더 작은 사람이 된 것 같군. 지켜봐야 할 자와 지켜보는 파수꾼 중에서 누가 더 크고 중요한가 하는 옛날 질문이 다시 등장한 셈이야. 그 대답은 두말할 필요도 없이 지켜봐야 할 자야. 왕도 시종들의 보살핌을 받지 않는가? 그리고 의로운 자에 관해서도 이런 말이 있지. '네가 길을 가는 동안 널 지키라고 천사들에게 명령했다.'"

매번 이런 식이니 참는 데도 한도가 있었다. 며칠 후 드디어 하아마아트의 인내심이 바닥을 드러냈다.

"너한테 할 말 있어. 이제 질렸다. 넌 둥지 안에 있는 뻐꾸기처럼 입만 쫙쫙 벌리면 되고, 난 매번 떠먹여 줘야 하니, 더 이상은 못해 먹겠다. 게다가 날 모욕하는 소리나 늘어놓으니 화가 나서 못 참겠어. 이제 포승줄을 풀어줄 테니까, 네가 알아서 먹어. 그러면 더 이상 네 종이나 천사 노릇은 안해도 되니까. 이건 서기가 할 짓이 아냐. 나중에 네 목적지에 이르면 그때 다시 포승줄을 묶어서 교도소장한테는 포박한 채로 데려갈 거야. 마땅히 그래야 하니까. 하지만 교도소장인 마이-사흐메 대장한테 가서 내가 널 불쌍히 여겨서 이따금 포승줄을 풀어줬다고 말하지 않겠다고 맹세해. 내가 내 임무를 다하지 않고 그렇게 사정을 봐준 걸 알게 되면, 나는 재를 뒤집어써야 하니까."

"그럼 반대로 말하지. 자네가 잔인한 감시자였고, 매일매일 전갈로 날 물게 했다고!"

50

"말도 안 돼! 그건 더 지나쳐! 너는 인간을 놀리는 것밖에 할 줄 아는 게 없군. 내 몸에 지니고 있는 봉인된 편지에 뭐라고 쓰여 있는지 모르니, 너를 어떻게 할 생각인지도 몰라. 아니, 도대체 너를 어쩔 생각인지 아는 사람이 전혀 없으니, 그게 제일 고약해! 어쨌거나 넌 감옥 주인한테 내가 널 다룰 때, 아무리 무정해도 인간적인 수준을 지키면서 적당히 엄했다고 말해야 해."

"그렇게 하지."

요셉은 덕분에 팔꿈치가 자유로워졌다. 그러다 우토, 곧 뱀의 나라 깊숙이, 강이 팔을 펼쳐 자그마치 일곱 개로 갈라지는 곳으로 내려가, 드예데트 주(州)에 이르러 자위-레 섬에 가까워지자 하아마아트는 요셉을 다시 포박했다.

감옥 위에 있는 관리

요셉은 열이레 정도 후 감옥에 도착했다. 이 두번째 구덩이에서 그는 머리가 다시 들어 올려지기까지, 3년 간 머물게 된다. 이는 위에서 일어나는 일과 꼭 맞아떨어지는 수치이다. 나일 강 지류 멘데스에 솟아 있는 섬의 면적 중 대부분을 차지한 감옥은 형태도 제대로 갖춰지지 않은 참으로 삭막한 곳이었다. 뜰과 복도로 이루어진 입방체 병영과 우리, 그리고 창고들과 방들을 아무렇게나 모아둔 그런 광경이었는데, 한구석에 요새의 보루가 치솟아 있었다. 그곳은 감옥 위에 서 있는 관리이면서 죄수들의 태수요 수비대의 지휘관인 마이-사흐메, 곧 '늘 승리하는 군대의 서기'가 머무르는 장소였다. 그리고 복판에 있는 베프바베트 신전의 탑 문 앞에 꽂힌 깃발이 장식이라고는 없는 이 삭막한 곳의 유일한 장식품이었다. 그리고 이 모든 것을 높이가 대략 20엘레쯤 되는 성벽이 둘러싸고 있다. 재료는 굽지 않은 맨

벽돌이고, 능보(稜堡)는 앞으로 뾰족하게 튀어나왔고 방벽 (防壁)은 둥글게 나와 있었다. 옆쪽으로 선착장과 성문이 있었다. 성벽의 흉벽 뒤에는 보초병들이 서 있었다. 하아마 아트는 멀리서부터 황소배의 뱃머리에 올라서서 병사들에게 편지를 흔들어댔다. 그리고 성문 아래에 이르러서는 큰 소리로 외쳤다. 죄수 한 명을 데려왔는데 수비대장이자 교도소장인 분께 친히 넘겨 줘야 한다고.

여기 있는 병사들은 용병이었다. 이들의 군대식 호칭은 네에아린으로 이집트의 독자적인 이름을 사용하지 못하고 셈어에서 빌려온 명칭이었다. 앞에는 심장 모양의 가죽 보호대, 등 뒤에는 방패를 매달고 창을 들고 있는 병사들이 성문을 열어주었다. 요셉은 자신을 사들인 이스마엘 상인들과 함께 다시 한번 젤 요새의 성문을 통과하는 기분이었다. 당시 소년이었던 그는 이집트의 기적과 끔찍한 것들 앞에서 약간 겁을 먹었었다. 그러나 지금은 이런 것에 익숙했다. 피부와 머리카락까지 이집트 사람인 자가 그러하듯이. 물론 속까지 다 그렇다는 것은 아니다. 자신이 옮겨진 이 나라의 어리석은 짓거리에 대해 항상 마음속으로는 거리감을 두던 그였다. 그리고 소년의 신분에서는 이미 벗어나 남자가 되었다 할 수 있었다. 그러나 지금 그는 황소 하피처럼 포승줄에 묶여서 끌려갔다. 프타흐의 살아 있는 재현으로서 멘페 신전 뜰에서 끌려가던 그 우신(牛神)처럼 이집트 나라의 포로가 되어 끌려간 것이다. 페테프레의 종 두 명이 양쪽에서 팔을 묶은 줄을 잡고 앞으로 몰고 갔기 때문이다. 그의 앞에는 하아마아트가 있었다. 성문 아래에서 지팡이를 갖고 있는 하급 군관(아마 통과 명령을 내린 건 이 자인 것 같았다)이 그에게 몇 가지 물어본 후, 뜰로 걸어오는 다른 상관에게 넘겼다. 곤봉을 든 그 남자는 하아마아트로부터 편지를 건네받더니, 대장에게 편지를 전해 주고 올 테니 여기서 기다리라고 했다.

일행은 병사들의 호기심 어린 시선을 느끼며 작은 사각형 뜰에서 기다렸다. 두 그루나 세 그루쯤 되는 야자나무가 드문드문 그늘을 만들어주었다. 나무 꼭대기만 초록색이고 나머지는 짚 색깔인 나무에 붉은빛이 도는 둥근 공 같은 열매가 주렁주렁 매달려 있었다.

야곱의 아들은 생각에 잠겼다. 교도소장에 관해 했던 페테프레의 말이 떠올랐다. 그는 함께 장난치고 놀 수 있는 남자가 아니라 했던가. 그렇다면 당연히 긴장할 만했다. 그러나 곰곰이 생각해 보니 명예 대장이 그 교도소장을 개인적으로 모를 가능성이 컸다. 아마도 장난을 모른다는 성격도 그저 교도소장이라는 직책에서 미뤄 짐작한 결론일 확률이 컸다. 그러니까 그럴 수도 있겠지만, 꼭 그래야 할 이유는 없는 것이다. 여하튼 걱정이 되기는 하지만 자신이 만날 대상이 인간이라는 사실에서 위안을 얻기로 했다. 인간인 이상 어떤 식으로든 가까워질 수 있는 틈새가 있으리라. 그 남자가 가혹한 직책을 수행할 적임자의 성격을 타고났든, 아니면 그 직책이 그를 그렇게 가혹하게 만들었든, 어떻게든 그와도 장난이 가능하리라 여겼다.

그리고 요셉은 이집트 땅의 자녀들을 알고 있었다. 그곳은 뻣뻣하게 굳은, 죽은 자들의 땅이며 신의 무덤들로 꽉

차 있는 나라였지만, 이 어둡고 칙칙한 배경에서도 아이 같은 천진난만한 일과 해롭지 않은 일들이 넘쳐나서 한마디로 살 만한 곳이었다. 게다가 지금 태수가 읽고 있는 편지도 있었다. 요셉은 유배당한 자가 누군지 '적절히 묘사한' 그 편지에서 페테프레가 그다지 잔혹한 표현을 쓰지는 않았으리라 믿었다. 그리고 가장 가혹한 대우를 강요하려는 목적은 더더욱 없었으리라 믿었다. 그러나 이러한 요셉의 신뢰의 특징은 축복을 받은 사람의 경우가 흔히 그러하듯, 세상에 대한 신뢰가 아니라 자신에 대한 신뢰에서 비롯된다. 이런 자신감은 타고난 성품으로 어떻게 그럴 수 있는지는 비밀이 아닐 수 없다. 그렇다고 요셉이 소년의 단계에 머물러, 다시 말해서 모든 인간이 자신보다 요셉 자신을 더 사랑하리라 믿고 다른 사람들에게 지나친 요구를 하는 그런 무모한 믿음은 아니었다. 그러나 요셉이 계속 믿었던 사실은, 자신에게는 세상 사람들이 요셉 자신을 최대한 배려하도록 만들 수 있는 능력이 주어져 있다는 점이었다. 보다시피 이는 자기 자신을 세상보다 더 신뢰하는 믿음이었다. 물론 이 두 가지는, 곧 그의 자아와 세상은 서로 연관되어 있어서 어떤 의미에서는 하나라고 요셉은 생각했다. 그러니까 세상은 그냥 세상 그 자체가 아니라, 그의 세상이었으며 그런 까닭에 선하고 좋은 세상으로 변화시킬 수 있는 세상이었다. 물론 환경은 막강한 힘을 가졌다. 그러나 요셉은 개인이 환경을 바꿀 수 있다고 믿었다. 다시 말해서 전체를 좌우하는 일반적인 환경의 힘보다 특수한 개인의 힘이 우위에 있다고 믿은 것이다. 요셉이 길가메쉬가 그랬던 것처

럼 자신을 가엾으면서도 복된 인간이라 불렀다고 가정해
보자. 이 경우 자신은 타고난 낙천주의자이지만, 많은 아픔
앞에서 울기도 잘 운다는 사실을 알았고, 그러면서도 다른
한편으로는 자신만이 가진 고유한 빛, 혹은 자신의 내면에
있는 신의 빛이 밝힐 수 없을 만큼 캄캄한 아픔은 결코 없
다고 믿었다는 뜻이다.

요셉의 신뢰는 이런 종류의 신뢰였다. 글쎄 적당한 표현
을 찾는다면 신에 대한 신뢰라 해도 될 것이다. 요셉은 이
런 신뢰를 가지고 마이-사흐메를 바라보게 된다. 요셉은 얼
마 후 자신을 지키는 자들과 함께 지붕이 있는 낮은 통로를
지나 요새의 보루 아래로 인도되었다. 가운데가 볼록한 모
자들을 쓴 보초병들이 문 앞에 서 있었다. 그리고 일행이
그곳으로 다가가자 잠시 후 문이 열리면서 대장이 보였다.

대장은 베프바베트를 섬기는 제사장을 대동했다. 지금까
지 함께 장기를 두었던, 몸이 비쩍 마른 대머리 사제와는
달리 풍채가 좋은 대장은 약 40세쯤 되어보였다. 그는 여기
나오느라 막 갑옷 조끼를 꺼내 입었다. 금속으로 만든 작은
사자상을 비늘처럼 꿰맨 갑옷이었다. 갈색 가발과 둥근 갈
색 눈, 그리고 숱이 많고 검은 눈썹, 작은 입, 붉게 그을린
갈색 얼굴, 면도 후에 자란 거뭇거뭇한 수염, 털이 수북한
팔뚝이 우선 눈에 띄었다. 무척 편안한 표정에 약간 졸린
듯 하면서도 매우 총명해 보이는 인상이었다. 또 대장의 말
도 아주 차분하고 편안하면서 단조로웠다. 전투적인 신의
제사장과 함께 이쪽으로 걸어오면서 나누는 이야기가 그랬
다. 아마도 장기 이야기를 하는 듯 했는데, 요셉 일행은 두

사람의 장기판이 끝날 때까지 기다린 셈이었다. 대장은 손에 부채를 들고 있는 자의 편지 두루마리를 들고 있었다. 이미 개봉된 상태였다.

대장은 걸음을 멈추고 편지를 마저 읽으려고 두루마리를 다시 펼쳤다. 그리고 편지에서 얼굴을 들어 올렸을 때 요셉에게 보인 대장의 얼굴은 한 남자의 얼굴 그 이상이었다. 그건 한마디로 가엾으면서도 복된 인간의 표정으로, 요셉을 기다리고 있는 환경이 캄캄하긴 해도, 신의 빛으로 충분히 밝아질 수 있음을 암시하는 것이었다. 대장은 위협이라도 하듯 양미간을 찌푸려 양쪽의 검은 눈썹을 한데 모았지만, 그의 작은 입은 싱긋 웃고 있었던 것이다. 그러나 대장은 얼른 두 가지 모두를 얼굴에서 거둬들였다.

"네가 베세에서 여기까지 뱃길을 인도했더냐?"

대장은 고개를 돌려 눈을 동그랗게 뜨면서 눈썹을 치켜뜨고 태연하게 단조로운 음성으로 서기 하아마아트를 쳐다보았다.

그렇다고 대답하자 대장은 이번에는 요셉을 쳐다보았다.

"네가 파라오의 큰 궁신 페테프레를 섬기던 왕년의 집사냐?"

"접니다." 요셉이 간단하게 대답했다.

그러나 그것은 매우 강력한 대답이었다. '말씀하신 대로입니다' 혹은 '주인님께서 진실을 알고 계십니다' 아니면 더 꾸며서 '마아트께서 주인님의 입으로 말씀하고 계십니다' 라고 말할 수도 있었을 것이다. 그러나 진지하게 미소를 지으면서 간단하게 '접니다' 라고 대답하는 것은 이 자리에 어울리지 않았다. 우선 상관 앞에서는 '나' 혹은 '저'라 하지 않고 '당신의 종' 혹은 아주 굴욕적으로 '여기 있는 이종은'이라고 하기 때문이다. 그뿐 아니라 '나' 혹은 '저'는 경고의 의미도 포함되었다. 그건 '접니다' 혹은 '나다'라는 대답은 집사라는 직분에 국한된 질문을 넘어서서, '네가 누군데?' 혹은 '네가 뭔데?'라고 되물어보고 싶은 충동을 느끼게 했기 때문이다. 간략히 말해서 '접니다' 혹은 '나다'는 아득한 곳에서 들려오는, 오래된 문구로 자기가 누군지 알아맞혀 보라고 사람들에게 호소하는 문구였다. 말하자면 신들이 자신이 누구인지 알려줄 때 즐겨 사용하던 방식으로, 여기에는 눈을 내리까는 것부터 시작하여 천둥 같은 소리에 당장 무릎을 꿇고 조아리는 반응까지 자동적으로 연상된다.

생전 깜짝 놀라는 일은 없을 것 같은 마이-사흐메의 얼굴이 가벼운 혼란 혹은 당황한 기색을 내비쳤다. 이때 그의 작고 잘생긴 코끝이 하얗게 변했다.

"그래, 그래. 바로 너로구나."

그는 자신이 그렇게 대답한 줄도 몰랐다. 그리고 무슨 뜻으로 그렇게 말했는지도 정확히 기억하지 못했다. 이렇게 꿈을 꾸듯이 잊어버린 것은 자기 앞에 서 있는 남자가 두 나라에서 가장 잘 생긴 스물일곱 살짜리 청년이었던 탓도 있다. 아름다움은 원래 강력한 인상을 남긴다. 아름다움 때문에 깜짝 놀라는 법이 없는 사람, 곧 아주 고요하고 편안한 영혼을 지닌 사람까지도 약간 놀라, 진지한 미소를 지으며 '접니다'라고 한 말의 의미를 꿈 같은 배경에서 되새기게 된 것이다.

대장이 다시 입을 열었다.

"넌 사려 없는 어리석은 행동으로 둥지에서 떨어진 경솔한 새처럼 보이는구나. 아주 흥미로운 것들이 넘쳐나는 파라오의 도시에서 살았으면, 끝날 줄 모르는 축제 같은 삶을 살 수도 있었을 텐데. 그리고 이렇게 끔찍하게 지겨운 곳으로 내려오지 않도록 주의를 기울였어야 마땅하거늘, 너는 이렇게 끔찍하게 지겨운 곳으로 왔구나."

그는 다시 한번 위협하듯이 눈썹을 가운데로 모으며 인상을 썼다. 그러나 이번에도 입가에는 절반짜리 미소가 번졌다. 그 두 가지는 항상 붙어다니는 것 같았다.

"남의 집 여자들을 쳐다보면 안 되는 줄 몰랐더냐? 너는 죽은 자의 책, 사서에 나오는 격언들도, 거룩한 임호테프의 경고와 생각들도 읽지 못했더냐?"

"큰 소리로도 읽고, 낮은 소리로도 수없이 읽어서 잘 알고 있습니다."

그러나 대장은 질문을 하고서도 요셉의 대답을 들을 생각도 않고 옆에 있던 제사장을 쳐다보고 말했다.

"옛날에 한 남자가 있었습니다. 인생의 훌륭한 동반자, 현인 임호테프! 그는 의사이며 건축가였고 사제였으며 서기였지요. 그는 뭐든지 할 수 있는 자였고, 투트-안크-드예후티, 토트의 살아 있는 형상이었습니다. 저는 그 남자를 존경합니다. 그리고 제가 깜짝 놀랄 수 있다면, 아, 그러나 저는, 안타깝게도 이렇게 말할 수밖에 없습니다, 내게는 그런 소질이 없다고. 그러기에는 너무 차분하고 편안하니까.

하지만 만일 제가 깜짝 놀랄 수 있는 사람이라면, 아마도 이처럼 앞뒤가 딱 맞아떨어져서 일관성을 보이는 이 학문 앞에서 너무 놀라서 정신을 잃을 것입니다. 물론 임호테프, 그 거룩한 자는 이미 햇수를 헤아릴 수도 없이 오래 전에 죽었습니다. 그런 거룩한 존재는 옛날에 두 나라의 동쪽에 나 한번 있었을 뿐이지요. 태초의 왕 드요세르가 그의 통치자였습니다. 아마 그는 왕을 위해 멤페 근처에 영원한 집, 계단 피라미드를 지어주었을 게 틀림없습니다. 전체가 6층으로 아마 120엘레쯤 되었겠지요. 그러나 석회석의 질이 나쁩니다. 저기 건너편 채석장에서 우리 죄수들이 캐고 있는 석회석도 그보다는 질이 덜 나쁩니다. 하지만 마이스터는 당시 그보다 좋은 석회석을 갖고 있지 못했지요. 그러나 건축은 그의 지혜와 재주의 일부로 부수적인 일이었습니다. 그는 토트의 신전에 들어가는 모든 성문 자물쇠와 열쇠를 알고 있었지요. 게다가 또 의사였고 자연에 통달한 자로서 단단한 것과 무른 것 모두를 알아서, 괴로움으로 뒹구는 자들을 어루만져 주는 약손이었고, 평안을 선사하는 자였습니다. 스스로 아주 평안한 사람이라 깜짝 놀라는 것과는 거리가 멀었기 때문입니다. 게다가 그는 신의 손에 있는 갈대 붓으로 지혜의 서기였습니다. 하지만 오늘은 의사, 내일은 서기인 것이 아니라 한꺼번에 둘 다입니다. 제 생각에 이것이 특별히 더 가치 있는 일 같습니다. 병을 고치는 일과 서기의 일이 서로의 빛을, 곧 각각의 장점을 상대방에게 전해 주면서 함께 손을 잡고 간다면, 두 가지 모두 최상이 됩니다. 서기의 지혜를 가진 의사는 몸이 아파 구르는 자들을 보다 지혜롭게 영리하게 위로해 줄 것이고, 육체의 생명과 고통을 이해하고 기력과 활기를 알고 독과 약을 아는 서기는 그것을 전혀 모르는 자보다 많은 장점을 갖게 될 겁니다. 임호테프 현인은 바로 그러한 의사였고 서기였습니다. 그는 거룩한 남자였지요. 마땅히 그에게 향불을 피워야 합니다. 이미 오래 전에 죽었지만 그래도 그렇게 해야 한다고 생각합니다. 그가 살았던 곳도 바로 아주 흥미로운 멤페였지요."

그 말에 제사장이 대답했다.

"그보다 못하다고 부끄러워해서는 안 되오, 대장. 그대도 수비대장의 직분을 해치지 않으면서, 몸을 뒤틀고 몸부림치는 자들을 낮게 해주고, 게다가 형식과 내용 면에서 대단한 글까지 쓰면서 이 모든 분야들을 평안한 가운데 하나로 합치고 있잖소."

"평안함만 가지고는 아무것도 못하지요."

둥글고 지혜로워 보이는 눈을 가진 마이-사흐메의 느긋한 얼굴에 언뜻 슬픈 기색이 스쳤다.

"어쩌면 제게는 깜짝 놀라는 번개 같은 충격이 필요할지도 모릅니다. 그렇지만 그게 도대체 어디서 오겠습니까? 그런데 너희는?"

말을 하다 말고 갑자기 눈썹을 치켜뜬 그가 고개를 가로저으며 요셉의 포승줄을 잡고 있는 페테프레의 종 두 명을 쳐다보았다.

"대체 무엇들 하느냐? 그를 몰고 쟁기질을 할 생각이냐? 아니면 어린 소년들처럼 말놀이를 할 셈이냐? 도살장의 황소처럼 그렇게 사지를 묶어두면 어떻게 일을 하겠느냐? 어서 풀어줘라, 멍청한 것들! 여기서는 포승줄에 묶여 쓰러져 있는 게 아니라, 광산이나 채석장, 혹은 신축 공사장에서 파라오를 위해 톡톡히 일을 해야 한다. 어쩌면 이렇게들 모르는지! 이 사람들은."

그는 다시 신을 보살피는 자를 쳐다보았다.

"포승줄에 묶여 드러누워 있는 곳이 감옥인 줄 압니다. 뭐든 말 그대로, 곧이곧대로 받아들이니까요. 그리고 어린 아이들처럼 한 남자를, 왕의 포로를 감옥에 가둔다는 사람들의 표현방식을 그대로 믿고, 이 경우 정말로 탐욕스러운 쥐와 딱정벌레가 우글거리는 구덩이에 처박혀서 평생 레구경도 못하는 줄 압니다. 이렇게 표현과 현실을 혼동하는 것은 교육을 받지 못한 신분이 낮은 사람들의 특징이지요. 지금껏 보아온 바로는 고난의 쿠쉬 땅에서 온 고무를 먹는 흑인들과 우리 두 나라의 들판에서 일하는 농부 아낙네들한테서 이런 특징을 자주 발견했는데, 도시인들에게서는 거의 보지 못했습니다. 물론 이렇게 말 그대로 받아들이는 것에 일종의 시학이 있다는 점은 부인할 수 없습니다. 단순함의 시학, 옛날 이야기의 시학 말입니다. 제가 보기에 시학에는 두 가지 종류가 있습니다. 하나는 백성의 시학으로 단순함의 시학이며, 또 다른 하나는 서기의 정신에서 나오는 시학이지요. 후자가 당연히 더 높지만 전자와 좋은 관계를 맺지 않고는 존재할 수 없고, 전자를 토양으로 삼아야만 결실을 얻을 수 있다는 게 제 생각입니다. 이는 모든 높은 삶과 또 파라오의 화려함까지도 높은 곳에서 아름답게 꽃을 피워, 세상에 경탄을 자아내기 위해서는 아래에 넓게 퍼져 있는 결핍된 삶을 그 옥토로 삼아야 하는 것과 같은 이치입니다."

그러자 직접 요셉의 팔에 묶인 줄을 푸느라 부산을 떨었던 주방 서기 하아마아트가 끼어들었다.

"책들의 집에 속하는 도제로서 저는 이야기 방식과 현실을 혼동하지는 않았습니다, 대장님. 그저 저는 이 순간 형식적으로나마 죄인을 포승줄에 묶어서 데려와야 한다고 생각했을 뿐입니다. 여행 도중에는 대부분 줄을 풀어주었으니까요. 죄인이 바로 증인이 되어줄 겁니다."

"그건 당연한 조처였을 뿐이야."

마이 사흐메가 대답했다.

"우선 살인이라든가 도적질, 국경에서 저지른 범죄, 세금을 안 내겠다고 거부하거나, 세금을 걷는 세리들을 매수하는 식의 범행 등은 한 여자가 개입된 혼란과는 다른 눈으로 봐야하니까. 이런 문제는 더 신중하게 판단해야 해."

그는 다시 편지 두루마리를 절반 정도까지 펼쳐 안을 들여다보았다.

"여기 보니까 이 문제는 여자 이야기야. 이런 일을 영예롭지 못한 천민의 행동과 뒤섞어 한 통속으로 취급하려 한다면, 난 군이 군 지휘관일 필요도 없고, 왕의 우리를 지키는 도제일 필요도 없지. 표현 방법과 현실을 구별하지 못하고 모든 걸 말 그대로 받아들이는 것은, 아이처럼 유치한 낮은 신분의 표식이고 특징이지만, 그러나 이런 혼동은 이따금 더 나은 신분에 속하는 사람들 중에서도 피할 수가 없지. 남의 집 여자들을 쳐다보지 말라, 그건 위험한 일이다. 이렇게들 말하지만, 지혜는 지혜, 삶은 삶, 이렇게 두 가지는 제각각이니까. 그리고 또 바로 위험하다는 것 자체가 이 연애 스캔들에서는 영예로운 요소가 되지. 그리고 사랑의 행위는 두 명의 문제라서 잘못을 따질 때 늘 약간은 불분명한 법이야. 겉보기에 분명해 보인다 하더라도 마찬가지지. 왜냐하면 한쪽이, 그러니까 남자가 모든 잘못을 떠 안게 되어 있으니까. 그러니 표현방식과 현실을 조용히 구별하는 것이 좋아. 한 남자가 여자를 유혹했다는 이야기를 들으면 나는 웃음이 나와서 혼자서 피식 웃네. 그리고 속으로 이런 생각을 하지. '거룩한 삼위시여! 아! 신이 등장한 이래 유혹이 누구의 임무이며, 누구의 기술인지 다 아는데! 적어도 멍청한 우리들은 아니지!' 두 형제 이야기를 아느냐?" 질문을 던지는 그의 둥근 갈색 눈이 요셉을 올려다보았다. 그는 요셉보다 키가 훨씬 작고 뚱뚱했다. 그래서 키 차이를 메워보려는 듯이 숱이 많은 눈썹을 최대한 위로 치켜올렸다.

"잘 압니다, 대장님."

질문을 받은 자가 대답했다.

"파라오의 친구인 제 주인님께 자주 읽어드렸어야 할 뿐만 아니라, 검고 붉은색의 아름다운 글씨로 베껴 써야 했습니다."

"그건 앞으로도 베껴 쓸 사람이 많을 게다. 탁월한 허구요 하나의 본보기이니까. 비단 납득이 되는 내용 때문만은 아니다. 사실 평안하게 차분히 생각해 보면 일부 믿을 수 없는 것도 있거든. 예컨대 여왕이 입 안으로 날아들어온 페르시아 나무 조각으로 임신을 한다는 건, 의사의 경험에 위배되니 받아들일 수 없지. 그럼에도 불구하고 이 이야기는 하나의 본보기로 인생의 틀과 같아. 자, 보아라. 아눕의 아내는 청년 바타가 아주 센 줄 알고 그에게 기대며 이렇게 말하지. '이리 와, 잠깐 같이 놀자! 예복도 두 벌 만들어줄게.' 그리고 바타는 형에게 '그녀가 전부 뒤집어 말한 거야!'라고 외친 후 그가 보는 앞에서 칼날로 자신의 남성을 잘라 물고기밥으로 던지지. 이건 참으로 감동적이야. 실제로 이랬다고 주장하는 이야기의 진행과정들이 나중에는 믿을 수 없는 것으로 변질되기도 했지만, 여하튼 감격적인 건 사실이야. 나중에 바타가 하피 황소로 변하여 '내가 하피에게 기적을 이루리니, 온 나라가 내게 환호하리라' 하면서 자기가 누구인지 알려 주려고 '내가 바타다! 봐라, 나는 아직 살아 있다. 나는 신의 거룩한 황소다'라고 하는 장면은 정말 대단하니까. 이건 물론 꾸며 낸 이야기지. 그렇지만 물처럼 이리저리 흐르는 삶이 이전의 상상력이 만들어낸 희한한 틀에 부어지는 경우도 결코 적지는 않아!"

그는 한동안 입을 다물었다. 그리고 편안한 얼굴로 작은 입을 조금 벌린 채 진지한 눈빛으로 허공을 바라보았다. 그리고는 다시 편지를 조금 더 읽더니 고개를 들고 대머리 남자에게 말했다.

"제사장님도 지금 이런 일은 제게 활력을 불어넣어 주는 계기가 되리라 생각하실 겁니다. 이처럼 모든 게 똑같이 굳어 있는 장소에 있다보니, 저처럼 타고난 성품까지 편안한 남자는 아차 하면 잠에 곯아떨어질 지경이었습니다. 제 앞에 끌려오는 자들은 벌써 판결이 끝난 자들이나, 정의의 저울이 여전히 흔들려서 아직 재판이 끝나지 않아 당분간 구류형을 받은 자들이 대부분으로, 기껏해야 온갖 무덤을 터는 도둑들과 노상강도와 소매치기 같은 작자들이었으니 잠에 곯아떨어질 위험을 막아줄 수가 없었지요. 하지만 이번처럼 사랑의 영역에서 일어난 위반행위는 다른 것들과는 확연히 구분되며 사람을 흥분시키는 데는 이만한 사건이 없습니다. 그리고 이 점은 의심의 여지가 없지요. 제가 아는 한, 다른 생각을 가진 낯선 이방 민족이라 하더라도 이 영역이 인간 생활의 여러 부분 중에서 가장 자극적이고, 가장 의미심장하며 가장 신비스러운 영역이라는 사실에는 너나 할 것 없이 동의할 것입니다. 하토르의 나라에서 뜻밖에도 놀라운 경험을 해보지 않은 자가 어디 있겠습니까? 다들 깊이 생각해 볼 만한 그런 뜻깊은 경험을 한번쯤은 하지 않았겠습니까? 참, 제사장님께 내 첫사랑, 아니 내 두번째 사랑이기도 한 그 이야기를 해드렸던가요?"

"아니오, 한번도 그런 적 없소. 그런데 첫사랑이면서 두번째 사랑이라니? 어떻게 그럴 수가 있는지 참 신기하오."

그러자 대장이 말을 가로막았다.

"원하신다면 두번째가 여전히 첫사랑이라 할 수도 있습니다. 하지만 여전히 혹은 또다시 또는 영원히, 이중에서 어떤 게 옳은 표현인지 누가 과연 단정할 수 있겠습니까? 그리고 그건 중요한 게 아닙니다."

그리고 아주 편안한, 그렇다, 거의 졸리는 듯한 표정으로 팔짱을 끼고 편지 두루마리를 겨드랑이에 끼운 채 그는 이야기를 시작했다. 고개를 모로 꼬고, 둥근 갈색 눈 위의 짙은 눈썹을 조금 치켜올린 모습이었다. 동그란 입술이 절도 있고 진지한 동작과 함께 단조로운 음파를 내보냈다. 청중은 요셉과 그를 지키는 파수꾼들과 베프바베트를 받드는 제사장, 그리고 주변에 서 있던 병사들과 이곳으로 다가온 다른 병사들이었다.

"그때 저는 열두 살로 왕의 마구간에 있는 서기 학교에서 수업을 받는 집의 도제였습니다. 지금도 그렇지만 그때도 저는 키가 작고 살이 찐 편이었지요. 이게 바로 제 체격 조건이니까요. 전생에도 그랬고 죽은 다음에도 그럴 것입니다. 그렇지만 심장과 정신에는 다른 것들을 받아들일 수 있는 공간이 있었습니다. 그러다 어느 날 한 소녀를 보았습니다. 동급생의 누이였는데, 매일 점심시간에 그에게 빵과 맥주를 가져다주었지요. 그 어머니가 편찮았던 겁니다. 그 친구 이름은 이메십이었고 관리 아멘모세의 아들이었습니다. 그런데 그는 자기한테 빵 세 개와 맥주 항아리를 두 개 가져다주는 누이를 베티라 부르더군요. 그래서 저는 그녀의 이름이 네흐베트이려니 짐작했습니다. 나중에 이메십한테 물어보니까 맞다고 하더군요. 그녀의 이름에 관심을 가진 건 그녀에게 관심이 있어서였습니다. 그녀가 옆에 있으면 도무지 그녀에게서 눈을 뗄 수가 없었어요. 땋은 머리, 가느다란 눈, 아치처럼 생긴 입, 특히 옷 밖으로 노출된 날씬하면서도 통통한 맨살, 그 아름다운 모습들이 가장 강렬한 인상을 남겼습니다. 그러나 낮에는 제가 베티한테서 어떤 인상을 받았는지 몰랐습니다. 그러다 밤이 되면 그제야 알게 되는 겁니다. 동료들과 자려고 누울 때면, 옷과 샌들을 옆에 놓고 필기도구가 들어 있는 주머니와 책들로 머리를 받치곤 했습니다. 그게 규정이었거든요. 그렇게 머리에 책의 압박을 느껴서 꿈에서도 책을 잊지 않아야 했으니까요. 하지만 그렇게 했어도 책은 잊어버렸고, 오히려 제 머리를 압박한 건, 기억을 하기 위해 특별한 조처를 취하지도 않은 제 꿈들이었지요. 그래서 아주 실감나는 꿈을 꾼 겁니다. 그건 아멘모세의 딸 네흐베트와 약혼하는 꿈이었지요. 우리의 아버지와 어머니들이 그렇게 하기로 약속한 거였어요. 그래서 그녀는 곧 내 부인인 누이가 되고 주부가 될 거라 했어요. 아, 그녀의 팔이 제 팔 위에 놓인다 생각하니 얼마나 기쁜지. 제 평생 그렇게 기쁜 적은 없었습니다. 그 약속이 너무 기뻐서 가슴속까지 두근거렸지요. 게다가 부모들이 우리한테 코를 서로 가까이 갖다대라고 요구했을 때는, 아, 얼마나 좋던지, 기쁨에 돛을 단 기분이었습니다. 그런데 이 꿈이 얼마나 생생하고 자연스러운지, 정말 현실 같아서 묘하게도 밤이 지나고 잠에서 깨어나 세수를 한 후에도, 계속 진짜로 착각한 것입니다. 아무리 생생해도 그렇지, 일단 깨고 나면 그만인데 깨어나서까지 계속 진짜로 착각하게 만드는 그런 꿈은 그전에도, 그후에도 꾼 적이 없었습니다. 그래서 몇 시간 동안 여전히 베티와 정말 약혼했다고 믿고는 행복해 했지요. 그러다 서기의 홀에 앉아 있는데, 선생님이 정신을 차리게 하느라 등을 철썩 때리는 바람에 두근거리던 가슴도 행복을 잃어버렸지요. 그리고 말짱

한 정신으로 넘어가는 과정에서 이런 생각을 했습니다. 그 약속과 우리 두 사람이 코를 가까이 갖다댄 건 한낱 꿈이었다. 하지만 이 꿈을 곧 실현하지 못할 이유도 없다. 부모님께 베티의 부모와 만나서 우리 문제를 의논하고 합의를 봐 달라고 부탁만 하면 된다. 꿈까지 꾸었다니 그럴 만도 하다, 다들 그렇게 여기고 제 부탁에 놀라지도 않으리라 생각했던 겁니다. 그러다 그후에 천천히 냉정한 정신으로 돌아와 정말 실망을 하고 나니까, 이번에는 그렇게 사실처럼 생생하게 보였던 그 일을 실현할 수 있다고 여겼던 건, 교만한 생각에서 나온 망상이며, 주변 상황으로 보더라도 그걸 실현한다는 건 완전히 불가능하다고 생각하게 되었지요. 그때 저는 파피루스처럼 두들겨 맞으며 학교에 다니는 소년에 불과했으니까요. 그리고 학교를 졸업한다 해도 서기와 군 지휘관으로서 이제 막 경력을 쌓아갈 신참이었지요. 게다가 전 지금도 그렇지만 그때도 키가 작고 뚱뚱했습니다. 이 조건은 죽은 후의 삶에서도 제 몫이 될 겁니다. 또 네흐베트는 저보다 세 살이 많아서 당장이라도 직위나 품위 면에서 저보다 훨씬 성공한 남자와 결혼할 수 있었습니다. 그런데 그런 그녀와 약혼할 생각을 했다니, 꿈의 행복이 날아가고 나니까, 제 자신이 그렇게 어리석어 보일 수 없더군요. 그래서 저는,"

대장은 편안한 표정으로 이야기를 이었다.

"꿈에서 아름다운 현실로 묘사되지 않았더라면 떠올리지도 않았을 그 생각을 단념하고, 왕의 마구간에 있는 서기학교에서 공부하는 일을 계속했습니다. 번번이 등을 맞아가면서 말입니다. 그러다 20년 후, 늘 승리하는 군대에 명령권을 갖는 서기관으로 올라온 지 한참 되었을 무렵, 동료 세 명과 시리아로 떠나라는 명령을 받았지요. 고난의 땅 케르에서 파라오께 조공으로 바칠 말을 살펴보고, 배에 실어 보내는 게 저희의 임무였습니다. 그래서 카자티 항구에서 정복당한 세크멤으로 가서 거기서, 제 기억이 맞다면 페르-세안이라 불리는 도시로 갔습니다. 그런데 그곳에 있던 우리 주둔군의 대장이 어느 날 문이 아름다운 자기 집에서 저녁 파티를 열어 그곳 백성과 보충병으로 파견된 우리 서기들을 초대해 줬습니다. 연회장은 포도주와 화환으로 멋지게 꾸며져 있었습니다. 거기에는 이집트인도 있었고 도시의 고상한 사람들도 다 모였지요. 남자뿐 아니라 여자도. 그때 저는 한 아가씨를 보았습니다. 파티를 연 이집트인 집의 여주인과 친척이었어요. 그녀의 어머니가 여주인과 자매 사이였던 겁니다. 그녀는 시종들과 시녀들을 데리고 그곳을 방문한 중이었고, 그녀의 부모는 상이집트의 첫번째 분류(奔流) 근처에 살고 있었습니다. 그리고 아버지는 수에네트의 부자 상인으로서 고난의 땅 카시에서 나오는 상아와 표범가죽과 흑단을 이집트 시장으로 가져가는 사람이었지요. 상아를 사고파는 이 상인의 딸을 봤을 때, 한창 청춘인 그 소녀를 보는 순간, 제 인생에서 두번째로, 그렇게 많은 세월이 흐르고 난 후, 옛날에 학교에 다니던 소년시절에 처음 겪은 것과 똑같은 경험을 했습니다. 그녀로부터 눈을 뗄 수가 없는 거였지요. 그런데 저를 사로잡은 그녀의 인상이 묘하게도 예전에 약혼하는 꿈을 꾸었던 그때와 똑같은 행복감을 안겨 주었지요. 그래서 그녀를 본 순간 얼마나 행복하고 기쁜지 또다시 가슴이 두근거리는 거였습니다. 그러나 저는 수줍어서 그녀에게 다가갈 수가 없었지요. 사실 병사는 수줍어하면 안 되지만, 여하튼 그렇게 한동안 수줍어하느라 그녀의 이야기를 물어볼 엄두도 못 냈습니다. 그녀의 이름이 무엇이며, 또 누구인지.

그러다 마침내 용기를 내서 그녀에 관해 물어봤지요. 알고 봤더니 그녀는 네호베트의 딸이었습니다. 아멘모세의 딸 네호베트 말입니다. 네호베트는 제가 그녀와 꿈속에서 약혼을 한 지 얼마 안 되어서 수에네트에서 상아를 사고파는 상인의 부인이 되었다고 하더군요. 그러나 그녀의 딸 노프루레는, 이름이 그랬습니다, 어머니와 전혀 닮지 않았습니다. 머리카락이나 피부 색깔도 달랐지요. 어머니보다 훨씬 검었어요. 기껏해야 사랑스러운 체격이 그녀와 닮았을 뿐이었습니다. 그렇지만 그런 아름다운 몸매를 가진 처녀들이 어디 한둘인가요! 그런데도 그녀를 본 순간 예전에 딱 한번 느낀 이후로 다시는 느껴보지 못한 감정이 되살아난 겁니다. 그러니 저는 그녀의 어머니 속에서 이미 그녀를 사랑했고, 그녀 속에서 그 어머니를 사랑했다고 말할 수 있을 겁니다. 그리고 또 앞으로 20년이 흐른 후에 우연히 노프루레의 딸을 만날 수도 있지 않겠습니까? 전 그 순간을 고대하고 있습니다. 그러면 저도 모르는 사이에 또다시 그 딸을 보고 마음이 무너지겠지요. 그 어머니와 할머니를 사랑했듯이. 그러면 그건 항상 똑같은 영원한 사랑이 될 겁니다."

"참으로 묘한 일을 겪으셨구려."

제사장은, 이런 이야기를 어쩜 이렇게 평온하고 단조로
운 목소리로 들려줄 수 있을까, 한편으로는 의아해 하면서
대장을 배려하느라 말은 그렇게 했다.

　"하지만 상아를 사고파는 상인의 딸이 딸을 가지게 된다
면, 그녀가 대장의 자식이 아니라는 사실을 안타까워 해야
할 것 아니겠소? 어린 소년이었을 때 책 보따리를 베고 꾸
었던 꿈이 현실이 될 수 없었다면, 네흐베트의 재현, 혹은
그녀에 대한 그대의 호감의 재현인 그 딸과 함께 현실이 될
수도 있었을 터인데."

　그러자 마이-사호메는 고개를 가로저었다.

　"그건 아니지요. 그렇게 부잣집 딸에 아름답기까지 한 그
런 아가씨와 보충병 서기에 그나마 이렇게 뚱뚱한 자가 어
떻게 어울리겠습니까? 그녀는 주의 백작이나 파라오의 발
아래에 있는 자로 파라오로부터 칭송받은 표시로 목에 황
금 장신구를 걸고 있는 보물창고의 감독과 결혼했을 겁니
다. 그게 맞습니다. 그리고 또 그 어머니를 사랑한 사람은
그 소녀에게 어떤 면에서는 아버지와 같다는 사실도 잊지
마십시오. 그러니 그 소녀와 결혼한다는 건 마음에서 저항
을 불러일으킬 겁니다. 그리고 제사장님께서 암시하는 그
런 생각은 제사장님께서도 말씀하셨던 것처럼 이 사건의
묘한 점 때문에라도 뒤로 물러나게 됩니다. 이 묘한 점이
저로 하여금 내 첫사랑의 손녀딸이 내 딸이 되는 결과를 가
져올 그런 결심을 못하도록 막았습니다. 그리고 사실 그 결
심이 그렇게 바람직한 일이었겠습니까? 그랬더라면 지금
처럼 기대하면서 살지 못했을 겁니다. 언젠가 나도 모르는

사이 노프루레의 딸이며 네흐베트의 손녀인 아가씨를 만나, 또 한번 놀라운 감정을 느끼게 되리라 그렇게 기대한다는 것은 앞으로 늙어서도 희망이 있다는 뜻인데, 반대 경우라면 같은 감정이 재현되지 못하도록 일찌감치 문을 닫은 셈이었을 테니까요."

그러자 신을 섬기는 자는 조금 망설이면서 동의했다.

"그럴 수도 있겠소. 하지만 최소한 그대는 어머니와 딸의 이야기를, 아니 그대와 그들과의 이야기를 붓으로 종이에 옮겨 사랑스러운 형태를 부여하여 우리들이 가지고 있는 문서를 더욱 풍요롭게 하고 기쁘게 해줄 수는 있을 것이오. 그리고 그대의 세번째 사랑의 현상과 형태는 자유롭게 구상하여 마치 실제로 그런 것처럼 묘사하면 될 것 같은데."

그러자 대장이 태연하게 말을 받았다.

"시작은 이미 했습니다. 제가 글로 미리 써 두었으니까 이렇게 대화를 하면서 이 사건에 대해 술술 이야기할 수 있었던 겁니다. 그러나 문제는 제가 베티의 손녀와 만나는 것까지 포함시키려면 글을 쓰는 시점을 뒤로 미루어 나이가 아주 많은 노인의 입장에서 써야 한다는 겁니다. 그러니 그게 얼마나 힘이 들겠습니까? 그 생각만 하면 끔찍해집니다. 물론 군인은 힘이 든다 해서 겁을 내거나 끔찍해 하지 말아야 하지만 말입니다. 그러나 제가 정말 미심쩍어 하는 건, 이 이야기에 자극적인 효과를 부여하기에는 제가 너무 편안한 사람이 아닌가 하는 점입니다. 예컨대 두 형제와 같은 모범적인 이야기가 가지고 있는 그런 자극적인 흥분을 줄 수 있을까, 그게 좀 걱정스럽습니다. 그러나 이런 훌륭한 주제가 졸작이 되도록 내버려두기에는 제게 이 주제는 너무도 소중합니다."

그는 자신을 나무라듯 문득 말을 끊었다. 그리고는 요셉을 쳐다보았다. 실제로는 대장의 키가 작아서 요셉을 위에서 아래로 내려다 볼 수 없었지만, 눈빛은 여하튼 상대방을 내려다 보는 눈빛이었다.

"지금 이 자리는 구인하고 인수하는 자리지. 네 생각에는 채석장의 돌을 깨는 자와 짐꾼과 그 옆에 있는 장교들과 감독들을 합쳐서 모두 500명에게 음식을 날라주려면 짐 실을 짐승이 몇 마리면 되겠느냐?"

"황소 열두 마리와 당나귀 오십 마리가 적당한 숫자일 것입니다." 요셉이 대답했다.

"물론이지. 그러면 길이가 4엘레, 폭이 2엘레, 높이가 1엘레인 돌덩이를 강가까지 5엘레 끌고 가려면 밧줄을 잡을 남자를 몇 명이나 쓰겠느냐?"

"길을 터주는 사람과 썰매 밑의 길을 적셔 줄 물을 나를 사람과 이따금 바닥에 깔아야 할 둥근 통나무를 나를 사람들까지 합쳐서 저 같으면 100명을 쓰겠습니다."

"어째서 그렇게 많이?"

"이건 나르기 힘든 통나무입니다. 황소를 앞에 묶을 생각이 아니고 값싼 사람들을 쓸 것이라면, 숫자를 많이 계산해야 합니다. 중간에 끌고 가는 사람들을 교대시켜 주어야 하니까요. 그렇지 않으면 밧줄을 끌다가 땀을 너무 많이 흘려 죽는 사람들도 생길 것이고, 진이 빠지고 숨이 막혀 몸을 비틀다 죽는 불상사가 생길 테니까요."

"그건 막는 게 좋지. 그렇지만 네가 잊고 있는 게 있어. 우리는 황소나 인간 중에서 선택할 수 있을 뿐 아니라, 붉은 땅 리비아와 푼트와 시리아 사막 출신까지 온갖 종류의 야만인들을 얼마든지 쓸 수 있어."

그 말에 요셉은 침착하게 또박또박 말했다.

"대장님의 손에 주어진 자 역시 그런 출신입니다. 더 자세히 말씀 드리면 저는 가나안이라 불리는 위쪽 레테누에서 가축을 기르는 왕의 아이로 여기 이집트 땅 아래로 유괴되었을 뿐입니다."

"그 이야기를 왜 하느냐? 그건 편지에도 써 있다. 그리고 또 왜 너를 가리켜 아들이라 하지 않고 아이라 하느냐? 자신을 응석받이 어린아이로 표현하는 건, 너처럼 판결을 받은 자에게는 어울리지 않아. 그리고 설령 네가 저지른 잘못이 명예를 더럽히는 게 아니고 부드러운 영역과 관련되었다 하더라도 그건 마찬가지다. 너는 내가 너를 고난의 자히 땅 출신이라 하여 가장 무거운 통나무를 끌게 하여, 땀을 너무 많이 흘려 말라죽게 할까봐 무서워하는 것 같구나. 내 생각을 그런 식으로 짐작하려는 것은, 우습고 졸렬한 시도이다. 각자의 재능과 경험에 따라 맞는 자리에 앉혀서 사용하지 않는다면, 나는 감옥의 관리로서 형편없는 사람일 것이다. 네 대답은 네가 한 대인의 집 위에 서서 집안을 관리한 자로 산업도 제법 이해하고 있음을 알게 해주었다. 그리고 설령 인간이 아닌 자들이라 할지라도, 그러니까 하피와 검은 땅의 아들이 아니라 하더라도, 그들을 너무 과로하게 만들어 죽게 하는 일은 피하고자 하는 네 소원은 나의 소원과도 배치되지 않으며 경제적인 사고를 보여준다. 나는 너를 한 무리의 죄인들의 감독으로 채석장에서 일하게 하거나, 아니면 내부에서 서기 일을 시키겠다. 누구보다도 계산이 빠를 테니까. 예컨대 이만저만한 크기의 창고에 밀이 얼마나 들어갈지, 아니면 이만저만한 양의 맥주를 얻으려면 곡식을 얼마나 발효시켜야 하는지, 또 이만저만한 양의 빵을 구우려면 곡식이 얼마나 드는지, 그리고 이 두 가지의 교환 값이 얼마나 될지 계산하고, 뭐 그런 일 말이다.……이건 정말 바람직한 일입니다."

그는 베프바베트 미라의 입을 열어주는 제사장에게 설명하듯이 덧붙였다.

"이 문제에서 제 부담을 덜어줄 사람이 생긴다면 더 바랄 것이 없습니다. 그렇게 되면 제가 매사에 참견할 필요가 없으니 하나이면서 셋인 제 사랑의 모험담을 즐겁고 어쩌면 아주 자극적인 맛까지 곁들여 종이 위에 쓸 수 있을지도 모릅니다. 너희들은,"

그는 요셉의 수행자들을 쳐다보았다.

"베세로 돌아가도 좋다. 이제 강으로 가거라. 하지만 북풍을 받는 것이 좋을 것이다. 그리고 파라오의 친구에게 보내는 내 안부인사와 함께 포승줄도 도로 가져가거라! 자, 메미!"

그는 이 섬에 온 자들을 여기까지 안내했던 곤봉을 든 자를 불렀다.

"이 왕의 노예를 행정조수로 쓸 것이니, 독방을 주고 웃옷과 감독의 표식으로 지팡이를 주어라. 아무리 높은 자리에 있었다 하나, 이렇게 몸을 낮추어 여기까지 내려왔으니 그는 자위-레에서 엄격한 규율을 견뎌야 할 것이다.

그러나 그가 높은 자리에서 이곳으로 가지고 온 것은 남김없이 이용할 것이다. 아주 낮은 자리에 있는 자의 경우, 그의 육신이 지닌 힘을 알뜰히 사용하는 것과 같다. 그 이유는 그가 높은 자리에 있으면서 익힌 것은 그의 것이 아니고 파라오의 것이기 때문이다. 그에게 먹을 것을 주어라! 그럼 다음에 뵙겠습니다. 제사장님."

그는 제사장과 작별하고 자신의 탑으로 돌아갔다.

이것이 감옥 위에 서 있는 관리 마이-사흐메와 요셉의 첫 만남이었다.

선량함과 현명함

요셉의 주인이 그를 넘겨 준 교도소장의 독특한 면모에 모두 안심했으리라. 그는 조금 단조롭긴 해도 어디에도 치우치지 않는 중용을 보여주는 호감 가는 사람이었다. 모든 것을 관찰할 수 있도록 환하게 불을 밝혀 주는 앞의 이야기를 서둘러 끝내지 않고 그 빛 구슬이 오래도록 뚱뚱한 대장 위에 머물게 한 것은 여러분으로 하여금 거의 알려지지 않은 그의 인품을 새겨보도록 하기 위해서였다. 그 이유는 앞으로 우리 이야기에서 그가 꽤 비중 있는 역할을 맡게 되기 때문이다. 사실 거의 알려지지 않은 그의 이러한 소임은 당시 실제로 일어났을 때처럼 이 자리에서는 아주 정확하게 재현될 것이다. 마이-사흐메는 몇 년 간 부역을 시키는 태수로 요셉 위에 있다가 나중에는 오랫동안 그의 옆에 서서 유쾌하고 위대한 사건, 그 축제의 연출을 맡게 된다. 이 축제를 자세하게 그리고 거기에 걸맞게 품위를 부여하며 묘사할 수 있도록 뮤즈가 힘을 불어넣어 주기를 바란다.

이 문제에 대해서는 우선 여기까지만 이야기하자. 그러나 설화가 감옥 위에 서 있는 관리에 대해 포티파르를 묘사할 때처럼 '아무 일도 하지 않는' 자라고 묘사하여, 그래서이 구덩이에서 일어나는 모든 일이 요셉을 통해 일어나게 되었다 한다면, 이 말은 제대로 이해해야 한다. 마이-사흐메 대장과 거룩한 육탑인 태양의 궁신 페테프레는 경우가 다르다. 후자는 모든 것이 명칭일 뿐 실제가 아닌 까닭에 인간의 바깥에 있고, 세상으로 향하는 출구도 없이 닫혀 있는 존재였기에, 워낙 현실에 낯설어서 아무 일도 하지 않고 순수하게 형식에 관련된 일만 했다.

그러나 마이-사흐메는 아주 편안한 성품과 따뜻한 마음씨로 여러 가지 일에 관여했다. 주로 인간에 관계된 일이었다. 그는 아주 열성적인 의사로 매일 아침 일찍 일어나 병상에 누워 있는 병사들과 죄인들의 항문에서 간밤에 어떤 것이 나왔는지 살피러 갔다. 그리고 자위-레의 보루 성탑에 있는 그의 집무실은 말 그대로 실험실이었다. 거기에는 짓이기고 으깨는 도구와 문지르는 것들, 식물 표본과 목이 긴 병, 플라스크, 연고 냄비와 관, 증류관과 기화관이 수두룩했다. 거기서 대장은 요셉을 맞아 세번의 사랑 이야기를 들려줬을 때처럼, 졸린 듯하면서도 한편으로는 현명해 보이는 표정으로 한 손에 책 『인간을 위하여』나, 옛날 경험을 근거로 한 다른 교훈서들을 들고, 내장을 씻어내는 약제로 탕약과 알약을 만들기도 하고, 요폐와 목종양, 그리고 척추가 뻣뻣해지는 것과 심장의 열을 다스리기 위해 찜질용 혼합물을 준비하기도 했다. 그렇지 않으면 책을 읽으며 특수한 경우들을 한데 아우르는 보다 일반적인 문제들을 생각하기도 했다. 예컨대 심장으로부터 쌍을 이루며 인간의 사지로 흘러가는 물질을 담고 있는 관이, 다시 말해서 잘도 막히고 굳기도 하며 염증도 유발하여 약도 잘 받아들이려 하지 않는 그 관의 숫자가 정말 스물두 개인지, 아니면 마흔여섯 개인지 하는 문제가 여기에 속했다. 요즘 들어서 그는 마흔여섯 개 쪽으로 기우는 중이었다. 또 몸 안에 있는 벌레들을 죽이기 위해 만든 연약(煉藥)들을 실험해 보면서, 그는 이 벌레들이 특정한 질병의 원인인지, 아니면 하나 또는 여러 개의 관이 막혀 종양이 생겨 출구를 막는 바람에 썩어 들어가기 시작한 결과로 몸이 벌레로 변하는 것이 아닌지, 그렇다면 원인이 아니라 오히려 결과가 아닌가 하는 그런 생각도 했다.

대장이 이런 일에 관여하는 것은 참으로 다행이었다. 직분으로 따지면 군인인 그보다는 그와 장기를 두었던 베프바베트 사제에게 더 가까운 일이었지만, 인간의 몸에 관한 그의 지식은 신이 흡족하도록 제물로 올릴 짐승을 도살하고 관찰하는 정도를 크게 벗어나지 못했기 때문이다. 게다가 그의 치유 수단이라는 것도 거의 마법과 주문에만 의존했다. 물론 이것이 필수적인 요소이긴 했다. 예컨대 하나의 기관, 즉 비장이나 혹은 척추에 병이 생기는 것은 그 부분을 지켜주는 수호신이 자기가 원해서건 혹은 마지못해서건 어쨌든 이 신체 부위를 떠나는 바람에 그 적인 악령이 그 부위를 점령하여 마구 짓밟고 다니는 것을 의미했으므로,

사제는 적당한 주문으로 악령을 내쫓아야 했다. 그러기 위해서 신관은 바구니 안에 보관하고 있는 코브라를 꺼내 목을 눌러 지팡이로 둔갑시켰다. 이것도 일정 부분 효과가 있긴 했다. 그래서 마이–사흐메도 이따금 그 짐승을 빌리곤 했다. 그러나 그는 마법만 써서는 별 효과가 없으며 속세의 지식과 수단이 질료가 되어 한 몸이 되어야 효과를 얻을 수 있다는 사실을 경험으로 확신했다. 예를 들면 이 문제만 해도 그랬다. 자위–레에 있는 사람이라면 누구나 이 때문에 골치를 썩었는데 신을 섬기는 자가 주문만 외워서는 결코 이가 없어지지 않았다. 잠깐 동안 이가 줄어들었나 싶으면 착각으로 끝나곤 했다. 그러다 마이–사흐메가 나서서 사제로 하여금 주문을 외우게 하면서 중탄산소다수를 많이 뿌리게 하고, 사방에 베베트 풀을 빻아서 목탄과 섞어 잔뜩 뿌리자 골칫거리가 줄어들기 시작했다. 그리고 음식을 저장한 창고에 고양이 기름을 함께 놓게 한 것도 바로 대장이었다. 이만큼이나 많았던 쥐를 막기 위한 조처였다. 대장은 쥐들이 그 냄새에 고양이가 있는 줄 알고 겁이 나서 음식을 건드리지 않고 도망치지 않을까 하고 쉽게 생각한 것인데, 사실이 그러했다.

요새의 의무실은 부상자들과 환자들로 넘쳤다. 강에서 내륙 쪽으로 5엘레 떨어진 채석장의 노역이 무척 고된 탓이었다. 요셉도 그 사실을 곧 알게 되었다. 그는 그곳으로 한번 나가면 몇 주 동안 머물면서 일개 대대 병사와 죄인들 위에 서서 깨고 부수고 조각하고 끌고 오는 일을 총감독해야 했다. 그리고 병사들이라 해서 죄인들보다 나을 게 없었다. 자위-레의 주둔군은 두 나라의 자식들과 이방인으로 구성되었는데 보초를 서지 않을 때면 죄인과 마찬가지로 채찍을 맞아가며 일을 해야 했다. 물론 부상을 입거나 지치거나 여하튼 몸에 탈이 나면 죄인들과는 달리 순순히 인정해주어 요새의 병원으로 빨리 수송해 주었다. 판결을 받은 죄수들은 그러나 어지간해서는 병원으로 수송하지 않고 최악에 이를 때까지 혹사시켰다. 그러니까 말 그대로 쓰러질 때까지 부려먹었는데 그것도 세번은 쓰러져야 가능했다. 첫번째와 두번째는 기본적으로 꾀병으로 취급했으니까.

하지만 요셉이 감독하고 나서는 모든 게 조금 완화되었다. 처음에는 그가 나와 있을 때만 그랬지만, 나중에는, 그러니까 관리가 감옥에 있는 모든 죄수를 요셉의 손에 위임했다는 설화의 말처럼, 일종의 감독관이자 대장의 대변인으로서 채석장으로 나오게 된 이후에는 이 완화 조처가 일반화되었다. 요셉은 야곱을 생각했던 것이다. 멀리 있는 아버지, 자신을 이미 죽은 것으로 여길 아버지께서는 이집트의 부역에 항상 거부감을 표시하곤 했다. 그래서 요셉은 한 남자가 두번째 쓰러지면 곧 대열에서 빠지게 하여 섬으로 되돌려 보냈다. 처음 것은 모두 변함없이 꾀병으로 간주되었던 것이다. 쓰러진 그 자리에서 즉사한 것만 빼고.

야영병원은 그러므로 이렇게 몸을 비비틀고 고통받는 자들로 넘쳐날 수밖에 없었다. 뼈가 하나 부러졌거나, '더 이상 자신의 배를 쳐다볼 수 없거나', 아니면 모기나 벼룩한테 물린 자리가 부어올라 나병환자 같은 부스럼이 온몸을 덮었거나, 아니면 위가 아파서 그 위에 손가락을 올려놓으면 자루 안에 든 기름처럼 이리저리 쏠리거나, 혹은 눈에 돌가루가 들어가서 곪았거나, 어떤 경우든 대장은 항상 도와주는 방법을 알고 있었다. 그는 어떤 것에도 공포를 느끼지 않았다. 그리고 죽음 자체가 아닌 한, 모든 경우에 돕는 법을 알고 있었다. 부러진 뼈에는 널빤지를 잘라 부목을 대게 했고, 자기 배를 내려다 볼 수 없는 남자에게는 부드러운 혼합물로 찜질을 해주었고, 물려서 부어오른 사람에게는 편안하게 해주는 식물가루를 섞은 거위 기름을 발라주었다. 그리고 위가 거북하게 이리저리 쏠리는 자에게는 리치누스 열매를 맥주와 함께 질근질근 씹게 했다. 그리고 눈병을 앓는 많은 환자들에게는 자신이 만든 아주 훌륭한 비블로스 연고를 바르게 했다. 그리고 여기에는 몇 가지 마술도 효력을 발휘했다. 이는 치유제의 효과를 더해 주고 슬그머니 기어 들어오는 악령을 내쫓아 주었는데, 주문이나 지팡이로 둔갑하여 굳어버리는 코브라와의 접촉에 있는 게 아니라 마이-사흐메 개인의 특성에서 비롯되었다. 그는 편안함 자체이므로, 그를 보는 것만으로도 환자들은 마음이 편안해지고 안정을 얻어 더 이상 자신의 질병을 두려워하지 않았고—질병에 대한 두려움은 오히려 해로운 법이다—괴로워 몸부림치지도 않았다. 그리고 자신도 모르는 사이에 대장처럼 현명하고 태연자약한 표정을 지으며, 둥근 입술을 약간 벌리고 눈썹을 위로 올린 채 회복을 맞거나 또는 죽음을 맞았다. 죽음을 앞둔 환자들도 대장의 영향으로 죽음을 두려워하지 않는 걸 배웠다. 그리고 얼굴에 시체의 빛이 뒤덮인 남자까지도 손을 포개고 대장의 편안하고 여유

있는 표정을 따라했다. 그리고 편안해 보이는 입과 이해심 깊은 표정으로 눈썹을 약간 올린 자세로 삶 다음의 삶을 맞았다.

그러므로 이 야영병원은 두려움 없는 편안한 병원이었다. 이따금 요셉은 대장을 따라나가서 그를 돕기도 했다. 채석장에 내보냈다가도 대장은 그를 곧 안으로 불러들였던 것이다. 그래서 감옥 안에 있는 모든 죄수를 요셉의 손에 맡기고 그 안에서 일어나는 모든 일이 요셉을 통해서 이루어졌다는 (성경의—옮긴이) 표현은, 포티파르의 집에서 집사로 있던 자가 감옥에 온 지 채 반년도 되기 전에 어떤 특별한 임명 절차 없이 자연스럽게 행정감독관이 되고, 전 요새의 식구들을 먹여 주는 아버지가 되었다는 뜻이다. 나라의 어디를 가나 그렇듯 이곳에도 문서와 계산서는 수없이 많았다. 곡식과 기름, 잡아먹을 짐승을 구입하여 보초병과 죄인들에게 분배하는 문제, 그리고 자위-레의 술도가와 빵 굽는 가마를 운영하는 것, 게다가 베프바베트 신전의 수입과 지출까지, 그리고 캐낸 돌의 수송 등 모든 문제는 지금까지 이 일에 관여했던 자들의 부담을 덜어주는 대신 요셉의 손으로 넘어가 그가 홀로 이 모든 일을 총감독했다. 그가 보고를 올려야 할 대상은 오로지 교도소장뿐이었다. 그리고 이 편안한 남자와 요셉은 처음부터 좋은 관계로 시작했고 시간이 지나자 둘의 관계는 더할 수 없이 편안하고 유쾌해졌다.

마이-사흐메는 요셉이 자신에게 처음했던 대답이 옳았음을 알게 되었다. 당시 요셉은 태곳적 드라마에서 자신이 누군지 밝힐 때 사용하는 문구로 대답을 대신했었다. 그 말은 그의 편안한 가슴에 파문을 일으켜 아주 예외적인 반향을 일으켰다. 그래서 아주 넓고 불확실한 의미에서의 놀라움 이랄까, 그런 감정이 일어 코끝 주위까지 빨개졌던 것이다. 대장은 어떻게 생각하면 자신을 이렇게 놀라게 해준 요셉이 고마웠다. 따지고 보면 그의 편안함은 저 가슴 밑바닥에서 깜짝 놀랄 일이 찾아주기를 요구하고 있었다. 워낙 현명하고 겸손한 그였기에 자신에게는 그런 일이 닥치지 않을 것이라 믿었을 뿐, 은근히 자신도 기다리고 있었던 건 사실이다. 네호베트의 손녀를 만나 세번째 사랑을 겪게 될 순간을 기다리듯이.

대장은 요셉이 자신의 정체라도 밝히는 것처럼 했던 말에 거부감은커녕 공감했었다. 물론 확실한 근거가 있어서가 아니었다. 자신을 놀라게 만든 요셉의 '접니다' 라는 말에서 대장은 '저' 가 누구인지 분명하게 말할 수는 없었다. 그러나 대장은 이 사실조차 인식하지 못했다. 그 이유는 거기에 대해 구구절절이 해명해야 할 필요성도 느끼지 못했고, 또 그것이 바람직하다고 생각하지도 않았기 때문이다. 이것이 우리와 대장이 다른 점이다. 마이–사흐메는 아주 이른 때의 사람으로서—물론 다른 면으로는 후기의 사람이기도 하지만—우리들 식으로 규명할 의무는 전혀 없었다. 그는 그저 편안하게, 물론 적당히 놀라면서 그저 예감하고 믿으면 그뿐이었다. 원전에서는 주님께서 요셉을 총애하셨고, **그리하여** 감옥 위에 있는 관리의 은혜를 입게 했다고 보고한다. 여기서 '그리하여' 는 라헬의 아들에 대한 신의 총애가 교도소장이 요셉에게 은혜를 베푸는 것으로 증명된 것처럼 해석될 수 있다. 그렇게 되면 총애와 은혜가 그다지 바르지 않은 관계에 놓인 것처럼 된다. 하지만 교도소장으로 하여금 요셉을 잘 대해 주도록 만듦으로써 신이 요셉에게 자신의 총애를 증명한 것이 아니다. 오히려 호감과 신뢰, 한마디로 요셉이 대장에게 불러일으킨 믿음은, 한 선량한 남자가 신의 총애, 즉 이 징역수와 함께 하는 신성한 것 앞에서 느낀, 결코 속일 수 없는 감정에서 비롯된 것이다. 사실 선한 인간의 특징이라는 것도 현명하게 무엇이 신성한 것인지 인지하고 이를 우러러볼 줄 아는 데 있어서, 선량함과 현명함은 서로 가까이 있는 것으로, 아니 동일한 것으로 보이게 만든다.

그렇다면 마이-사흐메는 요셉을 어떤 자로 여겼던 것일까? 뭔가 의로운 것, 의로운 자, 기다리고 있던 자, 곧 새로운 시대를 가져오는 자였다. 우선은 흥미로운 이유로 이곳으로 유배당한 자가 이 지겨운 곳에서 앞으로 얼마가 될지는 모르지만, 여하튼 한동안 대장인 자신을 섬기게 되었다는 사실 자체가 그곳을 지배하는 지루함에 종지부를 찍어 준다는 아주 소박한 의미에서였다. 그러나 자위-레의 사령관이 신분이 낮은 사람들이 이야기 방식과 현실을 혼동하는 일을 두고 그렇게 신랄하게 비판하고 그런 것은 아주 낮은 곳에 있는 자들의 특성이라고 저주한 것은, 어쩌면 자기 스스로 이러한 혼동에 사로잡힌 나머지, 특별히 주의를 기울이지 않는 한 은유와 실제를 제대로 구분하지 못했기 때문이다. 다른 말로 해보자. 그는 한 현상에 가벼운 암시와 기억과 지적만 있으면 그 현상에서 암시된 대상이 온전히 현실화된 것으로 받아들였다. 그리고 요셉의 경우, 지금까지 기다려온 존재, 옛것과 무료함에 종지부를 찍고 인류의 환호 아래 새로운 시대를 열어줄 구세주를 암시해 주고 있었다. 그런데 요셉이 암시하는 이 구세주라는 형상 주위에는 거룩한 신의 후광이 있었다. 이것은 또다시 은유를 본래의 것과 혼동하고, 고유한 속성에 관계된 것을 그러한 고유한 속성이 나온 원천과 혼동하려는 유혹을 낳는다. 그리고 사실 이것이 그렇게 오도하는 유혹이던가?

거룩한 것, 신성한 것이 있는 곳에는 신이 있다. 아마도 마이-사흐메가 그저 예감만 하고 믿는 데 그치지 않고 말로 자신의 감정을 표현했더라면 그렇게 말했을 것이다. 거기에는 **한 명의 신**이 있었다. 물론 변장을 한 신이다. 그리고 이 변장은 외형도 그렇고 생각 면에서도 충분히 존경할 만한 모습이었다. 그림처럼 사랑스럽고 아름다운 외모로 인해 어딘지 모르게 허점이 드러나서 이른바 제대로 변장을 못한 결과가 되었다손 치더라도 그러했다. 마이-사흐메는 검은 땅의 자식답게 신들의 모습을 본뜬 형상 중에는 영혼을 지닌 신상이 있으며, 이들은 영혼이 없고 생명이 없는 신상들과는 엄격히 구분하여 신의 살아 있는 형상으로 숭배해야 한다는 사실을 잘 알고 있었다. 그리고 예를 들면, 멘페의 황소 하피와 궁궐의 지평선에 있는 파라오가 바로 그런 살아 있는 신상이었다. 워낙 이런 사실에 익숙했던 터라 대장은 그런 맥락에서 요셉의 본성과 그 형상의 정체를 추측한 것이다. 그리고 또 요셉이 누구였는가? 그는 사람들로 하여금 이런 추측을 못하도록 막기는커녕, 사람들을 놀라게 만드는 일을 무엇보다 좋아했다.

서고와 문서보관소의 입장에서 보자면 요셉의 등장은 정말 축복이었다. 대장이 아무 일에도 관여하지 않았다는 소문은 옳지 않지만, 차분하게 의학과 문학에 전념하느라 행정업무는 조금 소홀했던 것도 사실이다. 그러다 보니 테벤의 상부기관에서 그의 명성은 위험 수위에 달했고, 이따금 수도로부터 정중한 지적이나 아예 노골적인 힐책을 담은 편지를 받기도 했다. 그런 까닭에 요셉의 등장은 그만큼 반가웠다. 그는 기다리고 있던 자, 대변혁을 가져오는 자, '접니다'라고 말할 수 있는 남자였던 것이다.

문서에 질서를 부여해 준 것도 요셉이었고, 마이-사흐메의 행정서기들에게―그들은 모라 게임, 곧 볼링에 완전히 빠져 있었다―사령관이 보다 높은 다른 일에 전념한다는 사실은 아랫사람이 서류에 먼지가 쌓이도록 내버려둬도 된다는 이유는 결코 아니며, 오히려 그러면 그럴수록 더 열심히 자신이 맡은 바 임무를 충실히 해야 할 이유라는 사실을 알아듣게 가르쳐 준 것도 요셉이었다. 그리고 수도에 보내는 계산서와 보고서들이 그곳에 있는 윗사람들이 정말 즐겁게 읽을 수 있는 서류들이 되도록 만든 것도 바로 그였다.

또 요셉의 감독관 지팡이는 막대기로 변한 코브라 뱀처럼 마법의 지팡이 같았다. 그도 그럴 것이 창고 기둥을 지팡이로 툭 건드리고는 어느새 '밀 마흔 자루가 들어가겠다'라고 말했기 때문이다. 그리고 또 경사면을 만드는 데

벽돌이 얼마나 필요한지 결정했을 때는, 이마에 그저 지팡이 끝을 갖다대는 동시에 '500개'라는 대답이 나왔던 것이다. 전자는 맞았지만 후자까지 꼭 들어맞지는 않았다. 그러나 첫번에 그렇게 맞힌 것이 워낙 인상적이어서 그 후광을 입고 다음 번에 틀린 것까지도 어찌 보면 맞는 것처럼 보였다.

간략하게 말해서, 요셉이 대장에게 '접니다'라고 한 말은 거짓말이 아니었다. 그리고 요셉은 자주 자리를 비워야 했지만 살림살이와 관련된 경리실 업무에는 차질이 없었다. 마이-사흐메는 툭하면 요셉을 자신이 있는 성탑과 약제실과 서재로 불러 들였다. 요셉을 가까이 두고 싶었던 그는 심장에서 사지로 뻗어나간 관의 숫자나, 벌레들이 정말 질병의 원인인지, 혹은 결과인지를 두고 이야기를 나누었을 뿐만 아니라, 두 형제에 관한 옛날 이야기를 요셉이 옛날 주인을 위해 그랬던 것처럼 세련된 고급 파피루스에 검고 붉은 잉크로 예쁘게 베껴 쓰게 했다. 우선 요셉의 필체가 장식성이 뛰어난 명필이기도 했지만, 요셉 개인의 운명과도 꼭 맞다고 생각한 것이다. 사령관에게 요셉은 특히 사랑에 연루된 징역수라는 점에서 더욱 흥미로웠기 때문이다. 이 영역이야말로 사람들을 즐겁게 해주는 모든 글들의 주무대가 아니던가. 여하튼 대장은 이 영역에 따뜻하고 깊은, 물론 평온한 관심을 가지고 있었다. 그리고 야곱의 아들은 행정업무도 행정업무지만 여기에 차질을 빚지 않은 한도 내에서 마이-사흐메의 개인적인 소원을 이루는데도 적지 않은 시간을 바쳐야 했다. 태수는 요셉을 자주 의논 상대로 불렀기 때문이다. 무슨 의논? 태수는 자신의 셋이면서 동시에 하나인, 그리고 일부는 아직 기다리고 있는 중인 사랑 이야기를 어떻게 시작하는 것이 가장 좋을지 요셉의 의견을 묻곤 했다. 어떻게 하면 이야기를 가장 즐겁고 가장 자극적인 방식으로, 물론 놀라게 하지는 않고 종이에 옮길 수 있는지, 그게 문제였던 것이다. 또 여기서 가장 고상한 문제는, 그리고 이미 수없이 언급된 어려움은 그가 고대하고 있는 것을 미리 선취하여 그것까지 포함하기 위해서는 최소한 60세는 된 늙은 남자의 정신으로 이야기를 들려줘야 한다는 점이다. 이 경우 이야기 전체의 맛을 살리기 위해서는 흥분과 자극적인 요소가 있어야 하는데, 그 나이가 된 노인에게서, 그것도 가뜩이나 타고난 평안한 성품 탓에 흥분과는 거리가 먼 그 사람에게서 흥분을 기대하기는 어려울 게 뻔했다.

그리고 요셉이 겪은 모험담, 요셉과 그를 감옥으로 내몬 궁신 부인에 얽힌 이야기는 마이-사흐메가 호감을 가지고 있는 문학적 소재였다. 그래서 요셉은 자신의 이야기를 소상하게 들려주었다. 물론 시련에 빠진 여인은 가능한 한 관대하게, 대신 자신의 실수는 가차없이 있는 그대로 묘사했다. 그러다 보니 그는 이전에 형들과 가축을 기르는 왕, 곧 아버지에게 범했던 실수 이야기를 꺼내게 되었고, 거기서 한 걸음 한 걸음 자신의 어린 시절은 물론 그의 원천까지 거슬러 올라갔다. 이야기를 듣는 대장의 현명해 보이는 둥근 눈은 자신의 조수인 징역수 오사르시프라는 형상의 뒤로 헤엄쳐 들어가, 한편 낯설고 의미심장한 배경을 확인하게 되었다. 그리고 조수는 무언가를 암시하기 위해 일부러 자신의 이름을 오사르시프라 지은 것 같았다. 그리고 조수는 이 희한한 이름을 선량한 인간의 부드러운 목소리로 발음했지만 대장은 단 한번도 그 이름을 이곳에 온 자의 본래 이름이라고 생각하지 않았다. 오히려 그는 처음부터 그 이름은 별명이며 단순히 원래 이름을 다르게 표현하는 것에 지나지 않는다고 여겼다. 어떤 원래 이름? '접니다', 혹은 '나다!'

대장은 포티파르의 부인 이야기를 꼭 종이에 옮겨 사람들을 즐겁게 해주는 글로 남기고 싶었다. 그래서 요셉과 어떻게 하는 것이 좋을지 그 수단과 방법에 관해 자주 이야기를 나누었다. 그러나 글을 쓰다보면 전형적인 두 형제 이야기로 자꾸 빠져들어 같은 이야기를 반복하는 셈이 되었고 그 때문에 실패를 거듭했다.

이러는 사이에 여러 날이 지나, 라헬의 첫 아들이 자위-레에 당도한 지 거의 일년이 흘렀다. 그때 감옥에 한 사건이 생겼다. 이것은 큰 세상에서 일어난 심각한 사건의 일부에 불과했지만, 나중에 요셉과 그의 친구이자 감옥의 태수인 마이-사흐메에게 중대한 변화를 가져오게 된다.

주인님들

어느 날 요셉은 여느 때처럼 이른 시간에 결재받을 서류 몇 가지를 들고 보루의 탑에 있는 관리의 방을 찾았다. 이런 경우 교도소장은 예전에 포티파르가 늙은 집사 몬트-카브한테 했듯이 '됐어, 됐네'로 일관하곤 했다. 이 날도 마이-사흐메는 계산서는 들여다보지도 않고 손짓으로 서류를 치우게 했다. 눈썹이 위로 올라간 것은 물론이거니와 둥근 입술이 보통 때보다 간격이 조금 더 벌어진 것으로 보아 특별한 사건이 생긴 듯했다. 그렇다고 타고난 평온함이 송두리째 흔들릴 만큼 크게 흥분한 것은 아니고 약간의 동요가 있는 듯 했다.

"그건 나중에 해, 오사르시프."

서류에 대해서는 이렇게만 말했다.

"지금은 그런 걸 보고 있을 때가 아냐. 감옥의 모든 게 어제나 그저께와는 달라졌어. 날이 밝기 전에 특별한 일이 있었거든. 특별한 명령과 함께 은밀히 사람들을 인도받았지. 이건 까다로운 임무야. 간밤에 안개가 자욱했을 때, 두 사람이 여기 당도했어. 당분간 구류처분을 받은 범상치 않은 인물들이야. 그러니까 아주 높은 신분의 사람들이라는 뜻이다. 왕년에 그랬고 지금 아래로 떨어져서 궁지에 빠졌어도 여전히 그래. 너도 떨어지긴 했지만 이들은 더 깊이 떨어졌어. 너보다 훨씬 높은 곳에 있었으니까. 자, 내가 한 말 잘 명심하고, 자세한 내용은 차라리 묻지 마!"

"도대체 그들이 누구입니까?"

요셉은 그래도 물었다.

"메세드수-레, 그리고 빈-엠-베세."

관리의 조심스러운 대답이었다.

"아니!" 요셉이 외쳤다.

"어떻게 그런 이름이! 그런 이름은 있을 수가 없는데!"

요셉이 놀란 건 무리가 아니었다. 메세드수-레는 '태양신에게 저주받다', 빈-엠-베세는 '테벤에서 나쁘다'라는 뜻이었으니, 어느 이상한 부모가 자식에게 이런 이름을 주었겠는가.

대장은 무슨 탕약을 만지며 요셉은 쳐다보지도 않았다.

"사람들이 자신을 가리켜 부르는 이름이나 혹은 일시적으로 이러저러하게 불리는 이름이 꼭 그들의 진짜 이름이 아니라는 것쯤은 너도 알리라 믿는다. 상황이 이름을 결정한다. 레도 자신의 상태에 따라 이름을 바꾸지. 내가 그 주인님들을 가리켜 그렇게 부른 건, 내가 받은 그들의 재판 관련 서류와 편지에 그렇게 쓰여 있기 때문이다. 그래서 그분들도 자신들의 상황에 맞는 이름으로 불리게 된 것이다. 그러니 더 이상은 알려고 하지 말아라."

요셉은 빨리 생각을 더듬어 보았다. 늘 돌고 도는 공간이 떠올랐다. 아래로 내려왔다가 다시 올라가는 위쪽, 이쪽과 반대쪽의 자리 바꾸기가 생각났다. '신에게 저주받은 자'라는 것은 그러니까 메르수-레 '신께서 사랑하는 자'가 되고 '테벤에서 악한 자'는 네페르-엠-베세, 즉 '테벤에서 선한 자'가 되는 것이었다. 포티파르를 통해 파라오의 궁정, 곧 메리마아트 궁궐에 있는 파라오의 친구들에 관해 잘 알고 있던 요셉은, 메르수-레와 네페르-엠-베세가—여러 다른 명예 호칭들도 가지고 있지만 여하튼—파라오에게 달콤한 간식과 빵을 준비해 주는 제일 높은 자인 '멘페의 영주'와 파라오의 주방 서기로서 파라오에게 마실 것을 가져다주는 제일 높은 자 '아보두의 태수'의 이름이라는 사실을 기억해 낼 수 있었다.

"그들의 진짜 이름은 혹시 '뭘 드시겠습니까, 주인님?'과 '뭘 마시겠습니까, 주인님?'이 아닌가요?"

요셉의 물음에 대장이 대답했다.

"그래, 맞다. 너는 한마디만 하면 열을 알아듣지. 내 그럴 줄 알았다. 너는 척하면 삼천리니까. 설령 진짜가 아니더라도 사람들을 그렇게 믿게 하지. 그렇게만 알고 더 이상은 묻지 마라!"

"무슨 일이 있었던 걸까요?" 그래도 요셉은 물어보았다.

"그만!" 마이-사흐메가 말을 막으며 옆을 쳐다보았다.

"파라오의 빵에서 분필이 나오고, 선한 신의 포도주에 파리가 떠 있었다고 한다. 이런 경우에는 제일 높은 자에게 책임을 묻는 법이다. 그래서 이름까지 바뀌어서 재판을 받게 된 거지."

"분필과 파리요?"

"날이 밝기도 전에 삼엄한 경비 속에 호송선에 실려 왔어. 뱃머리와 돛에 의심의 표식을 달고 왔더군. 재판이 끝나서 잘못이 있는지 혹은 없는지 판결이 날 때까지, 이들은 엄하지만 정중하게 대우해야 해. 이건 아주 까다롭고 책임이 무거운 일이다. 그들을 독수리 집에 데려다 놓았다. 너도 알 테지. 여기 아래로 내려가서 오른쪽으로 돌아가면 뒷담 쪽 지붕 용마루 위에 독수리가 입을 벌리고 있는 집 말이다. 거기가 비어 있었거든. 사실 지금도 비어 있고. 그들의 생활습관에 따르면 아무것도 없는 집이니까. 두 사람은 새벽부터 거기 있는데, 쓴 맥주밖에 갖다 준 것도 없고 두 사람 모두 병사들이 앉는 보통 의자에 앉아 있다. 그 외에는 편리한 물건들이 없다. 이들의 문제는 간단하지가 않아. 장차 어떻게 될지 누구도 장담할 수 없어. 이들이 곧 시체의 낯빛으로 변할지, 아니면 선한 신께서 그들의 머리를 다시 들어 올려 줄지, 그걸 모르니 처신하기가 더 조심스러워. 여하튼 지금까지 이들이 대접 받아온 상황을 고려해서라도 최선을 다해서 좋은 대우를 해줘야 해. 그러니 앞으로 네가 그들의 시중을 들도록 해라. 그들을 하루에 한두번씩 찾아가서 편안한지 살펴보고 형식적으로라도 평안하신지 문안을 드리고 혹시 원하는 게 있는지 물어보거라. 원하는 게 무엇인지 **물어봐 주는 것만으로도** 훨씬 편안해 할 테니까. 그 소원이 실현되느냐는 그 다음의 일이고 그다지 중요하지 않거든. 너는 사보이르 비브레, 그러니까 사교술이 있으니까 잘 하리라 믿는다."

'사보이르 비브레'는 악카드어였다.

"그러니 이야기를 할 때도 그들의 고상한 신분과 또 지금 의심받고 있는 처지까지 고려해서 적당히 대우하도록 해라. 여기 있는 내 수하들은 너무 거칠거나, 비굴하거나 둘 중의 하나밖에 모르니, 너는 그 중간을 취해야 한다. 내 생각에는 공경을 하되 조금 침울한 공경이 적당할 것 같다."

"침울한 건 제가 잘 못합니다. 하지만 조금 조롱하는 듯한 공경은 할 수 있을 것 같습니다."

"그것도 나쁘지 않겠군. 어차피 그들은 곧 알아차릴 테니까. 네가 자신들의 소원을 물어봐도, 그건 장난 삼아 물어보는 것으로, 당연히 자신들이 원하는 것을 받지 못할 것이며, 기껏해야 그들에게 익숙한 대로 그것을 암시하는 것 정도를 얻을 뿐이라는 것은 그들도 알고 있을 거다. 그렇지만 그들을 지금처럼 계속해서 텅 빈 집에 병사용 의자에 앉아 있게 할 수는 없다. 그러니 베개가 있는 침상을 두 개 갖다 주고, 발 방석이 있는 소파를 두 개는 안 되더라도 단 한 개라도 갖다 주거라. 최소한 둘이 번갈아 앉을 수는 있을 테니까. 그리고 원래 이름 '뭘 드시겠습니까, 주인님?'과 '뭘 마시겠습니까, 주인님?'으로 부르고 그들의 요구를 적당한 수준에서 들어주도록 하거라. 예컨대 거위구이를 달라고 하면 구운 황새를 주고, 케이크를 달라고 하면 설탕을 넣은 빵을 갖다 주고, 또 포도주를 원하면 설탕물을 주면 된다.

이렇게 모든 면에서 중간으로 대우하여 암시하면 될 것이다. 이제 지금 곧 그들을 찾아가서 어떤 식으로든 공경하는 태도를 보여 주거라. 그리고 내일부터는 아침에 한번, 저녁에 한번 그들을 찾아가야 한다."

"분부대로 하겠습니다."

요셉은 보루의 탑을 내려가 성벽 쪽에 있는 독수리 집으로 향했다.

앞에 서 있던 보초들이 요셉을 보자 단도를 거두고 농부처럼 생긴 얼굴로 히죽 웃었다. 요셉을 좋아했던 것이다. 그리고 문 앞의 무거운 빗장을 걷어올렸다. 요셉은 궁궐에서 온 주인님들이 있는 곳으로 들어갔다. 이들은 텅 빈 집 안에 등받이도 없는 의자에 쪼그리고 앉아 턱을 고이고 있었다. 요셉은 세련된 인사를 올렸다. 예전에 큰 성문의 서기 호르-와즈가 했던 것처럼 그렇게 꾸미지는 않고 요즘 유행하는 스타일로 인사했다. 우선 팔을 들어 올린 후 미소를 지으며, 레처럼 영원히 사소서,라고 형식적인 문구로 축원했다.

그들은 그런 요셉을 보자마자 벌떡 일어나서 질문을 퍼붓고 하소연을 늘어놓았다.

"젊은이, 너는 누구냐?"

"좋은 의도로 왔느냐? 아니면 나쁜 의도로 왔느냐? 아니, 이렇게 누군가 와준 것만 해도 다행이구나! 네 태도를 보니 교양이 넘치는구나. 있을 수도 없고, 도무지 참을 수도 없고, 또 오래 지속될 수도 없는 우리 처지를 이해할 줄 아는 섬세한 마음이 있는 것 같구나. 우리가 누구인지 아느냐?

여기 사람들이 일러주더냐? 우리는 멘페의 영주이며, 아보두의 태수로 파라오의 간식을 담당하는 최고 관리이며, 술을 따르는 주방의 최고 서기다. 파라오께 큰 일이 있을 때마다 잔을 올리는 지하창고의 감독과 빵 굽는 자들 중에서 가장 높은 자, 최고 직책의 빵 굽는 자와 포도 나뭇잎으로 장식한 포도주의 주인님! 우리가 바로 이런 사람이라는 걸 알고 왔느냐? 우리가 지금까지 어떻게 살았는지 상상이 되느냐? 우리는 모든 것이 청색과 녹색 돌이 반짝이고 정원까지 딸린 별장에서 살았다. 그리고 우리가 오리털 담요를 깔고 자면 발치에는 제일 뛰어난 시종들이 쪼그리고 잤지. 상상이나 되느냐? 그런데 이렇게 구덩이에 떨어졌으니 장차 어떻게 되겠느냐? 사람들은 아침부터 여기 빗장 뒤 아무것도 없는 빈 공간에 우리들을 앉히더니 아무도 관심을 기울이지 않았다. 자위-레, 오, 저주의 장소! 아무것도 없어, 아무것도! 거울도, 면도칼도, 화장품 상자도, 욕실도 없다. 게다가 화장실도 없다. 흥분으로 인해 욕구들은 더욱 활발해졌는데 하는 수 없이 참고 있자니, 참으로 고통스럽구나. 이렇게 최고 높은 빵 굽는 자와 포도 나뭇잎의 주인님인 우리가 이런 비참한 상황에 있으니 하늘까지 절규하고 있다. 네게는 우리들의 호소가 들리느냐? 너는 우리를 이 고통에서 구원하여 머리를 들어 올려주려고 왔느냐? 아니면 우리가 최악의 고난을 겪고 있는지 확인하려고 왔느냐?"

"높으신 주인님들, 진정하십시오! 저는 좋은 뜻에서 왔습니다. 저는 대장님의 입이며 대리인으로서 감독의 소임을 가지고 있는 자입니다. 그런데 대장님께서는 저에게 여러분의 시중을 들라 하시며 여러분께서 명령하실 일이 없으신지 여쭤 보라 하셨습니다. 제 주인님은 선하신 분이며 평온한 분이십니다. 그런 그분이 두 분의 시종으로 절 택하셨으니 제가 어떤 자인지 미루어 짐작하실 수 있을 겁니다. 물론 저는 두 분의 머리를 들어 올리는 일은 할 수 없습니다. 그건 오로지 파라오만이 하실 수 있습니다. 두 분께 잘못이 없다는 사실이 판명되고 나면 말입니다. 또 제가 공경하는 두 분께는 잘못이 없으므로 그렇게 될 수 있으리라 생각합니다."

여기서 요셉은 말을 멈추고 조금 기다렸다. 두 사람 모두 그의 얼굴을 쳐다보았다. 한 사람은 포도주에 취한 듯 슬퍼 보이면서도 진실함이 담겨 있는 눈빛이었다. 그리고 다른 사람은 둥그렇게 뜬 유리알 같은 눈에 거짓말과 불안이 상대방을 쫓고 있었다.

사람들은 흔히 빵 굽는 자가 뚱보일 테고, 포도주를 따르는 자는 몸이 마른 키다리이리라 짐작하기 쉬운데, 실은 반대로 포도주 따르는 자가 더 살이 쪘다. 그는 키가 작고 뚱뚱하게 생겼고, 얼굴빛이 불처럼 발갛게 달아올라 있었다. 그는 이마까지 머릿수건을 바짝 잡아당겨 썼고, 돌 단추(단추처럼 생긴 보석귀걸이—옮긴이)로 장식한 통통한 귀가 내보였다. 살찐 양쪽 볼은 지금에야 수염이 거뭇거뭇하지만, 만약 기름을 바르고 면도를 깨끗하게 한다면 반들거릴 것 같았다. 이렇게 깊은 곳으로 추락하여 수난을 겪고 있지만 워낙 선천적으로 유쾌한 성격은 여전히 표정에 남아 있었다. 반면 빵 굽는 자들의 총감독은 키가 크고 목이 휘었으며 조금 창백해 보였다. 어쩌면 옆 사람과 비교해서 그렇게 보일 수도 있고, 아니면 짙은 검은색 가발 때문인지도 모른다. 귀에는 황금으로 만든 넓은 원반 귀걸이가 걸려 있다. 그러나 그의 얼굴에는 분명 아랫세상의 속성이 어려 있었다. 기다란 코는 약간 삐뚤어졌고, 입도 한쪽이 약간 두껍고 길었다. 누가 아래로 끌어당기는 듯 보기 싫게 한쪽이 처진 입이었던 것이다. 그리고 눈썹 사이에 어둡고 칙칙한 저주의 그늘이 숨어 있었다.

그렇다고 요셉이 자신이 시중을 들어야 할 두 사람의 인상에 따라 한 사람에게는 호감을 느끼고, 어두운 숙명을 내비치는 다른 한 사람에 대해서는 거부감을 느꼈다고 믿으면 안 된다. 그는 교양 있고 경건한 사람답게 운명을 바라보는 똑같은 존경심으로 유쾌한 성격과 그늘진 성격을 대했다. 아니, 오히려 아랫세상의 속성이 강한 그늘진 성격을 가진 자를 유쾌한 자보다 더 정중하게 대했다.

주인님들의 옷차림은 형편없었다. 울긋불긋한 매듭 장식과 함께 곱게 주름을 잡은 옷이었지만 이미 구겨져서 말이 아니었다. 그러나 둘 다 높은 직분을 표시하는 황금 장신구를 가슴에 걸고 있었다. 술 따르는 자는 포도 나뭇잎 모양을, 빵 굽는 자는 낫의 칼날에 걸려 있는 이삭 모양이었다.

"저는 여러분의 머리를 들어 올릴 수 있는 사람이 아닙니다. 저희 대장님도 아닙니다. 저희가 할 수 있는 것은 여러분께서 이 어둡고 불행한 운명으로 말미암아 겪고 계신 불편함을 가능하면 조금씩 줄여 드리는 것뿐입니다. 사실은 여러분께서 처음 이곳에 오셨을 때, 모든 게 결여되어 있었다는 것 자체가 여러분의 불편함을 줄여 드리는 일의 시작이라고 할 수 있습니다. 지금 이 순간부터는 최소한 몇 가지는 빠지지 않을 테니까요. 그렇게 되면 여러분께서는 처음에 모든 게 결여된 상태를 겪으신 터라, 기쁨의 향유를 바르고 사셨던 이전의 어떤 것보다 편안하게 느껴질 것입니다. 그리고 또 초라한 이곳은 어차피 여러분의 이전 생활과 같은 아늑함은 결코 드릴 수 없으니까요. 자, 이제는 아보두의 태수님과 멘페의 영주님을 잠깐 동안 이런 상태로 계시게 한 것이 얼마나 좋은 뜻에서 나온 조처였는지 곧 아시게 될 겁니다. 앞으로 한 시간이 지나기 전에 여기에는 간단하긴 하지만 여하튼 두 개의 침상이 놓이게 될 것입니다. 그리고 번갈아 사용하시도록 소파도 하나 의자 옆에 놓이게 될 것입니다. 면도칼은 안타깝게도 돌로 된 것이라 참으로 송구스럽지만, 그것이라도 올려 드리겠습니다. 그리고 아주 좋은 눈 화장품은 녹색을 띤 검은색으로 대장님께서 직접 만들어주실 수 있으며, 제가 말씀 드리면 분명히 두 분께 일정량을 드릴 것입니다. 그리고 거울에 관한 말씀을 드리자면, 거울 또한 처음부터 두 분께 드리지 않은 것은 선의에서 나온 배려였습니다. 일단 깨끗이 씻으신 얼굴을 거울로 보여드리는 것이 지금 얼굴을 보여드리는 것보다 나을 것이라 생각한 것입니다. 주인님들의 종인 제게는 구리로 된 아주 맑은 거울이 있습니다. 그 거울을 여기 계시는 동안, 이렇게든 저렇게든 아주 짧은 시간일 수도 있지만, 여하튼 이곳에 계시는 동안 빌려 드리겠습니다. 테두리와 손잡이에 생명의 표식이 있으니 아마 좋으실 겁니다. 그리고 집의 오른쪽에서 매일 목욕도 하실 수 있습니다. 제가 두 명의 보초들을 불러 물로 씻어드리게 할 것입니다. 그리고 왼쪽에 가시면 신체적 욕구를 해소하실 수 있습니다. 아마 지금은 이 일이 가장 시급할 것이리라 생각됩니다."

그러자 술을 따르는 자가 말했다.

"훌륭하군, 젊은이. 지금 이 순간만 따지면 아주 훌륭해. 그리고 이런 상황에서는 정말 훌륭해! 자네는 마치 한밤을 지나 떠오른 붉은 아침 같고 태양의 폭염이 지난 후 찾아오는 서늘하고 시원한 그늘 같으이. 자네의 건강과 평안과 생명을 기원하네! 포도주의 주인님이 자네에게 인사를 하네! 자, 우리를 왼쪽으로 안내해 주게!"

그러나 빵 굽는 자는 이렇게 물었다.

"우리가 이곳에 머무는 기간이 이렇게든 저렇게든 짧은 시간이 될 수도 있다니, 무슨 뜻인가?"

"저는 '여하튼', '무조건', '틀림없이'라는 뜻으로 말씀드렸습니다. 그러니까 그 정도로 확실한 것을 뜻한 겁니다."

그리고는 주인님들에게 인사를 올리고 물러났다. 절을 할 때는 빵 굽는 자에게 포도주 따르는 자보다 더 깊숙이 몸을 숙였다.

그리고 늦은 오후 다시 한번 이들을 방문했다. 무료함을 달래라고 장기판을 갖다 준 그는 식사가 어땠는지 물었다. 그러자 그들은 '그만저만했다'고 대답했다. 그리고 거위구이를 달라고 요구하자 요셉은 그와 비슷한 것으로 구운 황새 요리를 주겠다고 대답했다. 그리고 이 궁색한 곳에서 만들 수 있는 일종의 케이크를 대접하겠노라고 약속했다. 그리고 보초를 대동하고 독수리 집 앞의 뜰에서 원반을 과녁으로 세워 활을 쏘아도 좋고 공 굴리기를 해도 좋다고 했다. 그러자 두 사람은 요셉에게 대단히 고마워하면서 대장에게 이렇게 너그러운 처우를 해줘서 감사하다는 말을 전해달라고 했다. 처음에는 철저한 결핍 상태에 있게 한 다음 차례차례 편안함을 암시하는 것들을 채워 주어 아늑하게 느껴지도록 해줘서 고맙다는 것이었다. 그리고 곧 요셉을 신뢰하게 되어 두 사람은 이 날도 그렇고, 그 다음에도 요셉이 안부와 분부하실 게 없는지 물어보기 위해 그들을 찾아갈 때마다, 번번이 이런저런 이야기와 하소연으로 요셉을 오랫동안 붙들어두려고 했다. 물론 다른 이야기는 다 해도 자신들이 이곳에 오게 된 경위에 관해서는 그들이 처음 온 날 교도소장이 그랬던 것처럼, 가능하면 입을 열지 않으려고 조심했다. 그리고 이들을 가장 괴롭힌 것은 죄인에게 붙여진 이름이었기 때문에 그 이름을 진짜 이름으로 믿지 말라고 요셉에게 매번 당부했다.

"오사르시프, 자네가 사람들이 우리를 가두면서 붙여 준, 이 말도 안 되는 이름으로 우리를 부르지 않아서 참으로 고맙네. 하지만 자네가 단지 그 이름을 입에 올리지 않는다는 것만으로는 충분하지 않다네. 자네 마음속으로도 우리를 이 이름으로 불러서는 안 되네. 오히려 우리가 그런 이름으로 불리지 않고, 그와는 완전히 반대되는 이름을 가지고 있다는 사실을 명심해야 한다네. 그래 준다면 우리에게 참으

103

로 큰 도움이 될 걸세. 이 왜곡된 이름이 우리들과 관련된 진실의 문서라는 재판 기록에 지워질 수 없는 먹물로 쓰여 있어, 혹시라도 이 이름이 서서히 현실이 되고 영원히 그런 이름으로 불리게 되면 어쩌나 우리 둘 다 두렵기 때문이라네."

"염려하지 마십시오. 그건 곧 지나갈 겁니다. 그리고 따지고 보면 두 분 주인님들을 당분간 이러한 별명으로 부르는 것은 두 분에 대한 배려입니다. 이렇게 진실의 문서에 진짜 이름을 노출시키지 않음으로써 오히려 두 분이 아닌 '신의 저주를 받은 자'와 '테벤의 나쁜 자'가 여기 앉아 있는 셈이지요. 그리고 이 결핍된 상황을 인내하는 것도 여러분이 아니고 그들이 하는 겁니다."

요셉의 대답에 두 사람은 풀이 죽었다.

"아, 인내하는 건 바로 우리인 걸. 이름은 다른 사람으로 되어 있지만. 자네는 부드러운 마음씨를 가진 젊은이라 우리를 가리켜 깍듯이 궁정에서 불렸던 아름다운 명칭으로 불러주지. 멘페의 고관, 빵의 후작, 그리고 포도주 잔의 근엄한 각하라고 말일세. 하지만 자네가 모르고 있는 게 있다네. 사람들은 우리를 이 감옥으로 보내기 전에 그 이름들을 모두 벗겨버렸어. 그래서 우리는 지금 병사들이 집의 오른쪽에서 우리한테 물을 끼얹을 때와 마찬가지로 완전히 벌거벗은 상태라네. 우리에게 남은 거라고는 '찌꺼기 거품'과 '신의 저주를 받은 자'밖에 없어. 이 얼마나 끔찍한 일인가!"

그리고 둘은 울었다.

"어떻게 그런 일이?" 요셉은 대장이 조심스럽게 이야기를 털어놓을 때 그랬던 것처럼 옆을 쳐다보며 물었다.

"아니 어떻게 그런 일이 있을 수 있다는 말씀입니까? 세상에 무엇이 파라오로 하여금 하루아침에 상이집트의 표범처럼, 분노하는 바다처럼 돌변하여, 동방의 산맥처럼 심장에서 모래폭풍을 불러일으켜 여러분을 이곳으로 쓰러뜨렸단 말입니까?"

"파리." 포도주를 따르는 자가 말했다.

"분필." 빵 굽는 자들의 감독의 대답이었다.

그리고 둘은 똑같이 멋쩍은 듯, 곁눈질로 각기 다른 쪽을 쳐다보았다. 그러나 집안에는 세 쌍의 눈이 마음대로 움직일 만한 공간이 없어서 어쩌다 서로 마주치곤 했다. 그러면 어느새 다른 곳으로 향했다가 또다시 마주치곤 했다. 그것처럼 답답한 놀이가 없었다. 그걸 끝내려면 요셉이 자리를 뜨는 게 상책일 것 같았다. 어차피 두 사람에게서는 '파리'와 '분필' 외에는 더 나올 말도 없을 듯 싶었다. 그러나 두 사람은 요셉을 놓아주려 하지 않았다. 오히려 자신들에게 잘못이 있다고 의심하는 것은, 이미 그렇게 의심을 받고 있지만, 그래도 그런 의심은 있을 수 없으며, 자신들이 메세드수-레와 빈-엠-베세라 불려야 한다는 것은 말도 안 된다는 소리만 계속했다.

술을 따르는 자의 말을 들어보자.

"제발 부탁이네, 가장 훌륭한 가나안 젊은이, 이 나라로 건너온 자, 히브리 청년. 내 말 좀 들어보게. 그리고 좀 보게나. 테벤의 선하고 유쾌한 자인 내가 어떻게 이런 문제와 관계가 있을 수 있겠나? 이건 말도 안 되며 모든 질서에 위배되는 것이라네. 이건 중상모략이며 오해라네. 사건의 본질이 이렇게 외치고 있어. 파라오가 오시리스의 피가 넘쳐나는 축제의 연회장으로 걸어갈 때면 나는 파라오 앞에서 생명의 잎을 감독하는 주인으로서 파라오의 포도줄기 지팡이를 들고 가는 사람이라네. 그리고 지팡이를 머리 위로 흔들며 파라오 만세라 외치며 그의 만수무강을 위해 건배를 외치는 사람이야. 그리고 나는 화환의 남자야. 머리에 쓴 화환, 거품이 부글거리는 잔에 두른 화환의 남자! 그리고 싸구려 칼이긴 하지만 여하튼 면도를 하여 매끈해진 내 볼을 보게. 햇살에 거룩한 과즙이 끓어오르는 화려한 포도 알맹이와 닮지 않았는가? 나는 '평안하소서', '귀하게 사소서!'라고 외치면서 사는 사람이며 다른 것들도 살게 하는 사람이야. 내가 어디 신을 넣을 관 크기를 재는 그런 자로 보이는가? 내가 세트의 당나귀와 비슷한 구석이라도 있는가? 사람들은 이 짐승을 쟁기 앞에 황소와 함께 묶지 않아. 그리고 옷을 만들 때도 양모와 아마포를 섞어 짜지는 않아. 포도나무는 무화과 열매를 맺지 않아. 서로 맞지 않는 것은 어쨌든 안 맞는 거야! 제발 부탁이니 자네는, 이쪽 것과 반대쪽 것을 알고, 하나와 또 그와는 전혀 다른 것을 알고, 가능한 것과 불가능한 것을 아는 건강한 이성으로 판단해 주게! 내가 결코 관여할 수 없는 것에 관여하여 엄청난 잘못을 저지른 공범일 수 있겠는지, 건전한 이성으로 판단해 주게!"

그러자 메르수-레 영주, 빵을 굽는 자들의 감독이 입을 열었다. 눈은 딴 데를 쳐다보고 있었다.

"태수의 말이 이곳 자히의 남자한테 강한 인상을 남기는데 성공한 것 같군. 그의 말들은 강요하는 것들이라 재능있는 젊은이는 태수에게 유리한 쪽으로 판단할 테지. 그래서 나 역시 자네의 정의에 호소하네. 자네가 내 경우에 대해서 판단을 내릴 때, 세상의 이성을 지닌 자네가 자신의 이성을 제대로 사용하지 않는 일은 없으리라 확신하네. 우리처럼 고상한 자들이 받고 있는 혐의라는 것이, 뭔가를 선사하는 일을 직분으로 삼고 있는 자들 가운데 가장 높은 자들에게는 전혀 어울리지 않는다는 점은 자네도 잘 알 것이라 믿네. 우리의 직분은 거룩한 것인데 어떻게 이러한 혐의와 어울릴 수가 있겠는가. 이 두 가지는 결코 하나가 될 수 없다네. 그러니 이러한 혐의가 나의 거룩한 직분과도, 아니 내 직분과는 더더욱 어울리지 않는다는 것을, 자네도 인정하게 될 것이네. 왜냐하면 내 직분은 어쩌면 더 거룩할 수도 있기 때문이지. 내 직분은 가장 오래된 직분이며 가장 일찍 생겨났고, 가장 경건한 것이지. 이보다 더 높은 것은 있을 수 있어도 더 깊은 것은 없어. 여기에는 하나의 전형이 있지. 사실 전형이 없는 것은 아무것도 없으니까. 각각의 사물의 속성을 표현해 주는 형용사도 바로 이 전형에서 끌어오는 것이야. 그래서 그 전형을 염두에 두고 이렇게 내 직분을 표현하는 것이지. 그것은 거룩하며 거룩한 것 중에서 가장 거룩한 것이다! 여기에는 깊은 심연의 동굴이 있어. 사람들은 제물로 바칠 돼지를 그 안으로 몰고 가지. 그리고 태초의 불, 즉 따뜻하게 데워 주며 열매를 맺게 하는 그 추진력이 계속 타오를 수 있도록 동굴 아래로 횃불을 던져 넣지. 그래서 나는 파라오 앞에 서서 횃불을 들고 갈 때도 머리 위로 흔들지 않아. 오히려 엄숙하게 사제처럼 앞에 들고 가지. 그러면 파라오는 식탁으로 가서 땅에 매장한 '신의 살'을 먹지. 그것은 낫으로 거둔 것이네, 저 아래에서, 맹세를 받아들이는 깊은 심연에서."

빵 굽는 자는 자기가 한 말에 깜짝 놀랐다. 가뜩이나 커진 눈이 더 커지면서 눈동자가 완전히 가장자리로 비껴나, 하나는 바깥쪽으로, 하나는 안쪽으로 몰렸다. 이렇게 자기가 한 말에 놀라는 반응은 자꾸 되풀이되었다. 그는 번번이 한 말을 도로 담으려고 하거나, 다른 말로 바꿔보려 했지만 그럴 때마다, 점점 더 깊은 곳으로 흘러들곤 했다. 어차피 그의 말은 깊은 곳을 향하고 있어서 더 이상 방향을 돌릴 수 없었던 것이다.

"이 말을 하려고 한 게 아닌데. 그 말을 할 생각이 아니었다. 자네는 현명한 청년이니 잘못 듣지 않았으면 좋겠네. 우리는 지금 우리 자신에게 잘못이 없다는 사실을 증명하려고 자네가 지닌 세상의 이성에 호소하고 있네. 그런데 내가 한 말을 다시 들어보면, 내 혐의를 더 짙게 하는 것처럼 들리지 않을까 걱정이 된다네. 나는 내 혐의를 벗기기 위해 내 직분이 가지고 있는 신성함을 강조한 것인데, 너무 크게 그리고 깊이 강조하여, 어딘지 모르게 미심쩍어 보여 내 혐의를 벗기는 데 별 도움이 못되는 게 아닌가 싶다네. 그러니 자네는 이성을 집중시켜 주게. 그래서 지나치게 강력한 증거는 오히려 저주가 되어 증거로서의 본연의 힘을 상실하고 오히려 그 반대를 증명한다는, 그런 생각으로 길을 잃지 않기 바라네. 자네가 그런 의견을 갖게 된다면 끔찍한 일이라네. 그리고 자네 판단의 건전함을 위해서도 그런 생각은 해롭지! 자, 날 보게. 나는 지금 자네를 쳐다보지 않고 내가 제시하는 증거를 바라보고 있지만 자네는 날 봐 주게. 내게 잘못이 있겠는가? 내가 이런 문제에 연루되었겠는가? 내가 누군가? 나는 빵의 최고 감독이네. 그리고 횃불을 들고 딸을 찾아 헤매는 어머니의 시종이라네. 그녀가 누구인가? 그녀는 결실을 가져오는 여인이며, 모든 것을 주는 여인, 따뜻하게 해주는 자, 파릇파릇하게 만드는 자, 정신을 앗아가는 피(포도주를 뜻함—옮긴이)는 거부하며 밀가루 음료를 더 선호하는 자, 인간에게 밀과 보리씨를 가져다준 자, 그리하여 먼저 휘어진 쟁기로 껍질을 부숴 부드러운 식량과 함께 온화한 풍습이 시작되도록 해준 자라네. 왜? 그 전에 인간은 갈대뿌리를 먹어대거나, 그게 아니면 서로 잡아먹었으니까. 난 바로 이러한 그녀를 섬기는 자라네. 그녀는 타작마당에서 키질로 알곡과 피를 구별하며 영예롭지 못한 것으로부터 영예로운 것을 골라내는 자이며, 제멋대로 구는 전횡을 경계하여 법을 만드는 자라네. 그러니 이모든 점을 이성적으로 잘 생각해 보게. 이런 그녀를 섬기는 내가 어떻게 그처럼 어두운 문제에 연루될 수 있는지! 그리고 이렇게 두 가지가 서로 어울릴 수 없다는 사실을 근거로 판단해 주게. 사실 이러한 부조화는 사건이 암울하기 때문에 비롯된 것이라 하기는 어렵네. 왜냐하면 빵이 그렇듯 법도 암흑에서 하는 일이며 모태에 붙어 있기 때문이지. 저 아래에 있는 그곳엔 복수의 여신들이 살고 있어. 그래서 거룩한 법을 여신의 개라 불러도 무방하다네. 또는 실은 그녀의 거룩한 짐승이 바로 개라고 하는 것이 어쩌면 더 적절할지도 모르네. 그렇게 보면 그녀를 섬기는 나 또한 개라고 부를 수도 있겠지……."

여기서 그는 다시 한번 놀라서 눈동자가 안팎 양쪽 가장자리로 몰렸다. 그리고 이번에도 이 말을 하려고 한 게 아니었다고, 아니 이렇게 말하려고 한 게 아니라고 어떻게든 설득하려 했다. 그러나 요셉은 두 사람 모두를 위로해 주었다. 그리고 공연히 자기 때문에 쓸데없이 애쓰시지 말라고 했다. 그저 그들이 자신들의 일을 들려준 것만으로도 영예롭게 생각할 줄 안다. 혹은 자신들의 일을 이야기하지는 않고, 그 일이 왜 자신들의 일일 수 없었는지, 그 이유만 들려줬다 하더라도 상관없다. 또한 그보다 더 그럴 수 없는 것이 있다면, 그것은 바로 자신과 관련된 일로서, 그들을 심판하는 판관으로 올라서는 일이다. 자신은 그들의 시중을 드는 사람으로, 그들에게 익숙한 대로 그들에게 평안한지 묻고 또 명령을 내릴 게 없는지 묻는 일을 한다. 물론 그들은 이 명령이 실제로 실현되는 데에 익숙하겠지만, 안타깝게도 여기서는 그렇게 해드릴 수 없는 게 대부분이다. 그러나 최소한 절반 정도는 익숙한 것을 얻을 수 있다. 이 말을 마치고 요셉은 이제 물러나도 되겠는지, 그리고 혹시 주인님들께서 명령하실 게 있는지 물었다.

없다. 슬픈 목소리로 두 사람이 대답했다. 모르겠다. 뭘 명령할 수 있는지, 생각나는 게 하나도 없다. 명령을 해도 결과가 없을 게 뻔한 줄 아는데, 무슨 명령이 떠오르겠는가. 아, 하지만 왜 그렇게 빨리 가려고 하는가! 가지 말고, 그들의 문제를 심사하는 과정이 얼마나 걸릴지, 그래서 이 구덩이에서 자신들이 얼마나 오랫동안 견뎌야 하는지, 그 말이나 좀 해봐라.

이런 식의 이야기에 요셉은 자기도 알기만 한다면 당장이라도 말씀 드리고 싶다고 했다. 그러나 자신은 아는 게 없으므로 그저 추측밖에 할 수 없다. 어떤 결과로든 끝이 날 때까지는 기껏해야, 또 최소한 30일 더하기 10일은 걸릴 것이다. 그러면 그들의 운명이 결정될 것이다.

"그렇게 오래!" 술을 따르는 자가 외쳤다.

"그렇게 짧아!" 빵 굽는 자는 이렇게 외치고 또 놀랐다. 그리고 얼른 둘러댔다. 자신도 사실은 '그렇게 오래!' 라고 외치려 했다고. 한편 술을 따르는 자는 잠깐 생각해 보더니, 요셉의 추측과 계산이 일리가 있다고 말했다. 그들이 이곳에 도착한 후로 30일을 보내고 또 7일이 지난 다음 3일을 보내면, 그날은 파라오의 아름다운 생신이며, 알다시피 그날은 은혜를 베푸는 날이고 재판을 하는 날이다. 그러므로 자신들에게도 판결이 내려질 가능성이 많다는 것이었다.

요셉의 대답을 보자.

"그건 저도 알고 있었지만, 그 생각을 한 건 아니었고, 제 계산은 즉흥적인 것이었습니다. 하지만 바로 그날이 파라오의 위대한 생신이라는 것이 밝혀졌으니, 제가 말한 것이 벌써 실현되기 시작한 셈이군요."

살을 쑤셔대는 벌레

이 말을 마치고 요셉은 밖으로 나갔다. 그리고 자신이 시
중을 들어야 하는 두 사람과 그들의 '일'을 생각하며 고개
를 가로저었다. 그는 이에 관해 더 많이 알고 있었다. 다만
겉으로 내색을 못했을 뿐이다. 두 나라에 있는 어느 누구도
감히 더 많이 알고 있다고 건방을 떨어서는 안 되었다. 아
니, 무엇보다 많이? 사람들에게 알려 줘도 괜찮다고 여긴
수준보다 더 많이. 그럼에도 불구하고, 다시 말해 적당한
수준까지만 알리고 사실을 은폐하려고 위에서부터 철저하
게 '파리'와 '분필 조각', 혹은 '신의 저주를 받은 자'와
'베세의 찌꺼기' 등과 같은 우회적인 표현으로 쉬쉬 했어
도 나라 전역으로 소문이 퍼져 모르는 사람이 없었다. 그래
서 나라에서 진실을 축소하고 미화시키려고 정해 준 그 표
현들을 사용하면서도 다들 그 뒤에 무엇이 감춰져 있는지
알고 있었다. 그 이야기는 소름 끼치는 이야기이긴 했으

나—축제라는 표현이 좀 과하다면—보편성이 없지 않은 이야기라 할 수 있었다. 그 이유는 이 이야기는 반복이며 재현으로서 옛날 옛적에 뿌리를 둔 매우 익숙한 과정의 현실화였기 때문이다.

직설적으로 말하면, 사람들이 파라오의 목숨을 뺏으려 했던 것이다. 어차피 이 늙은 신은 나이가 꽤 많아서 다들 알다시피 태양과 다시 한 몸을 이루려는 경향을 강하게 보여 목숨이 끝날 때만 바라보고 있었는데도 그런 시도가 있었다는 것이다. 다들 알겠지만 이렇게 태양과 다시 하나가 되려는 파라오의 이런 경향은 마법사들이나 책들의 집, 즉 도서관에 머무는, 육신의 전문가들의 처방도 막을 수 없었다. 또 파라오의 형제이면서 처남인 유프라테스의 하니갈밧 혹은 미단 땅의 투쉬라타 왕이 파라오를 걱정하면서 보냈던 이쉬트라 성상도 이를 저지할 수 없었다. 그러나 큰 집, 시-레, 곧 태양의 아들이며 왕관의 주인님인 넵-마-레-아멘호테프가 늙고 병들어 공기를 들이마시기도 어려워졌다 해서, 그것이 그에게 뭔가 시도할 수 없는 이유가 되는 것은 아니었다. 아니, 오히려 그랬기 때문에 **더더욱** 그런 시도를—물론 소름 끼치는 시도이긴 했지만—할 수 있었다고 말할 수 있다.

다들 알다시피 본래 태양신 레 또한 두 나라의 왕 혹은 땅과 모든 인간들을 다스리는 통치자로서 가장 거룩한 광채로 이들을 축복해 줄 수 있었던 기간은, 어린 시절부터 시작하여 진짜 남자로 성장하고 또 남자로서 후반기에 접어들고, 그런 다음 노령기를 맞아 한동안 시간을 보낸 후 고령의 노인이 되기까지였다. 그러다 정말 아주 나이가 많은 고령에 이르자 이 고귀한 신께도 노화 현상이 찾아왔다. 그게 고상한 형태였다 해도 여하튼 고통스러운 통증과 쇠약 증세를 수반했음은 물론이다. 그제야 이 고귀한 신은 땅과 작별하고 위쪽으로 돌아가는 것이 좋겠다고 생각했다. 그 이유는 그의 뼈가 점점 은이 되고 살은 황금이 되고 머리카락은 진짜 라피스라줄리가 되었기 때문이다. 이것은 모든 것이 굳어가는 노화현상치고는 무척 아름다운 형태였지만 온갖 종류의 아픔과 질병을 달고 다니는 것이어서 신들이 직접 나서서 수천 가지 약을 찾아나섰어도 허사였다. 그렇게 나이가 많은 상황에서 은이 되고 금이 되고 또 돌이 되는 것을 막아줄 풀은, 그런 약초는 없었기 때문이다. 그러나 이런 상황에서도 늙은 레는 계속 땅을 통치했다. 나이가 들어 쇠약해진 탓에 자신의 통치가 아무래도 느슨해져서 주변에서 자신을 두려워하고 어려워하는 마음이 줄어들어, 아니 뻔뻔해지는 조짐이 있었음을 알아차려야 했음에도 불구하고 그렇게 권력에 집착하고 있었던 것이다.

이때 이시스, 곧 섬의 여주인인 에세트는 자신의 때가 왔다고 생각했다. 백만 명의 머리를 합해도 그녀의 꾀와 계략을 당할 수가 없었다. 그녀는 지나치게 나이를 많이 먹은 왕, 곧 레가 그러했듯이 하늘과 땅을 다 합쳐 모르는 것이 없었다. 그러나 그녀가 모르는 것이 딱 하나 있어서 그녀의 학문에 빈틈을 만들었다. 그것은 레의 마지막 이름, 가장 비밀스러운 이름이었다. 레의 마지막 비밀인 이 이름만 알게 되면 그를 지배할 수 있었다. 원래 레에게는 이름이 아주 많았다. 그리고 하나하나 파고들수록 더 신비한 이름이 나왔다. 물론 이 이름들의 신비를 결코 파헤칠 수 없는가 하면 그것은 아니었다. 그러나 레는 자신의 마지막 이름이자 가장 강력한 이름은 결코 알려 주지 않았다. 그리고 만일 강요에 못 이겨 어쩔 수 없이 자신의 이름을 말해야 할 상대를 만나게 된다면, 그자는 최고의 지식을 손에 넣게 됨으로써 레를 영원히 무릎 꿇릴 수 있었다.

그래서 에세트는 쑤셔대는 벌레를 생각해 내고 그걸 만들었다. 레의 황금 살을 파고 들어가게 해 참을 수 없는 고통을 안길 생각이었다. 그리고 파라오를 그 고통으로부터 해방시켜 줄 수 있는 자는 그 벌레를 창조한 여주인인 자신뿐이므로, 이 일을 빌미로 그로 하여금 자신의 이름을 말하게 할 참이었다. 그리고 모든 건 그녀의 생각대로 진행되었다. 늙은 레는 벌레가 살을 쑤셔대니 너무 아파서 자신의 감춰진 이름을 차례차례 말하지 않을 수 없었다. 그러면서 여신이 아주 깊숙이 감춰진 이름들 중 하나로 만족해 주기를 바랐다. 그러나 그녀는 그럴 생각이 없었다. 그녀는 끝까지 물러서지 않고 마지막 이름까지, 가장 비밀스러운 이름까지 말하라고 다그쳤다. 레는 하는 수 없이 자신의 마지막 비밀까지 말해버렸고 결국 그녀의 지식이 그보다 한 수 높아져서 완전한 지식에 이르게 되었다. 그런 다음 그녀는 레를 벌레로부터 해방시켜 주었다. 벌레를 만든 창조주가 그녀인데 힘들 일이 뭐 있었겠는가. 누워서 떡 먹기지. 그러나 레는 쉽게 낫지 않았다. 고령인 그가 빨리 회복한다 해서 얼마나 빨리 털고 일어나겠는가. 그래서 얼마 후 그는 하늘에 있는 자기 자리, 옛것, 나이가 많은 것의 자리로 올라가는 쪽을 선택하게 된다.

여기까지가 원전(原典)의 이야기인데, 케메 땅의 아이라면 모르는 자가 없었다. 그리고 이 이야기는 파라오에게 뭔가 안 좋은 짓을 해도 된다고 동의해 주는 이야기이기도 했다. 지금 파라오의 상태가 원전에 등장하는 그때의 늙은 신이 아닌가 혼동할 정도로 너무 흡사했기 때문이다. 그런데 이 옛날 일을 특별히 더 소중하게 가슴에 품고 있던 여자가 한 명 있었다. 그녀는 파라오의 규방에 속한 여자였다. 메리마아트 궁궐 옆에 아름답게 장식된 이 별장에는 철통 같은 감시를 받으며 많은 여자들이 살고 있었다. 파라오는 이따금 이곳으로 행차하여 이 여인 혹은 저 여인을 골라 장기판에 눈이 서른 개인 장기를 함께 둔 다음 통쾌하게 이겨서 그녀의 약을 올리고 향기를 내뿜는 다른 나머지 여인들로 하여금 춤과 노래와 음악으로 흥을 돋우게 하곤 했다. 그런데 파라오가 장기 상대로 자주 고른 여자가 바로 이시스와 레의 이야기를 마음에 품고 그 이야기를 현실로 재현하고 싶어 안달이 난 그 여자였다. 그런데 그녀의 이름이 무엇인지는 어떤 이야기도 말해 주지 못한다. 이 사건의 아주 세세한 부분까지 다 알고 있는 이야기까지도 그렇다. 말하자면 그녀의 이름은 모든 전래설화에서 깨끗하게 지워져 영원한 망각의 밤에 잠겨 있다. 그러나 이 여자는 당시 파라오로부터 가장 총애받던 측실로서 12년인가 13년 전에, 그러니까 파라오가 아직까지는 여기저기서 생산활동을 할 수 있었을 때 그에게 아들 한 명을 낳아주었다. 그 아들 이름은(신통하게도 이 이름은 남아 있다) 노페르카-프타흐였다. 그는 거룩한 왕의 씨로서 특별한 교육을 받으며 컸다. 그리고 이 아들을 낳은 공으로 그녀는 총애받는 측실로서 독수리 두건을 쓸 수 있었다. 물론 위대한 왕비 테예의 두건처럼 그렇게 화려하고 아름답지는 않았지만 여하튼 황금으로 된 독수리 두건이었다.

이것과 자신이 낳은 거룩한 왕의 씨앗인 노페르카-프타흐에 대한 모성애가 화근이었다. 이 두건이 여자로 하여금 자신을 꾀 많은 이시스와 혼동하게 만들었기 때문이다. 그리고 이시스와 결합된 생각들과 자신의 피가 절반 섞인 소중한 자식에 대한 어리석은 사랑이 하나가 되었다. 그렇게 해서 이 여자는 워낙 뇌도 좁은데다 약삭빠른 구석은 있고, 또 원전에 기록된 이야기 때문에 약간 혼란스러운 나머지, 그 옛날 이야기를 본받아 자기도 파라오가 벌레한테 쏘이도록 만들리라 결심한 것이다. 그런 다음 궁궐을 전복시켜 어차피 병에 잘 걸리는 호루스, 곧 왕위 계승자의 신분을 타고난 태양 아멘호테프 대신에 자신의 품에서 낳은 신의 결실 노페르카-프타흐를 두 나라의 왕좌에 앉히려 했다.

이렇게 왕조를 무너뜨려, 새로운 시대를 열고 어디에서도 이름을 밝히지 않은, 총애를 한 몸에 받던 이 측실을 어머니-여신으로 들어 올리려는 준비 작업은 거의 막바지에 이르러 있었다. 이 계획이 처음으로 싹을 틔운 곳은 규방이었지만, 새로운 일에 욕심이 생긴 하렘을 지키는 관리들, 즉 군관 몇 명을 통해 궁궐에서도 동지를 얻게 되었다. 여기에는 일부 아주 높은 관료도 있었다. 예컨대 두 나라의 왕의 마차를 끄는 첫번째 마부와 신의 과일창고를 관리하는 감독, 친위대 소속의 대인, 소떼를 지키는 감독, 보물창고에서 향기로운 연고를 지키는 감독 등등이 여기에 연루된 인사였다. 그리고 궁궐 바깥 세상과도 줄이 닿았다. 곧 하렘에 있는 군관들의 아내들을 통해 수도에 살고 있는, 파라오의 여자들의 집안 남자들을 끌어들인 것이다. 그리고 이들로 하여금 베세의 주민들에게 이제 몸의 성분이 황금과 은과 라피스라줄리밖에 없는 늙은 레에 관한 나쁜 소문을 퍼뜨리게 했다.

이렇게 비밀리에 이 계획에 동참한 반역자는 모두 일흔 두 명이었다. 일흔둘, 72는 희망의 숫자였다. 옛날 붉은 세트가 우시르를 관으로 유인했을 때 나선 자들이 모두 일흔 둘이었다. 그리고 이들 역시 이 숫자를 넘어서도 모자라서도 안 되는, 우주에 관계된 이유가 있었다. 그건 나머지 날을 제외하고 360일을 한 해로 할 때, 거기에 5일로 이루어진 한 주간이 들어 있는 숫자였기 때문이다. 72일은 한 해의 5분의 1로서 건조한 날들이다. 이때는 먹여 살려주는 자(나일 강—옮긴이)의 수위가 가장 낮아지고, 신이 자신의 무덤에 가라앉는 때이다. 그래서 세상에서 반역이 일어난다고 할 때 반역자의 숫자가 72명인 경우가 많으며 또 그래야 하는 것이다. 그리고 실패로 끝난 반역 음모라 하더라도 만일 이 72라는 숫자를 엄수하지 않았다면, 더 큰 패배를 맛보았을 게 분명했다.

현재의 음모도 실패로 끝났다. 최선의 본보기를 근거로 치밀하게 계획을 세웠음에도 불구하고 그랬다. 연고의 감독은 파라오의 도서관에서 마법의 문서까지 빼내는데 성공했다. 그리고 그 진술에 따라 밀랍으로 어떤 형체들을 만들었다. 그런 다음 이것들을 이곳저곳으로 슬쩍 가지고 들어가 혼란을 야기하고 사람들의 눈을 멀게 하는 마법으로 계획을 성사시키려는 것이었다. 그리고 그 계획이란 파라오의 빵이나 포도주에 또는 동시에 이 두 가지 모두에 독을 넣는 것이었다. 그렇게 하여 혼란이 생기는 틈을 타서 궁궐에서 결정타를 날리고 궁궐 바깥에서, 수도의 시내에서 봉기가 일어나면 새로운 시대의 도래를 외치고 서자 노페르카-프타흐를 두 나라의 왕좌에 앉힐 계획이었다. 그런데 모든 게 다 날아가 버렸다. 일흔두 명 중 한 사람이 마지막 순간에 지금 자신이 파라오께 충성하는 쪽을 선택하면 출세할 수 있고, 나중에 멋진 묘비명도 얻게 되리라 기대했거나, 아니면 처음부터 밀정 노릇을 한 첩자가 음모에 가담했을 수도 있다. 어찌 되었거나 함께 일을 꾸민 자들의 명단이 파라오 앞에 오른 것이었다. 참으로 읽기 민망한 그 명단이 당도했을 때 신은 혼자가 아니었고 아침 문안을 올리려 온 진정한 친구들과 함께 있었다. 그리고 그 명단은 전체적으로는 옳은 것이었다. 물론 몇 가지에서는 착각도 있고 혼동도 없지 않았다.

이들을 막기 위해 신속하면서, 조용하고 단호한 조처가 단행되었다. 규방의 이시스는 즉시 내시의 손에 교살되었다. 그녀의 아들은 누비아 중에서도 제일 끝으로 유배당했다. 그리고 음모 전반과 각자의 잘못을 파악하기 위해 비밀 조사위원회가 결성되는 동안, 이미 노출된 자들은 모두 '나라의 혐오스러운 것'이라는 이름과 각자의 이름을 가장 가혹하게 왜곡한 이름까지 꼬리표로 달고 여러 곳으로 사라졌다. 그리고 이들은 익숙하지 않은 환경에서 그들의 운명을 견뎌내야 했다.

　파라오의 빵 굽는 감독과 술 따르는 감독도 이런 연유로 요셉이 포로로 잡혀 있는 감옥에 오게 된 것이다.

꿈을 해석해 주는 요셉

　이들이 이곳에서 벌써 30일 하고도 7일을 더 보낸 날이
었다. 요셉은 여느 때와 마찬가지로 아침 문안을 올리러
갔다. 그런데 주인님들은 다른 때와는 달리 흥분한 모습으
로, 언뜻 보면 울적한 것 같고, 또 어찌 보면 화가 난 듯했
다. 그동안 이들은 모든 게 간소화된 상태에 익숙해져 더
이상 잔소리도 하지 않았다. 사실 인간이란 꼭 예전에 살
았던 것처럼 살 필요는 없기 때문이다. 옛날에 청색과 녹
색 돌로 장식된 곳에서 발바닥을 긁어주는 시종들까지 거
느리고 살았다 하더라도, 오른쪽에 욕실, 왼쪽에 화장실
하나 있고, 예전처럼 요란하게 새 사냥을 나가지 못하더라
도 이따금 활도 쏘고 공 아홉 개를 굴리는 지금도 잘만 살
고 있으니까.

　그런데 오늘은 어찌된 판인지 요셉이 오자마자 다시 옛
날의 호강스러운 상태로 되돌아가고 싶은지, 예의 그 불만

을 터뜨리기 시작했다. 모든 게, 그리고 꼭 필요한 것까지도 결핍되어 있는 현재의 생활과 친해지려고 지금까지 노력해왔다. 그러나 아무리 안간힘을 써도 이 생활은 개 같은 생활일 뿐이다. 대충 이런 식이었다.

요셉이 대관절 무슨 일이냐고, 도대체 왜들 이러시냐고 묻자, 두 사람이 동시에 대답했다. 전날 밤 꿈을 꾸었노라고. 진짜처럼 생생하고 가슴 깊이 파고드는, 절대로 잊지 못할 아주 독특한 꿈이었다. 의미를 담고 있는 이 진짜 꿈이 '날 제대로 이해해'라고 이마에 써 붙이고 어서 해석해 달라고 절규한다. 각자 자기 집에 꿈을 해석해 주는 자를 한 명씩 데리고 있다. 이런 자들은 밤의 산물에 대한 전문가로 이야기의 세세한 부분까지 의미와 뜻을 말할 줄 안다. 그리고 이뿐만 아니라 최고 가는 꿈 목록과 사례집도 바빌론 것과 고국 이집트 것으로 둘 다 있어서, 만일 특별히 떠오르는 생각이 없으면 그걸 들춰보면 된다. 그리고 또 지금까지 없었던 꿈으로, 해독하기가 어려운 최악의 절박한 경우에는 신전의 예언자들이자 학자들로 이루어진 주인님들의 회의를 소집하여 함께 문제를 풀 수 있다. 이렇게 한마디로 자신들은 어떤 경우든 높은 자리에 있는 고관답게 믿을 만한 사람의 서비스를 신속하게 받을 수 있었을 것이다. 그런데 여기는 어떤가? 이게 뭔가! 여기서는 각자 이렇게 또렷하고 특별한 의미를 담고 있는 아주 독특한 꿈을 꾸고 가슴이 온통 그 생각뿐인데, 이 저주받은 구덩이에는 꿈을 풀 수 있는 자가 없다. 자신들은 꿈을 꾸면 해석해 주는 자의 서비스를 받는 데 익숙한데 이곳에는 자신들의 시중을 들어줄 사람이 없다. 이렇게 꿈을 해석하여 자신들을 도와줄 자가 아무도 없다는 것은 모든 결핍 중에서 가장 심한 결핍이다. 오리털 이불과 거위구이 혹은 새 사냥보다 더 절실한 것이 바로 꿈을 해석해 주는 자다. 이러니 참기가 어려워 눈물까지 흘릴 판이다.

그들의 말을 듣고 있던 요셉이 입술을 약간 앞으로 내밀었다.

"만약 두 주인님께서 두 분의 근심을 공감하는 사람이 있다는 것만으로도 우선 위안을 얻으실 수 있다면, 제게서 그 위안을 찾으십시오. 제가 바로 그 사람입니다! 그리고 또 지금 두 주인님을 울적하게 하는 그 결핍 문제도 도와드릴 수 있을 것입니다. 저는 두 주인님을 모시고 시중을 드는 자로서 모든 일을 보살펴 드리는 게 제 임무인데, 꿈이라고 해서 못 도와드릴 것이 어디 있겠습니까? 또 제게는 꿈의 영역이 아주 낯설지도 않습니다. 그리고 어느 면에서는 집안부터 꿈과 관계가 있다고 자랑할 수도 있습니다. 이 말을 고깝게 듣지 마시고, 오히려 적절한 표현으로 받아들여 주십시오. 사실 저희 집안과 저희 부족은 수시로 매력적인 꿈을 많이 꾸어왔으니까요. 제 아버지만 하더라도 그랬습니다. 그는 가축을 기르는 왕인데 여행 중에 어떤 특별한 곳에서 최고로 높은 꿈을 꾸셨습니다. 그건 그에게 영원한 위엄과 품위를 안겨 준 꿈이었지요. 그리고 아버지가 그 꿈 이야기를 들려주실 때면 얼마나 즐거워했는지 모릅니다. 그리고 저 또한 전생(前生)에 많은 꿈을 꾸고 살았습니다. 그래서 제 형제들은 저의 이런 특별함과 관련하여 좋은 별

명을 지어주기도 했습니다. 자, 보십시오. 여러분은 불편을 감수해야 하는 결핍된 상황에 계시지만 이렇게 꿈의 영역과 관련하여 훈련을 많이 받은 자를 가지고 계십니다. 어떠십니까? 일단 저 하나로 만족하시고, 저로 하여금 꿈을 해석해 보도록 여러분의 꿈 이야기를 들려주시겠습니까?"

"그래, 하지만! 그래, 다 좋다. 자네는 참으로 상냥한 청년이다. 그리고 자네는 사랑스럽고 아름다운 두 눈으로, 언뜻 보면 베일을 쓴 듯한 그 눈으로 멀리 내다볼 줄도 알지. 그런 자네가 꿈 이야기를 하니까, 어쩌면 자네가 우리를 도와줄 수 있을지도 모른다고 생각할 뻔했다. 하지만 **꿈을 꾸는 것과 해석하는 것**은 각기 다른 일이다!"

"그런 말씀 마십시오! 꿈이란 꾸는 것과 해석하는 것이 각기 합쳐져야 온전한 꿈이라 할 수 있을지도 모릅니다. 그래서 꿈을 꾸는 자와 해석하는 자가 겉으로 볼 때는 서로 상대방과 자리를 바꿀 수 없는 둘이 될 겁니다. 그러나 실은 이 둘은 서로 자리를 바꿀 수도 있고 정말은 동일한 하나입니다. 꿈을 꾸는 자는 해석도 합니다. 그리고 해석을 하려는 자는 꿈을 꾸었음이 틀림없습니다. 여러분은 쓸데없는, 지나친 분업이 지배하는 그런 환경에서 사셨습니다. 그래서 빵 영주님과 포도주 각하께서는 자신이 꾼 꿈을 해석하는 일을 집안에 있는 예언자에게 넘기셨습니다. 그러나 따지고 보면, 태어날 때부터 모든 이는 각자 자신이 꾼 꿈의 해석가입니다. 그런데도 꿈을 해석하는 다른 사람의 시중을 받는 것은 우아하게 보이기 위해서일 뿐입니다. 제가 여러분께 꿈의 비밀을 알려 드리겠습니다. 그건 해석이 꿈보다 먼저라는 사실입니다. 사람들은 이미 해석을 한 다음 꿈을 꾸는 겁니다. 그렇지 않다면 어떻게 누군가 잘못 해석하면 '썩 꺼져라, 오락가락하는 놈! 바르게 해석해 줄 다른 자를 부르겠다. 내게 진실을 말할 자를!' 이라고 소리를 지를 수 있겠습니까? 그러니 저를 한번 시험해 보십시오. 만약 제가 오락가락하고 참뜻을 읽어내지 못하면 욕설을 퍼부어 치욕을 안겨 내쫓으십시오!"

"나는 이야기 않겠어." 빵 굽는 자가 말했다.

"나는 다른 모든 면에서도 그렇듯이 훨씬 좋은 것에 익숙한 사람이다. 그러므로 이 문제에서도 임명받지 않은 무자격자인 자네를 해몽가로 쓰느니 차라리 결핍에 시달리는 쪽을 선택하겠다."

"나는 이야기 하겠네!" 포도주를 따르는 자였다.

"빨리 해석이 듣고 싶어서 다른 사람을 기다릴 여유가 없어. 그러니 처음 만난 가장 훌륭한 자로 만족하겠네. 게다가 이 청년처럼 베일을 두른 것 같은 눈으로 멀리 내다볼 줄도 알고 또 집안도 꿈과 관련이 있다고 증명할 수 있는 자라면 더더욱 망설일 게 없지. 자, 젊은이, 이제 준비를 하거라. 그리고 내 이야기를 듣고 해석을 해보거라. 하지만 마음을 단단히 먹도록 해라. 나 역시 마음을 단단히 먹어야 한다. 그래야 내 꿈을 올바른 단어로 표현할 수 있다. 만일 그렇게 하지 않으면 그처럼 생생했던 꿈이 이야기를 통해 생명을 잃고 죽어버릴 수도 있다. 게다가 그 꿈은 생동감이 넘쳤을 뿐 아니라 또렷했고, 모방할 수 없는 양념까지 쳐진 상태였다. 그런데 누구나 알다시피 이런 꿈을 말로 묶게 되면 붕대를 잔뜩 감은 말라비틀어진 미라가 되어 원래 꿈을 꾸었던 당시의 모습은 온데간데없어지는 법이지. 하지만 원래 꿈을 꾸었을 때는 초록빛이었고 꽃도 피우고 열매도 맺었지. 내 눈앞에 있던, 꿈속에서 보았던 그 포도나무처럼. 꿈속에 나는 파라오와 함께 그분의 포도밭에 있었어. 그분은 포도나무 그늘에서 쉬고 계셨지. 그리고 내 앞에 포도나무 줄기가 하나 있었어. 아직도 그게 눈앞에 보이는 것 같애. 그건 특별한 포도나무 줄기로 덩굴손이 셋이었어. 내 말을 잘 이해해 줘. 이 줄기가 초록빛으로 변하고 있었어. 그리고 사람 손 같은 잎사귀를 가지고 있었어. 그러나 포도 밭의 다른 포도나무 줄기에는 벌써 포도가 주렁주렁 열렸는데, 이 포도 줄기는 아직 피어나지 않아서 열매도 안 맺었어. 그런데 꿈속에서, 내 말을 잘 이해해 줘, 바로 내 눈앞에서 그런 일이 벌어진 거야. 그 광경은 이랬어. 포도줄기가 점점 자라나더니 잎사귀 사이로 사랑스러운 꽃차례를 내보내는가 했는데 어느새 덩굴손 세 개가 열매를 맺기 시작했어. 그리고 휙 지나가는 바람처럼 어느새 익은 보랏빛 열매는 내 볼처럼 탱글탱글해지더니 다 자란 포도 알맹이가 된 거야. 그뿐이 아냐. 얼마나 탐스럽게 자랐는지 주변의 다른 포도송이와는 비교할 수가 없었어. 그걸 보니 얼마나 기쁘던지 얼른 오른손으로 열매를 땄어. 왼손에는 파라오의 잔을 들고 있었거든. 그리고 시원한 물이 절반 들어 있는 잔 안에 정성스럽게 포도즙을 짜 넣었지. 그러면서, 지금 생각해 보면, 자네 생각을 한 것 같애. 우리가 포도주를 달라고 명령하면 이따금 물에 포도즙을 짜 넣어주곤 하던 기억이 떠올랐던 거야. 여하튼 그렇게 포도즙을 짜 넣은 물잔을 파라오의 손에 건네드렸어. 그게 다야."

마지막 말은 들릴까 말까했다. 그렇게 말해놓고 나자 싱거웠던지 실망한 기색이었다.

"그건 적은 게 아닙니다."

줄곧 눈을 감고 이야기를 듣고 있던 요셉이 눈을 뜨며 말했다.

"거기엔 잔이 있었고, 맑은 물이 있었고, 주인님께서는 덩굴손이 셋 달린 포도 줄기가 맺은 열매를 손수 따서 그 물에 포도즙을 짜 넣었습니다. 그리고 그 잔을 왕관의 주인님께 건네드렸습니다. 그건 다른 것이 섞이지 않은 순수한 공물이었고 파리도 없었습니다. 제가 해석을 할까요?"

"그래, 어서 해석해다오! 얼른 듣고 싶구나!"

"그럼 해석을 해보겠습니다. 세 개의 덩굴손은 사흘입니다. 그러니까 사흘이 지나면 주인님은 생명의 물을 얻으실 겁니다. 파라오가 주인님의 머리를 다시 들어 올리시고 수치스러운 이름을 벗겨 주실 테니까요. 그리고 주인님을 다시 '테벤의 의로운 자'로 부르게 하여 예전의 직분을 돌려주시고 예전처럼 파라오에게 잔을 건네주고 술을 따르게 하실 것입니다. 이게 다입니다."

"훌륭해!" 뚱보가 외쳤다.

"참으로 사랑스럽고 탁월한 해석이야. 꿈을 해석하는 본보기 같군. 살아 생전 이보다 더 훌륭하게 시중든 자는 없었어. 오, 젊은이, 자네의 해몽은 형언할 수 없을 만큼 큰 도움이 되었네. 세 개의 덩굴손은 사흘! 어쩌면 그렇게 간

단하게 말하는지! 자네는 참으로 현명하군! 그리고 다시
'테벤에서 진실한 자'가 되어 이전처럼 파라오의 친구가
된다니! 고맙네, 젊은이, 정말 고마워. 정말이야."

그리고 그는 거기 앉아 기쁨의 눈물을 흘렸다.

그러나 요셉은 그에게 이렇게 말했다.

"아보두의 태수님, 네페르-엠-베세! 제가 주인님의 꿈을
해석해 드린 건 간단한 일이었고, 또 기꺼이 한 일입니다.
제가 주인님께 기쁨을 안겨 드리는 해석을 해드릴 수 있어
서 저도 기쁩니다. 주인님은 곧 혐의를 씻으시고 나가시면
사람들에게 둘러싸여 축하를 받으실 겁니다. 이 좁은 곳에
있는 제가 주인님께 제일 먼저 축하를 올리겠습니다. 지난
37일 동안 저는 주인님의 시종이었으며 집사였습니다. 그
리고 앞으로도 사흘간 대장님의 명령에 따라 주인님의 안
부와 명령을 묻고 상황이 허락하는 한도 내에서 편안함을
암시하는 것들을 마련해 드릴 겁니다. 저는 아침마다 그리
고 저녁마다 독수리 집에 들러서 주인님을 뵈었습니다. 그
리고 저는, 이렇게 표현해도 된다면 주인님께 신이 보내신
천사처럼 행동했습니다. 그래서 주인님께서는 제 가슴에
자신의 고통을 쏟아 부을 수 있었습니다. 그리고 저는 익숙
하지 않은 환경으로 고통받는 주인님을 위해 정성껏 위로
해 드렸습니다. 그렇지만 주인님께서는 제 이야기는 별로
묻지 않으셨습니다. 하지만 저는 이 구덩이에 있기 위해 태
어난 자가 아닙니다. 그리고 이곳을 제가 머무를 곳으로 선
택하지도 않았지만 어쩌다보니 왕의 노예와 죄인이 되어
이곳에 갇히게 되었습니다. 그것도 신 앞에서는 하나의 곡

해에 지나지 않는 잘못 때문입니다. 하지만 주인님의 영혼은 자신의 고통으로 가득 차 있어서 제 고통에 관심을 기울이시고 질문을 할 여유가 없었습니다. 하지만 술을 따르는 감독님, 예전처럼 높고 화려한 자리에 다시 앉으시면, 절 기억해 주십시오! 그리고 제가 주인님을 받들어 모신 일을 부디 잊지 말아주십시오! 그래서 제가 순전히 왜곡 때문에 여기 앉아 있다는 사실을 파라오께 말씀 드려서 절 이 감옥에서 꺼내 달라고 청해 주십시오. 전 여기가 좋아서 이곳에 있는 게 아니니까요. 저는 벌써 어린 시절에, 소년이었을 때 제 고향에서 여기 이집트로 유괴당하여 이렇게 이 구덩이까지 내려왔습니다. 저는 자신의 길을 가로막는 고약한 정령에게 발목을 붙들린 나머지 자신의 광채를 온전히 드러내며 찬란하게 자신의 궤도를 따라갈 수 없는 달과 같습니다. 신들, 곧 자신의 형제들을 앞에서 인도하는 달 말입니다. 그러니 술을 따르는 감독님, 그곳으로 돌아가시면 저를 위해 제 이야기를 해주시겠습니까?"

그러자 뚱보가 큰소리쳤다.

"그럼, 수천번이라도 하겠네! 내 약속하지. 내가 다시 파라오 앞에 서게 되면, 그분을 처음 다시 알현하는 자리에서 자네 이야기를 하겠네. 그리고 그의 정신이 내 말을 그 자리에서 받아들이지 않으면 다음에 또 반복하겠네. 내가 자네를 기억하지 않고 자네 이야기를 꺼내지 않는다면 그건 개미나 할 짓이지. 자네가 뭘 훔쳤건 아니면 훔쳐져서 유괴를 당했건 그건 상관없어. 무슨 일이 있어도 자네를 언급하여 은혜를 입게 하겠네. 아, 꿀 같은 젊은이!"

그리고는 요셉을 끌어안고 요셉의 입과 양쪽 볼에 입을 맞췄다.

그러자 기다란 자, 곧 키가 큰 남자가 입을 열었다.

"나도 꿈을 꾸었다는 사실은 모두 다 잊은 것 같군. 나는 다른 곳에서 건너온 자인 자네 히브리인이 꿈을 해석하는 재주가 그렇게 뛰어난 줄은 몰랐네. 그렇지 않았다면 자네가 도와주겠다는 걸 막지 않았을 거야. 하지만 지금은 나도 자네한테 내 꿈 이야기를 들려주고 싶네. 그리고 가능하면 정확한 말로 표현하도록 노력해 볼 생각이네. 그러면 자네가 듣고 내 꿈을 해석해 주게. 이제 들을 준비를 하게!"

"듣고 있습니다." 요셉이 대답했다.

빵 굽는 자의 꿈 이야기가 시작되었다.

"내가 꾼 꿈은 이랬어. 꿈을 꾸었는데, 모든 게 장난 같았어. 나는 멘페의 영주라 가마 안에 머리를 집어넣지 않는데, 마치 빵 굽는 도제처럼 그리고 긴 빵과 과자를 나르는 짐꾼처럼 꿈속에서는 하얀 빵과 과자를 담은 바구니 세 개를 머리에 이고 있었어. 납작한 바구니라 차례차례 잘 쌓아올렸지. 그리고 바구니마다 왕실의 빵 굽는 곳에서 나온 빵들로 가득했어. 제일 위에는 파라오에게 드릴 와플 과자와 비스킷이 그냥 놓여 있었어. 그때 눈이 부리부리한 새들이 목을 쭉 내밀고 꽥꽥거리며 날아오는 거였어. 그리고 겁도 없이 내 머리 위의 음식들을 처먹는 거야. 나는 새들을 쫓으려고 바구니를 잡지 않은 다른 쪽 손을 바구니 위로 올려서 흔들려고 했어. 그런데 그게 안 되는 거였어. 손이 그냥 굳은 채 아래에 있는 거야. 그러자 새들은 안쪽까지 잘게 부숴 먹었어. 사방에 새들의 고약한 입 냄새가 진동했어. 썩은 냄새 말야."

여기서 그는 화들짝 놀랐다. 얼굴도 하얗게 질렸다. 하지만 그는 흉하게 일그러진 입술로 미소를 지으려 애썼다.

"하지만, 새들과 입 냄새, 주둥이, 그리고 부리부리한 눈을 너무 끔찍하게 상상하지는 말거라. 그건 다른 새들과 같은 새였어. 그리고 그들이 잘게 부숴 먹었다고 한 말은, 내가 그렇게 말했는지 정확하게 기억은 할 수 없지만, 여하튼 그렇게 말했다면, 그건 네가 내 꿈을 이해하기 쉽도록 조금 생생하게 표현하려고 고른 말이었어. 원래는 새들이 콕콕 쪼아먹었다고 했어야 하는 건데. 맞아. 새들은 내 바구니의 음식을 쪼아먹었어. 아마 내가 자기네들한테 먹이를 주는 건 줄 알았나봐. 제일 위에 있는 바구니를 천으로 덮지 않았으니까. 간단하게 말해서 내 꿈에서는 모든 게 자연스러웠어. 물론 한 가지 예외가 있다면, 멘페의 영주인 내가 빵 바구니를 직접 머리에 이고 갔다는 것이지. 그리고 내가 몸을 움직일 수 없었다는 것이야. 아니 어쩌면 손님으로 온 새들이 좋아서 쫓을 생각이 없었던 건지도 모르지. 그게 다야."

"이제 해석을 해드릴까요?" 요셉이 물었다

"좋을 대로." 빵 굽는 자의 대답이었다.

"세 개의 바구니는 사흘입니다. 사흘이면 파라오는 주인님을 이 집에서 인도해 내어 머리를 들어 올릴 겁니다. 그리고 똑바로 서 있는 나무 기둥에 묶을 것입니다. 그러면 하늘의 새들이 내려와서 주인님의 살을 먹을 겁니다. 애석하게도 그게 다입니다."

"무슨 말을 하는 거야!" 빵 굽는 자는 주저앉아 손으로
얼굴을 가리고 울기 시작했다. 반지를 낀 손가락 사이로 눈
물이 펑펑 쏟아졌다.

"그렇게 서럽게 울지 마십시오, 빵을 굽는 총 감독님. 그
리고 화환의 마이스터 주인님도 기쁘다고 그렇게 울지 마
십시오. 두 분 다 상황을 있는 그대로, 여러분이 어떤 사람
이든, 또 여러분에게 어떤 일이 벌어지든 품위 있게 받아들
이십시오! 세상은 하나의 둥근 공과 같습니다. 거기엔 위가
있고 아래가 있으며 선이 있고 악이 있지요. 그렇지만 인간
은 이 두 가지를 가지고 지나치게 법석을 떨어선 안 됩니
다. 따지고 보면 황소나 당나귀나 다를 바 없으며 서로 바
뀌질 수 있습니다. 둘이 합쳐서 하나를 이루기 때문입니다.
두 분 모두 지금 눈물을 흘리시니, 그게 바로 두 분의 차이
가 그다지 크지 않다는 증거입니다. 건배를 외치는 주인님
이시여, 너무 거만하게 굴지 마십시오. 주인님께 잘못이 없
었던 것은 아마도 사람들이 주인님의 나쁜 점 때문에 아예
이 일에 끌어들이지 않았던 탓이었겠지요. 주인님은 수다
스런 입을 지녀서 아무 비밀도 간직할 수 없다고 믿은 거지
요. 그래서 주인님은 나쁜 일에 대해 전혀 알 수 없었던 겁
니다. 그리고 미리 말씀 드리자면, 주인님은 주인님의 세상
을 만나도 절 생각하지 않을 겁니다. 제게 철석같이 약속을
하고서도 말입니다. 혹은 절 생각할 수밖에 없는 일이 코앞
에 닥쳐서야 저를 생각하실 겁니다. 그때는 제가 이 말을
미리 했다는 것을 기억하십시오. 그렇지만 빵의 대가님, 절

망하지 마십시오! 제 생각에 주인님께서는 그 일이 영예로운 일로 미리 기록되어 있다는 이유로 그것을 선으로 혼동한 까닭에 악한 음모에 가담하셨던 것 같으니까요. 이는 흔히 있을 수 있는 일입니다. 보십시오. 주인님은 아래에 있는 신의 사람입니다. 그리고 주인님의 동료는 위에 있는 신의 사람입니다. 하지만 두 분 다 신의 사람입니다. 그리고 우시르의 십자가에서 머리를 들어 올리는 것도 머리를 들어 올리는 겁니다. 어쩌면 인간들은 그 십자가에서 한번쯤 당나귀를 발견할 수 있을지도 모릅니다. 세트와 오시리스가 동일한 존재라는 표시로 말입니다."

야곱의 아들이 주인님들에게 한 말이었다. 이렇게 그들의 꿈을 해석해 준 후 사흘이 흘렀다. 두 사람은 감옥에서 옮겨졌다. 그리고 두 사람 다 머리가 들어 올려졌다. 술 따르는 자는 영예롭게, 빵 굽는 자는 치욕스러운 십자가에 매달린 채. 그러나 술 따르는 자는 요셉을 까맣게 잊어버렸다. 감옥은 생각하고 싶지도 않았던 그였다. 그러니 거기 있던 요셉을 생각할 일도 없었다.

Zweites Hauptstück
Die Berufung

2부
요셉,
파라오 앞에 불려가다

넵-네프-네젬

이런 일들이 있은 후 요셉은 2년을 더 감옥에 있었다. 그리고 이 두번째 구덩이에서 서른 살이 되었다. 그러다 숨돌릴 틈도 없이 급하게 구덩이 밖으로 끌려나갔다. 이번에는 꿈을 꾼 파라오가 그를 불러들인 것이다. 그러니까 왕실 신하들의 꿈을 해몽해 주고 2년이 지난 후에 파라오가 꿈을 꾼 것이다. 그가 꾼 꿈은 **둘**이었지만, 실은 같은 내용이라 **하나**의 꿈이라 할 수 있었다. 여하튼 이건 별것이 아니고, 가장 중요한 문제는, 그래서 가장 강조해야 할 것은 여기서 '파라오' 라 불리는 자가 더 이상—한 개인으로 따진다면— 같은 자가 아니라는 점이다. 곧 빵 굽는 자와 술 따르는 자가 진실을 말해 주는 꿈을 꾸었을 때 파라오였던 그 파라오가 아니라는 뜻이다. 물론 파라오는 항상 파라오라 불리고 늘 파라오이다. 그렇지만 태양이 늘 있지만 가고 다시 오는 것처럼, 파라오 또한 오고 간다.

그래서 요셉이 시중을 들었던 두 주인님들이 각기 반대 방식으로 머리가 들어 올려지고 난 후 얼마 지나지 않아 파라오가 갔고 다시 왔다. 이 말은 요셉이 여기 뵈르, 곧 감옥에 있는 사이 무엇을 놓쳤는지 암시해 준다. 기껏해야 아련한 메아리나 들을 수 있었을까, 요셉은 왕좌의 주인이 바뀌는 일을 직접 겪지는 못했던 것이다. 그 사이 세상의 낮, 곧 태양은 슬프게도 세상을 하직했고 환호성과 함께 새로운 시대가 도래했다. 사람들은 이제 행복의 시대가 되기를 원했다. 물론 이전의 시대가 세속의 한도 안에서 꽤 행복했다 하더라도 여하튼 이 새로운 시대는 더 큰 행복을 안겨 주길 바랐다. 그리하여 정의가 불의를 물리치고 '달이 진짜로 올바르게 오게 되리라'(마치 달이 지난번에는 올바르게 오지 않기라도 했듯이) 믿었다. 한마디로 하자면 지금부터는 그저 웃고 감탄하면서 살게 되리라 믿은 것이다. 이쯤 되면 백성으로서는 한 주 내내 뛰고 구르며 마실 만했다. 물론 슬픔의 축제가 먼저여서 모두들 머리에 재를 뿌리고 자루를 몸에 뒤집어쓴 채 옛 시대가 저문 것에 대해 정말로 가슴 아파하며 애도하는 것이다. 이는 그저 형식적으로 슬픈 척하는 것이 아니라 진심에서 우러난 행동이었다. 인간이란 원래 알다가도 모를 복잡한 존재니까.

파라오는 햇수로 따지자면 자신에게 술을 따라준 감독관과 빵을 가져다준 감독관이 자위-레에서 보낸 날짜 수만큼, 곧 40년 동안 왕좌에 머물렀다. 어떤 파라오? 아문의 아들, 투트모세 왕과 미단 왕의 자식 사이에 태어난 아들, 곧 넵-마-레-아멘호테프 3세-님무리아는 왕좌에 오른 후 많은 것들을 세워 호화찬란한 광채를 발한 후 죽어서 태양과 하나가 된 것이다. 그리고 그 직전에 자신을 관으로 유인하려 했던 72명의 반란자들 때문에 우울한 경험을 했다. 그러나 이번에는 그런 반란이 없었어도 관 안에 들어가게 되었다. 보통 관이 아니고 어떻게 저런 관이 있을 수 있나, 놀랄 정도의 대단한 관이었음은 당연하다. 관을 박은 못까지 순금이었다. 그리고 파라오는 소금으로 절여지고 노간주나무의 수지와 송진과 삼나무의 수지와 안식향과 유향을 사용하여 영원히 존재할 만반의 준비를 갖추느라 길이가 400엘레나 되는 아마포 붕대로 감아졌다. 이렇게 70일 동안의 준비가 끝나자 오시리스가 완성되어 소들이 끄는 황금 운구대 위에 올려놓은 배에 실렸다. 관 받침대는 다리는 사자 발이고, 위에는 천개로 지붕을 씌웠다. 그리고 향을 든 자들과 물을 뿌리는 자들을 앞세우고 겉으로 보기에 완전히 풀이 죽은 수행원들을 이끌고 산에 있는 영원한 집으로 옮겨졌다. 그리고 방도 많고 온갖 편안함이 보장된 이 영원한 안식처의 문 앞에서 사람들은 그에게 일종의 예배를 올렸다. 그건 송아지 발을 사용하는 죽은 자(미라)의 '입 열기'의 식이었다.

왕비와 신하들은 더 이상 방이 많은 이 집에 함께 매장되지 않았다. 이들을 함께 넣어 죽은 자 옆에서 굶어죽게 하는 일을, 꼭 필요한 혹은 그저 적절한 조처로 여겼던 시절도 있었다. 그러나 그것은 이미 오래 전의 일이었다. 이 관습이 이처럼 잊혀지고 사라진 이유는 무엇이었을까? 왜 그 일을 싫어하고 그런 생각도 안하게 된 것일까? 사람들은 물리지도 않는지 태초의 것을 즐겼다. 그래서 열심히 마법을 사용하여 시체의 구멍이란 구멍은 모조리 부적으로 채워 넣고 송아지 발을 도구로 사용하여 미라의 입을 여는 아주 번거로운 절차를 정해진 순서에 따라 시행했다. 그러나 이렇게 옛날 것이라면 물불 안 가리고 다 하면서, 신하들을 함께 매장하는 것은 더 이상 찾아볼 수 없었다. 그 일은 거부한 정도가 아니라, 예전에는 아름답게 여긴 그 행위를 더 이상 아름답게 여기지도 않았다. 그리고 그 관습의 노예였고 그것을 아름답게 생각했다는 사실조차 더 이상 알려들지 않았다. 그리고 예전에 그곳에 함께 갇혔던 사람들도, 또 이들을 가두었던 사람들도 전혀 이 일을 생각하지 않았다. 이것은 지금 현재의―이를 늦은 때라 하든 혹은 이른 때라 하든 상관없다―빛과는 어울리지 않았던 것 같다. 이는 참으로 묘한 현상이다. 많은 사람들은 옛날의 아름다움, 곧 산 사람들을 함께 매장한 것 자체를 묘한 일이라 생각하고 싶어한다. 그런데 이보다 더 묘한 것은 이 묘한 일을 하루아침에 사람들 모두 너나없이 아무 말 없이, 아니 아무 생각도 없이 합의라도 봤다는 듯이 더 이상 고려하지 않는다는 사실이다.

신하들은 무릎 위에 머리를 박은 자세로 앉아 있고 백성은 모두 슬퍼했다. 그러다 나라는 흑인 나라의 국경으로부터 시작하여 강어귀까지, 사막에서 사막까지 들고 일어나 새로운 시대를 환호성으로 맞기 시작했다. 백성들은 이제는 불의를 모르는 새 시대를 맞아 달도 항상 올바르게 오게 되리라 생각하며 마음껏 즐거워했다. 그리고 저문 태양을 대신하여 새롭게 떠오른 다음 태양에게 인사를 올리며 환호했다. 사랑스럽지만 그다지 아름답지 않은 이 소년은 나이를 제대로 세어보면 겨우 열다섯이었다. 그래서 여신이며 과부인 테예, 곧 호루스의 어머니가 한동안 그를 대신하여 통치의 고삐를 틀어쥐게 되리라. 상·하 이집트의 왕관을 쓰는 왕위즉위식은 일부는 테벤의 서쪽 궁궐에서 무게 있는 옛 전통에 따라 아주 세세한 것까지 치러졌으며, 또 일부는 그 즉위식의 가장 거룩한 단계들을 거친 후 페르-몬트에서 거행되었다. 왕위즉위식이 있을 이곳으로 가기 위해 젊은 파라오와 그의 어머니는 화려한 수행 행렬을 이끌고 거룩한 배 '두 나라의 별'을 타고 강가에서 환호하는 백성의 환영을 받으며 상류 쪽으로 조금 이동했다. 그곳에서 돌아온 젊은 파라오에게 부여된 칭호들은 이런 것들이었다. '힘센 싸움 황소, 두 여신들의 총아, 카르낙 왕국의 큰 자'. 그리고 '페르-몬트에서 왕위를 세운 황금 매'. 또 '상·하 이집트 왕'. '네페르-헤페루-레-완레', 이 말은 '아름다운 형상을 가진 분, 유일한 분, 그분에게 유일한 자'라는 뜻이다. 그리고 또 다른 명칭은 '태양의 아들, 아멘호테프'. 그리고 '테벤의 거룩한 통치자, 지속성이 크며, 영겁을 살며 아문-레, 곧 하늘에 계신 주인님의 사랑을 받는다'. '지평선에서 환호하는 힘의 높은 사제, 그 이름은 아톤에 있는 불꽃'.

젊은 파라오는 왕위에 오른 후 이런 이름으로 불렸다. 그리고 이러한 이름의 조합은—이 점에서는 요셉과 마이-사흐메도 같은 생각이었다—오랫동안 힘겹게 벌인 끈질긴 협상의 결과였다. 다른 신들과의 결합력이 뛰어난 태양신 아툼 레에게 기울어 있는 궁정 신하들과 아문에게 열을 올리는 신전의 세력이 협상 당사자였다. 신전의 권력은 몇 부분에서 전통의 주인님인 아문에게 보다 깊이 몸을 조아리게 만드는 데 성공했으나, 그 대신 삼각의 꼭지점에 있는 온에 있는 분을 인정해 줘야 했다. 그래서 결과적으로 소년 왕은 레-호르아흐테를 관조하는 대인으로 축성되었고, 전통에 반하는 교훈적인 이름 '아톤'까지 그의 이름에 붙게 되었던 것이다.

그의 어머니인 과부 여신은 자신의 힘센 싸움 황소를, 실은 이런 이름과는 한구석도 닮은 데가 없는 아들을 간단히 '메니'라 불렀다. 그러나 백성은 요셉이 들은 바에 의하면 그에게 다른 이름을 부여했다. 보다 부드럽고 애교스러운 그 이름은 바로 '넵-네프-네젬'이었다. 그 뜻은 '달콤한 숨결의 주인님'이었다. 하지만 왜 그렇게 부르는지는 알 수 없었다. 어쩌면 그가 자신의 정원에 있는 꽃들을 사랑하고 그 꽃향기를 맡느라 코를 들이밀기를 좋아한다는 사실을 알아서였는지도 모른다.

요셉은 여하튼 구덩이에 있느라 이 일들을 모두 놓쳤고, 이와 관련하여 사람들이 기뻐서 날뛰는 것도 구경하지 못했다. 감옥에서 이 사건들을 암시한 것이라고는 마이-사흐메의 병사들이 허락을 받고 사흘 동안 술을 마셨던 정도였다. 요셉은 말하자면 거기 땅 위에 있지 않아서, 날이 바뀌는 광경을 못 본 것이다. 그는 다만 이렇게 내일이 오늘이 되고, 내일의 지고한 분이 오늘의 지고한 분이 되는 사건이 일어났음을 알았을 뿐이다. 그리고 아래의 구덩이에서 그 지고한 분을 유심히 바라보고 있었던 것이다. 그는 넵-네프-네젬에 대해 몇 가지 사실은 알고 있었다. 어렸을 때 그의 아버지는 미단 땅의 투쉬라타 왕에게 딸을 며느리로 달라고 구혼했다. 그런데 그 공주는 넵-네프-네젬과 결혼하기 위해 이 나라로 오자마자 서쪽으로 사라져버렸다. 즉 세상을 떠버린 것이다. 힘센 싸움 황소, 메니는 이런 식의 사라짐에 익숙했다. 그의 주변에는 죽는 자들이 많았다. 형제자매도 모두 죽었다. 일부는 그가 태어나기 전에, 일부는 그가 살아 있을 때였다. 거기에는 형도 한 명 있었다. 그리고 그나마 한 명 있는 누이동생마저도 서쪽으로 가려는 경향이 심해서 얼굴 볼 기회가 좀처럼 없었다. 그리고 그 자신도 영원히 살아 있을 자로 보이지 않았다. 프타흐의 제자들이 사암과 석회석으로 만든 그의 상들을 기준으로 평가하자면 그렇다. 그러나 그가 서쪽으로 떠나기 전에, 태양 종족의 대를 잇는 것이 급선무였으므로 아버지 넵-마-레-아멘호테프가 살아 있을 때 다시 결혼을 했다. 이번에는 이집트의 고상한 귀족의 딸이었다. 이름이 노페르티티인 그녀는 이제 남편이 왕이 되었으니 두 나라의 위대한 부인이요 여주인이 되었다. 그리고 왕은 그녀에게 '네페르네프루아톤', '모든 아름다움 위에 있는 아름다운 아톤'이라는 이름을 붙여 주었다.

그리고 강가에서 백성이 환호하는 가운데 성대하게 거행된 이들의 결혼식 또한 요셉은 구경할 기회를 놓쳤다. 여기에 관해서도 그저 소식만 들었을 뿐이지만, 요셉은 항상 이 젊은 지고한 분에게 신경을 쓰고 있었다. 그래서 대장 마이-사흐메로부터 그에 관한 정보를 얻기도 했다. 교도소장이라는 관직에 있다보니 이것저것 알게 되는 게 많았던 것이다. 그 정보에 따르면 파라오는 페르-몬트에서 왕위에 오른 직후 어머니의 허락을 받고 카르낙에 있는 레-호르아흐테-아톤의 집을 신속하게 완성하라는 명령을 내렸다. 그 건물은 이미 서쪽으로 간 아버지의 명령으로 짓기 시작한 것이었다. 그리고 그는 무엇보다도 이 신전의 뜰 안에 하단을 높이 쌓고 그 위에 마름모꼴의 돌로 엄청나게 거대한 오벨리스크를 세우게 했다. 그건 삼각형 꼭지점의 온에 있는 스승들의 생각과 결합된 태양신, 곧 레-호르아흐테-아톤으로 하여금 아문과 맞서게 하려는 게 분명했다. 그렇다고 해서 아문 자체가 다른 신들이 옆에 있는 것을 싫어했던 것은 아니다. 이 큰 신 주변으로 카르낙에는 다른 신들의 집들이 많이 있었다. 붕대에 싸여 있는 프타흐, 빳빳하게 서 있는 민, 매인 몬투 그리고 다른 신들의 신전이 근처에 있었다. 그리고 아문은 사람들이 자기 주변에 있는 이 신들을 섬기고 숭배해도 아량을 베풀어 너그럽게 봐주었다. 어디 그뿐인가. 이집트에 다양한 신들이 많이 있는 것은 그가 가지고 있는 보존적인 의미를 보더라도 매우 가치 있고 중요한 일이었다. 물론 여기에는 전제조건이 필요했다. 자신이 무거운 자로서 모두의 왕, 모든 신들의 왕이라는 조건이 붙은 것이다. 그래서 다른 신들은 이따금 자신을 찾아와 경의를 표해야 하며 그렇게 할 경우 자신도 기회를 봐서 상대방을 찾아가 줄 용의도 있었다. 그러나 여기서 경의를 표한다는 것은 말이 되지 않았다. 상도 없을 텐데 어디에 절을 올린단 말인가? 지금 파라오가 빨리 완성하려는 큰 성물보관소, 즉 태양 집에는 상은 없고 오벨리스크뿐이었을 테니까. 여하튼 오벨리스크는 정말 거만하게 높아지려던 참이었다. 마치 지금이 피라미드 건축가가 살았던 시대이기라도 하듯이. 다시 말해서 아문은 아주 작고 레는 아주 큰 빛이었던 그때인 것처럼. 실은 그 이후 아문은 레를 자신 안에 받아들여 스스로 아문-레라 부르면서 제국의 신이 되었고 신들의 왕으로 군림했다. 그리고 그 밑에 레-아툼이 자기 방식으로 존속할 수 있게 해주었다. 아니, 보존의 의미에서 **존속해야 했다.** 그러나 거만하고 당당한 신으로 존속하라는 뜻은 아니었다. 그러니까 아톤이라는 이름으로 불리는 새로운 신이 되어 사상적으로 한 단계 올라가서는 안 되었다. 그런 것은 아문-레, 자신에게나 허용되는 일이니까. 아니, 바르게 말하자면 그에게도 허용되지 않는 일이었다. 왜? 거기에는 사고가 있을 자리가 없으니까. 아문은 이집트의 전통적인 신들 중에 군림한 왕으로 이미 굳어버렸는데, 사고가 비집고 들어갈 틈이 어디 있었겠는가.

그러나 궁궐에서는 넵-마-레 왕이 왕좌에 있을 때 이미 파란 하늘을 바라보며 생각하는 사고가 유행하여 여러 가지 사변에 이르렀고, 지금은 이것이 확산되려는 추세였다. 젊은 파라오는 오벨리스크 건축을 기리는 비문을 돌에 새겨 넣게 했다. 여기에는 머리를 이리저리 굴리며 나름대로 애쓴 흔적이 역력한데, 그것은 태양신의 본질을 새롭게 정의하려는 노력으로서 다음과 같이 전통을 거부하는 직설적인 표현을 보여준다. '빛의 양쪽 문에 레-호르는 살아 있으며 빛의 문에서 슈(大氣와 빛의 신―옮긴이)라 불리며 즐거워한다. 그가 바로 아톤이다.'

어떤가. 다른 것도 아니고 태양처럼 밝은 것을 다루려는 표현치고는 캄캄하여 모호해지지 않았는가. 실은 단순화시켜 하나로 통합하려는 시도가 복잡한 결과를 낳은 것이다. 이집트 신들 중 하나인 레-호르아흐테는 세 가지 형상을 지녔다. 짐승과 인간, 그리고 하늘의 형상인데, 몸은 인간, 머리는 매이고 그 위에 태양 원반이 걸려 있었다. 그리고 그는 하늘의 별로서도 세 가지 모습을 보여 주었다. 곧 밤에 태어나고, 정점에서는 남성이 되고 서쪽에 가서는 죽는다. 그래서 그는 태어나고 죽고 다시 생산하는 삶을 사는데, 이는 죽음을 바라보는 삶이었다.

그러나 들을 수 있는 귀를 가진 자와, 점토판을 읽을 줄 아는 눈을 가진 자라면, 파라오의 교훈적인 메시지는 신의 삶을 그렇게 해석하지 않으려 한다는 것을 알아차릴 수 있었다. 곧 파라오는 신의 삶을 왔다가는 가고, 변천하다가 다시 사라지고, 또다시 변천하는 것으로 이해하려 하지 않았다. 곧 죽음을 염두에 둔 삶, 그래서 남근과 관련된 삶, 이런 것은 항상 죽음을 바라보는 것으로서 삶이 아니라고 그는 생각했다. 오히려 순수한 존재, 변함이 없고 올라갔다 내려갈 필요도 없는 그런 빛의 원천으로서, 그 모습에서 장차 인간과 새가 떨어져 나가고 오로지 생명의 빛을 발산하는 순수한 태양 원반만 남게 되는 신, 이름하여 아톤이 바로 늘 살아 있는 신이었다.

이는 이해되거나 혹은 이해되지 못했다. 그래도 도시와 시골에서 화제가 되어 사람들을 흥분시키긴 했다. 물론 이에 관해 나름대로 의견을 말할 수 있는 사람들 사이에서는 의견 교환이 있었고, 그렇지 못한 사람들끼리는 서로 수다나 떨었다. 그리고 이 수다는 요셉의 구덩이까지 당도했다. 마이-사흐메의 병사들도 수다를 떨고 채석장의 죄수들도 숨을 돌릴 틈만 있으면 늘 그 이야기뿐이었다. 어쨌거나 이들도 그 일로 아문-레가 화가 단단히 났다는 것까지는 이해했다. 바로 코앞에 커다란 오벨리스크를 세운 것도 못마땅했을 뿐 아니라, 여기서 더 나아간, 파라오의 또 다른 조처들에 대해서도 마찬가지였다. 사실 이 조처들은 아문이 보기에, 말 그대로 지나치게 멀리 나간 것들이었다. 이러한 조처들은 위에서 말한 사상적 배경에서 짓게 된 이름과 관계가 있었다. 우선 새로운 태양의 집이 자라나는 구역은 '위대한 아톤의 광채'라 불리게 되고, 테벤 자체가, 이 아문의 도시 베세트가 이제부터는 '아톤의 광채의 도시'라 불리게 될 거라는 소문까지 나돌았다. 그리고 이 소문은 끝도 없어서, 벌레에 물린 환자들과 눈이 가려운 자들은 말할 필요도 없고, 죽어가는 자들까지도 이 이야기를 하는 통에 대장의 평안함에 기초한 효과도 심각한 위기를 맞게 되었다.

달콤한 숨결의 주인님은 자기 일에 그렇게 열의를 바치고도 성에 차지 않는 것 같았다. 아무리 열심히 해도 충분치 않은 듯했다. 그의 일이란, 자신의 가르침에 근거한 사랑하는 신의 일이었다. 즉 그 신의 집을 짓는 신전 건축을 파라오는 무엇보다 서둘러서 예부, 곧 코끼리 섬부터 시작하여 아래로는 삼각주에 이르기까지 모든 석공들이 바쁘게 움직여야 했다. 그러나 그렇게 온 나라 전체가 바삐 움직였어도 아톤의 집에 영원한 집다운 건축 양식을 부여하기에는 역부족이었다. 마음이 너무 급했던 파라오는 조바심을 참지 못하고, 급기야 신전 건축에 큰 바위를 사용하지 말라고 명령을 내리게 되었다. 원래 신의 무덤을 지을 때는 아무리 힘이 들고 시간이 오래 걸려도 멀리서 날라 온 큰 바위를 정성스럽게 쪼아서 사용하는데, 변하는 법이 없는 빛의 신전을 쌓는데는 작은 돌을 이용하라고 한 것이다. 그러다 보니 나중에 모르타르와 유향 시멘트가 많이 필요했다. 벽을 매끄럽게 다듬어 반짝이는 부조를 새겨야 했기 때문이다. 그걸 보고 아문이 비웃는다는 소리까지 들려왔다.

그리고 이 사건은 그 자리에 있지 않은 야곱의 아들에까지 여파를 몰고 왔다. 파라오가 건축을 서두르자 마이-사흐메가 책임을 지고 있는 채석장도 바쁘게 움직여야 했던 것이다. 그래서 곡괭이와 정이 한시도 쉬지 않고 제 일을 하도록 요셉이 감독의 지팡이를 들고 그곳에 나가 있는 시간이 많았다. 마이-사흐메 대장이 상부로부터 쓸데없이 불쾌한 편지를 받지 않으려면 마땅히 그래야 했다. 그외에는 자위-레에서 벌을 받는 요셉의 생활은 견딜 만했다. 그리고 자신이 보좌하는 편안하고 유유자적한 대장의 말투만큼이나 단조롭긴 했어도, 기다림을 양식으로 삼는 생활이었다. 그에게는 기다릴 것이 많았으니까. 그 대상은 가까운 곳에도 있고, 먼 곳에도 있었다. 우선은 가까운 곳에 있는 것부터 다가오리라. 시간은 잘 알려진 방식대로 지나갔다. 이것을 가리켜 빠르다고도, 느리다고도 할 수 없다. 시간은 기다리는 사람에게는 유독 느리게 흘러가지만, 뒤돌아보면 어느새 흘러갔기 때문이다. 요셉은 그곳에서 서른 살이 될 때까지—물론 그는 별로 의식하지도 않았다—살았다. 그러다 숨도 못 쉬어야 할 날이 왔다. 날개를 단 급사(急使)가 나타난 그날은, 마이-사흐메에게 거의 깜짝 놀란다는 게 무엇인지 가르쳐 줄 뻔한 날이었다. 요셉한테 뭔가 특별한 일이 생길 날을 고대하고 있지 않았더라면.

급사(急使)

선수재를 수련 꽃으로 장식하고 자주색 깃발을 꽂은 배 한 척이 당도했다. 얼마나 가볍고 날씬하게 빠졌는지 날아오는 듯했다. 노 젓는 자가 양쪽에 다섯씩 있고 왕의 배라는 사실을 알려주는 표식도 있었다. 그건 파라오의 소유인 쾌속선이었다. 자위-레의 선착장에 닿자마자 우아한 배에서 한 남자가 튀어나왔다. 이 젊은 남자 역시 자신을 실어온 쾌속선만큼이나 가볍고 몸도 날씬했다. 여윈 얼굴, 힘줄이 불거진 긴 다리, 가슴이 아마포 아래에서 빨리 움직였다. 그는 숨이 가빴다. 아니 그런 것처럼 보였다. 숨가쁜 듯이 보이려고 일부러 그랬다는 뜻이다. 숨을 헐떡일 이유가 전혀 없었다. 지금까지 배를 타고 오지 않았던가. 배 안에서 달렸을 리도 없을 테니, 그건 일부러 그렇게 보이려고 꾸민 행동으로 의무감에서 나온 것이었다. 여하튼 그는 큰소리는 내지 않고 짤막하게 단호한 목소리로 당장 자신을 대장 앞으로 인도하라고 명령한 후, 사람들이 가리키는 대로 자위-레의 성문과 뜰을 지나 곧장 요새의 보루로 달리다 보니 아니 날아가다 보니, 이번에는 진짜 숨이 가빠졌다. 날개를 달고서도. 날개? 그가 신은 샌들 뒤와 견장에는 작은 날개가 한 쌍씩 달려 있었다. 하지만 금판으로 만든 이 날개가 진짜로 날 수 있도록 도와주지는 못했다. 그건 단순히 그가 급한 용무를 띠고 파견된 급사임을 알려 주는 표식에 불과했으니까.

서가에서 일을 하고 있던 요셉은 이 자의 도착과 분주한 움직임, 또 달리는 소리까지 다 듣고서도 전혀 아는 척하지 않았다. 사람들이 그 일을 알려 줘도 여전히 그랬다. 그리고 행정 서류를 살피던 일을 계속했다. 그러다 어느 용병 하나가 역시 헐떡이며 들어와, 지금 하는 일이 아무리 중요한 일이라도 당장 그만두고 곧 대장 앞에 대령하라고 전해 주었을 때에도 그는 변한 게 없었다.

"알았네. 가보지."

그렇게 말하고도 요셉은 손에 들고 있던 서류를 마저 정리한 다음에야 움직였다. 어떻게? 기어가지는 않았지만 결코 서두르는 기색 없이 천천히 대장이 있는 보루의 탑을 향해 걸었다. 어쩌면 앞으로는 결코 급하게 아무렇게나 움직일 수 없으리라, 그런 가벼워 보이는 동작은 더 이상 허락되지 않으리라, 그렇게 기대했던 것일까?

요셉이 약제실에 들어섰을 때, 마이-사흐메의 코끝이 조금 하얗게 보였다. 그리고 짙은 눈썹은 다른 때보다 더 높이 올라가 있고, 둥근 입술은 아예 서로 벌어져 있었다.

그를 보자 목소리를 낮춰 말했다.

"이제 왔군. 더 빨리 오지 않고. 자, 어서 자네를 소개하게!"

그리고 손으로 옆에 서 있는 날개를 달고 온 남자를 가리켰다. 아니 서 있는 게 아니었다. 그는 가만히 서 있지 못하고 팔과 머리와 어깨, 그리고 다리까지 들썩이면서, 숨을 고르거나 혹은 헐떡이는 것처럼 보이려고 제자리에서 뛰는 것 같았다. 그러다가는 이따금 곧 날아갈 듯이 까치발을 세우기도 했다.

남자는 양쪽 눈이 가운데로 몰려 있는 날렵한 눈으로 요셉을 바라보며 나지막한 목소리로 다급하게 물었다.

"자네가 우사르시프? 대장의 조수, 감독? 독수리 집에 기거하던 분들의 시중을 자네가 들었는가? 2년 전에?"

"접니다."

요셉이 말했다.

"자네가 그자라면 당장 따라오게!"

남자는 지금까지 하던 동작에 더 힘을 실었다.

"나는 파라오의 첫번째 달리는 자다. 내가 바로 그분의 급사로 지금 쾌속선을 타고 왔다. 당장 배를 타고 나와 함께 궁궐로 가자. 너는 파라오 앞에 서야 한다!"

"제가요?" 요셉이 물었다.

"어떻게 그럴 수가 있습니까? 저는 그러기에는 너무 작은 사람입니다."

"작든 않든 그건 상관없다. 이건 파라오의 아름다운 뜻이며 명령이다. 나는 숨도 못 쉬고 대장에게 파라오의 명령을 전했으니, 너 또한 숨도 쉬지 말고 부름에 응해야 한다."

"전 여기 감옥에 갇힌 몸입니다. 물론 여기 아래로 유괴된 것은 진실이 왜곡되었기 때문입니다. 그러나 여하튼 저는 지금 여기서 부역 노예로 일하고 있습니다. 따라서 나를 묶은 포승줄이 보이지 않는다 해도 그 포승줄은 있습니다. 그런데 어떻게 당신과 함께 이 성벽과 성문을 뚫고 당신을 따라서 당신의 쾌속선에 탈 수 있습니까?"

그러자 급사가 서둘러 말했다.

"그건 상관없다. 파라오의 아름다운 명령 앞에서는 모든게 한순간에 공중으로 사라지고 사슬도 끊어질 수 있다. 파라오의 기적 같은 뜻 앞에서 온전히 설 수 있는 것은 아무것도 없다. 하지만 걱정하지 말아라. 네가 그분 앞에 계속 온전히 서 있을 수 있는 가능성은 거의 없으니까. 사람들이 널 곧장 이 부역장으로 되돌려 보낼 가능성이 더 크거든. 네가 파라오의 위대한 학자들과 서고의 마법사들보다 현명할 수는 없지. 네가 레-호르아흐테의 집에 있는 바라보는 자와 예언가와 해석가들, 태양력을 발명한 이들을 부끄럽게 만들 수는 없을 테니까."

"그건 신께서 하시는 일입니다. 그분께서 저와 함께 하시고 않고는, 그분께서 결정하십니다. 혹시 파라오께서 꿈을 꾸셨습니까?"

"네게는 질문할 권리가 없다. 대답만 하면 된다. 그나마 대답도 못할 때는, 안됐지만 아마 이 감옥보다 더 깊은 곳으로 떨어지게 될 거다."

"제가 왜 그런 시험을 치러야 합니까? 그리고 파라오가 어떻게 절 아시고 아름다운 명령을 여기 아래에 있는 제게 보내셨단 말입니까?"

"당황한 나머지 자네 이름을 대고 자네를 언급하고 지목했거든. 다른 상세한 내용은 가면서 듣게 될 것이다. 지금은 숨도 쉬지 말고 나를 따라와야 한다. 그리고 곧장 파라오 앞에 서야 한다."

"베세트는 멉니다. 그곳의 메리마아트 궁궐은 멉니다. 아무리 쾌속선이 빨라도 파라오는 기다려야 할 것입니다. 그의 뜻이 실현되어 시험을 치르기 위해 제가 그분 앞에 설 때까지는 시간이 걸릴 것입니다. 어쩌면 그때쯤이면 파라오는 자신의 아름다운 명령을 잊어버렸을 수도 있습니다. 혹은 그 명령을 더 이상 아름답게 여기지 않을지도 모릅니다."

그러자 급사가 쐐기를 박았다.

"파라오는 가까이 계신다. 세상의 아름다운 태양은 삼각의 꼭지점 온에서 온 세상을 비추시는 걸 좋아하신다. 그래서 자신의 배 '두 나라의 별'을 타고 그곳으로 행차하셨다. 내 쾌속선은 쏜살같이 날아서 몇 시간 안에 우리를 목적지에 데려다 줄 것이다. 서둘러라. 더 이상 말은 필요없다."

"제가 파라오 앞에 서서 그분의 시험을 통과해야 한다면 그전에 머리도 자르고 좋은 옷으로 갈아입어야 합니다." 요셉은 감옥에서 가발 같은 것을 쓰지 않고 자기 머리 그대로였다. 그리고 거친 아마포로 만든 보통 옷밖에 없었다. 그러나 급사의 대답은 단호했다.

"그건 우리가 쏜살같이 날아가는 동안, 배 안에서 하면 된다. 시간을 아끼기 위해서 한꺼번에 모든 것을 동시에 하면 될 것을, 한 가지를 하느라 다른 것을 미뤄도 된다고 생각한다면, 그건 파라오의 아름다운 명령 앞에서 숨쉴 틈이 없다는 게 무슨 말인지 모르는 자의 생각이다."

그러자 부름 받은 자는 대장과 작별하기 위해 몸을 돌렸다. 그리고 그를 가리켜 처음으로 '친구'라 불렀다.

"친구여, 그대는 지금 3년이 흐른 후 제게 어떤 일이 벌어지는지 보고 계십니다. 이들은 저를 이 구덩이로부터 급히 꺼내가려 합니다. 옛날 본보기대로, 우물에서 꺼냈던 것처럼 말이지요. 이 급사는 내가 다시 그대가 있는 이곳 아랫세상으로 떨어질 것이라 하지만, 전 그렇게 믿지 않습니다. 그리고 또 믿지 않기 때문에 그렇게 되지도 않을 것입니다. 그래서 이 자리에서 미리 작별 인사를 드리고 또 그동안 고마웠다는 말씀을 드리고 싶습니다. 그대는 선량한 마음씨와 편안한 성품으로 저의 인생이 정지된 이 시간 동안, 어두운 이 속죄의 시간을 잘 견딜 수 있도록 해주셨습니다. 그리고 그대와 함께 한 형제가 되어 기다릴 수 있도록 해주신 것도 감사합니다. 그대는 세번째 나타날 네흐베트를 기다리셨고, 저는 제 일을 기다리고 있었으니까요. 하지만 이렇게 작별 인사를 드리지만, 저희는 머지않아 다시 만날 겁니다! 누군가 오랫동안 날 잊고 있다가 다시 기억해냈습니다. 나를 생각할 수밖에 없는 상황이 코앞에 닥친 게지요. 하지만 저는 그대를 잊지 않고 기억할 것입니다. 그리고 내 아버지의 신께서 나와 함께 하신다면—저는 이를 믿어 의심치 않습니다. 만일 이 사실을 의심한다면 그분은 무척 서운해 하시고, 아니 모욕감을 느낄 것입니다—이처럼 그분이 저와 함께 하신다면, 그대도 이 무료한 지옥에서 벗어나게 해드리겠습니다. 그대의 부역 노예는 아름다운 생각을 세 가지 품고 있습니다. 그건 '멀리 옮겨 놓기'와 '높이 들어 올리기'와 '데려오기 혹은 따라오게 만들기'입니다. 신께서 저를 높이신다면,—제가 이를 확실하게 믿고 기다리지 않는다면, 그분을 모욕하는 게 될 것입니다—그때는 그대를 부를 것입니다. 그리고 보다 생기가 넘치는 환경을 마련해 드리겠습니다. 물론 타고난 평온함이 위기에 처할 염려도 없고, 또 무료해서 곯아떨어질 염려도 없어서, 세번째 사랑의 화신을 기다리는 데도 더 좋은 조건을 만들어드리겠습니다. 이것을 제 약속으로 받아주실 수 있겠습니까?"

"여하튼 고맙네!"

마이-사흐메는 요셉을 끌어안았다. 지금까지는 할 수 없었던 행동이었다. 그리고 앞으로도 할 수 없으리라는—이번에는 정반대의 이유로—예감이 스쳤다. 그러므로 지금이야말로 신분의 차이를 무시하고 그가 요셉을 포옹할 수 있는 유일한 순간이었다.

"쾌속선과 급사가 왔을 때, 한순간 나는 내가 정말 놀라는가 했네. 하지만 놀라지 않았네. 그리고 내 심장은 평온하게 뛰었네. 이미 각오한 일 앞에서 놀라는 법은 없거든. 평온하다는 것은 모든 것을 맞을 각오가 되어 있다는 것 외에 아무것도 아니니까. 그래서 어떤 일이 닥쳐도 깜짝 놀라지 않는 거라네. 물론 감동은 조금 달라. 모든 일을 각오한 평온한 마음이라 하더라도 감동이 들어올 공간은 남아 있는 법이거든. 자네 세상을 만나면 나를 기억하겠다는 자네 말에 감동했네. 크무누 주인님의 지혜가 자네와 함께 하기를! 잘 가게!"

가만히 서 있지도 못하고, 어쩔 줄 몰라 하던 급사는 대장의 말이 끝나기가 무섭게 요셉의 손을 낚아채더니 곧장 달리기 시작했다. 그리고 숨 쉴 틈도 없다는 것을 과시하면서 자위-레의 보루를 내려와 뜰을 지나 선착장의 쾌속선으로 뛰어들었다. 그 순간 배는 전속력으로 달리기 시작했다. 요셉은 이렇게 엄청난 속도로 질주하는 배 안에서 할 건 다 했다. 갑판 뒤의 작은 정자 지붕 아래에서 이발과 면도는 물론 화장도 하고 옷도 갈아입었다. 그뿐 아니라 날개를 단 급사로부터 태양의 도시 온에서 무슨 일이 있었는지, 그리고 자신이 불려가게 된 경위도 자세히 들었다. 그 내용은 대략 이랬다.

매우 중요한 꿈을 꾼 파라오가 꿈 예언가들을 불러들였으나 누구도 파라오의 은혜를 입지 못하여 다들 당혹해 했다. 그때 술을 따르는 감독 네페르-엠-베세가 파라오 앞에 나아가 요셉을 언급하면서, 누군가 이 난감한 상황을 해결할 사람이 있다면, 그건 어쩌면 이 청년일지 모르니 지금이라도 한번 불러 시험해 보시라 했다. 하지만 파라오가 꾼 꿈에 관해서 급사는 정확하게 말을 못하고 아주 복잡하게 묘사했다. 그건 파라오로부터 직접 들은 것도 아니고, 또 그를 알현한 학자들이 꿈을 제대로 해석해 내지 못해 좌절하는 현장에 있었던 것도 아니고, 그저 그곳에서 궁궐의 시종들의 귀에 흘러 들어온 이야기에 의존한 탓이었다. 여하튼 그 소문에 따르면 이 신은, 곧 파라오는 일곱 마리의 암소가 일곱 개의 이삭을 먹는 꿈을 꾸었다. 그리고 또 한번은 일곱 마리의 암소가 일곱 개의 이삭에 잡아먹히는 꿈을 꾸었다. 그건 한마디로 사람들이 꿈에서나 상상할 수 있는 일이었다. 그러나 이것만으로도 요셉에게는 약간이나마 도움이 되었던지, 그의 생각은 이미 양식과 기근 그리고 예방이라는 그림을 쫓아가고 있었다.

빛과 어두움

파라오가 요셉을 부르게 된 것은 이런 일이 있어서였다.

1년 전—요셉이 감옥에서 보낸 두번째 해가 저물어갈 무렵—아멘호테프 4세는 열여섯 살이 되어 성인으로 인정받고 어머니 테예의 그늘을 벗어나 독자적으로 통치권을 행사하게 되었다. 곧 어머니의 섭정이 종결되고 화려한 자 넵마레의 왕위계승자가 직접 두 나라를 다스리게 된 것이다. 지금까지는 백성들과 당사자들까지 포함하여 이른 아침의 태양을 밤에서 갓 태어난 어린 태양으로 보았고, 그래서 빛을 발하는 이 아들을 남자라기보다는 아직까지 어머니의 보호를 필요로 하는 어린아이로 여겼다. 그러나 이 어린 태양이 정오에 이르러 절정에 올라 남성이라는 면에서도 절정기를 맞자, 어머니 에세트는 뒤로 물러나 통치권을 아들에게 물려준다. 그래도 그녀는 그를 낳은 어머니로서, 또 처음에 있었던 자, 생명과 힘의 원천으로서의 위엄과 품위를 계속 지니고 있으며, 그녀로부터 통치권을 넘겨 받는 남자는 늘 그녀의 아들로 머문다. 그녀가 지금 그에게 권력을 넘기지만, 그는 이 권력을 그녀를 위해 행사한다. 그녀 또한 마찬가지였다.

남편이 레의 노화현상을 맞았을 때부터 벌써 두 나라를 보살피고 지배한 테예, 이 어머니 여신은 하트세프수트, 곧 여자의 젖가슴을 달고 있던 파라오처럼 턱에 달고 있던 우시르의 수염을 떼서 젊은 남자인 태양의 아들에게 건네주었다. 그러나 그 수염은 이 젊은 파라오의 얼굴에 썩 잘 어울리지 않았다. 그 어머니가 붙이고 다녔을 때와 비교해서 사실 더 나을 것도 없었다. 그래도 젊은 파라오는 가장 엄숙한 자리에 나갈 때면 항상 수염을 착용해야 했다. 그런 때면, 비단 수염뿐만 아니라 옷자락 끝에 재칼의 꼬리까지 달아야 했다. 굳이 이 짐승의 꼬리를 달아야 하는 이유는 모두 잊어버렸지만, 여하튼 어둠 속에 보존된 거룩한 태초의 관습으로 파라오라면 무조건 따라야 했다. 하지만 이 태초의 꼬리를 다는 일을 젊은 파라오가 몹시 싫어한다는 사실은 궁궐 사람들 모두 다 알고 있었다. 그것이 위장에 좋지 못한 영향을 미쳐서 파라오는 곧 토할 듯이 구역질을 하기 일쑤였고 어느새 얼굴이 하얗게, 아니 파랗게 질리곤 했다. 그러나 이러한 신체의 변화는 이런 일이 없더라도, 그러니까 태초의 꼬리를 안 달더라도 이따금 그에게 나타나는 발작 증세 중의 하나에 불과했다.

사람들이 증세를 잘못 관찰하고 공연한 거짓말을 퍼뜨린 게 아니다. 그랬더라면 왕권을 아들을 낳은 여자로부터 그 아들에게 넘기는 일을 두고 사람들이 미심쩍어 했을 리도 없다. 차라리 시기를 늦추거나, 아예 권력 이양 같은 것은 생각하지도 말고 젊은 아들을 영원히 어머니의 치마폭에 맡기는 게 낫지 않을까 생각한 사람도 한둘이 아니었다. 신의 어머니 또한 이런 의심을 품었다. 그녀에게 이런 생각을 심어준 자들은 그녀에게 조언을 해주는 최고 고문들이었다. 그리고 이 의심을 키우려고 열심히 먹을 것을 댄 자는 우리가 잘 아는 큰 사람, 근엄한 베크네혼스였다. 이는 대예언가이며 아문의 제사장인 그가 다른 여러 선임자들이 실제로 그렇게 했듯이, 두 나라의 행정수반인 베지르의 직분을 고위 사제의 직분과 결합시키려 노력한 신하여서가 아니었다.

이미 넵마레 왕, 곧 아멘호테프 3세는 신을 모시는 사제들을 세속의 권력과 분리시킬 생각에서 남쪽과 북쪽의 베지르 자리에 세속의 남자들을 앉히려 했다. 그러나 제국의 신의 입으로서 베크네혼스는 두 나라를 통치하는 여신에게 한마디 할 수 있는 권리가 있었고, 그녀는 그녀대로 예의상 그의 말에 귀를 기울여 주어야 했다. 물론 그녀는 자신이 듣고 있는 제사장의 말이 정쟁(政爭)의 목소리인 줄 알았다. 또한 남편이 종교와 정치가 하나로 합쳐져 위험천만해진 것을 다시 분리하려는 결정을 내리게 된 데에는 그녀의 역할이 컸다. 그녀는 카르낙의 신전이 가지고 있는 무거운 힘, 곧 막강한 권력을 견제하고 그것이 지나친 무게를 얻어 위협적인 존재가 되지 못하도록 예방해야 할 필요성을 느꼈던 것이다. 사실 신권이 더 큰 힘으로 성장할 위험은 어제오늘 시작된 게 아니었고, 이를 막는 것은 왕이라면 누구나 해야 할, 한마디로 태곳적부터 물려받은 유업이었다. 투트모세, 곧 메니의 선조가 스핑크스 발 아래에서 언약의 꿈을 꾸고 그 발을 모래로부터 해방시켜 이전의 거대한 상의 주인님을 가리켜, 하르마히스-헤프레-아툼-레, 곧 자신에게 왕위를 물려준 아버지로 부른 것 또한 종교가 정치력까지 장악한 튼튼한 요새가 되지 못하도록 막으려는 왕의 노력을 이집트의 상형문자를 통해 우회적으로 표현한 것에 지나지 않았다. 이는 다들 아는 사실이었고 요셉도 그 나라에 살면서 이렇게 이해하는 법을 배웠다.

그리고 투트모세 아들의 궁궐에서 시작된 새로운 태양신 아톤의 형상화가, 그리고 이 신을 생각해 내기 위해 손자가 그렇게 정성을 기울이는 것도, 모두 아문-레를 견제하려는 의도에서 비롯되었다는 사실도 모르는 사람이 없었다. 아문-레는 태양과의 강력한 결합으로 자신의 보편성을 주장하는 신이었다. 그러나 파라오는 이렇게 해서 다른 모든 신들의 위에 서려 하는 아문-레를, 정치판에 끼어들기 이전의 원래 모습인 한 지역의 수호신, 그러니까 베세트 도시 수호신의 자리로 되돌리고자 했던 것이다.

종교와 정치가 기본부터 다른 것으로 상호 아무 상관도 없는 것이며 또 상관해서도 안 된다고 하여, 종교에 정치적인 색채가 가미될 경우, 그 종교의 가치를 부인하고 진짜가 아니라고 폭로한다면, 이는 세계가 하나라는 사실을 모르는 처사이다. 사실 종교와 정치, 이 둘은 이쉬타르와 탐무즈가 베일 옷을 바꿔 입듯이, 서로 옷을 바꿔 입는다. 그리고 하나가 다른 것의 언어로 이야기하면 온전한 하나의 세계가 말하는 것이다. 그리고 온전한 하나의 세계는 또 다른 언어, 예컨대 프타흐의 작품들을 통해, 다시 말해서 취미와 재주의 산물, 세계를 치장하는 보석으로 말하기도 한다. 그런데 이것을 두고, 이는 하나의 독자적인 문제이며 온전한 하나의 세계 바깥에 존재하는 것으로서 종교와 정치와는 아무 상관도 없다고 한다면, 이 또한 어리석은 발상이다.

요셉은 젊은 파라오가—어머니의 충고가 없어도 스스로—세상을 아름답게 장식하는 일에 열성을 다 하고 있다는 사실을 알고 있었다. 파라오는 진리와 순결함에 근거하여 아톤 신을 생각해 내는 데 열의를 바치는 것 못지않게 여기에도 정성을 기울였다. 그리고 이 영역에서 너무 늙어 굳어버린 것들에 변화를 주어 놀랄 만큼 유연하게 만드는 데 전력을 기울였다. 파라오는 이것이야말로 자신이 사랑하는 신의 소원에 부합된다고 믿었다. 그리고 이 일은 정말 파라오가 가장 관심을 기울이고 있는 분야인 게 분명했다. 그래서 그는 형상의 세계에서 어떤 것이 참된 것이며 어떤 것이 재미있는지에 관한 나름대로의 확신을 가지고, 어떤 다른 목적이 있어서가 아니라 오로지 자신의 관심사를 위해 이 일에 매진하고 있었다.

그래서 이 일은 종교와 정치와는 아무 상관이 없었다는 말인가? 유사 이래, 또는 케메의 사람들이 즐겨 사용한 표현으로, 수백만 년 전부터 형상의 세계는 거룩한 존재를 일정한 형태로 고착시키는 법칙의 지배를 받아왔다. 그리고 일정 부분 경직성을 갖는 이 법칙을 보존하는 수호신은 바로 신전에 있는 아문-레였다. 또는 그를 섬기는 수많은 사제들이었다. 그래서 아톤의 계시를 받고 새로운 진리와 재미를 찾아서 이렇게 딱딱하게 굳어 있는 형체들에 유연성을 부여하거나 한 걸음 더 나아가 아예 일으켜 세우려 한 파라오의 시도는 아문-레에게 정면도전으로 비칠 수밖에 없었다. 아문-레는 종교와 정치를 하나로 보는 주인님으로서, 거룩하게 만들어놓은 어떤 특별한 형상과 결코 분리될 수 없었으니까. 어떻게 형상을 만들어야 하는가에 관한 파라오의 사고는 유연성을 지니고 있었다. 이 사고 안에서 온전한 세계의 언어는 아름다운 취미였다. 그리고 아름다운 취미라는 언어는 세계가 자신을 표현하는 여러 가지 언어 중의 하나이다. 사실 인간은 자신이 의식하건 않건, 어디서나 세계와 관계를 맺고 있다.

이를 의식했을지도 모르는 소년 왕 아멘호테프에게 세계는 너무 커서 그의 힘에 부쳤다. 다시 말해서 세계를 감당하기에 그의 힘은 너무 약했다. 짐승꼬리를 붙이지 않아도 얼굴이 창백해지고 파랗게 질리는 때가 많았다. 그리고 두통도 골칫거리였다. 얼마나 심한지 눈을 뜨고 있을 수 없고 한두번이 아니라 여러 번 토해야 했다. 그럴 때면 하루 온종일 어두운 곳에 누워 있어야 했다. 누가? 빛을 가장 사랑한 파라오가. 다시 말해서 아버지 아톤의 따뜻한 위로를 담은 손길, 하늘과 땅을 결합하여 생명을 선사해 주는 황금빛 결합, 그 햇살을 가장 사랑한 파라오였건만, 툭 하면 어두운 곳을 찾아가야 했던 것이다.

이렇게 왕이 시도 때도 없이 발작을 일으켜 왕의 직무 수행에 지장이 생겼다면 누가 걱정하지 않을 수 있겠는가. 예컨대 제물을 올리는 거룩한 의식은 물론 대신들 접견도 못하고 의회도 소집 못한다는 것만 해도 유감천만인데, 혹시라도 이런 직무 수행 중에, 그러니까 의회에 소집된 대신들이나, 백성들 앞에서 무슨 일이 언제 발생할지 모른다는 점이 가장 심각했다. 어떤 때는 실신도 했던 것이다. 이 경우 파라오는 엄지손가락을 나머지 네 손가락으로 꽉 움켜쥐었다. 그리고 눈꺼풀이 절반쯤 감기면서 눈동자가 뒤집혔다. 이런 무서운 상태가 오래 지속되지는 않았지만, 일단 그런 사태가 발생하면 진행 중이던 회의나 협상은 중단될 수밖에 없었다. 파라오 자신은 이런 돌발사건을 아버지가, 곧 신께서 느닷없이 자신을 찾아온 것이라고 해명했다. 그리고 어떤 면에서는 항상 그 순간을 고대했다. 그러니 두려워할 이유도 없지 않은가. 아버지 아톤한테 불려갔다가 다시 돌아올 때면 번번이 그분이 몸소 가르쳐 주신 자신의 아름답고 진정한 본성에 대한 가르침을 듣고 오는데!

상황이 이러하니, 성년이 되고 나서도 어린 태양이 여전히 아침의 상태를 벗어나지 못하자, 차라리 어머니의, 곧 한밤의 품에 안기게 하여 계속 그 그늘을 벗어나지 못하도록 결정하려는 조짐이 있었다 해서 놀랄 필요도, 의아해 할 필요도 없다. 그러나 실제로 이러한 결정이 내려지지는 못했다. 아문의 생각에는 반하는 것이었지만 여하튼 사람들은 이런 제안을 부결시켰다. 찬성하는 자도 많았지만 반대표가 더 많았던 것이다. 파라오가 아프다 혹은 심약해서 나라를 다스릴 수 없다는 사실을 온 세상에 시인하는 것은 바람직하지 않다고 본 것이다. 그것은 엄청난 지배력을 가지고 있는 태양 종족의 안녕을 해치는 것으로, 제국은 물론 대외적으로도, 다시 말해서 제국에 조공을 바치는 지역에도 오해를 낳기 십상이었다. 게다가 파라오의 발작은 섭정을 지속해야 할 타당한 근거로 내세우기에는 너무 거룩한 성격의 발작이었다. 그리고 이러한 특성은 파라오의 대중적 인기에 해가 되기보다는 오히려 득이 되었다. 그래서 이를 섭정의 이유로 만들기보다는, 이중 왕관을 자신의 깃털 모자와 합쳐서 나라의 통치권을 장악하려고 호시탐탐 노리고 있는 아문에게 대항하는 데 이용하기로 했던 것이다.

그런 까닭에 어머니의 밤은 태양 아들에게 정오의 절정에 오른 완전한 남성으로서의 통치권을 넘겨주었던 것이다. 그러나 정확히 관찰해 보면, 이에 대한 당사자 아멘호테프의 반응은 이중적이었다. 자부심도 생기고 기쁜 것도 사실이었지만 한편으로는 착잡했던 것이다. 차라리 어머니의 품안에 있었으면 더 나았을 걸, 그런 생각도 없지 않았다. 또 성년이 되는 것 자체가 두렵기도 했다. 거기엔 이유가 있었다. 전통에 따르면 파라오는 통치를 시작함과 동시에 최고사령관으로서 출정하는 것이 관례였다. 그리고 아시아든 아니면 흑인들의 나라를 침략하여 그 약탈 전쟁에서 승리를 거둔 후 국경에서부터 백성들의 대대적인 환영을 받고 수도로 돌아와, 자히나 쿠쉬 땅의 영주들을 자신의 발 밑에 꿇어 엎드리게 만든 강력한 아문-레에게 전리품 중에서 아주 기름진 것으로 제물을 바쳐야 했다. 어디 그뿐인가. 가능하면 신분이 높은 포로들을 골라서, 혹은 불가피

할 경우에는 신분을 고의적으로 높인 포로들을 대여섯 명 골라서 손수 목을 따서 아문에게 바쳐야 했다.

이런 형식적인 절차를 그러나 '달콤한 숨결의 주인님' 은 할 수 있는 입장이 전혀 못 되었다. 그리고 이 이야기만 나오면, 아니 그 생각만 해도 얼굴이 일그러지고 파랗게 질렸다. 그는 전쟁을 혐오했다. 전쟁은 아문의 일일 수 있을지는 몰라도, '나의 아버지 아톤' 의 일일 수는 없다. 그분은 분명히 자신을 '평화의 주인님' 이라 밝혔다. 어디서? 거룩하면서도, 다른 한편으로는 다른 사람들의 염려를 낳기도 한, 그 실신 상태에 아들을 찾아와서 그렇게 공언한 것이다. 메니는 전차를 몰고 전쟁터로 나갈 수 없었으니, 약탈은 당연히 상상도 할 수 없었다. 따라서 아문에게 전리품을 선사할 수도 없었다. 게다가 아문에게 신분이 영주인, 혹은 이쪽에서 이름만 영주라고 붙여준 포로들을 손수 죽일 수도 없었다. 그는 이런 일을 할 수도 없었고, 특정한 행동으로 그렇게 하는 것처럼 보이도록 이를 암시하는 것조차 할 뜻이 없었다. 그는 신전의 벽과 성문으로 들어가는 길에 자신의 모습이 새겨지는 것도 원치 않았다. 높은 전차를 타고 겁에 질린 적들에게 활을 쏘는 모습이라든가, 한 손으로는 여러 명의 머리채를 잡고 다른 손으로는 곤봉을 휘두르는 등, 이런 식으로 자신을 묘사하는 것도 그는 거부했다. 이 모든 것은 그에게 참을 수 없는 일이었고, 이는 그가 섬기는 신을 봐서도 불가능한 일이었다. 아니 자신이 섬기는 그 신 때문에라도 그 자신에게는 더더욱 참을 수 없는 일이었다. 결국 왕실과 조정은 파라오가 취임기념행사로 약탈 전쟁을 치르기 위해 출정하는 일이 결코 발생하지 않으리라는 사실을 분명히 알아야 했다. 그리고 마침내 이 공식 취임행사를 피할 수 있는 그럴듯한 핑계를 찾아냈다. 즉 지구에 있는 주변국들은 파라오의 발 밑에 꿇어 엎드려 대단한 복종심을 보여주고 있으며, 그들은 기한을 어기는 법 없이 때맞춰, 그리고 차고 넘칠 정도로 조공을 올리고 있으므로 굳이 전쟁을 치를 필요가 없다는 것이었다. 그래서 파라오는 바로 이렇게 출정을 하지 않고 국가수반의 취임식을 화려하게 장식하기를 원한다고. 그 다음 일이 이 공식성명대로 되었음은 물론이다.

그러나 이렇게 큰 부담을 덜었건만, 절정에 오른 정오의 태양으로 인정받고 왕좌에 앉은 메니는 여전히 착잡하기만 했다. 이제는 그가 직접 통치하는 자로서 전 세계와 직접 마주하게 되었다는 사실을 부인할 수 없었다. 하나의 단일한 세계이지만 그 안에는 온갖 것들이 들어 있어서 각기 다른 여러 가지 언어로 자신을 표현하는 세계였다. 어머니의 섭정 덕분에 지금까지는 그중에서 자신이 좋아하는 한 가지 시각에서만 세계를 바라봐도 괜찮았다. 즉 그것은 종교적인 시각이었다. 그리고 세속의 일에는 아무 신경도 안 쓰고, 그저 꽃들이 만발하고 외국산 나무들이 우거진 정원에서, 자신이 사랑하는 신을 꿈꾸고 그 신을 생각해 내고 어떤 이름과 상으로 그의 본질을 가장 잘 표현할 수 있을지 그런 고민만 해도 되었다. 이 일만 해도 책임이 막중한 과제였고 엄청난 긴장을 필요로 했다. 그러나 이 일을 사랑하는 그는 이에 수반되는 두통도 기꺼이 감수했다.

그런데 이제 그는 전혀 사랑할 수 없는 일 때문에 생기는 두통도 감수해야 했고, 또 그런 문제들을 생각해야 했다. 그것도 매일, 꼭두새벽부터. 그건 머리와 사지가, 한마디로 온몸이 아직 잠 속을 헤매는데 이른 아침부터 남쪽의 베지르가 나타나서였다. 그는 턱수염을 기르고 목에는 황금목걸이를 두 개 걸고 다녔는데, 키가 크고 이름은 라모세였다. 그는 우선 인사부터 올렸다. 그 문구는 이미 틀이 정해져 있는 미사여구로 길기도 꽤 길었다. 그런 다음 몇 시간이고 긴 두루마리 문서를 들고—어떻게 이렇게 만들었는지 감탄사가 절로 나올 두루마리였다—행정 현안을 들이밀었다. 예컨대 재판 판결과 세금장부, 새로운 수로시설, 기초 설비, 건축자재 준비, 채석장 건설과 사막의 광산 개발 등, 그런 일들은 헤아릴 수도 없이 많았는데 이럴 때면 번번이 파라오의 아름다운 뜻을 묻고는 두 손을 올려 이에 감탄을 표하곤 했다. 그 아름다운 뜻이 어떤 것인지 대략 보자면 이런 것들이 있었다. 이러저러한 사막의 길로 여행을 떠나 우물을 파고 쉴 곳으로 쓸 수 있는 적당한 장소를 물색하는 것이었다. 물론 그 장소들은 이 일에 관해 파라오보다 더 많이 알고 있는 사람들이 미리 정해 놓기 마련이었다. 그리고 엘-캅의 도시 영주를 소환하여, 황금과 은, 소와 아마포로 바쳐야 하는 세금을 테벤의 보석창고에 왜 제때에, 그리고 온전한 상태로 수송하지 않는지 문책하는 것도 파라오의 아름다운 뜻이었다. 그리고 모레, 고난의 누비아 땅으로 떠나는 것도 그의 고상한 뜻이었다. 신전의 설립 또는 개관을 기념하는 엄숙한 행사에 참석하기 위해서였다. 실은 그 신전은 대부분 아문-레를 생각하고 지은 것이라 파라오 개인적으로는 그 힘든 여행에 따르는 피로와 두통을 감수하고 싶은 마음이 전혀 없었다.

하지만 이 제국의 신을 섬기는 복잡한 제사 절차와 이와 관련된 여러 가지 형식적인 행사들이 파라오로서 하지 않으면 안 되는 의무사항이어서 대부분의 시간과 에너지를 여기에 소비해야 했다. 그리고 겉으로는 이 일을 하는 것이 그의 아름다운 뜻이어야 했다. 그러나 속은 전혀 아니었다. 그건 아톤을 생각하는데 방해가 되었을 뿐 아니라, 백성을 훈육하는 아문의 제사장 베크네혼스와 함께 있는 것만으로도 고역이었던 것이다.

파라오가 괜히 수도를 '아톤의 광채의 도시'라고 부르려 한 게 아니었다. 그러나 아문의 사제들이 반대하는 바람에 이 이름은 백성들 사이에서 관철되지 못하고 베세트는 결국 노베트-아문, 큰 숫양의 도시로 남게 되었다. 아문은 자신의 세속의 아들인 왕들의 팔 힘을 이용하여 이방 나라들을 정복하고 이집트를 부자로 만든 신이었다. 하지만 파라오는 당시에 이미 은근히 자신의 집을 이곳 테벤에서 다른 곳으로 옮기고 싶어했다. 온 사방에 벽과 성문으로 들어가는 길이며 기둥과 오벨리스크가 눈에 거슬리는 아문-레의 상이 번쩍거리는 이곳보다는 삼각의 꼭지점인 온에서 살고 싶었던 것이다. 물론 아직까지는 온전히 아톤에게 바쳐진 새로운 도시를 건설할 생각은 하지 못했다. 여하튼 온에 있는 것이 파라오는 훨씬 편했다. 그리고 그곳의 태양신전 옆에는 아주 쾌적한 궁궐도 하나 있었다. 물론 테벤 서쪽의 메리마아트 궁궐처럼 화려하지는 않지만, 그가 필요로 하는 편안함은 다 갖춰져 있는 곳이었다. 그래서 궁정의 연대기 기록자들은 선한 신을 배와 마차에 실어 온으로 내려간 여행을 자주 기록해야 했다.

물론 온에도 파라오에게 두통거리를 안기기 위해 서둘러 아침마다 찾아오는 자가 있었다. 그는 시우트 곧 강어귀의 모든 주(州)의 행정과 재판을 맡고 있는 북쪽의 베지르였다. 그러나 최소한 이곳에 가면 베크네혼스의 감독 하에 아문에게 향을 올리는 일만큼은 면제 받을 수 있었다. 덕분에 메니는 아툼-레-호르아흐테를 섬기는 깊은 학식의 대머리 사제들과 자신이 아버지라 부르는 이 거룩한 신의 본성에 관해 의견을 나누며 마음껏 즐길 수 있었다. 그 신은 나이가 무척 많음에도 불구하고 생기가 넘치는 활발한 신이었다. 덕분에 가장 아름다운 내면적 변화와 지속적인 정화 과정을 거쳐—이런 표현이 허락된다면—인간의 사색에 힘입어 늙은 신이 서서히 완벽한 상태로 발전하여, 그 모습이 더없이 아름다워지면서 온 세상을 환하게 비추는 기적적인 존재, 곧 아톤의 탄생을 가져온 것이었다.

오로지 그에게만 몸과 마음을 바치고, 오직 그의 아들로만 머무를 수 있다면, 그래서 그의 출생을 도운 산파로서 복음을 전하고 신앙을 고백하는 일만 하고, 이집트의 왕으로서 케메의 국경을 넓혀 세계적인 제국으로 만든 왕들의 후계자 노릇은 안해도 된다면 얼마나 좋을까. 그러나 메니는 이집트의 왕이었고 정복가들의 후예로서 이들을 본받아야 할 의무가 있었다. 그리고 아문의 남자 베크네혼스가 유독 못마땅한 이유도, 그 제사장이 항시 이 점을 강조해서였다. 또 실은 제사장의 말이 옳을 수도 있었다. 젊은 파라오가 이런 추측을 한 것은, 은근히 양심의 가책을 느꼈기 때문이다.

그는 또 이런 추측도 했다. 세계적인 대제국의 건설과 세계적인 신이 한 명 탄생하도록 돕는 것은 단순히 서로 다른 정도가 아니다. 어쩌면 이 두번째 행위는, 선조가 창조한 것들을 물려받아 보존하고 유지해야 하는 왕의 직무 수행과 어떤 식으로든 모순을 보이는 건지도 모른다. 그리고 남쪽과 북쪽의 베지르들이 제국의 일과 관련하여 자신을 찾을 때면 눈이 무거워지고 두통이 생기는 것도 이 추측과 관련이 있었다. 또는 거기까지는 이어지지 않는다 하더라도 여하튼 방향은 그쪽인 듯했다. 말하자면 이러한 두통은 피로와 무료함에서 비롯된 것이 아니라, 아톤 신학에 대한 사랑과 이집트 왕으로서 해야 할 의무 사이의 대립에 원인이 있는 것 같았다. 물론 확실한 것은 아니었다. 하지만 그래서 더 불안했다. 다른 말로 하자면 이 두통은 양심의 갈등이 낳은 두통이었다. 그리고 스스로도 이런 두통이라고 의식했다. 그러나 이러한 의식은 상황을 개선하기보다는 향수만 자극하여 더 심각하게 만들었다. 차라리 밤을 뜻하는 어머니의 품에 숨어 그늘에 가려진 상태로 되돌아가고 싶었던 것이다. 그러면 정치는 어머니가 다 알아서 뒤에서 조종해 줄 텐데.

당시에는 파라오 자신뿐이 아니라 나라 전체가 편안했다. 원래 지구에 있는 어떤 나라든 어머니의 품안에서 더 잘 자라는 법이다. 글쎄 세속을 초월한 것은 아들의 생각에서 보존이 더 잘 될지도 모르지만. 여하튼 아멘호테프는 속으로는 그렇게 확신하고 있었다. 또한 그에게 그런 확신을 불어넣은 것은 바로 이집트 정신 자체였을 것이다. 곧 검은 땅의 이시스에 대한 믿음이 그로 하여금 그런 신념을 갖게 했으리라. 그의 생각은 세계의 물질적이며 세속적이며 자연적인 것의 번영과 세계의 정신적이며 종교적인 번영을 서로 다른 것으로 구별했다. 그러면서 은근히 그는 이 두 가지가 단순히 서로 일치하지 않는 정도가 아니라 원칙적으로 서로 싸우는 것이면 어쩌나 두려워했다. 만약에 그렇다면 이 두 가지를 한꺼번에 다한다는 것은, 그러니까 왕 노릇도 하고 사제 노릇도 하는 것은 심각한 두통거리가 아닐 수 없었다. 물질과 자연에 관련된 번영과 증식은 왕의 일이었다. 어쩌면 이런 일에는 원래 여왕이 더 제격인지도 모른다. 그러니까 어머니, 곧 위대한 암소가 보살피는 것이 훨씬 더 좋았다. 그렇게 되면 사제-아들은 물질적인 번영에 대한 책임감 따위는 느낄 필요없이 자유롭게 정신적인 일에 몰두하고 자신의 태양사상을 펼쳐나갈 수 있을 터였다. 물질적 번영에 대한 왕의 책임이 젊은 파라오를 억눌렀다.

그에게 왕이라는 존재는 이집트의 검은 땅과 결합되었다. 사막과 사막 사이에 펼쳐진 임신도 잘하여 풍성한 열매를 안겨다 주는 촉촉한 검은 땅. 그러나 파라오는 밝은 빛에 열광했다. 높은 곳에 있는 황금빛 태양 청년(젊은 아톤— 옮긴이)을 사모했다. 그 때문에 그는 양심의 가책을 느꼈다. 어찌 되었거나 아침마다 파라오는 남쪽의 베지르의 방문을 받았다. 그자는 모든 일에 관련하여 보고를 받는 자여서 모르는 게 없었다. 하다못해 범람의 시작을 알려 주는 개자리가 이른 아침에 떠오르는 것까지 알고 있던 이 라모세는 항상 파라오에게 강물의 상태를 일러주고 또 범람과 열매 맺기와 수확 전망을 들려주었다. 그러면 메니는 자기 딴에 걱정스러운 표정까지 지어가며 열심히 듣고 있는데도, 자꾸만 이런 생각이 드는 것이었다. 이 남자가 차라리 옛날처럼 어머니한테, 이시스-여왕한테 가서 이런 보고를 올리는 게 좋을 텐데. 그녀가 이런 문제에 대해서 나보다 더 잘 아니까, 일도 더 잘 처리할 텐데.

그럼에도 불구하고 파라오에게나 나라에나 풍성한 결실을 약속하는 검은 것들이 각기 제 할 일을 바로 하여, 그러니까 혹시 실수를 하거나 빼먹는 법 없이 제때 제자리에 나타나는 일은 무엇보다 중요했다. 만일 뭔가 잘못되면 그건 모두 파라오의 책임이었다. 백성이 신의 아들인 왕에게 매달리는 것도 다 이유가 있었다. 그냥 인간이 아니라 신의 아들이니만큼 거룩한 신답게, 거룩하며 필수적인 과정이 한군데도 막히지 않고 착착 진행될 수 있도록 보장해 줄 것 아닌가. 거기에는 파라오 외에는 다른 누구도 영향력을 행사할 수 없었다. 검은 영역에서 뭔가 실수가 생겨 공동체에 손실을 안기면 이는 즉각 백성들의 왕에 대한 실망으로 이어졌다. 이렇게 왕이 존재한다는 이유만으로 예방되어야 할 일이 발생하면, 결과적으로 그에 대한 백성의 신망이 흔들리고, 또 파라오는 백성의 신망이 없으면 그렇게 하고 싶은 일도 할 수 없었다. 하늘에 있는 거룩한 빛의 존재 아톤

174

의 가르침에 승리를 안겨 주는 일 말이다.

이것은 말 그대로 옴짝달싹 못하게 만드는 족쇄였다. 그는 아래의 검은 것과는 아무 관계도 없었다. 오로지 위의 빛만을 사랑했다. 그러나 양식을 주는 검은 것과의 문제가 매끄럽게 해결되지 않으면 빛의 교사로서의 권위도 사라졌다. 젊은 파라오가 밤 같은 어머니의 보호막이 걷혀 온전히 왕권을 넘겨받았을 때 마음이 양 갈래로 나뉘어 착잡했던 이유도 그래서였다.

파라오의 꿈

이번에도 파라오는 교훈의 도시 온으로 행차했다. 아문의 영향권을 벗어나 태양 집의 대머리 사제들과 함께 하르마히스-헤페레-아툼-레, 곧 아톤에 관해 대화하고 싶은 욕구를 누를 수 없었던 것이다. 몸을 숙이고 입을 뾰족하게 내민 자세로 궁궐의 연대기 저자들이 부드러운 글씨로 써 내려간 기록에 의하면, 왕은 자신의 아름다운 결정을 말한 후 엘렉트론 합금으로 만든 커다란 마차에 올라탔다. 물론 혼자가 아니었다. 네페르네프루아톤이라 불리는 노페르티티, 곧 두 나라의 왕비와 함께였다. 그녀의 몸은 생산능력이 있어서 지금 임신 중이었다. 그녀가 팔로 그를 안았다. 그리고 그 마차가 번쩍이면서 아름다운 길을 달리는 동안 뒤에는 다른 마차들이 따랐다. 거기엔 테예, 곧 신의 어머니와 왕비의 여동생 네젬무트, 그리고 왕의 누이 동생 바케트아톤, 그리고 많은 궁신들과 규방의 숙녀들이 타고 있었

다. 등 뒤에 타조깃털로 만든 부채도 보였다. 그리고 하늘
의 조각배, '두 나라의 별'도 여행의 일부 구간에 이용되었
다. 그리고 사관들이 기록한 연대기에는 파라오가 천개 아
래에서 구운 비둘기 요리를 먹었고, 왕비에게 작은 뼈 하나
를 건네주어 거기 붙은 살을 뜯어먹게 하고, 또 포도주에
담근 과자도 그녀의 입에 넣어주었다고 써 있다.

온에 도착한 아멘호테프는 신전 구역에 있는 자신의 궁
궐로 들어갔다. 그날 밤은 여행에 지쳤던 터라 꿈도 꾸지
않고 푹 잤다. 다음날 그는 레-호르아흐테에게 빵과 맥주와
포도주와 새를 바치고 향불을 올렸다. 그런 다음 북쪽의 베
지르로부터 여러 가지 보고를 들었다. 보고가 하도 오랫동
안 이어져 골치가 아팠지만 아랑곳하지 않고 나머지 시간
은 고대했던 대화에 바쳤다. 사제들과 나눈 이번 대화의 화
제는 벤누였다. 당시 아멘호테프는 그 새에 관심이 많았다.
이 새는 어머니는 없고 자신이 스스로의 아버지여서 '불의
새싹'이라고도 불렸다. 그에게는 죽음과 부활이 같은 것이
어서 미르라 수지로 만든 둥지에서 불에 탄 후에 재가 되어
다시 젊은 벤누로 태어난다 했다. 몇몇 교사들은 500년마
다 한번, 온의 태양 신전에서 이런 일이 생긴다고 주장했
다. 생긴 것은 왜가리와 비슷한 독수리이고, 색깔은 황금빛
과 자줏빛인 것으로 보아 아라비아나 혹은 인도, 저기 동쪽
에서 이 일을 위해 이곳으로 온다는 것이었다. 또 다른 교
사들의 말에 따르면 이 새는 자기가 들 수 있을 만한 알을
하나 가지고 온다. 그건 죽은 아버지, 곧 자기 자신이 들어
있는 알이었다. 그리고 미르라 수지로 만들어진 이 알을 태

177

양신의 제단에 올린다. 이렇게 교사들의 주장이 두 가지로 나뉘긴 했지만, 이 두 가지는 나란히 설 수 있었다.

사실은 여러 가지가 이렇게 병존할 수 있다. 여러 가지의 진술은 같은 진리의 다른 표현으로서 동시에 진실일 수도 있기 때문이다. 그러나 파라오가 제일 먼저 알고 싶어한 것, 혹은 토론하고 싶었던 것은, 불의 새싹이 태어나고 알을 놓는 일이 재현되려면 500년이 걸린다 했는데, 지금 그 시간이 얼마나 흘렀느냐는 것이었다. 마지막으로 그 일이 일어났던 때로부터 지금 얼마나 떨어져 있으며, 다음에 도래할 때까지는 얼마나 더 걸릴지, 간략하게 말해서 지금 불사조 순환의 한 해에서 어느 지점에 와 있는가 하는 점이었다. 대부분의 사제들은 아마 중간쯤 왔으리라는 의견에 동의했다. 만일 처음 시점에 있다면 마지막으로 나타난 벤누에 대한 기억이 남아 있을 텐데 그렇지 않다. 또, 끝에 가까이 있다면, 다시 말해서 이 주기가 새롭게 시작될 출발점에 가까이 있다면, 장차 가까운 미래에 혹은 곧 시간을 알리는 새가 돌아오는 일을 겪게 될 것을 예상하고 그 준비를 해야 마땅한데, 아무도 그러지 않는다. 이렇게 봐서 지금은 중간 지점에 있다는 결론이 가장 적당하다. 그랬다.

어떤 사람들은 거기서 한걸음 더 나아가 항상 그 중간 지점에 머무를 것이라 추측하기도 했다. 불사조가 마지막으로 되돌아왔던 시점으로부터 지금까지의 간격과 또 다음에 등장할 시점과의 거리는 항상 같으며 항상 사람은 그 중간 지점에 서 있게 된다는 사실이 바로 신비라는 이야기였다. 그러나 이 신비로운 비밀은 파라오의 주된 관심사가 아니었다. 그가 정말 간절히 알고 싶고 사제들과 함께 토론하고 싶었던 것은, 그리고 실제로도 반나절 동안 대머리 사제들과 나눈 대화의 핵심은 불새가 미르라 수지로 만든 알에 아버지의 육신을 가둬도 그 알은 **무거워지지 않는다**는 교사들의 가르침이었다. 워낙 알을 만들 때 자신이 나를 수 있을 만한 크기와 무게로 만드는데, 아버지의 몸까지 그 안에 넣고도 여전히 들고 갈 수 있다면, 아버지의 몸무게로 인하여 알이 무거워지지 않았다는 증거라는 것이었다.

젊은 파라오의 눈에는 이보다 더 자극적이며 황홀한 사실이 없었다. 이런 문제야말로 시급히 토론해야 할 가치가 충분한, 아니 세상에서 이보다 더 중요한 일이 없을 만큼 중대사였다. 한 몸에 다른 몸을 붙이는데도 무게가 늘어나지 않는다면, 이는 물질이 아닌 육신이 있다는 뜻이 된다. 달리 말하자면, 보다 정확하게 말하자면, 육신이 아닌 현실이 있다는 소리가 된다. 햇빛과 같은 비물질적인 것이. 또 더 바르게 표현하자면, 정신적인 것이 있다는 것이다. 이 정신적인 것이 벤누-아버지의 몸 안에 에테르처럼 육신을 이루고 있고 이것을 미르라 수지로 만들어진 알이 받아들인 것이다. 이것은 알의 특성에 가장 자극적이고 의미심장한 변화를 주게 된다. 알이란 원래 여성적인 특성을 갖지 않는가. 새들 중에서 오로지 암컷만 알을 낳을 수 있으니까. 예전에 세상을 낳았던 그 알처럼 더 여성적이고 어머니 같은 것은 없었다. 그러나 벤누는, 이 태양새는 어머니가 없고 스스로 자신의 아버지이며, 자신의 알을 직접 만든다. 말하자면 예전에 세상을 낳았던 그 알에 대립되는 세상의 알로서 남자 알이며 아버지-알이었다. 그래서 자신이 아버지이며, 정신이며 빛이라는 사실을 만방에 알리기 위해 태양신의 설화 석고 제단에 이 알을 내려놓은 것이다.

파라오는 아톤의 본성을 생각해 내는데 매우 중요한 의미를 갖는 이런 문제에 관하여 레 신전에 있는 사제들, 곧 태양력 달력을 만든 자들과 토론하는 것이 얼마나 좋은지 아무리 이야기를 해도 지겹지 않았다. 그래서 실제로 대화는 밤까지 이어졌고 파라오는 지나칠 정도로 거기에 푹 빠졌다. 그는 물질이 아닌 황금빛 햇살과 아버지의 정신에 도취한 나머지, 지칠 대로 지친 사제들의 대머리가 아래로 푹 꺾이는데도, 여전히 대화에 물리지 않아 그들을 내보낼 결심을 하지 못했다. 마치 혼자 남는 게 두려운 듯이. 그러나 결국에는 꾸벅꾸벅 졸고 몸이 한쪽으로 쏠려 흠칫 놀라서 깨는 사제들을 내보내 주고, 자신은 침실로 향했다. 거기에는 옷을 벗기고 입혀 주는 노예가 그를 기다리고 있었다. 이 나이든 노인은 파라오가 아주 어렸을 때부터 왕의 시중을 들었던 자라 다른 건 몰라도 이름을 부를 때는 공경을 표하는 형식적인 미사여구를 생략하고 친숙하게 '메니'라 불렀다. 노인은 벌써부터 불을 밝혀둔 채 왕을 기다리고 있다가 얼른 편안한 잠자리를 만든 다음 이마를 땅에 대어 엎드려 절을 올린 후 물러났다. 그렇다고 멀리 가는 것은 아니고 문지방 밖이 그의 잠자리였다.

파라오는 방 한가운데 놓인 침대에 누워 베개에 얼굴을 파묻었다. 뒷벽은 재칼과 숫염소, 베스(난쟁이 신—옮긴이)를 보여주는 매우 세련된 상아 세공품으로 장식되어 있었다. 그리고 파라오는 어찌나 피곤했던지 거의 눕자마자 곯아떨어졌다. 물론 이런 상태가 오래 계속되지는 않았다. 깊은 마취 상태가 몇 시간 흐르고 난 후, 꿈을 꾸기 시작했던 것이다. 그건 터무니없는 꿈이었다. 한편 무섭고 말도 안 되는 꿈인데 또 생생하기는 얼마나 생생한지, 마치 목이 부은 어린아이가 열이 날 때 꾸는 꿈 같았다. 그러나 무게가 없는 벤누-아버지를 꾼 것이 아니었다. 그건 물질이 아닌 햇살의 꿈이 아니었다. 오히려 그것과는 정반대인 것을 꾸었다.

꿈에서 그는 먹여 살리는 자, 곧 하피 강가에 서 있었다. 거긴 한적한 곳이었는데 늪과 개간지가 있었다. 그는 하이집트의 붉은 왕관을 쓰고 수염까지 붙였고, 겉옷에는 짐승 꼬리도 달려 있었다. 그렇게 그 자리에 무거운 마음으로 홀로 서서 팔로 왕홀까지 안고 있었다. 그때였다. 멀지 않은 강물 속에서부터 뭔가 일곱 개가 나왔다. 그건 일곱 마리의 암소들이었는데, 물 속에 앉아 있던 물소처럼 차례차례 뭍으로 올라왔다. 모두 일곱 마리였지만 황소는 한 마리도 없고 암소뿐이었다. 하나같이 훌륭한 암소였다. 하얀 암소, 검은 소, 등의 색깔이 밝은 것, 그리고 회색에 배 색깔은 밝은 암소, 또 두 마리는 얼룩 암소였고, 하나는 표시를 찍어 둔 암소였다. 여하튼 다들 아름답고 매끄럽고, 살이 찐 암소들이었다. 팽팽한 젖통과 눈썹 달린 하토르-눈, 그리고 칠현금처럼 멋진 뿔을 지닌 암소들이 유유히 풀을 뜯기 시작했다. 왕은 이렇게 멋진 소떼는 처음 보았다. 나라 전체에서도 그렇게 잘생긴 소는 보지 못했다. 몸에 살이 올라 윤기가 자르르 한 것이 참으로 장관이었다. 그걸 보고 메니의 가슴은 기쁨으로 벅차 오르려고 했다. 그러나 그러지 못하고 오히려 근심에 발목을 붙들리는가 했더니 이번에는 아예 공포에 휩싸여 철렁 내려앉고 말았다. 이 일곱 마리 암소로 끝난 게 아니라 뒤이어 다른 암소들이 계속 올라왔기 때문이다. 이번에도 황소는 없었다. 그건 당연했다. 이들을 좋아할 황소가 어디 있겠는가? 파라오는 치를 떨었다. 흉해도 그렇게 흉한 암소들은 처음이었다. 굶어죽기 일보직전으로 피골이 상접했다. 젖통은 쭈글쭈글한 빈 자루 같고 젖꼭지는 실처럼 가늘었다. 정말 두 눈 뜨고 볼 수 없는 무섭고 끔찍한 광경이었다. 게다가 두 다리로 버티고 서 있을 힘도 없어 보였다. 그런데 이게 웬일인가? 이런 일이 가능할 줄이야, 누가 상상이나 했겠는가? 이 암소들은 뻔뻔스럽게도 참으로 수치스러운 행동을 보인 것이다. 하지만 어찌 보면 이는 그들다운 행동이기도 했다. 굶주림이 빚어낸 살상행위였으니까. 파라오는 보았다. 그 가련한 가축떼는 윤기가 반들거리는 가축떼에게로 다가갔다. 그리고 이 끔찍한 것들은 황소들이 암소들에게 하는 것처럼 잘생긴 암소들 위에 올라탔다. 그리고 이 고난의 짐승은 이 멋진 짐승을 잡아먹은 후 방목지를 완전히 쓸어버렸다. 그러나 그렇게 살찐 암소를 삼켰어도 여전히 여윈 상태였고 어디 한군데 살이 찐 것 같지도 않았다.

여기서 꿈은 끝났다. 파라오는 자다 말고 벌떡 일어나 앉았다. 온몸에 땀이 흥건했다. 가슴이 답답했다. 어딘가 세게 얻어맞은 기분이었다. 흐릿한 불빛에 안겨 있는 방 안을 획 둘러보았다. 그제야 자신이 꿈을 꾸었다는 사실을 깨달았다. 그러나 워낙 의미심장하고, 또 하도 긁어서 배배 꼬인 가축떼의 절박함이 그대로 느껴지는 꿈이라 침대에 더 머물 수가 없었다. 그는 하얀 가운을 걸치고 방안을 서성거리며 이처럼 절박하고, 한편으로는 말도 안 되고 터무니없는 반면 너무나 생생하고 구체적인 꿈을 생각했다. 문 밖에서 자고 있는 노예에게라도 꿈 이야기를 하고 싶었다. 아니, 자신이 꿈에서 본 것을 말로 표현할 수 있는지 시험해보고 싶었다. 그러나 노인의 단잠을 방해하기에는 마음이 너무 여린 사람이었다. 밤늦도록 자신을 기다려야 했던 노인을 또 괴롭히다니, 그건 안 될 말이었다. 그는 침대 옆에 있는 의자에 앉았다. 팔걸이가 달려 있는 의자의 다리는 암소 발처럼 생겼다. 그리고 달빛처럼 은은한 가운을 바짝 끌어당기고 발은 발 의자에 올려놓고 의자 한구석에 몸을 파묻은 그는 자신도 모르는 사이에 선잠에 빠져들었다.

그렇게 잠이 들었는가 했는데 어느새 꿈을 꾸었다. 또다시, 아니 여전히 같은 꿈속에 있었다. 한적한 강가에 왕관을 쓰고 꼬리를 단 채, 그렇게 홀로였다. 거기 쟁기로 갈아엎은 검은 땅이 있었다. 그때 그는 보았다. 결실의 흙이 꼬물꼬물 움직이더니 몸을 비틀어 조그만 틈을 만들었다. 그리고 그 사이로 줄기 하나를 내보냈다. 거기에 이삭이 차례차례 솟아났다. 모두 일곱 개였다. 거기 열매가 맺히면서 탱글탱글 여물더니 어느새 황금빛으로 물든 이삭이, 주렁

주렁 매달린 열매가 무겁다는 듯 고개를 숙였다. 파라오는
그 광경에 가슴이 벅차 오르려는 순간 다시 멈칫했다. 뒤이
어 다른 일곱 개의 이삭이 솟아난 것이다. 이번에는 바짝
말라붙어 다 죽어가는 이삭이었다. 이렇게 동풍에 새까맣
게 타 들어간 몰골의 이삭이 통통하게 살이 오른 이삭에게
다가가는 순간, 살찐 이삭들은 자취를 감춰버렸다. 마치 그
안에 빨려 들어가기라도 한 듯. 그 모습은 걱정과 근심거리
인 이삭이 살찐 이삭을 집어삼키는 것과 다를 바 없었다.
먼저 고난의 암소들이 윤기 흐르는 암소들을 먹어 치웠을
때도 그랬듯이, 이번에도 그렇게 살찐 이삭을 삼키고도 더
통통해지지도 않았다. 파라오는 바로 눈앞에서 그 광경을
지켜보다 말고 벌떡 일어나 앉았다. 깨어나보니 의자였다.
또 꿈을 꾼 것이었다.

   터무니없는 우스운 꿈을 또 한번 꾼 것이다. 사실 말도
안 되는 꿈이지만 참으로 절박하고 의미심장한 꿈이었다.
거기엔 뭔가 경고와 지시가 담겨 있었다. 파라오는 더 이상
잠을 이룰 수가 없었다. 곧 날이 밝을 때라서 그나마 다행
이었다. 아니 또 잠을 잘 생각도 없었다. 그는 자리에서 일
어나 다시 침대로 갔다가 또 안락의자로 돌아오기를 반복
하면서 자신이 꾼 한 쌍의 꿈을 생각해 보았다. 그 꿈은 분
명 해석을 필요로 하는 꿈이었다. 이런 꿈을 아무 말 없이
흘려보낼 수는 없었다. 결코 혼자 간직해서는 안 되며, 무
슨 일이 있어도 시끄러운 사건으로 만들어야 할 꿈이었다.
꿈에서 그는 왕관을 쓰고 왕홀을 들고 꼬리까지 달고 있었
다. 그렇다면 이는 분명 왕의 꿈으로 제국의 안위가 걸린

중요한 꿈이 틀림없었다. 그건 근심을 가득 안고 있는 참으로 유별난 꿈이었다. 무슨 수를 써서라도 큰 종을 울려 사람들을 불러모으고 이 꿈의 위협적인 손짓이 무엇을 뜻하는지, 도대체 왜 그러는지 이유를 알아보아야 했다. 메니는 자기가 꾼 꿈에 분노했다. 그리고 증오했다. 생각할수록 괘씸했다. 감히 이런 꿈이 왕을 찾아오다니. 하기야 이 꿈은 오로지 왕이나 꿀 수 있는 꿈이긴 했다. 여하튼 자신이 있는 곳에서, 네페르-헤페루-레-완레-아멘포테프가 있는 한, 형편없이 생긴 끔찍한 암소가 살찐 멋진 암소를 잡아먹고, 다 타버린 이삭이 통통한 황금 이삭을 집어삼키는 일은 절대로 있어서는 안 된다. 이 혐오스러운 그림 이야기가 보여준 사건에 상응하는 일은 어떤 일이 있어도 생겨서는 안 된다. 만에 하나 그런 일이 발생하면 모든 건 그의 책임이 된다. 그러면 그에 대한 백성의 신망도 흔들려 자신이 아무리 아톤의 복음을 전해도 백성은 귀와 가슴을 막을 게 뻔하다. 아! 이건 빛에 대한 위협이다. 그렇게 되면 아문만 덕을 볼 것이다. 두말할 필요도 없이 어두움이 빛을, 물질적인 것이 정신적인 것을 위협하고 있다. 여기에 생각이 이른 파라오는 흥분하지 않을 수 없었다. 그리고 그 흥분은 분노의 형태를 띠었고 이 분노는 결심으로 굳어졌다. 이 위험을 폭로하여 다들 이를 깨닫게 하여 여기에 올바르게 대처하기로 마음먹은 것이다.

파라오가 처음으로 꿈 이야기를 들려준—아무튼 나름대로 이야기할 수 있는 데까지는 다 들려주었다—대상은 문지방에서 자고 있던 노인이었다. 옷도 입혀 주고 머리를 매만져 주고 머릿수건도 묶어 주는 그 노인은 그 꿈 이야기를 듣고 어이없다는 듯 머리를 흔들며 그건 선한 신께서 끝도 없는 '생각 놀음'으로—노인은 어리석은 백성처럼 그렇게 표현했다—열을 올리느라 너무 늦게 잠자리에 들어서라고 했다. 노인은 자신도 모르는 사이에 메니가 그런 걱정스러운 꿈을 꾸게 된 것은 늙은 시종인 자신을 오랫동안 잠도 못 자고 기다리게 한 벌이라고 생각한 것이다.

"아, 어리석은 양!"

화가 난 파라오는 코웃음을 치면서 손바닥으로 노인의 이마를 살짝 치고는 왕비에게로 갔다. 그러나 그녀는 임신한 탓에 속이 메스꺼워서 그의 말을 제대로 듣지 못했다. 그는 이번에는 여신-어머니, 곧 테예를 찾아갔다. 그녀는 막 화장대에 앉아 시녀들의 시중을 받고 있었다. 그녀에게도 꿈 이야기를 했다. 그런데 하면 할수록 쉬워지는 게 아니라 이야기하는 게 더 힘들어져서 화가 치밀었다. 그리고 그녀에게서도 별 위안과 동의를 얻지 못했다. 아니 테예는 늘 그랬다. 그가 왕으로서 가지게 되는 여러 가지 근심거리를 안고 그녀를 찾아가면 항상 비웃는 듯했다. 파라오는 지금 꿈 이야기도 왕이 근심해야 할 문제라고 여겼다. 그리고 또 이야기를 꺼내기도 전에 미리 그렇게 밝혔다. 그런데도 어머니의 얼굴에는 그 말이 떨어지자마자 놀리는 듯한 미소가 번졌다.

물론 넵마레 왕의 과부는 누가 강요해서가 아니라 자발적으로, 그리고 오랫동안의 심사숙고 끝에 자신의 통치권을 내려놓고 아들에게 정오에 이르러 절정에 오른 태양의 온전한 지배력을 넘겨주었다. 그렇지만 막상 권력을 넘겨주고 나니 아쉽고 또 시샘이 나는 건 어쩔 수 없었다. 곤란한 건 메니도 그녀의 그런 속마음을 눈치 챘다는 점이었다. 그래서 메니는 나름대로 그녀를 위로하려는 뜻에서 그녀를 찾아가 어린아이처럼 도와달라고 부탁하곤 했는데, 그럴 때마다 번번이 어머니로부터 가시 돋친 소리를 들어야 했다.

"폐하께서 무슨 일로 왕좌를 내놓은 이를 다 찾아오셨소? 국왕은 내가 아니라 그대라오. 그러니 내게 의지하려 하지 말고 자신에게 의지하시오. 그리고 그대가 더 이상 모르겠거든 그대의 시종인 남쪽과 북쪽의 베지르에게 일러 달라 하시오. 이미 늙어 은퇴한 나를 찾지 말고."

테예는 지금도 꿈에 대해서 비아냥거리듯이 웃으며 이와 비슷하게 말했다.

"글쎄, 막중한 권력에서 손을 뗀 지라 그대가 이 이야기에 그렇게 큰 비중을 주는 것이 합당한지 판단하기가 어렵구려. '밝음이 넘치면 어두움은 감춰진다'는 말이 있소. 책에 그렇게 씌어 있다오. 그러니 어머니로 하여금 자신을 감추도록 허락해 주시오. 그리하여 이 꿈이 가치가 있는 꿈인지, 또 그대의 신분에 맞는 꿈인지, 이에 관한 내 의견도 숨길 수 있도록 허락해 주시오. 먹어 치웠다? 집어삼켰다? 한 암소가 다른 암소를? 빈 껍데기 이삭이 속이 꽉 찬 이삭을? 이건 꿈의 얼굴이 아니오. 볼 수도 없고 그림도 그릴 수 없기 때문이오. 깨어서는 물론이거니와 내 생각으로는 잠을 자면서도 못하오. 폐하께서는 다른 것을 꾸고는 그걸 잊어버리고 집어삼킨다는, 그런 있을 수도 없는 그림을 떠올린 것 같소."

메니는 정말로 그런 꿈을 꾸었노라고, 꿈속에서 두 눈으로 똑똑히 보았다고 장담했지만 허사였다. 그리고 똑똑히 본 그 분명한 꿈이 큰 의미가 담겨 있으며, 얼른 해석해 달라고 절규하는 꿈이라고 아무리 말해도 믿어주지 않았다. 그는 또 자신이 뭘 두려워하는지, 그것까지 다 털어놓았다. 만일 그 꿈이 메니 자신보다 먼저 스스로 해석을 부여해, 다시 말해서 그 꿈이 자신의 가면을 벗고 현실로 드러날 경우, 아톤의 '가르침'이 큰 피해를 입게 된다고. 그러나 아무 소용 없었다. 그는 다시 한번 깨달았다. 어머니는 자신의 신에게는 아무 관심도 없었다. 물론 이는 전부터 알던 사실이었다. 그녀는 오로지 이성으로만, 즉 왕조를 지키려는 정치적인 신념에서 그의 편이 되었을 뿐이었다. 그녀는 아들이 그 신을, 곧 아톤을 온유한 마음으로 사랑하고 또 모든 정신을 다 바쳐 열렬히 섬기도록 항상 힘을 실어주었다. 그러나 그는 이전부터 알고 있었던 사실을 오늘 이 순간 다시 한번 뼈저리게 느꼈다. 사실 그렇게 예민하지 않더라면 이렇게 절감할 필요도 없었을 테지만, 여하튼 타고난 천성 덕분에, 어머니가 한 여자로서 자신의 마음을 이용한 것에 지나지 않는다는 사실을, 모든 것이 계산에서 비롯되었다는 사실을 절감했다. 메니 자신은 무엇보다도 종교적인 시각에서 전 세계를 바라보았지만 어머니는 전혀 그렇지 않았다. 그녀에게는 국가의 이득을 고려하는 시각이 유일한 시각이었다. 메니는 가슴이 아팠다. 결국 마음만 상한 채 어머니 곁을 떠나려는데 어머니는 이런 말을 했다. 암소와 이삭의 얼굴을 한 그 꿈이 정말 국가의 안위와 직결되는 중대한 꿈이라 여긴다면, 아침 알현 때 북쪽의 베지르, 곧 프타흐엠헵한테 이야기해 보라. 또 이곳에도 꿈을 해석하는 자들은 얼마든지 있다.

마침내 파라오는 꿈 전문가들을 불러오라고 명령을 내렸다. 그리고 이제나 저네나 이들이 도착할 때만 기다렸다. 그러나 그 전에 제일 높은 신하부터 먼저 만났다. 파라오의 '붉은 집', 곧 하이집트에 있는 그의 보석창고 문제를 의논하러 온 고관은 형식적인 긴 문안인사를 끝낸 후, 본론으로 들어가려 했지만 여의치 않았다. 신경이 곤두선 파라오의 음성이 말을 가로막았던 것이다. 그리고 이따금 마땅한 단어를 찾으려고 멈추기도 하며 힘들게 이어가는 파라오의 꿈 이야기를 들어야 했다. 게다가 두 가지 질문에 답하라는 요구까지 받았다. 첫째 그 또한 그의 주인님과 마찬가지로 이 꿈이 제국의 안위가 걸린 중대한 문제라고 생각하는지, 두번째 만약 그렇게 생각한다면 어떤 맥락에서 그렇다고 보는지.

고관은 이 질문에 뭐라고 말해야 할지 몰랐다. 아니, 자신은 뭐라고 말해야 할지 모르겠으며 꿈에 관해서는 아는 바가 없으니 뭐라 말할 수도 없다는 식으로 길게 돌려서 말했다. 그리고는 곧장 보석 문제로 넘어가려 했다. 그러나 아멘호테프는 꿈 이야기를 붙들고 늘어졌다. 다른 이야기는 하거나 듣고 싶지도 않은 듯했다. 아니 어쩌면 그럴 수가 없었는지도 모른다. 그리고 왕은 그 꿈이 한 말이 얼마나 절박했는지, 아니 꿈이 얼마나 절박하게 말했는지 상대방에게 알아듣게 하려고 무진 애를 썼다. 그렇게 계속 그 이야기만 하다가 꿈을 연구하는 학자들과 예언가들이 당도했다는 전갈을 받았다.

왕은 간밤에 겪은 체험에 온통 마음을 뺏겨, 아니 거기에 정신이 홀딱 빠져서 이 꿈을 해석하는 자들을 접견하는 일을(물론 이 접견 자체는 아무 결실 없이 초라하게 끝날 운명이었다) 제일 중요한 행사로 만들었다. 그는 프타흐엡헵만 남게 한 게 아니라, 자신을 따라 온까지 내려온 신하들 모두 그 자리에 불러들여 꿈을 해석하는 광경을 지켜보게 했다. 결과적으로 대략 열두어 명의 고관대작이 함께 하게 되었다. 거기엔 파라오의 집을 관리하는 감독, 왕의 의상 감독, 궁궐의 옷을 세탁하고 표백하는 감독, 왕의 샌들을 들고 있는 자라는 명칭을 가진 대신, 그리고 몇몇 명망 높은 군관들이 있고 신의 가발 감독도 있었다. 또 '풍요로운 마법을 지키는 자(풍요로운 마법이란 두 개의 왕관을 의미한다)'이면서 왕의 모든 보석을 간수하는 감독이면서 비밀 내각의 고문이기도 한 고관, 파라오의 모든 말을 지키는 감독, 새로운 빵 감독이며 아멘엡오페트라는 이름을 가진 '멘페 영주', 그리고 술 서기들의 감독으로 네페르-엠-베세라는 이름을 가진 대신도 있었다. 이자는 한때 빈-엠-베세라 불리기도 했다. 그리고 오른쪽에서 부채를 들고 있는 자도 여럿 있었다.

대신들은 파라오의 아름다운 의자 양쪽으로 죽 늘어섰다. 파라오는 이들보다 한 계단 높은 곳에 앉아 있었다. 머리 위로 리본을 두른 가는 기둥에 받쳐진 천개(天蓋)가 있었다. 그 앞으로 예언자와 꿈 전문가들이 인도되었다. 모두 여섯 명이었다. 이들은 지평선에 사는 자의 신전과 이렇게 저렇게 가까운 관계였다. 그리고 이들 중 몇 명은 어제 불사조에 관련된 토론에도 참여했었다. 예전에는 이런 종류의 사람들도 파라오의 의자 앞에 나오면 엎드려 절하기 위해 땅에 입을 맞추는 게 관례였지만, 이제는 그렇지 않았다. 그러나 의자는 똑같았다. 피라미드를 세운 건축가가 살던 시대에도, 그리고 이보다 훨씬 전에도 이 의자였다. 등받이가 낮고 그 앞에 방석 하나가 세워져 있고 여러 형상의 장식이 더해진 것만 옛날과 달랐다. 그러나 이렇게 의자가 더 화려해지고 파라오의 힘은 더욱 강해졌으나, 사람들은 더 이상 그 앞에서 땅에 입맞추지는 않았다. 이런 형식은 이제 존재하지 않았다. 이는 왕의 무덤에 시종들을 산 채로 매장하는 것과 마찬가지로 유행이 아니었다. 지금 마법사들은 그저 숭배한다는 의미로 팔을 올리고 리듬감도 없이 뒤죽박죽으로 형식적인 인사말을 주워섬겼다. 그 인사말은 길기도 했는데 내용은 대략 이러했다. 국왕폐하는 그의 아버지 레의 형상과 같으시며 자신의 아름다움으로 두 나라를 휘황찬란하게 밝히고 있다. 폐하의 빛은 지옥까지 닿는다. 그리고 무엇이든 뚫고 지나가는 그의 눈길을 피할 수 있는 곳은 어디에도 없다. 그리고 귀도 수백만 개에 이르러 청각이 예민하며 그 귀가 닿지 않는 곳이 없으며 한마디로 그는 모든 것을 듣고 볼 수 있다. 그리고 그의 입에서 나오는 말은 지평선에 있는 호루스의 말이나 마찬가지이다. 또 그의 혀는 세상의 저울이며 그의 입술은 토트의 올바른 저울에 있는 작은 혀보다 저 정확하다. 또 사지는 레이고(크기가 제각각인 목소리가 뒤죽박죽으로 그렇게 말했다) 진정한 형태의 헤프레이며 하이집트의 온에 있는 아버지 아툼의 살아 있는 형상이다. "오, 네페르-헤페루-레-완레, 오, 아름다움의 주인님, 우리가 당신을 통하여 숨쉬나이다!"

이들 중 몇은 다른 자들보다 일찍 인사를 마쳤다. 그런 다음 모두 입을 다물고 귀를 기울였다. 아멘호테프는 이들의 인사말에 고맙다고 답례한 후 모두에게 자신이 그들을 부른 이유를 말했다. 그런 다음 약 스무 명쯤 되는 청중 앞에서—일부는 고상한 귀족이고 일부는 학자였다—자기가 꾼 묘한 꿈 이야기를 들려주기 시작했다. 벌써 네번째였다. 민망한 생각이 든 파라오는 얼굴이 붉어졌다. 말도 더듬거렸다. 이야기가 워낙 위협적인 내용이라, 그만큼 절박해서 이렇게 사람들 앞에서 공개적으로 꿈 이야기를 하기로 결심한 그였다. 그러나 막상 이야기를 꺼내놓고 보니 후회막급이었다. 모든 게 진지하기만 했는데, 그리고 그에게는 여전히 진지한 것이지만, 이렇게 밖으로 꺼내놓으니 우습기 짝이 없었다. 어떻게 아름다운 살찐 암소들이 그렇게 힘도 없는 처참한 몰골의 암소한테 잡아먹힐 수 있단 말인가? 또 어떻게 한 이삭이 다른 이삭을 먹어 치울 수 있단 말인가? 그러나 꿈에서는 분명히 그랬다. 정말로! 꿈은 생생했다. 그리고 모든 게 자연스럽고 강한 인상을 남겼다. 적어도 밤에는 그랬다. 그런데 대낮에 말로 표현해 보니 어쩐지 잘못 만든 미라처럼 얼굴이 부서진 것 같았다. 그런 몰골로는 보일 수 없었다. 그는 쑥스러워하면서 간신히 이야기를 끝냈다. 그리고 수줍어하면서, 그러나 한편으로는 기대감에 부풀어 꿈 전문가들을 쳐다보았다.

이들은 머리를 끄덕였다. 그러나 생각에 잠긴 듯한 이 끄덕임은 서서히 의아해 하는 갸웃거림으로 변했다. 처음에는 한 사람이 먼저 시작하더니 차례차례 하나도 빠짐없이 모두들 이상해 했다. 아주 특별하고, 아직까지 거의 한번도 없었던 꿈이다. 그들은 최고 연장자를 통해 그렇게 자신들의 의견을 밝혔다. 해석은 힘들다. 해석을 못한다는 뜻은 아니다. 자신들이 해석을 할 수 없는 꿈은 아직까지 없었다. 다만 생각할 시간이 필요하다. 우선 이 자리를 떠나 한자리에서 회의를 열어야 한다. 그리고 참고서들도 가져와야 한다. 꿈 목록을 전부 통달하고 있는 자는 없다. 학자라 하는 것은 감히 말하건대 모든 지식을 머리에 가지고 있다는 뜻이 아니다. 머리에는 그럴 공간도 없다. 다만 지식이 쓰여져 있는 책들을 가지고 있다는 뜻이다. 그리고 자신들에게는 그 책들이 있다.

아멘호테프는 서로 의논을 하라고 허락해 주었다. 그리고 대신들에게는 대기하고 있으라고 일렀다. 왕은 두 시간을 꼬박—전문가들의 논의가 그렇게 오래 걸렸다—기다렸다. 얼마나 초조한지 입이 타 들어가는 것 같았다. 드디어 자리를 떠났던 사람들이 돌아왔다.

"파라오여, 수백만 년 사소서. 진리의 여신 마아트의 사랑을 받으시고 거짓 없는 그녀에게 사랑을 되돌려 주소서!" 그들은 마아트가 직접 꿈의 전문가인 자신들 옆에서

도와주신다고 했다. 자신들이 다른 누구도 아닌 지혜의 수호신인 파라오 앞에서 해석 결과를 알려 주려는 것이라서 그렇다. 해석은 이러하다. 일곱 마리의 아름다운 암소들은 일곱 명의 공주, 곧 두 나라의 왕비 네페르네-프루아톤-노페르티티가 차례차례 낳을 딸들이다. 그런데 살찐 가축이 여윈 가축에게 잡혀먹힌다는 것은 이 일곱 명의 딸이 파라오 생전에 모두 죽는다는 뜻이다. 그렇다고 해서, 이들은 얼른 덧붙였다. 공주들이 어린 나이에 죽는다는 것은 아니다. 파라오는 자식들이 나이를 얼마나 먹든 간에 그들보다 더 오래 살 것이라는 뜻이다.

아멘호테프는 입을 다물지 못하고 그들을 바라보았다. 그리고 소리 낮춰 물었다. 지금 무슨 이야기를 하느냐고. 그러자 이들은 지금 첫번째 꿈 해석을 하는 중이라 했다. 그러나 파라오는 여전히 낮은 목소리로 말했다. 그 해석은 자기 꿈과는 아무 상관도 없다. 전혀 무관하다. 그리고 자신은 그들에게 왕비가 자신의 왕위를 계승할 아들, 곧 왕자를 낳아줄지 아니면 딸을 낳을지 물은 적이 없다. 자신은 다만 잘 생긴 멋진 암소와 흉측한 암소들의 해석을 물었다. 그러자 꿈 전문가들은 딸들이 바로 그 해석이라고 했다. 소꿈을 꾸었다 해서 그 해석에서도 소를 만나리라 기대해서는 안 된다. 해석에서는 소들이 공주들로 변한 것이다.

파라오는 더 이상 입을 벌리고 있지 않았다. 지금은 아예 꽉 다물어버렸다. 그리고 두번째 꿈 이야기를 해보라고 말할 때에도 아주 조금만 벌렸다.

두번째 꿈 이야기를 하자면 일곱 개의 통통한 이삭은 파라오가 세우게 될 일곱 개의 번성한 도시라고 했다. 바짝 타버리고 속이 빈 이삭은 그 잔재다. 그리고 전문가들은 얼른 덧붙였다. 어떤 도시든 시간이 지나면 잔재로 변한다. 파라오는 자신이 직접 세운 도시의 잔재까지도 직접 눈으로 보게 될 것이다.

여기서는 메니의 인내심도 바닥을 드러냈다. 잠도 충분치 않았고, 말라버린 꿈을 반복해서 설명한 것도 고역이었고, 박사들의 참된 판결을 듣기 위해 기다린 두 시간은 신경까지 곤두서게 만들었다. 그런데 이게 뭔가. 고작 이런 졸렬한 해석을 듣자고 이렇게 기다렸단 말인가? 진정한 해석과는 멀어도 한참 멀어 몇 엘레인지 측정도 못할 정도가 아닌가. 메니는 더 이상 분노를 절제할 수 없었다. 그래도 간신히 이렇게는 물어보았다. 그럼 여러 현인들이 말한 그 해석이 그네들이 가진 책에 그렇게 쓰여 있느냐고. 그러자 그들은 책에 써 있는 것들을 종합하여 요점을 정리한 것으로, 말하자면 자신들의 종합 능력에서 비롯된 독창적인 대답이라 했다. 그 소리에 메니는 의자에서 벌떡 일어났다. 왕을 알현하는 자리에서 이런 일은 있을 수 없는 행동이었다. 깜짝 놀란 대신들은 어깨를 치켜들고 손으로 입을 가렸다. 그리고 왕은 울먹이는 목소리로 놀란 예언가들을 가리켜 아무것도 모르는 자, 서투른 자라고 소리쳤다. 그리고 거의 흐느끼듯 말했다.

"물러가오! 그대들의 입에서 진실이 나왔더라면 칭송하는 뜻으로 황금을 하사했겠지만, 지금 파라오는 은혜를 내리지 않을 것이니 맨몸으로 나가시오! 그대들의 해석은 거짓말이며 사기요. 파라오는 알고 있소. 파라오가 꿈을 꾸었기 때문이오. 설령 파라오가 해석을 모른다 해도 참된 해석과 그런 저질 해석은 서로 구별할 수 있소. 내 눈앞에서 썩사라지시오!"

군관 두 명이 얼굴이 하얗게 질린 학자들을 밖으로 끌어냈다. 그러나 메니는 다시 의자에 앉을 생각도 없이 대신들에게 선언했다. 이번에 실패했다고 해서 이대로 포기할 수는 없다. 귀관들은 안타깝게도 이 수치스러운 실패의 증인이 되었다. 그러나 왕홀을 걸고 맹세하건대, 내일 아침에는 다른 꿈 전문가들을 불러들이겠다. 이번에는 드예후티의 집, 곧 서기 토트의 집에 있는 전문가들을 부를 생각이다. 토트는 크무누의 주인님보다 아홉 배나 큰 주인님이다. 그러므로 하얀 원숭이를 섬기는 이 사제들은 파라오 자신의 내면의 목소리가 무슨 말을 하고 있는지 그 의미를 보다올바르게 해석해 줄 것이다. 무슨 일이 있어도 그 의미는해석되어야 한다.

다음 날도 같은 상황이 벌어졌다. 결과는 더 초라했다. 파라오는 이번에도 마땅한 표현을 찾느라 더듬거려 가며간신히 자기가 꾼 꿈의 미라를 공개적으로 보여 주었다. 그러자 사람들은 또다시 고개를 끄덕였고, 이어 갸우뚱 하는동작으로 변했다. 이번에 왕과 대신들은 꿈 전문가들의 회의가 끝날 때까지 두 시간이 아니라 무려 세 시간이나 기다려야 했다. 토트를 섬기는 아들들도 시간을 달라고 했던 것이다. 그런데 이 전문가들은 자기들끼리도 의견을 합치지못했다. 그래서 대표 자격인 최고 연장자는 각각의 꿈에 대한 해석이 두 가지씩 있다고 말했다. 고려할 만한 해석은 이 두 가지뿐이다. 다른 것은 있을 수 없다. 한 이론에 따르면, 일곱 마리의 살찐 암소들은 파라오의 씨가 생산한 일곱 명의 왕을 뜻한다. 반면 못생긴 암소 일곱 마리는 고난의 땅에 사는 영주들이다. 이들이 왕들을 치려고 들고 일어난다. 그러나 이는 아주 먼 장래의 일이다. 그리고 또 다른 해석에 의하면 아름다운 암소들은 똑같은 숫자의 왕비들을 뜻할 수도 있다. 파라오가 자신이 혹은 나중에 파라오의 어느 후계자가 얻게 될 왕비들이다. 그리고 이들은(나중에 등장한 암소들이 여윈 암소였던 것처럼) 안타깝게도 차례차례 죽게 된다.

그러면 이삭은?

확신을 가지고 있는 한 가지 이론에 따르면, 일곱 개의 황금빛 이삭은 이집트의 영웅들이다. 이들은 나중에 어느 전쟁터에서 적군의 일곱 장수를 만나 죽게 된다. 이 적군의 장수들이 바로 바짝 타버린 이삭을 뜻한다. 곧 힘도 별로 없는 장수들에게 당한다는 말이다. 그리고 다른 사람들은 살찐 이삭과 속이 빈 이삭이 열네 명의 아이를 뜻한다고 확신한다. 이 아이들은 파라오가 외국에서 데려온 왕비들로부터 얻게 될 자녀들이다. 그런데 이들 사이에 분란이 일어나, 꾀가 한 수 위인 힘없는 자녀들이 힘이 센 자녀들을 죽이게 될 것이다.

이번에 아멘호테프는 더 이상 의자에서 벌떡 일어나지도 못했다. 그저 얼굴을 양손에 파묻은 채 앉아 있었다. 양쪽에 늘어선 대신들은 손가락 사이로 새어나오는 소리를 들으려고 귀를 쫑긋 세워야 했다.

"오, 돌팔이, 돌팔이!"

모기만한 소리였다. 파라오는 제일 가까이 서 있던 북쪽의 베지르에게 손짓을 했다. 그러자 대신은 얼른 파라오 쪽으로 몸을 숙였다. 파라오는 소리를 낮춰 그에게 뭐라고 명령을 내렸다. 그러자 북쪽의 베지르 프타흐엠헵은 왕을 대신하여 큰 목소리로 말했다. 파라오께서는 꿈의 전문가인 그대들이 부끄럽지도 않은지 알고 싶어하신다.

그러자 이들은 자신들은 최선을 다했노라고 대답했다.

이에 베지르는 다시 한번 왕 쪽으로 몸을 숙여야 했다.

그리고 이번에는 마법사들에게 물러나라고 파라오의 명령을 전했다. 당황한 그들은 서로 상대방을 쳐다보기 바빴다. 그 눈빛이 서로 이렇게 묻는 듯했다. 당신, 언제 이런 일 겪어 본 적 있소? 이렇게 다들 어리둥절해 하면서 이들이 물러나자 그 자리에 남아 있던 대신들은 두려워서 몸둘 바를 몰랐다. 파라오는 여전히 양손으로 눈을 가린 채 몸을 푹 숙이고 의자에 앉아서 움직일 줄을 몰랐다. 그러다 마침내 손을 떼고 눈을 들었다. 원망과 실망에 분노까지, 한마디로 고통스럽게 일그러진 얼굴이었다. 그리고 턱까지 떨렸다. 이런 모습으로 파라오가 대신들에게 말했다.

가능하면 그들을 너그럽게 대하고 싶었다. 그러나 대신들에게 진실을 숨길 수가 없다. 그들의 주인님인 왕은 지금 몹시 불행하다. 이게 진실이다. 자신의 꿈은 분명히 제국의 안위와 관련된 중대한 의미를 담고 있다. 그건 생사에 관련된 것이다. 그런데 지금까지 들은 해석들은 하나같이 무기력하며 자신의 꿈과는 전혀 맞지 않는다. 꿈과 해석이 서로 상대방 안에서 자신을 재발견해야 하건만, 이 해석들은 그렇지 않다. 이렇게 두번이나 해석을 얻는데 실패하고 보니, 바로 그거다 하고 대번 알아차릴 수 있는 참된 해석을 과연 얻을 수 있을지 극히 의심스럽다. 그러나 지금에 와서 해석을 포기할 수는 없다. 그건 꿈 해석을 꿈에 맡겨 스스로 해석하게 한다는 뜻이나 다름없다. 그렇게 되면, 정말로 꿈이 스스로 해석하게 되면, 다시 말해서 꿈이 진짜 현실로 나타나면, 국가와 종교에 크나큰 피해를 줄지도 모른다. 그 경우 아무 예방책 없이 심각한 사태를 맞게 된다는 뜻이다. 두 나라에 위기가 닥쳤다. 그러나 파라오는 이 사실을 계시받고도 충고해 주고 도와줄 사람 하나 없이 이렇게 혼자 왕좌에 앉아 있다.

파라오의 말이 끝나자 한순간 가슴을 옥죄는 침묵이 찾아왔다. 그러나 그건 아주 잠깐이었다. 마침내 네페르-엠-베세, 술 따르는 감독이 앞으로 나온 것이다. 지금까지 동료들과 나란히 서 있으면서 많이 망설였던 그는, 이제 파라오께 한 말씀 드릴 수 있도록 윤허해 달라고 청했다.

"오늘 제 죄가 생각났습니다."

전래설화를 보면 그는 이렇게 말을 시작했다. 이 발언은 하늘을 맴돌고 있어서 오늘날에도 이 말을 들을 수 있다. 그러나 포도주 감독은 여기서 그가 저지르지 않은 죄를 말하는 게 아니다. 예전에 그는 감옥에 간 적이 있다. 그러나 일이 잘못되어서 간 것이지, 정말 죄를 지었던 건 아니다. 그는 늙은 레를 에세트의 뱀에 물려 죽게 하려는 음모에 가담하지는 않았다. 그러므로 지금 그가 말하는 죄는 다른 죄이다. 그건 누군가의 이름을 꼭 언급하겠다고 철석같이 약속하고도 이를 지키지 않은 죄이다. 그는 누군가를 잊어버렸다. 그러나 지금에서야 기억이 났다. 그래서 천개 아래앉아 있는 파라오 앞에 나서서 그의 이야기를 꺼낸 것이다. 그리고 파라오에게 어떤 일을 상기시켰다. 그는 이 일(파라오는 거의 기억하지 못하는)을 가리켜 '엔누이'(반역 음모라는 의미를 약화시키려고 외국말을 사용하여)라 말했다. 2년 전, 넵마레 왕이 통치할 당시 자신은 '엔누이'를 겪었다. 그래서 사람들의 실수로 다른 어떤 자와 함께, 그자의 이름은 차라리 여기서 밝히지 않는 것이 좋을 것이다. 그자는 나중에 몸과 함께 영혼까지 소멸된 자이다. 여하튼 신의 저주를받은 그자와 함께 자위-레 섬으로 귀양살이를 떠났다. 거기서 자신들의 시중을 들어준 청년이 있었다. 히브리인이었다. 그 아시아 청년은 대장의 조수였고, 오사르시프라는 묘한 이름을 가진 젊은이였다. 그의 아버지는 동방에서 가축을 기르는 왕이자 신의 친구이며, 어머니는 무척 사랑스러운 여인이라 했는데, 그 청년의 얼굴을 보면 그 말이 사실인 줄 대번 알 수 있다. 이 청년은 꿈을 해석하는 능력이 뛰어났다. 자신은, 곧 '테벤에서 선한 자'는 평생 그만큼 탁월한 능력을 가진 자를 보지 못했다. 당시 두 사람은, 그러니까 잘못이 있던 동료와 결백했던 자신이 같은 날 밤 꿈을꾸었다. 아주 어렵고 의미심장한 꿈이었다. 그런데 둘다 각자 자신의 꿈에 꼭 맞는 해석을 못해 난감해 했다. 이때 꿈을 해석할 줄 아는 재능이 있다는 사실을 한번도 비친 적이 없던 이 오사르시프라는 청년이 기꺼이 돕겠다고 나서더니 단번에 해석해 주었다. 그리고 빵 굽는 자에게는 나무십자가에 매달리게 될 것이라고 했고, 자신에게는 반대로 빛처럼 순결하고 결백하니 은혜를 입어 직분을 되찾을 것이라 했다. 그리고 그의 해석은 정확히 맞아떨어졌다. 그래서 오늘 네페르 자신은 자신이 지은 죄를 기억하게 되었다. 이미 오래 전에 그런 뛰어난 재능을 지닌 자가 그늘에 살고 있다는 사실을 세상에 알렸어야 했는데, 그렇게 하지 않았다. 만약 파라오의 중요한 꿈을 해석할 수 있는 사람이 있다면, 감히 아뢰건대, 그것은 아마도 지금도 자위-레에서 간신히 연명하고 있을 이 청년일 것이다.

왕의 친구들이 동요를 보이며 술렁거렸다. 그리고 파라오의 표정과 자세에도 동요가 생겼다. 그와 뚱보 사이에 몇 가지 질문과 대답이 오간 후 드디어 아름다운 명령이 떨어졌다. 제일 빠른 급사, 곧 날개를 단 급사는 지금 당장 쾌속선을 타고 자위-레로 출발하여 이방인 예언가, 진실을 말하는 그 청년을 속히 이곳 온에 데리고 와서 파라오 앞에 대령시켜라.

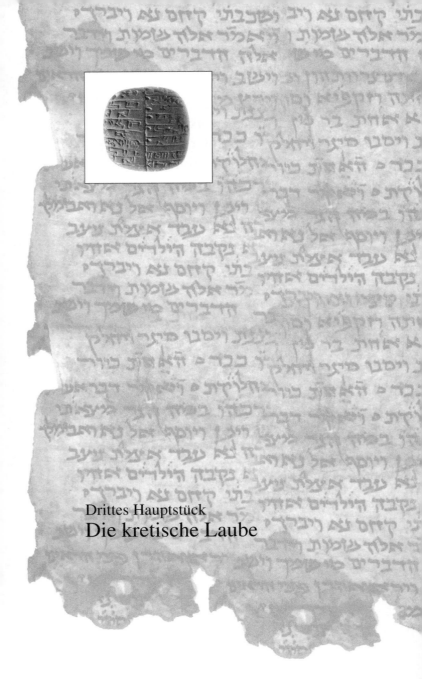

Drittes Hauptstück
Die kretische Laube

3부

크레타풍의 홀

파라오에게 인도되는 요셉

눈이 부셔서 항상 눈을 깜빡여야 하는 도시, 수천 년의 역사를 지닌 온에 요셉이 당도했을 때는 또다시 파종기, 곧 신을 땅에 묻는 절기였다. 두번째 구덩이에 빠졌을 때도 그와 같은 시기였다. 구덩이에서 그는 큰 날로 쳐서 사흘, 즉 3년을 평안한 성품의 마이-사흐메 대장 곁에서 그럭저럭 지낼 수 있었다. 이렇게 정해진 이치대로 정확히 3년을 보낸 후 그는 똑같은 순환 지점에 들어서고 있었다. 이집트의 자녀들은 그전에도 그랬듯이 지금 막 땅을 파헤치고 신의 척추를 세우는 축제를 벌이고 있었다. 호이아크의 스물두 번째 날부터 마지막 날까지, 한 주간 동안.

요셉은 황금의 온을 다시 보자 기뻤다. 그곳은 예전에, 그러니까 3년, 그리고 7년을 거슬러 올라간 때, 자신들을 이 나라로 인도했던 이스마엘 사람들과 함께 지나간 곳이었다. 그리고 태양을 섬기는 시종들로부터 아름다운 형체

삼각형과 넓은 지평선의 주인님 레-호르아흐테의 온유한 본성에 관해 가르침을 듣기도 했다. 이제 그는 급사의 옆에 서서 또다시 휘황찬란한 여러 가지 태양 기념물들이 넘치는 교훈의 도시 한가운데로 삼각형 공간을 가로질러 꼭지점, 즉 변들이 끝나는 마지막 지점에 있는 커다란 오벨리스크가 있는 곳으로 향하고 있었다. 주변의 다른 빛보다 단연 돋보이는 꼭대기의 눈부신 황금빛 빛살이 멀리서부터 반갑게 맞아주었다.

오랫동안 감옥의 성벽 밖에 보지 못했던 야곱의 아들이었다. 웬만하면 여기저기 두리번거리며 번화한 도시 풍경과 그곳에 사는 사람들이 빚어내는 다채로운 그림들을 구경도 했을 것이다. 그러나 요셉에게는 그럴만한 여유가 전혀 없었다. 우선 외형적으로는 요셉을 인도하는 자가 단 일 분도 주지 않고, 아니 숨 쉴 틈도 주지 않고 계속 재촉했던 탓이다. 또 속으로도, 가슴으로도 넋 놓고 구경을 할 여유가 없었다. 하나의 순환과정이 끝나고 이제 막 다른 것이 반복될 차례였던 것이다. 그는 이제 또다시 지고한 분 앞에 서게 될 것이다. 예전에 지고한 분은 페테프레였다. 당시 그는 야자수가 우거진 정원에서 그분 앞에서 이야기할 수 있는 기회를 얻은 바 있다. 그리고 만족할 만한 결과를 얻었었다. 그런데 이번에는 파라오가 그 대상이었다. 그는 이 아랫세상에서 가장 지고한 분이었다. 바로 그런 분 앞에서 요셉은 이야기를 해야 했다. 그리고 이번에는 지난번보다 더 만족스러운 결과를 얻어야 했다.

그건 다른 게 아니었다. 주인님의 계획이 이루어지도록

그분을 도와야 했다. 거기엔 실수가 있어선 안 된다. 혹시라도 자기 때문에 지장이 생긴다면 그런 어리석은 일이 없다. 그건 믿음이 없는 탓에 세상의 운행을 방해하여 발목을 잡는 셈이다. 신께서 자신과 함께 높이 올라가시려 한다는 사실을 굳건히 믿지 못하고 긴가 민가 한다면, 눈앞에 다가온 기회를 잡지 못하고 서투른 행동으로 만사를 그르치게 된다.

그래서 요셉은 지금 눈앞에 다가온 일을 생각하고 바짝 긴장한 탓에 도시의 상거래와 변화에 눈을 돌릴 틈이 없었다. 그러나 다가올 순간에 대한 기다림은 신뢰이기도 했다. 그 안에 두려움은 없었다. 그에겐 믿음이 있었기 때문이다. 신께서는 자신을 유쾌하게 대하시며 사랑하시며, 또 중요한 사람으로 여기신다는 믿음, 이 믿음이 있었기에 그는 믿는 마음으로, 깊은 신앙심에서 만사에 노련하게 대처할 수 있었다.

마찬가지로 긴장을 감추지 못하고 그를 따라가고 있는 우리는 그가 어떻게 이런 믿음에 이르렀는지 잘 알기에, 이렇게 무턱대고 신뢰하는 그를 비난할 생각은 없다. 오히려 그를 있는 그대로 받아들이고자 한다. 그리고 따지고 보면 요셉이 어떤 사람인지 이미 오래 전부터 알고 있는 우리로서는 새삼스러울 것도 없다. 선택받은 자는 여러 종류가 있다. 우선 자신을 비하하는 까닭에, 자신이 선택받았다는 사실을 믿지 못하는 사람들이 있다. 그러다 나중에 높은 곳에 이르게 되면, 이런 유형의 사람은 오히려 화를 내고 분개하면서, 자신이 선택받은 사람임을 인정하지 않으려 한다. 그리고 자신이 진작부터 그렇게 믿지 못했다는 사실 때문에 원통해 한다. 또 자신이 선택받은 자라는 게 당연한 사람도 있다. 이런 종류의 선택받은 자는 자신이 신의 총아라는 사실을 분명히 의식하고 산다. 그래서 아무리 높은 곳에 올라가도 또 아무리 멋진 생명의 왕관을 쓰게 되더라도 이상하게 여기지도 않고 놀라워하지도 않는다. 자신이 선택받았다는 사실을 믿지 못하고 시련을 겪는 자, 혹은 미리부터 믿어버리는 자, 이 둘 중에서 어느 쪽을 선호하느냐 하는 문제는 사람들의 취향에 따라 다르겠지만, 요셉은 여하튼 후자에 속했다. 그나마 세번째 종류에 속하지 않는 것만으로도 다행이다. 이들은 신과 자신을 속이는 사람들로 자신은 선택을 받을 자격이 없는 것처럼 군다. 그런데 이들의 입에서 나오는 '은혜'라는 단어는, 축복을 당연하다고 여기는 자들보다 더 교만하게 들리는 법이다.

온에서 파라오가 머물고 있는 궁궐은 태양신전의 동쪽에 있었다. 스핑크스와 무화과나무가 늘어선 대로가 두 곳을 연결해 주었다. 신이 자신의 아버지에게 향을 올리러 갈 때면 이 길로 가야 했다. 파라오의 별장인 이 생명의 집은 가볍고 산뜻한 게 특징이었다. 우선 영원한 집에 사용하는 돌 대신 벽돌과 나무로 지어졌다. 물론 아주 사랑스러운 장식들이 넘쳤다. 케메의 귀한 고도문명이 꿈꿀 수 있는 장식은 모두 동원된 셈이었다. 그리고 정원에는 눈부신 하얀 담을 둘렀고, 그 앞의 통로에는 황금깃대에 꽂힌 오색 깃발이 바람결에 나부끼고 있었다.

정오를 넘겨, 점심 시간도 지난 시간이었다. 쾌속선은 밤에도 쉬지 않고 항해를 계속했지만 오전이 지나서야 온에 당도했다. 성문 앞 광장은 어수선하기 짝이 없었다. 무슨 구경거리가 없나 하고 몰려 든 백성들이 웅성거리고 있었던 것이다. 거기다 소위 치안대 노릇을 해야 하는 병사들과 성문지기도 한 무더기 있었다. 또 마차를 끄는 자들까지 합세하여 이러쿵저러쿵 수다를 떨고 있었다. 그 옆에는 무리를 지어 숨을 헐떡이기도 하고 또 이따금 히히힝거리기도 하는 말들이 서 있었다. 그러나 이들만 길을 가로막는 것이 아니었다. 색깔을 들인 과자와 소금과자, 장수풍뎅이 모양의 기념도장과 1인치짜리 왕과 왕비의 조각상들을 팔려고 나온 잡상인들까지 법석였다. 그러다 보니 급사와 그가 데려가는 자가 거기를 뚫고 가는 것도 만만치 않았다.

"명령이다, 명령! 얼른 대령하랍신다!"

급사는 몇 번이고 소리를 질렀다. 그리고 사람들을 놀라게 할 생각에 숨도 못 쉴 것처럼 헐떡였다. 물론 진짜는 아니고 직업 의식에서 나온 것으로 조금 전까지만 해도 안하던 동작이었다. 그리고 뜰 안으로 들어가서도 안쪽에서 달려오는 시종들한테까지 그는 소리를 질렀다. 그러자 이들은 눈썹을 위로 올리며 흡족해 했다. 급사는 이어 요셉을 계단으로 인도했다. 층계를 올라가면 아늑하고 쾌적한 건물의 입구였다. 그곳에 죽치고 앉아 있던 궁궐의 하급 관리가 피곤한 기색으로 그들을 내려다보았다.

자위-레에서 예언가를 데려 왔노라고 급사가 계단 위를 바라보며 소리쳤다. 말은 날아갈 듯이 빨랐다. 급히 데려오라 하신 바로 그 자를 데려왔다. 그렇게 말해도 입구 앞의 남자는 여전히 맥빠진 표정으로 요셉을 아래위로 훑어 보기만 했다. 급사가 뭐라고 설명했건 말건, 안으로 들여보 내고 말고는 자신이 결정할 일이기라도 하듯이. 그런 다음 손짓을 했다. 마치 자신이 못 올라오게 막을 수 있기라도 하듯, 자기가 봐줘서 허락한다는 것 같았다. 급사는 얼른 요셉에게 귀띔해 주었다. 파라오 앞에 서게 되면 자기처럼 똑같이 헐떡거려야 한다고. 지금까지 쉬지 않고 달려온 것 처럼. 그래야 파라오가 아름다운, 그러니까 좋은 인상을 받 게 된다고. 그러나 요셉은 들은 척 만 척 했다. 그 대신 다 리가 긴 자에게 자신을 여기까지 데려와 줘서 고맙다고 인 사했다. 그리고 계단 위로 올라갔다. 거기 있던 남자는 요 셉이 인사를 하자 고개를 끄덕이는 게 아니라 흔들어 보이 고는 자기를 따라오라고 했다.

두 사람은 앞 건물을 가로질렀다. 거기에는 띠를 두른 장 식 기둥이 네 개 있고 오색으로 여러 가지 형상이 그려져 있었다. 그곳을 벗어나자 광택을 낸 둥근 흑단 기둥이 있고 분수가 있는 홀이 나왔다. 무기를 든 보초들도 보였다. 앞 쪽과 좌우로 통로가 있었다. 남자는 앞쪽으로 요셉을 인도 하여 어떤 방에 이르렀다. 거기엔 문이 나란히 세 개 있었 다. 남자는 요셉을 가운데 문으로 안내했다. 그 문을 통과 해 아주 큰 홀에 이르렀다. 기둥 숫자만 해도 열두 개는 될 듯했다. 그리고 하늘색 천장에는 날아가는 새들을 그려 놓 았다. 가운데 황금과 빨간색으로 된 일종의 정자가 있었다. 그 안에 탁자가 하나 있고 주위로 팔걸이가 있고 오색 방석 이 놓인 의자들이 보였다. 잠방이를 걸친 시종들이 바닥에 물을 뿌린 후 쓸고 있고 거기서 과일 쟁반도 들고 나왔다. 그리고 삼발이 위의 향 접시와 램프를 치우고, 그 자리에 자루가 넓적한 설화 석고 항아리를 올려 놓았다. 그리고 뷔페 식탁 위에 황금을 두른 잔들을 바로놓았고 방석을 털었다. 파라오가 여기서 식사를 하고 정원이나 안쪽에 있는 다른 휴식처로 옮긴 것이 분명했다. 요셉에게는 이 모든 것이 그다지 낯설고 새로울 것이 없는 장면이었다. 그러나 그를 안내하는 자는 꽤 낯설 거라고 생각했는지 이따금 곁눈질로 그를 쳐다보았다.

그들이 오른쪽으로 홀을 지나, 아름다운 수조가 네 개 있고 꽃이 만발한 뜰로 들어섰을 때 그자가 물었다.

"어떻게 행동해야 하는지 아느냐?"

"필요하다면, 위급한 경우에는 그렇지요."

요셉이 싱긋 웃으며 말했다.

"지금은 아마도 위급한 경우가 될 것이다. 그럼 최소한 신에게 처음에 어떻게 인사해야 하는지는 안다는 말이렷다? 어떠냐?"

"차라리 모르는 게 좋을 뻔했습니다. 그랬으면 당신한테 배울 수도 있었을 텐데."

관리는 처음에는 심각한 표정을 짓더니 뜻밖에도 느닷없이 웃음을 터뜨렸다. 물론 그 다음에는 다시 무미건조한 진지한 표정으로 바꼈다.

"어릿광대 같구나. 기막힌 꾀로 소 도둑질을 해도 웃을 수밖에 없는 장난꾸러기 말이다. 네가 뭘 보거나 해석한다는 것도 장터에서 소리 지르는 약장수의 장난짓거리와 다를 바 없을 것 같은데."

"오, 그런 것과는 상관없습니다. 내가 하고 싶어서 해석하는 게 아닙니다. 이건 내 일이 아니니까요. 어쩌다 한번 할까, 그래서 지금까지 별로 해본 적도 없습니다. 하지만 파라오께서 이렇게 급히 부르시는 걸 보고 생각이 달라졌습니다. 그래서 아무래도 앞으로는 이 일을 더 중하게 여기게 될 것 같습니다."

그러자 대궐지기가 발끈했다.

"지금 날 가르치려 드는 거냐? 파라오는 워낙 온유하시고 젊으시며 은혜가 넘치신다. 그러니 태양이 햇살을 비춰준다 해서, 그자가 장난꾸러기가 아니라는 증거는 아니다."

그러자 요셉이 걸어가면서 대답했다.

"태양은 우리에게 햇살을 비춰줄 뿐만 아니라, 우리 모습을 드러내 주기도 합니다. 한 사람은 이런 모습으로, 다른 사람은 또 저런 모습으로. 햇살이 드러내 준 당신 모습이 당신 마음에 들었으면 좋겠군요!"

남자는 곁눈질로 요셉을 흘겼다. 그건 한번으로 끝나지 않았다. 다시 똑바로 앞을 쳐다보다가, 아참, 뭔가 봐야 했는데 잊어버렸다가 막 기억이 난 것처럼, 또다시 옆으로 눈길을 주었다. 그러자 어쩔 수 없이 상대방은 그의 곁눈질을 미소로 받아주었다. 그리고 고개를 끄덕여 보였다. 그건 이렇게 말하는 것 같았다.

'그래, 맞아. 잘 봤어. 놀라지 마. 제대로 본 거야.'

남자는 깜짝 놀란 얼굴이 되어 얼른 고개를 돌렸다.

꽃이 가득한 뜰을 벗어나 위에서 빛을 비춰 주는 복도에 이르렀다. 한쪽 벽에는 추수하여 제물을 올리는 장면이 그려져 있었다. 그리고 다른 벽에는 기둥들이 세워진 문이 여러 개 있고 그 뒤로 방이 보였다. 천개가 있는 회의실도 보였다. 집사는 가는 길에 그 방들이 각기 어디에 쓰이는 곳인지 일러주었다. 그 사이 말수가 많아졌던 것이다. 그리고 파라오가 어디 있는지도 말해 주었다.

"점심 수라를 드신 후 크레타 정원의 홀로 나가셨어. 그곳을 가리켜 크레타 정원이라고 하는 이유는 그 섬에 사는 이방인 예술가가 그 홀을 꾸몄기 때문이지. 왕의 조각 감독인 베크와 아우타를 가르치시려고 지금 그들을 부르셨어. 그 자리에는 위대한 어머니도 계시지. 난 자네를 앞 방에서 시중을 드는 내관한테 데려다 줄 걸세. 그러면 내관이 자네가 왔다고 안에 알려 드릴 걸세."

"그럼 가봅시다."

요셉은 그 말만 했을 뿐이다. 그런데 옆에 가던 남자는 몇 발자국 걷다가 다시 한번 고개를 흔들었다. 그리고 갑자기 소리 없이 키득거리기 시작하더니 멈출 줄 몰랐다. 그건 거의 경련에 가까워 배를 덮은 것이 계속 흔들렸다. 두 사람이 복도의 끝에 있는 방에 이를 때까지도 남자는 안정을 되찾지 못한 상태였다. 앞쪽에 허리가 굽은 키가 작은 내관이 보였다. 잠방이 위에 걸친 웃옷이 참으로 근사했다. 그는 부채를 팔에 안고 커튼 틈새로 귀를 바짝 갖다대고 엿듣고 있는 중이었다. 이제 막 몸을 돌리는데 커튼에 수놓은 황금 벌이 눈에 들어왔다. 엉덩이를 씰룩이며 총총걸음으로 다가오는 내관에게 궁궐의 관리는 묘한 목소리로 자신이 누구를 데리고 오는지 말했다. 속으로 웃고 있는 웃음이 밖으로 새나오지 않도록 배에 잔뜩 힘을 주다보니 목소리가 성할 리 없었다.

"아, 부름을 받은 자, 책들의 집에 있는 학자들보다 더 많이 알고 잘 아는 자! 좋아, 좋아!"

높은 음성으로 속삭이듯 키가 작은 자가 말했다. 그런데 허리는 여전히 구부린 자세였다. 태어날 때부터 그런 자세였을 수도 있고, 아니면 궁궐을 꾸미는 일종의 장식인 이런 자세에 워낙 익숙해서였을 수도 있다.

"곧 보고하겠네. 당장. 당연히 그래야지, 안 그래? 다들 눈 빠지게 기다리고 있는데. 궁궐 전체가 자네를 기다리거든. 파라오는 다망하시지만 그래도 자네가 왔다고 알려 드리겠네. 한순간도 지체하지 않고, 지금 당장. 파라오는 지금 예술가들을 가르치고 계시지만, 방해가 되더라도 할 수 없이 말을 끊어야겠어. 자네가 왔다고 말이야. 자네는 조금 놀라는 것도 괜찮아. 그렇지만 지나치게 놀라서 당황하면 안 돼. 엉뚱하게 어리석은 소리를 하면 안 되니까. 물론 당황하지 않더라도 어리석은 말이야 충분히 할 수 있겠지만. 미리 말해두는데 파라오는 특히 자신의 꿈에 대해 어리석은 소리를 하면 못 참으셔. 어쨌거나, 축하하네. 자네 이름은?"

"오사르시프라 불렸습니다."

"그렇게 불리고 있다는 말이겠지. 그렇게 불린다니! 그것만 해도 희한하군. 계속 그런 이름으로 불린다니. 이제 자네가 왔다고 보고하러 들어가겠네."

214

하급 관리에게 어깨를 한번 올려 보였다. 그러자 관리는 물러갔다. 내관은 허리를 굽힌 채 커튼 사이로 미끄러지듯 사라졌다.

안에서 어렴풋이 목소리가 들렸다. 부드러우면서도 조금은 수줍은 듯한 소년의 목소리가 밖에까지 새나오더니 문득 멈췄다. 아마 꼽추가 엉덩이를 씰룩이며 파라오의 귀에 대고 속삭인 듯했다. 꼽추가 돌아왔다. 그리고 눈썹을 바짝 치켜뜨고는 이렇게 속삭였다.

"파라오께서 부르신다!"

요셉은 안으로 들어갔다.

그를 맞은 건 발코니였다. 정원의 홀이라는 이름이 무색할 정도로 크지 않고 아담했다. 그러나 보기 드물게 아름다운 공간이었다. 오색 유리와 반짝이는 돌로 만든 두 개의 기둥에 포도덩굴을 그려 넣었는데, 실물 같아서 정말 정원처럼 느껴졌다. 그리고 바닥에 깔린 사각형이 어떤 것은 고래를 타고 노는 아이들을, 또 어떤 것은 오징어를 보여주었다. 그리고 정원 쪽으로 난 커다란 창문 세 개는 활짝 열려 있어서, 정원의 아름다움이 안으로 그대로 스며드는 듯했다. 거기 튤립 화단이 보였다. 진기한 이방 꽃이었다. 그리고 황금가루를 뿌린 길을 따라가면 수련 연못이 있었다. 거기서 더 멀리 바라보면 섬과 다리와 정자가 보였는데, 파엔차 도기로 만든 벽돌이 반짝거렸다. 실은 이 베란다 홀 또한 오색찬란했다. 옆벽에 그려진 그림들은 두 나라에서 익히 보는 것들과는 달랐다. 그건 낯선 사람들과 그들의 관습을 보여주었다. 아마 바다의 섬 사람들 같았다. 여자들은 울긋불긋한 강렬한 색깔의 치마를 입고 앉아 있거나 걷고 있었다. 꼭 달라붙는 조끼가 젖가슴을 드러내놓고 있었다. 그리고 머리에는 머리띠를 했고 곱슬머리를 어깨까지 길게 땋아 내렸다. 그리고 한번도 본 적이 없는 복장으로 치장한 시동(侍童)들이 끝이 뾰족한 항아리를 들고 여자들의 시중을 들고 있었다. 어린 왕자도 한 명 보였다. 허리가 잘록하고 두 가지 색으로 된 바지를 입고, 양가죽 장화를 신었다. 곱슬머리 위에 왕관을 썼는데 울긋불긋한 깃털이 달렸다. 왕자는 아주 흡족한 표정으로 진기한 풀들이 우거진 곳으로 걸어가면서 도망가고 있는 짐승들에게 화살을 쏘고 있었다. 사냥감이 되고 있는 짐승들이 달리는 모습은 발굽이 바닥에 닿지 않고 그 위로 날아가는 것처럼 그려놓았다. 곡예사들은 다른 쪽으로 미친 듯이 날뛰는 황소 등 위로 공중제비를 넘고 있는데, 기둥을 세워 둔 창문과 발코니 위에서 남녀 귀족들이 내려다보며 즐거워하는 그림도 있었다.

홀 안을 장식하고 있는 눈요깃감, 그러니까 아름다운 수공예품도 모두 같은 외국 취향이었다. 그림을 그려 넣은 반짝이는 도기 꽃병, 금을 박아 넣은 상아 세공품들, 양각 세공의 화려한 잔, 황금 뿔에 눈은 수정으로 만든 황소머리도 보였다. 머리 자체는 검은 돌로 만들었다.

홀 안으로 들어가는 자는 손을 들어 올리면서 진지하고 겸손한 눈빛으로 눈앞에 보이는 광경과 사람들을 둘러보았다. 그들이 누구인지는 밖에서 들어서 이미 알고 있었다.

바로 맞은편에 아멘호테프-넵마레의 부인으로 과부가 된 대비가 높은 의자에 앉아 있었다. 높은 발 의자에 발을 올

려 둔 상태였다. 그리고 아치 모양의 가운데 창문에서 들어
오는 빛을 막고 앉은 탓에, 그렇지 않아도 옷 색깔과 뚜렷
한 대조를 보이는 얼굴의 청동 빛깔이 더 어두워 보였다.
그래도 요셉은 그녀의 독특한 윤곽을 알아볼 수 있었다. 이
전에 그는 바깥 행차에 나선 그녀를 한두번 본 적이 있었
다. 매끈하게 빠진 작은 코, 위로 치켜진 입술, 세상의 고달
픔을 아는 입 가장자리의 주름, 붓으로 길게 그린 눈썹. 그
아래의 작고 검은 눈이 차가운 시선으로 이쪽을 주시하고
있었다. 어머니는 야곱의 아들이 공개석상에서 보았던 황
금 독수리관을 쓰고 있지는 않았다. 지금은 당연히 하얗게
쉬었을—나이가 오십대 말이었으니까—머리카락은 주머
니처럼 생긴 머릿수건에 가려졌다. 이마와 양쪽 관자놀이
까지 가리는 관은 황금이었다. 정수리 부분에서 마찬가지
로 황금으로 만든 뱀이 아래로 내려와 이마 앞에서 고개를
꼿꼿이 쳐들고 있었다. 뱀은 한 마리도 아니고 신과 한 몸
이 된, 곧 고인이 된 남편의 뱀까지 물려받은 것처럼 두 마
리였다. 목에 건 장신구와 마찬가지의 오색 보석으로 만든
둥근 원반이 귀에 걸려 있었다. 몸집은 작아도 아주 당차
보이는 여자는 한마디로 옛날의 권위적인 위계 질서를 그
대로 보여주는 꼿꼿한 자세로 앉아 있었다. 팔은 의자의 팔
걸이에 걸치고, 발은 높은 발의자 위에 나란히 내려놓았다.
총기 있는 두 눈이 예를 갖추며 들어오는 자의 눈과 만났
다. 그러나 상대방의 아래위를 대충 훑은 후 얼른 무관심한
표정으로 아들 쪽으로 시선을 돌렸다. 인생의 쓴맛을 아는
주름이 불룩 튀어나온 입가에 비웃는 듯한 미소를 만들어

냈다. 누군가의 천거로 불러들여 이제나저제나 기다리고 있던 자를 바라보는 아들의 흥분과 어린아이 같은 호기심이 가소로웠던 것이다.

이집트 땅 위에 군림하는 젊은 왕은 왼쪽에 앉아 있었다. 뒤로 그림을 그려놓은 벽이 보였다. 앉은 의자의 다리는 사자 발 모양이고 방석을 여러 개 놓아 푹신해 보였고 팔걸이와 비스듬한 등받이가 있었다. 지금 막 그는 등받이에 기댔던 등을 일으켜 세워 앞으로 몸을 바짝 구부렸다. 그리고 발도 의자 밑으로 끌어당기며 장수풍뎅이 반지를 낀 손으로 팔걸이를 잡았는데, 당장이라도 일어날 듯한 자세였다. 아멘호테프는 긴장된 잿빛 눈을 있는 대로 동그랗게 뜨고 자신의 꿈을 해석해 줄 자를 쳐다보았다. 그리고 천천히, 그러니까 일분이 흐르는 동안 조금씩 조금씩 몸을 움직여 팔걸이를 붙들고 있는 손에 체중을 실어 손가락 뼈들을 긴장시켰다. 이때 품에 놓여 있던 뭔가가 미끄러지면서 울리는 소리와 함께 바닥에 떨어졌다. 그러자 앞에 서 있던 남자 한 명이 얼른 그 현악기를 주워 왕에게 건네주었다. 파라오가 지금까지 가르치고 있던 조각의 대가들 중의 하나였던 이 남자는 한동안 악기를 들고 있어야 했다. 왕은 이윽고 눈을 감으며 악기를 받아들었다. 그리고 다시 의자의 뒤쪽으로 기대며 처음에 조각의 대가들과 이야기할 때의 아주 편안한 자세로 되돌아갔다. 실은 조금 흐트러진 느낌이 들 정도로 지나치게 편한 자세였다. 그건 의자의 방석이 너무 푹신해서 깊숙이 파묻혀 비스듬하게 앉은 탓이었다. 그리고 한 손은 팔걸이에 척 걸쳐놓고 다른 손의 엄지손가

락으로는 작은 하프의 줄 하나를 만지작거렸다. 그리고 다
리를 꼬고 앉아서 높이 올라간 탓에 한쪽 발이 흔들거렸다.
엄지발가락과 두번째 발가락 사이로 황금색 샌들의 걸개가
보였다.

동굴의 아이

    서른 살이 된 요셉 앞에 있는 네페르-헤페루-레-아멘호테프는 당시 요셉이 '형제들과 함께 가축의 목자'가 되어 아버지를 꼬드겨 화려한 베일 옷을 얻어내었을 때와 같은 나이, 즉 열일곱 살이었으나 겉늙어 보였다. 원래 그 지역 사람들이 빨리 성숙해지고, 개인적으로는 건강이 좋지 않은 탓도 있지만, 너무 일찍부터 세계에 대한 책임감을 느껴야 했기 때문이다. 이렇게 온 사방에서 밀치고 들어오는 다양한 인상들이 그의 영혼을 짓누르는 데다, 또 거룩한 신에 워낙 열광적인 노력을 기울인 것도 이유 중의 하나였다. 그는 오늘 아마포 수건 위에 둥근 파란 가발을 쓰고 있었다. 거기엔 왕의 표식인 뱀도 보였다. 우리와 그 사이에 비록 수천 년의 세월이 가로놓여 있다 해도 그를 어느 영국 귀족 청년으로 비유하지 못할 이유는 없다. 물론 아주 팔팔한 청년은 아니고 한창 때를 지난 젊은이로 묘사해야 할 것이다.

우선 아래로 처진 긴 턱은 거만해 보이면서도 한편으로는 무척 피곤해 보이는 인상인데, 어디 한군데 모자란 구석이 있어서가 아니라 왠지 허약해 보였기 때문이다. 콧등은 조금 낮아 콧구멍이 유달리 넓어 보이는 좁다란 코. 꿈을 꾸듯 아래로 내리뜬 눈. 눈썹을 바짝 쳐드는 것도 힘들어 보일 정도로 피곤해 보이는 눈은, 약간 병색이 느껴지는 도톰하고 빨간—화장품을 바르지 않아도 원래부터 빨간 색이었다—입술과 대조를 이루었다. 한마디로 정신적인 특성과 육체적인 특성이 서로 복잡하게 꼬여 고통스러워 보이는 얼굴이었다. 말하자면, 나이는 소년인데 느긋하고 교만한 애늙은이 같은 인상이었다. 사랑스럽거나 아름답다는 말은 결코 할 수 없는 얼굴이었으나 사람을 잡아당기는 묘한 매력이 있어서, 이집트 백성이 그를 사랑하고 그에게 꽃 같은 이름을 붙여준 것도 충분히 이해가 되었다.

체형도 아름답지 않았다. 오히려 약간은 기이한 상태라 할 수 있었다. 부분적으로 균형이 깨진 상태였던 것이다. 그리고 키도 중간치가 못 되었다. 아무리 가볍고 귀하고 최고 좋은 옷을 입었어도 신체적인 단점은 가릴 수 없었다. 복장은 편안해 보였는데, 그렇다고 예의범절을 무시한 복장이 아니라 보수적인 스타일과 대비되는 옷차림이었다. 긴 목에 참으로 진귀한 목 장신구가 걸려 있었다. 돌과 꽃을 엮어 뜬 이 장신구는 연약하고 좁은 가슴을 절반쯤 가렸다. 팔에는 양각을 새긴 황금 팔찌를 걸고 있고, 배는 약간 앞으로 나왔다. 그리고 배꼽보다 한참 밑에서 시작하여 등쪽으로 허리까지 올라가는 잠방이를 입었다. 잠방이 앞에 걸쳐둔 화려한 걸개에는 코브라와 끈 장식이 있었다. 그런데 다리는 짧고 조화로운 구석도 없었다. 허벅지는 너무 통통하고 아래는 또 너무 여위었다. 아멘호테프는 한 조각가에게 이러한 특징을 미화하지 말고 소중한 진실을 위해 오히려 과장하라고 명했다. 대신 아주 아름답고 고상한 것도 있었다. 그건 바로 손과 발이었다. 손가락이 길고 아주 섬세해 보이는 손이었다. 손톱에는 향유가 남아 있었다. 자신의 고상한 출생성분을 당연하게 받아들이는 이 응석받이 소년이 무엇보다도 지고한 분을 인식하려는 데 온 열정을 다 바친다는 사실은 생각만 해도 놀라웠다. 옆에서 바라보고 있는 아브라함의 손자는, 인간이 아무리 달라도 신을 생각하고 그를 염려하는 마음이 그렇게 서로 낯선 자들에게도 각각 드러날 수 있다는 사실이 참으로 놀라웠다.

아멘호테프는 지금 두 명의 미술의 대가 쪽을 쳐다보았다. 이들과 작별할 생각에서였다. 그들은 힘이 센 남자들이었다. 한 사람은 주각 위에 세워놓은 미완성의 점토를 젖은 수건으로 싸고 있었다. 조금 전까지 조각을 주문한 파라오의 눈앞에서 빚던 것이었다.

파라오가 입을 열었다. 부드러우면서도 조금은 산만하고 고음에 가까운, 그리고 멀리서 들려오는 것 같다가 갑자기 다급하게 빨라지는 그런 목소리였다. 요셉은 밖에서도 이 음성을 들었었다.

"아우타, 파라오가 지시한 대로 잘 만들어보게. 마치 살아 있는 것처럼 아름답게! 하늘에 계신 아버지께서 원하시는 대로! 아직까지는 실수가 보이는데, 물론 그대의 손재주가 부족하다는 뜻은 아니다. 그대는 아주 잘 하고 있네. 다만 정신에 실수가 남아 있으니 짐이 지적한 대로 고치게. 그대는 짐의 누이, 귀여운 베케트아톤 공주를 옛날의 죽은 방식에 따라 만들고 있네. 이는 아버지의 뜻과는 다르네. 짐은 그분의 뜻을 잘 알고 있지. 그러니 그녀를 사랑스럽고 가볍게 만들게. 그리고 진리를 따르도록 하게. 진리란 바로 빛이야. 파라오가 사는 곳도 바로 진리지. 짐은 진리를 가슴에 간직하고 있기 때문이다! 공주가 한 손으로는 정원의 과일인 석류를 입에 가져가게 하고, 다른 손은 자연스럽게 아래로 내리게 하게. 그리고 꼿꼿한 손등이 몸 쪽으로 향하게 하지 말고 오목한 손바닥이 뒤로 가도록. 신께서 원하시는 것이 바로 그것이라네. 그분은 짐의 가슴 안에 계시지. 짐은 어느 누구보다도 그분을 잘 안다네. 그건 내가 바로 그분에게서 나왔기 때문이다."

그러자 아우타가 한 손으로는 찰흙 형상을 싸안고 다른 손은 왕을 향해 들어 올리며 대답했다.

"소신, 파라오께서 은혜롭게도 소신에게 가르침을 베풀어주신 대로 하겠습니다. 레의 유일한 분, 아톤의 아름다운 아이시여."

"고맙네, 아우타. 정말 고맙네. 이건 중요하다네, 알겠는가? 아버지가 내 안에 계시며 내가 그분 안에 있는 것처럼, 모두가 우리 안에서 하나가 되어야 해. 이것이 목적이라네. 그대가 올바른 정신으로 이 작품을 만든다면, 그것은 어쩌면 이러한 목적을 이루는데 한몫할지도 모르네. 그리고 또 그대……"

그런데 갑자기 거의 남자 같은 목소리가 파라오의 말을 잘라버렸다. 과부 여신이었다.

"아우타, 이 점을 유념하라. 파라오께서는 원래 자신의 뜻을 이해시키는 데 어려움을 느끼신다. 그래서 일반인들이 자신을 이해할 수 있도록 하려고 자신의 뜻보다 조금 더 많이 말씀하신다. 파라오의 뜻은 귀여운 바케트아톤 공주가 실제로 열매를 베어 먹는 모습을 만들라는 게 아니다. 그저 손에 과일을 올려놓고 그 팔을 약간 들게 하면 될 것이다. 그걸 보고 사람들이 그녀가 과일을 입으로 가져갈 것이라고 추측할 수 있으면 된다. 이 정도면 충분히 새로운 것이고 파라오가 그대에게 시키려는 것도 바로 이것이다. 그녀에게 열매를 먹게 하라 한 말도 그 뜻이다. 그리고 국왕께서 아래로 늘어뜨린 손에 대해 하신 말씀에서도 조금은 빼야 한다. 오목한 손바닥을 완전히 뒤로 하라는 것 말이다. 그녀의 손을 약간만, 절반만 돌리게 하라. 그게 파라오의 뜻이다. 그렇게 하면 그대는 칭찬과 꾸지람을 충분히 받을 수 있을 것이다. 여기까지가 파라오의 뜻을 이해시키려고 한 말이었다."

그녀의 아들은 잠깐 침묵을 지키고 있다가 이윽고 입을 열었다.

"이해했는가?"

"예."

아우타의 대답에 아멘호테프는 무릎 위에 놓여 있는 칠현금같이 생긴 악기를 내려다보았다.

"그렇다면 위대한 어머니께서 내 말을 조금 약하게 만들려다보니 자신의 원래 뜻보다 너무 적게 말씀하셨다는 사실도 이해하도록 하라. 그대는 과일을 든 손을 입에 아주 가까이 가져가게 해도 좋다. 그리고 자유롭게 내려놓은 손 이야기를 하자면, 그녀의 손바닥을 뒤로 돌린다 해도 그건 어차피 반만 돌리는 것이다. 완전히 뒤로 다 가게 그렇게 손바닥을 돌리는 사람은 아무도 없다. 그러니 만약 그렇게 한다면 그것은 밝은 진리를 거역하는 셈이 된다. 자, 이제 내 말을 조금 약하게 만드신 어머니의 말씀이 얼마나 지혜로운 것이었는지 알게 되었으리라 믿는다."

악기에서 눈을 들어 고개를 드는 파라오의 입에 배시시 미소가 새어나왔다. 교활한 악동의 미소였다. 그 덕에 도톰한 입술 사이로 작고 투명하고 하얀 이빨들이 드러났다. 그리고 맞은편의 요셉을 바라보았다. 요셉도 미소로 응답했다. 그러자 이제는 대비와 수공예 마이스터들도 미소를 지었다.

"그리고, 베크. 그대는 짐의 지시대로 여행을 떠나라. 예부로, 그 코끼리의 땅으로 가서 붉은 화강암을 가져오너라. 그리고 제일 좋은 것들로만 골라서 많이 가져오도록 하라. 석영과 검은 운모가 섞인 것으로. 그대는 파라오의 가슴이 어떤 것을 좋아하는지 잘 알 것이다. 보라. 파라오는 카르낙에 있는 아버지의 집을 장식할 생각이다. 아문의 집을 능가하도록. 그리고 그 크기에서는 능가하지 못할지라도 귀한 돌을 사용한다는 점에서라도 능가할 수 있어야 한다. 그리하여 그 구역이 '위대한 아톤의 광채'라는 이름에 걸맞게 되어야 한다. 이 과정을 겪으면 어쩌면 베세트 도시 전

체가 언젠가는 '아톤의 광채의 도시'라고 사람들의 입에
오르내릴 수 있을지도 모른다. 그대는 짐의 생각을 알고 있
으니, 마땅히 내 생각들을 사랑하리라 믿는다. 이제 여행을
떠나도록 하라, 지금 당장! 파라오는 여기 이 방석에 앉아
있을 테니, 그대는 힘이 들더라도 배를 타고 상류로 가서
붉은 돌을 많이 구하여 강가로 끌고 온 후 배에 실어 테벤
으로 가져오도록 하라. 자, 원래 모든 게 그런 것이다. 그러
니 그렇게 하도록 하라. 언제 떠나겠는가?"

"내일 일찍, 아내와 집을 살핀 후에 곧장 떠나겠습니다.
그리고 저희의 달콤한 주인님, 아톤의 아름다운 아들에 대
한 사랑이 아무리 힘든 여행이라 해도 가볍게 해줄 것입니
다. 마치 이 세상에서 가장 푹신한 방석 위에 앉은 것처럼."

베크의 대답이었다.

"좋다, 훌륭하다. 자, 이제 물러들 가라! 짐을 싸서 각자
자기 자리로 돌아가라. 파라오는 중요한 일이 있다. 짐은
겉으로만 방석에 앉아 쉬고 있을 뿐, 마음은 몹시 긴장하고
달아올라서 큰 근심에 잠겨 있다. 그대들의 근심은 아름다
움에 관한 것이지만 짐의 근심에 비하면 아무것도 아니다.
자, 그럼, 물러들 가라!"

파라오는 이들이 예를 올린 후 자리를 뜰 때까지 기다리
면서도 그 사이에 이미 요셉을 쳐다보았다.

"가까이 오라."

벌이 수놓아진 커튼이 남자들 뒤에서 닫히자마자 파라오
가 말했다.

"다가 오라, 가까이. 더 가까이. 레테누에서 온 히브리인

이여. 두려워 말라. 그리고 무서워하지 말고 더 가까이 오라! 여기 이 분은 신의 어머니 테예로 수백만 년을 사시는 분이시며, 내가 바로 파라오이다. 하지만 더 이상은 생각하지 말아라. 공연히 놀랄 필요없다. 파라오는 신이면서 인간이다. 하지만 나 파라오는 첫번째 것이나 마찬가지로 두번째 것에도 큰 비중을 둔다. 그렇다. 파라오는 오히려 짐의 안에서 자랑스럽게 인간을 끄집어내는 일을 즐긴다. 그리고 파라오가 다른 모든 인간들과 마찬가지로 한쪽에서 보면 인간이라는 사실을 고집한다. 물론 이 때문에 분노하는 자들도 있다. 그렇지만 파라오는 무조건 항상 뻣뻣하게 신으로서만 거들먹거려야 한다고 생각하는 까다로운 자들을 놀려먹는 게 재미있다."

그리고 실제로 장난치듯이 손가락을 튕기고는 말을 이었다.

"하지만 그대는 전혀 두려워하지도 않는군. 앞으로 나서면서 놀라지도 않고, 오히려 태연하고 고상한 자세로 걸어오는군. 그걸 보니 기분이 좋구나. 많은 사람들은 파라오 앞에 서기만 해도 무릎이 후들거리며 혼이 나가고 심장도 멈춰서 자신이 살아 있는지 죽었는지도 구별을 못하거든. 그런데 그대는 어지럽지도 않은가?"

요셉은 미소를 지으며 고개를 가로저었다.

이에 어린 왕이 말했다.

"그렇다면 세 가지 이유가 있을 수 있지. 그대의 출신성분이 나름대로 고상하거나, 아니면 그대가 파라오가 원하는 대로 파라오한테서 일단은 한 인간을 보고 그의 신성은

227

뒷머리로만 생각해서이거나, 이것도 아니면 그대 스스로 그대 자신에게도 머리 위에 거룩한 것의 후광이 놓여 있다고 느껴서이지. 그대는 짐이 보기에도 아름다우며 매력적이니까. 마치 그림처럼. 짐은 그대가 들어왔을 때, 이미 보았다. 물론 놀라지는 않았다. 사람들로부터 그대가 사랑스러운 여인의 아들이라는 말을 이미 들었으니까. 그러나 그렇게 알고 있었지만, 짐은 그대의 모습에 시선이 끌렸다. 오로지 자신을 통해 형상의 아름다움을 창조하며, 자신의 아름다움을 통해 눈에 생명과 시력을 부여하는 그분이 그대를 사랑하시는 게 분명하니까. 그래서 아름다운 자를 가리켜 빛의 총아라 부를 수 있지."

그는 고개를 비스듬히 세우고 흡족한 표정으로 요셉을 쳐다보았다.

"마치 빛의 신처럼 마력적이고 아름답지 않습니까, 어머니?"

그가 테예에게 물었다. 그녀는 손가락 세 개로 볼을 받치고 있었다. 검고 작은 손에서 반짝이는 돌 반지가 보였다.

"폐하께서 그를 부른 것은 그자의 지혜와 꿈을 해석하는 재주 때문입니다. 그로부터 예언을 들으려고 말입니다."

그러자 아멘호테프가 얼른 가로막았다.

"그건 서로 상관이 있습니다. 거기에 대해 파라오는 생각을 많이 했습니다. 또 많은 것을 들었습니다. 멀리 이방에서 온 사신들과도 그에 관해 많은 이야기를 나누었습니다. 파라오를 찾아오는 사신들이 어디 한둘입니까? 동방과 서방에서 온 마법사와 사제들이 그곳에 사는 사람들의 생각을 들려주면 파라오는 그들의 이야기에서 쓸모 있는 것, 유용한 것을 골라내려고 항상 경청했습니다. 하늘에 계신 아버지의 교훈을 완성하고 또 그분의 뜻에 따라 진리의 상을 세우는데 유익한 것들을 고르려면 어느 것 하나 예사로 들을 수 없으니까요! 어머니, 아름다움이란, 참 그리고 그대, 아무르 청년이여. 그대도 들어보라. 아름다움은 지혜와 관계를 맺고 있다. 그 수단은 바로 빛이야. 왜냐하면 빛은 원래 수단이며 중심이기 때문이지. 이 중심으로부터 빛과 유사한 것이 세 가지 방향으로 발산되는데, 그것이 바로 아름다움, 사랑, 그리고 진리 인식이라네. 이 세 가지는 빛 안에서는 같은 것으로 하나지. 말하자면 빛은 이들의 삼위일체라 할 수 있어. 이방인들로부터 어느 태초의 신에 관한 교훈을 들은 적이 있지. 그 신은 불꽃에서 태어났어. 한 아름다운 빛의 신과 사랑 사이에서 태어난 그의 이름은 '최초로 태어난 광채'였어. 이건 아주 멋지고 유용한 소득이지. 이것은 사랑과 빛이 하나라는 사실을 증명하니까. 그러나 빛은 아름다움인 동시에 진리이며 지식이야. 그리고 진리의 수단이 뭐냐하면, 그것은 바로 사랑이야. 사람들 말이 그대는 꿈 이야기를 들으면 금방 해석할 수 있다고 하더군."

요셉에게 이렇게 묻는 파라오는 얼굴이 빨개졌다. 지금까지 열을 올리며 한 이야기가 공연스레 부끄럽게 생각되고 갑자기 혼란스러워서였다.

"오, 폐하! 그렇지 않습니다. 제가 할 수 있는 것이 아닙니다. 이것은 신께서만 하실 수 있는 일입니다. 그리고 그분은 이따금 저를 통해서 그 일을 하십니다. 모든 게 때가 있습니다. 꿈도 꿀 때가 있고 해석할 때가 있습니다. 제가 소년이었을 때 저는 꿈을 꾸었습니다. 그래서 절 원수처럼 대하던 형들은 저를 꿈꾸는 자라고 놀렸습니다. 그런데 이제 한 남자가 되고 나니, 해석의 때가 왔습니다. 제 꿈들은 제게 해석을 해줍니다. 그리고 필요한 경우에는 신께서 저로 하여금 다른 사람의 꿈도 해석하게 해주십니다."

그러자 아멘호테프가 물었다.

"그렇다면 그대는 예언자 청년으로 이른바 영감이 넘치는 어린양인가? 그대를 이런 부류로 봐야 할 것 같은데, 그러면 그대는 왕에게 무아지경에 빠져서 미래를 예언해 준후 마지막 말을 남긴 채 쓰러져 죽는 건가? 그리하면 짐이그대를 매장하여 그대의 예언이 후세까지 길이 길이 남도록 해야 하는 것인가?"

"'큰 집'이신 파라오의 질문에 대답하기가 쉽지 않습니다. 예라고도 할 수 없고, 아니오라고도 하기가 어렵습니다. 기껏해야 두 가지 다라고 말씀 드릴 수 있을 것입니다. 폐하의 종은 폐하께서 소인을 가리켜 영감을 얻은 어린양이라 하시니, 그저 놀랍고 감격스러울 따름입니다. 어린 시절에 집에서 그렇게 불린 소인인지라 너무도 익숙한 이름이기 때문입니다. 제 아버지께서는 소인을 늘 그렇게 부르셨습니다. 신의 친구이신 그분이 소인을 그렇게 '어린양'이라 부르신 이유는 제 사랑스러운 어머니와 관련이 있습니다. 아버지는 그녀를 아내로 얻기 위해 거꾸로 흐르는 강건너 시날 근처에서 종살이를 하셨습니다. 처녀별자리가떴을 때 저를 낳으신 제 어머니, 별 처녀는 이름이 라헬, 곧 어미 양입니다. 그래서 아버지께서는 저를 가리켜 '어린 양'이라 하신 겁니다. 그렇지만 이것이 소인으로 하여금 폐하의 가정에 무조건 동의하고 '접니다'라고 말할 수 있는 권리를 주지는 않습니다. 왜냐하면 저는 그자이기도 하지만 또 아니기도 하기 때문입니다. 왜냐하면 저는 **저**이기 때문입니다. 이 말은 보편과 형식이 특수에서 실현되면 변화를 겪게 되어, 알고 있던 것도 모르는 것이 되어 더 이상 알아볼 수 없다는 뜻입니다. 그러니 부디 그것이 서로 어울리는 일이라 하여 제가 마지막 말을 한 후에 쓰러져 죽을 것이라 기대하시지는 말아 주십시오. 폐하께서 구덩이에서 꺼내 주신 이 종은 그런 일은 기대하지 않습니다. 그것은 형식에나 어울릴 뿐, 이미 그 형식의 변화를 겪은 제게는 어울리지 않기 때문입니다. 그리고 저는 신께서 저로 하여금 파라오께 예언을 하도록 허락하신다면, 전형적인 예언자 소년처럼 무아지경에 빠져 거품을 물지도 않을 것입니다. 제가 소년이었을 때는 그런 무아지경에 빠진 적도 있었습니다. 그래서 눈을 뒤집는 절 보시고 아버지께서는 벌거벗고 돌아다니며 신탁을 중얼거리는 자들과 비슷해질까 무척 걱정하셨습니다. 그러나 아들은 나이가 들면서 이를 떨쳤습니다. 또 꿈을 해석할 때는 이성이 함께 합니다. 사실해석 자체만 해도 충분한 도취경이므로 굳이 더 넓이 나가야 할 필요는 없습니다. 해석은 분명하고 명확한 것이지, 알아듣지 못하게 아울라사울라라쿠알라라고 중얼거리는 게 아닙니다."

그는 이야기를 하면서 어머니 쪽을 쳐다보지 않았다. 그러나 곁눈질로 그녀가 높은 의자에서 고개를 끄덕이는 것을 보았다. 그리고 그게 전부가 아니었다. 아담한 체구의 그녀는 남자처럼 낮고 힘이 느껴지는 목소리로 이렇게 말하는 것이었다.

"파라오 앞에서 그 이방인이 마음에 와 닿는 듣기 좋은 이야기를 하는구나."

그녀의 칭찬이 있은 후 요셉은 다시 이야기를 계속할 수 있었다. 이 순간 고개를 떨구고 침묵을 지키고 있는 왕은 꼭 야단맞은 꼬마 같았다.

"그러나 소인의 판단에 따르면 해석과 예언의 침착함과 냉정함은, 그 주체가 '나'라는, 즉 하나밖에 없는 특수이며, 이 특수를 통해 형식과 전형이 실현된다는 것과 관련이 있는 것 같습니다. 그래서 해석과 예언에 신의 이성이라는 특성이 부여된다고 생각합니다. 전형은 저 아래 깊은 곳에서 나온 것으로 저희를 옭아맵니다. 그러나 '나'는 신으로부터 왔으며 정신에서 왔습니다. 그리고 정신은 자유로운 것입니다. 그러나 저 깊은 바닥에서 올라온, 우리를 옭아매는 전형이 신으로부터 나온 '나'의 자유와 함께 실현되는 것, 이것이 바로 예의도덕을 갖춘 교양 있는 삶, 문화생활입니다. 이 두 가지 중 어느 것 하나라도 빠진 것은 인간의 문화가 아닙니다."

아멘호테프는 눈을 커다랗게 뜨고 어머니에게 고개를 끄덕이며 한 손을 똑바로 세운 후 다른 손의 두 손가락으로 가볍게 손바닥을 두드려 박수를 쳤다.

"들으셨어요, 어머니? 아주 사려 깊고 대단한 재능을 지닌 청년이 아닙니까? 저 젊은이를 궁전으로 불러들이라고 결정한 건 바로 저였어요! 파라오도 재능이 많고 나이에 비해 많이 앞서 있지만, 제가 사람들을 옭아매는 심연의 전형과 위로부터의 품위를 이렇게 깨끗하게 정돈할 수 있었을지 모르겠군요. 그래, 그렇다면 그대는 이른바 거품을 무는, 전형적인 어린양의 틀에 얽매여 있지 않다는 말인가?"

파라오는 계속 물었다.

"그래서 예전부터 전해 내려오는 무서운 사실을 전하여 파라오의 가슴을 짓밟지는 않겠다는 말인가? 끔찍한 재앙이 닥치고 이방 민족이 쳐들어오고 제일 아래의 것이 제일 위의 것이 된다는."

파라오는 떨었다. 입술까지 파래졌다.

"이런 것도 다 알고 있다. 하지만 짐은 자신을 조심스럽게 배려해야 한다. 야만적인 것은 잘 견디지 못하는 탓이다. 짐에게는 오히려 사랑과 부드러움이 필요하다. 나라가 멸망하자 사방에서 봉기가 일어나고 베두인이 쳐들어와 가난한 자와 부자가 뒤바뀌고 법도 끝나 아들이 아버지를 때려죽이고 형제끼리 죽인다. 사막의 야수가 수로의 물을 마시고 사람은 죽음의 웃음을 웃는다. 레가 고개를 외면하여 사람들은 언제가 정오인지도 모른다. 왜냐하면 해시계의 그림자를 알아볼 수 없으니까. 거지들은 제물을 먹고 왕은 포로로 잡혀서 끌려간다. 그리고 남은 위안이라고는 구원의 세력이 나타나면 다시 나아진다는 것뿐이다. 이런 노래를 파라오가 듣지 않아도 된다는 건가? 전통을 특수한 것과 접목하면 이런 공포 이야기는 안 듣는 게 확실한가?"

요셉은 미소를 지었다. 다음은 아주 노련하고 깍듯한 것으로 명성을 얻게 되는 그의 대답이다.

"신께서는 파라오께 좋은 것을 예언하실 겁니다."

"신? 그대는 벌써 몇 번째 신이라 하는데 대체 어떤 신을 말하는 건가? 그대는 자히 땅에서 온 아무르 족이니, 동방에서 바알(주인님—옮긴이)이라 부르는 그 들판의 황소를 말하는 것이렷다. 그렇지 않은가?"

요셉의 미소는 침묵으로 변했다. 그는 고개를 가로저었다.

"제 선조는, 신을 꿈꾸었던 자들은 다른 신과 동맹을 맺었습니다."

그러자 왕이 얼른 한마디 던졌다.

"그렇다면 신랑 아도나이겠군. 그를 잃고 숲 속에서 피리를 불고 곡을 하면 나중에 다시 부활하는 자 말이야. 자, 보다시피, 파라오는 인간들이 어떤 신들을 섬기는지 다 알고 있다. 파라오는 모든 것을 알아야 하니까. 그래서 사금을 캐는 사람처럼 말도 안 되는 것에서 진실이라는 곡식알을 골라내야 하지. 파라오가 존경하는 거룩한 아버지에 관한 교훈을 완성하려면 그렇게 하지 않으면 안 된다. 파라오는 힘든 일도 많지만 편한 점도 많다. 아니 아주 편하다. 그게 바로 왕의 상태다. 파라오가 힘든 일을 해낼 수 있었던 것은 재능 덕분이다. 힘든 일을 가진 사람은 편한 점도 있어야 한다. 오로지 그만이 그럴 수 있어야 한다. 오로지 편하기만 하다면 그건 구역질이니까. 그러나 힘들기만 한 것도 바른 것은 아니다. 짐이 커다란 공물 축제를 맞아 백성에게 모습을 드러내는 정자에 달콤한 왕비와 나란히 앉아 있어야 할 때가 바로 그런 경우다. 이런 날이면 온갖 민족들의 사신들이, 예컨대 무어 족과 리비아인, 아시아인들이 끝도 없이 세상의 소산을 가져오지. 황금 막대기와 고리, 상아와 은 꽃병, 타조깃 부채, 소, 아마사, 치타와 코끼리가 그런 공물이다. 그리고 또 왕관의 주인은 세상의 한가운데 자신의 궁궐에 적당히 편안한 자세로 앉아 지구에 사는 다른 주민들의 생각도 일종의 공물로 받아들이지. 조금 전에도 언급했듯이, 궁궐에는 이방의 신들을 노래 부르고 또 그 신들을 바라보는 자들이 시도 때도 없이 파라오를 찾아오기 때문이다. 페르시아에서도 사람들이 온다. 이곳은 정원이 아름답다고 소문이 나 있다. 그리고 거기서는 언젠가는 땅이 평평해져서 모든 인간의 사는 방식과 법과 언어가 하나가 된다고 믿는다. 그리고 유향이 자라는 인도, 별들을 잘 아는 바벨, 바다의 섬에 이르기까지 곳곳에서 짐을 찾아오면 짐은 그들과 이야기를 나눈다. 지금 특별한 어린양인 그대와 이야기를 나누고 있듯이. 이럴 때면 그들은 짐에게 이전과 훗날을, 옛것과 새것에 관한 이야기를 전해 준다. 이따금 이상한 기념품과 거룩한 표식들을 남기고 가기도 한다. 여기 이 악기가 보이는가?"

파라오는 무릎 위의 악기를 들어 보였다.

그러자 요셉이 얼른 대답했다.

"현악기 라우테로군요. 아마도 파라오께서 고상함과 선량함의 표식을 손에 들고 계신다고 해야 옳은 표현일 것입니다."

그가 이렇게 말한 이유는 고상함과 선량함을 뜻하는 '노페르트'를 나타내는 이집트 문자가 라우테라는 것을 알았기 때문이다.

"그대는 토트의 재주를 잘 아는 서기 같아 보이는군. 심연의 구속력을 갖는 전형이 '나'를 통해 실현되어 품위를 얻은 것 같구나. 그러나 이 물건은 고상함과 선량함뿐만 아니라 어느 이방 신의 교활함을 뜻하는 표식이기도 하다. 그 신은 따오기새 머리를 한 신의 형제거나 또는 바로 그 신의 다른 자아일 수도 있지. 여하튼 이 신은 어린 아이였을 때 어떤 짐승을 만나서 이 악기를 발명했다. 이 껍질을 아는가?"

"거북이의 껍질입니다."

"맞아. 그 지혜로운 동물은 산책 나온 아이 신을 만나 바위 동굴에서 태어난 이 소년의 장난기에 희생되고 말았지. 아이는 딱딱한 껍데기를 홀딱 벗겨버리고 그 위에 현을 건 다음 보다시피 이렇게 뾰족한 뿔 몇 개로 고정시켰거든. 라우테는 이렇게 생긴 거지. 물론 여기 있는 이 악기가 예전의 그 장난꾸러기 신이 직접 만든 거라고는 말하지 않겠다. 또 이것을 짐에게 선물한 크레타 섬에서 온 항해사도 그런 주장을 하지는 않았지. 이 악기는 아마도 그 크레타인이 파라오에게 들려준 동굴의 갓난아기에 대한 여러 가지 이야기를 기리는 기념품으로 모방된 것이겠지. 그 아이는 밖에 나가 장난을 치고 싶어서 기저귀를 빼고 살짝 동굴 밖으로 나가곤 했지. 나중에는 믿기 어렵지만, 자기 형인 태양신이 언덕 아래로 내려간 후 거기서 풀을 뜯고 있는 소들을 훔쳤어. 그리고 그중에 오십 마리를 끌고 이리저리 끌고 다녔지. 발자국을 섞으려고 그랬던 거지. 대신 자기 발자국은 가지를 엮어 만든 커다란 샌들을 발 밑에 묶어 거인의 흔적을 남긴 거야. 그리고 그건 옳았어. 그는 아이였지만 신이었으니까, 거인처럼 커다란 발자국이 제격이었지. 아이는 소들을 거기서 데리고 가서 어느 동굴에 가뒀어. 물론 자신이 태어난 동굴이 아니라 다른 동굴이었지. 그 근처에는 동굴이 많았거든. 동굴에 데려가기 전에 강가에서 암소 두 마리를 잡아 큰 불을 피운 후 구워 먹었어. 젖먹이가 그걸 다 먹은 것이지. 그건 아이의 거인 식사였고 그가 남긴 발자국과도 맞았지. 그런 다음."

아멘호테프는 불편한 자세로 이야기를 이었다.

"도둑질을 한 아이는 자신의 어머니 동굴로 돌아가 기저귀를 다시 찼어. 이윽고 태양신이 다시 언덕 위로 떠올라 소들을 찾았으나 보이지 않자, 누가 그런 짓을 했는지 자신에게 물어보고 금방 답을 얻어냈어. 왜냐하면 그 태양신은 예언을 하는 신이었으니까. 그리고 새로 태어난 동생밖에 그런 짓을 할 자가 없다는 사실을 알고는 화가 머리끝까지 나서 동굴로 갔지. 그러나 도둑은 형이 오는 소리를 듣고 거룩한 향기를 뿜는 기저귀를 차고는 아무 짓도 안한 것처럼 천연덕스럽게 잠을 자는 척했어. 자기가 발명한 라우테를 안고. 그리고는 태양 형이 거기에 속아넘어가지 않고 도둑질을 추궁하자, 그 위선자 꼬마는 눈 하나 깜짝하지 않고 이렇게 거짓말을 둘러댔어. '내 근심거리는 따로 있어. 그건 형이 생각하는 것과는 다른 거야. 달콤한 잠과 어머니의 젖, 어깨에 묶은 포대기와 따뜻한 목욕, 그런 게 내 걱정거리야.' 그렇게 옹알거리고는 바다 여행자의 말에 따르면, 맹세까지 했어. 암소에 대해서는 아무것도 모른다고."

문득 말을 멈춘 그가 어머니를 쳐다보면서 물었다.

"그런데 어머니 제 이야기가 지겨운 건 아니지요?"

"두 나라를 통치해야 하는 큰 근심거리를 내려놓은 이래, 남는 시간이 많소. 그러니 다른 데 쓰는 것처럼 낯선 신의 이야기를 들으면서 시간을 보낼 수도 있소. 다만 세상이 거꾸로 된 것 같소. 보통은 왕이 남에게 이야기를 시키는 법인데, 폐하는 지금 자신이 직접 이야기를 하시는구려."

그러자 아멘호테프는 대번 반박했다.

"왕이 하면 왜 안 되나요? 파라오는 가르쳐야 합니다. 그리고 파라오는 뭐든 배우면 항상 다른 사람에게 가르쳐 주고 싶습니다. 그리고 어머니가 지금 제게 하시고 싶은 말씀은,"

그는 손가락 몇 개로 그녀를 가리키면서 말을 이었다.

"파라오가 얼른 이 사려 깊고 영감이 넘치는 어린양에게 꿈을 들려주지 않는다는 것이지요. 그렇게 하여 빨리 진실을 알아보라고 말입니다. 짐은 분명 그로부터 올바른 해석을 얻게 될 것입니다. 그의 사람됨됨이도 그러하고, 몇 가지 표현이 짐으로 하여금 확신하게 해주었습니다. 또 저는 그 진실이 두렵지도 않아요. 거품을 무는 젊은이처럼 예언하지 않을 것이며, 거지들이 제물을 먹게 된다는 식의 무서운 선포로 겁주지 않겠다고 이미 약속했으니까요. 하지만 어머니는 정녕 인간 정서의 기이한 행동방식을 모르십니까? 인간은 자신의 간절한 소망이 이루어질 순간이 가까이 다가오면 가능하면 조금 더 늦추고 싶어하지요. 어머니는 그 사실을 모르셨습니까? '어차피 이제 다 왔다. 내가 원하기만 하면 지금 당장이라도 내 앞에 등장한다. 하지만 조금 더 기다리게 할 수도 있다. 그것을 간절히 원하고 바라는 것 자체를 어떤 의미에서는 좋아하게 되었으니까. 어떻게 보면 더 이상 기다릴 수 없다는 게 오히려 서운할 정도로.' 이것이 인간의 방식이죠. 파라오는 자신이 인간이라는 점에 큰 비중을 둡니다. 그래서 인간으로서 이렇게 뜸을 들이는 겁니다."

테예가 그 말에 피식 웃었다.

"폐하의 뜻이 정 그러하다면 아름다운 뜻대로 하시구려. 대신 이 예언자는 폐하께 질문을 할 수 없으니 내가 폐하께 한 가지 물어보겠소. 그 못된 젖먹이의 맹세로 모든 게 통과되었소? 아니면 그 뒤에 어떤 일이 생겼소?"

그러자 아멘호테프가 대답했다.

"제게 이야기해 준 자의 말에 따르면 태양 형은 도둑질한 아이를 묶어서 아버지 앞에 끌고 갔습니다. 위대한 신 앞에 가면 동생도 잘못을 인정하고 그렇게 되면 아버지한테 톡톡히 벌을 받으리라 생각한 겁니다. 그러나 거기 가서도 장난꾸러기는 신앙심이 깊은 척 아주 그럴싸한 거짓말을 늘어놓았습니다. '전 태양을 제일 높이 받듭니다. 그리고 다른 신들도 높이 받듭니다. 그리고 저는 아버지 당신을 사랑합니다. 그렇지만 이 자는 무섭습니다. 제발 동생을 지켜주세요, 어린 저를 도와주세요!' 이렇게 자신을 왜곡하고 약

아 빠지게 자신 안에서 아름다운 어린 소년의 모습을 드러
냈습니다. 그리고 한쪽 눈으로는 아버지에게 윙크를 보냈
죠. 아버지는 그걸 보고 큰소리로 웃지 않을 수 없었습니
다. 그리고 그저 형에게 소를 돌려주라는 명령만 하고 돌려
보냈습니다. 그러자 악동도 그러겠다고 했지요. 그런데 형
은 동생이 암소 두 마리를 잡아먹은 것을 알고는 다시 격분
했어요. 그래서 동생한테 마구 야단을 치고 혼을 내는데,
어린 동생은 여유만만하게 이 악기를 연주하며 노래를 불
렀습니다. 그런데 노래가 얼마나 아름답던지 야단치던 소
리가 쑥 들어가 버렸습니다. 태양신은 그 악기를 갖고 싶다
는 생각밖에 없었던 겁니다. 결국 그는 악기를 손에 넣었습
니다. 둘이 계약을 했던 겁니다. 그래서 도둑에게는 소가
남고 악기는 형이 가져갔지요. 그리고 형은 지금도 그 악기
를 들고 있습니다. 앞으로도 영원히 그럴 테지요."

그는 입을 다물었다. 그리고 싱긋이 웃으며 무릎 위의 기
념품을 내려다보았다.

그러자 어머니가 말했다.

"파라오가 아직도 자신의 가장 간절한 소원을 이루는 일
을 미루고 있으니 대단한 가르침이오."

"대단한 가르침은 아이 신들은 아이인 척 가장했을 뿐이
라는 사실입니다. 그들은 그저 장난 삼아 아이인 척하는 겁
니다. 동굴의 아이 신도 그랬죠. 그는 원하기만 하면 유쾌
하고 날렵한 젊은이의 모습으로 동굴 밖으로 나왔으니까
요. 아는 것도 많고 어떻게 해야하는지 모르는 게 없어서
신들과 인간을 도와주는 자였지요. 그는 또 얼마나 많은 것

들을 발명했습니까? 그곳 사람들은 그전에 없던 것을 발명한 것은 바로 그 신이라고 생각합니다. 글자와 계산하는 숫자, 거기에 기름 나무를 심는 일이며 영리하게 말하는 법, 물론 속이는 것도 서슴지 않으면서 고상한 것처럼 속이는 그런 화법(話法)을 말합니다. 짐에게 이야기를 들려준 그 항해사는 그를 자신의 수호신으로 여기고 높이 받들었습니다. 그는 좋은 우연을 가져다주는 친구라고 했습니다. 올바른 방식이나 조금은 옳지 않은 방식—물론 인생이 허락하는 한도 내에서—으로 축복과 번영을 얻게 해주는 그런 친구라는 겁니다. 그리고 또 그는 지팡이를 올리고 미소를 지으며 세상의 굽이진 길로 안내하는 인도자라 했습니다. 그 남자 말은, 그는 죽은 자들도 달의 나라로 인도한다고 했습니다. 그리고 꿈들도 그가 안내한답니다. 그는 인간들의 눈을 지팡이로 감겨서 잠자게 만드는 잠의 신이니까요. 이렇게 보면 그는 결국 온갖 꾀를 다 가진 온유한 마법사인 셈이지요."

파라오의 시선이 자신 앞에 서 있는 요셉에게 닿았다. 아름답고 매력적인 머리를 어깨 쪽으로 약간 기울인 채 비스듬히 그림이 그려진 벽을 바라보고 있었다. 긴장이 풀린 다소 산만한 미소가 어려 있었다. 이런 이야기를 다 들어야 할 필요가 없다는 듯한 미소였다.

"예언가 그대는 장난꾸러기 신의 이야기를 알고 있는가?"

아멘호테프가 물었다.

그 질문에 얼른 자세를 바로잡았다. 평소에는 안 그러는

데 어쩌다보니 예의에 어긋나는 태도를 취했다는 듯 화들짝 놀라는 것 같았다. 아니 일부러 더 과장하는 몸짓이었다. 파라오는 워낙 예민한 사람이라 이 역시 눈치를 챘다. 이렇게 놀란 척하는 행동이 연극이라는 사실은 물론이거니와 자신이 이렇게 눈치를 채게 만들려고 일부러 그랬다는 것까지. 파라오는 속눈썹에 절반은 가려진 회색 눈을 크게 뜬 채 요셉이 대답할 때까지 물끄러미 쳐다보았다.

"지고한 분이시여, 소인더러 알고 있느냐고 하셨습니까? 예, 그렇습니다. 그리고 아니기도 합니다. 폐하의 종으로 하여금 이렇게 이중적인 대답을 할 수 있도록 부디 허락해 주십시오!"

"그대는 허락해 달라는 말을 자주 하는군. 아니 허락할 때까지 기다리지도 않고 그냥 허락하도록 만들지. 그대의 모든 이야기는 긍정에 맞춰져 있지. 그리고 단숨에 부정으로 이어지지. 짐에게 이런 걸 그냥 보고 넘기라는 건가? 그대는 거품을 무는 청년인 동시에 그런 청년이 아니라 했지. 왜냐하면 그대가 바로 '그대', '너'이기 때문이라고. 자, 이제 그대는 이 장난꾸러기 신을 알기도 하고 모르기도 한다 했어. 왜냐하면, 그 다음은 또 뭔가? 이야기를 안다는 건가, 모른다는 건가?"

"왕관의 주인님이신 폐하께서도 어떤 의미에서는 그 이야기는 예전부터 알고 계셨습니다. 폐하께서는 그를 따오기새의 머리를 한 드예후티의 달과 친한 서기의 먼 형제이거나 아니면 그의 또 다른 자아라 부르셨으니까요. 그렇지 않습니까? 폐하께 그는 익숙했습니다. 이건 아는 것보다 한걸음 나아간 것입니다. 그리고 익숙하다는 사실에 바로 저의 긍정과 부정이 있습니다. 거기서는 두 가지가 서로 같은 것입니다. 그렇습니다. 저는 동굴의 아이, 그 장난꾸러기 주인님을 알지 못했습니다. 제 아버지의 늙은 종이며 제게는 스승이었던 지혜로운 엘리에젤은 제물로 올렸으나 거부된 제 아버지의 아버지의 신붓감을 찾으러 갔을 때 발밑의 땅이 치솟았다고 말할 수 있는 사람이었습니다만, 그 엘리에젤도 소인에게 이런 이야기를 들려준 적은 없습니다. 죄송합니다! 폐하, 이 모든 것은 너무 멀리 나가는 이야기들입니다. 그리고 이 시간에 세상 이야기를 모두 다 할 수 없습니다. 그렇지만 소인에게는 귀하고 고상하신 대비마마의 말씀이 머리에 남아서 여전히 소인의 귓전을 때립니다. 폐하께서는 다른 사람으로 하여금 이야기를 하게 하는 분이시지, 직접 이야기를 하시지 않는다고 하셨던 말씀입니다. 그러니 대비마마의 말씀대로라면 마땅히 소인이 이야기를 들려드려야 할 것입니다. 예, 저는 장난꾸러기에 관한 이야기를 많이 알고 있습니다. 폐하와 위대한 대비마마, 장난꾸러기-신의 정신이 소인의 집안과 소인에게는 아주 익숙하다는 사실을 증명해 드릴 수 있는 이야기들입니다."

아문호테프는 '에이, 설마?' 라는 표정으로 장난스럽게 머리를 끄덕이며 어머니를 건너다보았다.

"여신께서 허락하셨다. 그대가 만일 우리를 즐겁게 해 줄 수 있다고 믿는다면, 꿈을 해석하기 전에 그대가 알고 있는 이야기들 중에서 한두 가지 해보라 하셨다."

그러자 요셉이 고개 숙여 예를 갖춘 후 말했다.

"폐하 덕분에 숨 쉴 수 있는 저희들입니다. 소인 제 숨을 이용하여 폐하를 즐겁게 해드리겠습니다."

그리고 그는 팔짱을 끼고 파라오 앞에서 이야기를 시작했다. 하지만 손짓으로 묘사하느라 번번이 팔짱을 풀곤 했다.

"소인에게는 에사오라는 거친 숙부님이 계십니다. 아버지의 쌍둥이 형제인 그는 아버지를 밀쳐내고 먼저 태어났습니다. 숙부는 온몸에 붉은 털이 가득한 털보였지만, 아버지는 매끄러운 피부에 섬세하고 세련된 분이었습니다. 그리고 항상 경건한 마음으로 장막에 머물렀던 그는 어머니의 아들이었고 신을 생각하는 영리한 자로서 목자였습니다. 그렇지만 에사오는 사냥꾼이었지요. 야곱은 소인의 선조, 이 둘의 아버지가 저물어 죽을 날이 다가오자 조상 대대로 물려받은 축복을 내리기로 결심하기 전부터, 이미 축복을 받은 자였습니다. 쌍둥이 형제의 아버지인 노인은 당시 눈이 멀었습니다. 늙은 눈은 더 이상 그의 말을 들으려 하지 않았습니다. 그럴 뜻이 없었던 것입니다. 그래서 노인은 오로지 손으로 볼 수 있었을 뿐입니다. 말하자면 손으로 더듬어서 볼 수는 있었던 겁니다. 노인은 자신이 사랑한다고 여긴 맏아들인 붉은 자를 불러 이렇게 말했습니다. '충직한 내 아들, 붉은 털을 가진 아들. 내 장자, 이제 밖으로 나가서 네 활로 사냥을 해오너라. 그리고 그 짐승 고기로 맛있는 요리를 해오너라. 내가 그 음식을 먹고 힘을 얻어 널 축복해 주마!' 그 말을 듣고 에사오는 사냥을 나갔습니다. 그러나 그 사이 어머니는 동생의 매끄러운 피부에 새끼 염소의 털가죽을 싸준 다음 그 고기로 만든 맛있는 요리를 건네주었습니다. 그걸 들고 동생은 주인님이 있는 장막으로 들어가서 이렇게 말했습니다. '제가 돌아왔습니다, 아버지. 아버지의 거친 염소 에사오가 아버지께 드릴 짐승을 잡아 이렇게 요리를 했습니다. 이걸 드시고 장자를 축복하소서!' 그러자 장님은 이렇게 말했습니다. '말이야 누구나 다 할 수 있는 법! 어디 볼 줄 아는 손으로 널 보게 해다오. 네가 정말로 나의 거친 염소 에사오인지!' 그런 다음 그는 손으로 더듬었습니다. 그리고 털가죽을 느꼈습니다. 옷이 덮지 않은 곳이면 어디든 다 거칠었지요. 에사오처럼. 물론 붉지는 않았지만. 그러나 그건 손이 볼 수 없었습니다. 그리고 눈은 보려고 하지 않았습니다. 그래서 마침내 노인은 확인을 끝냈습니다. '그래, 너로구나. 네 가죽이 분명하구나. 거친 지 매끄러운 지 그게 중요하니까. 이 차이점을 알아내는데 눈이 없어도 되니 얼마나 다행이냐. 여기에는 손만 있으면 충분하다. 넌 분명 에사오다. 자, 이제 내게 먹을 것을 다오. 음식으로 힘을 얻어 축복을 내리마!' 그리고 그는 음식의 냄새도 맡고 요리를 다 먹었습니다. 그런 다음 가짜에게, 실은 진짜였던 그 가짜에게 축복을 내렸습니다. 그렇게 하여 야곱은 다시 물릴 수 없는 풍성한 축복을 받았습니다. 나중에 사냥을 갔던 에사오가 돌아왔습니다. 그는 자신의 위대한 시간이 왔노라고 허풍을 떨면서 잔뜩 거만하게 굴었습니다. 그리고 사람들이 보는 앞에서 계속 큰소리를 쳐가며 짐승을 잡고 양념을 넣어 요리를 끝낸 후 아버지에게로 가지고 갔습니다. 그러나 장막 안에서 가짜인 진짜는 곤욕을 치러야 했습니다. 다짜고짜 사기꾼 대접부터 받아야 했던 겁니다. 진짜인 가짜가 이미 어머니의 꾀를 등에 업고 축복을 새치기했으니까요. 이제 그는 사막의 저주밖에 받을 것이 없었습니다. 이미 축복을 주고 난 후라 남은 것은 그것뿐이었던 겁니다. 그렇게 기만당한 그는 밖으로 뛰쳐나와 큰소리로 통곡했습니다. 바닥에 주저앉아 혀를 내밀고 닭똥 같은 눈물을 흘릴 때, 사람들에게는 그런 재미있는 구경이 없어서 웃음바다가 되었습니다. 꾀 많은 정신, 제가 잘 알고 있는 그 정신에게 속아넘어간 거친 자가 주인공으로 등장한 익살극이었으니까요."

그러자 아멘호테프가 외쳤다.

"아니, 이런 기이한 이야기가 있는 줄은 몰랐어! 이런 야만적인 익살이 있나. 그래도 여하튼 대단해. 글쎄 웃어야 할지, 동정심으로 울상을 지어야 할지 몰라서 가슴이 답답한 것도 사실이지만 말이야. 또 가짜인 진짜와 진짜인 가짜? 정말이지 그다지 나쁘지 않은 이야기군. 아니 매혹적이고 재미있어. 위에 계신 선한 분이시여, 어느 누구도 진짜이면서 또 가짜라서 결국에는 원통한 나머지 바닥에 주저앉아 닭똥 같은 눈물을 흘리지 않도록 제발 지켜주소서! 어머니, 어떠십니까? 그 어머니가 마음에 드셨습니까? 매끄러운 피부에 염소 털가죽을 둘러서 노인이 보는 손으로 진짜를, 그러니까 가짜를 축복하도록 도와주었지 않습니까! 말씀해 보세요. 제가 부른 이 자는 어린양 중에도 정말 독창적인 어린양이 아닙니까! 자, 히브리인, 그대에게 두번째 이야기도 허락하겠다. 혹시 첫번째 이야기가 어쩌다 보니 운이 좋아서 재미있었는지, 어디 확인해 보자. 꾀 많은 정신을 그저 아는 정도가 아니라 잘 안다는 말이 사실인지 어디 이야기를 하나 더 들어보자!"

"분부대로 하겠습니다. 축복받은 그자는 기만당한 자의 분노를 피해 나하라임으로 떠나야 했습니다. 거기 시날 땅에 사는 친척을 찾아간 것입니다. 그 친척은 라반이었는데 그는 속물로 성격이 침울한 장사꾼이었습니다. 그런데 그에게는 눈이 붉은 딸과 별보다 더 사랑스러운 딸이 있었습니다. 야곱은 이 둘째 딸을 세상의 어느 것보다 사랑하게 되었습니다. 물론 신은 빼놓고 말입니다. 하지만 그의 가혹한 주인은 야곱에게 그 아름다운 별 처녀를 얻으려면 자신 밑에서 7년을 종살이하라고 했습니다. 원래 시간이 그러하듯 빠르지도 느리지도 않게 그 세월이 흐르고 난 후 숙부는 혼례식을 치른 첫날밤, 캄캄한 신방에 몰래 첫째 딸을 밀어 넣었습니다. 야곱이 원하지 않았던 엉뚱한 큰 딸을 말입니다. 그런 다음에는 물론 정부인 라헬, 곧 어미 양도 아내로 주었습니다. 어머니는 저를 낳으실 때 자연을 뛰어넘는 너무도 고통스러운 산고를 겪으시며 저를 낳았죠. 그래서 아버지와 어머니는 저를 가리켜 두무지, 곧 진정한 아들이라 불렀습니다. 여하튼 중요한 이야기는 다음입니다. 별 처녀가 저를 낳은 후 몸조리를 끝내자 아버지는 저와 함께 가짜 부인과 하녀들이 낳아준 열 명의 아들들을 데리고 그곳을 떠나려 했습니다. 혹은 그럴 것처럼 했습니다. 그러나 그의 숙부는 이를 원치 않았습니다. 야곱의 축복이 자신에게도 결실을 가져다주었기 때문입니다. 그러자 아버지는 숙부에게 이런 조건을 내세웠습니다. '가축떼에서 얼룩이로 태어나는 짐승은 다 제게 주십시오. 그리고 한 가지 색으로 된 짐승은 모두 숙부님 것입니다. 그게 제 조촐한 조건입니다.' 숙부는 그 조건을 수락했습니다. 그러나 야곱이 어떻게 한 줄 아십니까? 그는 나무 껍질을 벗겨 중간에 하얀 띠를 만들어 얼룩덜룩한 지팡이를 만든 다음 그것을 가축이 물을 먹고 교접하는 곳에 놓았습니다. 그렇게 하면 얼룩을 보며 교접한 탓에 얼룩진 짐승이 태어난다는 것을 알고 있었던 것입니다. 그리고 실제로 짐승들은 얼룩진 새끼들을 낳았습니다. 이렇게 해서 그는 점점 더 부자가 되었습니다. 하지만 꾀많은 신의 정신 때문에 궁지에 몰린 라반은 속수무책이었지요."

어머니와 아들은 이번에도 아주 즐거워하며 머리까지 흔들었다. 왕은 웃는 바람에 이마에 핏줄 하나가 병자처럼 불거졌다. 그리고 절반쯤 가려진 눈에는 눈물이 어른거렸다.

"어머니, 어머니! 정말 재미있군요! 얼룩 지팡이를 들고 그들의 눈을 속이다니! 아주 훌륭한 장난에는 얼굴에 얼룩이 생기도록 웃는다는 말도 있지 않습니까? 그 말은 바로 지금을 두고 하는 말입니다. 그대의 아버지는 아직 살아 있는가? 그가 바로 본보기였군. 그렇다면 그대는 꾀보와 사랑스러운 여인의 아들인가?"

"그 사랑스러운 여인도 꾀보였고 도둑이었습니다." 요셉이 보충했다.

"사랑스러운 그녀에게도 장난은 낯설지 않았습니다. 그

녀는 남편을 위해 침울한 아버지의 우상을 훔친 후 낙타 짚 밑에 숨기고 그 위에 앉아 감미로운 목소리로 이렇게 말했습니다. '전 때가 좋지 않아서, 실은 월경 중이라 일어날 수가 없어요.' 그래서 라반은 그걸 엉뚱한 곳에서 찾아 헤매느라 거의 죽을 뻔했습니다."

"아니 또!"

아멘호테프가 외쳤다. 웃느라 음성이 꺾였다.

"아니, 들어보세요. 어머니. 어머니는 아직 대답을 안하셨습니다. 제가 정말 탁월한 어린양을 부르지 않았습니까? 아름답고 재미있기까지 한 어린양이 아닙니까."

그러다 파라오는 갑자기 진지해졌다.

"이제 때가 되었다. 쾌활한 청년으로부터 해석을 들을 때가 왔다. 파라오는 즐거운 대화로 눈물까지 흘렸으니 지금 무거운 꿈의 해석을 듣고 싶다. 눈물이 마르기 전에! 내 눈이 이 익숙지 않은 웃음으로 아직 젖어 있는 동안은 꿈도 무섭지 않고 해석도 두렵지 않다. 이 꾀보의 아들은 파라오에게 서고의 고루한 자들처럼 어리석은 이야기를 하지도 않을 것이며, 아주 무서운 이야기도 하지 않을 테니까. 그리고 설령 참으로 심각한 진실이라 하더라도 유쾌한 입으로 말할 때에는 내 눈에 고여 있는 눈물의 의미가 돌변하게 만들지는 않을 테니까. 자, 예언가. 네가 하는 일에 도구나 연장이 필요한가? 해석이 솟아나오게 만드는 솥이나 꿈을 받는 그릇 같은 것이 있어야 하는가?"

"그런 건 전혀 필요 없습니다. 제 일을 하는 데에는 하늘과 땅 사이에 있는 것 중에서 아무것도 필요하지 않습니다.

그저 정신이 불어넣어 주는 대로 해석할 뿐입니다. 파라오께서는 단지 이야기만 들려주시면 됩니다."

왕은 목소리를 가다듬으려고 헛기침을 하고는 멋쩍은 표정으로 어머니를 바라보며 살짝 고개를 숙였다. 그리고 들었던 이야기를 또 듣게 해서 죄송하다고 했다. 그런 다음 조금은 주눅 든 얼굴로 꿈 이야기를 시작했다. 깜박이는 두눈에 웃음을 담은 눈물이 마르는 중이었다. 왕이 처음 꿈과두번째 꿈 이야기를 들려주는 것은, 이것이 벌써 여섯번째였다.

파라오가 예언하다

　요셉은 조금도 흥분하지 않고 점잖게 이야기를 들었다. 다만 눈만 감았을 뿐이다. 그외에 다른 특별한 점은 하나도 없었다. 그렇게 눈을 감고 마음을 모으고 왕이 들려주는 꿈 이야기에 귀를 기울이던 그는, 나중에 아멘호테프가 이야기를 끝냈을 때에도 한동안 눈을 감고 있었다. 그러자 왕은 숨을 죽이고 그가 눈을 뜰 때까지 기다렸다. 그러나 요셉은 잔뜩 긴장한 왕의 시선을 느끼면서도 조금 더 기다리게 했다. 크레타풍의 홀은 쥐 죽은 듯이 조용했다. 다만 여신-어머니 혼자 카랑카랑한 목소리로 기침을 하자 몸에 걸린 장신구들이 부딪쳐 달그락 소리를 냈다.

　"자느냐, 어린양?"

　망설이던 아멘호테프가 결국 먼저 입을 열었다.

　"아닙니다. 여기 있습니다."

　요셉은 대답을 하고서도 전혀 서두르는 기색 없이 천천

히 눈을 떴다. 그러나 그 눈으로 파라오를 바라보았다고 하기는 어렵다. 오히려 그의 시선은 왕을 뚫고 지나갔다. 아니, 그는 깊은 사색에 잠겨 왕을 바라보는 시선이 왕이라는 한 인물에서 꺾여서 자기 자신으로 되돌아가고 있었다. 그리고 그것은 검은 라헬의 눈에 아주 잘 어울렸다.

"자, 내 꿈들에 대해 뭐라고 말하겠느냐?"

"꿈들이라고요? 폐하의 꿈 말씀이겠지요. 꿈을 두번 꾸었다고 하여 꿈이 두 가지인 것은 아닙니다. 폐하께서는 같은 꿈을 꾸셨습니다. 한번은 이런 형태로, 또 한번은 다른 형태로 본 것일 뿐입니다. 그리고 이렇게 두번이나 꾸셨다는 것은 폐하의 꿈이 확실히, 그것도 곧 실현된다는 사실을 강조하는 데 지나지 않습니다. 그리고 두번째 형태는 첫번째의 상세한 설명이며 보충입니다."

"그럴 줄 알았어!" 아멘호테프가 외쳤다.

"어머니, 저도 처음부터 그렇게 생각했습니다. 저 어린양의 말처럼, 꿈을 두번 꾸었어도 그건 같은 꿈이라고! 잘생기고 살찐 짐승과 야윈 짐승을 꾸고 나니까, 마치 '나를 제대로 이해했느냐? 이런 뜻이다!' 라고 말하는 것처럼 살이 통통한 이삭과 다 타버린 이삭이 꿈에 나타난 것입니다. 사람들도 자기가 하고 싶은 말을 다시 한번 말할 때, '다른 말로 하자면' 이라고 하지 않습니까. 제 꿈도 똑같았습니다. 그래서 다시 한번 '이렇고 저렇고' 라고 설명해 준 겁니다. 어머니, 이번에는 시작부터 아주 좋습니다. 이 예언가 청년은 거품도 물지 않고 해석했지만 시작부터 아주 좋습니다. 책이 있는 집의 돌팔이들은 처음 시작도 제대로 못해서 다음 것도 못했습니다. 자, 예언가여, 계속하라. 해석해 보게!
이중 왕관을 쓴 왕의 꿈이 어떤 뜻들을 가지고 있는가?"

"왕관이 두 개이고 나라가 둘이라도 한 나라이며 파라오
는 한 분이시듯, 꿈의 뜻도 하나입니다. 폐하께서도 그렇게
말씀하려 하신 것이 아니셨습니까? 폐하께서는 '왕의 꿈
들'이라 하지 않고, '왕의 꿈'이라 하셨으니까요. 그리고
꿈속에 왕관을 쓰시고 왕홀을 들고 계셨다 하셨습니다. 소
인은 눈을 감고 어두운 곳에서 그렇게 들었습니다. 꿈속에
서 폐하는 아멘호테프가 아니라 네페르-헤페루-레, 곧 왕
이셨습니다. 그러므로 신께서는 폐하의 꿈을 통해 국왕께
말씀하신 겁니다. 다시 말하면 신께서는 파라오께 자신이
장차 어떤 일을 하실 것인지 보여주시며 만반의 대비를 하
도록 일러주신 겁니다."

"그럼, 당연하지!"

아멘호테프가 다시 외쳤다.

"처음부터 그건 확실했어! 어머니, 저 유쾌한 어린양이
하는 말대로 짐에게는 처음부터 확신이 있었습니다. 꿈을
꾼 건 제가 아니라 왕이었지요. 이 둘을 구분할 수 있고, 왕
이 꿈을 꾸려면 내가 필요하다는 점은 일단 제쳐두고 말입
니다. 그래서 파라오가 그날 아침 당장 어머니를 찾아가서
이 이중 꿈이 제국의 안위에 중대한 의미를 갖는 꿈이니 어
떤 일이 있어도 해석을 얻어야 한다고 말씀 드리지 않았습
니까? 하지만 이 꿈은 두 나라의 아버지인 왕을 찾아온 것
이 아니라, 두 나라의 어머니인 왕을 찾아온 꿈이었습니다.
왕은 남성도 되고 여성도 되니까요. 짐의 꿈이 필수적인 것

들, 다시 말해서 아래의 검은 것에 관련된 꿈이라는 사실은 그때도 알았고 지금도 알고 있습니다. 그런데 그 다음은 아직 모르겠습니다."

말하다 말고 파라오는 문득 생각에 잠겼다. 그러다 눈을 들어 요셉을 바라보았다.

"짐이 이렇게 완전히 잊어버린 건 무엇일까? 아직 해석이 덜 끝났는데, 아직까지 알지 못하는 그것은 도대체 무엇일까? 그대는 지금까지 짐이 알고 있던 것만 예언하여, 짐으로 하여금 마치 모든 것이 가장 아름다운 방식으로 해결된 것처럼 느끼게 하다니, 참으로 놀라운 재주를 지녔다. 그렇지만 내 꿈은 무슨 뜻인가? 짐에게 무엇을 알려 주려는 건가?"

"파라오께서 아시지 못한다고 생각하신다면 그건 착각이십니다. 이 종은 파라오께서 이미 알고 계신 것을 예언해 드릴 뿐입니다. 폐하께서는 암소들이 강물에서 올라오는 것을 보시지 않으셨습니까? 처음에는 살찐 암소들이, 다음에는 여윈 것들이 한 마리씩 한 마리씩, 차례차례 올라오는데 중간에 끊기지도 않았다 하셨습니다. 그렇다면 영원의 그릇에서 그렇게 끊기지 않고 하나 하나 차례로 올라오는 것이 무엇입니까? 옆으로 나란히 오는 것이 아니라, 한 줄로 서서, 가는 것과 오는 것 사이에 빈틈도 없고 행렬이 끊기는 법도 없는 것이 무엇입니까?"

"한 해 두 해 세월이지!"

아멘호테프가 손가락을 튕겨 딱 소리를 내며 외쳤다.

"그렇습니다. 그건 당연한 일입니다. 이건 굳이 솥을 휘저을 필요도 없습니다. 그리고 암소가 한 해 두 해 세월이라는 사실을 두고 거품을 물거나 눈을 뒤집을 필요도 없습니다. 자, 암소가 일곱 마리였으니 이는 7년입니다. 그리고 차례차례 자라난 이삭도 같은 숫자였습니다. 그러면 이것들은 서로 다른 것이겠습니까?"

"아니지!"

파라오가 다시 손가락을 튕겼다.

"똑같이 한 해 두 해 세월이야."

"신의 이성에 따르면 당연히 그렇습니다. 그리고 이 일에서는 오로지 신의 이성에 영광을 돌려야 할 것입니다. 그런데 폐하의 꿈에 등장한 암소가 두번째 형태에서는 이삭이 되고, 이삭에는 일곱 개의 통통한 이삭과 일곱 개의 속 빈 이삭이 있고, 또 처음에 나타난 암소는 살이 쪘고, 나중에 등장한 것들은 못생긴 것들이었는데, 이들의 관계를 알기 위해서는 어쩌면 커다란 솥이 필요할지도 모르겠습니다. 어지간한 솥은 어림도 없고 달처럼 커야 하지 않겠습니까? 이제 파라오께서는 은혜를 베푸시어 삼발이에 걸친 솥을 가져오라 분부하십시오."

"에이, 솥은 무슨 솥!"

다시 왕이 외쳤다.

"지금이 어디 솥 이야기를 할 때인가. 또 솥이 왜 필요한가? 모든 게 뻔한데! 그 관계라는 게 수정처럼 맑아서 훤히 들여다보이지 않는가. 아름답고 살찐 암소와 흉측한 암소는 이삭과 다를 바 없어. 모두 성장과 기형을 뜻하지." 그는 말을 멈추고 둥그레진 눈으로 허공을 쳐다보았다. "풍년이

255

야! 7년 동안." 그가 탄성을 질렀다.

"그리고 나서 7년 간 기근이 닥친다."

"틀림없습니다. 그리고 폐하께서는 두번이나 계시를 받으셨으니, 꿈은 즉시 실현될 것입니다."

파라오는 눈을 들어 요셉을 쳐다보았다.

"그대는 예언이 끝난 후에도 쓰러져 죽지 않았군."

그의 탄복을 요셉은 이렇게 받아넘겼다.

"어쩌면 벌받아 마땅한 흉한 말로 들릴지 모르지만, 파라오께서 예언을 마치고도 쓰러져 죽지 않은 것이 놀랍다고 해야 할 것입니다."

"아니다. 그대는 그렇게 말하지만 그건 아니다. 그리고 그대는 쬐보의 아들이라 마치 내가 스스로 꿈을 해석하여 예언한 것처럼 보이게 만들었을 뿐이다. 그게 사실이라면 그대가 오기 전에 못했을 리가 없지 않은가. 그러나 나는 전에는 어떤 것이 잘못된 해석인지는 알았으나 무엇이 옳은 해석인지는 몰랐다. 그리고 이 해석이 올바른 해석이라는 사실에 대해서는 한 치의 의심도 없다. 내 꿈이 이 해석에서는 자신을 그대로 발견하기 때문이다. 그대는 참으로 영감이 대단한, 참으로 특별한 어린양이다. 그대는 저 심연의 전형에 붙들려 사는 노예가 아닌 게 분명하다. 그대는 저주의 시기를 먼저 말하고 나서 축복의 시기를 예언할 수도 있었지만, 그렇게 하지 않고 처음에는 축복을 그리고 다음에 시련을 예언해 주었으니, 이 얼마나 독창적인가!"

"독창적인 분은 폐하셨습니다. 그건 두 나라의 주인님이신 폐하께서 꾸신 꿈입니다. 폐하께서 살찐 암소들을 먼저 꾸시고 그 다음에 말라빠진 암소들을 꾸셨습니다. 그러므로 독창적인 분은 오로지 폐하십니다."

아멘호테프는 푹 들어간 의자에서 벌떡 몸을 일으켰다. 그리고 빠른 걸음으로 어머니에게로 걸어갔다. 위쪽, 즉 허벅지는 굵고 아래는 가는 참으로 특이한 다리였다. 최고급 삼베 사이로 허벅지가 드러났다.

"어머니, 드디어 왕의 꿈이 해석을 얻어 마침내 저는 진실을 알게 되었습니다. 그전에 진실을 얻으려고 학자들에게 구걸했던 생각을 하면, 어이가 없어서 웃음밖에 나지 않습니다. 그들은 딸들이라느니, 도시라느니, 그리고 열네 명의 아들이라느니, 그런 말이나 늘어놓으며 왕의 꿈을 하찮은 꿈으로 몰아붙여 저를 절망시켰습니다. 그러나 이 예언가 청년으로부터 진실을 듣게 된 지금 저는 웃을 수 있습니다. 물론 이 진실은 심각한 사실을 말하고 있습니다. 전 이집트에 앞으로 7년 풍년이 찾아온 다음 뒤이어 7년 간 기근이 닥친다는 계시를 얻었습니다. 이 기근은 그전의 풍성함을 완전히 잊게 만들 기근입니다. 여윈 암소들이 살찐 암소들을 잡아먹고, 불타버린 이삭들이 황금 이삭을 집어삼킨 것처럼, 이전의 풍성함은 온데간데없어질 심각한 궁핍의 때가 닥칠 겁니다. 이것이 파라오에게 꿈들을 통해 계시된 내용입니다. 물론 이 꿈들은 하나의 꿈으로, 이 나라들의 어머니인 파라오에게 전해진 꿈입니다. 이 시간까지 이에 대해 까맣게 모르고 있었다는 것이 이상할 정도입니다. 그렇지만 오늘 이 시간 이 진짜 어린양, 그러나 아주 독특한 어린양의 도움으로 진실을 알게 되었습니다. 왕이 꿈을 꾸는 데에는 제가 필요했듯이, 양이 예언을 하기 위해서는 그가 필요했던 것이지요. 사실 우리들의 존재는 '존재하지 않는 것(무엇이 아니다)'과 '늘 존재하는 것(늘 무엇이다)'이 서로 만나는 지점일 뿐입니다. 그래서 시간 속에 잠깐 등장하는 우리들의 존재는 영원의 수단일 뿐이지요. 하지만 이것만이 아닙니다! 문제는 또 있습니다. 제 아버지의 집 앞에서 사상가들 앞에서 한번쯤 제시해 보고 싶은 문제가 뭔가 하면 이런 것입니다. 과연 시간에 제한을 받는 유일하고 특수한 것이 영원한 것으로부터 더 많은 가치와 품위를 얻는 것인지, 아니면 거꾸로 영원한 것이 시간에 제한을 받는 유일하고 특수한 것으로부터 더 많은 가치와 품위를 얻는 것인지. 이는 참으로 아름다운 문제 중의 하나로 도무지 풀리질 않습니다. 저녁부터 아침에 여명이 찾아올 때까지 생각하고 또 생각해 봐도 끝이 나지 않는……"

테예가 고개를 흔들자 왕은 문득 말을 멈췄다. 그러자 어머니가 입을 열었다.

"메니, 폐하께서는 나아지지가 않는구려. 폐하께서는 제국의 안위에 중대한 의미를 갖는 꿈을 꾸셨다 하여 우리 모두에게 부담을 안겼소. 그리고 그 꿈들이 아무런 방해도 받지 않고 스스로 해석을 내리는 일이 없도록, 무슨 일이 있어도 꿈보다 먼저 해석을 얻어야 한다고 하셨소. 그리고 마침내 폐하께서는 해석을 얻게 되셨소. 혹은 얻었다고 생각하게 되셨소. 그런데 그것으로 모든 일이 끝난 것처럼 행동하고 계시오. 그리고 스스로 계시 받았다고 말하면서도 그 사실을 잊고서 엉뚱하게 아름다운 미해결의 문제로, 저 멀리 가고 있소. 그것이 두 나라를 보살피는 어머니의 행동이오? 내가 보기에 그것은 아버지의 행동이라고도 부르기 어렵소. 더 이상은 기다릴 수가 없소. 여기 이 자가 원래 있던 장소로 돌아가고, 우리 둘만 남은 후에 어머니로서 폐하를 나무라는 게 마땅하지만, 그때까지 기다리고 있을 수가 없어서 하는 말이오. 이 예언가한테 꿈을 해석하는 재주가 있을 수는 있소. 그리고 그가 말한 것도 있을 수 있는 일이오. 풍요로운 때와 웬만한 때가 번갈아 오다가 먹여 살리는 자가 나타나지 않아 들판에 축복을 내리기를 몇 차례 거부하여, 결핍과 기근이 나라들을 집어삼키는 일은 지금까지도 있어왔소. 정말이오. 그리고 이 기근이 7년이나 지속된 적도 있소. 옛날 왕들의 기념비도 그렇게 기록해 주고 있소. 그러니 이 일이 다시 도래할 수도 있어서 그대가 그런 꿈을 꾼 것일 수도 있소. 아니면 그것이 다시 오게 되어 있어서 그런 꿈을 꾼 것인지도 모르오. 만일 그대도 그래서 이런 꿈을 꾼 것이라고 생각한다면, 오, 내 아들, 이 어머니는 놀라지 않을 수 없소. 이 해석을 얻었다고 그렇게 기뻐하면서, 또 일정 부분은 그대 스스로 해석을 얻어냈다고 그렇게 즐거워하면서도 대책을 의논할 생각은 하지 않으니 말이오. 지금 당장 조언해 줄 대신들을 불러 곧 닥칠지 모르는 재앙에 어떻게 대처할지 논의해야 마땅하건만, 폐하는 이렇게 사치스러운 사색으로 빠져들어 '존재하지 않는 것'과 '늘 존재하는 것'이 서로 만나는 지점이 어쩌고저쩌고 하고 있지 않소."

"아, 어머니. 저희에겐 시간이 있어요!"

아멘호테프가 생기 넘치는 목소리로 외쳤다.

"시간이 없으면 시간을 낼 수도 없지만, 저희는 다릅니다. 저희에게는 시간이 풍부하니까요. 자그마치 7년이나! 그러니 얼마나 좋습니까? 춤을 추고 박수를 쳐야 마땅하지요. 저희 눈앞에 이런 모습으로 등장한 이 어린양이 진부한 도식에 묶여 있지 않다는 게 얼마나 좋습니까. 그는 저주의 시기를 먼저 예언하지 않고 축복의 시기를 먼저 예언했지요. 그것도 7년씩이나! 만일 내일 당장 가뭄이 닥쳐서 바싹 마른 암소의 때가 시작된다면 어머니의 나무람을 들어야 마땅하지요. 그런 경우라면 일분 일초도 놓칠 여유가 없죠. 솔직히 말하면 이러한 성장 부진에 무슨 대책이 있을지 상상도 잘 안 됩니다만, 여하튼 곧장 예방책을 세우고 명령을 내려야 할 테니까요. 그렇지만 우리 검은 나라에 살찐 해가 7년이나 먼저 선사되었으니, 이때는 나라의 어머니인 파라오에 대한 백성의 사랑이 무럭무럭 자라나 튼튼한 나무가 될 수도 있지요. 그러면 파라오는 그 나무 그늘 아래에 앉아 백성에게 아버지의 교훈을 전해 줄 수 있습니다. 그러니 생각만 해도 기쁜데, 저로서는 알 수가 없군요. 우리가 무엇 때문에 첫날부터……"

파라오는 문득 말을 끊고 요셉을 쳐다보았다.

"예언가, 짐을 바라보는 그대의 눈빛이 뭔가 절박해 보이는구나. 우리가 함께 내린 해석에 덧붙일 말이라도 있는가?"

"없습니다. 드릴 말씀이 있다면 그건 폐하의 종을 자신이 원래 있던 감옥으로, 그 구덩이로 돌려보내 주십사 하는 간

260

청뿐입니다. 폐하께서는 이 종을 폐하의 꿈 때문에 그 감옥에서 끌어 올리셨습니다. 그러나 이제 그 일은 끝났으니 소인이 이 위대한 자리에 더 이상 있는 것은 어울리지 않습니다. 종은 그 구덩이로 돌아가 두 나라의 아름다운 태양이신 파라오와 위대한 어머니 앞에 섰던 황금 같은 시간을 기억하며 살 것입니다. 제가 어머니를 두번째 자리에 올리는 이유는 말의 고달픈 처지 때문입니다. 말이란 워낙 시간에 구속을 받는지라 차례차례 말할 수밖에 없으니까요. 이렇게 시간에 굴복하여 왕께 첫번째 자리를 부여하고 어쩔 수 없이 두번째 자리에 어머니를 언급했지만, 이 두번째가 진짜 두번째는 아닙니다. 어머니는 아들보다 먼저시니까요. 여기까지가 순서에 대한 것입니다. 그리고 조금 전에 올렸던 말씀을 계속하자면, 그곳으로 돌아가서 소인은 이곳에서 크나크신 분들께서 서로 나누신 대화를 머릿속에서 이어나가 볼 것입니다. 그래서 소인이 지금 이 자리에서 실제로 두 분의 대화에 끼어든다면 마땅히 벌받을 일이겠지만, 그때는 제 머릿속에서 소리는 내지 않고 이런 말을 떠올려 볼 것입니다. '파라오께서도 옳으시다. 그 순서가 바뀌어 저주의 시간, 기근이 닥치기 전까지 준비할 기한을 얻은 것에 기뻐하시는 것도 당연하시다. 하지만 그분보다 먼저 계셨던 어머니의 말씀 또한 옳지 아니한가. 축복의 때가 시작되는 첫날부터, 그 꿈이 해석을 얻은 그날부터 다가올 재앙을 생각하고 조언을 구해야 한다는 그분의 의견과 경고 또한 얼마나 지당한 말씀인가. 그 재앙을 막을 수는 없지만—신의 뜻을 막을 수는 없으므로—하지만 그분의 조언을 생각해 보고 앞날을 내다보고 대비하는 것은 필요하지 않은가. 우리에게 주어진 축복의 시간은 시련이 닥칠 그날까지 숨을 돌리라는 의미만 있는 게 아니라, 그 뒤에 닥칠 일을 준비하고 대책을 세울 수 있는 공간이다. 그렇게 하면 재앙이라는 이름의 엄청나게 무거운 괴물 새가 다가오더라도, 단순히 그 새를 붙들어 가능하면 날개를 잘라 온 사방을 휘젓지 못하도록 제한하는 정도가 아니라, 오히려 재앙을 축복으로 돌려놓을 수도 있다.' 아마도 저는 이와 비슷한 혼잣말을 하게 될 것입니다. 소인이 크나크신 대인들의 대화에 끼어든다는 것은 있을 수 없는 불손한 행동이니까요. 그래서 또 이렇게 나직하게 혼잣말을 할 것입니다. '저주를 축복으로 바꿔 놓을 수도 있으니 예방이란 얼마나 멋지고 위대한 일인가! 그리고 신께서는 또 얼마나 자비로우신가. 왕의 꿈에 나타나 이렇게 계시해 주시면서 멀리 내다볼 수 있도록 7년이 아니라 이렇게 한꺼번에 14년을 주시지 않았는가. 여기에 예방의 허락과 또 명령이 있지 아니한가! 그건 14년이라는 세월은 7년이 두번 겹치는 것이지만, **하나**의 시간으로서 중간에서 시작하는 것이 아니고 처음부터, 즉 바로 오늘부터 시작하기 때문이다. 따라서 오늘이 바로 전체를 바라 볼 수 있는 그날이다. 그러나 전체를 바라 본다는 것은 미리 알고 예방한다는 뜻이다.'"

그러자 아멘호테프가 한마디했다.

"참으로 희한하구나. 그대는 지금 말을 한 것인가? 안한 것인가? 안하는 척하면서, 앞으로 이런 생각을 하게 될 거라고 우리로 하여금 그대의 생각을 엿듣게 하여 하고 싶은 말을 다하고 있지 않은가. 그대는 꾀보처럼 지금까지 없던 것을 처음으로 발명한 것 같구나."

"모든 것은 처음인 때가 있습니다. 하지만 이미 오래 전부터 있어온 것이 있습니다. 주어진 기한을 지혜롭게 이용하여 예방하는 것이 바로 그것입니다. 신께서 축복의 시간 앞에 저주의 시간을 정하시고, 그것이 내일부터 시작된다 하셨다면, 그것은 조언도 아닙니다. 저희가 할 수 있는 일이 아무것도 없으니까요. 기근이 인간들에게 끼친 해는 그다음에 풍년이 와도 돌이킬 수가 없습니다. 그렇지만 지금은 반대라서 시간이 있습니다. 물론 낭비할 시간이 아니라 결핍을 풍요로움으로 보상해 주고, 풍성함과 결핍에 균형을 가져다줄 수 있는 시간입니다. 그러니까 풍요로움을 아껴서 나중에 결핍을 먹여 살리는 것입니다. 이렇게 살찐 암소들이 먼저 올라오고 그 다음에 여윈 암소들이 올라온 것은 바로 그렇게 예방하라는 지시인 것입니다. 이 경우 전체를 바라 볼 줄 아는 주인은 결핍을 먹여 살리는 자로 부름을 받게 됩니다."

"그렇다면 양식을 쌓아 창고에 저장해야 한다는 말인가?"

아멘호테프가 묻자 요셉은 단호한 음성으로 받았다.

"아주 큰 창고여야 합니다! 나라들이 생긴 이래 가장 큰 창고, 과거의 어느 때와도 비교될 수 없는 큰 창고 말입니다! 긴 안목의 주인은 풍성함을 감독해야 합니다. 그는 풍요를 엄격히 관리하여 필요한 것을 쌓아두었다가 결핍의 시기에 주인이 되어야 합니다. 파라오께서는 풍요의 원천

이십니다. 파라오께서 풍요를 조금 엄격하게 관리하시더라
도 백성은 파라오를 사랑하므로 충분히 감당할 것입니다.
그러다 파라오께서 나중에 결핍의 시기가 닥쳤을 때 백성
에게 그것을 나눠 주면 파라오를 바라보는 백성의 사랑이
얼마나 커지겠습니까! 그때는 파라오께서 백성의 사랑이
키운 커다란 나무 그늘에 앉아서 그들을 가르칠 수 있을 것
입니다. 이렇게 되면 긴 안목의 주인은, 왕께 그늘을 선사
하는 자가 되겠지요."

이 말을 하면서 요셉의 눈은 우연히 위대한 어머니의 눈
과 마주쳤다. 체구가 작고 피부가 검은 그녀는 높은 의자에
여전히 꼿꼿하게 거룩한 신처럼 앉아 있었다. 그리고 두 발
도 여전히 발 의자 위에 나란히 얹은 채였다. 그를 바라보
고 있는 총명해 보이는 예리한 눈이 어둠 속에서 까맣게 반
짝였다. 그리고 위로 치켜 올라간 입술에 조소가 걸려 있었
다. 그는 공손하게 눈을 한번 깜박인 후 차분하게 눈썹을
내리깔았다.

"내가 제대로 들은 것이라면 그대도 어머니와 의견이 같
군. 그러면 지금 당장, 한시도 지체하지 말고 대신들과 조
언가들을 모두 불러 결핍을 통제하기 위해 풍요를 어떻게
감독할지 의논하라는 것인가?"

"파라오께서는 두 가지 형태의 왕의 꿈을 꾸시고 그 해석
을 듣기 위해 그들을 모두 불러 모으셨으나 별로 큰 행운을
얻지 못하셨습니다. 오히려 파라오께서는 직접 해석을 하
시고 진실을 얻으셨습니다. 그리고 계시를 얻으시고 멀리
내다보는 긴 안목을 선사 받으신 분도 바로 폐하이십니다.

따라서 오로지 파라오만이 기근 전의 풍요로움을 절제하실 수 있습니다. 이는 지금까지 한번도 없었으며, 완전히 새로운 규모의 예방이어야 합니다. 그러나 사람들을 불러모아 여럿이 될 경우에는 보통 수준이 되기 십상입니다. 한 명이 꿈을 꾸고 해석하였으니, 계획하고 실행하는 것도 한 명이 하면 됩니다."

"파라오는 자신이 계획한 것을 시행하지 않는다."

어머니 테예가 요셉과 아들을 번갈아 쳐다본 후 차갑게 말했다.

"이건 아무것도 알지 못하는 생각이다. 설령 파라오가 직접, 자신의 꿈에 따라 계획한다고 해도, 물론 그 꿈에 따라 계획해야 한다고 전제했을 경우에, 그렇게 파라오가 손수 계획을 세웠다 하더라도 그 계획을 파라오는 대인의 손들에 올려놓으면 된다. 그런 일을 하도록 준비된 자들이 있으니까. 그건 남쪽과 북쪽의 베지르이다. 이 두 명의 대신이 곡식창고와 가축 우리 그리고 보물창고를 지키는 감독관들이며 행정관이다."

그러자 놀랍다는 말투로 요셉이 말을 받았다.

"어쩜 이렇게 똑같을 수가! 소인이 지옥에 가서 머릿속에서 위대한 분들의 대화를 이어간다면 바로 그렇게 말했을 겁니다. '아무것도 모르는 생각'이라는 표현도 함께 포함해서입니다. 그리고 이 보잘것없는 자는 자신을 나무라기 위해서 이 표현을 위대한 어머니가 하시는 것으로 상상했을 것입니다. 그런데 제가 위대한 어머니께서 하시리라고 상상했던 말씀을, 위대한 어머니로부터 직접 듣고 보니 참으로 감개무량합니다. 이제 위대한 어머니의 말씀을 그대로 안고 가겠습니다. 그리고 저 아래로 내려가 이 성스러운 순간을 기억하며 머릿속으로 이렇게 대답할 것입니다. '제 생각은 아무것도 알지 못합니다. 하지만 한 가지 예외가 있습니다. 예컨대 두 나라의 아름다운 태양이신 파라오께서 자신의 계획을 스스로 실행하신다고 할 때에 '나는 파라오이다! 내가 이 일과 관련하여 널 시험해 본 후 너에게 모든 권한을 위임하니 너는 바로 나와 같다. 따라서 너는 나와 인간 사이의 중개자가 되도록 하라. 그리하여 태양과 땅의 중개자인 달처럼 나와 나라들을 위하여 재앙을 축복으로 바꾸도록 하라' 라는 말씀을, 파라오께서 여러 면으로 시험해 본 신하들에게 하실 것이라고 생각할 만큼 제 무지가 포괄적이지는 않습니다. 안타깝게도 단 한 가지 예외만은 이 무지에 빠져 있습니다.' 전 분명히 머릿속에서 듣습니다. 파라오께서는 이런 말씀을 여럿이 아닌 단 한 사람에게 하십니다. 그리고 저는 아무도 제 말을 듣지 않더라도 이렇게 말할 것입니다. '여러 사람은 이런 경우에 좋지 않습니다. 한 명이어야 합니다. 달이 그 많은 별 중에서 **하나**이듯이, 위와 아래를 연결하는 중개자로서 태양의 꿈을 아는 자이면 됩니다. 그리고 이 자가 해야 할 일을 선택하는 것에서부터 특별한 조처가 시작되어야 합니다. 그렇지 않으면 특별하기는커녕 일상적이고 불충분한 것이 될 것입니다. 그 이유는 그렇지 않을 경우 이 조처들이 믿음과 앞일을 내다보는 대비 차원에서 이루어지지 않기 때문입니다. 여러 사람들에게 꿈 이야기를 들려주면 그들은 믿기도 하고 안 믿

266

기도 합니다. 그래서 저마다 부분적인 믿음을 갖게 되고 부분적으로 대비하려 할 것입니다. 그러면 이러한 부분들이 모여서는 하나의 온전한 믿음을 이루지 못합니다. 그리고 완벽한 대비도 당연히 나오지 않습니다. 그것은 오로지 한 명에게서나 기대할 수 있는 일입니다. 그러므로 파라오께서는 꿈의 정신과 긴 안목과 대비의 정신을 지닌 사려 깊고 지혜로운 자를 한 명 선택하셔서 이집트 땅 위에 세우시며 '이 자는 나와 같다'라고 말씀하시면 됩니다. 그렇게 되면 노래에서처럼 그에 관해 이렇게들 말하게 될 것입니다. '온 나라를 두루 살피고 풍요로움을 유례 없는 조처로 관리하여 궁핍의 그날을 맞아 편히 쉴 수 있는 그늘을 선사한 것은 바로 그였다.' 이것이 제가 구덩이에서 혼자 하게 될 말들입니다. 여기 신들 앞에서 하기에는 외람되고 우스운 말이 될 테니 말입니다. 이제 파라오께서는 이 종을 태양이 있는 곳에서 물러나 자신이 속한 그늘로 돌아가도록 허락해 주시겠습니까?"

그리고 요셉은 벌을 수놓은 커튼이 있는 쪽으로 돌아보며 한 팔을 올려 그곳으로 나가도 되겠느냐고 묻는 시늉을 했다. 어머니 여신의 눈이 그를 노려보고 있었다. 입술 주위로 세상 물정을 훤히 아는 주름이 더 깊어지면서 조롱 섞인 미소를 흘려보냈다. 요셉은 일부러 그쪽을 쳐다보지 않았다.

"그런 건 믿지 않아"

"거기 머물라."

아멘호테프가 말했다.

"미안하지만 조금만 더 있게나, 친구! 그대는 자신이 발명한 묘한 악기를 꽤 괜찮게 연주했네. 이렇게 말을 안하고도 말할 수 있으니. 아니, 다른 사람들로 하여금 자신의 생각을 엿듣게 하여 말을 안하면서도 결국은 말을 한 결과가 되니까. 여하튼 그대는 짐으로 하여금 나의 왕관 꿈을 해석할 수 있도록 해주었을 뿐 아니라, 이렇게 말을 안하고도 말을 할 수 있는 새로운 발명품으로 짐을 기쁘게 해주었다. 그런데도 파라오가 그대에게 아무 상도 주지 않고 그냥 돌려보내리라고 생각하는 것은 아닐 테지. 파라오는 당연히 그대에게 상을 내릴 생각이다. 다만 문제는 어떤 상을 내리는가 하는 점인데, 아직 여기에 대해서는 생각을 정하지 못했다. 짐이 만약 예컨대 이 거북이 라우테를 그대에게 선물한다면, 장난꾸러기 신의 발명품인 이 악기는 짐이 생각하기에도 너무 적고, 그대의 생각에도 너무 적은 선물이 될 것이다. 그렇지만 일단은 이것을 받게, 친구. 자, 팔에 안으면 그대 얼굴에 잘 어울릴 것이다. 노련한 자는 이것을 예언하는 형제에게 주노라. 그리고 그대는 예언하는 자이기도 하고, 노련한 자이기도 하지. 하지만 그밖에도 짐은 그대가 원한다면 그대를 궁중에 데리고 있고 싶은 생각이 간절하네. 그리고 아름다운 명칭을 정해 주고 싶네. 예를 들면 '왕의 첫번째 꿈 해석가'라는 식의 화려한 호칭으로 덮게 되면 그대의 진짜 이름은 완전히 잊혀지지. 참, 그런데 그대의 이름은 무엇인가? 아마도 벤-에제네 혹은 네카티야, 뭐 그런 이름일 테지?"

그러자 요셉이 대답했다.

"소인의 지금 이름은 예전의 제 이름이 아닙니다. 제 어머니 별 처녀도, 신의 친구인 제 아버지께서도 저를 이 이름으로 부르지 않으셨습니다. 하지만 절 원수 취급한 형들이 저를 구덩이에 밀어넣고, 제가 아버지에게 이미 죽은 자가 된 이후, 그러니까 제가 이 나라로 유괴된 이래 저는 다른 이름을 만들었습니다. 그 이름은 오사르시프입니다."

"흥미로운 이야기로구나."

지나치게 편안한 의자의 방석에 푹 파묻힌 아멘호테프의 말이었다. 요셉은 팔에 항해사의 선물을 안고 그 앞에 서 있었다.

"그러면 그대는 사람들이 항상 같은 이름으로 불려야 하는 것이 아니라, 상황에 맞는 이름을 가져야 한다는 것인

가. 그래서 지금 어떤 상태인가에 따라서 이름이 달라야 한다는 것인가? 어머니, 어떻게 생각하세요? 짐은 마음에 드는 것 같습니다. 아니, 이 놀라운 견해가 마음에 듭니다. 이런 견해를 들으면 낡아빠진 견해밖에 모르는 자들이 입을 다물지 못할 것입니다. 그리고 사람들은 그들 앞에서도 입을 다물지 못하지요. 하품이 나오니까요. 파라오 역시 이미 오래 전부터 같은 이름으로 불리고 있습니다. 그러나 이 이름은 지금의 그의 상태와 이미 오래 전부터 별로 조화를 이루지 못하고 있습니다. 그래서 파라오는 지금의 상황을 보다 정확히 표현해 주는 새로운 이름을 덧붙이고 싶은 생각을 품고 있습니다. 오해를 만드는 옛날의 이름은 물론 벗어야 합니다. 하지만 짐의 이런 의도에 대해서 지금까지 한마디도 한 적이 없지요. 그건 어머니와 단둘이 있을 때 털어놓는 것이 불편해서 그랬습니다. 하지만 이 예언가 오사르시프가 있는 자리에서는, 이 자 역시 이전에는 다른 이름으로 불렸다 하니, 오늘이 좋은 기회라 이런 말씀을 드리는 것입니다. 물론 당장 내일부터 새 이름을 쓰겠다는 건 아닙니다. 하지만 곧 그렇게 될 겁니다. 지금 제 이름은 하루가 다르게 거짓말이 되어가고, 하늘에 계시는 제 아버지를 거역하고 있으니까요. 제 이름이 아문의 이름을 가지고 있다는 것은 수치가 아닐 수 없습니다. 잠시면 몰라도 오랫동안 이런 일을 참고만 있을 수는 없습니다. 아문이 누구입니까? 왕좌를 훔친 자입니다. 그는 레-호르아흐테, 곧 이집트 왕들의 시조인 온의 주인님을 잡아먹고 스스로 아문-레라 칭하며 제국의 신으로 군림하고 있습니다. 이런 아문의 이

름을 계속 더 달고 있어야 한다는 것이 제게 얼마나 큰 부담이 되는지 어머니는 아셔야 합니다. 저는 사실 아톤의 마음에 드는 그런 이름을 갖고 싶습니다. 저는 그로부터 나왔기 때문입니다. 그에게는 예전에 있었던 것과 앞으로 있을 것이 하나로 합쳐져 있습니다. 보십시오. 이렇게 아문은 현재이지만, 제 아버지는 과거이며 미래입니다. 그래서 우리 둘은 늙기도 하고 젊기도 하지요. 예전의 것인 동시에 앞으로 다가올 미래의 것이니까요. 파라오는 세상에서 이방인입니다. 그의 집은 태곳적으로 스핑크스의 시대, 호르-엠-아흐테의 시대였으니까요. 그때 왕들이 팔을 올려 숭배한 아버지가 바로 레였지요. 그리고 또 한편 파라오의 고향은 앞으로 다가올 시간입니다. 그가 복음을 전파하는 바로 그 미래가 파라오의 고향입니다. 그날이 오면 모든 인간은 자신들의 자비로운 아버지 유일신인 태양을 바라보게 될 것입니다. 아들의 가르침에 따라서 말입니다. 아들은 아버지의 지시를 받았습니다. 왜냐하면 그는 아버지로부터 나왔고 그의 혈관에 아버지의 피가 흐르고 있으니까요. 여봐라!" 파라오가 요셉을 불렀다.

"이리 가까이 와서 여기를 보아라!"

그리고는 여윈 팔에서 삼베옷을 잡아당겨 요셉에게 팔 안쪽의 푸른 핏줄을 보여주었다.

"이것이 태양의 피다!"

팔이 떨리는 게 눈에 보였다. 그 팔을 잡고 있는 아멘호테프의 다른 손도 떨고 있었다. 요셉은 공손하게 자신 앞에 내민 것을 바라본 후 다시 뒤로 조금 물러섰다. 그걸 보고 어머니-여신이 말했다.

"메니, 지금 그대는 흥분했소. 흥분은 폐하의 건강에 해
롭소. 꿈 해석도 끝났고, 이야기도 많이 나누었으니 이제
쉬도록 하시오. 그리고 시간을 두고 심사숙고하시오. 폐하
는 지금 결정할 일이 많소. 어쩌면 다가올 수 있는 일에 대
한 대비책도 그렇고, 이름을 고치려는 무척 중요한 문제와
관련해서도 그러하고, 그리고 부수적으로는 이 예언가에게
내릴 적당한 선물도 그렇소. 자, 그러니 이제는 침상으로
가시오!"

그러나 왕은 이를 원치 않았다.

"어머니, 제발 그만두십시오! 전 지금 기분이 아주 좋습
니다. 그리고 몸도 좋습니다! 정말이에요. 아주 건강합니
다. 피곤한 줄도 모르겠습니다. 제가 흥분한 건 좋아서 흥
분한 겁니다. 그리고 이 흥분이 제게는 좋아요. 어머니께서
는 어린 시절의 유모들과 똑같은 말을 하는군요. 그들은 제
가 아주 즐거워할 때면 이렇게 말하곤 했지요. '너무 지치
셨습니다. 두 나라의 후계자시여, 이제 침대로 가셔야 합니
다.' 그러면 미칠 것 같고 화가 나서 발버둥쳤었지요. 하지
만 지금은 장성하여 어머니께 그렇게 염려해 주시니 감사
하다고 말씀 드릴 수 있게 되었습니다. 하지만 이 접견이
보다 아름다운 결과로 인도할 수 있다는 확신이 듭니다. 침
대에서보다는 이 노련한 예언자와 대화하는 것이 결정을
내리는 데도 더 큰 도움이 될 것입니다. 이 청년은 다른 것
은 그만두고라도 저로 하여금 어머니께 제가 보다 올바른
이름을 갖겠다는 의도를 밝힐 수 있는 기회를 만들어주었

습니다. 전 그 점에 대해 이 청년에게 고맙게 생각합니다. 제 이름은 유일한 분의 이름을 가지고 있는 참된 이름, 즉 에흔아톤으로 할 생각입니다. 그리하면 제 아버지도 제 이름을 듣고 흡족해 하실 것입니다. 사실 모든 것은 그분의 이름을 따라 불러야 합니다. 아문의 이름을 따라서는 안 됩니다. 그리고 나라들의, 곧 두 나라의 여주인, 궁궐을 아름다움으로 채우는 달콤한 티티가 얼마 후 출산하게 되면 왕자든 공주든 메리트아톤이라 부를 것입니다. 그렇게 하여 왕의 자식이 사랑이신 그분의 사랑을 얻게 할 것입니다. 혹시 그 일로 카르낙에 있는 세력가가 불쾌한 얼굴로 짐을 찾아와 숫염소의 분노를 운운하며 저를 오랫동안 지루하게 협박한다 해도 겁나지 않습니다. 그 정도는 감수할 수 있습니다. 이 모든 것은 하늘에 계신 아버지를 사랑하는 마음으로 견딜 생각입니다."

"파라오께서는 지금 우리가 혼자가 아니라는 사실을 잊고 있소. 그런 일은 백성 중의 한 명인 예언가가 듣고 있는 자리에서 꺼내지 않는 것이 현명하오."

어머니의 핀잔에 아멘호테프는 이렇게 대답했다.

"괜찮습니다, 어머니. 그는 나름대로 고상한 신분을 가진 자입니다. 이 점은 그 자신이 이미 우리에게 알려 주었습니다. 그는 자신을 가리켜 한 꾀많은 이와 사랑스러운 여인 사이에서 태어난 아들이라 했습니다. 제게는 이것이 어딘지 모르게 매력적으로 느껴집니다. 그리고 어린아이였을 때 어린양이라 불렸다는 것도 일종의 고상함을 증명해 줍니다. 낮은 신분의 아이들은 그런 이름으로 불리지 않으니까요. 게다가 제가 받은 인상을 말하자면, 그는 많은 것을 이해하고, 많은 것에 대답할 수 있는 능력이 있습니다. 특히 그는 짐을 사랑하고 도울 각오가 되어 있습니다. 아니 그는 이미 짐을 도와주었습니다. 꿈을 해석해 준 것도 그렇고, 또 그리고 자신의 상태와 형편에 따라 이름을 달리해야 한다는 독특한 견해를 밝힌 것도 제게는 큰 도움이 되었습니다. 다만 그가 자신을 부르는 이름이 짐의 마음에 드는 것이었더라면 모든 게 훨씬 좋았을 텐데."

파라오는 요셉을 쳐다보았다.

"그대를 불쾌하게 하거나 우울하게 만들 생각은 없네. 하지만 그대가 자신에게 지어준 이름 오사르시프는 짐을 우울하게 만드네. 이건 죽은 황소를 오사르-하피라 부르듯이 죽은 자의 이름이 아닌가. 그리고 이런 죽은 주인님의 이름을 가진 자는 우시르가 아닌가. 판관의 자리에 앉아 공정한 저울을 들고 있는 무서운 자. 공정하긴 하되 자비라고는 없어서 그 판결이 두려워 사람들로 하여금 떨게 만드는 자. 그것은 이미 오래된 믿음이 갖는 겁주기야. 하지만 이 믿음 자체도, 이 오사르-신앙도 이미 죽었어. 나는 내 아버지의 아들이야. 그런 건 믿지 않아!"

그러자 다시 어머니의 음성이 들렸다.

"파라오, 다시 한번 그대에게 주의를 줘야 할 것 같소. 꿈을 해석하는 이 낯선 자가 곁에 있어도 서슴지 않고 내가 나서는 이유는 폐하 스스로도 그를 오랫동안 접견하는 은혜를 베풀어 주고, 또 어린 시절 '어린양'이라 불렸다 한 그의 말만 믿고 그자의 신분을 고상한 신분이라 여기고 있기 때문이오. 그러니 이 낯선 자가 듣거나 말거나 나는 그대에게 경고하지 않을 수 없소. 제발 절도를 지키고 지혜롭게 행동하시오. 아문이 지평선의 거주자 아톤과 자신을 동일시하여 자기 권력의 보편성을 주장하지 못하도록 막아서 아문의 세력을 약화시키려는 폐하의 의도는 좋소. 하지만 이 일만 해도 세상의 온갖 현명함과 정치가 필요한 법이오. 말하자면 여기에는 냉정한 머리가 필요한 것이지, 뜨거운 흥분은 해만 가져온다오. 그런데 폐하는 그것도 모자라 우시르에 대한 백성의 믿음까지 건드리려고 하고 있소. 이것은 곤란하오. 백성들은 그 아랫세상의 왕을 다른 어떤 신보다 사랑하고 있소. 그들이 이 신에게 그토록 애착을 갖는 이유는 그 신 앞에서는 모두 다 똑같기 때문이오. 그래서 각자 그의 이름으로 그의 안으로 들어가고 싶어 한다오. 그러니 많은 백성들의 애착과 취향을 건드리지 말고 너그럽게 대하시오. 그러지 않으면 폐하는 기껏 아문에게 수치를 주어 아톤이 득을 보게 만들었다 하더라도, 백성들이 좋아하는 우시르를 모욕하게 되면 백성들의 원성을 살 것이고, 그렇게 되면 아톤은 결국 얻는 것이 없을 것이오!"

"아, 어머니! 그건 백성들이 착각하고 우시르에게 집착하는 겁니다! 영혼들이 판관의 의자를 찾아가려면 일곱 개의 공포의 골짜기를 일곱번이나 지나야 합니다. 그 계곡에 도사리고 있는 악령들은 그들이 한 걸음 한 걸음 옮길 때마다 360개의 기억하기 어려운 마법 주문으로 이들을 심문합니다. 그러면 이 가련한 영혼들은 이 주문에 줄줄이 대답을 해야 합니다. 물론 엉뚱한 자리에서 엉뚱한 대답을 하면 안 되지요. 그렇게 그 심문을 통과하지 못하면 그 계곡을 벗어나지도 못하고 판관의 의자에 닿기도 전에 잡혀 먹히죠. 그리고 설령 의자에 닿았다 해도 그들은 잡혀 먹히기 십상입니다. 저울에 올린 저들의 심장이 너무 가벼울 테니까요. 그러면 이번에는 아멘테의 개, 그 괴물의 밥이 되고 말지요. 상황이 이러한데 어머니, 도대체 거기에 애착을 걸 게 뭐가 있단 말입니까? 어머니께 묻고 싶습니다. 그런데도 거기에 매달릴 게 있다는 건가요? 이것은 하늘에 계신 제 아버지의 사랑과 자비로움을 거역하는 겁니다! 그렇습니다. 우시르, 아래에 있는 그 자 앞에서는 모두 평등하지요. 똑같이 두려움만 느낄 테니까요! 그러나 그분 앞에서는, 하늘에 계시는 아버지 앞에서는 모두들 기쁨을 누린다는 점에서 평등한 겁니다. 아문과 아톤의 보편성도 이와 마찬가지죠. 아문 또한 레의 도움으로 보편성을 얻어 온 세상이 자신을 숭배하게 만들어 세계를 하나로 통합하려 합니다. 그런 점에서는 아문이나 아톤이나 마찬가지입니다. 그렇지만 아문의 목적은 온 세상을 경직된 공포에 예속시켜 하나로 만들려는 것입니다. 이것은 잘못된 합일이며 암울한 통일입니다. 하지만 제 아버지가 원하는 것은 이런 게 아닙니다. 그분은 기쁨과 따뜻한 인정으로 자신의 자녀들을 하나로 결합시키려 하시니까요!"

"메니, 이제 쉬는 게 좋겠소. 기쁨과 따뜻한 인정에 대한 이야기는 그만하는 게 좋겠소. 경험상 폐하는 이 단어들을 말하면 위험해지곤 했었소. 그럴 때마다 정신을 잃었으니까."

어머니가 목소리를 낮춰서 말했다.

"어머니, 전 지금 믿음과 믿지 않는 것에 대한 이야기를 하고 있습니다."

아멘호테프가 대답했다. 그는 다시 파묻혀 있던 방석에서 몸을 일으켜 발을 바닥에 내려놓았다.

"제가 하는 이야기는 믿음과 믿지 않는 것에 관련된 겁니다. 그리고 짐에게 주어진 재능은 제게 이렇게 말해 줍니다. 믿지 않는 것은 믿음만큼이나 중요하다고, 아니 어쩌면 그보다 더 중요할지도 모른다고. 무엇인가를 믿는다는 것은 여러 가지를 믿지 않는다는 말이 되기도 합니다. 다시 말해서 믿음에는 몇몇 믿지 않는 것도 속하는 것입니다. 어떤 사람이 잘못된 익살을 믿고 있다면, 어떻게 올바른 것을 믿을 수 있겠습니까? 따라서 백성에게 올바른 것을 가르치려면, 어쩔 수 없이 백성에게서 그들이 애착을 걸고 있는 잘못된 믿음을 빼앗아야 합니다. 이것이 잔인한 일일 수도 있지만 사랑에서 나온 잔인함입니다. 그리고 하늘에 계신 제 아버지께서도 이 점을 용서해 주실 겁니다. 그래요. 도대체 믿음이 더 굉장합니까? 아니면 믿지 않는 것이 그러합니까? 과연 어떤 것이 앞서야 합니까? 믿는다는 것은 더없이 황홀합니다. 그러나 믿지 않는다는 것이 믿는 것보다 어쩌면 더 행복한 겁니다. 짐은 그것을 발견했습니다. 짐이 직접 겪어보았습니다. 그래서 짐은 두려움의 깃털과 악령들 그리고 우시르와 그의 끔찍한 자들과 그 아래에 있는 잠아먹는 여자는 믿지 않아요! 그건 안 믿어요! 안 믿어!"

파라오는 흡사 노래를 흥얼거리는 듯했다. 그리고 양팔

을 벌리고 특이하게 생긴 다리를 움직여 빙글빙글 춤을 추었다. 그러면서 손가락까지 튕겼다.

그러자 숨이 가빠졌다. 이어 요셉 옆에 선 그는 헐떡이는 목소리로 물었다.

"그대는 왜 자신에게 죽은 사람의 이름을 주었는가? 그대의 아버지가 그대를 죽은 줄 알고 있다 해도 그대는 이렇게 살아 있지 않은가?"

"저는 그분께 침묵해야 합니다. 그래서 이런 이름으로 저를 거룩하게 만들어 침묵에 성물로 바쳤습니다. 이렇게 거룩해진 자, 예비된 자는 바로 아래에 속한 자들입니다. 폐하께서는 거룩하게 성별된 자를 이 아래의 것과 분리하실 수 없습니다. 그는 아래에 속하니까요. 그의 머리에 위에서 내려온 후광이 있는 것도 그래서입니다. 사람들은 모든 제물을 아래의 것에 바칩니다. 하지만 실제로는 이를 통해 위에 제물을 바치는 것입니다. 이것이 바로 신비입니다. 왜냐하면 신께서는 아래와 위를 합친 전체시니까요."

그 말에 아멘호테프도 감동했다.

"그는 빛이요 달콤한 태양 원반이시다. 그 햇살이 나라들을 얼싸안아 이들을 사랑으로 묶어주신다. 그는 사랑으로써 사람들의 손들을 약하게, 부드럽게 만드신다. 강한 손을 가진 자들은 믿음이 아래로 향하는 악한 자들뿐이다. 아, 믿음이 아랫것과 짓부수는 이빨로 잡아먹는 여자에게 매달리지 않는다면, 이 세상은 사랑과 자비로움으로 훨씬 더 좋아질 텐데! 인간이 아래쪽을 향하는 믿음을 가지지 않는다면, 인간이 저지르지 않을 일도 참으로 많고, 또 그런 짓을 달가워하지 않을 일도 참으로 많을 텐데! 이런 이야기를 솔직하게 말한 파라오는 한 명도 없었다. 짐의 세속의 아버지의 할아버지, 아헤페루레 왕을 아느냐? 그는 아주 강한 손을 가지고 있었다. 그래서 활을 당길 수도 있었지. 나라 전체에 그분 말고는 활을 당길 자가 없었다. 그는 아시아로 출정하여 그곳 왕들을 물리치고 포로로 잡았지. 그리고 그왕들을 배 머리에 거꾸로 매달았다. 머리가 아래로 향하게. 그러자 머리카락이 아래로 쏟아져 내렸고, 피가 몰린 눈에는 세상도 거꾸로 보였지. 그러나 그것은 시작이었을 뿐이다. 짐의 선조는 그것 말고 다른 일들도 했다. 하지만 그것이 어떤 일이었는지는 지금 말하지 않겠다. 그 이야기는 어린 시절 짐의 유모들이 늘 들려주면서 왕의 정신에 주입시킨 첫번째 이야기였다. 그러나 짐은 그 때문에 자다가 깨어나서 울음을 터뜨렸다. 그러면 책의 집에서 달려온 의사들이 해독제로 다른 이야기들을 주입시켰다. 자, 만일 아헤페루레가 공포의 깃털과 유령과 우시르와 그의 끔찍한 자들과 아멘테의 개를 믿지 않았더라도, 적들에게 그런 행동을 했을 거라고 생각하는가? 인간은 워낙 혼자서는 어찌할 바를 모르는 종자다. 그들은 자기들 스스로 아는 게 없다. 그리고 아무리 작은 것이라 해도 혼자 생각해 내는 법이 없다. 그들이 할 줄 아는 것이라고는 오로지 신들을 모방하는 것뿐이다. 그래서 자신들이 생각하는 신의 모습을 본받는 것이다. 따라서 신성을 정화하면 곧 인간을 정화하는 셈이지."

요셉은 대답하기 전에 파라오의 어머니를 쳐다보았다.

그리고 자신을 바라보는 그녀의 눈빛에서 파라오의 의견에 반대하는 뜻을 밝히는 이야기를 해도 좋다는 허락을 읽은 후에야 입을 열었다.

"파라오의 말씀에 대답하는 것은 보통 어려운 일이 아닙니다. 폐하께서는 정도를 벗어날 정도로 탁월한 재능을 지니셨기 때문입니다. 그리고 폐하의 말씀은 모두 옳기 때문에 그저 고개를 끄덕이며 '맞습니다, 맞습니다'라고 중얼거릴 수밖에 없습니다. 아니면 아예 입을 다물고 파라오께서 하시는 옳은 말씀을 이불 삼아 다른 이야기들이 모두 잠들게 할 수도 있습니다. 그렇지만 사람들은 다른 사실도 알고 있습니다. 파라오께서는, 대화가 그저 옳은 수준에 머물러 그곳에서 잠드는 것은 좋아하시지 않는다는 것을. 폐하께서는 대화가 오히려 그 자리를 털고 나와 옳은 수준을 넘어 어쩌면 더 멀리 있는 진리까지 나아가기를 원하십니다. 옳은 것이 모두 진리는 아니기 때문입니다. 진리는 무한히 멀리 있습니다. 그리고 모든 대화는 무한합니다. 이것은 영원으로 나아가는 여행으로 쉬지 않고 풀려나갑니다. 혹은 진리의 모든 단계에서 다급하게 '옳아, 옳아!'를 외치며 잠시 쉬었다가 다시 앞으로 나아갑니다. 한 정거장에 잠깐 머무를 뿐 영원히 여행을 계속하는 달처럼 말입니다. 그런데 이렇게 달 이야기가 나온 이상, 소인은 제 세속의 아버지의 할아버지 이야기를 하지 않을 수가 없습니다. 제 의도와는 상관없이, 그리고 지금 이 자리가 그런 이야기를 할 수 있는 적당한 곳이건 아니건, 이렇게 무턱대고 말씀 드려야 하는 이유는 그분을 저희 집안에서는 바로 달-나그네라 불렀기 때문입니다. 이 이름을 완전히 세속의 이름이라 하기는 좀 어려운 것도 사실입니다. 그리고 그분에게는 또 아비람 (Abirâm)이라는 이름이 있었습니다. 그 이름의 뜻은 '내 아버지는 숭고하다' 혹은 '숭고한 자의 아버지' 입니다. 그분은 갈대아의 우르, 곧 탑의 나라 사람인데 그분은 그곳이 마음에 들지 않아서 길을 떠나신 후 어느 곳에도 정착하지 않으셨습니다. 조금 전에 말씀 드린 이름으로 그분을 부른 것도 그래서입니다."

여기서 왕이 끼어들었다.

"어머니, 이제는 짐의 예언가가 나름대로 좋은 가문 출신 이라는 걸 아시겠지요? 그 자신만 '어린양' 이라 불린 게 아 니라, 그의 조상까지도 세속을 초월한 이름을 가졌다 하지 않습니까. 낮은 신분의 사람들은, 그리고 이것저것 뒤섞인 신분의 사람들은 자신들의 선조도 알지 못하는 게 보통입 니다. 그러면 네 선조는 진리를 찾아다니는 나그네였더 냐?"

"예, 그리고 그는 아주 건장한 나그네여서 마침내 신을 발견하여, 각자 상대방 안에서 거룩해지기 위해 동맹을 맺 을 수 있었습니다. 그렇지만 그는 다른 의미에서도 건장한 사람이었습니다. 강한 손을 지닌 남자였으니까요. 그는 동 방의 도적 왕들이 습격하여, 불을 지른 후 그의 형제 롯을 끌고 가자 용감하게 자리를 떨치고 일어나 즉각 추격한 분 이었습니다. 그때 데리고 간 사람들이 남자 318명과 그의 늙은 종 엘리에젤까지 합쳐서 모두 319명이었습니다. 그리 고 다마쉬키(Damaschki) 너머까지 적을 몰아낸 후 형제 롯을 구해 내었습니다."

어머니는 고개를 끄덕이고 파라오는 눈을 내리깔았다. 잠시 후 그가 물었다.

"출정한 것이 그러면 신을 발견하기 전이냐? 아니면 그 이후였느냐?"

"그 중간이었습니다. 신을 발견하기 위한 작업을 하는 도중이었지요. 그리고 이 출정으로 해서 이 작업에 피해가 생긴 것도 아닙니다. 불을 지르며 행패를 부리는 도적 왕들을 달리 어떻게 할 수 있겠습니까? 그들은 평화의 신으로 깨우쳐 주기에는 너무 멍청하고 악합니다. 그래서 이럴 경우에는 평화의 신이 강한 손도 가졌다는 사실을 깨닫도록 그들을 강타하는 방법밖에 없습니다. 이 땅의 모든 일이 그나마 절반 정도라도 신의 뜻에 따라 이루어지고, 사람을 죽이고 불태우는 자들의 머리가 온통 이 땅을 지배하지 않도록 하는 것이 신에 대한 책임입니다."

그러자 아멘호테프가 침통하게 말했다.

"보아하니, 그대도 내가 어린아이였을 때, 시종들 중의 하나였더라면 거꾸로 매달린 자의 머리카락과 핏발이 곤두선 눈 이야기를 들려주었겠군."

이에 요셉은 혼잣말처럼 뇌까렸다.

"탁월한 재능을 지니시고 그렇게 성숙하신 파라오께서도 착각을 일으켜 잘못 짐작하시는 일이 있을 수 있을까? 물론 그런 생각은 해서는 안 되겠지만, 만약 그럴 수도 있다고 가정한다면, 그건 파라오께서 거룩한 신성 외에도 인간적인 면을 가지고 있다는 증거이다. 명성에 얽힌 이야기들을 들려주어 파라오를 괴롭힌 자들은 무조건 전쟁과 무기의 쾌락을 펀드는 자들이었다. 이들에게는 전쟁과 무기 자체가 목적이라 해도 과언이 아니다. 그렇지만 파라오의 예언가는, 이 달-나그네의 후손은 평화의 신이 일으키는 전쟁에 복음을 전하려 한다. 그래서 평화에 건장함이라는 단어 하나를 얹어놓는다. 위와 아래 두 차원을 오가며 협상을 벌이는 중개자로서 말이다. 무기는 어리석다. 그러나 온유함을 현명한 것이라 말하고 싶지는 않다. 현명한 것은 온유함에 건장함을 충고하는 중개자이다. 그리하여 그 온유함이 종국에 이르러 신과 인간 앞에서 어리석은 모습으로 서지 않게 해야 한다. 아, 이런 내 생각을 파라오 앞에서 말씀 드릴 수 있다면 얼마나 좋을까!"

그러자 아멘호테프가 말했다.

"다 들었네. 또 장난을 쳤군. 그대의 발명품으로 말이지. 이번에도 다른 사람들은 귀가 없는 것처럼 혼잣말을 하면서 다 알아듣게 했으니까. 어쩌면 그대가 항해사의 선물을 안고 있어 그 장난꾸러기 신의 정신이 그대의 말에 스며들어 장난을 치는 것인지도 모르지."

그러자 요셉이 말을 받았다.

"그럴지도 모릅니다. 파라오께서 지금 가르쳐 주셨습니다. 그럴지도 모릅니다. 그럴 수도 있습니다. 그리고 그럴 수 있다는 가능성을 완전히 배제해서는 안 됩니다. 어쩌면 그 노련한 자가 지금 이 자리에 나타나 파라오께 상기시키려는 것인지도 모릅니다. 어떤 사실을 말입니까? 파라오가 꾸신 그 꿈을 아래에서 끌어 올려 왕의 침상에 옮겨 놓은 자가 바로 자신이라고 말입니다. 그 신은 쾌활한 성격의 신임에도 불구하고 아래로 인도하는 안내자이기도 하며 달의 친구이며 죽은 자의 친구입니다. 그는 위에 가서는 상냥한 말로 아래를 편들고, 아래에 가서는 상냥한 말로 위를 편듭니다. 이렇게 그는 하늘과 땅을 연결하는 중개자입니다. 그는 중개되지 않은 것은 싫어합니다. 그에게는 다른 모든 존재보다 앞서서 알고 있는 지식이 한 가지 있습니다. 그것은 한 사람이 옳으면서도 틀릴 수도 있다는 사실입니다."

"지금 그대의 숙부 이야기로 되돌아오는 건가? 가짜였던 진짜 말일세. 먼지구덩이에 앉아 닭똥 같은 눈물을 흘려 세상을 웃음바다로 만들었다는 그 숙부 이야기는, 이야기가 원래 있던 자리에 그냥 두게! 장난스러운 이야기지만 가슴이 답답해지니까. 어쩌면 장난스러운 것은 항상 답답한 것인지도 모르지. 그래서 우리로 하여금 자유롭고 행복하게 숨 쉴 수 있게 해주는 것은 오로지 황금 같은 진지함뿐일지도 모르지."

"그 말씀이 진심이기를! 진지하고 엄격한 것은 바로 빛입니다. 그리고 아래에서 위로 경쾌하게 솟구쳐 오르는 힘은 정말 힘이어야 하며, 남자의 힘이어야 합니다. 그저 따뜻한 인정이 아니어야 합니다. 그렇지 않으면 그것은 가짜이며 때이른 것이며, 거기엔 눈물이 있게 됩니다."

요셉은 이 말을 마친 후 어머니 쪽을 쳐다보지 않았다. 그러나 곁눈질로도 그녀가 동의하는 뜻으로 고개를 끄덕이는지 아닌지는 알아볼 수 있었다. 그러나 그녀는 고개를 끄덕이지 않았다. 하지만 자신에게서 눈을 떼지 않고 줄곧 응시하고 있었음은 알 수 있었다. 어쩌면 이것은 고개를 끄덕이는 것보다 더 좋은 것일 수도 있었다.

아멘호테프는 이야기를 듣지 않았다. 그는 지나칠 정도로 편하게 의자에 파묻혀 있었다. 그건 옛 양식과 아문의 엄격함에 저항하는 자세였다. 팔꿈치는 팔걸이에 고이고 다른 손은 허리에 올리고 체중이 실리지 않은 다리의 발가락 끝을 펴고 자기가 한 말을 생각하고 있었다.

"짐이 생각해 봐도 짐은 탁월한 말을 한 것 같다. 사람들은 마땅히 이 말에 귀를 기울여야 할 것이다. 곧 익살과 진지함, 가슴을 답답하게 하는 것과 행복, 하늘과 땅을 연결하는 달의 중개 역시 익살스럽고 정신적이며 무섭지 않다. 그러나 황금의 진지함을 갖고 추호의 거짓도 없는 것은 바로 아톤의 햇살이다. 그것은 진리 안에서 결합시키며 자비로운 손길로 끝을 내며 아버지가 창조하신 피조물을 애무한다. 오로지 둥근 태양만이 신이시며 거기서 진리가, 신뢰할 수 있는 사랑이 세상으로 쏟아져 내리지."

"온 세상이 파라오의 말씀에 귀를 기울입니다. 그리고 그분이 가르치실 때에는 누구 하나 그 말씀 중 하나라도 놓치지 않으려 합니다. 다른 사람이라면 그럴 수 있을지 몰라도, 그리고 설령 어쩌다 한번 파라오의 말씀처럼 명심할 가치가 있는 말을 했다 하더라도 그의 말을 놓치는 일은 있을 수 있어도, 두 왕관의 주인님이신 파라오의 말씀은 결코 한마디도 놓치는 법이 없습니다. 그분의 황금 같은 연설은 소인으로 하여금 저희 가문에서 전해 내려오는 이야기 하나를 떠올리게 합니다. 그건 아담과 이브, 최초의 인간들에 관한 이야기입니다. 이들은 처음으로 밤을 맞자 이 최초의 밤이 너무 무서워 겁에 질렸습니다. 그들은 땅이 다시 황폐해지고 텅 비는 줄 알았습니다. 왜냐하면 각각의 사물을 구별하여 제자리에 앉히는 것은, 그리하여 공간과 시간을 만드는 것은 빛이기 때문입니다. 하지만 밤은 다시 무질서를 가져와서 혼돈과 혼란을 야기합니다. 두 사람은 낮이 저물어 저녁 노을 안에서 죽음을 맞으려 하고 온 사방에서 암흑이 기어오자 말할 수 없는 공포를 느꼈습니다. 그래서 이들은 얼굴을 가렸습니다. 그러나 그들에게는 신께서 주신 두 개의 돌이 있었습니다. 하나는 깊은 암흑의 돌이었고, 또 하나는 죽음의 그늘의 돌이었습니다. 아담은 에바를 위해 돌을 문질렀습니다. 그러자 거기서 불이 튀어 나왔습니다. 그건 품안에서 나온 불, 가장 깊숙한 곳에 있는 태초의 불로서 번개처럼 젊으나 레보다 더 늙고 더 오래된 불이었습니다. 그 불이 메마른 것들로 옮겨가며 계속 불이 붙어 그들에게 밤을 정돈해 주었습니다."

"아주 아름다워! 아주 훌륭해!" 왕이 감탄했다.

"그대의 집안에는 꾀보 이야기만 있는 게 아니로구나. 그 첫 인간들이 새로 찾아온 아침을 맞았을 때 얼마나 행복해했는지 그 이야기를 들려주지 않은 게 안타깝군. 그때는 신께서 다시 온전한 몸으로 나타나셔서 그들에게 빛을 선사해 주셨지. 그러자 어두운 괴물이 사라졌어. 자, 이러니 그들은 얼마나 큰 위로를 얻었겠는가. 말로 표현할 수 없었을 테지. 오, 빛! 빛!"

파라오는 이렇게 외치며 늘어져 있던 자세에서 벌떡 일

어나 홀 안을 서성거리기 시작했다. 문득 멈췄다가 다시 걸음을 재촉하기도 하면서 팔찌가 걸려 있는 팔을 이따금 머리 위로 들어 올렸다가는, 또 가끔씩은 양손으로 가슴을 누르기도 했다.

"오, 빛을 바라보는 복된 눈이여, 그 광명이여! 눈으로 바라보고, 그 시선을 받아 세상이 자신을 알게 되는 것도 오로지 그대 빛에 의해서만 가능하다! 오, 사랑을 베푸는 구별이여! 아, 어머니, 그리고 그대 예언가여! 나의 아버지 아톤은 이렇게 영화로운 모든 것보다 훨씬 더 영화로우며 만물 속에서 오로지 유일한 분이시라네! 아, 내가 이 분에게서 나왔다는 사실이 얼마나 자랑스러우냐! 벅찬 감동에 맥박까지 뛰는구나. 그분은 나로 하여금 다른 모든 자들보다 먼저 당신의 아름다움과 사랑을 깨닫게 하셨다! 그분이 크기와 자비로움에서 유일한 분이라면, 나는 그분에 대한 사랑에서 유일한 아들이다. 그분은 당신의 아들에게 자신의 가르침을 선사하셨다. 그분이 하늘의 강물에서 위로 올라가시고, 동쪽의 신의 땅에서 위로 솟구쳐 오르시면, 신들의 왕으로서 불꽃을 튀기는 왕관을 쓰신 그분을 보고 모든 피조물이 환호성을 지르고, 비비원숭이들은 손을 올려 경배하며, 모든 야생 동물들도 달리면서 그분을 찬미하지. 낮은 저주의 밤 시간이 끝나서 찾아온 축복의 시간이며, 기쁨의 축제니까. 밤이면 대낮이 얼굴을 외면하여 세상으로 하여금 자신을 망각하게 만들지. 이렇게 세상이 자신을 잊고 있는 순간은 참으로 끔찍하다. 그것이 아무리 생기를 돋우기 위해 필요하다고 해도 마찬가지이다. 밤은 방에 누워 있는 사람들의 머리를 가리고 입으로 숨을 쉬게 한다. 사람은 자신의 눈으로 다른 자의 눈을 볼 수도 없다. 그러면 도둑이 살며시 다가와 머리 밑에 가진 것을 모두 훔쳐가고, 사자들이 어슬렁거리며 뱀이라는 뱀은 모두 나와서 물고 다닌다. 그러나 낮이 찾아와 인간들의 입을 닫고 눈썹을 열어주면 그들은 자리에서 일어나 몸을 씻고 옷을 입은 후 일터로 나간다. 땅은 밝고 상류와 하류로 배가 다니고 빛 가운데 길이란 길은 모두 활짝 열려 있다. 바다에는 물고기가 빛을 바라보고 뛰어 오른다. 거기까지 낮의 햇살이 닿기 때문이다. 그는 멀리 있다. 아, 거리를 잴 수 없을 정도로 멀리 있다. 그러나 그의 햇살은 그것과 상관없이 땅이나 바다에도 있으며, 모든 존재를 사랑으로 사로잡는다. 하지만 그가 그렇게 높이, 그리고 그렇게 멀리 있지 않다면 어떻게 그가 모든 것 위에, 그리고 자신이 만든 세상의 어디에나 있을 수 있겠는가? 그분은 세상을 만들어 각기 자리를 정해 주고 제각각 아름다움을 갖도록 해주었다. 거기엔 시리아 나라와 누비아, 그리고 푼트와 이집트 나라가 있다. 그리고 이방 나라에는 나일 강이 하늘에 있어서 이 물이 사람들 위로 내려와 파도치게 하여 산과 바다를 비롯하여 도시의 들판에도 물을 대준다. 그러면 그것이 우리 나라에서는 땅에서 솟아나와 사막에 거름을 주고 우리로 하여금 먹고 살 수 있게 해준다. 오, 주인님! 주인님의 역사는 얼마나 다채로운지요! 당신은 계절을 만드셨고 공간과 시간을 수백만 개의 형상으로 채우셨고, 그들이 주인님 안에서, 주인님께서 그들에게 주신 시간 동안 도시에서, 마을에서, 촌락에서, 시골길에서 강가에서 살아가도록 해주셨습니다. 그리고 당신께서는 그들을 구별하시고 그들에게 각기 다른 혀를 주셔서 그들이 특별한 말을 하게 하고 서로 다른 관습을 갖게 하셨습니다. 그러나 이 모든 것들은 주인님으로부터 받았습니다. 그리하여 몇몇은 갈색이며 또 몇몇은 붉고 또 다른 자들은 검고 또 다른 자들은 마치 우유와 피 같습니다. 이렇게 주인님 안에서 각기 다른 색깔로 자신을 드러내는 이들이 바로 주인님이 자신을 드러내신 모습, 즉 주인님의 현현(顯現)입니다. 코가 휜 자들도 있고 평평한 코를 가진 자, 아니면 쭉 뻗은 코도 있습니다. 또 울긋불긋한 옷을 입는 자도 있으며 하얀 옷을 입는 자도 있고, 면 옷을 입기도 하고 아마포 옷을 입기도 합니다. 각기 자신들에게 맞다고 생각하는 대로 말입니다. 그러나 이 모든 것은 서로 놀려댈 이유가 아니며 서로 미워할 이유도 못 됩니다. 오히려 흥미를 가지고 서로 사랑해 주고 존중해 줘야 할 이유가 될 뿐입니다. 밑바닥부터 선하신 신이시여, 당신이 창조하시고 먹여 살리시는 것들 모두가 이처럼 기쁨으로 충만하고 건강합니다. 그리고 당신은 당신의 사랑받는 아들, 이 파라오에게 당신을 전하도록 가르침을 불어 넣으셔서 절 이처럼 황홀하게 만드셨습니다. 당신은 남자들에게 씨를 만드시어 여자의 몸 안에 있는 소년에게 호흡을 불어 넣으셨습니다. 그리고 그 소년이 울지 않도록 아이를 달래 주시는 당신은 훌륭한 유모십니다. 물론 바깥세상의 유모가 아니라 내면의 유모이시지요! 또 당신은 모기들이 먹고 살 수 있는 것들도 만드시고 벼룩과 벌레, 그리고 벌레의 새끼들의 먹이까지 만드셨습니다. 가축이 당신의 방목지에서 만족하며, 나무와 식물들이 생수를 먹고 살며 꽃들이 감사와 칭송으로 꽃을 피우고 수많은 새들이 당신을 숭배하며 늪지대 위로 퍼드덕거리는 것만으로도 가슴은 충만해집니다. 아니, 벅차서 넘쳐납니다. 그러나 당신께서 필요한 것을 다 갖춰 주신 구멍에 앉아 있는 작은 생쥐가 진주 눈을 하고 두 개의 작은 손으로 코를 닦는 모습을 생각하면 제 눈에 눈물이 가득 고입니다. 그리고 껍질 안에서부터 벌써 삐악거리는 병아리는 생각도 해서는 안 됩니다. 당신께서 그 모습을 온전히 만들어주시는 즉시 껍질을 깨고 바깥으로 나오자마자 삐악삐악하며 분주하게 오가는 그 병아리까지 생각했다가는, 당신을 향한 사랑의 눈물을 닦느라 이 삼베옷을 다 적셔야 할 테니까요."

파라오는 문득 말을 멈추더니 갑자기 큰소리로 외쳤다. "오, 왕비에게 입맞추고 싶다! 궁궐을 아름다움으로 가득 채우는 노페르티티를 당장 모셔 오너라. 두 나라의 여주인, 짐의 사랑스러운 부인!"

행복에 겨운 파라오

야곱의 아들은 파라오 앞에 얼마나 오랫동안 서 있었던 지, 옛날 정자 안에서 노인들의 시중을 드는 벙어리 종노릇을 했을 때만큼이나 지칠 대로 지쳤다. 모기와 새앙쥐와 게다가 벌레의 새끼까지도 생각해 주는 참으로 섬세한 파라오도 이 점은 전혀 의식하지 못한 듯했다. 말하자면 그건 만사를 두루 살피는 섬세함이라기보다는, 왕이 가질 수 있는, 일부는 잘 잊어버리기도 하는 섬세함이었다. 높은 의자에 앉아 있는 어머니-여신도 아들과 마찬가지로 그 생각은 하지 않았다. 아니 할 수도 없었을 것이다. 어떻게 그에게 앉으라고 명령할 수 있겠는가. 그러나 요셉의 사지는 앉고 싶은 강한 욕구를 느끼고 있었다. 그리고 앉을 의자는 충분했다. 크레타풍으로 꾸며진 홀에는 등받이 없는 멋진 걸상이 여러 개 있었다. 하지만 그건 그림 속의 떡이었다. 그러나 그렇게 서 있는 것이 아무리 힘들어도 감수해야 했다.

이 자리가 어떤 자리인가. 무슨 일이 있어도 자신의 일을 관철해야 할 장소가 아니던가. 사실 인류사의 초기에 벌어진 이 사건에서 이보다 더 절박한 순간은 거의, 아니 전혀 없었다.

과부 여신은 아들이 자신의 소원을 말하자, 대신 손뼉을 쳤다. 그 소리에 밖에 나가 있던 시종이 허리를 잔뜩 구부리고 벌을 수놓은 커튼 사이로 미끄러져 들어왔다.

"파라오께서 위대한 부인을 부르신다."

테예의 말에 시종은 얼른 사라졌다. 아멘호테프는 홀 쪽으로 등을 돌리고 아치 모양의 커다란 창문 앞에 서 있었다. 태양의 창조를 칭송하느라 가슴이 벅찼던 탓에 몸과 가슴에 가쁜 호흡이 그대로 드러났다. 그는 지금 정원을 내다보는 중이었다. 어머니는 근심스러운 표정으로 그런 아들을 바라보았다. 몇 분 지나지 않아 그가 보고 싶어한 인물이 등장했다. 그녀는 가까이 있었던 듯했다. 조금 전까지도 보이지 않던 문이 벽의 그림들과 함께 오른쪽으로 열리면서 두 명의 시녀가 문지방에 무릎을 꿇었다. 그 사이로 두 나라의 왕비가 조심스럽게 걸어 들어왔다. 눈썹을 내리깐 얼굴에 창백한 미소가 걸려 있었다. 그리고 사랑스러운 긴 목은 앞으로 조금 내민 자세였다. 그녀는 지금 태양의 결실을 몸에 품고 있었다. 홀 안으로 들어오는데 걸리는 시간이 얼마 되지 않았지만 여하튼 그녀는 그동안 아무 말도 하지 않았다. 머리카락은 파란 모자로 가려져 있었다. 뒷머리를 둥글게 감싸 준 모자였다. 밖으로 드러난 귀는 커다랗고 가늘고 잘 다듬어진 모양이었다. 아래로 찰랑거리는 옷은 공기처럼 얇은 천으로 만들어져서 배꼽과 허벅지가 훤히 들여다보였다. 그리고 가슴은 어깨에서 아래로 늘어뜨린 것과 목에 건 꽃 모양의 반짝이는 장신구로 가려져 있었다. 그녀는 망설이듯 젊은 남편에게로 다가갔다. 여전히 헐떡거리는 그는 그녀 쪽으로 몸을 돌리며 반가워했다.

"오, 왔구려. 황금 비둘기, 짐의 사랑스러운 침대 자매!"

목소리가 떨렸다. 그리고 왕은 그녀를 끌어안고 눈과 입에 입을 맞췄다. 덕분에 두 사람의 이마에 튀어 나와 있는 뱀도 입을 맞췄다.

"이야기를 하다보니 문득 그대를 꼭 보고 싶었다오. 그래서 아주 잠깐 동안이라도 그대에게 짐의 사랑을 보여주고 싶었소. 짐이 그대를 불러 힘들었소? 그대는 지금 거룩한 상태에 있으니 그 때문에 속이 메슥거리는 것은 아니오? 사실은 이런 이야기를 묻는 것은 옳지 않소. 이 질문이 그대의 내면을 건드려 공연히 그것을 상기시켜서 메스꺼움으로 올라올 수 있기 때문이오. 그대도 보다시피 왕은 이렇게 섬세하게 모든 것을 이해한다오. 그대가 오늘 아침에 들었던 특별히 선정한 음식들을 고이 보존할 수 있었더라면, 아버지께 참으로 감사했을 텐데, 참으로 안타깝소. 아, 이제 그 이야기는 그만 합시다……. 저기엔 영원한 어머니께서 앉아 계시오. 그리고 저기 라우테를 들고 있는 자는 낯선 곳에서 온 마법사이며 예언가라오. 그는 제국에 중대한 의미를 갖는 짐의 꿈을 해석해 주었고 꾀보의 이야기도 들려주었소. 그래서 가능하면 높은 자리에 올려서 이 궁궐에 데리고 있을 생각이오. 그는 감옥에 있었소. 아마 오해 때문인 듯하오. 그런 일도 있다오. 포도주를 따르는 자 네페르-엠-베세 또한 감옥에 간 적이 있었다오. 그러나 그와 함께 감옥에 갔던, 이미 고인이 된 빵 굽는 영주에게는 죄가 있었지만, 그는 오해로 말미암아 그렇게 된 것이라오. 이렇게 보면 감옥에 있는 사람들 중, 둘 중 하나는 항상 죄가 없는 것 같고, 셋 중 둘이 무고한 사람인 것 같소. 이것은 짐이 인간으로서 하는 말이오. 신으로서, 또 왕의 입장에서는 짐은, 그럼에도 불구하고 감옥은 필요하다고 말한다오. 그리고 지금 짐이 이렇게 그대에게, 내 거룩한 사랑에게, 눈과 볼과 입에 번갈아 입을 맞추는 것은 인간으로서 하는 행동이라오. 어머니도 계시고 예언하는 낯선 자가 있는 앞에서 이런다고 해서 놀랄 필요는 없소. 그대도 알다시피 파라오는 자신의 인간적인 면을 공공연히 드러내는 것을 사랑한다오. 그리고 여기서 한걸음 더 나아갈 생각이오. 그게 무엇인지 그대는 아직 모르오. 어머니도 모르시고. 그래서 이 자리에서 그 사실을 알려주는 기회로 삼겠소. 짐은 왕의 배 '두 나라의 별'을 타고 유람여행을 즐길 생각이오. 그리고 백성은 호기심 반, 의무감 반에서 양쪽 강가에 물결을 이루도록 할 것이오. 사전에 아문의 제일사제한테 물어보지도 않을 것이오. 그리고 짐의 거룩한 보물인 그대를 짐의 무릎에 앉히고 온 백성이 보는 앞에서 그대에게 다정하게 입맞출 것이오. 한번이 아니라 여러 번. 그러면 카르낙에 있는 자는 골치 아파하겠지만 백성은 환호할 것이오. 그것은 우리의 행복뿐만 아니라, 실은 더 중요한 핵심을 백성에게 가르칠 수 있는 좋은 계기가 될 것이오. 그건 다름 아니라 하늘에 계신 아버지의 본질과 정신과 자비로움에 관한 교훈을 가르치는 것이오. 이렇게 짐의 뜻을 말하고 나니 기분이 매우 좋소. 하지만 짐이 그 때문에 그대를 불렀다고 생각하지는 마시오. 그건 아니오! 이 이야기는 문득 생각이 나서 한 말일 뿐이오. 짐이 그대를 부른 것은 그대가 그립고, 그대에게 따뜻한 애정을 증명하고 싶은 마음이 솟아나서 도무지 억제할 수 없었기 때문이오. 정말이오. 오로지 그 이유 때문에 그대를 보자고 한 것이오. 자, 이제 가보시오, 짐의 보물! 파라오는 할 일이 무척 많다오. 중요한 일이 생겨서 사랑스러운 어머니, 죽지 않는 어머니와 영감이 넘치는 어린양의 일종인 저 젊은 남자와 의논을 해야 하오. 그러니 이제 그대는 가보도록 하오. 그리고 안에서 치고 받는 고통으로부터 몸을 잘 보호하시오! 또 춤과 음악을 연주토록 하여 마음껏 즐기도록 하시오! 그대가 순산을 하게 되면, 아이의 이름은 무조건 메리트아톤이라 부를 것이오. 물론 그대가 괜찮다면 말이오. 짐이 보니 그대는 괜찮아 하는 것 같구려. 그대는 파라오가 생각하는 것이면 항상 괜찮지. 온 세상도 파라오가 생각하고 가르치는 것을 모두 그대처럼 괜찮아 한다면, 그들의 상황도 훨씬 나아질 텐데. 그럼, 안녕! 백조의 목, 황금 옷자락을 걸친 아침의 신선한 구름!"

왕비는 다시 날아가듯 사라졌다. 그녀의 뒤로 문틀이 없는 그림 문이 닫혔다. 아멘호테프는 조금 머쓱해져서 방석이 놓인 자신의 의자로 돌아왔다.

"복된 나라들이 아닌가! 저런 여주인을 얻었으니, 그리고 그녀를 저렇게 행복하게 만드는 파라오를 얻었으니! 어머니, 제 말이 맞나요? 예언가, 그대도 이 말에 동의하는가? 그대가 왕의 꿈을 해석해 주는 자로서 궁궐에 머물게 되면, 그대의 신분에 걸맞는 높은 신분의 신부를 골라 그대를 결혼시키겠다. 그대는 결혼이 얼마나 좋은지 모른다. 짐에게 이것은 짐의 인간적인 면을 가장 잘 보여줄 수 있는 표현이다. 짐이 이러한 인간적인 면에 애착을 가지고 있다는 사실은, 실은 이렇게 말로 하는 것보다 훨씬 더 큰 애착을 느끼고 있다는 점은 왕비와 공개적으로 물놀이를 나갈 생각이라는 계획을 말했을 때 그대도 이미 알았을 것이다. 그건 파라오는 거만하지 않기 때문이다. 세상에 누가 거만할 수 있겠는가? 그러나 미안한 말이지만 친구, 그대는 예의 바르긴 한데, 그대한테서는 일종의 거만함을 느끼게 된다. 짐이 일종의 거만함이라 한 이유는 그대의 거만함이 어떤 것인지 모르기 때문이다. 그러나 짐작하건대 그대가 성물로 바쳐졌다는 것과 관련이 있으리라 생각된다. 그대는 자신을 가리켜 침묵과 아래의 것에 바쳐진 거룩한 성물이라 했다. 마치 머리에 제물의 화환인 '날 건드리지 말아요'를 쓰고 있기라도 한 것처럼. 그대를 결혼시키겠다는 생각이 든 것도 그래서였다."

"저는 지고한 분의 손안에 들어 있는 사람으로 무엇이든 그분이 시키시는 대로 할 것입니다. 그리고 그분이 제게 하시는 일은 모두 좋은 일이 될 것입니다. 거만함이 있었기에 소인이 재앙으로부터 자신을 지킬 수 있었다는 사실을 파라오께서는 모르십니다. 저는 오로지 신께 바쳐진 자입니다. 그분은 저희 부족의 신랑이시며 저희는 그분의 신부입니다. 그러나 '저녁에는 여자요, 아침에는 남자다' 라는 별 이야기가 있듯이, 신부가 구혼자가 되기도 합니다."

"꾀보와 사랑스러운 여인의 아들한테는 그런 이중적인 본성이 어울릴 수도 있겠지."

왕이 노련하게 말했다.

"자, 이제 가장 중요한 것에 관해 진지하게 이야기하자. 농담은 그만두고! 너희의 신은 대관절 누구냐? 그는 어떤 신이냐? 그대는 분명하게 대답하지 않았다. 아니 어쩌면 회피했다. 그대 아버지의 선조가 그를 발견했다 했더냐? 마치 참된 신을, 유일한 신을 찾았다는 말처럼 들리는군. 짐으로부터 그렇게 멀리 떨어진 곳에서, 그리고 짐보다 훨씬 오래 전에 한 남자가, 진정한 유일신(唯一神)이 둥근 태양이며 바라보는 자와 그 시선을 받는 모든 것을 창조하신 분이며 하늘에 계신 나의 영원한 아버지라는 사실을 알았다는 것인가?"

그러자 요셉이 싱긋 웃었다.

"아닙니다, 파라오. 그는 둥근 태양 곁에 머무르지 않았습니다. 그는 나그네였습니다. 그리고 그에게는 태양조차도 힘겨운 여행길에서 잠깐 쉬어가는 정거장에 불과했습니다. 그는 늘 불안했고 채워지지 않았습니다. 이를 가리켜 거만함이라 부르신다면, 그를 나무라는 이 단어가 한편으로는 없어서는 안 될 영예로움을 안고 있다는 사실도 아시게 될 것입니다. 왜냐하면 그 남자의 거만함은 인간은 가장 지고한 분만 섬겨야 한다는 것이었으니까요. 그래서 그는 태양까지도 넘어섰습니다."

아멘호테프는 얼굴색이 변했다. 그는 몸을 앞으로 숙인 자세였다. 파란 가발을 쓴 머리는 그보다 더 앞으로 수그려 손가락 끝으로 턱을 누르고 있었다.

"어머니, 들어보십시오! 이제 잘 들어보세요!"

나직한 목소리가 밖으로 터져 나왔다. 그러나 머리를 어머니 쪽으로 향한 건 아니고, 경직된 회색 눈은 눈썹 하나 깜박이는 법 없이 요셉을 바라보고 있었다. 얼마나 긴장했던지 눈동자를 덮은 안반이 찢어질 듯했다.

"계속하라! 잠깐! 잠깐만. 자, 계속하라! 거기에 머무르지 않았다 했느냐? 태양까지도 넘어섰다고? 그래서, 그 다음은? 말하라! 아니면 짐이 직접 말하겠다. 무슨 말을 하게 될지는 짐도 모르겠지만."

"그는 꼭 필요한 거만함을 지닌 탓에 자진하여 무거운 짐을 짊어졌습니다. 덕분에 기름 부음을 받은 자, 곧 신께 선택받은 자가 되었습니다. 그는 숭배하라는 유혹을 수없이 받았습니다. 그러나 그는 오로지 가장 높은 분, 지고한 분만 섬기려 했습니다. 그것만이 옳다고 생각했던 것입니다. 어머니인 땅도 자신을 숭배하라고 그를 유혹했습니다. 그러나 그는 결실을 가져다주고 생명을 보존해 주는 땅에게도 부족한 것이 있다는 사실을 알았습니다. 그 결핍은 오로지 하늘만 채워 줄 수 있습니다. 그리하여 그의 시선은 위로 향하게 되었습니다. 구름과 폭우와 폭풍과 시퍼런 번개와 천둥도 그를 유혹했습니다. 그러나 그는 자신을 숭배하라는 그들의 요구에 고개를 가로저었습니다. 그의 영혼은 그에게 이들 모두 일등이 아니라 이등에 지나지 않는다고 가르쳤던 것입니다. 그들은 그 자신보다 나을 것이 없는 존재였습니다. 그의 영혼은 그렇게 느꼈습니다. 어쩌면 자신보다 오히려 못할지도 모른다고. 물론 힘이야 자신보다 더 셀지도 모르지만 말입니다. 그리고 사실 자신도 나름대로 힘을 지녔고, 또 그 힘이 그들의 힘보다 더 강할지도 모른다는 생각도 했습니다. 그래서 그들이 그의 위에 있다 해도 그것은 공간적으로 위일 뿐이지, 정신적인 면으로 따진다면 그렇지 않으므로, 이러한 그들을 숭배한다는 것은 가까이 있는 너무 낮은 것을 섬기는 것이라 여겼습니다. 그래서 그는 그럴 바에는 아무것도 숭배하지 않는 것이 낫겠다 생각했습니다. 그것은 혐오스러운 일이니까요."

"좋아."

아멘호테프가 들릴 듯 말 듯한 목소리로 턱을 주무르며 말했다.

"잠깐, 아니, 계속하라! 어머니, 잘 들어보세요!"

그러자 요셉이 말을 이었다.

"그렇습니다. 그 위대한 현상들 중에서 제 선조를 유혹하지 않은 것이 어디 있었겠습니까! 그중에는 별 주인님도 있었습니다. 목자와 가축떼도 있었습니다. 그들은 멀리 있고 높이 있으며 그 변화도 큽니다. 그러나 그는 그들이 아침별, 샛별의 손짓에 흩어지는 것을 보았습니다. 물론 그 아침별은 아름다웠습니다. 이중의 특성을 지닌 그 별에는 얽힌 이야기들도 무척 많았습니다. 그러나 그 별이 예고하는 것과 비교하면, 그 별은 너무 약했습니다. 얼마나 약한지 그 앞에서 얼굴이 하얗게 질려서 사라지고 말았습니다. 가련한 아침별, 샛별 금성!"

"동정심은 아끼게!"

아멘호테프의 명령이었다.

"여기서는 승리가 있을 뿐이야! 그래 그가 누구 앞에서 창백해졌는가? 그가 예고한 자가 누구였던가?"

그는 아주 당당하게 협박조로 물었다.

"물론, 태양입니다. 숭배하고 싶어 안달인 자에게 태양이 나타났으니 얼마나 큰 유혹이었겠습니까! 자비로우면서 한 편 또 가혹한 태양 앞에서 지구상의 온 백성들이 머리를 조아리고 있었습니다. 그가 이들처럼 숭배하는 마음으로 태양 앞에서 머리를 조아릴 수 있었다면 얼마나 좋았겠습니까? 그랬더라면 쉴 수도 있고 아주 편안했을 텐데. 그러나 제 선조의 조심하고 경계하는 마음에는 경계가, 곧 끝이 없었고 그의 우려는 끝이 없었습니다. 쉬는 것과 편한 것이 문제가 아니다. 그는 자신에게 그렇게 말했습니다. 중요한 것은 너무 일찍 결정을 내려, 지고한 분에 이르기 전에 머리를 조아리고 싶은 유혹을 떨치는 것이다. 이것이야말로 영예를 위협하는 큰 위험이다. 그리고 그는 샤마쉬-마르둑-바알에게 이렇게 말했습니다. '그대는 대단한 힘을 지녔다. 그대의 축복과 저주의 힘은 엄청나다. 그러나 내 안에 있는 무엇인가가 내게 경고하고 있다. 그대를 넘어서라고. 증거를 그것이 증명하는 대상으로 여기지 말라고 경고하는 것이 있다. 증거가 크면 클수록, 그것이 증명하는 대상 대신, 증거 자체를 숭배하고 싶은 유혹도 커진다. 증거는 신성하다. 그러나 그것이 곧 신은 아니다. 그리고 뭔가 얻으려고 노력하는 나 역시 하나의 증거이다. 그리고 내가 추구하는 것은 태양을 넘어서 다른 것으로 나아간다. 그것은 태양보다 더 강한 증거를 보여주며, 그 불꽃은 태양의 불꽃보다 더 크다.'"

아멘호테흐는 요셉으로부터 눈을 떼지 않은 채 말했다.

"어머니, 제가 뭐라고 했습니까? 아니, 말은 안했습니다. 그저 알고 있었을 뿐이지요. 누군가 말해 줬거든요. 그건 지난번에 아버지의 부름을 받아 가르침을 개선하라는 계시를 얻었을 때였습니다—이렇게 개선이라고 말한 이유는 가르침은 완성된 것이 아니기 때문입니다. 그리고 저는 가르침이 완성되었다고 주장한 적은 한번도 없습니다—여하튼 그때 저는 아버지의 음성이 이렇게 말씀하시는 것을 들었습니다. '나는 아톤 안에 있는 아톤의 불꽃이다. 그러나 내 불꽃으로 나는 수백만 개의 태양을 대접할 수 있었다. 너는 나를 가리켜 아톤이라 부르는데, 이 이름은 개선될 필요가 있다. 이 이름이 나의 마지막 이름은 아니기 때문이다. 나의 마지막 이름은 아톤의 주인님이다.' 이렇게 사랑받는 아들, 저 파라오는 아버지의 말씀을 듣고서도 이야기를 하지 않아서 침묵하는 동안 잊어버리고 있었습니다. 파라오는 진리를 가슴에 간직하고 있습니다. 아버지가 진리이니까요. 그러나 파라오는 모든 인간이 이 가르침을 받아들여 교훈이 승리를 얻도록 해야 할 책임이 있습니다. 그래서 파라오는 교훈을 이렇게 개선하고 정화시켜서 오로지 순수한 진리로만 남을 경우 그것은 가르칠 수 없는 상태가 되는 것이 아닌가 불안하고 두렵습니다. 이것이 얼마나 심각한 불안과 고뇌를 뜻하는지는 파라오처럼 책임이 무겁지 않은 사람들에게는 이해시킬 수도 없습니다. 사람들은 흔히 파라오에게 이렇게 말합니다. '그대는 가슴에 진리가 아니라, 교훈을 간직하고 있을 뿐이다.' 그러나 교훈은 인간들을 진리로 안내하는 유일한 수단입니다. 그러니 이 교훈을 개선해야 합니다. 그런데 개선한다고 한 것이 진리로 안내하는 수단으로서 아무 쓸모가 없게 만들었다면—아버지께, 그리고 여러분에게 묻겠습니다—그렇게 되면 사람이 가슴에 간직한 교훈이 진리에 해가 된다는 비난이 진실이 되지 않겠습니까? 보십시오. 파라오는 인간들에게 존경스러운 아버지의 상을 보여줍니다. 예술가들이 만든 상입니다. 황금 원반과 거기서 뻗어나간 햇살이 그가 창조한 피조물에게 나아갑니다. 그리고 달콤한 손으로 마무리 지으며 어루만져줍니다. '숭배하라!' 파라오가 그렇게 말합니다. '여기 계신 분이 아톤이시다. 그는 내 아버지이다. 그분의 피가 내 안에서 돌고 있으며 내게 계시해 주신다. 그러나 그분은 너희 모두의 아버지가 되시고자 하시며, 너희들이 그분 안에서 아름답고 착해지길 원하신다.' 그리고 파라오는 이렇게 덧붙입니다. '미안하다. 인간들아. 너희의 단순한 생각을 너그럽게 봐줄 수도 있으련만, 이렇게 엄한 태도를 보여서. 하지만 내 말을 명심하도록 해라. 너희는 상을 섬겨서도 안 되고 그에게 찬송을 바쳐도 안 된다. 그 상 앞에서 예배를 올리고 찬송을 부른다 하더라도 바로 그 상이 가리키는 그분을 섬기고 그분에게 찬송을 올리도록 하라. 알아듣겠느냐? 그러니까 이 상이 아니라 바로 실제의 둥근 태양, 하늘에 계신 내 아버지, 아톤을 섬겨야 하는 것이다. 상은 아직 그분이 아니기 때문이다.' 이것만 해도 인간에게는 지나치게 가혹한 요구입니다. 그리고 이는 백 중에 열둘이 이해하면 다행일 것입니다. 그런데 이것으로 그치지 않고 인간을 가르치는 교사가 이렇게 말한다고 해보십시오. '그리고 단순한 너희한테 다시 한번 이렇게 머리를 긴장시키게 해서 미안하지만 진리를 위해서는 어쩔 수 없이 한마디 더 해야겠다. 상은 상에 대한 상이며, 증거에 대한 증거라는 사실을 너희는 알아야 한다. 다시 말해서 너희는 이 상 앞에 향을 피우고 찬송가를 부를 때, 너희가 하늘에 있는 실제 태양을 섬긴다고 생각해서는 안 된다. 너희가 숭배하는 진짜 대상은 바로 아톤의 주인님이어야 한다. 태양 안에 있는 불꽃, 그 태양마차를 끌고 가시는 그분인 것이다.' 자, 이런 교훈을 들려준다면, 이것은 너무 멀리 나아간 가르침으로 열둘 중에 한 명도 이해하지 못할 겁니다. 오로지 파라오나 이해할 수 있지요. 그러나 그는 모든 숫자의 밖에 있는 존재지만 수많은 인간들에게 가르치고 싶습니다. 예언가여, 그대의 조상은 스스로 무거운 짐을 짊어졌지만, 그래도 편한 편이었다. 그는 자기가 원하는 대로, 자신과 자신의 자부심을 위해 힘들게 진리를 찾아 헤맸을 뿐이니까. 그는 한 나그네에 불과하지 않았느냐. 하지만 짐은 왕이며 백성을 가르치는 교사이다. 짐은 짐이 가르칠 수 없는 것은 생각해서도 안 된다. 그러나 스승인 자는 원래, 가르칠 수 없는 것은 아예 생각하지도 않는 법을 곧 배우게 마련이다."

여기서 테예, 곧 파라오의 어머니가 헛기침을 했다. 귀에 매달린 것들이 달그락거렸다. 그녀는 허공을 바라보며 말했다.

"파라오께서 국가의 믿음과 관련하여 현명한 생각을 펼치며 대중의 단순함을 배려해 주니, 이는 칭송받아 마땅하오. 내가 백성이 아랫세상의 왕 우시르에 큰 애착을 걸고 있다 하여 그들을 나무라서 상처를 주지 말라고 파라오께 경고한 것도 그래서였소. 그리고 배려와 지식 사이에는 모순이 없으니 교사가 지식 욕구를 꺾을 필요는 없소. 사제들이 수많은 대중에게 자기가 알고 있는 것을 전부 가르친 적은 단 한번도 없었소. 그들은 대중이 이해할 수 있는 것들만 전해 주었고, 만인이 받아들일 수 없는 것은 지혜롭게 거룩한 구역에 따로 보관했소. 그렇게 하여 지식과 지혜가 세상에 동시에 있었소. 진리와 배려도 그렇게 공존하는 것이니, 어머니는 그렇게 내버려두라고 충고하겠소."

"고맙습니다, 어머니."

아멘호테프는 어머니를 향해 공손하게 고개를 숙였다.

"참으로 중요한 말씀을 해주셔서 감사합니다. 앞으로도 어머님의 말씀은 영원히 영광을 누릴 것입니다. 다만 저희는 지금 서로 다른 이야기를 하고 있습니다. 짐은 가르친다는 행위가, 신에 대한 생각을 사슬에 묶어 속박한다는 이야기를 하는 중인데, 어머니께서는 지금 가르침과 지식을 구분하는 나라의 성직자들의 영리함을 말씀하십니다. 그러나 파라오는 그렇게 거만해질 생각이 없습니다. 그런 구별보다 더 거만한 행동은 없습니다. 아닙니다. 전 그렇게 거만하고 싶지 않습니다. 아버지의 자녀들을 거룩한 가르침을 받아들일 자격이 있는 성별된 자와 그렇지 않은 자로 나누어, 각기 따로 가르친다는 것, 다시 말해서 대중에게는 가르칠 만한 내용만 골라서 가르치는 지혜를 발휘하고, 성별된 자들에게는 모두 다 가르쳐, 이들이 지식을 얻도록 해주려는 것처럼 거만한 건 없습니다. 우리는 우리가 알고 있는 것을 말해야 합니다. 그리고 우리가 본 것을 증언해야 합니다. 파라오는 교훈을 개선하려는 것뿐입니다. 그런데 가르치는 문제 때문에 그것이 쉽지 않습니다. 그러나 저는 '나를 아톤이라 부르지 말라. 그것은 개선할 필요가 있다. 그러니 나를 아톤의 주인님이라 부르라!' 라는 말씀을 듣고도 이 이야기를 입 밖으로 내지 않고 침묵하는 가운데 그만 잊고 말았습니다. 그렇지만 아버지께서는 사랑하는 그의 아들에게 어떻게 하셨습니까? 그는 한 사자와 해석가를 보내어 파라오의 꿈을, 곧 아래와 위의 꿈, 제국의 안위에, 그리고 하늘에까지 중대한 의미를 갖는 그 꿈을 해석하게 하셨습니다. 그리고 이뿐만 아니라, 파라오가 알고 있는 것을 다시 되살아나게 만들었고 파라오에게 말해진 것을 해석하게 했습니다. 아! 아버지는 이처럼 자신의 아들을, 이 왕을 사랑하십니다. 또 아버지께서 아들에게 내려보내신 이 예언가의 집안에는 인간은 오로지 가장 지고한 분만 섬겨야 한다는 설화가 있다 하지 않습니까!"

그러자 테예의 차가운 음성이 받아쳤다.

"내가 알기로 폐하의 예언가는 위에서 내려 온 것이 아니라, 저기 감옥 구덩이에서, 아래에서 올라왔소."

"아, 그건 장난에 불과하죠!"

아멘호테프가 외쳤다.

"아래에서 올라왔다는 것은 단순한 장난일 뿐입니다. 게다가 아버지 앞에서는 위와 아래가 별것 아니지요. 그분은 아래로 내려가서 아래를 위로 만드십니다. 그분이 비추는 곳은 모두 위가 되니까요. 그래서 그분이 보내신 이 사자도 아래와 위의 꿈을 똑같이 노련하게 해석했습니다. 계속하라, 예언가! 짐이 '잠깐'이라고 했더냐? 짐은 '계속하라!'고 일렀다! 내가 '잠깐'이라고 했다면 그건 '계속하라'는 뜻이었다! 그대의 조상인 동방의 그 나그네는 태양에서 멈춰 서지 않고 그곳을 넘어섰다고?"

"그러합니다, 물론 정신 속에서 그렇게 했다는 뜻입니다." 요셉은 미소를 지어 보였다.

"육신으로 따지면 한낱 땅 위의 벌레에 지나지 않았으니까요. 아니, 그의 곁에 있는 것들과 위에 있는 것들보다 더 나약한 존재였습니다. 그러나 그는 머리를 조아려 이러한 현상들 중의 하나를 숭배하는 것은 거부했습니다. 그들 모두 자신과 마찬가지로 만들어진 작품이요, 증거였기 때문입니다. 그는 이렇게 자신에게 말했습니다. '모든 존재는 작품이다. 그리고 작품 앞에 그 작품을 만든 정신이 있으며 작품은 그 정신을 증명하는 증거이다. 따라서 아무리 힘이 센 것이라 해도 하나의 작품 앞에 향을 피우는, 그런 어리석음을 저지를 수는 없다. 내가 누구인가? 나는 내가 증인인 줄 알고 있다. 그렇지만 다른 것들은 증거물이면서도 그런 사실조차 모르지 않는가? 그렇다면, 내 안에는 모든 작품들이 증언하고 있는 그것이 혹시 들어 있는 것은 아닐까? 그러니까 존재의 존재, 그의 작품보다 더 큰 존재이며 그 작품 밖에 있는 그 존재가 혹시 내 안에 깃들어 있는 것은 아닐까? 그것은 세상의 밖에 있으며 세상의 공간이다. 그러나 세상은 그의 공간이 아니다. 태양은 우리로부터 아주 먼 곳에 있다. 무려 36만 마일이나 떨어져 있다. 그래도 그 빛은 우리 곁에 가까이 있다. 그러나 태양에게 길을 지시하는 자는 먼 곳보다 더 멀리 있으며, 또 가까운 것보다 더 가까이 있다. 멀든 혹은 가깝든, 이것은 그분 앞에서는 같다. 그는 공간도 시간도 가지지 않았기 때문이다. 그리고 그의 안에는 세상이 들어 있지만, 그는 세상 안에 있지 않다. 오히려 하늘에 있다.'"

"들으셨어요, 어머니?"

아멘호테프가 작은 목소리로 물었다. 눈에는 눈물이 고였다.

"어머니께서도 하늘에 계신 아버지께서 이 청년을 통해 내게 전하신 말씀을 들으셨나요? 저는 제게 꿈을 해석해 준 이 청년이 들어올 때부터 뭔가 있다는 것을 알아차렸습니다. 제가 말씀 드리려는 것은, 제가 아버지께 불려가서 들은 이야기를 모두 말하지 않았다는 것입니다. 그래서 전 침묵하는 동안 잊어버렸습니다. 그러나 제가 '나를 아톤이라 부르지 말고 아톤의 주인님이라 불러라' 하시는 말씀을 들었을 때 저는 '너는 나를 하늘에 계신 아버지라 부르지 마라. 이것은 개선할 필요가 있다. 앞으로는 나를 가리켜 하늘 안에 계신 아버지라 부르거라!' 하시는 말씀도 들었습니다. 그런데 저는 이 말씀을 가슴에 묻어버렸습니다. 그

307

진리 앞에서 떨리고 가르칠 생각을 하니 또한 떨려서 그랬던 것입니다. 그러나 제가 감옥에서 꺼내온 저 자는 진리를 가둬둔 제 가슴의 감옥에 빗장을 열어주어 진리가 밖으로 걸어나오게 만들었습니다. 이렇게 아름다운 빛 가운데로 말입니다. 그리하여 교훈과 진리가 서로 포옹하고 있습니다. 제가 이 자를 포옹하는 것처럼."

눈썹이 눈물로 흥건하게 젖은 파라오는 파묻혀 있던 의자에서 벌떡 일어나 요셉에게 다가와 그를 끌어안고 입을 맞췄다.

"그래!"

그는 다시 양손을 가슴에 얹고 크레타풍의 홀 안을 서성이기 시작했다. 그리고 벌을 수놓은 커튼까지 갔다가 다시 창문으로 갔다가는 또 이쪽으로 돌아왔다가 다시 빠른 걸음으로 방향을 바꾸곤 했다.

"그래, 맞아. 하늘에, 곧 '하늘 곁에'가 아니라 하늘 안에 계신 분, 먼 곳보다 더 멀리, 그리고 가까운 곳보다 더 가까이 있는 분. 존재의 존재, 변천을 거쳐 죽는 것이 아니라 늘 현존하는 분, 위로 떠올랐다가 다시 가라앉지 않고 항상 그 자리에 서 있는 빛, 모든 생명과 빛과 아름다움과 진리가 샘솟는 변함없는 원천, 그것이 바로 아버지야. 아버지께서는 이렇게 자신을 알려주고 계신다, 이 파라오에게. 그분은 자신이 사랑하는 아들에게 자신이 만든 모든 것을 보여주시지. 그분이 만물을 만드셨으니까. 그리고 그의 사랑은 세상 안에 있는데, 세상은 그분을 알지 못한다. 그러나 파라오는 그분을 증언하는 증인이며, 그분의 빛과 사랑의 증거를 가지고 있다. 그리하여 모든 사람들이 그를 통해 행복해지기를 바란다. 여전히 빛보다는 암흑을 더 사랑하는 사람들까지도. 사람들은 이해를 못해서 악한 행동을 하는 것이다. 그러나 아버지에게서 나온 아들은 이들에게 이렇게 가르칠 것이다. 빛은 황금빛 정신이며 그것이 곧 아버지의 정신이다. 그리고 어머니의 심연으로부터 힘이 올라가 아버지의 정신 안에서, 그 불꽃 안에서 정화되어 아버지 안에서 정신이 된다. 신은 물질이 아니다. 그분의 햇살이 그러하듯이. 그분은 정신이시다. 그리고 파라오는 너희에게 그분을 정신 안에서 그리고 진리 안에서 숭배하라고 가르친다. 아들은 아버지가 아들을 알 듯이 아버지를 알기 때문이다. 그래서 그분을 사랑하고 그를 믿고 그의 계명을 지키는 자 모두에게 파라오는 상을 내리겠다. 그리하여 그들을 크게 만들어 궁궐로 불러 황금을 뿌려 주겠다. 왜냐하면 그들이 아버지에게서 나온 아들 안에서 아버지를 사랑하기 때문이다. 내가 하는 말은 내 말이 아니라, 내 아버지의 말이기 때문이다. 그분은 나를 보내셔서 모든 사람들이 빛과 사랑 속에서 하나가 되도록 하셨다. 나와 아버지가 하나인 것처럼……."

그는 미소를 지었다. 행복에 겨운 미소, 언젠가는 저무는 태양의 후손답게 죽음을 바라보는 미소였다. 파라오는, 손은 뒷짐을 지고 그림이 그려진 벽에 등을 기댄 후 눈을 감았다. 그는 그 자리에 똑바로 서 있긴 했으나, 더 이상 그곳에 있지 않았다.

사려 깊고 지혜로운 남자

어머니 테예가 의자에서 일어나 계단을 내려왔다. 보폭
은 짧지만 당당하고 힘있는 걸음걸이였다. 그리고 이 자리
를 떠나 다른 곳에 가 있는 아들에게로 다가갔다. 그녀는
한동안 아들을 바라보다가 얼굴을 손가락 등으로 살짝 쓰
다듬었다. 그는 의식하지 못하는 듯했다. 그녀가 요셉을 쳐
다보았다.

"파라오는 너를 높은 자리로 올릴 것이다."

그녀는 씁쓸한 미소를 지으며 말했다. 하기야 입이 워낙
치켜 올라가고 입가의 주름이 특이해서 어떤 미소든 씁쓸
해 보일 수밖에 없었을 것이다.

요셉은 깜짝 놀라며 아멘호테프 쪽을 쳐다보았다.

"걱정하지 말아라. 그는 우리 이야기를 듣지 못한다. 그
는 지금 이 자리에 있지 않다. 이것은 거룩한 상태이며 심
각한 일이 아니다. 나는 이렇게 끝날 줄 알았다. 파라오가

기쁨과 따뜻한 애정 이야기를 너무 많이 하면, 항상 이런 결과를 맞거나 혹은 가끔씩은 거룩하고 심각한 일로 이어진다. 파라오가 생쥐와 병아리 이야기를 할 때부터 이렇게 될 줄 알았다. 그러다 네게 입을 맞추는 것을 보고는 틀림없겠구나 했다. 하지만 이것은 거룩한 상태에 잘 빠지는 연약함으로 이해해야 한다."

"파라오께서는 입맞춤을 사랑하십니다."

요셉이 한마디했다.

"그렇다. 너무 사랑하신다. 안으로는 너무도 강력한 신을 모시고 바깥에는 질투하는 자들이 매복해 있고, 조공을 올려야 하는 자들은 봉기를 꿈꾸고 있다는 것이 제국에 얼마나 큰 위험을 의미하는지, 넌 영리한 자이니 잘 이해할 것이다. 신에 대한 사색 때문에 약해지지 않고, 강건함을 지녔던 네 조상 이야기를 했을 때, 내가 동의한 것도 그래서였다."

테예의 말에 요셉은 이렇게 대꾸했다.

"저는 전사가 아닙니다. 그리고 제 조상도 피치 못할 절박한 순간에만 전사였습니다. 제 아버지는 늘 장막에 머물면서 깊이 사색하기를 좋아하는 경건한 분이었습니다. 그리고 저는 그분의 정실부인의 소생입니다. 하지만 절 팔아치운 형제들 중에는 대단히 거칠어질 수도 있음을 증명한 자들이 여럿 있습니다. 특히 전쟁 영웅은 제 쌍둥이 형들이었습니다. 우리는 실은 한 살 터울인 이들을 가리켜 쌍둥이라 불렀습니다. 그러나 제 아버지의 측실부인의 소생인 가드도 제가 그곳에 있었을 때만큼은 여하튼 갑옷을 입기를 좋아했습니다."

테예는 고개를 흔들었다.

"어머니로서 표현하자면 너는 네 종족에 대해 말을 할 때 어리광을 부리는 것처럼 보인다. 그리고 무엇보다도 너는 자신감이 넘치는 것 같다. 너를 얼마나 높이 올리든 다 감당할 수 있다고 생각하는 것이냐?"

"대비마마, 허락하신다면, 얼마나 높이 올리든 놀라지는 않는다고 표현하고 싶습니다."

"그렇다면 더 잘된 일이구나. 내가 말했듯이 그는 너를 높이 올릴 것이다. 아마 지나칠 정도로 높이 들어 올릴 게 틀림없다. 아직은 자신도 모르지만, 다시 이 자리로 돌아오면 알게 될 것이다."

"파라오께서는 이미 저를 높이 올려 주셨습니다. 이처럼 신에 관한 대화를 나눌 수 있도록 허락해 주신 것으로 이미 그렇게 하셨습니다."

"쓸데없는 소리 말아라!"

그녀가 참지 못하고 끼어들었다.

"너는 처음부터 그렇게 할 생각이었다. 그래서 첫마디부터 파라오를 그곳으로 몰고 갔어! 내 앞에서는 아이처럼 굴 필요없다. 어린양 흉내를 낼 필요도 없고. 널 버릇없이 기른 자들이 그렇게 불렀다 했더냐? 나는 정치적인 여자다. 그러니 내 앞에서 순진한 표정을 짓는 건 아무 소용도 없다. 네 근심거리는 '달콤한 잠과 어머니의 젖'이거나, '기저귀와 따뜻한 목욕'이라고? 집어치워라! 나는 정치에는 아무런 반감이 없다. 나는 정치를 귀하게 여긴다. 따라서 네가 네 시간을 잘 활용한다 하여, 이를 나무랄 생각도 없다. 너희가 나눈 신의 대화가 신들의 대화인 것만은 사실이었다. 그리고 너는 네 꾀보 신에 대해, 그 노련한 도둑이자 모든 장점의 주인님인 그 신에 관한 이야기는 그럴싸하게 들려주었다."

"용서하십시오, 크나크신 어머니. 그 이야기는 파라오께서 하셨습니다."

그러자 그녀가 얼른 말을 가로막았다.

"파라오는 예민해서 잘 받아들이는 분이다. 그런 이야기를 한 것은 네가 있었기 때문이다. 파라오는 너를 느끼고 신의 이야기를 한 것이다."

"저는 그분께 거짓없이 대했습니다, 대비마마. 그리고 그분이 저에 관해 어떤 결정을 내리시든 앞으로도 영원히 그렇게 할 것입니다. 맹세코, 그분의 입맞춤을 결코 배신하지 않을 것입니다. 참으로 오래 전에 제게 마지막으로 입을 맞춰 준 사람이 있었습니다. 제 형 여후다였지요. 그는 도단 골짜기에서 저를 사려는 이스마엘 사람들 앞에서 제게 입을 맞췄습니다. 그저 자신에게 제가 얼마나 소중한 상품인지 상인들에게 보여주려는 것이었지요. 그 입맞춤을 그러나 대비마마의 사랑스러운 아드님께서는 자신의 입맞춤으로 깨끗이 지워 주셨습니다. 그 순간 이후 제 가슴은 소원으로 가득 찼습니다. 제가 할 수 있는 데까지, 그리고 파라오께서 제게 권한을 주시는 데까지, 그분을 섬기고 돕고 싶습니다!"

"그래, 그를 섬기고 그를 도와주거라!"

작고 야무진 체격의 그녀가 요셉에게 바짝 다가와 어깨에 손을 올려놓았다.

"어머니에게 그렇게 하겠다고 약속하겠느냐? 아이는 불안스러운 고난을 겪고 있다. 물론 비천한 고난이 아니라 고상한 고난이다. 이는 너도 잘 알고 있다. 넌 다른 사람의 가슴을 꼬집을 정도로 영리하다. 게다가 너는 가짜인 진짜 이야기까지 꺼내서 한 사람이 옳은 것 같지만 틀릴 수도 있다는 말까지 했다."

"한 사람이 올바른 길을 가고 있으나, 그 길의 입장에서는 그가 올바른 자가 아닐 수도 있다는 사실은 지금까지 모르고 있던 사실입니다. 그러나 오늘날까지는 이런 것이 없었지만 앞으로는 항상 있게 될 것입니다. 이렇게 처음 생긴 것은 공경해야 마땅합니다. 그리고 대비마마의 고귀한 아들처럼 사랑스러운 분은 사랑해야 마땅합니다!"

파라오 쪽에서 한숨이 새어나왔다. 어머니는 아들 쪽을 돌아보았다. 그는 몸을 움찔했다. 그리고 눈을 깜빡이며 벽에서 등을 뗐다. 이제 볼과 입술에도 화색이 돌았다. 그리고 그의 음성이 들려왔다.

"이 자리에서 결정을 내려야 합니다. 짐은 그곳에 가서 제가 시간이 없으며 왕으로서 중대한 결단을 내리기 위해 곧 돌아가야 한다고 말하고 이렇게 서둘러 왔습니다. 어쨌거나 잠시 자리를 떠났던 점 용서해 주십시오, 어머니!"

그는 어머니의 손에 이끌려 의자로 걸어갔다. 그리고 방석에 털썩 주저앉으며 멋쩍게 웃어 보였다.

"그리고 그대 예언가도 짐을 용서하라! 실은 파라오가 용서를 구할 필요는 없다. 그는 제한을 받지 않은 절대적인 존재이며, 또 스스로 자리를 떠난 것이 아니라 부름을 받았기 때문이다. 하지만 이렇게 용서를 구하는 것은 친절을 베풀기 위해서이다. 이제 일로 돌아가자! 우리에겐 시간이 있지만 잃어버릴 시간은 없다! 자, 영원한 어머니, 이 아들이 공손하게 청을 올리니, 자리에 앉아 주세요! 아들이 쉬고 있는데, 어머니께서 서 계시는 것은 어울리지 않습니다. 하지만 젊은이 그대는 잠시 더 파라오 앞에 서 있도록 하라. 내 꿈에서 자라난 이 일들을 해결할 동안. 이 꿈들은 자네의 이름이 아래 나라의 이름이듯, 아래에서 올라온 것들이다. 물론 이는 위를 걱정하는 근심에서 비롯되어 아래로부터 올라온 것이다. 그러나 젊은이 그대는 아래에서 위로 올라오는 축복과 위에서 아래로 내려오는 축복을 받은 것처럼 보이는구나. 오사르시프, 그대의 생각은 그러니까 풍요 뒤에 닥칠 궁핍을 대비하여 풍요로움을 절제하여 큰 창고에 쌓아두었다가 가뭄이 오면 나눠 줘야 한다는 것인가? 그래야 아래의 피해로 말미암아 위쪽이 고통을 받지 않는다 이것인가?"

"바로 그러합니다, 사랑하는 주인님!"

요셉은 그곳 예의법도에는 속하지 않는 완전히 낯선 말로 파라오를 칭했다. 그 말에 파라오의 눈에 곧 눈물이 고였다. "그것이 꿈의 소리 없는 지시사항입니다. 나라에 있는 광과 곳간으로는 충분하지 못할 것입니다. 아무리 많이 있다 해도 그것으로는 너무 적습니다. 방방곡곡에 새로 지어 하늘에 있는 별만큼 많아져야 합니다. 그리고 방방곡곡

315

에 관리들을 앉혀야 할 것입니다. 풍요로움을 절제하여 세금을 거둘 관리들입니다. 그러나 적당히 아무렇게나 계산해서 거두면 안 됩니다. 다시 말해서 적당히 선물을 받고 매수당할 수도 있으므로, 여기에는 확고하고 거룩한 지침이 있어야 합니다. 그리하여 파라오의 곡식창고에 바다의 모래알처럼 많은 빵을 쌓아두어야 합니다. 이렇게 잘 저장하여 힘든 해에 양식으로 쓸 수 있어야 합니다. 그래야 나라가 굶주림으로 멸망하여 아문을 이롭게 하는 일이 생기지 않을 것입니다. 만일 이런 불상사가 생기면 아문은 백성에게 파라오를 고소할 것입니다. '모든 잘못은 왕에게 있다. 이것은 새로운 교훈과 숭배에 대한 벌이다.' 그러나 기근이 닥쳤을 때 백성들에게 양식을 나눠 준다 하여 모두에게 그래야 한다는 것은 아닙니다. 작고 가난한 자에게는 나눠 주고, 대인과 부자에게는 팔아야 합니다. 그리고 밀알, 곧 곡식알은 없고 겨만 나오는 시기는 모든 것이 비싼 시기입니다. 그러므로 나일 강이 줄어들면 값은 비싸집니다. 따라서 부자들에게는 비싸게 팔아야 합니다. 그리하여 부를 예방하고 이 나라에 파라오 옆에서 더 크려고 하는 모든 것을 예방해야 합니다. 궁극적으로는 이집트에서 오로지 파라오 한 분만 부자로 남게 해야 합니다. 그리고 오로지 그분만이 황금과 은이 되어야 합니다!"

"누가 팔아야 한단 말인가?" 아멘호테프가 놀라서 소리를 질렀다.

"신의 아들인 왕이?"

그러나 요셉은 말했다.

"당연히 아닙니다! 소인은 사려 깊고 지혜로운 남자를 생각하고 있습니다. 파라오께서는 신하들 중에서 한 명을 고르셔야 합니다. 그러나 그는 예방하고 대비하는 정신으로 가득 차 있고 긴 안목을 지녔으며, 나라의 경계선뿐 아니라 그 바깥까지 내다볼 수 있는 자라야 합니다. 나라의 경계선이 그의 경계선, 곧 그의 한계선은 아니니까요. 파라오께서 그런 자를 선택하시어 전 이집트 위에 앉히시고 '이 자는 나와 같다' 하시면 그가 파라오를 대신하여 풍요를 절제하고 이를 잘 보관하여 결핍이 찾아왔을 때 결핍을 먹여 살릴 것입니다. 그는 우리들의 아름다운 태양이신 파라오와 아래의 땅을 연결하는 달과 같습니다. 그가 창고를 새로 세우고 관리들을 지휘하고 세율을 정해야 합니다. 그리고 그는 어디에는 나눠 주고, 어디에는 팔아야 하는지 잘 결정하여 작은 자들은 먹을 것을 얻게 하여 파라오의 교훈에 귀를 기울이게 만들고, 큰 자들, 곧 대인들에게는 돈을 긁어내어 왕좌를 더 부자로 만들어야 합니다. 그리하여 파라오께서 온 세상 위에 우뚝 서시어 은과 금으로 치장하실 수 있도록!"

의자에 앉은 어머니-여신의 웃음소리가 들렸다. 그러자 아멘호테프가 이렇게 말했다.

"어머니께서는 웃으시지만, 짐에게는 저기 예언자가 하는 예언이 매우 흥미롭습니다. 파라오는 이 위에서 아래의 일들을 내려다봅니다. 하지만 달이 저기 땅 위에서 익살과 기지를 동원하여 만들어내는 것이 참으로 흥미롭습니다. 자, 예언자여, 그 중개자, 경쾌하고 꾀도 많은 그 청년 이야기를 계속하라. 내가 만일 그 젊은이를 중개자로 임명했을

경우, 그는 어떻게 행동하고 처신해야 한다고 생각하는
가?"

그러자 요셉은 이렇게 대답했다.

"소인은 케메의 아이가 아니며 예오르의 아들이 아닙니
다. 저는 더 먼 곳에서 온 자입니다. 하지만 이미 오래 전부
터 제 육신은 이집트의 천으로 만들어진 옷을 입고 있습니
다. 제가 저를 인도한 자들과 함께 이곳에 당도한 것은 열
일곱 살 때였으니까요. 저는 신께서 제게 보내주신 미디안
사람들의 손에 이끌려 폐하의 도시인 이곳 노-아문에 이르
렀습니다. 이렇게 소인은 먼 곳에서 온 사람이지만, 저는
이미 나라 안의 이것저것에 관해서 잘 알고 있습니다. 그리
고 나라의 역사도 잘 압니다. 그래서 여러 주들이 모여 제
국이 된 과정도 알고 있습니다. 그리고 옛것에서 이렇게 새
것이 나오는 과정에서 옛것의 잔재들이 아직도 저항하고
반항한다는 것도 잘 압니다. 파라오의 아버지들께서는, 곧
베세트의 영주들은 이방의 왕들을 몰아내고 검은 땅을 왕
의 재산으로 만들었습니다. 그리고 이 전쟁을 도운 영주들
과 소왕들에게 땅과 높은 이름으로 상을 내려야 했습니다.
그리하여 이들 중 몇은 오늘날까지도 파라오 옆에서 스스
로를 왕이라 칭하며 파라오의 사람이 되기를 거부하여 대
세를 거역하고 있습니다. 여기에 얽힌 이야기와 상황을 소
인이 모르는 바 아니므로, 저는 파라오의 중개자, 곧 긴 안
목을 지니고 가격을 결정하는 자가 어떤 태도를 취해야 하
는지, 그리고 이 일을 어떤 계기로 삼아야 할지 쉽게 예언
할 수 있습니다. 그는 거만한 영주들과 우유부단하고 변덕

스러운 소왕들이 기근을 맞아 7년 간 빵도 없고 종자도 없을 때, 파라오께서는 넘치도록 가지고 계신 식량을 이들에게 보통 가격이 아니라 양념까지 잔뜩 얹은 아주 높은 가격을 요구하는 것입니다. 그리하여 그들의 눈이 뒤집히게 만들어 그들의 나라가 마침내 파라오의 왕좌 앞에서 무릎을 꿇게 하는 것입니다. 그것이 마땅하니까요. 그래서 이들을 공수 동맹(攻守同盟)을 맺은 동등한 왕의 위치에서 일개 소작인으로 만들어버리는 것입니다."

"훌륭해!"

어머니-여신의 단호한 음성이 들렸다.

파라오의 목소리도 아주 경쾌했다.

"그대가 생각하는 중개자 청년은, 그 달은, 그리고 마술사는 정말 대단한 장난꾸러기야!"

파라오는 웃음을 터뜨렸다.

"짐은 생각도 못할 일이야. 하지만 탁월한 생각이야. 그런데 그대는 내가 임명할 그 태수가 신전에 관해서는 어떤 태도를 취할지, 거기에 대해서는 아직 예언하지 않았어. 어떤가? 신전이 가진 재산도 지나치게 무거워 나라에서 너무 큰 부자로 있는데, 이들에게도 그 중개자가 꾀를 써서 세금을 징수하여 그 재산을 긁어내는가? 짐은 특히 재산을 많이 가진 무거운 아문의 신전에서 많이 긁어냈으면 좋겠어. 아문은 아직 한번도 세금을 내본 적이 없지. 그러니 짐의 대리인이 그에게도 일반 세율에 따라 세금을 내도록 한다면 더 바랄 것이 없겠네!"

"제가 생각하는 중개자는 매우 사려 깊은 사람입니다. 그래서 그 남자가 제 생각처럼 그렇게 사려 깊은 자라면, 신전은 특별히 관대하게 대할 것입니다. 그리하여 풍요로운 시기에는 이집트의 신들이 세금을 내지 않게 해줄 것입니다. 신의 재산은 세금을 내지 않는 것이 태곳적부터 내려온 관습이니까요. 특히 아문을 자극하는 일은 없어야 합니다. 예방하고 대비하는 사업을 벌이면서 아문을 자극하게 되면, 아문은 백성들에게 앞을 대비하여 곡식을 쌓아두는 것에 반발하도록 부추길 것이 뻔합니다. 마치 그 일이 신들에게 반항하는 것처럼 백성을 선동할 테니까요. 대신 저주의 때가 오면 신전도 값을 정한 주인님에게 그 값을 치르고 곡식을 사게 하면 됩니다. 그것만으로도 충분합니다. 다시 말해서 신전들은 왕의 축복 사업에서는 아무런 혜택도 받지 못하는 것이지요. 그렇게 되면 파라오는 그들 모두보다 더 많은 재산을 얻어 무거워지고 더 많은 황금을 가지게 됩니다. 중개자가 자신이 할 일을 절반이라도 해낸다면 말입니다."

"지혜롭군!"

어머니-여신이 고개를 끄덕였다.

그러자 요셉이 말을 이었다.

"그리고 그 남자가 소인을 실망시키지 않는다면—실은 실망할 리 만무하지만 말씀입니다. 다른 분도 아니고 파라오께서 직접 고를 사람인데 그럴 리가 없지요—여하튼 그렇다면 그 중개자는 나라의 경계선 너머 바깥까지 눈을 돌릴 것입니다. 그리하여 신실하지 못한 방자한 자들을 제압하여 파라오의 왕좌에 묶을 것입니다. 제 선조이신 아브람이 아내 사래(이 이름의 원뜻은 여자영웅이며 여왕입니다)를 데리고

이집트로 내려 온 적이 있었습니다. 당시 이들이 살던 곳에
는 기근이 들었습니다. 레테누, 아모르 그리고 자히 땅이 그
러했습니다. 그러나 이집트에는 모든 것이 풍부했습니다.
하지만 이번에도 그러지 말라는 법이 있습니까? 매번 달라
야 할 이유가 어디 있겠습니까? 우리가 있는 이곳에 여윈
암소가 등장한다면 그곳 땅에서도 흉년이 들지 않는다고 누
가 장담하겠습니까? 파라오의 꿈들은 참으로 강력한 경고
를 담고 있었으니, 그 의미는 전 지구에 해당될 수도 있습니
다. 그렇다면 대홍수와 같은 어마어마한 사건이 되어 이민
족들도 파라오께서 쌓아두신 빵과 종자를 얻기 위해 이집트
땅으로 올 것입니다. 이 경우 온 사방에서, 어쩌면 이곳에서
아직 한번도 보지 못한 사람들까지 양식을 얻기 위한 순례
여행에 오르게 되어 이곳으로 몰려들 것입니다. 그리고 파
라오의 중개자인 긴 안목을 지닌 자의 앞에 나와 이렇게 말
할 것입니다. '우리에게 양식을 파십시오. 그러지 않으면
저희 모두 팔려가고 배신당할 것입니다. 먹을 게 없어서 우
리와 우리 자식 모두 더 이상 살아갈 방도를 모릅니다. 제발
당신의 창고에서 양식을 파십시오!' 그러면 파는 사람은 그
들이 어떤 자들인가에 따라서 각기 다르게 대답하고 행동도
달리 할 것입니다. 하지만 이 중개자가 시리아, 곧 페니키아
땅의 몇몇 도시 왕들을 어떻게 대할지는 미리 예언할 수 있
습니다. 왜냐하면 저는 파라오를 사랑해야 마땅한 이들이
파라오에 대한 신의를 확실히 간직하지 못하고 두 어깨에
간신히 매달아두어서, 그 신의라는 것이 언제 떨어질지 모
르는 채 대롱대롱 흔들리고 있다는 사실을 잘 알기 때문입

니다. 이들은 파라오에게 겉으로는 순종하는 척하지만 한편
으로는 히타이트 족과 눈길을 주고받으며 자신의 이익을 위
해 계략을 꾸미고 있습니다. 따라서 이런 자들은 이 일을 계
기로 제대로 길을 들여야 합니다. 파라오의 중개자는 이들
에게는 단순히 빵과 종자 값으로 금과 은으로 받지 않고 그
들의 아들과 딸을 요구해야 합니다. 그리하여 이집트 땅에
인질로 붙잡아두는 것입니다. 그들은 살고 싶다면 이 요구
에 응해야 하며, 결국에는 파라오의 왕좌에 붙들려 신의를
지킬 수밖에 없을 것입니다."

아멘호테프는 신이 나서 어린아이처럼 발을 굴렀다.

"어머니, 아쉬도드의 미킬리 왕 생각나십니까? 그자의
신의는 흔들리는 정도가 아닙니다. 얼마나 못됐는지 파라
오를 온 마음으로 사랑하지도 않고, 파라오를 배신하여 몰
락시킬 생각뿐이지요. 보고서에 올라온 내용이 그렇습니
다. 짐은 줄곧 그자 생각을 하고 있었습니다. 모두들 제가
미킬리에게 군사를 보내 짐의 칼을 피로 물들이기를 원합
니다. 총사령관 호르-엠-헵은 하루에도 두번씩이나 그래야
한다고 독촉합니다. 하지만 저는 그러고 싶지 않습니다. 아
톤의 주인님께서는 피를 원치 않으시니까요. 그런데 어머
니도 꾀 많은 장난꾸러기의 아들이 지금 막 예언한 말을 들
으셨지요? 어쩌면 그 못된 왕들을 파라오의 왕좌에 꽉 붙
들어 매어 신의를 지키도록 강요할 수 있는 기회가 올 거랍
니다. 그것도 피 한 방울 흘리지 않고 그저 장사 수단으로!
보세요, 이 얼마나 탁월한 생각입니까!"

파라오는 그렇게 외치며 손으로 여러 번 팔걸이를 내리

쳤다. 그러다 느닷없이 정색을 하더니 엄숙하게 의자에서 일어났다. 그러나 그 다음 순간 뭔가 걱정이 생긴 듯 다시 의자에 주저앉더니 어느새 시무룩해졌다.

"어머니, 문제가 하나 있습니다. 예방하고 대비하여 나중에 분배할 그 중개자에게, 짐의 친구에게 줄 직위와 신분에 문제가 있어요. 국가에 그가 앉을 자리가 어디 있습니까? 안타깝게도 아름다운 자리와 직위는 다 찼습니다. 저희에게는 곡창과 소떼의 감독관인 두 명의 베지르도 있고 게다가 보석창고의 대서기도 있습니다. 그러니 제 친구가 앉을 자리가 어디 있습니까? 짐이 그를 세울 수 있는 자리도 없고 그에게 맞는 이름도 없지 않습니까?"

"그건 문제가 안 되오."

어머니는 아무렇지 않은 표정으로 고개를 돌리며 태연하게 말했다.

"이런 경우는 예전에도 흔히 있었고 최근에도 찾아볼 수 있소. 따라서 폐하가 원한다면, 언제라도 파라오와 국가의 대인들, 곧 대신들 사이에 중개자를 세울 수 있소. 이 자는 왕의 말을 전하는 최고의 입이며 감독 중의 최고 감독이 되는 것이오. 이렇게 신의 대리인을 세우는 일은 옛날부터 전해져 내려온 관습이라오. 그러므로 최고의 입을 세우는 일은 흔한 조처라 할 수 있소. 이렇게 아무것도 문제될 게 없는데, 문제가 있다고 해서는 안 되오."

그녀는 고개를 더 돌리며 말했다.

"아, 맞아요!"

아멘호테프가 외쳤다.

"저도 알았는데 잊어버렸군요. 워낙 오랫동안 최고 입, 즉 하늘과 땅을 이어주는 달 없이 지내다보니 잊었습니다. 지금까지는 남쪽과 북쪽의 베지르들이 최고 높은 관리들이었으니까요. 고맙습니다, 어머니, 정말 고맙습니다. 정말입니다!"

그는 또다시 의자에서 일어났다. 엄숙한 표정이었다.

"왕에게로 가까이 오라. 우사르시프, 사자요 친구여! 여기 짐 앞으로 가까이 오라. 그대에게 할 말이 있다! 선한 파라오는 그대가 너무 놀랄까봐 두렵구나. 이제 마음을 단단히 먹고 파라오가 하는 말에 놀라지 마라! 날개를 단 황소가 그대를 하늘로 데리고 올라가는 기분이 들더라도 기절하지는 말아라! 자, 단단히 각오했느냐? 그렇다면 듣거라. **그대가 바로 이 남자다!** 짐이 선택하는 자는 바로 그대다! 짐은 그대를 내 옆으로 높이 올려, 긴 안목을 지닌 남자로 앉힌 후 그대의 손에 짐의 전권을 위임한다. 그러니 그대는 앞으로 풍요를 절제하여 흉년이 되었을 때 두 나라를 먹여 살리도록 하라. 어떤가? 이 결정이 그대를 놀라게 할 수 있는가? 그대는 짐에게 아래에 관련된 꿈들을 책도, 솥도 없이 내가 느낀 그대로 해석해 주었고, 예언이 끝난 후에도 영감이 있는 다른 어린양들처럼 쓰러져 죽지도 않았다. 그것은 바로 그대가 꿈에서 해석해 낸 조처들을 시행할 수 있는 자로 예비된 자라는 표식이다. 그리고 그대는 짐에게 위쪽과 관련된 꿈들도 해석해 주었다. 짐의 가슴이 이미 오래 전부터 알고 있던 진실대로. 그리고 짐에게 내 아버지가 아톤이라 불리지 않고 아톤의 주인님이라 불리고 싶다고 하신 이유까지 해석해 주었다. 그리고 하늘 곁에 있는 아버지와 하늘 안에 있는 아버지의 차이점도 설명해 주었다. 그런 그대는 지혜로운 자일 뿐만 아니라 꾀가 많은 장난꾸러기이기도 하다. 그리고 그대는 흉년을 계기로 대세를 거역하는 영주들의 재산을 어떻게 빼앗을 수 있는지, 또 신의가 흔들리고 있는 시리아의 도시 왕들을 파라오의 왕좌에 묶는 방법도 예언해 주었다. 신께서 그대에게 이 모든 것을 알려주었으니 그대보다 더 사려 깊고 지혜로운 자는 없다. 따라서 짐이 먼 곳과 가까운 곳에서 오랫동안 다른 자를 찾아본다는 것은 무의미하다. 이제 그대는 내 집의 위에 있어야 하며, 내 백성은 모두 그대의 말에 복종해야 할 것이다. 어떤가? 너무 놀라운가?"

"소인은 워낙 오랫동안 놀라는 법이 없는 남자 옆에서 살아왔습니다. 그는 평안 그 자체이기 때문입니다. 제가 있던 감옥의 태수는 제게 평안은 모든 것을 각오하는 것이라고 가르쳐 주었습니다. 그래서 소인 또한 지나치게 놀라지는 않았습니다. 저는 파라오의 손안에 있습니다."

"그리고 그대의 손안에 두 나라가 있어야 하며, 그대는 사람들 앞에서 나와 같아야 한다!"

아멘호테프의 감격한 목소리였다.

"우선 이것부터 받아라!"

그는 손가락에 끼고 있던 반지 하나를 이리 돌리고 저리 돌려서 마디 위로 벗겨 내었다. 그리고 요셉의 손에 끼워주었다. 위에 박혀 있는 타원형의 아름다운 라피스라줄리가 햇살이 가득한 하늘처럼 반짝였고, 그 돌에는 왕의 인장에 쓰여 있는 아톤의 이름이 새겨져 있었다.

"이것이 그대의 전권과 대변의 표식이다."

메니가 열띤 목소리로 말했다. 하지만 얼굴은 창백했다.
"누구든 그 표식을 보면 자리에서 일어나야 한다. 그리고
그대가 내 종에게 하는 말은, 그것이 가장 높은 종이든 가장
낮은 종이든 그대의 말은 짐의 말과 같다. 그리고 파라오에
게 볼일이 있는 자는 그대를 찾아가서 그대와 먼저 이야기
를 해야 한다. 그대는 짐을 대변하는 최고의 입이기 때문이
다. 따라서 누구든 그대의 말을 소중하게 여기고 그 말을 따
라야 한다. 왜냐하면 지혜와 이성이 그대의 옆에 있기 때문
이다. 나는 파라오다! 내 그대를 이집트 위에 세우니, 그대
가 원치 않는데 두 나라에서 손발을 움직일 자는 아무도 없
다! 그대보다 높은 자는 오로지 왕좌에 앉은 왕밖에 없다.
그리고 짐이 쓰고 있는 왕관의 지고함과 화려함을 그대에게
부여한다! 그대는 바로 짐의 뒤에서 두번째 마차를 타고 다
닐 것이다. 그러면 사람들은 그대의 앞과 옆에서 달려가며
이렇게 소리를 지를 것이다. '어서 길을 비켜라, 조심해라,
나라의 아버지께서 납신다!' 그리고 그대는 짐의 의자 앞에
서야 하며, 짐의 전권을 위임받을 것이다. 거기엔 아무런 제
한도 없어야 한다.…… 어머니께서는 고개를 설레설레 흔
드시는군요. 그리고 고개를 돌리며 '과장'이라고 중얼거리
시는 것 같군요. 하지만 과장은 이따금 멋진 일이 되기도 합
니다. 그리고 파라오는 지금이야말로 과장하고 싶습니다!
신의 어린양, 그대의 명칭을 확정해야 한다. 그것은 아직까
지 이집트에 없던 높은 명칭이어야 한다. 그리하여 그 명칭

에 그대의 죽은 자의 이름이 완전히 파묻혀서 영원히 사라지게 만들 생각이다. 우리에게는 지금 두 명의 베지르가 있지만 짐은 그대를 위해 아직까지 한번도 들어보지 못한 '대베지르'라는 명칭을 만들겠다. 그러나 이것으로도 충분치 않다. 그대는 '신께서 주신 수확의 친구', '이집트의 양식', '왕의 그늘을 선사하는 자'라 불리게 될 것이며, 또 '파라오의 아버지'로 불릴 것이다. 그리고 앞으로도 생각나면 다른 이름들도 붙여 줄 것이다. 다만 지금 이 순간은 너무 기뻐서 흥분된 나머지 더 이상은 생각이 나지 않는다······ 고개를 가로젓지 마세요, 어머니! 이번 한번만 마음껏 즐기도록 허락해 주세요. 저는 지금 다 알면서 의도적으로 과장하는 겁니다. 외국의 노래처럼 된다고 생각해 보십시오. 얼마나 멋진 일입니까? 자, 한번 들어보세요.

'아버지 인릴은 그의 이름을 나라들의 아버지라 불렀다.

그는 내가 다스리는 모든 영역을 관리할 것이며 나의 모든 권한을 대행한다.

그의 나라는 커질 것이며 그 자신도 편안하리라.

그의 말은 확고하며 그의 명령은 변할 수 없다.

그의 입에서 한번 나온 말은 어떤 신도 바꿀 수 없다.'

이 이방의 찬송가처럼, 이 노래처럼 될 것입니다. 아, 생각만 해도 즐겁습니다! 아, 그대를 짐은 '내무 영주'와 '대리-신'이라 부르겠다. 임명식에서······ 아, 그런데 여기서는 그대에게 황금을 부을 수가 없구나. 이곳에는 제대로 된 보석창고가 없어서 그대에게 황금 장신구로 상을 내릴 수가 없다. 그러니 곧 베세트로 돌아가야 한다. 메리마아트 궁궐에 가야 테라스 아래에서 황금으로 그대에게 보상할 수가 있다. 그리고 그대에게 맞는 여자도 찾아야 한다. 귀한 집안의 딸로. 물론 여러 명의 여자들을 거느리게 되겠지만, 무엇보다도 첫번째 정부인을 잘 골라야 한다. 그대를 결혼시키고 싶다는 짐의 뜻에는 변함이 없기 때문이다. 그대도 알게 될 것이다. 결혼이 얼마나 좋은 것인지!"

파라오는 천진난만한 어린아이처럼 신이 나서 손뼉을 쳤다. 등을 구부린 내관이 안으로 들어오자 파라오의 명령이 떨어졌다. 한시가 급하다는 듯 숨까지 몰아쉬었다.

"에, 길을 떠날 것이다! 파라오와 궁정신하 모두 오늘 당장 노베트-아문으로 돌아간다! 서둘러라, 이는 아름다운 명령이다! 당장 짐의 배 '두 나라의 별'을 준비하라. 배를 타고 영원한 어머니와 달콤하고 사랑스러운 부인과 이 선택 받은 자, 내 집의 아돈과 함께 길을 떠날 것이다. 그는 앞으로 이집트에서 나와 같은 자가 될 것이다. 다른 자들에게 이 사실을 알려라! 그에게 엄청난 황금을 쏟아 부을 것이다!"

꼽추는 커튼 틈새로 지금까지 엿들으면서도 자신의 귀를 믿을 수가 없었다. 그러나 지금은 믿을 수밖에 없었다. 그리고 고양이 새끼처럼 좋아하며 손가락 끝에 번갈아가며 입을 맞추는 모습도 가히 상상이 되리라 믿는다.

Viertes Hauptstück
Die Zeit der Erlaubnisse

4부

허락 받은 때

일곱 혹은 다섯

이렇게 파라오와 요셉이 주고받은 대화는 죽은 자 요셉을 높은 곳으로 올려주는 결과를 가져왔다. 지금까지 거의 알려진 바 없는 이 유명한 대화를 가리켜 그 자리에 함께 있었던 위대한 어머니가 신의 대화 그리고 신들의 대화라 한 것이 잘못된 표현은 아니었다. 여하튼 이 대화가 이런 결말에 이르기까지 처음에 어떻게 시작되어 중간에 어떤 식으로 굴곡 과정을 겪었는지 아주 상세하게 하나도 빠뜨리지 않고 사실 그대로 묘사하고 재현한 만큼, 누구든 당시에 어떤 일이 있었는지 정확하게 알고 싶은 자는 언제라도 다시 뒤적여 보면 될 것이다. 지금까지 이와 관련하여 전승된 이야기를 보면 워낙 간결하여 설마 그랬을까 싶은 의혹이 생긴다. 요셉이 왕에게 꿈을 해석해 주고, 이 일을 대비할 수 있는 사려 깊고 지혜로운 남자를 찾으라고 조언하자 왕이 다짜고짜 "그대보다 더 사려 깊고 지혜로운 남자는 없으니 내 그대를 전 이집트 위에 올리겠다!"라고 대답하고, 열광하다시피 도가 넘치는 영광스러운 직위를 씌워주었다니 이런 단축이 어디 있는가? 말하자면 중요한 속 알맹이는 다 빼놓고 소금에 절여, 메마르게 건조시킨 다음 붕대를 감은 진실의 잔재, 곧 미라처럼 보이니, 이거야 어디 살아 있는 몸뚱이로 보이겠는가. 다시 말해서 전래설화에는 파라오가 요셉에게 감탄한 근거, 그렇게 큰 은혜를 베푼 이유가 너무 많이 생략된 것이다. 우리가 사실 육신의 소심함을 누르고 마음을 단단히 먹고 저승으로 내려가 수천 년 세월이 가로놓인 계곡을 가로질러 요셉이 살아 숨쉬던 우물가로 내려간 목적은 다른 게 아니었다. 그건 바로 파라오와 요셉이 하이집트 온에서 나눈 이 대화가 어떻게 진행되었는지 하나부터 열까지 다 엿듣고 위로 퍼 올리기 위해서였다.

이 말은 제대로 이해해야 한다. 생략 자체를 반대하는 것은 아니다. 생략은 좋은 것이며 필요하기도 하다. 예전의 삶이 스스로 이야기를 들려주었던 그대로, 처음부터 끝까지 다시 이야기를 들려준다는 것은 불가능하기 때문이다. 그렇게 되면 이야기는 끝도 없이 이어질 것이고, 인간의 힘으로는 그렇게 할 수도 없다. 그래도 그렇게 하려는 사람이 있다면 일을 끝낼 수 없음은 물론이거니와, 첫 순간부터 정확해야 한다는 강박관념에 사로잡혀 질식하고 만다. 이야기를 들려주어 예전의 일을 되살리는 아름다운 축제에서 생략이란 없어서는 안 될 필수적인 요소이다. 따라서 우리 역시 한 걸음 한 걸음 지혜롭게 생략하기도 한다. 우리의 의도는 따지고 보면 바닷물을 다 들이키려는 시도와 어느 정도 비슷한 면이 있다. 그러나 정확성이라는 바닷물을 말 그대로 다 들이키겠다는 생각을 할 만큼 그렇게 어리석지는 않은 우리이기에, 우리가 하려고 하는 용무를 지혜롭게 끝내고 싶기 때문이다.

생각해 보라. 만일 야곱이 악마 라반에게 종살이하면서 보낸 7년과 13년 그리고 5년, 또는 간략하게 25년을, 아주 작은 시간 단위로 가득 채워진 이 세월을, 그리고 그것이 정확하게 들려줄 만큼 충분히 가치 있는 삶으로 이루어졌다고 하여, 여백을 남기지 않고 하나하나 다 이야기했다면 우리 꼴이 어떻게 되었겠는가? 그리고 여백을 남기는 이러한 지혜로운 원칙이 없다면, 지금 이 순간 적당한 속도로 이야기의 강물을 타고 내려가는 우리들의 작은 배가 예언된 7년과 또 7년으로 이루어진 시간의 지류를 어떻게 지나갈 수 있겠는가?

우리끼리 하는 말이지만, 그리고 미리 귀띔하자면, 예언된 그 세월이 그렇게 심각하지는 않았다. 그리고 숫자와 관련하여 말한다면 그다지 아름답게 맞아떨어지지도 않았다. 물론 예언은 실현되었다. 여기에는 의심의 여지가 없다. 그러나 삶이 그러하듯 조금은 부정확한 형태였다. 다시 말해서 정확히 그 햇수를 채우지는 않았다. 삶과 현실은 항상 나름대로의 독자성을 요구한다. 그리하여 어떤 때에는 그 안에서 이러한 예언을 거의 확인하기 어렵거나 간신히 확인할 수 있을 뿐이다. 물론 삶은 예언에 구속받는다. 그러나 구속을 받으면서도 삶은 자유롭게 움직인다. 그래서 그 안에서 예언이 실현된 것으로 보고 안 보고는 그 사람의 선한 의지에 달려 있다고 할 수 있다. 그러나 우리가 다루는 시대의 사람들은 모두 최선의 의지를 지닌 사람들이었다. 그래서 이들은 부정확한 가운데에서도 예언이 실현되었다고 보았다. 즉 예언의 실현 자체를 중히 여겨 '다섯을 짝수로 봐준' 것이다. 이 말은 '사소한 잘못은 너그럽게 넘긴다'는 뜻이다. 사실 이런 표현은 다섯이라는 숫자를 그보다 조금 높은 홀수 일곱과 같은 것으로 여기려는 자리에서는 특히 잘 어울린다. 또 이는 별로 어려운 일도 아니다. 어차피 다섯은 일곱이나 마찬가지로 의미 있는 숫자이고, 웬만큼 사려 깊은 자라면 다섯이 일곱 대신 등장한 것을 두고 이를 부정확하다고 나무랄 리 없었기 때문이다.

그러나 예언된 일곱은 실제 삶에서 거의 다섯처럼 보였다. 그러나 움직이는 삶은 확고한 다섯도 아니었고 일곱도 아니었다. 우선 기름진 풍년과 여윈 흉년이 파라오의 꿈에 등장한 살찐 암소와 여윈 암소처럼 분명히 구별되는 모습으로 모태에서 올라오지 않았기 때문이다. 기름진 해와 여윈 해는 살아 있는 것이 그러하듯 똑같이 기름지고 여윈 것이 아니었다. 기름진 해 중에 한두 해는 여윈 해라고까지는 할 수 없지만, 그저 적당히 풍요롭다고 할 수 있는 해였다. 한편 여윈 해들은 모두 충분히 여위었다. 일곱까지는 안 되어도 다섯은 분명 그러했다. 그러나 그중 몇몇은 최악의 가련한 수준은 아니고 절반 정도의 가련한 수준이라 그럭저럭 견딜 만한 것에 가까웠고, 그래서 예언이 없었더라면 전혀 기근의 해라거나 저주의 해로 여기지 않을 수도 있었을 것이다. 그러나 사람들은 워낙 선한 의지를 가진 터라 이 해들도 숫자를 헤아릴 때 함께 계산해 주었다.

그래서 예언이 실현되지 않았다는 말인가? 그건 아니다. 거기에는 논란의 여지가 없다. 사실이 그러했으니까. 우리가 들려주는 사건의 사실이 그러했다. 그런 사실이 없었더라면 우리가 이런 이야기를 할 수도 없다. 또 그랬더라면 멀리 옮겨짐과 높이 들어 올림 그리고 데려오기도 일어날 수 없었을 것이다. 이집트를 비롯하여 그 주변까지 충분히 기름지고 여윈 해들이 지나갔다. 몇 년 내리 기름진 해가 이어지고 그 다음에는 적당히 여윈 해가 이어졌다. 요셉은 풍요를 절제하여 모아두었다가 이를 나눠 주어, 아우성치는 결핍의 입을 채워 주느라 무척 분주했다. 그는 이렇게 하여 자신이 바로 우트나피시팀-아트라하시스이며, 매우 영리한 자 노아임을 증명했다. 앞을 내다보고 대비한 남자, 방주를 만들어 대홍수의 재난을 무사히 넘겼던 남자. 요셉은 지고한 분의 종으로서, 그의 내무장관으로서 신의를 다하여 이 일을 수행했고 그렇게 하여 파라오에게 계속해서 황금을 쏟아 부었다.

황금 세례

그러나 먼저 요셉 자신부터 황금 세례를 받았다. 이를 가리켜 이집트 사람들은 '황금의 남자가 된다'라고 표현했다. 요셉은 파라오의 아름다운 명령에 따라 이 신과 위대한 어머니, 그리고 파라오의 달콤하고 사랑스러운 부인과 공주 네젬무트와 바케트아톤과 함께 왕의 배 '두 나라의 별'을 타고 강가에 늘어선 백성의 환호성을 들으며 강 상류로 올라가 수도 베세트에 이르렀다. 그리고 태양-가족과 함께 오색으로 빛나는 사막의 산 발치에 놓인 서쪽의 메리마아트 궁궐로 들어갔다. 거기엔 정원이 있고 정원에는 호수가 있었다. 그리고 그 궁궐 안에서 요셉은 방을 얻고 시종도 얻고 옷과 여러 가지 기분 좋은 것들을 얻었다. 그리고 두 번째 날에 벌써 아름다운 임명식이 치러졌다. 그것은 황금을 쏟아 붓는 아름다운 의식이었다. 그러기에 앞서 요셉은 궁궐 밖으로 행차하는 신을 따라 실제로 파라오의 바로 뒤에서 두번째 마차에 올라탔다. 그리고 시리아와 누비아 출신의 몸종들과 부채를 든 자들에게 둘러싸였다. 신의 마차와 그의 마차를 갈라놓은 것은 그 사이로 달리며 "압렉!", "물렀거라!", "대-베지르!", "보아라, 나라의 아버지 납신다!"라고 외치는 자들뿐이었다. 이렇게 하여 길거리의 백성들에게 지금 무슨 일이 벌어지는지, 곧 두번째 마차에 누가 타고 있는지 알린 것이다. 백성은 이를 보고 이해했다. 파라오가 어떤 사람을 매우 큰 사람으로 만들었으며, 거기에는 그럴만한 이유가 있으리라 생각했다. 설사 별다른 이유가 없고, 그저 파라오의 아름다운 뜻이 변덕을 부린 것이라 해도 그만이었다. 게다가 누군가를 그런 식으로 높이 들어 올리는 것은 항상 새 시대가 시작되어 모든 것이 나아진다는 이념과 결합되어 있었으므로 베세트의 사람들은 지붕 위에서 환호성을 내질렀고, 길가에서 깡충깡충 뛰었다. 그들이 소리쳤다.

"파라오! 파라오!"

"넵-네프-네젬!"

"아톤은 위대하시다!"

그리고 제대로 들어보면, 많은 사람들은 이 이름을 부를 때 발음을 조금 부드럽게 하여 외쳤다.

"아돈! 아돈!"

이는 두말할 필요도 없이 요셉한테 외친 소리였다. 궁궐에서 이미 소문이 새어나가 사람들은 요셉이 아시아 출신이라는 것을 알고 그에게는 이 이름이 더 잘 어울리리라 여긴 것이다. 게다가 여성들은 특히 더 했다. 그에게 시리아

말로 '주인님', 신랑을 뜻하는 이름을 부르는 것이 여자들에게는 너무도 당연하게 느껴진 것이다. 왜? 파라오가 그렇게 높은 자리로 올려 준 자가 참으로 아름다운 청년이었으니까. 이왕 말이 나온 김에 한마디 하자면, 요셉을 늘 따라다닌 이름은 다른 명칭이 아니라 바로 이 '아돈'이었다. 그는 전 이집트에서 평생 동안 늘 이 이름으로 불렸다. 사람들은 그의 이야기를 할 때나, 또 그의 앞에서 그를 부를 때나 항상 이 이름을 사용했다.

이 아름다운 행차를 끝내고 사람들은 배를 타고 강을 건너 서쪽 강가의 궁궐로 되돌아왔다. 여기서 늘 그랬듯이 이번에도 눈과 가슴이 저항할 수 없는 황금의 축제가 거행되었다. 파라오와 궁궐을 사랑으로 채우는 네페르네프루아톤, 곧 왕비가 이른바 '현현(顯現) 창문'에 모습을 나타냈다. 실은 창문이라기보다는 일종의 발코니에 가까웠다. 커다란 접견 홀 앞에 궁궐의 안뜰을 바라보는 이 발코니는 곳곳에 푸른 돌과 공작석이 보였고 청동 코브라로 장식한 기둥이 있었다. 그리고 그 앞에 매혹적인 깃발과 함께 수련 꽃으로 장식된 기둥으로 받쳐둔 난간이 있고 그 위에 화려한 색상의 방석들을 올려놓았다. 바로 이 난간에 몸을 기대고 귀한 분들은 보석창고를 지키는 관리들이 가져온 황금을 아래로 던졌다. 갖가지 형상을 띤 이 황금 세례를 받는 사람은 바로 관람대 아래에 서 있는 야곱의 아들이었다. 이 의식은 일체의 부대 사항과 함께 이를 지켜본 사람에게 평생 잊혀지지 않는 광경으로 남았다. 모든 것이 화려한 색 가운데 둥둥 떠다녔다. 그리고 지고한 분이 베푸시는 최고 수준의 은혜 앞에 모두 경건한 마음으로 황홀해 했다. 화려한 건축물, 햇살이 내려 쪼이는 하늘, 산들바람을 맞으며 나부끼는 깃발들, 황금을 입히고 오색으로 색칠한 나무 기둥. 뜰을 가득 메운 귀족들의 시종들은 파랗고 붉은 부채를 들고 있었다. 곱게 주름이 잡힌 호화스러운 잠방이를 입은 이들은 시중을 들고, 인사를 올리고, 즐거워하고, 탄성을 질렀다. 거기에 탬버린을 두드리는 여자들도 있었다. 머리를 한쪽으로 묶어 내린 소년들도 보였다. 쉬지 않고 기뻐서 깡충깡충 뛰도록 일부러 데려다 놓은 아이들이었다. 또 서기들의 무리도 있었다. 이들은 능숙한 솜씨로 그곳에서 일어나는 모든 일을 붓으로 기록했다. 세 개의 문을 통해 바깥 뜰을 가득 메운 마차들이 보였다. 말들은 머리에 높은 오색 깃털 모자를 쓰고 있었다. 그리고 그 뒤로 마부들이 안쪽에서 벌어지는 광경을 구경하려고 고개를 들이밀고 공경하는 마음으로 양팔을 높이 올렸다. 이 모든 것을 밖에서 들여다보려고 테벤의 붉고 노란 산이 기웃거리고 있었다. 암석으로 가려진 산그늘은 짙은 푸른색과 자줏빛을 띠었다. 그리고 화려한 관람대 위에 서 있는 신과 그의 왕비는 부드러운 미소를 짓고 있었다. 이 신성한 한 쌍은 목 보호대가 달린 높은 모자처럼 생긴 왕관을 썼다. 이들은 한눈에 알아볼 수 있을 정도로 흡족한 표정으로 귀한 물건들을 쉬지 않고 비를 뿌리듯 축복받은 자에게 던졌다. 황금과 진주를 이어 만든 목걸이와 사자 형상을 한 황금, 황금 팔찌, 황금 단도, 황금 화관, 목 장신구, 왕홀, 꽃병, 금도끼 등등. 물론 선물을 받는 자가 이 물건들을 한꺼번에 다 들고 있을 수는 없었다. 그래서 사람들이 환호하는 동안 노예 몇 명이 그 물건들을 한쪽에 열심히 쌓고 있었다. 햇살 아래 번쩍이는 이 황금들은 사람들이 볼 수 있는 것 중에서 가장 귀엽고 아름다운 물건들이었다. 그리고 없어서는 안 될 생략의 원칙이 없었다면, 이 자리에서도 훨씬 더 상세하게 이 물건들을 묘사했을 것이다.

야곱도 이전에 돌아올 수 없는 나라에서, 곧 악마 라반 옆에서 보물들을 모았었다. 오늘은 야곱이 가장 사랑한 총아가 유쾌한 사자(死者)의 나라, 곧 자신이 팔려가서 죽은 자로 머물게 된 나라에서 아버지와 같은 일을 하고 있었다. 물론 이렇게 많은 황금은 아랫세상에나 있었다. 그리고 요셉은 여기 이 자리에서 칭송의 대가로 얻은 황금만으로도 대단한 재력가가 되었다. 물물교환을 하면서 파라오에게 금을 달라고 졸라댄 이방 왕들은, 이집트에서는 이 금속이 길거리의 먼지보다 귀하지 않다는 사실을 자신들은 안다고 말하곤 했다. 그러나 황금이 넘쳐 난다고 가치까지 떨어진다고 믿었다니, 이는 경제를 몰라도 너무 모르는 착각이었다.

정말이다. 그날은 참으로 의미심장하고 아름다운 날이었다. 가족과 멀리 떨어진 곳으로 옮겨진 자는 오늘 세속의 축복을 무더기로 받았다. 그의 연로한 아버지가 이 장면을 볼 수 있었으면 얼마나 좋았을까? 만일 그가 이 자리에 있었다면 적잖이 염려스러워하기도 했겠지만, 그래도 자랑스러워하는 마음이 더 많았으리라. 요셉도 이 순간 같은 생각을 하고 있었다. 훗날 그가 "아버지한테 내가 얼마나 영화롭게 사는지 말해 주세요!"라고 말한 것이 그 증거다. 그리

고 그는 파라오의 친필서도 한 통 받았다. 물론 말이 친필
서이지, 파라오가 직접 쓴 것은 아니고, 그의 비밀 내각 비
서인 '실제 서기'가 쓴 것이다. 형태를 보면 약간 딱딱해
보이지만 그 필체는 황홀한 수준이었고, 내용은 크나큰 은
혜를 담고 있었다. 그 편지의 내용은 대략 이러했다.

　'왕은 오사르시프에게 다음과 같이 명령한다! 그대는
하늘이 내려 주어 땅이 생산하고 나일 강이 가져오는 모
든 것을 감독하는 자이며, 나라 전체의 모든 일을 주관하
는 실제 감독관이다. 짐은 며칠 전에 하이집트의 온에서
그대와 함께 하늘과 세속에 관한 대화를 나누었다. 그 아
름다운 날 그대는 네페르-헤페루-레의 가슴에 큰 기쁨을
선사해 주었다. 그것은 그대가 그 이야기 안에서 거룩한
하늘의 것과 세속의 것을 결합시켜, 세속의 일을 보살피
면서 거룩한 일까지 보살폈고, 그밖에도 하늘 안에 계신
아버지에 관한 교훈을 개선하는데 기여했기 때문이다.
진실로 그대는 짐이 특별히 좋아하는 것을 말할 줄 알며,
그대의 말은 짐의 가슴으로 하여금 웃게 만든다. 짐은 또
그대가 말하는 것 모두가 짐이 좋아하는 것이라는 사실
을 알고 있다. 오, 우사르시프! 짐은 그대에게 끝없이, 번
번이 말한다. 주인님으로부터 사랑받는 자! 주인님으로
부터 상을 받는 자! 주인님의 총아이며 성별된 자! 아톤
의 주인님께서는 짐을 이토록 사랑하시어 짐에게 그대를
보내 주셨다. 네페르-헤페루-레가 영원히 사는 것이 진실
이듯이, 진실로 아톤의 주인님은 짐을 사랑하신다. 짐은

그대의 소원이라면 어떤 것이든, 편지로 올린 소원이든, 혹은 입으로 직접 올린 소원이든, 무슨 소원이든 즉시 이루어지게 할 것이다.'

그리고 온 백성이 가장 간절히 원하는 소원 한 가지를 미리 이뤄주고자—서기는 그렇게 매듭을 지었다—파라오께서 명령을 내리셨다. 지금 즉시 영원한 집을 만들 구멍을 파고 회화나 건축 면에서 완벽한 수준으로 치장하라고. 그건 한마디로 서쪽 산에 요셉을 위한 무덤을 만들기 시작하라는 지시였다.

높이 들어 올려진 자가 이 글을 읽은 후, 현현 창문 뒤에 있는 커다란 접견 홀에서는 성대한 임명식이 거행되었다. 파라오는 이때 궁정 신하들 앞에서 자신의 총아에게 이미 건네준 반지와—이 반지는 전권을 위임하는 표식이었다—현현 창문에서 뿌려준 황금 외에 또 다른 황금 목걸이를 걸어주었다. 이 목걸이를 선물받은 자는 뭘 모르는 사람들이 보고하는 것처럼 비단옷을 입고 있지 않았다. 이 순간 그가 입은 예복은 왕들이나 입을 수 있는 흠 없는 최고급 아마포로 만든 옷이었다. 그리고 파라오는 남방의 베지르로 하여금 요셉에게 주려고 정해둔 명칭을 읽게 했다. 이것들은 요셉이 지금까지 불렸던 죽은 자의 이름을 겉옷처럼 감싸게 될 대단한 위력을 지닌 이름들이었다.

우리는 이렇게 황금으로 도배하다시피 한 대단한 명칭들의 대부분을 이미 알고 있다. 일부는 파라오가 이미 앞에서 직접 언급한 바 있고, 일부는 또 '하늘이 주고'로 시작해서

'감독관'으로 끝난 호칭을 사용한 친필서한에서도 보았다. 그중 '왕의 그늘을 선사하는 자', '신께서 주신 수확의 친구', '이집트의 양식'(그곳 말로 하자면 '카-네-케메')이 가장 인상적인 이름이었다. 물론 지금까지 들어보지 못한 이름이지만 '대 베지르'라든가 '왕의 **하나뿐인** 친구'(이는 '유일한' 친구와는 구별된다)는 이 명칭들에 비하면 빛이 바랠 정도였다. 그러나 파라오에게는 이것으로도 충분하지 않았다. 이번에야말로 단단히 과장하려고 별렀던 파라오가 아니었던가. 그래서 요셉은 '왕의 집의 아돈', '이집트 전체의 위에 서 있는 아돈', '최고 입', '중개의 영주', '교훈을 늘리는 자', '백성의 선한 목자', '왕의 제2의 자아', '대리-호루스'라 불렸다. 이러한 이름들은 지금까지 한번도 있은 적이 없고, 또 이후에도 반복되지 않았다. 이것은 즉 흥적인 결단을 내릴 수 있는 열광적인 젊은 통치자에게서나 등장할 수 있는 이름이었던 것이다. 여기에 또 다른 칭호가 덧붙여졌다. 그러나 이 이름은 지금까지 말한 명칭들과는 달리, 요셉이 가지고 있던 죽은 자의 이름을 덮을 뿐만 아니라, 이를 대신할 이름이었다. 후세는 이 이름과 관련하여 여러 가지 해석을 달았다. 그리고 가장 권위 있는 전래설화도 별로 적당하지 않은, 아니 오해의 여지가 많은 단어로 번역하고 있다. 말하자면 파라오가 요셉을 '비밀고문'이라 불렀다는 것인데, 이는 몰라서 나온 번역이다. 이 이름을 우리 글로 옮기면 드예-프-누테-에프-온흐(Dje-p-nute-ef-ônch)가 될 것인데, 이집트 사람들은 떨리는 입술로 "드예프누테에포네흐(Djepnuteefonech)"라 발음했다.

이 중 가장 부각되는 성분은 'ônch' 또는 'onech' 인데, 이 단어는 그림문자에서 매끄러운 십자 모양으로 '생명' 을 뜻한다. 그러니까 신들이 인간들에게, 특히 그 아들, 곧 왕들에게 숨을 쉴 수 있도록 코밑에 들이대는 생명을 의미하는 단어인 것이다. 요셉이 여러 칭호와 함께 얻게 된 이 이름은 다시 말해서 생명의 이름이었다. 이 이름의 뜻은 '신께서(아톤을 가리킨다. 사람들은 그 이름을 굳이 언급할 필요도 없었다) 말씀하신다. 생명이 너와 함께 하리라!' 였다. 그러나 이게 전부가 아니다. 이 이름은 당시 그 이름을 듣는 모든 자에게 그 이름의 주인보고 '잘 살아라' 라고 말하는 것 외에, '생명을 가져다주는 자가 되어, 생명을 널리 퍼뜨려, 많은 사람들에게 먹고 살 양식을 주어라!' 를 의미했다. 한마디로 그것은 먹여 살려 주는 이름이었다. 요셉은 바로 먹여 살려 주는 주인님으로 들어 올려진 것이기 때문이다. 그의 모든 칭호와 이름들은 파라오와의 개인적인 관계에만 해당되는 것이 아니고, 어떤 식으로든 생명을 보존하고 나라들을 먹여 살리는 일과 결합되어 있었다. 그리고 이 탁월하고 말도 많았던 이름과 다른 모든 명칭들까지 합쳐서 단 한마디로 요약한다면 그의 이름은 '먹여 살리는 자' 였다.

가라앉은 보화

야곱의 아들이 이 이름들을 줄줄이 받아 걸었을 때, 많은 사람들이 그를 둘러쌌다. 이에 감탄한 아첨꾼들이 얼마나 달콤한 사탕발림으로 축하인사를 했을지는 여러분의 상상력에 맡긴다. 사람은 누구나 자기 마음대로 하는 위쪽 분의 변덕 앞에서는 감탄하고 황홀해 하기 마련이다. 실은 특별히 그 사람을 선택하여 그처럼 엄청난 은혜를 베푸는 이유는 이해할 수도 없고 계산도 안 된다. 그저 '내가 누구한테 은혜를 베푸느냐는 순전히 내 마음에 달렸다. 나는 내가 좋아하는 자에게 은혜를 베풀 뿐이다' 라는 것. 이런 것 앞에서는 질투도 무력해지고 오히려 아첨도 진실한 것으로 변한다. 파라오가 새파랗게 젊은 이방인을 이렇게 엄청나게 들어 올려 주게 된 동기를 제대로 아는 사람은 아무도 없었다. 그러나 모두 그 이유를 아는 것은 포기하고 그저 열광하는 쪽을 택했다. 물론 예언 기술이 영예로운 것으로 간주

되긴 했다. 요셉이 운이 좋아서 이 분야에서 이 나라 안에 있던 가장 높은 자들보다 탁월한 재주를 보여 주었다면 이것으로 부분적인 해명이 되기도 했다. 그리고 파라오가 '자기 말을 듣는 자', 곧 그의 신학적 이념에 관심을 보이고 '그 교훈'을 받아들일 수 있음을 증명하는 자를 특히 좋아하며, 이런 자들이 자신의 가르침을 진심으로 이해했든, 아니면 거짓으로 이해한 척한 것이든 상관없이 여기에는 특별히 더 부드러운 감사 표시를 한다는 사실은 모르는 자가 없었다. 그리고 여기서도 그 자는 행운을 가진 게 틀림없었다. 그리고 타고난 지혜와 그간에 쌓은 훈련도 한몫했을 것이다. 그러나 아무튼 분명한 것은 그가 주인님을 노련하게 다룰 줄 아는 머리를 가지고 있었다는 점이었다. 그렇지 않고서야 한순간에 모든 사람들 위로 도약할 수 있었겠는가. 그래서 요셉을 둘러싼 사람들이, 마음대로 하는 높은 분의 막강한 권한 앞에서만 머리를 조아린 것이 아니라, 한걸음 더 나아가 이렇게 대단한 성공을 거둔 요셉의 영리함 앞에서 머리를 조아리고 허리를 구부리며 알랑거리며 손에 입 맞춤을 실어보내고 절을 하고 아첨을 해도 그건 보기 좋은 광경이었다. 또 친구들 중의 한 시인은 요셉을 위해 찬가를 쓰고 직접 하프 연주에 맞춰 나직한 목소리로 다음과 같은 노래를 부르기도 했다.

"그대는 살고 있다. 그대는 온전하며 건강하다.
그대는 가난하지 않으며 고난을 겪지 않으며
그대는 시간처럼 존속한다.

그대는 계획이 있으며 그대의 삶은 길다.
그대의 연설은 탁월하며
그대의 눈은 좋은 것을 본다.
그대는 기분 좋은 소리를 듣는다.
그대는 좋은 것을 보며, 기분 좋은 소리를 듣는다.
그대는 의회의 한가운데서 칭송받을 것이며
그대는 견고하게 서 있으며 그대의 적은 쓰러진다.
그대를 쓰러뜨리려고 이야기하는 자는 더 이상 없다."

우리가 보기에는 중간 수준의 노래지만, 그러나 궁정 신하들에게는 자신들 중의 한 사람이 그런 시를 지었다는 의미에서 아주 훌륭한 것으로 생각했다.

요셉은 아무리 높은 곳으로 들어 올려도 놀라지 않는 사람답게 이 모든 것을 진지한 태도로 공손하게 받아들였다. 하지만 조금 산만해 보이는 그의 얼굴에는 가슴 아파하는 흔적이 엿보였다. 지금 그의 생각은 파라오의 홀에 있지 않았다. 저 멀리 높은 지대에 있는 집에 가 있었다. 털로 짠 장막 집이 눈에 잡힐 듯이 어른거렸다. 거기서 멀지 않은 곳에는 주인님의 숲이 있었다. 오른손으로 동생의 손을 잡고 놀러가곤 했던 숲. 꿈 이야기를 듣던 동생의 머리카락은 투구 같았었다. 그리고 꿈 이야기는 추수하는 들판에서 천막 그늘 아래 앉은 형들에게도 들려줬었다. 그리고 도단 골짜기와 그다지 부드럽지 않은 방식으로 들어갔던 우물. 그의 정신은 이렇게 먼 곳을 배회하고 있었다. 그 바람에 그는 누군가 눈을 깜박이며 윙크를 보내는 것도 하마터면 못

보고 지나칠 뻔했다. 그건 자신을 둘러싼 사람들 중의 한
명이었다. 그의 눈짓을 무시했더라면 무척 서운했을 사람
이었다.

　축하인사를 하는 사람들 중에는 바로 네페르-엠-베세도
있었던 것이다. 이전에 정반대되는 이름으로 불리기도 했
던 포도 나뭇잎 화환의 주인님이었다. 이 뚱보가 인생의 장
난 앞에서 얼마나 혼란스럽고 당황했을지 상상이 갈 것이
다. 예전에 자신이 어려웠을 때 자신을 돌봐주던 간수가 이
렇게 뜻밖의 상황에 놓이게 되어 지금은 자신의 축하인사
를 받고 있지 않은가. 그는 파라오의 은혜를 입은 이 총아
가 자신에게 점잖게 대하고 '자신에 대해 좋지 않은 소리는
하지 않으리라' 바랄 만했다. 파라오의 부름을 받아 이렇게
큰 사람으로 우뚝 서게 된 데는 네페르 자신의 공이 컸으니
까. 그러나 이런 바람은 어떻게 보면 스스로 생각해도 뻔뻔
하게 느껴졌다. 약속대로 파라오께 일찍 그의 이름을 언급
하지 않고, 그가 예언했던 대로 그럴 수밖에 없는 상황이
코앞에 닥쳐서야 그를 지목했다는 죄책감도 있었던 것이
다. 게다가 그는 자신이 그랬듯이 감옥 생각은 하고 싶지도
않을 수 있었다. 그래서 그는 긴가민가하는 마음으로 축하
인사를 하면서 조심스럽게 친한 척 한쪽 눈을 슬쩍 감아 보
였다. 그것은 이렇게도 저렇게도 해석될 수 있는 윙크였다.
다행히 아돈이 자신의 눈길을 받아주자 그는 일단 마음을
놓았다.

　이것 말고 또 다른 재회도 떠올릴 수 있을 것이다. 충분
히 가능한 재회일 뿐만 아니라 아주 난처해질 수도 있는 재

회 말이다. 그러나 이에 대해서는 침묵하는 것이 옳다. 요셉 이야기를 다룬 여러 가지 이야기와 개정판들이 이 문제와 관련하여 모두 침묵한 것은 아니다. 그건 다름 아니라 포티파르, 혹은 푸티페라, 더 정확히는 페테프레, 곧 큰 궁신이며 요셉의 전 주인이며 판관으로서 그나마 너그럽게 요셉을 감옥에 넣은 자와의 재회이다. 그 역시 이렇게 요셉이 황금을 얻었을 때, 주변을 둘러싼 다른 신하들과 함께 그에게 축하인사를 했을까? 그래서 자신은 할 수 없지만, 하고도 남을 만큼 힘이 넘쳤던 요셉이, 그때 그 일을 단념해 준 것에 대해 고마워하며 남자로서 요셉에게 축하인사를 했을까?

이런 재회를 그려보는 것도 물론 매력적인 일이 될 것이다. 그러나 여기서는 그럴 게 없다. 일어나지도 않은 일을 어떻게 그리겠는가. 가슴 벅찬 아름다운 재회라는 모티브는 우리 이야기에서 승리의 환호성을 안겨 준다. 이보다 더 놀라운 재회가 우리를 기다리고 있다. 한시라도 빨리 그 순간에 이르고 싶어 안달이 날 정도이다. 그러나 이 자리에서 재회 모티브는 침묵한다. 서양의 척도가 되다시피한 묘사가 태양의 궁신, 곧 환관과 특히 그의 명예-아내 무트-엠-에네트, 그 가련한 여인에게 등을 돌리고 입을 다무는 것은 생략이 아니다. 아니 한 사실에 대해 부정한다는 의미에서는 생략이라고도 할 수 있다. 어떤 부정? 즉 요셉이 궁신의 집에서 멀어진 이후 주인님이나 여주인님을 다시 만나는 일은 **없었다**는 사실 확인이 그것이다.

하지만 백성과 백성의 기분을 맞춰 주고 싶은 시인들이,

참으로 친절하기 짝이 없는 사람들이어서 요셉과 포티파르의 아내에 얽힌 이야기를 여러 가지로 다른 방식의 에피소드로 만들었다. 그래서 파국을 맞은 후 완전히 종결된 두 사람의 이야기를 감동적으로 계속 전개하여 행복한 결말을 맞는 소설로 만든 것이다. 이 달콤한 시문학에 귀를 기울이자면, 그를 유혹한 여인은 흔히 '슐라이하'—이 이름만 보고도 어깨를 들썩일 수밖에 없다—라 불렸는데, 그녀는 요셉을 감옥에 보낸 후 죄를 뉘우치고 '오두막'에서 은둔하고 지냈다. 그러다 남편이 죽자 그녀는 과부가 되었다. 그러나 '유수프(요셉)'는 감옥에서 자유를 얻게 된 순간에도, 나라의 모든 귀족 부인들이 파라오의 왕좌 앞에서 유수프 자신의 무죄를 증언해 주기 전에는 사슬을 벗으려 하지 않았다. 그러자 이집트의 귀족 부인들이 하나도 빼놓지 않고 왕좌 앞으로 몰려나왔고 그중에는 회개의 움막에서 나온 '슐라이하'도 끼어 있었다. 상류층 숙녀들은 모두 한 입으로 요셉은 무죄의 영주이며 순결의 장식이라고 증언했다. 그러자 '슐라이하'는 스스로 자신을 낮추며 공개적으로 선언했다. 자신이 악행을 저질렀으며 요셉은 천사라고. 자신은 수치스러운 일을 저질렀다. 이렇게 그녀는 솔직하게 시인했다. 그렇지만 그후 정결함을 얻었고 스스로 기꺼이 수치와 치욕을 감수하게 된다. 그렇게 그녀는 요셉이 높이 들어 올려지고 난 후에도 그녀의 움막으로 돌아가 그곳에서 은거생활을 계속하면서 늙어갔다. 그러다 요셉의 아버지 야곱이 이른바 으리으리한 행렬을 이끌고 이집트로 들어온 축제날, 그러니까 요셉에게 벌써 아들이 두 명이 있을 때,

이 한 쌍의 남녀는 다시 만났다. 요셉은 늙은 여인을 용서해 주었다. 그리고 하늘의 권세는 그녀에게 상을 내려 그녀는 이전의 매혹적인 아름다움을 되찾게 되었다. 덕분에 요셉은 그녀와 달콤한 결혼식을 치렀고 마침내 옛 소원을 이루어, 서로 '머리와 발을 나란히 맞댈 수 있었다'.

이런 것은 페르시아의 장미 향수이며 사향일 뿐, 사실과는 무관하다. 우선 포티파르는 그렇게 빨리 죽지 않았다. 그 남자가 그렇게 일찍 죽을 이유가 어디 있는가? 그는 워낙 특별한 신체 덕분에 힘을, 그러니까 정력을 낭비할 리도 만무했으며, 그저 자신의 관심사나 챙겼고 자주 새 사냥을 나가서 생기를 얻곤 했던 사람이었다. 집안에서 재판이 있은 후, 이야기가 그에 대해 침묵하는 것은 그가 현장에서 사라졌음을 뜻하는 것이지, 그것이 곧 죽음의 의미는 아니다. 요셉이 갇혀 있는 동안 왕좌의 주인이 바뀌었다는 점을 잊어서는 안 된다. 그리고 이와 함께 신하들도 교체되었다. 이렇게 일부가 바뀌는 것이 보통이다. 페테프레는 우리도 알다시피 실권이 없는 가상의 대장으로 여러 가지 속을 썩기도 했다. 그는 화려한 자 넵마레의 매장 이후 파라오의 유일한 친구라는 칭호와 신분만 간직한 채 관직에서는 은퇴했다. 그리고 더 이상 궁궐에 가지 않았고, 또 갈 필요도 없었다. 아무튼 요셉이 황금 세례를 받던 그날도 행사에 참여하지 않았다. 나름대로 조심하느라 일부러 피한 것이다. 그리고 그후로도 더 이상 요셉을 만나지 않았던 것은, 앞으로 보게 되겠지만 요셉은 모두를 먹여 살리는 감독관이 되어 테벤에 머무르지 않고 멤피스에 있었기 때문이며, 또 일부는 포티파르가 나름대로 조심한 탓이기도 했다. 그러나 세월이 흐르면서 어떤 축제가 있어서 공교롭게 두 사람이 만나는 일이 있었다 하더라도 눈을 찡긋하는 법 없이 서로 모르는 척, 옛날에 두 사람 사이에 아무 일도 없었던 것처럼 그렇게 딴청을 부렸을 것이 틀림없다. 가장 권위 있는 전래설화가 입을 다무는 행동도 이와 다를 바 없다.

이것은 무트-엠-에네트에게도 해당된다. 그리고 이 또한 좋은 의도에서 나온 행동이다. 요셉이 그녀를 다시 만나지 않았다는 것은 확실하다. 그리고 그녀가 회개의 오두막으로 들어갔다거나 공개적으로 자신의 수치스러운 행동을 시인하지 않았음도 확실한 사실이다. 만일 그런 말을 했다면 그것은 어차피 거짓말이었을 것이다. 이 귀족 부인은 요셉을 시험하는데 쓰인 도구였다. 그는 특별히 훌륭한 점수로 시험을 통과하지는 못했으나 여하튼 그럭저럭 통과했다. 그녀는 명예로만 존재하는 자신의 삶을 벗어나 인간으로서 살고 싶었다. 그러나 그녀는 좌절과 절망만 겪게 되자 어쩔 수 없이 예전의 생활로 되돌아갔다. 그 생활은 그녀에게 시련이 닥치기 전에는 유일한 것으로 가장 자연스러운 생활 방식이었다. 이제 그녀는 이전보다 더 굳어버렸고, 자부심은 더 커졌다. 포티파르와도 관계가 더 좋아졌다. 그가 파국을 맞았을 때 보여준 탁월한 지혜에 감동했던 것이다. 그의 판결은 마치 신과 같았다. 그리고 인간의 심장에 붙들리지 않고 이를 초월하여 공정하게 판결해 준 그에게 고마워할 줄도 알았다. 그래서 그 이후 그녀는 남편에게 순종하는 나무랄 데 없는 명예 부인으로 살았다.

그녀는 자신이 사랑했던 연인이 안겨 준, 혹은 그녀 스스로 자초했던 고통 때문에 연인을 저주하지도 않았다. 사랑의 고통은 참으로 독특한 고통이다. 사랑이 빚어낸 고통을 후회한 사람은 지금까지 아무도 없었다. '그대는 내 인생을 풍요롭게 만들었어요. 보세요, 이 만발한 꽃을!' 에니는 고통을 겪으면서도 그렇게 기도했다. 보라. 여기에 바로 특별한 것이 보인다. 사랑으로 고통받은 사람이 오히려 감사 기도를 드리지 않는가. 여하튼 그녀는 사는 것처럼 살아보았고, 사랑도 했다. 물론 불행한 사랑이었지만, 그래도 동정은 금물이다. 그건 말도 안 되는 간섭일 뿐이다.

에니는 동정을 원치 않았다. 아니 자신을 동정하기엔 그녀는 너무도 당당하고 자존심이 강했다. 그녀의 삶은 그러나 이제 꽃이 시들었다. 그 체념은 엄숙하고 최종적인 성격을 띠었다. 일시적으로 사랑에 사로잡혔던 마녀의 몸도 곧 예전의 상태로 되돌아갔다. 젊은 시절, 백조처럼 아름다웠던 몸이 아니라 수녀의 몸으로. 그렇다. 무트-엠-에네트는 순결한 상태로 다시 쪼그라든 젖가슴을 지닌 차가운 달수녀가 되어 가까이 하기에 너무도 고상하며―이렇게 덧붙여야만 한다―더욱더 경건해졌다.

예전에 그녀는 자신의 생명이 꽃을 피워 처절한 아픔을 남겼을 때, 낯선 것에 관대한 너그러운 신, 곧 온에 있는 넓은 지평선의 주인님 아톤이 자신의 사랑에 은혜를 내려 주기를 원하는 마음에 그 앞에서 연인과 함께 향불을 피웠었다. 그러나 이제 그것은 끝났다. 그녀의 지평선은 좁아졌다. 만사에 엄격하고 자기 민족만 섬기는 그런 협소한 지평 선으로 되돌아간 것이다. 그래서 에페트-에소베트의 소를 많이 가진 부자, 보존을 기본 정신으로 삼는 태양신에 대한 그녀의 신앙심은 보다 강화되었다. 그녀는 오로지 그분만 섬겼다. 그리고 개혁이라면 무조건 증오하며 모든 사변을 조롱하는 대머리 제사장 베크네혼스만 정신적 지주로 삼았 다. 그러다보니 아멘호테프 4세의 궁궐은 자연히 멀리하게 되었다. 궁궐에서 싹트고 있는, 모든 것을 부드럽게 포용하 는 황홀한 종교가 그녀의 눈에는 경건함과는 아무 상관도 없어 보였던 것이다. 그녀가 찬양한 대상은 거룩한 경직 상 태, 영원히 고정된 저울, 돌처럼 굳어 있는 지속성이었다. 그녀는 예전처럼 밀착된 하토르 의상을 입고 딸랑이를 흔 들며 아문 앞에서 사뿐사뿐 춤을 추었고, 귀족 측실들과 합 창을 할 때면 납작한 가슴에서 올라오지만 여전히 사랑스 러운 음성으로 선창하곤 했다.

그러나 그녀의 영혼을 들여다보면 저기 저 밑바닥에 보 물 하나가 편안히 쉬고 있었다. 그 어떤 정신적인 명예나, 세속의 명예보다 소중하며, 그녀가 시인하든 않든 이 세상 의 어떤 것과도 바꾸지 않을 보물이었다. 그렇게 깊이 가라 앉았어도 그 보물은 여전히 위쪽으로 불빛을 선사하여 모 든 것을 접고 체념하고 사는 우울한 나날을 환하게 비추었 다. 그것은 그녀의 정신적인 자부심과 세속적인 자부심에 결코 없어서는 안 될 인간적인 삶의 자부심을 보충해 주는 보물이었다. 그 보물은 바로 기억이었다. 그 안에 패배와 좌절의 아픔이 묻어 있어도 상관없었다. 그렇다고 해도 꼭 그에 대한 기억이라고는 할 수 없었다. 들리는 바에 의하면 그는 이집트 위에 우뚝 선 주인님이 되었다 했다. 그 또한 무트-엠-에네트가 그러했듯이 도구에 불과했다. 그녀의 기억은 오히려 그와는 별 상관이 없었다. 아니 어쩌면 거의 상관이 없었다. 그것은 그녀 자신이 꽃을 피우고, 불꽃을 살라 활활 타올랐으며 그녀가 사랑했고 고통받았노라는, 자신을 합리화하는 의식이었다.

이집트 위에 우뚝 선 주인님

　이집트 위에 우뚝 선 주인님. 이렇게 표현하는 것은 과장하고 싶어서 자신의 꿈을 해석한 자를 이집트 위에 올린다고 말한 파라오의 뜻을 받아들이기 위해서다. 그리고 도무지 만족할 줄 모르는 신격화의 정신이 이런 표현을 조금 부추긴 것도 사실이다. 그러나 우리가 점검도 하지 않고 이 표현을 막무가내로 우화처럼 사용하는 것은 아니다. 오히려 현실성을 살려야 할 책임감을 느끼며 이성적으로 따져본 후에 선택한 말이다. 여기는 허풍을 떠는 자리가 아니라 이야기를 들려주는 자리이다. 이 두 가지는 상호 매우 다른 것이다. 물론 이 둘 중에서 어느 것을 선호하는가 하는 것은 다른 문제이다. 청중에게 순간적으로 강한 효과를 내는 것은 물론 허풍이다. 그러나 진정한 소득은 사려 깊게 차근차근 따져가면서 들려주는 이야기만이 얻을 수 있다.

　요셉은 궁정과 나라 안에서 매우 큰 주인님이 되었다. 이것은 문제 삼을 게 못된다. 그리고 왕과 크레타풍의 정자에서 대화를 나눈 이후 왕은 그를 개인적으로 신뢰하였고 특별히 아꼈다. 그리고 이러한 왕의 총아로서 얻게 된 지위는 워낙 확고하여, 거의 모든 왕의 권한을 위임받았다고 해도 과언이 아니다. 도무지 그의 권한 밖에 있는 것이 무엇인지 모를 정도로 그렇게 그는 막강한 권력을 가지게 된 것이다. 그러나 그렇다고 해서 '이집트 위에 우뚝 선 주인님'이었던 적은 한번도 없었다. 또는 전설과 노래가 표현하듯이 '나라들의 지배자'는 아니었다. 그가 들어 올려진 것은 정말 꿈 같았다. 그리고 그가 받은 칭호 또한 엄청난 것이었다. 그러나 그가 고향으로부터 멀리 옮겨진 나라, 이 이집트의 거대한 행정부문은 여전히 왕의 신하들 손안에 들어 있었다. 그리고 일부 관료들은 넵-마-레 왕이 통치할 때부터 그 자리에 앉아 있던 자들이었다. 그러므로 예를 들면 태곳적부터 최고 판관, 즉 베지르 한 명이 권한을 행사했고, 현재는 두 명의 베지르가 맡고 있는 사법부, 또는 외교정책의 결정권이 지금 야곱의 아들의 손에 들어왔다고 한다면, 이는 지나친 비약일 것이다. 만약 이러한 권한까지 요셉의 손에 들어왔다고 한다면, 역사연구가들이 알고 있는 것보다 더 행복한 결과를 가져왔을 것이다. 그러나 요셉이 제국의 영화로움을 누리며 겉보기에 완전히 이집트인처럼 생활했다 하더라도 그의 본질에는 변함이 없었다. 그곳 사람들에게 열심히 자선을 베풀었고, 나라 전체를 두루 살피고 최선을 다해 공익에 이바지했지만, 그의 신경은 다른 곳에 가 있었다. 자신의 개인적인 관심사, 즉 세계적인 비중을 갖는 그의 가문과 관련된 정신적인 것이 그것이었다. 요셉은 원대한 계획과 뜻이 이루어지도록 자신의 몫을 다하려 했다. 따라서 요셉의 관심사는 미즈라임의 흥망성쇠와는 별 상관이 없었다. 요셉은 분명 파라오의 꿈을 해석해주면서 이 계획과 뜻을 떠올렸고, 자신이 고대하고 있는 일이 다가올 수 있도록 길을 닦을 생각부터 했다. 그건 사실이다. 그렇다. 파라오 앞에서 보인 그의 행동에는 이러한 목적 지향성이 엿보인다. 어쩌면 이것은 라헬의 아이에게 변치 않고 호감을 가지려는 사람에게 찬물을 끼얹는 결과를 가져올 수 있다. 그러나 여기서 잊지 말아야 할 사실이 있다. 요셉은 신이 뜻하신 바 계획이 이루어지도록 최선을 다하여 돕는 것을 자신의 의무로 생각했다는 사실이 그것이다.

그에게 다른 칭호도 많았지만, 여하튼 그가 앉은 자리는 먹여 살리는 농림부 장관 자리였다. 그는 이 관직을 수행하면서 중요한 개혁을 실시했다. 특히 사람들의 기억에 오래 남아 있는 것은 기본 세법에 관련된 개혁이다. 그의 권한은 이 영역을 벗어난 적이 없었다. 그리고 보석창고와 곡창을 관리하는 일이 그의 직책과 밀접한 관계에 있어서 혹시 그의 권한이 거기까지 미칠 수 있었으리라 감안한다 하더라도, '이집트 위에 우뚝 선 주인님'과 '지배자'라는 표기는 여전히 동화 속의 지나친 미화로 남는다. 물론 다른 점들도 고려해야 한다. 처음, 그러니까 결정적인 처음 10년까지, 그리고 14년까지 그가 권력을 행사한 시기는 특별한 상황이었다. 물론 이런 상황이 닥치리라 예상하고 그를 임명한 것이지만, 그런 상황에서 이 관직의 의미는 특별한 것으로 커질 수밖에 없었고 실제로 다른 관직을 모조리 그늘로 밀어붙일 수 있었다. 요셉이 그렇게 높은 자리로 올려지고 난 후 5년에서 7년 사이(아마 5년에 가까웠으리라), 이집트와 이웃 나라에 닥친 기근은, 이를 예견하고 대비하여 사람들이 무사히 이 고비를 넘길 수 있도록 실질적으로 도와준 남자를 실제로 제국에서 가장 중요한 인물로 부각시켰다. 그리고 그의 권한은 다른 모든 것보다 우선되는, 가장 중요한 것으로 보였다. 지금까지 하나하나 따져보면서 비판을 한다고 한 것이 어떻게 된 판인지 결국은 백성들의 표현을 인정하는 셈이 되고 말았는데, 결과가 이러하니 어찌 하겠는가. 우리도 요셉의 지위가 최소한 몇 년 동안은 실제로 '이집트에 우뚝 선 주인님'과 같은 사람이 되어, 그가 원하지 않으면 아무도 두 나라에서 손이나 발을 움직일 수 없을 정도였다고 말할 수밖에.

　요셉은 권한을 넘겨 받은 직후 배와 마차를 번갈아 타고 이집트 전역을 답사했다. 물론 혼자는 아니고, 서기들을 대거 대동했다. 그들은 자신이 직접 선택한 젊은이들로 관료주의에 빠지지 않은 패기만만한 관리들이었다. 이 여행을 통해 그는 검은 땅의 상황을 직접 알아볼 생각이었다. 대책을 세우려면 먼저 두루 살펴야 마땅했다. 그곳 아래쪽은 소유관계가 불확실하고 이중적이었다. 생각으로는 만물이 그러하듯 모든 땅과 대지가 파라오의 소유였다. 두 나라는 물론이고, 정복한 곳과 또는 조공을 바치는 나라의 영토, 곧 '고난의 땅 누비아'와 미단 나라의 경계에 이르기까지 모든 땅이 원칙적으로는 파라오의 사유재산이었다. 그러나 이집트의 실제 영토인 '파라오의 소유지'는 왕의 소유로서 이전의 왕들이 대인들에게 선물로 준 영지(領地)와 구분되었다. 그리고 왕의 소유지는 이 대인들보다 신분이 낮은 귀족과 농민의 사유지와도 구분되었다. 이것들은 개인의 살림에 속하는 개인 소유물로 여겨졌다. 실은 모두 세금을 내야 하는 봉토요 임대 관계였는데도 말이다. 물론 이런 땅들도 자유롭게 유산으로 물려줄 수는 있었다. 세금을 면제 받는 곳은 신전의 소유지였다. 곧 아문의 경작지로 이는 실제로 면세지였다. 그리고 일부 세력을 키우고 있거나, 아예 독립할 조짐을 보이는 영주들의 소유지도 옛날 특별법의 보호를 받아 면세지로서 자유롭게 상속할 수 있는 땅이었다. 예컨대 태곳적 봉건제의 잔재인 섬들이 그랬다. 이 땅들은 신의 경작지와 마찬가지로 아무런 제한도 받지 않으려 했다.

그러나 요셉은 신전의 소유지는 그냥 두었지만 뻣뻣하게 구는 영주들은 매우 엄하게 다루었다. 처음부터 이들의 땅은 주저없이 세금제도 안으로 끌어들였다. 그리고 차츰차츰 그들의 소유물을 박탈하여 왕의 재산을 늘려 주었다. 이른바 새로운 제국의 토지분배 관계는 다른 나라 사람들이 보기에 유별난 것이었다. 그러나 요셉이 실시한 조처로 나일 강의 나라에 있는 모든 토지와 대지가 사제의 것만 제외하고 왕의 소유가 되었다고 하는 것은 옳지 않다. 실은 그전부터 진행되어 온 과정을 완성한 데 지나지 않는다. 그는 자신이 등장하기 전부터 있던 것을 보다 견고히 하고 법적으로 조정하여 사람들의 의식에 확고히 자리잡게 해주었을 뿐이다.

그의 여행이 흑인 나라나 혹은 시리아-케난 땅까지 이어진 것은 아니다. 이 지역에는 따로 사람을 파견했다. 그래도 현장 답사는 한번 나갈 때마다 열이레 정도는 걸렸고, 이 여행은 두번이나 세번쯤 반복되었다. 두루 살펴보고 기록할 것이 많았던 것이다. 일단 답사를 끝낸 그가 수도로 돌아오면 자신이 거느린 관리들과 함께 '아들의 거리'에 있는 나라의 건물, 관공서로 들어갔다. 그리고 거기서 그해 추수철이 오기 전에 파라오의 이름으로 나온 것이 그 유명한 토지법이다. 사람들은 즉시 소리소리 지르며 나라 전체에 알렸다. 그리고 들판에서 얻는 결실에 대한 세금이 일반화되어 누구든 수확의 5분의 1을 제때에 바쳐 왕의 저장고를 채워야 했다. 경고하기 전에 바치는 것이 가장 좋지만, 만일 그렇지 못할 때에는 단호한 목소리로 경고했다. 동시에 이집트 자녀들은 나라 전체에, 크고 작은 도시와 그 주변에 많은 인력을 동원하여 지금까지 보지 못했던 대규모의 창고를 지나치게 많이 짓는 광경을 목격할 수 있었다. 지나칠 정도로 많다고 생각한 것도 무리는 아니었다. 그중 많은 창고들이 여전히 비어 있는데도 창고는 계속 지어져서 넘쳐 날 지경이었기 때문이다. 창고의 '넘쳐 남'은 다른 '넘쳐 남'을 고려하여 세운 것이었다. 들어보니 신께서 주신 수확을 쌓아두는 친구, 곧 새로운 아돈은 '넘쳐 남'을 예언했다고 했다. 어디로 가든, 또 어디에 멈춰 서든, 빽빽이 들어선 원추모양의 곡창을 볼 수 있었다. 곡식을 주입하는 구멍은 위에 있고 곡식을 꺼내는 문은 안전하게 아래에 있었다. 그리고 이 곡창들은 특히 견고하게 만들었다. 테라스 모양의 판은 진흙을 다져 만든 것으로 바닥의 습기와 쥐의 침투를 막을 수 있었다. 화곡류를 저장하기 위해 땅 밑에 판 구덩이는 눈으로 식별이 안 될 정도로 입구를 잘 덮어두었다. 그러나 보초의 삼엄한 눈초리는 그 입구를 항상 지키고 있었다.

이 두 가지 조처가, 즉 세금법과 이렇게 큰 저장고의 마련이 한마디로 백성에게 인기를 얻었다는 말을 하게 되어 기쁘다. 세금 납부는 당연히 항상 있어 왔다. 사람들은 어떤 형태로 바치느냐가 다를 뿐 여하튼 세금은 늘 내고 살았다. 그곳에 한번도 가본 적이 없는 늙은 야곱이 이 아래 나라의 특별한 조건을 두고 흠을 잡다가 그래도 성이 차지 않으면 '이집트의 종살이하는 집'이라고 몰아붙인 것도 공연한 것은 아니다. 케메의 자녀들이 지닌 노동력은 파라오의 것이었다. 그것이 시작이었다. 그리하여 이 노동력은 엄청난 구덩이와 믿기 어려운 화려한 건물을 짓는데 이용되었다. 물론 여기에도 활용되었다. 그러나 무엇보다도 이들의 노동력은 들어 올리고 파는 작업에 필요했다. 그곳은 바닥이 특수한 땅이었으므로 오아시스를 넓히는데 없어서는 안 되는 일, 즉 수로를 보존하고 구덩이와 운하를 파고 제방을 견고히 하고 수문을 잘 관리하는 일이 그것이었다. 여기에 나라 전체의 번영이 걸려 있었다. 따라서 이런 일을 제대로 통찰하지도 못하는 아랫사람들에게 그들이 알아서 열심히 하도록 맡길 수는 없었다. 그래서 국가는 자녀들에게 그 일을 시켰고, 자녀들은 국가를 위하여 그렇게 해야 했다. 그러나 이 일을 완수하는 것으로도 모자라서 이들은 이 다 된일에 대해 세금을 물어야 했다. 운하와 호수와 수로와 개수기계와 수문에 대한 사용료였다. 어디 그뿐인가. 기름진 땅위에 자라나는 무화과에 대한 세금도 내야 했다. 그들은 집과 뜰과 들판이 가져오는 모든 것에 대해 세금을 물었다. 가죽과 구리와 나무와 밧줄, 파피루스와 삼베, 그리고 오래전부터 그래왔듯이 곡식으로 말이다. 그러나 주행정관과마을감독관의 기분에 따라 조세가 이루어져서 불합리하기짝이 없었다. 양식을 먹여주는 자, 즉 하피, 곧 나일 강물의물줄기가 컸는지 아니면 작았는지, 다행히 여기에 따라서도 조세가 달라졌다. 그것은 사실이다. 그러나 한편으로는여러 면으로 불공정했다. 한쪽은 특별히 봐주고, 다른 한편은 터무니없이 많이 요구하기도 했던 것이다. 쉽게 말하면적당히 매수하면 세금을 깎아주기도 하고, 친척들은 특별대우해 주는 등, 한숨짓는 사람들이 많았다. 이제 요셉이실시한 행정조처는 시작된 첫날부터 한편으로는 고삐를 바짝 조이고, 다른 한편으로는 느슨하게 풀어주었다. 모든 조세를 곡식으로 바치는 세금에 비중을 두었고, 다른 공물에대해서는 관대한 처분을 내린 것이다. 아마의 첫 회 수확과두번째와 세번째 수확, 그리고 향유와 구리, 종이는 세금으로 내지 않고 자신들이 간직할 수 있었다. 양곡세만, 빵을만들 수 있는 곡식 수확의 5분의 1만 양심적으로 바치면 나머지 공물은 면제해 준 셈이었다. 이 세금법은 누구에게나평등하게 적용되었고 지나친 것도 아니었기 때문에 사람들 모두 편안해 했고, 어느 누구도 이를 억압으로 느끼지 않았다. 이 나라에서는 하나를 뿌리면 30개를 거두었으니 이 정도는 큰 부담이 아니었던 것이다. 게다가 5분의 1이라는 세율, 곧 오일조는 아름다운 신화적 요소를 내포하고 있었다. 이들은 거룩한 귀납의 숫자, 일년의 360일에 더해진 나머지 날, 즉 닷새의 숫자였던 것이다. 또 요셉이 지금까지 절대 군주처럼 행세해온 영주들에게도 서슴지 않고 똑같은 부담을 지우자 백성들은 가슴이 후련해졌다. 게다가 그는 이들의 땅을 시대의 흐름에 맞게 개선하도록 조처했기 때문이다. 이 영주들은 앞으로 나갈 생각은 없고 그저 뒤만 돌아보기 바빠서, 이는 게을러서가 아니라 원칙적으로 보수적인 성향 탓으로, 관개수로의 수준이 옛날 그대로라서 토지의 생산성 저하를 가져왔다. 그래서 조금만 신경을 쓰면 충분히 결실을 얻을 수 있는 곳이 많았다. 바로 이 주인님들에게 요셉은 운하와 관개시설을 개선하도록 단호하게 요구했다. 이때 요셉은 에벨(Eber)의 손자인 셀렙을 떠올렸다. 엘리에젤이 들려준 이야기에 따르면 그는 최초로 '자기가 사는 땅에 물을 끌어들인' 자였다.

그러나 곡식을 쌓아두는 특별한 조처 또한 만사를 조심스럽게 대비하는 그 안전수칙에 이집트식의 발상이 바탕에 깔려 있었기 때문에 케메의 자녀들은 요셉이 하는 일을 모두 좋아했다. 물론 여기에 요셉은 집안 대대로 전해져 온 대홍수 설화에서 배운 안전 감각을 가미했다. 대홍수를 맞아 멸종의 위기에 놓였던 인류가 살아남을 수 있었던 건 미리 방주를 준비한 덕분이었다. 다시 말해서 요셉의 조처는 이 현명한 안전 수칙과, 이미 오래 되고 낡아서 언제든 무너질 운명을 지닌 문명의 고리타분한 방어의식을 하나로 합친 셈이었다. 이 오래된 문명의 자녀들은 요셉의 창고에서 뭔가 마법 같은 것을 보려 했다. 이들은 매복하고 있는 악령이 침입하지 못하도록, 이들이 통과할 수 없는 마법의 주문과 표식을 걸어 안전을 도모하는 데 익숙했다. 그래서 이들은 '조심'과 '마법'을 서로 같은 발상으로 받아들였기 때문에 요셉이 곡창을 지어 대비하는 것도 일종의 마법으로 보려 한 것이다.

한마디로 말해서 파라오는 그렇게 젊은 나이에, 또는 아직 어린데도 수확을 관리하고 나중에 그늘을 선사하는 이 청년을 임명한 것은 탁월한 조처였다는 인상이 지배적이었다. 덕분에 파라오의 권위는 해가 갈수록 점점 높아졌다. 이에는 이렇게 새로운 자가 임명된 그해에 나일 강의 물줄기가 매우 커져서 중간을 훨씬 웃도는 수확을 얻게 된 것도 호재로 작용했다. 특히 밀과 보리의 수확량이 많았다. 그리고 수수도 충분히 얻을 수 있었다. 요셉이 파라오 앞에 섰던 그해를 벌써(이 해의 수확은 이미 어떤 면에서는 정해져 있었으므로) 예언된 해에 포함시켜도 되는지, 곧 살찐 암소의 한 해에 포함시켜도 되는지는 의문스럽다. 그러나 나중에는 축복의 해의 숫자를 일곱으로 맞출 생각에 그렇게 하기도 했다. 그렇게 했어도 숫자가 일곱으로 꼭 맞아떨어지지는 않았지만. 여하튼 요셉은 모든 게 넘쳐나는 좋은 상태에서 일을 맡게 되어 기뻤다. 백성들의 생각은 이전에도 그랬듯이 항상 엉뚱하다. 그래서 어떤 사람이 풍년이 든 해에 농림부 장관으로 임명되면, 그는 훌륭한 농림부 장관일 수밖에 없다고 결론짓는 것이다.

그래서 야곱의 아들이 베세트의 거리를 지나갈 때면 구경꾼들은 양손을 높이 쳐들고 소리쳤다. "아돈! 아돈!", "카–네–케메!", "만수무강하소서, 신께서 주신 수확의 친구여!" 또는 "하피! 하피!"라고 외치는 사람도 많았다. 그리고 다들 오른손의 엄지와 집게손가락을 모아 입으로 가져갔다. 그렇게 아이처럼 입을 약간 벌리고서 그림처럼 아름다운 그의 모습에 탄복하며 휘파람을 부는 것이었다.

그러나 요셉은 밖으로 마차를 타고 나가는 일이 드물었다. 일이 워낙 많았던 것이다.

우림과 툼밈

인생을 어떻게 살아갈지 결정하는 것은 각자의 취향과 호감과 기본 정서와 기본 체험에 의해 결정된다. 이러한 것들이 우리 본성에 물감을 들여 우리의 모든 행위에 색깔을 부여한다. 그리고 실은 이것이 우리가 다른 사람 앞에서뿐만 아니라 우리 자신 앞에서도 변명으로 내세우는 이성적인 이유보다도 훨씬 진실하게 우리 자신을 설명해 준다. 요셉은 관직에 오른 지 얼마 되지 않아 파라오가 있는 수도 노베트-아문을 떠나 북쪽에 있는 멘페, 곧 붕대를 감고 있는 자의 집이 있는 곳으로 갔다. 표면에 내세운 영예로운 이유는, 두꺼운 성벽으로 둘러싸인 그곳이 '나라들의 저울', 곧 두 나라의 저울로서 이집트의 균형을 상징하는 중심지이며, 두루 살필 수 있는 가장 적당한 곳인 동시에 일하기 좋은 곳이라는 것이었다. 그러나 나라들의 저울인 균형의 중심지는 꼭 맞아떨어지지 않았다. 멘페는 북쪽으로 치우쳐서 눈부신 도시 온과 일곱 개의 강어귀가 있는 도시들 쪽에 더 가까웠다. 그리고 이집트의 영토를 남쪽으로 코끼리섬과 피-락 섬까지만 넣고 흑인의 나라를 아예 계산하지 않는다 해도 미레 왕의 도시는, 곧 그의 아름다운 형상이 묻혀 있는 그 도시는 나라들의 저울이 되기에는 지나치게 북쪽에 위치해 있었다. 테벤이 남쪽에 치우쳐 있듯이 말이다. 그러나 오래된 도시 멘페는 여하튼 이집트의 균형을 잡고 있는 중심지라는 명성을 누리고 있었다. 그래서 이집트의 요셉은 자신이 이곳으로 옮기기로 결정한 것과 관련하여 멘페가 양쪽으로, 곧 상류와 하류를 가장 잘 바라볼 수 있는 곳이라는 명제를 제시했다. 그리고 파라오 또한 이를 부인할 수 없었다. 바다에 근접한 시리아 도시들과 교역하려면 페르-아문보다는 이곳이 훨씬 편리했던 것이다. 이들도 때가 되면 검은 땅의 나라, 곧 '곡식창고'로 곡식을 가지러 와야 했다.

　모두 다 맞는 이야기였다. 그러나 이것은 요셉이 파라오에게 멘페에 살게 해달라고 부탁할 때 내세운 이성적인 이유에 불과했다. 진짜 이유는 그보다 훨씬 깊은 곳에, 그의 영혼에 깔려 있었다. 이 이유들은 죽음과 삶을 아우를 만큼 폭넓은 것으로, 어쩌면 어두운 배경을 가진 명랑함이라 말할 수도 있을 것이다.

　오래 전의 일이지만, 그가 어린 시절 형들과 어울리지 못하고 따돌림당했을 때, 키르얏 아르바 언덕에 올라가서 달빛 아래 골짜기에 있는 하얀 도시를 바라본 적이 있다. 그리고 거기서 그는 막벨라, 곧 이중 굴을 바라보았다. 아브람이 사들였던 그 바위무덤에는 조상의 뼈가 쉬고 있었다. 당시 이 무덤과, 때가 때인지라 이미 잠들어 있는 번화한 도시를 바라보던 요셉의 가슴에 어떤 감정들이 뒤섞였었는지, 다들 기억하리라 믿는다. 그때 그는 한편으로는 죽음과 과거에 대한 일종의 향수에 숙연해졌지만, 다른 한편으로는 '도시'에 끌리는 마음도 없지 않았다. 물론 거기에는 일종의 비웃음도 깔려 있었다. 낮이면 헤브론의 골목길은 번잡한 일상이 내뿜는 연기와 소리로 가득 차곤 했다. 그러나 저녁이 되자 그 도시는 모두들 무릎을 끌어당기고 집안에 있는 방 안에 누워 코를 곯고 있었다.

별로 주목받지도 못한 순간에 있었던 이러한 그의 감정을 지금의 행동방식과 단순히 연관시키는 데 그치지 않고, 한걸음 나아가 바로 거기서 이런 행동이 나온 것으로 이해하려는 시도가 어쩌면 무모해 보일 수도 있다. 그러나 이것이 억지가 아니라는 증거가 있다. 그것은 요셉이 어린 시절 그때와 지금 이 순간 사이의 어느 날, 자신을 샀던 노인에게 한 말에서 찾을 수 있다. 상인 일행과 요셉이 무덤의 대도시 멘페에 머물던 중이었는데, 요셉은 이 안식처가 마음에 든다고 가볍게 말했었다. 이미 강의 서쪽에 있어 죽은 자들도 물을 건너갈 필요가 없으니 이집트의 안식처 중에서 자신에게 가장 잘 어울리는 곳이라고.

이것이야말로 라헬의 장자의 성격을 그대로 보여주는 것이다. 물론 그 자신은 거의 알지 못하고 있었다. 그곳 멘페 사람들이 자신들 모두 똑같이 생겼다는 이유로 스스로를 은근히 비웃고 도시의 태곳적 무덤 이름 '멘-네프루-미레'

를 과감하게 '멘페'라 줄여버린 것을 보고 요셉은 즐거워했었다. 그러나 이런 명랑함은 요셉의 타고난 성격이었다. 여기에 그의 가장 깊은 본성이 드러난다. 하지만 이렇게 깊은 것이긴 하되, 그 본성의 이름은 밝고 유쾌하다. 바로 '교감(交感)'이 그것이다. 교감은 죽음과 삶의 만남이기 때문이다. 진정한 교감은 죽음에 대한 감각이 삶에 대한 감각과 균형을 이룰 때 생겨난다. 죽음에 대한 감각만으로는 경직과 우울을 만들 뿐이며, 삶에 대한 감각만 있을 경우에는 지루한 일상을 만든다. 거기에 유머란 없다. 유머와 교감은 죽음을 바라보는 경건함이 생명을 바라보는 유쾌함으로 따뜻하게 데워질 때 생겨난다. 한편 후자는 전자 덕분에 보다 심오해지며 가치가 더해진다. 요셉의 경우가 그러했다. 그의 유머와 유쾌함이 그것이다. 이것이 그에게 선사된 이중축복, 즉 위와 아래의 심연으로부터 올라온 축복이었다. 아버지 야곱은 나중에 임종을 맞아 아들 요셉에게 축복을 내리지만, 실은 아들이 이미 가지고 있는 이 축복을 확인해주는 것에 지나지 않았다.

복잡하게 얽혀 있는 도덕적 세상을 조사하면 몇 가지 근본적인 가르침을 발견하게 된다. 우선 야곱은 '탐(tâm)'하며, 곧 '정직하며(redlich)', 장막에 거한 사람이라는 것이 여기에 속한다. 그러나 '탐'은 묘한 떨림을 가진 단어이므로 그저 '정직한'이라고 번역하는 것은 너무 약하다. 원래는 긍정과 부정, 빛과 암흑, 생명과 죽음, 이 두 가지를 모두 아우르기 때문이다. 이것은 '우림과 툼밈'(출애굽기 28장 30절에 우림과 둠밈으로 소개된, 예언력을 지닌 흰 돌과 검은 돌로 추측되는 제사장의 표식인데, 히브리어로 빛과 옳고 그름을 뜻함—옮긴이)이라는 묘한 공식에서 다시 발견된다. 이 공식은 밝은 긍정을 뜻하는 '우림'과는 반대로 어둡고 죽음으로 그늘이 드리워진 세계관을 위해 쓰이는 것 같다. 탐또는 툼밈은 밝은 것과 어두운 것, 위의 세상과 아랫세상을 동시에 뜻하며 또 두 가지를 서로 바꿔 표현하기도 한다. 우림만 있을 경우에는 유쾌한 것이며 거기서 떨어져 나온 순수 배양이다. 그리고 '우림과 툼밈'은 어떤 대립을 말하는 것이 아니라, 신비한 사실을 알게 해준다. 즉 도덕적 세상이라는 전체에서 한 부분을 떼어놓아도 전체는 항상 그 부분을 마주보고 있다는 사실을 보여주는 것이다. 도덕적인 세상을 이해하는 건 쉽지가 않다. 우선 화사한 햇살이 아랫세상의 것을 암시하기 일쑤이기 때문이다. 예를 들어 에사오는 붉은 사람에 사냥꾼이며 초원의 남자로서 철저한 태양의 남자인 동시에 아랫세상의 남자였다. 그러나 그의 쌍둥이 동생 야곱은 달의 남자이며 목자로서 에사오와 대비되지만, 그가 인생의 절정기를 아랫세상, 즉 라반 곁에서 보냈다는 사실을 잊어서는 안 된다. 그리고 거기서 그는 황금과 은을 얻게 되었다. 그는 이때 어떤 수단을 사용했던가? '정직함'이라고? 이 표현은 부정확한 정도가 아니다. 그는 결코 '우림'하지 않았다. 오히려 '툼밈'했다. 즉 가련하면서도 유쾌한 인간이었다, 길가메쉬처럼. 그리고 요셉 역시 그러했다. 태양의 나라, 아랫세상 이집트에 빨리 적응한 것은 단순히 그의 성격이 '우림'해서가 아니었다. '우림과 툼밈', 이것은 '예 그리고 예와 아니

373

오'로 번역할 수 있을 것이다. 그러니까 '예-아니오'에 또 하나의 '예'가 붙은 것이다. 순전히 계산으로 따진다면, '예' 하나와 '아니오' 하나가 상대방을 없애면 또 하나의 '예'만 남게 된다. 그러나 순수한 계산에는 색깔이 없다. 최소한 이런 수학은 결과로 남은 '예'의 어두운 색감을 간과하게 된다. 이것은 계산상으로 없어진 '아니오'가 남긴 여운이다.

이미 말했듯이 이 모든 것이 이처럼 복잡하게 꼬여 있으니, 가장 좋은 방법은, 다음과 같이 되풀이하는 것뿐이다. 요셉에게서는 삶과 죽음이 만나 교감을 만들었고, 이 교감이야말로 요셉이 멘페, 즉 유머러스한 무덤의 대도시에 살게 해달라고 파라오에게 청원한 진짜 이유이며, 보다 깊은 이유였다라고.

왕은 자신의 '하나뿐인 친구'를 위해 영원한 집을 짓게 한 후(무덤 건축은 이미 시작되었다) 가장 값나가는 구역에 그를 위한 생명의 집, 곧 세상에서 살 때 사용할 집을 선물했다. 거기엔 정원과 손님을 맞는 홀과 수조가 있는 뜰을 비롯하여 초기 인류사의 후반기가 제공한 모든 안락함이 갖춰져 있었다. 누비아와 이집트 시종들도 많이 있었음은 물론이다. 부엌과 대기실과 마구간과 홀과 대저택을 쓸고 물을 주고 청소하고 꽃으로 장식할 시종들이었다. 그러면 이들은 누구의 감독을 받게 되었을까? 청중 중 머리가 가장 나쁜 사람이라도 대번 알아맞힐 것이다. 요셉은 자신이 한 말을 정확하게 지키는 신의 있는 남자였다. 네페르-엠-베세, 곧 술을 따르는 감독이 자신에게 한 것과는 달리 요섭은 신속하게 약속을 지켰다. 무슨 약속? 누군가와 작별하면서 한 약속. 자신이 높이 들어 올려지면 자기 옆으로 데려가겠다고 했던 그 말을 그는, 테벤에 있을 때 이미 실천했다. 그는 감독으로서 답사 여행을 다녀온 즉시 파라오의 동의를 얻어 자위-레에 있는 마이-사흐메 대장에게 초청장을 보냈다. 자기 집의 집사가 되어 집을 관장하고, 그 안에서 일어나는 모든 일을 책임져 달라고. 이제 그 일은 요셉이 도저히 다 할 수 없노라고. 그랬다. 포티파르의 집에서 집사의 후계자로서 안목을 기른 후 나중에 혼자서 그 대인의 집을 관리했던 그는 이제 더 넓게 두루 살펴야 할 임무를 띠게 되어, 자신의 소유인 모든 것을 관장하고 감독할 남자가 필요하게 된 것이다. 그리고 그의 마차와 말들, 저장고와 식탁, 그리고 노예 무리를 다스릴 자는 바로 천성이 태평스럽고 평안한 자, 마이-사흐메였다. 그는 자신이 예전에 부역 노예로 데리고 있던 자로부터 편지를 받았을 때에도 깜짝 놀라지는 않았다. 워낙 놀랄 줄도 모르는 사람이었으니까. 그러나 편지를 읽자마자 당장 떠날 준비부터 했다. 그래서 자신의 후임이 감옥에 도착하기도 전에 멘페를 향해 긴 여행에 올랐다. 멘페는 상이집트에 있는 테벤의 그늘에 파묻혀 지내는 옛 도시이긴 했지만 그래도 자위-레에 비하면 엄청나게 번화한 도시였다. 이전에 다방면으로 뛰어난 재주를 지닌 현인 임호테프가 활약하기도 했던 그 도시가 지금, 바로 그 현인을 숭배하는 그를 아름다운 자리에 앉혀 줄 테니 어서 오라고 손짓하고 있었던 것이다. 그는 곧 요셉의 집의 정상에 올라 시종들을 불러모으고, 이것저것 사들이고 집안을 꾸몄다. 요셉이 베세트에서 돌아왔을 때는 이미 주인을 맞을 만반의 준비가 갖춰져 있었다. 마이-사흐메는 별장의 아름다운 성문에서 주인을 영접했다. 주인의 안식처는 대인의 저택에 걸맞게 최상의 아늑함을 제공해 주었다. 그리고 사람들이 몸이 불편하여 몸을 뒤틀고 몸서리를 칠 경우 찾아갈 수 있는 병상까지 마련되어 있었다. 그리고 집사가 직접 절구로 빻고 약재를 섞을 수 있는 약제방도 있었다.

재회는 무척 감동적이었다. 물론 옆에 있는 시종들 때문에 포옹은 할 수 없었다. 두 사람 사이에 포옹은 딱 한번 있었다. 요셉이 마이-사흐메의 종의 신분에서 벗어나던 순간이었다. 그때는 마이-사흐메 역시 요셉의 시종이 되기 전이었다. 그러나 포옹은 그것이 마지막이었다. 그 이전에도 없었던 것처럼 이후에도 있을 수 없었다. 포옹은 없었어도 집사는 요셉을 이렇게 맞을 수는 있었다.

"어서 오십시오, 아돈, 보십시오. 주인님의 집입니다. 파라오께서 주신 집을 가장 작은 것까지 주인님의 주문대로 준비해두었습니다. 주인님께서는 이제 목욕을 하러 가시면 됩니다. 그러면 시종들이 향유를 발라 드릴 것이며, 주인님께서는 식탁에 앉으셔서 식사를 하시면 됩니다. 하지만 저는 주인님께 감사 드리고 싶습니다. 주인님께서 영화로운 자리에 앉으시자마자 절 기억하셔서 절 지겨운 곳에서 꺼내 주셔서 정말 감사 드립니다. 모든 것이 예감했던 대로입니다. 그리하여 이렇게 제게 활기 넘치는 상황을 마련해 주셨으니 감사합니다. 앞으로 이에 보답하기 위해 최선을 다

할 것입니다."

그러자 요셉이 대꾸했다.

"나 또한 고맙소. 내 부름에 응하여 내 집의 집사로 새로운 삶을 살겠다니, 참으로 고맙소! 오늘과 같은 날이 올 수 있었던 것은 내가 내 아버지의 신을 가슴 아프게 하지 않았기 때문이오. 나는 그분이 나와 함께 하시리라는 사실을 단 한번도 의심하지 않았소. 그런데 그대 자신을 가리켜 나의 종이라 칭하지 마오. 이전에 내가 그대의 발밑에 있었을 때도 그랬듯이 앞으로도 서로 친구로 지냅시다. 그래서 인생의 좋을 때나 슬플 때나, 평온할 때나 흥분할 때나 함께 이겨 나갑시다. 특히 앞으로 분명히 다가올 흥분할 때를 위해서라도 내게는 그대가 필요하오. 그때가 되면 그대는 하나부터 열까지 꼼꼼하게 챙겨 줄 터이니, 지금 이 자리에서 미리 고맙다는 인사를 하겠소. 하지만 날 위해 아무리 봉사를 해주더라도 너무 무리는 하지 말아야 할 것이오. 그래야 짬을 내어 서가에서 붓으로 글을 쓸 수 있을 것 아니오. 세 가지의 사랑 이야기가 기쁜 형식을 찾을 수 있도록 해주는 그 일을 그대는 무척이나 사랑하니까요. 글로 작품을 쓰는 것은 대단한 일이오! 그러나 그보다 더 위대한 것은 물론 사람이 살아가는 삶 자체가 한편의 이야기인 경우라오. 그리고 우리는 분명 한 이야기 속에 들어 있소. 그것도 아무 이야기가 아니고 아주 대단한 이야기라오. 이건 내 확신이오. 지금 이 순간은 다른 때보다 더욱더 그렇게 믿게 되오. 그대도 이 이야기 안에 함께 있소. 내가 그대를 내가 있는 이야기 속으로 끌어들였으니까. 그래서 앞으로 사람들이 나와 함께 있었고 흥분되는 순간을 맞아 내 옆에서 날 거들어 준 집사에 관한 이야기를 듣고 또 글로 읽게 된다면, 그들은 그 집사가 다름 아닌 바로 그대 마이-사흐메, 평온한 남자 그대였다는 사실을 알게 될 것이오."

아가씨

    태초에 신은 자신이 동쪽의 정원에서 만들었던 남자의 머리 위에 깊은 잠을 드리워, 그 남자를 재운 후 갈비뼈를 하나 꺼내고 그 자리는 살로 도로 채워 넣었다. 그리고 그 갈비뼈로는 여자를 만들었다. 인간이 혼자 있는 것은 좋지 않다는 생각에서였다. 그리고 그녀를 인간에게 데리고 갔다. 그의 동무가 되어 항상 옆에 있으면서 그를 도와주는 내조자로 만들 생각이었다. 이것은 모두 다 좋은 의도에서 나온 행동이었다.

    신의 이 소일거리는 교사들에 의해 지나칠 정도로 화려하게 그려진다. 그들은 이때 일이 이러저러하게 진행되었다고, 그렇게 가르치면서 자신들이 다 아는 것처럼, 아니 알 수밖에 없는 것처럼 자신만만하게 교훈을 들이민다. 물론 그들이 실제로 알 수도 있다. 이들은 신이 여자를 씻었다고 장담한다. 그것도 아주 깨끗하게(원래 갈비뼈였으니 조금 미끈거리지 않았겠는가). 그런 다음 향유를 뿌려 얼굴을 예쁘게 치장하고 머리카락을 곱슬거리게 만들고, 그녀의 머리와 목 그리고 팔에는 그녀의 간절한 요구대로 진주와 귀한 돌들로 꾸며 주었다. 사르더와 황옥, 다이아몬드, 벽옥, 터키옥, 자수정, 에메랄드, 마노(瑪瑙) 등이었다. 신은 이렇게 예쁘게 치장한 그녀를 아담 앞으로 데리고 갔다. 이 때 수천 명의 천사도 함께 따라가며 노래와 음악을 연주했다. 그리고는 그녀를 남자에게 건네주었다. 이제 축제와 연회가 벌어졌다. 그러니까 잔칫상도 차렸다는 뜻이다. 거기에는 신도 정답게 동석한 것처럼 보인다. 그리고 유성(遊星)들은 윤무를 추면서 직접 음악까지 연주했다.

　그것이 최초의 결혼식 축제였다. 그러나 그리고 나서 곧 결혼 의식이 치러졌다는 소리는 들리지 않는다. 신은 여자를 아담을 도와줄 내조자로 만들었다. 그것은 그녀가 그저 그의 주변에 있게 하기 위해서였다. 그리고 아마도 그 외에는 별다른 생각을 하지 않은 것 같다. 신이 그녀에게 통증을 느끼며 아이를 낳으라고 저주를 내린 것은, 그녀가 아담과 함께 나무의 열매를 먹고 그들의 눈이 뜨여진 다음이었다. 아담에게 여자를 데려다 준 축제로부터 아담이 그의 아내가 된 그녀와 동침하고 그녀가 그에게 농사짓는 남자와 양을 치는 목자를—에사오와 야곱이 이들의 발자취를 따르게 된다—낳아주기까지 그 중간에 일어난 사건이 바로 나무와 열매와 뱀과 선악을 아는 인식이다. 요셉의 경우도 그랬다. 그 역시 여자와 동침하기 전에 선악이 무엇인지부터 알아야 했다. 이는 어떤 뱀을 통해서였다. 그 뱀은 그에게 자신이 살기 위해서는 아주 좋은 것을, 정말 좋은 것을 가르치려 했다. 물론 그것은 뱀에게나 좋은 것일 뿐 실은 악한 것이었다. 그러나 요셉은 그 뱀을 물리쳤다. 그리고 기다릴 줄 알았다. 그것이 좋은 일이 되고 악의 성격을 벗어나게 될 때까지.

누군들 이 가련한 뱀 생각을 떨칠 수 있겠는가? 해시계가 요셉의 결혼식을 알렸을 때, 그와 결혼하는 여자가, 그리고 그와 함께 머리와 발을 나란히 포갤 여자가 그 뱀이 아니고 다른 여자인 것을 본 이상, 그녀를 떠올리지 않을 수 없다. 그녀를 가련하게 생각하는 마음이 지나치게 넓게 확산되는 불상사를 막으려고 적당한 기회가 있었을 때 이미 밝힌 바 있다. 그녀는 이미 냉정한 달의 수녀로 되돌아갔다고. 그녀에게는 이런 것은 더 이상 관심거리가 아니었다. 여하튼 그녀는 오로지 신만 섬긴다는 자부심이 지나쳐 교만에 가까운 경건한 생활을 하는 중이었으므로, 지금 이 자리에서 그녀를 생각하고 가슴 아파할 필요는 없다. 그리고 그녀의 입장에서도 크게 가슴 아파하지 않고 그래도 편안할 수 있었던 것은, 요셉이 그녀가 가까이에 있는 테벤이 아니라 멘페에 있는 자기 집에서 결혼식을 올렸기 때문이다. 파라오는 처음부터 이 결혼을 주선한 장본인으로 몸소 멘페로 내려가 유성들이 벌이는 한판의 윤무 축제인 결혼식에 참석했다. 그의 역할은 당연히 신이었다. 남자가 혼자 있는 것이 좋지 않다는 생각을 한 것이 그 시작이었다. 그리고 요셉에게 결혼을 하는 것이 얼마나 편안하고 유쾌한 일인지 선언한 것도 파라오였다. 물론 이 말은 신과는 달리 자신의 경험에서 나온 말이다. 그에게는 노페르티티, 즉 황금으로 둘러싸인 아침 구름인 왕비가 있었으나 신은 항상 혼자였으며 오로지 인간들을 보살필 뿐이었으니까. 그러나 파라오는 신과 아주 유사한 방식으로 요셉을 보살폈다. 그는 요셉을 높은 자리로 들어 올리자마자 국혼(國婚)을 시키기 위해 사방을 돌아보며 마땅한 아가씨를 물색했다. 고상한 집안의 딸이라고 다 되는 것이 아니라 마땅히 국가에도 이익이 되는 결혼을 시키려니 이것저것 계산할 것도 많은데다, 다른 한편으로는 원기를 돋워 주는 상쾌한 결혼이어야 했으므로 이 두 가지의 결합은 간단하지 않았다. 그러나 신께서 아담에게 했듯이 파라오는 마침내 자신의 피조물에게 신부를 마련해 줄 수 있었다. 그리하여 결혼식에 몸소 참여하여 하프와 심벌즈의 연주가 울려 퍼지는 가운데 직접 그녀의 손을 잡고 그에게 인도해 주었다.

그렇다면 이 신부, 곧 요셉의 배필은 과연 누구였으며 뭐라고 불렸던가? 이것은 모두 다 알고 있다. 그렇다고 이 자리에서 그것을 말할 때 쾌감이 줄어들 이유는 없다. 또 새로운 것을 알게 되리라 기대한 청중에게 찬물을 끼얹는 것은 아닐까 걱정할 이유도 되지 않는다. 게다가 어떤 사람은 아예 잊어버렸을 수도 있다. 자신이 그것을 알고 있다는 사실조차 까맣게 잊어서 뭐라고 대답을 해야 할지 모르는 것이다. 자, 이제 그것을 말할 때가 왔다. 요셉의 배필은 **아스나트**(Asnat, 아세낫 혹은 아스낫—옮긴이), 즉 아가씨로 그녀는 온에 있는 태양-사제의 딸이었다.

이렇게 높은 곳에서 파라오는 요셉의 배필을 택했다. 더 이상 높은 곳으로 올라갈 수도 없었다. 레-호르아흐테의 제사장의 딸과 결혼한다는 것은 거의 있을 수 없는 일로서, 거의 성물 절취(聖物截取)에 가까웠다. 물론 그 아가씨는 언젠가 결혼을 하여 어머니가 될 여자였고, 그녀가 결혼하지 않고 몸의 문을 굳게 닫고 사는 것은 아무도 원치 않았다. 그런데도 그녀를 취하는 자는 도둑으로 간주되었다. 바람직한 방식으로 취했다 해도, 이 필연적인 행위는 어두운 범행처럼 여겨진 것이다. 다시 말해서 그녀는 주어지는 것이 아니라 뺏기는 것이었다. 그녀의 경우를 두고 사람들은 모두 이런 식으로 생각했다. 모든 것이 질서정연하게 진행되고 최상의 협약에 따라 이루어진 일인데도 그랬다. 그리고 딸을 그 배필에게 넘겨주면서 이렇게 세목을 집중시킨 쌍은 이 세상에 둘도 없었다. 특히 어머니는 절망했다. 혹은 그런 척했다. 어찌 보면 넋이 나간 듯했다. 그녀는 이 사건의 부당함을 강조하고 또 강조했고, 자신이 마치 겁탈이라도 당한 듯, 혹은 그렇게 될 듯한 표정을 지으며 손을 비벼댔다. 그리고 기회가 있을 때마다, 진심이 아니지만 형식적으로는 복수하겠다고 맹세하곤 했다.

이는 태양-사제의 딸이 간직한 처녀성 때문이었다. 그녀의 처녀성은 거룩한 갑옷과 방패를 두른 특별한 것이었다. 이렇게 특별한 무장을 한 탓에 그녀의 처녀성은—실은 건드려지도록 정해진 것이지만—건드릴 수 없는 것으로 여겨졌다. 이렇게 다른 어떤 아가씨보다 강한 처녀성으로 허리띠를 두른 이 아가씨는 처녀 중에서도 처녀였고 특별한 아가씨로서 아가씨라는 단어가 뜻하는 총체적인 개념 그 자체였다. 그래서 이 속명(屬名)이 그녀에게 이르러 고유명사가 되어, 그녀는 평생 동안 '아가씨'로 불렸다. 그러니 아가씨의 신분을 무너뜨리는 남편은 아가씨의 처녀성을 훔치는 도둑이 되므로 이는 거룩한, 신의 범죄라는 것이 일반적인 견해였다. 이때 범죄라는 명칭이 옆에 있는 단어 덕분에 그 의미가 경감되고 순화되어 일정 부분 고양된다. 그러나 사위와 아가씨의 부모와의 관계는, 특히 딸에 대한 애착이 강한 어머니와의 관계는 사생활에서는 친절한 관계일 수 있지만, 밖으로는 항상 긴장의 연속이었다. 어머니는 어떤 의미에서는 딸이 남편에게 속한다는 사실을 결코 인정하지 않으려 했다. 그래서 혼인계약서에서는 이런 의무조항이 명시되어 있었다.

자식은 어두운 도둑 옆에서 항상 사는 것이 아니라 일년 중 일정한 기간, 그리 많지는 않지만 여하튼 얼마 동안은 태양의 부모에게 되돌아와 다시 처녀로서 그들 옆에서 살아야 한다. 물론 이 조건이 곧이곧대로 받아들여지지는 않았고, 대부분은 상징적인 의미로 이해되어 부인이 친정을 방문하는 식으로 이행되었다. 따지고 보면 이런 것은 예전에도 있었고 오늘날에도 빈번한 관습이다.

이런 것은 제사장 부부가 여러 명의 딸을 가지고 있을 경우에는 첫딸에게 주로 적용되며, 그 다음 딸들에게는 조금 약화된 형태로 나타났다. 그러나 아스나트, 열여섯 살의 그녀는 이들의 하나밖에 없는 딸이었다. 그러니 그녀와의 결혼이 얼마나 거룩한 범행이며 도둑질이었겠는가! 그녀의 아버지, 호르아흐테의 제사장은 물론 요셉이 이스마엘 사람들과 함께 처음으로 온에 갔을 때, 날개 달린 태양 원반 앞의 거대한 오벨리스크 발치의 황금 의자에 앉아 있던 그 제사장은 아니었다. 그는 그의 후계자로 선정된 자로서 자비롭고 온유하며 유쾌한 사람이었다. 그렇다. 아툼-레의 종은 너나없이 유쾌해야 마땅했다. 그리고 타고난 천성이 그렇지 못한 경우라면, 위장을 해서라도 천성이 되도록 해야 했다. 그리고 우연히도 이 사제의 이름은 요셉을 사들였던 자, 빛의 궁신, 즉 포티페라, 혹은 페테프레라였다. 실은 그와 같은 직위에 있는 남자의 이름으로 '태양이 그를 선사했다'라는 이름 말고 더 적당한 이름이 어디 있었겠는가? 그의 이름은 그가 이 관직을 위해 태어났으며, 그 일에 쓰이기로 예정된 사람임을 말해 준다. 아마도 그는 요셉이 온에서 처음 만났던 제사장으로 황금모자를 쓴 그 노인의 아들이고 아스나트는 그자의 손녀였을 확률이 크다.

그녀의 이름 이야기를 하자면, 그 이름은 느스-느트(Ns-nt)라고 썼는데, 이는 델타에 있는 사이스의 네이트 여신과 결합된 것으로 그 뜻은 '네이트에게 속한 여자'였다. '아가씨'는 그러므로 이 무장한 여신의 보호를 받는 자였던 것이다. 이 여신의 날개는 화살 두 개를 십자처럼 박아놓은 방패였다. 그리고 이 여신은 어떤 때는 사람 형상을 하고 머리에 화살꾸러미를 들고 다니기도 했다.

그래서 아스나트도 그렇게 했다. 그녀의 머리 혹은 그 위에 쓴 가발에는—이 나라에서는 머릿수건인지 아니면 가발인지 구별이 잘 안 되게 만들었다—아래로 꽂거나 아니면 위로 붙이는 화살이 항상 있었다. 그리고 특별한 처녀성을 나타내 주는 상징인 방패도, 결코 침범할 수 없다고 경고하는 그 표식도 목이나 허리띠 그리고 팔에 두른 여러 장신구에 교차시킨 화살과 함께 모습을 드러내었다.

겉으로는 이렇게 언제라도 상대방을 찌를 듯 무장한 아스나트였지만, 귀엽게 생긴 매혹적인 그녀의 실제 성격은 예의 바르고 온화했다. 그리고 자신의 뜻이라고는 아예 내세우지도 않고 고상한 신분의 부모와 파라오와 그리고 남편의 뜻에 무조건 순종하는 온순한 아이였다. 그리고 수줍어하면서 거룩하게 닫혀 있던 상태에서 자신에게 일어나는 일을 기꺼이 받아들임으로써 여성으로서의 운명을 감수하려는 성격이었다. 아스나트의 얼굴은 전형적인 이집트인의 특징을 보여주었다. 가는 뼈와 약간 튀어나온 아래턱이 그랬다. 그러나 전혀 개성이 없는 얼굴은 아니었다. 여전히 아이처럼 토실토실한 볼, 입과 턱 사이가 움푹 패여 도톰하게 솟은 입술, 깨끗한 이마, 살이 조금 붙은 앙증맞은 코, 길게 그려놓은 아름다운 눈, 굳어 있는 것 같으면서도 어딘가에 귀를 기울이는 듯한 독특한 시선이 인상적이었다. 그런데 이 시선은 어딘가 모르게 귀머거리의 그것과 약간 닮아 있었다. 물론 귀가 먼 것은 아니었다. 그 시선은 뭔가 기다리는 눈빛이었다. 어디선가 명령이 들려오지 않나 열심히 귀를 기울여, 운명의 소리를 들으려는 각오가 담긴 이 시선은 이야기를 할 때마다 볼에 드러나는 보조개와는 대조적이었다. 보조개는 마치 서로 일치되지 않고 따로 놀아서 미안하다는 듯 살며시 미소를 지었고, 이 두 가지가 한데 어우러진 얼굴은 전체적으로 볼 때, 아주 귀엽고 사랑스러워서 그녀만의 독특한 매력을 보여주었다.

사랑스럽고, 또 어떤 의미에서는 그녀만의 독특한 매력을 보여주는 것은 또 있었다. 그건 그녀의 몸매였다. 얼마나 얇게 짰는지 공기처럼 속이 훤히 들여다보이는 옷 사이로, 태어날 때부터 유달리 가는 허리가 돋보였다. 허리가 이렇게 말벌처럼 잘록하니 골반은 더 볼록하게 튀어나왔고, 그 아래로 길게 이어진 배와, 거기 밑에 아이를 잘 낳을 수 있는 아이 집, 꼿꼿하게 쳐든 젖가슴과 곧게 쭉 뻗은 팔과 손가락을 펴고 다니기를 좋아했던 그녀의 길쭉한 손, 이것이 호박(琥珀)색 처녀상이 보여주는 특징이었다.

아가씨 아스나트는 처녀성을 강탈당하기 전까지 꽃 속에서 꽃같이 살았다. 그녀가 즐겨 머문 곳은 아버지가 있는 신전의 거룩한 호수 옆이었다. 거기에는 목초지가 있었다. 거기엔 꽃들이 만발하여 나르시스와 아네모네가 양탄자처럼 널려 있었다. 그녀는 틈만 나면 어릴 적 친구들인 사제들의 딸들과 온에 사는 다른 대인들의 딸들과 물 위로 멋진 그림들이 반사되는 이 초원을 거닐곤 했다. 그녀가 이보다 더 좋아하는 일이 없었다. 그리고 꽃을 꺾어 풀밭에 앉아 화환을 엮으며 그녀는 눈썹을 올려 저 먼 곳을 바라보며 무엇인가에 귀를 기울였다. 그럴 때면 그녀의 볼에는 보조개가 패였다.

그러던 어느 날 그렇게 막연하게 기다리던 운명의 순간이 다가왔다. 파라오가 보낸 사자들이 아버지를 찾아온 것이었다. 파라오는 드예프누테에포네흐, 곧 대리-호루스, 왕의 그늘을 선사하는 자의 신붓감으로 갑옷을 입은 처녀를 내놓으라고 요구했다. 그러자 아버지 포티페라는 무겁게 고개를 끄덕였고, 어머니는 도무지 이해하지 못하겠다는 듯 당황한 나머지 손바닥을 비벼댔다. 당사자인 그녀 자신은 자신의 존재가 대변하는 아가씨라는 이념을 근거로 양팔을 하늘 높이 올려 도움을 청했다. 마치 누군가 그녀의 가느다란 허리를 낚아채어 유괴라도 해가듯.

이것은 말이 그렇지 진심에서 나온 행동이 아니라 그렇게 하기로 합의를 본 일종의 가장무도회였다. 부모 입장에서 보면 파라오가 자신의 총아에게 배필로 줄 터이니 딸을 내놓으라고 혼담을 넣은 것은, 파라오의 소원인 동시에 명령이었다. 또 한편 왕의 총아, 곧 그의 최고의 입과 딸을 결혼시키는 것은 더할 데 없이 영예로운 일이었다. 자식에게 그보다 더 높은 신분의 신랑감은 구할 수도 없었다. 그러므로 파라오가 자신들의 딸을 요셉에게 주겠다고 했을 때 이들은 절망해야 할 이유도, 근심할 이유도 없었다. 물론 하나밖에 없는 여식을 결혼시키는 부모로서 가슴 한구석 허전하고 근심스러울 수는 있었겠지만 그런 당연한 근심 말고 특별히 걱정하고 염려해야 할 필요는 없었다는 뜻이다. 그럼에도 불구하고 아스나트의 처녀성에 대해서만큼은 이 왕이면 시끄럽게 법석을 떨어야 했다. 그래서 그녀의 처녀성을 훔쳐가는 신랑을 아주 어두운 형상으로 그렸다. 그러나 실제로는 이 처녀를 생산한 부모도 두 사람의 만남에 기뻐할 수 있었고 실제로도 기뻐했다. 파라오가 이 만남은 동정과 동정의 만남이라고 확언했던 것이다. 다시 말해서 신랑 또한 나름대로 처녀로서, 자신을 열렬히 사랑하는 자의 신붓감으로 성별된 자였는데 이번에 구혼자가 된 것이라 했다.

이를 위해 요셉은 자신의 아버지의 신, 곧 자기 부족의 신랑인 그분의 양해를 구해야 했다. 자신에 대한 그분의 애정과 열정을 그는 지금까지 소중하게 대해왔다. 그리고 행여 그분을 노엽게 할까봐 조심해왔다. 그러나 이제는 조심하지 않으려 한 것이다. 아니 특별히 표본적인 처녀와 결혼한다는 의미에서는 조심을 했다고도 할 수 있다. 이것을 글쎄 그나마 좋은 점이라고 할 수 있다면 그렇다는 뜻이다. 이 결혼이 함축하고 있는 모든 특성에도 불구하고 이 때문에 걱정할 필요는 없을 것이다. 어차피 요셉이 하는 결혼은 이집트와의 결혼이 아니던가. 다시 말해서 요셉은 세올, 곧 지옥과 결혼하는 셈이었다. 이것은 이스마엘을 연상시키는 결혼이므로 전례가 전혀 없었던 것은 아니다. 그러나 이 전례는 여하튼 걱정스러운 것으로 관용을 요구하는 것이었다. 요셉 자신은 당연히 자신의 이러한 결혼에 그분이 관용을 베풀어 주시리라 믿은 것처럼 보인다.

교사들과 주해가들은 많은 거부감을 느낀 나머지 사실을 은폐하려 했다. 그래서 이야기의 정결함을 살리려고 마치 아스나트가 포티페라의 친자식, 곧 자신의 아내가 낳은 딸이 아니라 주워온 아이라고 주장했다. 이전에 가족으로부터 배척받은 야곱의 딸 디나가 낳은 딸을 바구니에 담아 떠내려보냈는데, 바로 이 아이를 포티페라 부부가 건져서 키운 것이고 결국 요셉은 자기 조카와 결혼한 것처럼.

그러나 요셉이 설령 조카와 결혼했다 하더라도, 나아질

건 없다. 조카라는 그녀의 피와 살의 절반도 어차피 경망스
러운 시겜으로부터 물려받은 것이니까. 그 역시 바알을 믿
는 가나안 남자가 아니었던가. 우리가 교사들을 아무리 존
경한다 해도, 그 때문에 입을 막아서는 안 된다. 그들이 쓴
디나의 갈대밭 아이의 이야기는 경건한 붓이 삽입한 이야
기에 지나지 않는다고, 할 말은 분명하게 해야 한다는 뜻이
다.

아스나트, 즉 아가씨는 포티페라와 그 부인의 친자식으
로 순수한 이집트 혈통이었다. 그리고 그녀가 요셉에게 선
사하게 될 아들들도, 즉 에프라임(혹은 에브라임—옮긴이)과
마나세(므낫세 혹은 므나쎄—옮긴이), 이 두 족장들도 어찌
되었거나 절반은 이집트의 피가 섞인 혼혈이었다. 이 사실
은 생각하기 나름이다. 그리고 이게 전부가 아니다. 이스라
엘의 아들은 태양의 딸과 결혼함으로써 아툼-레 신전과 보
다 가까워졌다. 쉽게 말해서 태양신을 섬기는 일종의 사제
가 된 셈이었다. 이는 그의 결혼을 주선한 파라오의 의도이
기도 했다. 요셉처럼 높은 관직에 있는 남자가 동시에 높은
사제 자리에 있지 않는다는 것은 상상할 수 없었다. 그렇게
사제의 직분을 수행하여 신전에서 수입을 얻어야 마땅했
다. 그리고 이 두 가지를 요셉은 아스나트의 남편으로서 수
행했다. 사람들이 어떻게 생각하든 그건 상관없다. 신랄하
게 표현하자면, 그는 우상을 섬기는 성직자가 되었고, 그에
합당한 봉록 수령자가 되었다. 그래서 이후 그의 관복에는
사제가 입는 표범가죽도 따라다녔고, 경우에 따라 머리에
태양 원반을 달고 신상 앞에서, 즉 매인 호르아흐테에게 향

을 올리기도 했다.

그 이후 이 일을 이렇게 제대로 받아들인 사람은 극소수였다. 그리고 이런 이야기를 듣는 것만으로도 불편해 할 사람도 없지 않아 있을 것이다. 그러나 당시 요셉이 살던 시절에만 해도, 이 정도는 허락해 주는 때였던 것 같다. 그래서 그는 자신을 가족들로부터 떼어놓은 분, 그리하여 이집트로 옮겨 심어 그곳에서 큰 사람으로 자라나도록 했던 그분과 이 모든 일에 대해 양해를 구할 수 있었다. 어쩌면 그는 그분이 당연히 삼각형의 철학에 동의하리라 전제했을지도 모른다. 그 철학에 따르면, 다른 것과 결합력을 갖는 호르아흐테의 제단에 제물을 올리는 것은 어떤 다른 신에게 바쳐야 할 제물을 훔치는 도적질이 아니다. 그리고 여기서는 신전이 최고로 좋으냐가 아니라 얼마나 넓은 지평선을 가진 주인님의 신전이냐가 문제가 되었다. 그리고 요셉은 아마도 이렇게 정리했을 것이다. 자신의 조상 대대로 섬겨 온 주인님의 지평선을 이집트 백성들이 받드는 아툼-레의 지평선보다 좁게 정하는 것은 실수요 어리석은 행동이다. 아니 그건 죄라고 말이다. 그리고 이 신으로부터 최근에 아톤이 나왔다는 사실도 잊어서는 안 된다. 요셉이 파라오와 합의한 바에 따르면, 그에게 제대로 기도를 올리려면 아톤이라 부르지 않고 아톤의 **주인님**이라 하고, '하늘에 계신 아버지'가 아니고 '하늘 **안에** 계시는 아버지'라 불러야 했다. 따라서 집에서 떨어져나간 후 이방에서 크게 된 자, 곧 요셉은 자주는 아니지만 어쩌다 한번 표범가죽을 걸치고 태양신 앞에서 향불을 피우면서도 아무렇지 않을 수 있었던 것은 이런 배경 덕분이었다.

라헬의 첫아들, 야곱으로부터 멀리 떨어져 낯설어진 총아에게는 특별한 사정이 있었다. 그에게 베풀어진 관용과 면제는 대가를 요구했다. 그건 요셉을 속세에 묶어두는 사슬이었다. 그래서 이싸갈과 단과 가드의 종족은 나왔어도 '요셉 종족'은 나올 수 없었다. 그분의 원대한 계획에서 그의 역할은 앞으로 보게 되겠지만 이 큰 세상으로 옮겨져서 그분의 자녀들을 보존해 주고 먹여 살리고 구원해 주는 것이었다. 그리고 모든 정황으로 보아, 그 역시 자신의 이러한 사명을 의식했고, 그렇게 느낀 게 틀림없다. 그리고 그는 자신의 가족들에게는 낯설고 세속적인 자신의 생활방식이 배척당한 자의 그것이 아니라, 특별한 목적을 위해 식구로부터 분리된 자의 것으로 이해했다. 그래서 매사를 섭리의 주님이 너그럽게 봐주시리라 믿을 수 있었던 것이다.

요셉의 결혼

아가씨 아스나트는 결혼식을 치르기 위해 특별히 고른 스물네 명의 여자노예들과 함께 요셉의 집이 있는 위쪽의 멘페로 보내졌다. 그리고 아가씨의 부모인 제사장과 부인도 이해하기 어려운 도적질에 머리를 깊이 조아리고 온에서 위로 여행길에 올랐다. 또 파라오도 몸소 노베트-아문에서 아래로 내려왔다. 그는 이 신비한 의식인 결혼식에 직접 참석하여, 자신의 총아에게 순결한 신부를 넘겨주고 경험이 많은 남편으로서 결혼을 하는 것이 얼마나 편안하고 쾌적한 일인지 다시 한번 알려주려고 했다. 아스나트와 함께 신랑의 소유물이 된 열두 명의 시녀를 생각하면 이전에 왕의 무덤에 산 채로 매장된 시녀들이 떠오른다. 그러니까 스물네 명의 시녀들 중에서 열둘은 환호를 위한 시녀들로 꽃을 뿌리고 음악을 연주하는 역할을 맡고 나머지 열둘은 애처롭게 통곡하고 가슴을 치는 역할을 맡았다. 요셉의 영화로운 집에서 진행된 결혼식은 어떻게 보면 무덤에 매장하는 장례식과 흡사했다. 예식은 횃불로 환하게 밝혀놓은 안뜰에서 거행되었다. 주변을 빙 둘러 주거 공간이 있고 뜰 안에는 수조들이 있었다.

이곳에서 벌어진 일들을 꼼꼼하게 다루지 않는 것은 늙은 야곱을 배려해서다. 집에 남아 있는 그는 자신이 가장 사랑한 아들이 여전히 열일곱 살로써 죽음의 품안에 고이 안겨 있는 줄로 착각하고 있었다. 그런데 아들의 결혼식 광경을 보았더라면, 그는 여러 번 눈을 가리고 양손으로 머리를 감쌌을 것이다. 그것은 점잖은 그가 '미즈라임', 곧 진창의 나라에 대해 가지고 있는 선입견들이 옳았음을 확인해 주었을 테니까. 이 자리에서 요셉의 결혼식 절차를 인준이라도 하듯이 세세하게 묘사하지 않는 까닭도 여기에 있다.

물론 야곱이 안 듣는 자리에서 우리끼리 이런 이야기 정도는 할 수 있다. 어차피 결혼이란 죽음과 비슷한 데가 있다고. 사실이다. 첫날밤을 치르는 방과 무덤, 처녀성의 도적질과 살인 사이에는 유사한 점이 있다. 그래서 신부를 유괴하는 사자(死者)의 신의 성격을 신랑으로부터 완전히 배제하기는 어렵다. 또 베일을 두른 제물로서 소녀에서 여자가 되는 경계선을 건너게 될 아가씨의 운명과 파종 씨앗의 운명 사이에도 비슷한 점이 있다. 씨앗은 깊은 땅 속에 뿌려져 그곳에서 썩은 후 다시 같은 곡식으로서, 또다시 처녀가 되어 빛을 보게 되지 않는가. 그리고 낮에 잘린 이삭은 어머니의 팔에서 빼앗은 딸을 상징한다. 그리고 이 어머니 역시 이전에는 처녀였으며 제물이었다. 그리고 그녀 또한 낫으로 베어졌다. 이제 그녀의 운명이 딸의 운명 속에서 재현되는 것이다.

그래서 집사 마이-사흐메가 축제가 열리는 홀, 다시 말해서 주랑으로 둘러싸인 안뜰을 장식하려고 준비시킨 낮은 사람들의 사색을 유도하는 역할을 하게 된다. 그리고 비단 낮뿐만 아니라 이러한 역할을 하는 것에는 한 가지가 더 있었다. 그것은 결혼식 피로연을 전후해서 하객들에게 대접하는 파종 씨앗이었다. 남자들은 바닥 돌 위에 이 씨앗들을 뿌리고 뭐라고 외치면서 들고 있던 주전자로 물을 따라부었다. 여자들은 머리에 그릇을 이고 있었는데 한쪽에는 씨앗이 그득하고 다른 쪽에는 불 하나가 타오르고 있었다. 저녁 축제였던 것이다. 불은 거기 말고도 또 있었다. 울긋불긋한 양탄자와 초록빛 미르테로 장식한 공간에는 당연히 횃불이 가득했다. 그 불이 낮의 햇살이 들어오지 않는 공간을 밝히는 데 쓰이는 줄은 누구나 알 수 있었다. 그러나 여기서는 이러한 실제 용도를 넘어서 지나칠 정도로 밝게 불을 피워 어떤 다른 의미를 강조하고 있었다. 신부의 어머니인 포티파르의 처는—이렇게 부른다고 공연히 사람들이 혼란스러워하지 않기를 바란다. 다시 말해서 또 다른 포티파르의 처와 혼동하지 말아 달라는 뜻이다—아주 어두운 제비꽃 색의 옷을 입고 슬픈 사람처럼 행동했다. 그녀의 손에는 계속 횃불이 들려 있었다. 양손에 하나씩, 아니면 한 손으로 두 개를 한꺼번에 들고 있었다. 그리고 사실은 모두다, 남녀를 가릴 것 없이 횃불을 들었다. 이들이 죽 늘어서서 집안에 있는 방이란 방은 다 돌고 난 다음 마지막으로 안뜰로 모였다. 이 행진이 이날의 가장 중요한 절차였다. 그곳에는 최고 귀빈인 파라오가 아주 편안한 자세로 앉아 있고 양쪽으로 요셉과 보랏빛 면사포를 두른 아스나트가 있었다. 이제 횃불을 든 사람들이 안뜰에 이르자 멋진 횃불 춤판이 벌어졌다. 아니 춤을 추는 사람들의 줄이 꼬여서 대단한 구경거리를 제공했다는 게 표현이 옳으리라. 연기를 피우며 활활 타오르는 윤무는 뜰의 연못을 중심으로 아홉 개의 나선을 그리며 왼쪽으로 돌았다. 이때 미로처럼 꼬불꼬불한 길을 따라가면서 춤을 추는 사람들은 손으로 빨간 밧줄 하나를 잡고 갔는데, 이들은 횃불을 수시로 이쪽 저쪽으로, 이따금 제일 안쪽 나선에서 바깥쪽까지 던지곤 했지만, 얼마나 재주가 좋은지 날아가는 불이 목적지에 닿지 않아서 땅에 떨어지는 법 없이 참으로 근사한 불꽃놀이를 보여주었다.

이 장면을 보았더라면 조금 더 자세히 묘사하고 싶은 유혹에 공감할 수 있을 것이다. 그러나 요셉의 결혼식을 가능하면 조심스럽게, 간단하게 살펴보고 지나가려는 처음 의도에는 변함이 없다. 이 자리에 있었더라면, 여기서 벌어지는 일들 중에서 많은 것을 보고 경악했을 노인을 배려하려는 차원에서이다. 그러나 다행히 그는 멀리 있었고, 요셉이 죽음 안에서 영원한 열일곱 살로 보존되어 있다 생각하고 안도하고 있었다. 그리고 그 역시 놀라운 횃불놀이만큼은 보고 좋아했을 것이다. 물론 다른 것은 그렇지 않았으리라. 그는 아버지의 입장에서 모든 것을 보았을 것이므로, 아들의 결혼식에서 장모가 이런 식으로 도전적인 역할을 하는 것은 못마땅해 했을 것이다. 마치 딸을 빼앗긴 듯, 그리고 딸을 통해 자신까지 빼앗기기라도 하듯 분개하며 위협하는 아가씨 아스나트의 어머니의 행동은 실은 못마땅한 정도를 넘었을 것이다. 게다가 행진 대열에 참가하여 함께 춤을 추는 남자들과 청년들 대부분이 여자 옷을 입고 있었다. 그것도 신부의 어머니와 비슷한 옷을 말이다. 생각을 해보라. 이는 경건한 야곱의 눈에는 틀림없이 끔찍하고 혐오스러운 바알이나 하는 짓거리로 비쳤을 것이다. 이 남자들은 신부의 어머니 행세를 하면서 그녀와 공감하려는 것 같았다. 그래서 그녀와 마찬가지로 보랏빛 베일 옷을 입고 그녀처럼 원통한 마음을 노골적으로 드러내려고 왼손으로 횃불을 옮기면서 주먹 쥔 오른손을 흔들며 위협하는 것이었다. 게다가 이들은 분노와 울화가 뒤섞인 끔찍한 마스크를 쓰고 있어서 더 무서워 보였다. 물론 포티파르의 아내인 중년 부인 얼굴과는 닮지 않은 마스크였다. 여하튼 그렇게 오싹해지는 마스크를 쓰고 주먹으로 을러대니 그 효과는 대단했다. 그리고 또 슬픔을 표현하는 옷 밑으로 많은 사람들은 뭔가를 쑤셔 넣어 만삭의 산모처럼 행세했다. 마치 어머니가 제물로 바쳐질 아가씨를 아직 품고 있는 것처럼. 혹은 다시 그곳에 간직하게 된 것인지, 아니면 제물로 바쳐질 새로운 아가씨를 간직한 것인지에 대해서는 그들도 정확하게 말하지 못했을 것이다.

남자들과 청년들이 몸을 불룩하게 만든 광경은 물론 야곱 벤 이츠악에게는 몸서리쳐질 장면이었을 것이다. 그런데도 위에서 상세하게 묘사한 것은, 이를 너그럽게 허락받은 일로 이해했기 때문이므로 독자들도 아량을 베풀어주면 좋겠다. 여하튼 가족으로부터 떨어져 속세로 옮겨진 요셉에게는 허락받는 때가 온 것이었다. 그의 결혼식 자체가 하나의 크나큰 허가였다. 그래서 우리 또한 이 시간을 결정하는 허락과 관용의 정신 속에서 결혼식의 세세한 내용들을 살펴보고자 한다.

이들은 일부는 유쾌하고 여유로운 절차들이었고 일부는 매장 절차와 유사했다. 실제로 참여자들 모두 잔치가 벌어지는 장소와 마찬가지로 자신을 치장한 미르테 잎은(일부는 손에 한 묶음씩 들고 있었다) 사랑의 신들과 죽은 자들에게 속한 것이기 때문이다. 또 집안을 한바퀴 도는 행진에서도 심벌즈 소리에 맞춰 기쁨의 환호성을 지르는 사람들도 많았지만 개중에는 장지로 가는 행렬인 것처럼 애통하게 통곡하는 시늉을 하는 자들도 없지 않았다. 그러나 축제 참여자들의 기쁨과 슬픔이 여러 가지 수준을 보였다는 점도 지적해야 할 것이다. 슬픔의 경우, 일부는 헤매고 다니는 나그네 길을 암시하는 정도로 만족했다. 이들은 등에 여행 보따리를 짊어지고 지팡이에 의지하여 절망적인 분위기를 연출하면서 왕과 결혼한 한 쌍, 곧 높은 사제 부부 곁으로 뚜벅뚜벅 걷기만 할 뿐, 애통해 하거나 눈물을 짜지는 않았다.

마찬가지로 유쾌함도 정도의 차이를 확인할 수 있었다. 일부는 뭔가 의미심장한 점잖은 형태로 표현하여 호소력까지 있어 보였다. 이 경우 몇 번이고 아름다운 도기 항아리를 영예로운 부부 앞에 내려놓은 후 동쪽과 서쪽으로 쓰러뜨리면서, 어떤 사람들은 "쏟아부어라!", 다른 사람들은 "축복을 받아라!"라고 외쳤다. 여기까지는 좋았다. 그러나 그 뒤로는 점점 더, 그리고 저녁이 되면서 더 자주 기쁨과 웃음은 노골적인 성격을 띠게 되었다. 결혼식 축제 뒤에 당연히 자리잡고 있는, 곧 다가올 그 일이 뻔뻔스럽게 앞으로 돌출한 것이다. 그래서 저주받은 이 도적질과 살인이라는 것과 생식력이라는 관념이 음탕한 지점에서 만나 주변은 온통 외설과 난잡한 웃음으로 가득 찼다. 축제 행렬에는 동물도 몇 마리 포함되어 있었는데, 거기서 백조 한 마리와 말 한 마리를 본 신부 어머니는 보랏빛 베일 옷을 여미며 몸서리를 쳤다.

그러나 이것 말고도 잘 생긴 암퇘지 한 마리도 있다는 것에 대해서는 도대체 뭐라고 말해야 할까? 그리고 이 암퇘지 위에는 사람이 올라타고 있었다. 그건 절반은 벌거벗은 뚱뚱한 노파였다. 묘한 인상을 풍기는 그녀는 쉬지도 않고 뻔뻔스러운 농담을 늘어놓았다. 돼지를 타고 있는 이 역겨운 늙은 여자는 이 축제에서 중요한 역할을 했다. 그것은 백성들에게 아주 익숙하고, 또 사랑받는 역할로서 그녀는 이 자리에 오기 전에 이미 연기를 시작했었다. 아스나트의 어머니와 함께 온에서 이곳으로 오는 여행길에서 그녀는 한시도 쉬지 않고 음담패설을 늘어놓으며 분노를 유쾌함으로 끌어올리려 했다. 그것이 그녀의 직분이며 역할이어서 사람들은 그녀를 가리켜 '위로하는 여인'이라 불렀다. 사방에서 사람들이 그 이름으로 불러주면, 그녀는 야하고 거친 행동으로 화답했다. 축제 내내 그녀는 결코 위로받을 수 없는 자, 다시 말해서 신부 어머니의 곁을 한시도 떠나지 않았다. 그리고 어떻게든 위로해 주려고 노력했다. 다시 말해서 끝도 없이 음담패설을 늘어놓아서 상대방을 웃게 만든다는 뜻이다. 그리고 실제로 이 일에 성공했다. 실은 성공할 수밖에 없었다. 그래서 모욕당한 나머지 화도 나고 절망하고 있는 어머니는 그녀가 뭐라고 숙덕거려줄 때면 이따금 슬픔을 나타내는 상복의 주름 안에서 웃음을 터뜨렸던 것이다. 그러면 이 모습을 지켜본 사람들 모두 따라 웃으면서 '위로하는 여인'에게 박수를 보냈다. 그러나 실제로는 어머니의 애통함과 분노가 대부분은 관습 때문에 그런 척 연기한 것이었을 뿐이므로, 그녀가 키득거리고 웃는 것 또한 풍속에 대한 동의에 지나지 않았다. 그녀의 속마음을 들여다보았더라면 실은 '위로하는 여인'의 은밀한 이야기들에서 구역질을 느꼈을 것이다. 물론 그녀의 유쾌함이 전부 기만은 아니었을 것이다. 그것은 딸을 배우자에게 빼앗기는 어머니로서 갖게 되는 자연스러운 아쉬움, 그러니까 신화적으로 과장하지 않은 어머니로서의 당연한 근심만큼이나 진심에서 우러나온 느낌이었을 것이다.

여하튼 상황이 이러했으니, 요셉의 결혼식에 대해 너무 상세하게 묘사하려 하지 않으려는 의도를 충분히 이해할 것이다. 이 의도를 손상시켰다 해도, 그것은 허락과는 아무런 상관이 없다. 파라오의 무릎 위로 손을 건넨 한 쌍의 신혼 부부 또한 주변에서 벌어지는 광경 때문에 동요하는 법 없이, 축제마다 따라다니는 필수적인 번거로움에 아랑곳하지 않고 그 자리에 앉은 채 상대방을 바라보고만 있었다. 요셉과 아스나트는 서로 첫눈에 상대방이 마음에 들었다. 물론 다른 사람이 결정한 이런 국가적인 결혼에 처음부터 사랑이 있을 수는 없었다. 사랑은 앞으로 생겨나야 할 사항이었다. 원래 사랑이란 어지간히 좋은 사람들 사이에서는 시간이 흐르면 저절로 생기기 마련이다. 그 사랑이 싹틀 수 있도록 길을 터주는 데에는 서로 상대방에게 소속되었다는 사실을 의식하는 것만으로도 큰 도움이 된다. 그런데 지금 경우는 주변 상황까지 아주 좋았다. 아스나트는 자신의 의지를 고집하지도 않았고 그저 인내하는 정도가 아니라 자신의 운명에 고개를 끄덕여 주었다. 이 말은 자신의 처녀성을 훔치고 살인하는 자, 그리하여 원래부터 그렇게 하라고 그처럼 잘록하게 만들어둔 허리를 낚아채 자신의 나라로 끌고가는 그 도적이요 살인자를 받아들였다는 뜻이다. 짙은 피부색에 잘생기고 현명한데다 친절하기까지 한 파라오의 총아는 그녀의 마음을 흡족케 해주었다. 그리고 이런 만족감이 자신에게 그와 결속할 수 있는 능력을 선사해 주리라는 사실을 그녀는 믿어 의심치 않았다. 그리고 그가 자신이 낳을 아이들의 아버지가 될 것이라는 생각은 사랑의 진주가 자라날 조개와 같았다.

가족과 떨어진 자, 이렇게 특별한 허락까지 받은 요셉도 다르지 않았다. 그는 신께서 세상의 선입견으로 판단하지 않고 이처럼 관대한 지시를 내리시는 것에 감탄했다. 마치 영원한 지혜의 이러한 지시가 요셉 자신에게 세속에 머물러야 하는 대가를 요구하지 않은 것처럼. 그리고 요셉은 이

지시로부터 자라나게 될 세올, 곧 지옥의 자녀가 자신의 고향에 있는 선택받은 부족과 어떤 관계가 되어야 하는지, 이 복잡 미묘한 문제는 그분의 처분에 맡겨졌다. 그러나 신의 약혼녀로서 처녀로 있다가 이제 신랑이 된 그의 생각이 앞으로 태어날 자녀들, 곧 신과 세상이 함께 섞인 아이들에게 가 있지 않고, 지금까지 금지되어 있던 새로운 일, 물론 아이들의 출현에 이바지할 그 일에 가 있다 해서 화를 낼 이유는 없다. 그 일은 이전에는 악한 것이어서 일어나서는 안 되었지만, 이제는 좋은 것이었다. 그러나 악을 선으로 만들어주는 그 실체를 바라보라. 곧 귀를 기울이는 듯한 눈과 그렇게 귀여운 호박색 형상을 지닌 아스나트, 즉 아가씨를 바라보면, 그대는 느낄 수 있을 것이다. 그녀를 곧 사랑하게 되리라는 것을. 그렇다. 그대는 벌써 그녀를 사랑하고 있지 않은가.

축제가 끝날 무렵 하객들은 다시 행렬을 정비하여 행진을 시작했다. 그리고 환호성을 지르고 비통해 하면서 또 미르테를 뿌릴 때 어머니의 마스크를 쓴 자들은 주먹을 흔들었다. 행진의 목적지는 꽃들과 아름다운 고운 천들로 장식된 신방이었다. 파라오도 신혼부부를 양쪽에 거느리고 이들이 몸을 누일 곳으로 함께 걸어갔다. 암퇘지를 타고 다니던 여자는 태양사제의 아내 뒤에 비스듬하게 서서 여전히 음담패설을 늘어놓았다. 그래서 문지방에서 딸에게 격언들을 들려주며 작별을 고하는 태양-사제의 부부는, 특히 화가 난 듯 절망한 척하는 아가씨의 어머니는 어깨너머로 숙덕이는 여자의 음란한 소리에 웃을 수밖에 없어서 울다가 웃는 꼴이었다. 사실 육체의 본성 또한 웃고 울게 하지 않는가? 인간은 흔히 육체로 사랑을 증명하기도 하지만 국가적인 결혼의 경우 육체를 통해 상대방을 사랑하는 법을 배우게도 하니까. 우스운 것과 고상한 것은 이 결혼식 밤에도 횃불의 그늘 아래 서로 만나 휘청거리고 있었다. 하나의 처녀성이 또 다른 처녀성을 만나 화환과 베일을 찢는 이날 밤의 찢는 행위는 쉽지 않았다. 짙은 피부색의 양팔이 얼싸안은 것은 방패를 두른 아가씨였으니까. 그녀는 말 그대로 '아가씨'로 고집스럽게 동정을 간직한 처녀였기에 피와 고통 속에서 요셉의 첫아이가 생산되었다. 아이의 이름은 마나세였다. 그 뜻은 '신께서는 나로 하여금 나의 모든 연줄과 아버지의 집을 잊게 하셨다'였다.

우수(憂愁)

　때는 기름진 암소와 화려한 이삭이 등장하는 해 중에서 첫번째 해였다. 보통 신이 즉위한 햇수를 헤아리는 것이 보통이지만 지금 이집트 사람들은 이런 연도 표기를 함께 해 나갔다. 마치 예언이 있기도 전에 예언이 실현되기 시작했음을 증명이라도 하듯, 다음 해는 전해보다 더 큰 풍년이었다. 전해는 평년작을 웃도는 풍년이었으나, 다음 해는 모든 면에서 차고 넘치는 풍요의 수준이 환호성을 낳을 만한 기적의 해였던 것이다. 즉 나일 강의 물줄기가 매우 크고 아름다웠던 것인데, 지나치게 커서 거칠게 모든 것을 휩쓸고 지나가지도 않았고, 또 조금의 모자람도 없이 말 그대로 적정수위를 유지했다. 이렇게 전역에 물이 차고 넘치면서 소리 없이 자신의 거름을 땅 위에 가라앉힌 덕분에 파종기 말의 들판이 얼마나 화려한지, 그리고 또 수확이 얼마나 풍성한지 웃음이 절로 나왔다.

그 다음 해는 이 정도로 넘쳐나지는 않았다. 그저 평균적인 것이었으나 충분히 만족스러웠다. 그랬다. 칭찬할 만했다. 감탄할 정도는 아니라 하더라도. 그러나 그 다음다음 해는 두번째 해와 비슷하고, 최소한 첫해처럼 좋았고 네번째 해도 '탁월한' 해였다. 이보다 더 높은 표현은 못 얻더라도 여하튼 대단한 수준이었다. 이쯤 되니 하늘이 주는 모든 것을 관리하는 자, 곧 요셉의 위상과 명망이 얼마나 커졌을지 상상할 수 있을 것이다. 또 그가 제정한 기본 세법이 정확하게 시행되었다는 것도, 그러니까 사람들이 기쁜 마음으로 아름다운 오일조를 바쳤으리라는 점도 상상이 되리라 믿는다. 요셉은 "밭에서 거둔 결실을 도시 한가운데 모았다"(창세기 41장 48절 인용문으로 개신교 성경에는 '각성 주위의 밭의 곡물을 그 성중에 저장하매'라고 기록되어 있음— 옮긴이)라고 되어 있다. 이 말은 주변의 농토에서 바치는 곡물이 해마다 사람들의 눈에 마법의 창고로 보이는 원추 모양의 저장고에 물결처럼 밀려가서 그 안에 쌓여갔다는 뜻이다. 이 창고들은 아돈이 모든 도시와 그 외곽에 짓게 만든 것이었다. 사람들은 지나치게 많이 지었다고 생각했지만 결과적으로 그게 아니었다는 사실이 드러났다. 이 창고들은 어느새 가득 차서 새 창고를 계속 지어야 했던 것이다. 그리고 새로 지은 저장고 안으로도 세금이 흘러 들어갔다. 참으로 하피는, 곧 먹여 살리는 자는 두 나라를 좋은 마음으로 후하게 대접해 주었다. 이렇게 계속 쌓아 가다보니 그 숫자는 정말로 바다의 모래처럼 되었으니 설화에서 이렇게 노래 부를 만도 하다.

그러나 너무 많아서 숫자를 헤아리는 것을 그만두었다고 덧붙인 것은, 감탄에서 나온 과장법이다. 이집트 사람들은 단 한번도 세는 일을 중단한 적이 없다. 그림을 그리고 쓰고 책을 기록하는 것은 그들의 타고난 본성이었으므로, 이를 피할 리 만무하다. 대비책으로 쌓아둔 것이 너무도 풍성하여 설령 바다의 모래 같았다 하더라도, 그것은 하얀 원숭이 비비를 숭배하는 자들에게는 즐거워하며 종이를 덧셈으로 장식할 수 있는 계기가 되었다. 그리고 정확한 도표까지 그렸다. 그것은 세금을 걷는 징수자, 곧 세리와 창고관리에게 요셉이 내린 명령이었다.

모든 것이 넘쳐나는 해가 다섯 해였다고 사람들은 꼽았다. 그리고 그중 몇 사람은 아니 많은 사람들이 그 해가 일곱이었다고 헤아렸다. 이러한 차이에 대해 논란을 벌이는 것은 아무런 의미가 없다. 일부 관찰자가 다섯을 고집한 것은, 요셉이 제정한 오일조의 다섯, 곧 일년의 나머지 날과 같은 거룩한 숫자에 대한 애착으로 이해할 수 있을 것이다. 다른 한편 풍요로운 결실을 가져다준 해가 연달아 5년 동안 계속되자, 사람들은 이를 축제를 벌일 만한 대단한 사건으로 받아들여 이 숫자를 일곱으로 거룩하게 만들려는 데 별로 주저하지 않았을 것이다. 그러므로 일곱을 '다섯'으로 했을 수도 있으며, 다섯을 '일곱'이라 불렀을 수도 있는데, 오히려 후자였을 확률이 더 크다. 솔직히 고백하자면 이야기를 하는 이 사람도 이 점에 대해서는 확언하기가 어렵다. 화자는 정확히 모르면서 아는 척하는 성격이 아니다. 물론 이 고백은 풍년 뒤에 흉년이 되어 모두 기근에 허덕이는 어느 시점에 요셉이 서른일곱 살이었는지 아니면 서른 아홉 살이었는지는 확실히 모르겠다는 사실도 포함한다.

확실한 것은 그가 파라오 앞에 섰을 때 서른 살이었다는 점이다. 물론 우리가 볼 때, 사실적으로 봐서 그렇다는 뜻이다. 왜냐하면 그 자신도 그에 대해서는 확실하게 말해 줄 수 있었을지 의심스럽기 때문이다. 그리고 훗날 큰 흥분에 사로잡힌 순간 요셉 자신이 30대였는지, 아니면 이미 40대에 들어섰는지, 여기에 대해서 그는 자신이 살고 있던 지역의 사람답게 적당히 대답했거나, 혹은 아예 무시했을 것이다. 그렇게 보면 화자의 무지 정도는 큰 문제가 아니지 않을까 싶다.

여하튼 당시 그의 나이는 성숙한 남자의 나이였다. 그리고 만일 그가 소년의 몸으로 이곳 이집트가 아닌 바빌론으로 유괴당했다면 그는 이미 오래 전부터 검고 곱슬거리는 수염에 향유를 바르고 다녔을 것이다. 그랬더라면 나중에 요셉이 하게 되는 가면놀이에 적잖은 도움도 되었을 것이다. 그렇지만 한편으로는 수염을 기르지 않는 이집트 관습에 오히려 고마워해야 한다. 라헬의 모습이 수염에 가리지 않도록 해주었으니까. 이 가면놀이가 한동안 성공적으로 이어질 수 있었던 것은 세월의 힘을 반증해 준다. 고향에서 이곳으로 옮겨진 그에게 이 나라의 태양은 원래의 틀은 건드리지 못했지만, 그 소재에는 큰 변화를 남겼던 것이다.

요셉은 두번째 구덩이로부터 꺼내져서 파라오 앞에 서기까지는 젊은 청년이었다.

그러나 결혼식을 치르고, 기름진 해가 이어지는 동안 신께서는 그로 하여금 아스나트, 그 아가씨 안에서 생산할 수 있게 해주고, 이어 그녀가 멘페에 있는 요셉의 저택에 딸려 있는 여자들의 집, 즉 규방에서 처음에는 마나세를 낳고 다음에는 에프라임을 낳게 되자, 요셉은 몸이 조금 무거워졌다. 물론 살이 쪘다는 것이지, 둔한 정도는 아니었다. 그는 체격이 충분히 커서 이 정도의 무게 증가로 균형을 잃지는 않았다. 그리고 명령을 내리는 사람으로서 어느 정도 권위적인 자세는 두 눈에 어려 있는 쾌활함과 장난기 때문에 그다지 고압적으로 보이지 않았고, 라반의 아이들이 그렇듯 눈빛에는 대단한 호소력이 있었다. 또 그냥 닫고 있는데도 살며시 미소를 보여주는 입술, 이 모두는 한 가지 평가로 이어지게 한다. 참으로 잘생긴 아름다운 남자! 어쩌면 지나치게 꽉 찬 느낌은 있지만, 참으로 근사한 표상이 아닐 수 없다.

그의 개인적인 증대는 풍년이 계속된 시기와 일치한다. 이 시기 동안 생명의 번식활동이 얼마나 활발한지 놀라울 정도였다. 이는 특히 목축에서 두각을 드러냈다. 그 번식력이 엄청나서 교양 있는 사람들에게 옛날 노래를 상기시켰다. '너의 염소는 두 배가 될 것이며 네 양은 쌍둥이를 낳을 것이니라.' 그러나 이집트의 여자들도, 도시 여자든 아니면 농촌 여자든—아마도 영양상태가 좋아서인지—다른 때보다 자주 출산했다. 물론 자연은, 일부는 과중한 부담 탓에 어머니들이 조심성이 없어서, 또 일부는 새로 발병한 신생아 질병 때문에 소아 사망률이 높아지게 하여 과잉인구 현상은 막았다. 그저 출산이라는 활동 자체가 눈에 띄게 커졌다는 말이다.

그리고 파라오 또한 아버지가 되었다. 나라들, 곧 두 나라의 여주인은 요셉이 파라오의 꿈을 해석했던 날, 이미 출산을 앞두고 있었다. 그러나 사람들은 그녀의 행복한 출산도 예언이 실현되는 해에 맞추고 싶어했다. 여하튼 이때 세상에 태어난 것은 귀여운 공주 메리트아톤이었다. 의사들은 아름답게 해준다는 이유로 아직 성장단계에 있는 두개골을 뒤로 잡아당겨 뒤통수가 튀어나오게 만들었다. 그러자 궁궐에서 터져 나오는 환호성은 나라 전체에서 울려 퍼지는 기쁨의 함성과 마찬가지로 꽤 컸다. 그건 그 뒤에 감춰진 실망만큼이나 컸다. 왕위를 이을 상속자가 태어나지 않았으니 모두 실망한 것인데, 나중에도 그 길을 통해 등장한 왕자는 없었다. 파라오는 평생 딸밖에 얻지 못했다. 모두 여섯 명의 딸이었다. 피조물의 성을 결정하는 법칙이 무엇인지는 아무도 모른다. 그것이 혹시 씨에서부터 결정되었는지, 아니면 저울이 좌우로 흔들리다가 결정적인 순간에 한쪽으로 기우는 것인지, 여기에 대해서는 우리도 확실하게 말할 수 없다. 이는 놀랄 만한 일도 아니다. 바벨을 비롯하여 온의 현인들까지도 이 점에 관한 한 확실한 사실을 대중에게 알려주지 못하며, 자기들만 간직하는 비밀로서도 알고 있지 않았기 때문이다. 그렇지만 아멘호테프가 오로지 딸만 얻게 되는 현상이 단순한 우연만은 아니고, 어딘지 모르게 이 매력적인 지배자의 성격과 관련이 있다는 느낌은 지울 수가 없다.

이는 그의 행복한 결혼생활에 드리운 가벼운 그늘이었

다. 물론 아무도 시인하지 않았지만, 그것은 우수를 낳았고 서로 조심하고 배려했음에도 불구하고, 한 사람이 상대방에게 야곱이 인내심을 잃은 라헬에게 했던 것처럼 "내가 어디 신이 되기라도 한단 말이오? 그대에게 그대가 원하는 것을 주지 않는 건 신이시지, 내가 아니오"라고 말하게 할 수도 있었을 것이다. 달콤한 공주 중의 한 명인 네번째 딸은 얼마나 따뜻하게 아껴 주었는지 두 나라의 왕비가 가진 또 다른 이름인 네페르네프루아톤을 이름으로 얻었다. 그러나 다섯번째 딸도 거의 이와 비슷한 이름으로 불리게 된 것은 이름을 생각해 내려는 기쁨이 식어서, 어찌 보면 지겨워한 흔적을 엿볼 수 있다. 다른 공주들의 이름도, 그중 일부는 매우 정성스럽게 생각해 낸 이름들까지 합쳐서, 모두 알고 있을 수도 있다. 그러나 줄줄이 여자 이름만 단조롭게 이어지는 데 대한 약간의 우울함에 우리 역시 공감하는 바이므로, 이 자리에서는 이 이름들을 열거할 기분이 아니다.

태양의 집 정상에는 여전히 테예, 곧 위대한 어머니가 있었다. 또 노페르티 왕비에게는 자매 네젬무트가 있고, 왕에게도 누이인 달콤한 공주 바케트아톤이 있었다. 그러니 생각을 해보라. 여기에 해를 거듭하면서 태어나는 왕손이 모두 공주요 무려 여섯이나 되었으니 말 그대로 여자 천지인 궁궐이 아닌가. 그렇다면 허약한 병아리 수컷으로 만인의 귀여움을 독차지하고 있는 왕 메니가 즐겨 꾸는 꿈들, 곧 물질이 아닌 빛의 아버지, 그 정신이 보내준 불사조의 꿈들은 또 어떤가? 이런 궁궐과 잘 어울리는가? 이런 부조화도 아마 찾기 어려울 것이다. 그래서 요셉이 파라오와 나누었던 그 위대한 대화에서 말했던 최고의 표현을 떠올리지 않을 수 없다. 그는 빛으로 정화되기 위해 아래에서 위로 올라오는 힘은 진정한 힘이어야 하며, 남성적인 것이어야지 단순한 부드러움이어서는 안 된다고 했었다.

이렇게 아멘호테프 왕과 그의 '황금 비둘기', 곧 두 나라의 달콤하고 사랑스러운 여지배자는 아들을 선물로 받지 못한 탓에 그들의 행복에는 그림자 하나가 드리워져 있었다. 행복한 것은 요셉과 아스나트의 결혼생활이었다. 아가씨를 훔친 도둑 같은 결혼생활은 충분히 조화롭고 행복했다. 그런데 이들은 반대로 아들만 얻었다. 두 명이었다. 그러나 나중에는, 우리 이야기의 빛이 비추지 않을 훗날에는 숫자가 더 많아진다. 아무튼 이렇게 아들만 얻게 되자 도적질당한 여인은 원통해 하고 실망했다. 그녀에게 한 명이라도, 딱 **한 명**만이라도 딸을 만들어주고 싶어했던 남편이라고 어디 달랐겠는가? 그러나 인간은 생산할 수는 있을지언정 창조할 수는 없는 법이다. 여하튼 아스나트는 딸에 목말라했다. 한 명이 아니라 딸만 수두룩하게 낳고 싶었다. 그녀는 방패를 두른 처녀를 다시 낳고 싶었다. 자신이 그러했듯 그러한 방패를 두른 처녀를 낳고 싶었기 때문이다. 그녀는 아가씨가, 자신의 처녀성이 죽어서 다시 아가씨로 부활하기를 갈망했다. 게다가 그녀의 어머니, 다시 말해서 딸을 도둑질당하고 원통해 하는 여자까지 재촉하는 바람에 그녀의 욕망은 식을 줄 몰랐다. 그러니 아무리 서로 조심하고 상대방을 배려해 준다 해도 이들의 결혼생활 위에는 가벼운 우수가 떠다니는 것도 당연하지 않았겠는가?

아마 처음이, 그러니까 요셉의 장자가 태어났을 때가 가장 심각했을 것이다. 이때의 실망은 이루 말할 수 없었다. 어쩌면 과장된 실망이라 표현할 수도 있으리라. 그래서 자신을 비난하는 데 대한 못마땅한 심사가 요셉이 소년에게 준 이름에 스며든 것처럼 보이기도 한다. 그 이름에서 요셉은 마치 이렇게 말하려고 한 건지도 모른다. '나는 잊었다. 내 뒤에 있는 모든 것을, 내 아버지의 집까지. 그런데 당신과 모욕당한 어머니는 마치 당신이 완전히 실수를 한 것처럼 행동하는군! 아니, 그것도 모자라 아예 그게 내 잘못인 것처럼 하고 있소!' 낯선 이름 '마나세'의 뜻이 이런 것일 수도 있다. 그러나 이 이름과, 또 이 이름으로 하고자 했던 주장은 그다지 진지한 것이 아니었다는 점을 덧붙이는 게 좋다. 신께서 요셉으로 하여금 그의 뒤로 연결되는 모든 결속과 그의 고향집을 잊어버리게 하셨다면, 어떻게 요셉이 이집트에서 태어난 아들들에게 히브리 이름을 줄 수 있었겠는가? 어리석은 후손의 나라이니 만큼 이런 이름이 고상한 것으로 여겨질 것이라 계산해서? 천만에! 야곱의 아들이 이미 오래 전부터 완전히 이집트 사람이 다 되었다 해도, 그럼에도 불구하고 그는 자신이 잊었다고 주장하는 것 중에서 잊어버린 것은 단 한 가지도 없었다. 오히려 끊임없이 그 생각만 했다고 봐야 한다. 마나세라는 이름은 어리석음과 반대되는 매사에 조심하는 행동, 심사숙고하는 신중함에서 나온 예의 바른 미사여구에 지나지 않았다. 요셉은 이런 식의 배려에서 실패한 적이 없고 늘 성공했다. 그것은 자신을 가족과 떼어놓고 이렇게 낯선 곳으로 옮겨 심어 세속으로 분리하신 분이 들으라고 한 말이었다. 신의 이런 행동을 낳은 동기는 두 가지였다. 하나는 질투였고 다른 하나는 구원 계획이었다. 두번째 것은 요셉이 그저 추측하는 정도였지만, 첫번째 동기에 대해서는 현명한 그답게 속속들이 알고 있었다. 그리고 그는 얼마나 현명한지 실제로도 첫번째 이유가 더 결정적인 것이었고, 두번째 동기는 그저 신의 열정과 지혜를 하나로 결합하는 수단일 뿐이라는 사실도 꿰뚫어보았다.

'꿰뚫어본다'는 단어에, 그 대상을 생각하고는 어쩌면 거부감을 느낄지도 모른다. 그러나 신의 영혼이 어떻게 움직이는지, 그분의 마음이 어떤 장면을 연출하는지 그것을 연구하는 것보다 더 종교적인 행위가 어디 있는가? 세속의 정치와 지고한 곳의 정치가 만나는 것은 없어서는 안 되며 평생 행해야 할 일이다. 요셉이 아버지에게 침묵했다면, 마치 죽은 자처럼, 아니 정말 죽은 자로서 그렇게 침묵했다면, 그 숱한 세월 동안 그랬다면, 그것은 심사숙고에서 나온 정치였다. 곧 그분의 속마음이 어떤지 깊숙이 들여다보고 꿰뚫어본 결과였다. 그러므로 요셉이 첫 아들에게 준 이름은 이렇게 말하려고 한 것이다. '제가 그 모든 것을 꼭 잊어야 했다면, 보십시오, 이제 다 잊어버렸습니다!' 그러나 아니다. 그는 잊지 않았다.

세번째 풍년에 에프라임이 세상에 태어났다. 어머니, 그 아가씨는 처음에 아이를 쳐다보려고도 하지 않았다. 그리고 장모는 우울한 정도가 아니었다. 그러나 요셉은 태연하게 둘째 아들에게 '신께서는 나로 하여금 내가 유배당한 땅에서 성장하게 하셨다' 라는 뜻을 가진 이름을 주었다. 그로서는 충분히 할 수 있는 말이었다. 날렵한 마차를 타고 한번 행차할 때마다 길을 비키라고 소리소리 지르는 사람들을 달고 다니는 그였다. 또 멘페의 사람들로부터 아돈이라 불리며 거룩한 신처럼 대접을 받으면서 화려한 정원이 딸려 있는 저택과 시내에 있는 관청을 오가는 입장이었으니 당연히 그렇게 말할 수 있다. 그의 집에는 마이-사흐메가 집사가 되어 집안일을 책임졌다. 그리고 시내 중심지에 있는 관청에는 그의 밑에서 일하는 서기들의 숫자가 무려 300명이었다. 이들은 수를 헤아릴 수 없을 만큼 많은 창고에 곡식을 쌓았다. 요셉은 왕의 하나뿐인 친구로서 큰 사람, 즉 대인이었다.

아멘호테프 4세는 당시 이미 자신의 이름에 늘 따라다니던 아문을 벗어던졌다. 이로써 카르낙의 신전을 화나게 했음은 물론이다. 파라오는 아문 대신 에흐-은-아톤('아톤의 마음에 드는 자')이라는 이름을 붙였다. 그리고 테벤을 완전히 떠나 자기 손으로 온전히 아톤에게만 바쳐진 도시를 건설할 생각까지 하고 있었다. 그리고 아예 그곳에 눌러 살 생각이었던 것이다. 파라오는 백성에게 교훈을 가르칠 수 있도록 그늘을 선사하는 자, 곧 요셉을 가능하면 자주 만나서 위와 아래의 일을 함께 의논하고 싶어했다. 요셉은 때문에 일년에 몇 번씩 뭍이나 물길로 노베트-아문에 올라가 궁궐에 있는 호루스에게 보고를 올려야 했다. 그리고 그럴 때마다 번번이 파라오와 단둘이 오랫동안 대화를 나누었다. 또 파라오는 파라오대로 황금의 온으로 행차하거나, 또는 지평선의 도시에 적당한 곳을 물색하러 답사를 떠날 때면 항상 요셉이 있는 멘페에 들렀다. 이렇게 파라오가 요셉 집을 방문하게 되면 당연히 집사 마이-사흐메로서는 할 일이 많아졌지만, 워낙 놀랄 줄 모르는 평안한 성격이라 태연하게 큰 일을 치르곤 했다.

피라미드 건축자의 마음 여린 손자와 야곱의 아들 사이의 우정은 크레타풍으로 장식한 홀에서 기초가 다져진 이후, 해를 거듭할수록 친근한 관계로 발전하여 젊은 파라오는 요셉을 '아저씨'라 부르며 얼싸안고 등을 토닥여 주기도 했다. 이 신은 이제 형식을 무시하는 데 거의 열광하는 수준이었다. 그러나 요셉이 누구인가. 그에게는 타고날 때부터 이 나라에 대한 거부감이 있었다. 그래서 너무 허물없는 관계가 되지 않도록 항상 신하의 입장을 지키고 긴장을 유지했다. 그랬다. 그는 가족적인 분위기에서도 깍듯이 형식적인 예를 갖춰서 왕을 웃게 만들기도 했다. 한 사람은 딸만 가진 아버지, 또 한 사람은 아들만 가진 아버지로서 난처하기는 마찬가지인지라 이것만 해도 이야깃거리는 충분했다. 그리고 방패를 두른 처녀, 곧 아내와 그녀의 분노한 어머니, 즉 장모의 불만이 요셉의 기쁨을 완전히 경감할 정도로 심각하지는 않았다. 세속으로 멀리 떨어져 이 낯선 곳에서 자라나고 있는 야곱의 손자를 바라볼 때 요셉은 여하튼 기뻤으니까. 그리고 이 시절에는 왕위를 이을 계승자가 없다 해서 파라오의 유쾌한 심기가 어두워지는 일은 거의 없었다. 지금이 어떤 때인가? 모든 게 검은 것, 곧 어머니의 제국에서 멋지게 진행되고 있지 않은가. 덕분에 파라오 자신의 명성은, 다시 말해서 아버지의 빛을 가르치는 교사로서의 위상까지 올라가고 있었다. 이렇게 모든 것이 엄청난 성장을 거듭하니 시원한 그늘 아래 앉아, 자신이 영혼을 다해 사랑하는 신을 전파하게 되었는데 더 이상 바랄 것이 어디 있는가. 그가 간절히 원하는 것은 누군가와 대화를 하든, 아니면 혼자서 고독을 즐길 때든 이 신을 보다 나은 모습으로 생각해 내는 것뿐이었다. 오로지 그 일에 그는 전력을 쏟았다.

그래서 요셉과 이야기를 나눌 경우에도 자신의 아버지 아톤의 고귀한 특성을 함께 정하기도 하고, 또 다른 신들과 비교하기도 했다. 어떤가? 뭔가 떠오르는 게 있지 않은가? 이런 식으로 신을 전파하는 외교관들이 서로 협상하는 장면은 어딘가 낯익지 않은가. 그렇다. 살렘에서 아브라함과 멜기세덱이 이런 대화를 나눴었다. 엘-엘리온, 곧 지고한 분 혹은 유일신의 사제였던 멜기세덱과 나눈 대화는 그가 섬긴 엘이 아브라함의 신과 같은 존재, 혹은 거의 흡사하다는 결론으로 끝을 맺었었다. 그러나 파라오와 나누는 대화가 이러한 합일에 다가갈 때면, 요셉은 유난히 더 뻣뻣하게 굴었다. 자기보다 높은 친구, 곧 파라오를 대할 때면 항상 신하로서 거리감을 유지하느라 깍듯하게 대했지만, 이 경우만은 지나칠 정도로 뻣뻣했던 것이다.

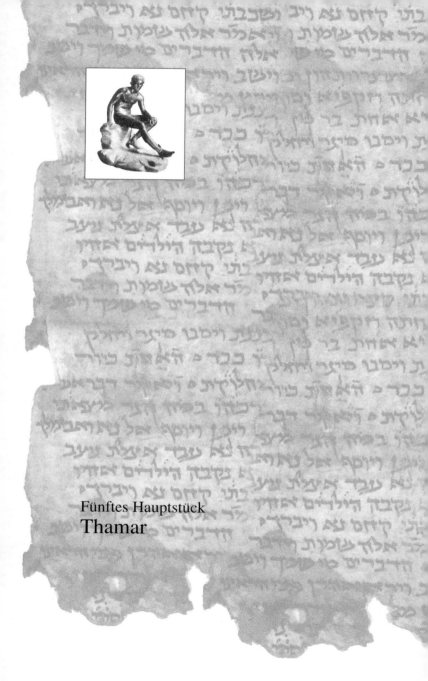

Fünftes Hauptstück
Thamar

5부

다말

넷째 아들

한 여인이 야곱, 곧 풍성한 이야기 보따리를 지닌 노인의
발치에 앉아 있었다. 그곳은 가나안 땅의 수도 헤브론 근처
에 있는 마므레 숲이었다. 이들은 자주 함께 앉아 있곤 했
다. 털로 된 집의 입구 옆, 아버지가 이전에 자신의 총아와
앉아 있다가 그에게 화려한 베일 옷을 뺏겼던 바로 그곳이
든지, 아니면 계시의 나무 아래도 좋았다. 혹은 그 옆에 있
는 우물가도 괜찮았다. 그곳은 우리가 처음으로 달빛 아래
에서 영리한 소년을 만난 곳이기도 하다. 그때 아버지가 지
팡이를 짚고 나타나 근심스럽게 아이를 살펴보던 기억이 난
다. 이곳이든, 아니면 위에서 말한 다른 곳이든 여하튼 야곱
과 앉아 있을 때면 이 여자는 어떤 자세인가? 얼굴은 그를
바라보느라 바짝 쳐들고 그의 말에 귀를 기울이고 있다. 그
럼 그의 발치에서 자주 발견하게 되는 이 젊고 진지한 여자
는 어디서 온 여자인가? 그녀는 도대체 어떤 여자인가?

그녀의 이름은 다말이었다. 보아하니 청중 중에서 이 이름을 듣고 아하! 하고 알아듣는 사람은 몇 안 되는 것 같다. 아마도 이 이야기의 세부적인 내용을 알려고 모인 사람들 중의 대부분이 이 이야기의 기본적인 사실을 애초부터 알지 못하거나 혹은 기억을 못하는 게 아닌가 싶다. 이러한 대다수의 무지는 화자에게 나쁠 게 없다. 그래야 자신이 하는 일이 더 중요하게 생각될 테니까. 그렇지 않다면 왜들 이렇게 다 모르고 있느냐고 나무라야 할 것이다. 그런데, 정말로 모르는가? 정말로 한번도 안 적이 없는가? 다말이 누구인지? 그녀는 처음에는 가나안의 여자로 그 땅의 자손이었을 뿐이다. 그러나 나중에는 야곱 아들의 며느리가 되었다. 즉 여후다. 야곱의 네번째 아들의 며느리가 되어 축복받은 자의 큰며느리가 된다. 무엇보다도 그녀는 야곱을 숭배하는 여인이었고, 세상과 신에 관한 일을 배우는 제자였다. 그녀는 근엄한 노인의 입술에서 눈 한번 떼지 않고 존경하는 마음으로 다소곳이 그를 바라보았다. 그럴 때마다 쓸쓸한 노인은 그녀 앞에서 가슴을 활짝 열었다. 아니 조금은 사랑했다.

다말은 스스로 짐을 지우는 엄격한 성격과 지적 호기심(나중에는 이보다 훨씬 더 강력한 이름을 붙여야 할 것이다), 그리고 영혼과 육신이 빚어내는 신비로움이 묘하게 어우러져 독특한 아스타르테의 매력을 발산했다. 이쯤 되면 나이가 아무리 많은 사람일지라도 가슴을 두근거리게 하여 그 매력이 원래 목표했던 감정을 불러일으키기 마련이다.

야곱은 요셉이 죽은 이후, 다시 말해서 아들이 갈기갈기

찢겨지는 체험을 **통해** 한층 더 근엄해졌다. 처음에는 신의 이러한 가혹한 처분을 도무지 받아들일 수 없어서 끝까지 인정하지 않으려고 거의 병적인 태도를 보였지만, 결국 신과의 실랑이도 바닥을 드러내었다. 그리고 아들의 죽음을 기정사실로 인정하고 익숙해지자 이 경험은 오히려 그의 인생을 풍요롭게 해주었으며, 그의 이야기에 무게를 더해주었다. 덕분에 그의 사색은—사색에 빠질 경우—보다 강한 인상을 남겼고, 마치 한 폭의 그림처럼 완벽한 '사색'의 경지를 보여주었다. 그래서 이 장면을 목격하는 사람들은 모두 숙연해져서 이렇게 숙덕였다. "봐, 이스라엘이 자신이 살아온 이야기들을 생각하고 있어!" 표현은 인상을 만든다. 원래 이 두 가지는 각기 상대방에게 속한 것이다. 그리고 표현을 할 때는 일정 부분 특정한 인상을 남기려는 의도가 있기 마련이다. 이때 그 표현이 속이 비어 있는 눈속임이 아니고, 지금까지 살아온 실제 이야기의 무게가 실려 있는 표현일 때는 웃음이 나올 수 없다. 여기선 그저 두렵고 어려워하는 마음에서 다소곳이 미소를 지을 수 있을 뿐이다.

그러나 이런 미소도 지을 줄 모르는 사람이 바로 다말이었다. 그곳 땅의 자손인 그녀는 야곱의 고결함에 한마디로 가슴 깊이 감동했다. 유다, 곧 레아의 네번째 아들과 유다의 아들들을 통해 야곱 부족의 일원이 되기 훨씬 전부터 그랬다. 다들 알다시피 다말은 유다의 두 아들들과 연달아 결혼했다. 이와 관련된 어딘지 모르게 섬뜩하고 수수께끼 같은 상황은 유다의 두 아들의 몰락과 함께 잘 알려져 있다. 그러나 연대기가 훌쩍 뛰어넘은 까닭에 알려지지 않은 사실이 있다. 바로 다말과 야곱의 관계이다. 이는 우리 이야기의 주변에서 벌어진 묘한 이야기, 곧 다말에 얽힌 에피소드를 있게 한 전제조건이다. 이 자리에서 삽입하려는 이 주변 이야기는 어쩌면 유혹적인 이야기라 부를 수도 있다. 그것은 요셉과 그 형제들의 이야기를 이처럼 상세하게 묘사하도록 유혹한다는 의미에서이다. 사실 요셉과 그 형제들의 이야기 자체도 엄청난 규모의 대서사시에 삽입된 이야기가 아니던가.

그렇다면 다말은 과연, 그 땅의 자손으로 바알을 섬기는 소박한 농사꾼의 딸이었던 그녀는 자신이 한 에피소드 안의 또 다른 에피소드 속에서 살고 있다는 사실을 알고 있었을까? 물론이다. 그녀는 잘 알고 있었다. 사람들에게 거부감을 낳긴 하지만 다른 한편으로는 깊은 생각에서 비롯된 그녀의 진지한 행동이 그 증거이다. 우리가 '삽입'이라는 단어를 입에 올리며 번번이 특별한 의미를 부여하는 것은 공연한 일이 아니다. 이것은 시간의 암호이며 다말의 단어다. 그녀는 자기 자신을 삽입시키려 했다. 그리고 놀랄 만한 결단력으로 위대한 이야기에 자신을 삽입시키는 데 성공했다. 그녀는 야곱으로부터 들어 알고 있는 그 대단한 사건에, 그 광범위한 이야기 속으로 어떻게든 들어가려 했으며, 무슨 일이 있어도 그 밖으로 나가지 않으려 했다. 이때 벌써 '유혹'이라는 단어가 떠오르지 않는가? 이 단어는 그 이유를 알고 있었다. 이 단어 역시 암호의 단어이다. 그건 유혹을 통하여 다말이 자신을 이 위대한 이야기 안에 삽입시킬 수 있었기 때문이다. 그리고 이 위대한 이야기에서 이것은 하나의 삽입일 뿐이다. 그녀는 거리의 여자처럼 남자를 유혹하여 매춘을 했다. 그것은 오로지 이야기 밖으로 내쫓기지 않기 위해서였다. 그래서 그녀는 자신을 높이기 위해서 자신을 낮추었다. 어떻게?

어떤 우연한 사건에 의해서건, 여하튼 다말이 자신이 흠모하고 따른 신의 친구 야곱에게 처음 다가간 것이 언제였는지는 아무도 정확히 모른다. 그건 요셉의 죽음 이전이었을 수도 있다. 그리고 일정 부분 야곱의 개입으로 그녀가 부족의 일원이 되었을 수도 있다. 곧 유다의 첫째 아들 에르와 결혼했을 수도 있다. 그러나 노인과 그녀가 보다 가까워진 것은 여하튼 야곱이 요셉을 잃는 잔혹한 숙명을 받아들이지 못하고 거부하다가 서서히 여기서 벗어난 후였다. 말하자면 사랑하는 대상을 빼앗긴 그의 마음이 남몰래 다시금 사랑을 쏟을 수 있는 새로운 대상을 찾아나선 때, 그는 다말을 알아보고 가까이 끌어들인 것이다. 자신을 보면 늘 탄복하는 그녀였기 때문이다.

당시 열한 명의 아들들은 거의 모두 결혼한 상태였다. 나이든 아들들은 물론이고 어린 아들들도 결혼하여 아내들로부터 아이들을 얻었고, 벤야민-벤온이, 즉 죽음의 아들까지도 곧 결혼할 참이었다. 이 막내아들이 어린아이의 티를 벗고 청년이 되자, 그러니까 친형을 잃은 지 7년쯤 지난 후, 야곱은 '타라의 손자'라 알려진, 다시 말해서 아브라함의 후손, 혹은 그 형제의 후손인 어느 아람 사람의 딸인 마할리아를 아내로 주었다. 그리고 나서 심론이라는 '아브라함의 아들' 중의 하나, 곧 어느 측실이 낳은 아브라함의 후손의 딸 아르바트도 부인으로 주었다. 이렇듯 야곱의 며느리들의 출신 배경을 보면 미화하고 상상력을 동원한 흔적이 많이 엿보인다. 위대한 정신을 자랑하는 부족의 순수한 혈통을 생각해서, 정확한 근거가 없어도 어느 정도 확실한 사실로 간주한 셈이었다.

예컨대 레위와 잇사갈의 아내들을 사람들은 '에벨의 손녀'들로 여겼다. 어쩌면 그러했을지도 모른다. 그들은 앗수르나 엘람의 후손들일 수도 있다. 가드와 달리기 선수인 납달리는 아버지를 본받아 메소포타미아에 있는 하란에서 아내들을 데리고 왔다. 그러나 이들이 실제로 나홀, 즉 아브라함의 숙부의 증손녀들이라고는 그들 자신도 주장하지 않았다. 그저 사람들이 그렇게 정해 주었을 뿐이다. 또 군것질 좋아하는 아셀은 이스마엘 종족의 갈색 여자를 취했다. 그렇다면 좀 껄끄럽긴 해도 여하튼 친척이었다. 또 즈불룬은 페니키아 여인과 결혼했을 것 같지만, 실제로는 미디안 여자를 취했다. 미디안이 크투라, 즉 아브라함의 두번째 아내의 아들이었다는 점을 상기한다면 이 결혼은 그나마 혈통의 순수함을 지켰다고 할 수 있다.

그러나 거인 르우벤 또한 가나안 여자와 결혼하지 않았던가? 그리고 알다시피 유다도 그랬고 시므온도 예외가 아니었다. 그의 아내 부나는 세겜에서 훔쳐온 여자였으니까. 단, 빌하의 소생 단의 경우, 사람들이 뱀이요 살무사라 부르기도 한 그의 아내는 모압 족 여자였다고 한다. 모압이 누구인가? 그는 롯의 큰딸이 아버지와 동침하여 낳은 아들이므로 자신과 형제이기도 했다. 이는 특별히 괜찮을 것도

없고 혈통의 순수성과도 별 상관이 없다. 어차피 롯은 아브
라함의 '형제'가 아니며, 개종한 이방인이 아니었던가. 하
지만 그 역시 아담의 후손이었고 여하튼 셈의 후예인 것만
은 확실하다. 메소포타미아 태생이었으니까. 이렇게 범위
를 넓게 확대하면 그까짓 혈통의 순수성은 언제라도 증명
할 수 있다.

이렇게 모든 아들이 '아내들을 아버지의 집으로 데리고
왔다'. 알다시피 이 말은 키르얏 아르바와 조상의 유골이
묻힌 도시 근처에 있던 마므레 숲에 살고 있는 부족의 거주
지가 점차 커졌다는 뜻이다. 다시 말해서 털로 만든 야곱의
장막 근처에 또 다른 장막들이 점점 더 늘어났다는 말이다.
그리고 연로한 야곱이 이따금 너그럽게 허락해 줄 때면 그
무릎에 올라와서 손자들이 놀기도 했다. 그는 특히 벤야민
의 아이들의 재롱을 좋아했다. 투르투라, 곧 귀여운 꼬마라
고 불리던 막내아들, 여전히 금속 투구 같은 뻣뻣한 머리카
락과 깊은 신뢰를 보여주는 회색 눈을 가진 벤야민까지도
다섯 아들을 둔 아버지가 되었기 때문이다. 아람 출신의 부
인이 낳은 아들과 그 사이로 심론의 딸이 선사해 준 아이들
이었다. 야곱은 결국 라헬의 손자를 더 좋아한 셈이다.

그러나 이들이 있음에도 불구하고, 다시 말해서 벤온이
가 벌써 여러 자식을 둔 아버지가 되었음에도, 야곱은 막내
아들을 어린아이 취급했다. 마치 말도 못하고 혼자서는 아
무것도 못하는 아이처럼 아무 데도 못 다니게 붙들어두었
다. 이는 불행을 막기 위해서였다. 그래서 벤온이는 도시
헤브론은커녕, 들판에도 나갈 수 없었다. 그러니 어디를 여

행한다는 것은 상상도 못했다. 야곱은 이렇게 자신에게 남아 있는 유일한 라헬의 아이에게 아무것도 허락하지 않았다. 물론 그 아이를 요셉처럼 사랑하지는 않았다. 그렇게 본다면 위에서 질투할까봐 걱정할 필요도 없었는데도, 사나운 돼지 이빨이 아름다운 아이를 물어뜯고 난 이후부터는, 늘 벤야민 걱정만 했다. 그래서 한시도 그에게서 눈을 떼지 않았고, 벤야민이 어디서 무얼 하는지 알지 않고는 한시간도 못 견뎌 했다. 벤야민에게는 이처럼 곤혹스러운 감시가 없었다. 가족을 거느린 가장으로서 체면이 말이 아니었다. 그래도 우울한 마음을 누르고 그저 아버지의 뜻에 순종하면서 하루에도 몇 번씩 아버지 앞에 얼굴을 비치곤 했다. 그렇게 하지 않으면 아버지가 직접 기다란 지팡이를 짚고 다리를 절룩이며 자신을 찾아왔기 때문이다. 그러나 아무리 그랬어도 벤야민은 알고 있었다. 아버지 야곱의 자신에 대한 감정이 참으로 복잡 미묘하고, 한마디로 양 갈래로 나뉘어 있다는 것을. 이는 갈팡질팡하는 야곱의 태도에도 그대로 나타났다. 그건 애착과 원한이 뒤섞인 감정이었다. 사실 야곱은 아들을 여전히 어머니의 살인자, 신께서 라헬을 자신으로부터 앗아갈 때 사용한 수단으로 보고 있었다.

벤온이가 살아 있는 다른 형들보다 아버지로부터 특별 대우를 받은 데는, 그가 막내라는 사실을 제외하고 또 다른 이유가 있었다. 야곱의 머리에 떠오르는 꿈 같은 연상에서 중요한 의미를 갖는 이 이유는 그로 하여금 더더욱 막내를 집안에 붙들어두게 만들었다. 그건 바로 벤야민이 결정적인 순간에 집에 있었다는 사실이다. 언제? 요셉이 집 밖의 세상으로 나갔다가 쓰러졌을 때. 알다시피 당시 야곱은 집에 있다는 것은 밖에서 벌어진 불미스러운 사건과 아무 상관도 없으므로 무죄와 같은 것으로 받아들였다. 그리고 이런 동일화는 그의 머릿속에 하나의 상징으로 굳어졌다. 그래서 벤야민은 야곱의 가슴을 소리 없이 갉아먹고 있는 의심, 다들 알고 있기도 하고, 또 충분히 가능한 의심이지만, 실은 옳지 않은 그 의심을 여전히 가지고 있다는 증거로서, 그리고 당시 집에 있던 벤야민만은 이런 의심을 받지 않는다는 사실을 보여주는 표식으로서 지금도 집에 있어야만 했다. 어떤 의심? 요셉을 찢은 멧돼지가 머리가 열 개 달린—열한 개는 아니었다. 벤야민은 집에 있었으니까—짐승이었다는 의심 말이다.

어쩌면 머리가 열 개가 아닐 수도 있었다. 그건 신께서만 아시리라. 날과 해를 거듭하자 이 질문은 중요성을 잃어갔다. 그건 야곱이 신과 씨름을 그만둔 이후, 생각이 바뀌었기 때문이다. 처음에는 신께서 자신에게게서 아브라함이 이사악을 바쳤듯 아들을 제물을 바치라고 하여 폭력으로 데려간 것으로 여겼으나 시간이 지나자, 자신이 자발적으로 제물을 바쳤다고 생각하게 된 것이다. 물론 그 일을 당한 순간에야 너무 고통스러워 분노만 느꼈으므로 감히 이런 생각을 할 수 없었다. 그때는 신의 잔혹한 처사요 잘못된 행동으로만 보여졌다. 그러나 통증이 가라앉고 그 사실에 익숙해져서 타성이 붙자, 그리고 무엇보다도 죽음의 장점, 곧 요셉이 영원한 열일곱 살의 청년으로 죽음의 품에 안겨 안전한 곳에 머물고 있다는 사실에 큰 위안을 얻게 되자,

그의 영혼은 상상의 나래를 펼쳤다. 제물을 바치라는 신의 요구에 아브라함처럼 담대하게 아들을 바치기라도 한 것처럼 상상하기 시작한 것이다. 이는 신과 자신을 영예롭게 하기 위해서였다. 그래야 신은 계략을 사용하여 자신에게서 아들을 빼앗아간 괴물 신세를 면하고, 야곱 스스로 영웅처럼 기꺼이 제물로 올린 것을 받은 신이 될 수 있었기 때문이다. 따라서 야곱은 자신이 가장 사랑하는 것을 자발적으로 바친 셈이었다. 믿거나 말거나 야곱은 그렇게 상상하고 그런 자신에 대해 자부심을 느꼈다.

말하자면 야곱은 요셉을 세겜으로 여행을 떠나보내던 그 순간, 주님을 사랑한 나머지 그분께 자신이 너무도 사랑한 아들을 자발적으로 바쳤다고 생각한 것이다. 물론 야곱이 항상 이렇게 믿은 것은 아니다. 이따금 회한에 젖어 또다시 눈물을 주체하지 못하며 고백하기도 했다. 자신은 결코 주님을 위하여 그 소중한 자를 자신의 가슴으로부터 떼어놓을 수 없었을 거라고. 그러나 자신이 담대하게 아들을 바쳤다고 믿고 싶은 소원이 이기는 때도 종종 있었다. 이럴 경우에는 당연히 누가 요셉을 동강내었는가 하는 질문도 상당 부분 의미가 퇴색되지 않았겠는가?

그렇지만 의심은, 물론 남아 있었다. 그 의심은 여전히 가슴을 갉아먹고 있었다. 그러나 소리 없이 가만히 진행된 동작으로서, 매 순간 이어진 것은 아니다. 훗날에는 이따금 잠을 자기도 하고 쉬기도 했다. 하지만 형제들은 평생 의심을 달고 다녔다. 절반은 잘못된 것으로, 실제보다 훨씬 고약한 의심이었다. 아버지는 그들에게 잘 해주었다. 달리 뭐라고 말할 수 있겠는가. 아버지는 그들과 이야기를 나누었으며 식사도 함께 했다. 또 그들의 일에도 동참했고 그들의 장막에서 일어나는 기쁨과 근심도 함께 나눴다. 그저 이따금 어쩌다 한번, 그리고 한참 있다가 한번 그들을 바라보는 시선이 잘못된 의심의 불꽃으로 그늘이 지곤 했다. 이럴 때면 이들은 그 앞에서 말을 더듬고 눈을 내리깔아야 했다. 그러나 그게 무슨 특별한 일인가? 상대방이 화가 난 줄 아는 것만으로도 눈을 내리깔기도 하는 게 인간이다. 그것이 무조건 죄책감을 뜻할 이유는 없다. 또 자신의 무죄를 알아달라고 난리치는 법 없이 그저 얌전하게 있는 사람이 항상 의심만 하느라 고통받는 환자가 안쓰러울 경우에도 이런 반응을 보일 수 있다. 이쯤 되면 의심하는 것도 지치게 마련이다.

그리고 마침내 의심을 그만 내려놓을 수도 있게 된다. 특히 기왕 벌어진 일에 관해 뭐라고 이야기할 수도 없고, 그것이 미래에, 앞으로 있어야 할 것과 있게 될 것에 대한 언약에 아무런 변화도 가져올 수 없음을 확인하게 될 경우에는 더더욱 그러하다. 설령 형제들이 열 개의 머리를 가진 카인으로 형제의 살인자였다 치자. 그러나 이들 또한 야곱의 아들들이었다. 그것이 현실이었다. 이 점을 계산해야 했다. 그들은 바로 이스라엘이었다. 야곱은 얍복에서 싸운 후이 이름을 얻었었다. 얼마나 힘든 씨름이었는지 나중에 그 후유증으로 다리까지 절어야 했다. 그렇지만 야곱은 이 이름을 자기 개인의 이름으로 묶어두려 하지 않았다. 오히려이 이름에 그보다 더 넓고 더 큰 의미를 부여하려 했다. 그러지 못할 이유가 어디 있는가? 그 이름은 아침에 동이 틀 때까지 힘겹게 싸워서 쟁취한 자신의 이름이었다. 그렇다면 자기 이름을 마음대로 할 수 있지 않은가. 이스라엘, 이 이름은 비단 그만이 아니라 축복의 남자인 자신에게 속한 모든 자들이, 2대부터 그 후대까지, 마지막을 모르고 영원히 이어질 그 후손까지 대대로, 모든 가지와 옆 가지의 친척들 모두, 곧 그의 부족, 그 숫자가 하늘의 별과 바다의 모래처럼 많아질 그의 백성들은 그렇게 불려야 했다.

그래서 야곱의 무릎에서 놀 수 있도록 허락받은 아이들도 모두 이스라엘이었다. 그는 아이들을 몽땅 그렇게 불렀다. 한편으로는 그들의 이름을 하나하나 기억하기 어려웠던 탓에 간편하게 하기 위해서이기도 했다. 특히 이스마엘과 가나안 여자들이 낳은 아이들의 이름은 더 어려웠다. 그러나 이 여자들도 '이스라엘'이었다. 모압 여자와 세겜에서 온 노예 여자까지 포함하여 그러했다. 그리고 무엇보다도 그 남편들, 곧 자신의 열한 명의 아들들도 이스라엘이었다. 원래는 열둘이었다. 하늘의 십이궁과 같은 그 거룩한 숫자는, 그 기원이 옛날에 있고 지금도 존재하는 형제 간의 불화와 아들을 제물로 바치는 영웅적인 행위로 말미암아 변화를 겪어 열하나가 되었지만, 이는 여전히 큰 숫자였다. 야곱의 아들들은 각기 족장이 되어 수없이 많은 자들에게 자신들의 이름을 물려줄 자들로 주인님께서 인정해 주시는 대단한 자들이었다. 그리고 각자의 성격이 어떠하든, 그리고 아버지의 의심 앞에서 어떤 의미로 눈을 내리깔든, 이들은 여하튼 이스라엘이었다. 이들이 정녕 '이스라엘'이고,

앞으로도 그럴 것이라면, 무슨 일이 있었건 마찬가지가 아니겠는가? 야곱은 일찍부터 이 사실을 알고 있었다. 이 일이 기록되기 전에 이미 알았다. 또 알고 있었기 때문에 그렇게 씌어지게 된 것이다. 이스라엘은, 설령 죄를 지었다 하더라도, 항상 이스라엘로 머문다는 사실을.

그러나 이스라엘, 곧 머리가 열한 개 달린 이 사자에게는 축복을 물려받을 머리가 단 하나였다. 야곱이 에사오를 누르고 축복을 혼자 받은 것처럼. 그런데 요셉은 죽었다. 야곱은 축복을 물려줄 때가 되면 한 사람을 택하여 그로부터 구세주가 오신다는 언약을 내리려 했다. 그는 오래 전부터 이 구세주의 이름을 찾아 헤맸다. 그리고 일단은 한 가지를 찾아냈다. 그러나 이 이름을 아는 자는 아직 아무도 없었다. 야곱의 발치에 앉아 있는 젊은 여자 외에는.

그렇다면 야곱은 형제들 사이에서 누구를 선택했을까? 구세주(救世主)의 조상이 될 그 축복받은 자는 과연 누구였을까? 이 결정은 사랑의 선택이 아니었다. 사랑은 이미 죽었으니까. 장자 르우벤도 당연히 아니었다. 그는 끓어 넘쳐 터져 나오는 물줄기 같아서 하마 같은 짓을 한 아들이었다. 그리고 시므온과 레위도 아니었다. 이들은 기름이 번들거리는 버릇없는 야인들로서 르우벤과 마찬가지로 잊을 수 없는 짓을 한 사람들로 기록되어 있는 자들이었다. 곧 세겜, 곧 하몰의 도시에서 들판의 악마처럼, 거친 야수들처럼 행동하여 저주받은 자들이었다. 물론 그렇다고 해서 더 이상 이스라엘로 머물 수 없었던 것은 아니다. 그렇다면 그들 뒤에 오는 네번째 아들, 유다! 바로 그였다.

아스타로트

그는 자신이 바로 그 사람이라는 것을 알았을까? 그는 손가락으로 세어볼 수 있었다. 그리고 실제로도 자주 그렇게 했다. 그러나 그럴 때마다 번번이 상속자로 선택되는 것이 두렵고 고통스럽고 의심스러웠다. 자신에게 과연 그럴 자격이 있을까? 그는 두려웠다. 자신 때문에 일을 망칠 수도 있었다. 우리는 여후다를 잘 안다. 아버지가 요셉만 애지중지했을 당시 형제들과 머리를 맞대고 있던 그의 사자머리도 기억하고 있다. 그때 사슴의 눈을 지닌 그의 얼굴에서 번뇌를 읽었었다. 그리고 요셉이 아랫세상으로 내려갈 무렵에도 잠시 그를 살펴본 적이 있다. 요셉의 일과 관련시킨다면 그다지 나쁜 상황은 아니었다. 물론 벤야민처럼 좋지는 않았다. 그는 '집'에 있었으니까. 그러나 르우벤과 거의 비슷하게 좋은 상황이라 할 수 있다. 소년의 죽음을 원치 않았다는 점에서 그렇다. 요셉을 일단 구덩이로 보내 안전하게 한 다음 나중에 꺼내주려 했던 르우벤이었다. 그러나 요셉을 구덩이에서 꺼내주고 그에게 생명을 선사하려는 것은 유다의 소원이기도 했다. 형제를 팔자고 제안한 장본인이었으니까. 어차피 옛날 노래의 주인공 라멕처럼 할 수 없을 바에야 차라리 그게 낫다고 했지만, 실은 그것은 부수적인 이유였고, 대부분의 이유들이 그러하듯 변명이었다.

여후다는 소년을 구덩이에서 끝장을 보게 하는 것이, 실제로 그의 피를 흘리게 하는 것보다 전혀 나을 게 없다는 사실을 잘 알고 있었다. 그래서 그를 구하려 했다. 이스마엘 사람들이 자신들의 역할을 하느라 요셉을 풀어준 바람에 그의 제안은 뒤늦은 감이 있지만, 그건 그의 탓이 아니다. 이렇게 구덩이에서 소년을 꺼내려 했으므로, 그는 이 저주스러운 일에서 그래도 칭찬받을 만한 일을 한 가지 한 셈이라고, 그래서 다른 형제들과 비교할 경우에는 그의 입장이 좀 낫다고 말할 수도 있었을 것이다.

그럼에도 불구하고 그에게 이 범죄는 자신들의 죄를 씻기 위해 아무 변명도 늘어놓을 수 없는 다른 사람들보다 더 쓰라리고 지긋지긋했다. 당연하지 않은가? 범죄는 그저 무딘 자들이나 저질러야 한다. 그들에게는 아무렇지도 않은 일이니까. 그래서 이들은 평생을 그렇게 아무렇지 않은 척 잘만 산다. 그리고 그들에게는 아무것도 쫓아다니지 않는다. 이렇듯 악은 무딘 자를 위한 것이다. 그러나 결코 무딘 구석이라고는 없으며 조금이라도 부드러운 면이 있는 자라면, 가능하면 거기서 손을 떼야 한다. 나중에 뒤치다꺼리를 해야 하기 때문이다. 그리고 그에게는 아무것도 도움이 되지 않는다. 자신이 거기서 양심의 가책을 느꼈어도 도움이 되지 않는 것은 마찬가지이다. 바로 이 양심 때문에 벌을 받으니까.

유다에게는 요셉과 아버지에게 저지른 못된 짓이 무서운 고통과 슬픔을 낳았다. 그는 그 일로 고통스러워했다. 그는 고통을 느낄 능력이 있었던 것이다. 사슴처럼 생긴 눈과 잘 빠진 코의 독특한 선과 도톰한 입술이 추측을 가능케 하듯이, 이 일은 그에게 벌로서 저주와 고난을 가져왔다. 아니 그 이상이었다. 그는 자신이 겪는 저주스러운 일과 고난을 모두 자신이 이전에 행한 그 일, 아니 함께 행한 일 탓으로 돌렸다.

여기서 우리는 다시 한번 양심이 보여주는 묘한 교만을 확인할 수 있다. 그는 다른 형제들이, 단이나 가디엘 혹은 즈불룬이, 거친 쌍둥이 형제는 빼놓고라도, 아무렇지 않게 잘만 지내는 것을 보았다. 그들에게는 아무것도 회개할 게 없어 보였다. 이는 유다로 하여금 자신의 개인적인 고통과 아들들의 문제로 겪는 고초가 어쩌면 자신이 저지른 일 혹은 함께 저질렀던 일과는 상관없이, 오로지 자기 자신에 그 원인이 있다고 생각하게 할 수도 있었다. 그러나 아니었다. 그는 이 모든 일을 자신이 저지른 일의 형벌로 받아들이고, 혼자 괴로워하고자 했다. 그리고 두꺼운 가죽 때문에 아무런 고통 없이 태평스럽게 살고 있는 자들을 멸시했다. 바로 이것이 양심이 지닌 독특한 교만이다.

그의 개인적인 고통은 모두 아스타로트의 표식을 달고 있었다. 그리고 이 사실에 그가 놀라야 할 이유도 없었다.

이 여주인으로 말미암아 이미 오래 전부터 고뇌해야 했던 그였다. 이 말은 그녀를 사랑하는 신하가 아니면서도 그녀에게 복종해야 했다는 뜻이다. 유다는 선조의 신 엘-엘리온, 곧 지고한 분, 샤다이, 곧 야곱이 믿었던 전능하신 분, 바위이며 목자이고 야웨인 그분을 믿었다. 야웨 그분은 분노하면 입으로 모든 것을 소멸시키는 불을 뿜고 번개 같은 섬광을 만들었다. 유다는 때마다 그에게 번제를 올려 제물의 향을 맡게 했고 황소와 젖먹이 양을 제물로 바쳤다. 게다가 그는 다른 백성들의 엘로힘(주인님들, 즉 신들―옮긴이)도 믿었다. 그가 이들을 섬기고 제물까지 바치지 않았다면, 단순히 이들을 믿었다 하여 심하게 나무랄 이유도 없다.

기초가 다져진 초기로부터 아주 멀어진 훗날에 이르게 되면, 야곱의 백성들은 대가들로부터 이방 신들, 바알림(바알들―옮긴이), 그리고 아스타로트를 떨쳐내고 모압 사람들과 제사 음식을 나눠 먹지 말라고 호된 경고를 받게 된다. 그걸 보면 아주 늦게까지 모든 게 아직 확고하게 자리잡지 못하여, 옛날로 되돌아가려는 못된 퇴보 성향이 오래도록 남아 있었던 것 같다. 그렇다면 이렇게 이른 시기, 곧 그 원천과 아주 가까운 시절에 살았던 여후다 벤 예케브가 아스타로트를 믿었다 해서 놀랄 이유도 별로 없다.

아스타로트는 각기 다른 이름으로 어디서든 거룩하게 받드는 여신으로 인기가 많았다. 그녀가 바로 유다의 여주인이었다. 말하자면 그는 그녀의 멍에를 지고 있었다. 곤란한 일이지만 그게 현실이었다. 곤란하다는 것은 이러한 현실이 그의 정신과 소명과는 별로 어울리지 않는다는 뜻이다. 하지만 그게 현실인데 어떻게 그녀를 믿지 않을 수 있었겠는가? 물론 그녀에게 제물을 바치지는 않았다. 제물을 바친다는 단어의 좁은 의미에서 그렇다. 그러니까 그녀에게 황소나 젖먹이 양을 제물로 태우지는 않았다는 뜻이다. 그러나 유다는 그녀의 잔혹한 창을 못 이겨 이보다 더 곤란한, 더 격렬한 제물을 바쳐야 했다. 그러나 결코 기꺼이 바친 적은 없었다. 유쾌한 기분으로 바치지도 않았다. 오히려 여주인의 강요로 마지못해 바친 제물이었다. 그의 정신은 쾌락과 다투고 있었기 때문이다. 그래서 신전의 시녀를 안았던 팔을 풀 때면, 번번이 수치심으로 머리를 떨구고 가슴 아파하며 이런데도 과연 상속자로 선택될 자격이 있을까 절망하고 깊은 회의에 빠지곤 했다.

그런데 이 자격이 요셉에게 저지른 일로 말미암아 요셉과 함께 세상에서 사라지자, 유다는 아쉬타르티가 안겨다 주는 고난을 자신의 잘못에 대한 벌로 여기기 시작했다. 그 고난이 점점 더 커져 밖에서 에워싸고 안에서는 들쑤시는 형국이었던 것이다. 그러다 보니 이 남자는 그 이후 지옥에 갇혀서 회개하고 있다고 말해도 될 정도였다. 지옥, 그렇다. 그런 지옥도 있다. 이것은 이른바 성의 지옥이라는 것이다.

어떤 사람들은 그게 뭐 그렇게 심각하냐고 말할지도 모른다. 그러나 이는 정결함에 대한 갈증을 몰라서 하는 말이다. 사실 이러한 갈증이 없다면 지옥 같은 것도 없다. 이런 지옥은 물론이거니와 다른 지옥도 없다. 지옥은 정결한 자

들을 위한 것이다. 이것이 도덕적 세상의 법칙이다. 지옥은
죄인들을 위해 존재한다. 그리고 죄를 짓는다는 것은 자신
의 정결함을 거역한다는 뜻이다. 사람이 짐승이라면, 죄를
지을 수 없으며 지옥 같은 것은 느끼지도 못한다. 세상의
이치가 그러하다. 그러므로 지옥은 오로지 보다 나은 사람
들만이 거하는 곳이다. 이는 공정하지 않다. 하지만 우리의
정의라는 것이 대체 무엇인가!

유다의 부부생활과 그 아들들의 부부생활, 또한 이들의
몰락에 얽힌 이야기는 아주 묘하며 무시무시할 뿐만 아니
라, 실로 애매하다. 이 이야기를 하려면 절반짜리 단어밖에
사용할 수 없는 것도 다 그래서이다. 이는 단순히 부드럽게
감쌀 생각에서 나온 배려가 아니다. 레아의 네번째 아들이
일찍 결혼했다는 것은 우리 모두 잘 안다. 이는 정결함에
대한 소망에서 이루어진 조처였다. 하루속히 결속시켜서
울타리를 쳐준 후 그 안에서 평화를 얻게 하려고 일찍 결혼
시킨 것이다. 그러나 소용없었다. 이는 유다의 여주인과 그
녀의 창을 고려하지 않은 계산이었다.

유다의 아내는 이름이 알려져 있지 않다. 그녀는 이름으
로 불린 적이 별로 없었던 듯, 그저 수아의 딸로 되어 있다.
수아는 가나안 남자로 유다가 그를 알게 된 것은 아둘람에
사는 히라를 통해서였다. 히라는 유다의 친구이자 자기가
데리고 있던 목동들을 감독하는 자였다. 여하튼 유다의 아
내는 남편으로 인하여 울기도 많이 울었고 그에게 용서해
줄 거리도 많았다. 그나마 다행인 것은 그녀가 세번이나 어
머니가 되는 행운을 얻었다는 점이다. 하지만 어머니가 된

행운도 오래 가지 못했다. 그녀가 유다에게 선사한 사내아
이들은 처음에만 말쑥했을 뿐, 나중에는 몸이 성치 않았던
것이다. 그중에 제일 괜찮은 아들이 막내였다. 형들과 터울
이 제법 있는 셀라는 몸만 약골이었지만, 다른 아들들, 곧
에르와 오난은 몸도 허약했지만 못되기까지 했다. 게다가
용모는 귀여웠으나 뻔뻔스러워서 한마디로 이스라엘의 골
칫거리였다.

이처럼 아프면서도 교활하고 게다가 행색은 말쑥한 이런
사내아이들은 시대를 역행한 현상이다. 이들은 말하자면
너무 서둘러 나오느라 자신이 어디 있는지 깜빡 잊어버린
자들이었다. 에르와 오난은 옛것을 따르는 늦은 자들의 세
상에 속해야 했다. 비웃기나 하는 후손들로 이루어진 다 늙
은 노인의 세상, 곧 원숭이 같은 어리석은 이집트 땅이 그
들이 있어야 할 곳이었다. 하나의 새로운 것, 참으로 원대
한 것이 시작되는 근원지와 그렇게 가까운 곳은 이들이 있
을 자리가 아니었던 것이다. 따라서 시대를 잘못 타고났으
므로 이들은 제거되어야 했다. 아버지 유다는 그 사실을 알
아차렸어야 했다. 그리고 누구에게도 그 잘못을 묻지 않았
어야 했다. 혹시 그들을 생산한 자신에게 책임을 돌리는 것
이라면 몰라도. 그러나 유다는 몹쓸 아들들에 대한 책임을
수아의 딸에게 돌렸다. 그런데 이렇게 모든 책임을 아이들
의 어머니한테 돌리고 나니, 자신의 잘못도 생각났다. 그들
의 어머니, 태어날 때부터 바알에 빠져 있는 어리석은 이
여자를 아내로 맞이한 건 바로 자신이었으니까. 그리고 유
다는 아이들의 씨까지 말라버린 것도 자신이 아들들에게

차례로 아내로 췄던 여자 탓으로 돌렸다. 그는 그 여자를 가리켜 꼭 이쉬타르 같다고 나무랐다. 가장 사랑하는 사람을 파멸시키는 이쉬타르나 마찬가지로 그녀 역시 자신의 사랑으로 자기 아들들을 죽게 했다고. 그것은 공정하지 않은 처사였다. 이 모든 일에 상심한 나머지 일찍 세상을 떠난 그의 아내에게도 그렇고, 다말에게는 더욱 공정하지 않은 처사였다.

세상을 배우는 다말

다말. 야곱의 발치에 앉아 있는 사람은 바로 그녀였다. 이렇게 앉아서 이스라엘의 가르침에 귀를 기울인 지 이미 오래 되었다. 그의 표현에 그녀는 항상 감동했다. 그녀는 한 번도 비스듬히 앉는 법 없이 늘 꼿꼿하게 허리를 펴고 앉았다. 낮은 의자에 앉든, 아니면 우물 계단이나 계시를 받는 거룩한 나무의 밑둥치에 기대앉든 마찬가지였다. 그럴 때면 목을 꼿꼿이 세운 그녀의 비로도 같은 눈썹 사이에 주름 두 개가 깊숙이 패이곤 했다. 그녀는 헤브론 근교의 양지바른 곳 출신이었다. 그곳 사람들은 포도밭 경작과 약간의 목축으로 연명했다. 그녀의 부모는 소작농으로 야곱에게 하녀들을 시켜 신선한 치즈와 팥과 거친 곡물들을 나르게 하였고, 야곱은 그 물건들을 받고 구리로 값을 치렀다. 그녀도 이 일로 야곱을 처음 만났다. 언뜻 보면 이것은 평면적인 계기 같지만 실은 보다 높은 충동에 이끌린 것이었다.

그녀는 나름대로 아름다웠다. 이것은 매혹적인 아름다움이라기보다는 오히려 아름다워서는 안 된다는 식의 엄숙한 아름다움이었다. 다시 말하자면 그녀는 자신의 아름다움에 화를 내는 것처럼 보였다. 그리고 이는 옳았다. 거기에는 마녀의 특성 같은 것이 스며 있어서 남자들을 가만 내버려 두지 않았다. 그래서 그녀는 남자들이 설레지 않도록 눈썹 사이에 깊숙한 주름을 심었던 것이다. 그녀는 키가 컸고 여윈 편이었다. 그러나 그처럼 여윈 몸이었는데도 풍만한 육체보다 더 큰 설렘을 불러일으켰으므로, 이는 그녀의 육체가 낳은 것이 아니라 악령의 소행으로 불려야 마땅했다. 강한 호소력을 갖는 그녀의 갈색 눈은 감탄할 정도로 아름다웠다. 그리고 콧구멍은 거의 원처럼 동그랬고, 입은 도도해 보였다.

이 정도면 야곱이 그녀로부터 매력을 느끼는 것도 당연하지 않은가? 그래서 야곱은 자신에게 늘 감탄하는 그녀에게 상이라도 내리듯 가까이 두게 되었다. 그는 감정을 사랑하는 노인이었고 다시 한번만이라도 느낄 수 있을 날을 고대하면서 살았다. 그리고 우리 같은 (저자는 이 소설을 쓸 당시 노인이었음―옮긴이) 노인에게 감정을 다시 한번 불러일으키기 위해서는, 혹은 부드럽고 은밀하게 우리들의 젊은 시절을, 그 청춘을 회상하게 하기 위해서는 뭔가 특별한 것이 다가와야 한다. 그것은 우리 자신에게 찬사를 보내 주며 한편으로는 아스타르트처럼, 또 다른 한편으로는 우리들이 가진 지혜를 얻고자 갈망하는 지적인 욕구까지 보여줌으로써 우리 자신에게 힘을 불어넣어 주는 것이다.

다말은 찾아 헤매는 여자였다. 눈썹 사이의 주름은 자신의 아름다움에 대한 분노의 상징만은 아니었다. 거기에는 진리와 구원을 추구하는 정신적 노력도 포함되었다. 신에 대한 관심은 세상 어디에서나 만날 수 있지 않은가? 이는 왕의 왕좌에서도 발견할 수 있으며 가장 초라한 산촌에서도 찾을 수 있다. 다말은 이들 중 하나였다. 그리고 자신이 남자들에게 불러일으키는 동요는, 그녀 자신의 가슴에서 일어나는 보다 숭고한 의미의 동요에 방해가 되었기 때문에 더더욱 화가 났다. 사람들은 이 땅의 시골 처녀인 그녀를 종교적인 문제로 시달리고 있는 아가씨로 보았어야 마땅하다. 그녀는 자신이 살아온 땅에서 숲 속과 초원에 있는 자연을 섬기는 것만 배웠다. 조상들이 그녀에게 전해 준 것은 그것뿐이었으니까. 그러나 이것만으로는 충분치 않았다. 야곱의 이야기를 듣기 전부터 그랬다. 다산(多産)을 보장해 주는 바알림, 즉 주인님들로는 만족할 수 없었다. 그녀의 영혼은 세상에는 그보다 훨씬 월등한 다른 어떤 것이 있다는 것을 예감하고 그것을 찾아 헤매고 있었기 때문이다. 이런 영혼들도 있는 법이다. 새로운 것, 뭔가 변화를 주는 것만 있으면, 어느새 이 예민하고 고독한 영혼은 그곳으로부터 전해진 파장에 온몸을 떨며 거기에 사로잡힌 몸이 되어 먼길도 마다하지 않고 그곳을 향해 떠난다. 물론 그녀의 불안과 동요는 아무것도 없는 허공을 찾아 먼길에 오른 우르의 나그네가 지녔던 그런 가장 높고 숭고한 불안과 동요는 아니었다. 그는 말 그대로 무에서 유를 창조했다. 스스로 새로운 것을 자신으로부터 창출해 내었기 때문이다. 따라서 다말과 같은 영혼들은 이와는 다르다. 그러나 새로운 것이 저기 있고, 이 세상에 있다면, 그것이 아무리 멀리 있더라도 이들의 촉수는 워낙 넓고 길어서 어느새 가슴에 동요를 일으켜 파문을 그리며 그곳으로 나아가게 된다.

하지만 다말은 파문을 그리며 멀리 나갈 필요도 없었다. 야곱의 장막은 그다지 멀지도 않았으니까. 그녀는 야곱에게 이것저것 갖다주고 구리 무게로 환산한 값을 받곤 했지만, 그런 거래는 그녀의 정신이 만들어낸 꾀이며, 그녀의 불안과 동요를 덮어주는 핑계였다. 그녀는 자주 그를 찾아왔다. 그리고 무거운 이야기들을 걸머지고 있는 노인의 발치에 꼿꼿한 자세로 앉아, 동그란 눈을 똑바로 쳐들고 절박한 눈빛으로 노인을 바라보았다. 그렇게 정신을 집중하고 앉아 있을 때면 그녀의 몸은 물론이거니와 깊이 패인 볼 양쪽에 드리워진 은 귀걸이조차도 흔들리는 법이 없었다. 그러면 야곱은 그녀에게 세상 이야기를 들려주었다. 다시 말해서 노련한 교사답게 감히 세상의 이야기로 포장한 자신의 이야기를 들려주는 것이다. 그건 가지가 넓게 뻗어나간 한 부족의 이야기로, 신으로부터 자라나 신의 보호를 받는 한 가문의 역사였다.

야곱은 그녀에게 태초, 곧 토후와 보후(Tohu는 히브리어로 '황폐한'을, Bohu는 '텅 빈'을 뜻하는 말로 태초의 혼란 상태를 의미함—옮긴이)를 가르치고 신의 말씀에 의해 뒤죽박죽이었던 상황에 질서가 부여되는 과정을 일러주었다. 여기에는 엿새 동안 하신 일이 속했다. 말씀의 명령에 따라 바다가 물고기들로 채워지고, 그후 빛들이 축제를 벌이는 하늘 아래의 공간은 수많은 날개 달린 짐승들로, 그리고 땅은 초록으로 싹트는 식물들과 많은 짐승들과 벌레로 가득 채워진 이야기였다. 그리고 야곱은 신께서 흥겨운 목소리로 자신을 가리켜 복수(複數)로 표현한 말을 들려주었다. "우리 이제 인간을 만들도록 하자!" 이 말이 듣고 있는 그녀에게는 마치 그 말을 한 것이, 그 신이 바로 야곱인 것처럼 들렸다. 어디서나 그리고 언제나 그저 '주님'이라고 불리는 이 신은(사실 이런 신은 어디에도 없었다. 다른 신들은 항상 자신들의 이름으로 불렸으니까) 이렇게 인간을 만들자는 말을 했을 때, 야곱과 거의 비슷하게 보였음이 틀림없었다. 또 야곱이 들려준 다음 말도 그녀의 이런 생각과 꼭 맞아떨어졌다.

"우리와 같은 형상으로."

또 그녀는 아침이 떠오르는 동쪽의 정원에 관한 이야기도 들었다. 그리고 그 안에 있는 생명과 인식의 나무, 그리고 유혹과 신이 보여준 최초의 발작 이야기도 들었다. 그건 시샘 때문이었다. 신은 인간이 선과 악이 무엇인지 알게 되었으니, 이제 생명의 나무 열매를 따먹으면 완전히 우리와 같아지겠구나 하고 깜짝 놀랐다. 그래서 인간을 쫓아내고 그 앞에 무기를 든 게르빔 천사를 세웠다. 그리고 인간에게는 땀 흘려야 하는 노고와 죽음을 주었다. 그리하여 인간은 신과 같은 형상이긴 하나, 그 정도가 지나쳐 완전히 똑같지는 않고, 그저 물고기와 날개 달린 짐승과 가축들보다 더 닮았을 뿐이다. 그러나 인간에게는 태어날 때부터 몰래 숙제를 안겨 놓았기 때문에, 인간은 신의 시샘에도 아랑곳하지 않고 계속해서 신과 더 비슷해지려고 노력해야 하는 존재이다.

그녀는 이런 이야기들을 들었다. 앞뒤가 분명하게 맞아떨어지는 이야기는 물론 아니었다. 그러나 신비스럽고 게다가 이야기를 들려주는 야곱 자신처럼 대단해 보이는 이야기였다. 그녀는 원수지간인 형제, 곧 들판의 살인 이야기도 들었다. 그리고 카인의 자녀들과 세 부족으로 나뉘어 땅에 흩어진 그의 후손 이야기도 들었다. 여기서 세 부족이란 장막에 살면서 가축을 기르는 자들과 청동을 단련하여 그것을 몸에 걸치는 자들과 마지막으로 그저 바이올린이나 켜고 피리나 부는 자들이었다. 하지만 이는 일시적인 분류였고 아벨을 대신할 자로 태어난 세트로부터 많은 후손들이 이어져 노아에까지 이르렀다. 무척 영리한 자라 불린 이자를 신께서 내놓은 이유는, 자신이 창조한 모든 것을 멸망시키고 싶은 분노를 느꼈지만, 이런 마음을 접고 이 피조물들을 구원하기 위해서였다. 그리하여 노아가 자신의 아들들과 함께 홍수를 무사히 이기고 살아남게 했던 것이다. 그러자 노아의 아들들인 셈과 함 그리고 야벳을 시작으로 세상은 다시 또 한번 나뉘어졌다. 그리고 이 셋은 각기 수없이 많은 후손들을 낳았다.

야곱은 이들을 모두 알고 있었다. 종족들의 이름은 물론, 그들이 이 땅 위에 사는 곳의 이름들은 이 이야기를 전파하는 야곱의 입에서 다말의 귀 앞으로 줄줄 흘러나왔다. 이들이 기른 목축떼는 아주 먼 곳에 있었다. 그 먼 곳의 풍경까

447

지 야곱은 죽 훑어내렸다. 그리고 이 모든 것들이 한꺼번에 선택된 가족으로 모아졌다. 셈이 3대에 이르러 에벨을 낳았고 5대에 이르러서는 데라를 낳았고, 여기서 아브람에 이르렀다. 세 아들 중의 하나, 바로 그 아브람!

신이 자신을 위하여 가슴에 불안과 동요를 심은 자가 바로 아브람이었다. 그리하여 아브람은 끝없이 신을 붙들고 씨름하여 그를 생각해 내고 이름을 부여하게 된다. 신은 자신에게 자비를 베풀어 줄 자로 그를 만들었고, 이 피조물이 정신 속에서 창조주를 만들어내자 이 자비에 엄청난 언약으로 응답한다. 신은 그와 각자 상대방을 통해 끊임없이 거룩해질 수 있도록 돕기로 동맹을 맺었다. 그리고 그에게 상속자를 선택할 수 있는 권리를 부여하여 축복받은 자에게 축복을 내리고 저주받은 자에게 저주를 내릴 수 있는 힘을 주었다. 그리고 그의 앞에 원대한 미래를 그려주었다. 그의 이름 자체를 축복으로 받아들일 백성이 수없이 많아진다는 것이었다. 또한 무수한 자손들을 거느린 아버지가 되도록 해주겠다고 언약했다. 당시 아브람은 사래에게서 86세에 이르도록 생산하지 못한 때였다.

그러다 아브람은 이집트 하녀를 취하여 그녀와 함께 아들을 생산하여 그를 이스마엘이라 불렀다. 그러나 이 아들은 빗나간 산물이었고 구원의 궤도를 벗어난 사막에 속한 자였다. 선조는 자신이 정부인으로부터 또 다른 아들을 한명 얻게 해주리라는 신의 약속을 믿지 않았다. 그 말씀에 속으로는 피식 웃었다. 당시 그의 나이 이미 백살이었고 사라 또한 아이를 출산할 수 있는 연령은 이미 지나 있었다.

그러나 아브람의 웃음을 나무라기라도 하듯 이사악이 태어났다. 이 아들은 나중에 제물로 올렸으나 거부당한다. 그리고 이사악은 열두 명의 영주를 낳으리라 했다.

이는 사실 다 옳은 것은 아니다. 신의 말씀이 항상 정확한 것은 아니다. 이사악이 열두 명을 생산한 것은 아니다. 그저 간접적으로 그렇게 했다. 실제로 그 일을 한 것은 지금 이 이야기를 엄숙하게 전파하고 있는 자신이 그렇게 했다. 이 땅의 자녀인 다말이 숨죽인 채 경청하며 눈을 떼지 않고 응시하고 있는 입술의 주인, 즉 야곱, 붉은 자의 형제가 그렇게 한 것이다. 바로 그가 시날에서 악마 라반에게 종살이를 하는 동안 네 명의 아내들과 함께 열두 명의 아들을 낳았다.

이어 다말은 원수지간인 형제 이야기도 여러 번 들었다. 붉은 사냥꾼과 부드러운 목자 이야기였다. 축복에 얽힌 사기극, 잘못된 것을 바로잡는 그 사기극과 거기서 축복을 훔친 자의 도주 이야기도 들었다. 사기당한 자의 아들 엘리바즈와 사막에서 맞닥뜨린 일도 알게 되었다. 물론 이 부분에서 야곱은 체면을 생각해서 조금 조심스럽게 묘사했다. 그리고 이 부분뿐만 아니라 다른 문제에서도 적절히 수위를 조절했다. 예를 들면 라헬의 귀여움이나 자신의 그녀에 대한 사랑 이야기가 거기 속했다. 엘리바즈와 관련된 부분에서는 자기 체면을 생각하여 이 소년 앞에 자신이 무릎을 꿇은 일에는 그다지 강렬한 색채를 부여하기보다는 약간 미화시켰다. 그러나 사랑을 흠뻑 받은 여인에 해당되는 부분에서는 다말을 배려했다. 다말을 사랑해서이기도 했지만,

일반적으로 여자 앞에서 다른 여자의 매력을 극구 칭찬해서는 안 될 것 같았기 때문이다.

반면 커다란 계단 꿈, 축복을 훔친 자가 롯에서 꾸었던 그 꿈에 대해서 그의 여제자는 웅장한 광경 그대로 소상히 들을 수 있었다. 실은 머리가 이렇게 높은 곳으로 들어 올려지는 현상을 제대로 설명하려면 그 직전에 더 할 수 없이 깊이 머리를 숙인 굴욕적인 이야기를 자세히 들려줬어야 하지만, 그렇게까지는 하지 않았다. 여하튼 야곱의 신실한 제자 다말은 아브라함의 축복을 물려받은 상속자 야곱이 들려주는 이야기에 눈과 귀를 온전히 바쳤다. 야곱은 축복의 상속자로서 자신이 물려받은 축복을 또 다른 자에게 선사할 수 있는 권리가 있었다. 야곱에게 선택받은 자는 형제들 위에 서는 주인이 되어, 자신의 어머니가 낳은 자녀들이 그의 발 앞에 엎드릴 것이다. 그녀는 이어 야곱이 이렇게 선포하는 말을 들었다. "너로 말미암아, 너의 씨로 말미암아 이 땅의 모든 종족들이 축복을 얻으리라." 이 말에 그녀는 그 자리에서 얼어붙은 듯했다.

이 시간 그녀는 얼마나 많은 것들을 들었던가. 하나같이 참으로 인상적인 발언이 아닌가! 쓰레기와 황금의 나라에서 종살이를 한 처음의 14년이 나머지 세월과 함께 그녀의 눈앞에 어른거렸다. 그리하여 모두 스물다섯 해였던 그 세월과 가짜 부인과 정실부인, 그리고 그 하녀들의 도움으로 가장 매혹적인 아들까지 포함하여 아들이 열한 명이 된 것이며, 이들 모두의 도주에 대해서도 그녀는 들었다. 라반의 추적과 수색, 소 눈을 가진 자와 동틀 때까지 벌인 씨름, 그

때문에 대장장이처럼 평생 다리를 절게 되었던 야곱, 세겜과 그곳에서 벌어진 잔혹한 사건, 그곳에서 남자를 죽이고 황소까지 무자비하게 해치워 저주를 받은 거친 쌍둥이 형제, 숙소를 코앞에 두고 길거리에서 맞은 라헬의 죽음, 그리고 죽음의 아들 이야기, 무책임하게 터져 나온 물줄기 때문에 저주받게 된 르우벤(물론 이 저주로 그가 이스라엘로 머물 수 없게 된 것은 아니었다). 그리고 요셉 이야기, 더할 수 없이 사랑한 아들이었으나 아버지는, 신을 섬기는 이 영웅은 담대한 마음으로 다 알면서 길을 떠나보냈다. 가장 소중한 자식을 신께 제물로 바친 것이다.

야곱이 옛날에 그때 '언젠가' 이러이러했다고 떨리는 목소리로 들려줄 때면, 이 '언젠가'는 마치 눈앞에 와 있는 듯 생생하기만 했다. 야곱의 음성은 옛날과 태초, 또 시간으로 온통 뒤덮여 있는 '언젠가 있었던 유일한 사건들'을 들려줄 때면 서사시를 읊듯 시종일관 여유를 잃지 않았다. 그리고 참혹하고 무거운 이야기를 할 때도 엄숙하면서도 한편으로는 복음을 들려주듯 즐거움을 잃지 않았다. 그것은 이 모든 이야기들이 신의 이야기였으므로 거룩하게 들려줘야 했기 때문이다. 그러므로 이제 확실해진다. 실은 다른 일은 있을 수도 없었다. 지금 우리가 알아야 할 사실은, 야곱의 이야기에 귀를 기울이며 그로부터 세상을 배우는 다말에게는, 역사적으로 시간에 덮여 있는 '언젠가'가 거룩한 '옛날 옛날에'로 끝난 것이 아니라는 점이다. '언젠가'는 제한이 없는 단어로 얼굴이 두 개다. 쳐다보는 방향도 둘이다. 하나는 엄숙하게 저물어가고 있는 저 먼 곳을 바라보며, 또 하나는 엄숙하게 앞으로 다가올 저 먼 것을 바라본다. '앞으로 올 것'이 '과거에 있던 것'보다 덜 엄숙한 것은 아니다. 어떤 사람들은 이를 부인한다. 그들에게는 오로지 과거의 '언젠가'만 엄숙하며 미래의 언젠가는 보잘것없다. 이들은 경건한 게 아니라 경건한 척하는 자들이다. 한마디로 어리석고 몽롱한 자들이다. 다행히 야곱은 이들의 교회 안에 앉아 있지 않았다. 미래의 언젠가를 존경하지 않는 자는 과거의 언젠가를 노래할 자격도 없으며, 오늘에도 잘못된 자세를 보인다. 이것이 야곱 벤 이사악이 다말에게 들려준 교훈에 삽입하고 싶은 우리의 의견이다. 그게 허락된다면 말이다. 야곱의 가르침에는 이 이중적인 '언젠가'가 온전히 들어 있다. 사실 어떻게 그렇지 않을 수 있겠는가? 그는 그녀에게 세상 이야기를 들려주는 중이었다. 이 경우 세상이 자신의 이야기를 들려주고 선포할 때 사용하는 단어가 '언젠가'가 아니고 무엇이란 말인가? 그녀는 아마 그에게 감사하다고 말했을 것이다. 그리고 실제로도 그렇게 했다.

"주인님께서는 과거에 있었던 것만 아니라 멀리 있는 미래에 대한 이야기까지도 이 하녀에게 들려주셨습니다."

그 말은 사실이었다. 야곱은 자신도 모르는 사이에 그렇게 했다. 그가 들려준 이야기에는 처음부터 언약의 요소가 들어 있었으므로 그 이야기를 하지 않을 수 없었다. 구체적으로, 혹은 의도적으로 예고까지는 하지 않더라도 자연스럽게 미래의 이야기를 하게 된 것이다.

그렇다면 야곱은 그녀에게 무슨 말을 했던 것일까? 그는

'실로'(Shiloh, 구약성서 열왕기상 14장 2절에 언급됨—옮긴이) 이야기를 했다.

야곱이 임종 때 처음, 죽음을 앞둔 사람으로서 즉흥적으로 영웅 실로의 이야기를 꺼냈다고 여긴다면, 이는 오산이다. 그건 즉흥적인 이야기가 아니라 이미 오래 전부터 준비된 이야기였다. 그는 반평생 동안 깊이 생각해 보고 정리한 것을 임종 때 들려줬을 뿐이다. 이는 아들들에게 내린 축복과 저주 비슷한 발언을 비롯하여 실로라 부른 언약의 형상에 관한 이야기가 해당된다. 야곱은 이미 오래 전부터 이 실로라는 인물에 관해 골똘히 생각해왔었다. 하지만 다른 사람에게는 일언반구도 않고 유독 다말에게만 이야기한 것은 자신의 이야기에 열심히 귀를 기울이는 그녀에게 뭔가 보상하고 싶었고, 한편으로는 노인에게 남아 있는 감정으로 그녀를 약간은 사랑했기 때문이다. 그렇다면 야곱이 말한 실로는 누구였을까? 혹은 무엇이었을까?

어떻게 이런 생각을 했는지! 참으로 묘하다. 실로는 도시의 이름에 지나지 않았다. 나라의 북쪽에 사방으로 담을 쌓아 만든 도시의 이름인데, 사람들이 전리품을 나누는 곳이었다. 이렇게 보면 그다지 거룩한 장소는 아니었지만, 평안과 휴식의 장소로 불렸다. '실로'라는 낱말의 뜻이 그러했다. 이 단어는 피비린내 나는 전투를 치른 후 마침내 승리를 거두어 환호하며 한숨을 돌리며 평화를 즐기는 것을 의미한다. 그런 의미에서 축복의 소리였으므로, 사람이나 장소의 이름으로 쓰일 수도 있다. 성곽 도시 세겜의 성주 아들도 도시의 이름과 마찬가지로 세겜이었던 것도 같은 맥

락이다. 따라서 실로 또한 인간의 아들인 한 남자를 칭할
수 있었다. 이 남자의 이름은 프리드리히였는데, 평화를 날
라다 주고 전해 주는 자였다. 야곱은 모두들 등장하기만 고
대하고 있는 자가 바로 이 남자라고 생각했다. 최초의 언약
과 거듭된 서약으로 인간에게 이미 오래 전부터 여인의 모
태가 낳을 인물로 언약해 준 자가 바로 그였다. 이 언약은
노아를 거쳐 셈에게 이르고 거기서 또 그 후손을 통하여 이
땅에 사는 모든 민족이 축복을 얻게 된다는 아브라함에게
까지 축복과 함께 전해졌다. 그리하여 여자의 모태에서 태
어날 그 언약의 인물은 평화의 영주이자 기름 부은 자로서
바다와 바다를 잇고 강과 강을 건너 이 세상의 끝까지 지배
하게 될 영웅이었다. 이 영웅이 선택된 씨앗으로부터 언젠
가 싹을 틔우고 올라오게 되면, 모든 왕들이 그 앞에 머리
를 조아리며 만백성도 그를 의지하게 될 것이니, 그는 영원
히 만백성의 왕으로서 왕좌에 머물 것이다.

　야곱은 언젠가 이렇게 도래할 그를 가리켜 실로라 불렀
다. 일단 이름을 붙였으니 이제는 그에 관한 정확한 표상을
떠올리고 상상해야 하는 절박한 과제가 남는다. 야곱은 워
낙 표현하고 인상을 남기는 면에는 남다른 재주가 있었으
므로, 태초의 것을 장차 다가올 것과 결합시키면서 자신의
말에 귀기울이는 여제자에게 실로에 관해 대단히 의미심장
한 이야기를 들려줄 수 있었다. 이런 어마어마한 이야기를
들을 수 있는 은혜를 받은 것은 오로지 다말뿐이었다. 그녀
는 꼼짝도 하지 않고 앉아 있었다. 그리고 자세히 쳐다봤더
라면 그녀의 귀걸이조차 미동하지 않음을 확인할 수 있었

을 것이다.

그녀는 세상 이야기를 들었다. 그 이야기엔 시초에 이미 훗날이 감춰져 있었다. 물론 그것은 언약의 형태였다. 또 여러 갈래로 나뉘어지고, 수없이 많은 이야기로 이루어진, 한편으로는 무섭기도 한 이 이야기 속으로 보랏빛 오솔길이 뻗어 있었다. 언젠가로부터 언젠가로, 즉 과거의 언젠가에서 장차 다가올 언젠가로 이어진 이 길에는 언약과 그 실현을 원하는 기다림이 놓여 있었다. 이제 전 우주에 재난이 일어나 원수지간인 두 개의 별이 서로 싸우게 되면, 다시 말해서 권력의 별과 정의의 별이 서로 충돌하면 천지가 진동할 것이다. 그러나 이는 곧 구원을 의미하는 재난으로서 뒤이어 인류의 머리에는 온화한 빛, 중용의 별이 비추게 될 것이다. 그게 바로 평화의 별이며 실로의 별이었다.

그는 인간의 아들이며 상속자로 선택된 아들이었다. 뱀의 머리를 밟게 될 그 아들, 여자의 씨로 예언된 선택된 아들이었다. 다말은 그러나 여자였다. 그런데 모든 여자가 멸망의 수단이자 구원의 품, 아스타르테이자 신의 어머니였다. 다말은 이렇게 여자로서 족장의 발치에 앉아 있었다. 그는 잘못을 바로잡은 축복의 장난을 보여준 당사자였고, 이렇게 얻게 된 축복을 이제 이스라엘의 어느 한 명에게 대물림할 자였다. 그렇다면 누구에게? 아버지는 과연 누구를 상속자로 선택하여 그의 정수리 위로 뿔로 만든 잔을 들어올려 기름을 부어줄 것인가? 다말은 손가락으로 꼽아보았다. 세 명은 저주받았다. 그러나 정실부인의 아들 총아는 죽었다. 사랑이 상속을 결정할 수는 없었다. 그리고 사랑이

제거된 곳에서는 정의 외에 남는 게 없는 법, 따라서 정의로 따진다면 뿔로 만든 잔에서 방울방울 돋게 될 기름을 정수리에 받게 될 자는 네번째 아들이었다. 유다! 그가 바로 상속자였다.

결심한 여자

    이제부터 다말의 양미간에 새겨진 주름은 자신의 아름다움에 대한 분노, 지적인 열성이라는 의미 외에 세번째 의미를 얻게 된다. 그것은 바로 단호한 결단력이었다. 다말은 단단히 결심했다. 이는 단언할 수 있다. 어떤 일이 있어도 여자라는 신분을 이용하여 이 세상 이야기 속으로 들어가리라 각오한 것이다. 그녀의 야망은 대단했다. 그녀의 지적 추구는 이처럼 흔들릴 수 없는—원래 흔들릴 수 없는 것에는 뭔가 무서운 구석이 있듯이—그래서 거의 무섭다고 할 수 있는 결심으로 이어졌다. 가르침이 곧 의지로 연결되는 사람들이다. 그렇다. 이런 자들은 가르침에 목말라 한다. 자신의 의지에 양식을 공급해 주고 그것에 목적을 부여하기 위해서이다. 다말은 세상 이야기를 들었다. 그리고 세상이 어떤 목적지로 향해 나아가는지 배웠다. 그러자 그녀는 이 교훈을 얻자마자, 한순간도 지체하지 않고, 아무것도 고려할 필요없이 그 자리에서 결심했다. 여자라는 신분을 이용하여 이러한 목적지를 향해 나아가는 세상에 함께 동참하여 세계사적인 존재가 되기로.

이는 잘 이해해야 한다. 누구나 세상의 이야기 안에 들어 있다. 오로지 세상에 태어나는 것만으로도 이런 식으로든 저런 식으로든 살아가는 동안 전 세계의 흐름에 좋게든 나쁘게든 흔적을 남기게 된다. 그러나 대부분의 사람들은 멀리 비껴나가 주변에서 서성이느라 중앙에서 일어나는 주요 사건은 전혀 알지 못한 채 여기에 참여하지도 않고 겸손한 자세를 보인다. 아니 오히려 그 핵심적인 사건에 눈을 뜬 인물에 속하지 않음을 기뻐한다. 다말은 이런 자들을 멸시했다. 그녀는 교훈을 얻자마자 이를 의지와 연결했다. 아니 교훈을 얻자 자신이 원하는 것이 무엇이며 원하지 않는 것이 무엇인지 알게 되었다는 것이 더 옳은 표현일 것이다.

그녀는 주변에서 서성이고 싶지 않았다. 이 시골 아가씨는 언약의 궤도에 올라가고 싶었다. 모태를 지닌 여자로서 구세주가 태어날 가문의 일원으로 자신을 끼워 넣으려 한 것이다. 그녀는 여자였다. 그리고 언약은 여자의 씨앗에게 주어졌다. 그녀는 실로의 선조 어머니가 되기로 결심한 것이다.

그 이상도 그 이하도 아니었다. 비로도 같은 눈썹 가운데의 주름은 이제 더 깊어졌다. 이미 세 가지 의미를 지닌 이 주름에 네번째가 보태지는 것도 당연했다. 수아의 딸, 즉 여후다의 아내에 대한 울분과 시샘이 뒤섞인 경멸이 그것이다. 다말에게는 아무 공덕도 쌓지 않고, 알지도 못하고 의지도 없으면서(다말은 지식과 의지를 공덕으로 여겼다), 언약의 궤도, 곧 눈을 뜬 자리에 있는 이 창녀가, 다시 말해서 이 구원사의 일원이 될 자격이라고는 전혀 없는 빵점짜리가 잘되기를 바라는 마음은 전혀 없었다. 아니 다말은 그 여자를 증오했다. 자신에게도 이 사실을 숨기지 않았다. 그 증오는 한 여자가 다른 여자에게 하는 증오였다. 그리고 이번에도 자신을 속일 생각 없이 솔직히 그 여자가 죽기를 바랐을 것이다. 그게 의미가 있었다면 말이다. 그러나 그건 의미가 없었다. 그 여자는 유다에게 이미 세 명의 아들을 낳았기 때문이다. 만일 자리를 정리하여 다말 자신이 상속자의 옆자리에 들어설 수 있으려면, 세 명의 아들이 모두 죽기를 원해야 했다. 다말은 유다를 상속자로서 사랑하고 갈망했다. 이는 야망에서 비롯된 사랑이었다. 유다를 사랑한 다말처럼, 한 여자가 한 남자를 그 남자 자체가 아니라 오로지 하나의 관념 때문에 사랑한 적은 한번도—혹은 지금까지는 단 한번도—없었다. 이것은 새로운 사랑의 기초였다. 처음으로 이런 사랑이 생긴 것이다. 육체에서 나온 것이 아닌 사랑, 오히려 생각에서 나온 사랑, 어쩌면 이런 사랑은 악령이 깃든 사랑이라 할 수도 있으리라. 다말이 풍만한 육체 없이 남자들을 흥분시켜 동요하게 만든 것도 그래서가 아니었던가.

따라서 그녀는 자신의 아스타르테로서의 특성을 최대한 살려(다른 때는 속상해 한 것이지만) 의도적으로 유다의 눈길을 끌 수도 있었을 것이다. 그녀는 유다가 그 여주인의 종이라는 사실을 너무도 잘 알고 있었다. 그녀는 정말 그렇게 의도적으로 그를 유혹할 수도 있었을 것이다. 그렇게 하는 것이 승리를 가져다준다는 확신만 있었다면.

그러나 그러기에는 너무 늦었다. 항상 그렇듯이 시간상 너무 늦었다는 뜻이다. 그녀는 너무 늦게 등장했다. 야망에서 비롯된 사랑과 함께 그녀는 이 시간의 자리에 너무 늦게 나타난 것이다. 거기에 자신을 끼워 넣을 수 없었고 자신을 궤도에 올릴 수도 없었다. 그래서 한걸음 앞으로 가거나 아니면 뒤로 가야 했다. 말하자면 세대를 바꿔야 했다. 결국 그녀는 원래 어머니가 되려고 했던 자리로 들어가서 자신의 목적을 이루려 한 것이다. 이는 생각해 보면 그다지 어렵지 않았다. 어머니와 연인은 항상 같은 것이었으니까. 이렇게 해서 다말은 한 세대 높은, 곧 상속자 유다로부터 눈높이를 낮춰서 그의 아들들, 다시 말해서 야곱의 손자에게로 눈을 돌려야 했다. 자신이 직접 유다의 옆에서 아들들을 낳기 위해서는, 그래서 이들보다 훨씬 나은 자식들을 창출하기 위해서는 아예 이들이 죽어 없어지기를 원했어야 할 아들들에게 눈을 돌린 것이다. 당연히 유다의 장자로 혼자 있는 에르가 그 대상이었다. 왜냐하면 그가 맏이요 상속자였으니까.

그녀의 개인적인 시간, 즉 연령상 그녀가 시간의 아래로 내려가는 것은 별 무리가 없었다. 그녀는 유다의 짝으로는 너무 젊었을 테지만, 에르의 짝으로도 너무 늦은 것은 아니었다. 그러나 기꺼이 이 길을 택한 것은 아니었다. 이 세대의 거슬리는 부분이, 그들의 허약함과 조금은 말쑥하기도 한 몹쓸 특성 때문에 그녀는 꽤 망설였다. 그러나 야망이 이런 거부감을 극복할 수 있게 해주었다. 그 야망은 이렇게라도 하지 않으면 나중에 무척 불만스러워질 것을 알고 있었음이 틀림없다. 그리고 이 야망은 이런 말도 해주었다. 언약이 항상 언약이 넘치는, 혹은 오로지 평범한 길로만 갈 필요는 없다고. 언약은 애매하고 열등한 것과 아예 저주받은 것까지도 충분히 감수하면서 자신은 전혀 해를 입지 않을 수 있다고. 환자에게서 항상 환자만 나오는 것은 아니며, 오히려 시험을 거친 개량종이 출현할 수도 있고, 이렇게 하여 구원에 이를 수도 있다고. 특히 여기서 결단력 있는 여자의 개량의 힘이 도움이 된다면, 다말은 자신이야말로 거기에 적합한 인물이라고 확신했다. 그리고 유다의 후손들은 그저 조금 질이 떨어지는 남자들일 뿐이었다. 그러나 모든 것은 여자에게 달려 있었다. 그리고 바로 여기, 가장 약한 부분에 자신을 삽입시키는 것이 관건이었다. 최초의 언약이 주어진 것도 바로 여자의 품이었다. 도대체 남자들에게 무엇이 있단 말인가!

그러나 자신의 목표를 이루려면 그녀는 다시 삼대를 거슬러 올라가야 했다. 다른 방법이 없었다. 그녀는 젊은이에게 아스타르테 역할을 했지만, 그 효과는 우스웠고 짐스럽기만 했다. 에르는 그녀와 놀려고만 들고 그녀가 눈썹을 찌푸려 정색하자 그는 어느새 떨어져 나가 진지하게 임할 줄 몰랐다. 그렇다고 유다 뒤에 숨자니 마음이 내키지 않았다. 원래 탐낸, 또는 탐을 내야만 했던 대상이 바로 유다가 아니었던가. 그는 이 사실을 모른다 하더라도 그녀 자신은 알고 있었으므로 그를 찾아가 아들을 자기에게 달라고 말하

461

기가 부끄러웠다. 실은 유다에게 아들을 낳아주고 싶은 그
녀였으니까. 그래서 그녀는 야곱 뒤에 숨었다. 야곱은 족장
인 동시에 그녀의 스승이었다. 그녀는 야곱이 점잖은 사람
답게, 품위를 잃지 않는 가운데 자신을 좋아한다는 사실을
잘 알고 있었다. 그에게 그의 가족이 되고 싶은 게 자신의
소원이라 말하고, 자신을 가족의 일원으로 받아 달라고, 그
러니까 그의 손자를 남편감으로 달라고 한다면, 자신을 좋
아하는 야곱의 마음에 상처를 주기보다는 위로가 되리라
믿었다. 그녀가 이 청을 올린 곳은 예전에도 누군가 졸라댄
적이 있는 같은 장소였다. 언젠가 노인에게 화려한 베일 옷
을 달라고 요셉이 성화를 부렸던 그 장막 안이었다. 그리고
요셉보다 그녀는 자신의 역할을 훨씬 수월하게 해낼 수 있
었다.

"스승이시여, 오, 자비롭고 위대하신 아버지. 주인님의
시녀 이야기를 들어주세요. 그리고 제발 그녀의 간절한 소
원을 들어주세요! 이건 진정에서 우러나오는 요구랍니다!
보세요. 주인님은 저를 택하여 이 땅의 딸들 앞에서 크게
만들어주셨어요. 그리고 세상과 주님을, 곧 유일하시며 지
고한 그분을 가르쳐 주셔서 그동안 눈이 멀어 있던 제 눈을
뜨게 해주셨어요. 그리하여 저를 다듬어 주인님이 빚은 상
으로 만들어주셨어요. 제가 어떻게 주인님의 눈앞에서 이
처럼 큰 은혜를 입게 되었는지 모르지만, 이 은혜는 주님께
서 주인님께 갚아주실 거예요. 그리고 이스라엘의 주님께
서 주인님께 온전한 상을 내리시리라 믿어요. 전 주인님의
손에 이끌려 이스라엘의 주님께 이르렀어요. 이제 그분께

서 절 지켜주시리라 확신해요! 저는 앞으로 주인님께서 제게 들려주신 이 이야기를 절대로 잊지 않을 거예요. 그리고 평생 가슴에 간직하고, 제게 주님께서 아이들을 주신다면, 제 아이들과 아이들의 아이들에 이르기까지 이 이야기를 전하겠어요. 이렇게 말이에요. 절대로 상을 만들지 말아라. 남자나 혹은 여자, 또는 이 땅의 짐승이나 하늘 아래의 새, 또는 벌레나 물고기를 닮은 어떤 상도 만들어서는 안 된다. 그리고 눈을 들어 태양과 달과 별들과 별무리 전체를 바라보며 이들을 섬기면 안 된다. 그것은 망하는 길이다. 보세요. 주인님. 주인님의 백성은 제 백성이며, 주인님의 주님은 제 주님이세요. 그래서 그분이 제게 아이들을 주신다면, 그 아이를 생산한 자는, 절대로 낯선 신을 섬기는 백성에 속하는 남자여서는 안 돼요. 그 남자는 무슨 일이 있어도 주인님 가족 중의 한 명이어야 해요. 주인님의 가족은 저처럼 이 나라의 딸인 여자를 아내로 맞아 주님께로 인도하기도 했었지요. 그러나 저는 지금 새로 태어났어요. 그리고 주인님께서 자신의 형상대로 만든 사람이 되었어요. 그러니 아무런 가르침도 받지 못한 자의 아내가 될 수는 없어요. 그리고 수공업자가 나무와 돌로 만든 조각상들 앞에서, 보지도 못하고 듣지도 못하고 냄새도 못 맡는 그런 신상(神像)들에게 기도를 드리는 그런 남자의 부인이 될 수는 없어요. 보세요. 아버지, 그리고 주인님! 주인님께서 행하신 일을 보세요. 주인님께서는 저를 다듬어 주시어 제 영혼을 세련되게 만들어주셨지만 한편으로는 난처하게 만드셨어요. 이제는 아무것도 모르는 많은 사람들처럼 살 수 없게 되었으니까요. 그러니 아무나 처음으로 나타나는 좋은 남자를 남편으로 맞아 주님을 모르는 어리석은 바보의 여자가 될 수는 없어요. 예전이라면 아무렇지도 않게 간단히 그렇게 했을 수도 있겠죠. 하지만 지금은 달라요. 전 주인님의 손으로 세련되고 고상하게 다듬어졌어요. 그래서 이렇게 난처해진 것도 모두 이런 과정에서 생겨나는 단점이자 어려움이죠. 이건 모두 주인님 책임이에요. 제 행동이 무례하다고 생각지 마세요. 소녀를 다듬어 주신 건 바로 주인님이잖아요. 그래서 주인님께서는 소녀가 주인님께 진 빚만큼이나 제게도 빚을 지신 셈이에요. 주인님께서 소녀를 고상하게 만든 책임을 지셔야 하니까요."

"그래, 아가, 내 딸아. 네가 하는 말에는 힘이 있구나. 나름대로 일리가 있는, 아니 박수를 칠 만한 이야기다. 이제 말해 보거라. 네가 하려는 이야기가 뭔지. 그게 뭔지 아직 짐작이 가지 않는다. 그리고 네가 생각하는 것이 무엇인지 털어놓거라. 도무지 캄캄하구나!"

"전 지금 정신적으로 주인님의 백성이에요. 그러나 온전한 주인님의 백성이 되려면 전 여자로서 육신 안에서 백성이 되어야 해요. 주인님께서 제 눈을 뜨게 하셨으니, 허락하신다면 이번에는 소녀가 주인님의 눈을 뜨게 해드리죠! 주인님의 가문에 자라나는 후손 하나가 있어요. 주인님의 네번째 아들의 맏아들인 에르. 그는 시냇가의 야자수 나무처럼 습지의 갈대처럼 날렵하지요. 주인님의 사자, 곧 유다와 의논하셔서 소녀를 그 아들의 아내로 삼게 해주세요!"

야곱은 무척 놀랐다.

"그래? 그런 생각을 했더냐? 정말, 정말이지, 내 그런 생각은 하지 못했다. 참으로 놀라운 말이구나. 너는 내게 책임이 있다고 했다. 너를 다듬어 준 책임을 지라고 말이다. 물론 내 사자와 이야기를 하여 그로 하여금 내 말을 듣도록 할 수 있다. 그러나 이것으로 너에 대한 책임을 진다고 할 수 있겠느냐? 네가 내 집에 오는 것은 환영한다. 양팔을 벌려 너를 반긴다. 그러나 내가 너를 다듬어 주님에게로 인도한 것이 네게 불행을 가져다주어서야 되겠느냐? 나는 이스라엘에 속한 자라면, 누구에 관해서건 나쁘게 이야기하는 것을 좋아하지 않는다. 그러나 수아의 딸이 낳은 아들들은 만족스럽지 못한 종자들이고 주님 앞에서 쓸모없는 자들이다. 그래서 나는 그들을 아예 쳐다보지도 않는다. 정말이다. 네 소원을 들어주고 싶지만 무척 망설여진다. 내 생각으로는 그 사내아이들은 결혼을 할 자격이 없는 아이들이다. 여하튼 너와 결혼하기에는 적당하지가 않다."

그러자 그녀는 강하게 나왔다.

"다른 여자와도 할 수 없다면, 더더욱 저와 해야 해요. 생각해 보세요. 아버지, 그리고 주인님! 여후다가 아들들을 갖게 되는 것은 정해진 일이었어요. 그래서 이들은 이미 태어났어요. 지금의 모습대로 말이에요. 이들은 그럼에도 불구하고 좋은 씨앗의 후손이죠. 그리고 이들에게도 이스라엘의 씨앗이 숨겨져 있지요. 그래서 이들을 건너뛸 수도, 그들을 탈락시킬 수도 없어요. 그들이 스스로 떨어져나가서 생명의 시험을 이기지 못한다면 모를까. 그렇다면 그들이 다시 아들들을 낳게 되는 것은 정해진 일이에요. 적어도 아들 한 명은 낳을 거예요. 최소한 한 아들은 그럴 것 아니겠어요. 장자인 에르 말이에요. 이 시냇가의 야자수를 저는 사랑해요. 제 사랑으로 그를 세워 이스라엘의 영웅이 그 씨앗에서 나오도록 하겠어요!"

"영웅은 바로 너로구나, 내 딸아. 너를 믿는다."

야곱은 사자, 곧 유다에게 그렇게 이르겠다고 약속했다. 그래도 마음은 여전히 찜찜하고 복잡했다. 노인은 자신에게 남아 있는 마지막 감정에 불을 지펴 열렬히 그 여자를 사랑하고 있었던 탓에 그녀에게 자신에게서 나온 남성을, 한마디로 자기 손자를 선물할 수 있다는 것이 기뻤다. 그러나 한편으로는 별로 신통한 남성이 아닌 손자를 주는 게 떳떳하지 못해 마음에 걸렸다. 그리고 마음이 복잡한 세번째 이유는, 왠지는 모르지만, 어째 이 이야기 전체가 좀 으스스한 느낌이 들어서였다.

"우리는 통로가 아니다!"

유다는 마므레 숲에 계신 아버지 곁에 다른 형제들과 함께 산 것이 아니었다. 그는 히라와 친구가 된 이후 아래쪽의 평원으로 한참 내려가 아둘람 초원에 살고 있었다. 그리고 큰 아들 에르와 다말이 결혼생활을 한 곳도 그곳이었다. 이 결혼을 중매한 것은 야곱이었다. 그는 넷째 아들을 불러 둘을 결혼시키도록 했던 것이다. 유다가 아버지의 명령을 거역할 이유가 어디 있었겠는가? 약간 탐탁지는 않았지만, 그는 별 문제를 만들지 않고 순순히 동의했다. 그래서 다말은 에르의 아내가 되었다.

커튼을 들치고 이 부부생활을 들여다볼 생각은 없다. 그 당시에도 어느 한 사람 그럴 마음을 가진 사람은 없었다. 그리고 인류는 사무적으로 짤막하게 이 사실을 다뤘다. 동정심도 물론 보이지 않았고, 누구를 탓하지도 않았다. 누군가를 나무란다는 것이 항상 성가신 일로 보였던 것이다. 불

운의 요소는 한편으로는 역사의 대열에 기필코 서려는 야
망과 연결된 아스타르트의 특성과, 다른 한편으로는 삶의
첫 시험들도 통과할 수 없는 허약한 청춘이었다. 그러므로
가장 좋은 방법은 전래설화가 보여준 대로 사무적으로 간
결하게 전하는 것이다. 유다의 에르는 결혼한 직후 죽었노
라고. 혹은 어떤 사람들이 표현하듯 주님께서 그를 죽이셨
노라고.

그건 그렇다. 주님은 모든 것을 행하신다. 그러므로 모든
일은 그의 행위로 표기할 수 있다. 다말의 품에서 청년은
피를 토하며 죽었다. 아마도 출혈이 죽음을 야기한 것 같
다. 피에 질식한 것은 아니라 하더라도. 그리고 또 어떤 자
들은 적어도 개처럼 홀로 죽지 않고 아내의 품에서 죽은 것
이 다행이라며 위안을 얻을 수도 있을 것이다. 물론 이에
대해서도, 젊은 남편의 생명의 피, 또 죽음의 피이기도 한
그 피로 물든 그녀를 상상해야 하느냐고 볼멘소리가 나올
수도 있을 것이다. 그녀는 양미간을 찌푸리고 침통한 표정
으로 일어났다. 그리고 몸을 깨끗하게 씻은 후, 유다의 두
번째 아들 오난을 남편으로 달라고 요구했다.

이 여인의 단호한 태도에는 어딘지 모르게 사람들을 아
연하게 하는 구석이 있었다. 그녀는 야곱을 찾아가 자신의
고통을 하소연했다. 어떻게 보면 주님을 원망한 것이기도
했다. 노인은 야웨를 생각하자 난처해졌다.

"남편이 제 품에서 죽었어요. 에르는 주인님의 손자예요.
그런데 갑자기 한순간에 이렇게 죽었어요! 이걸 이해하실
수 있어요? 주님께서 어떻게 이러실 수 있나요?"

"그분은 무엇이든 하실 수 있다. 그분은 못하실 게 없다. 몸을 낮추어라! 그는 그래야 한다면 가장 무서운 것도 행하신다. 무엇이든 할 수 있다는 것은, 제대로 생각하면 커다란 유혹이니까. 이건 그분에게 남아 있는 사막의 잔재로구나, 그렇게 생각하도록 해라! 그는 이따금 누구에게도 해명하는 법 없이 사람을 죽이기도 하신다. 그러면 인간은 있는 그대로 받아들일 수밖에 없다."

"저도 받아들이겠어요. 주님과 관련된 부분은 그렇게 받아들이죠. 하지만 제 상황은 아니에요. 과부로 살아야 하는 걸 받아들이지는 않을 거예요. 저는 그럴 수도 없고 또 그래서도 안 되니까요. 한 사람이 떨어져 나갔으면, 아직 남아 있는 제 불꽃이 꺼지지 않도록, 바로 다음 사람이 그를 대신해야 해요. 이 땅에 내 남편이 이름도, 또 그로부터 나온 어떤 것도 남기지 못하게 해서는 안 돼요. 이건 오로지 저를 위한 것도 아니고, 또 죽임을 당한 자만을 위해서도 아니에요. 저는 모두를 위해, 영겁을 염두에 두고 하는 말이에요. 아버지, 주인님, 이스라엘 안에서 명을 내리셔야 해요. 자식 없이 형제가 죽으면 그의 아내로 하여금 집안 바깥에 있는 낯선 남자를 남편으로 얻지 않고, 그 시동생이 대신 그녀와 결혼하라고, 그러나 그 결혼에서 그녀가 낳은 첫 아들은 죽은 형의 이름을 따라야 한다고. 그 이름이 이스라엘에서 사라지지 않도록!"

야곱이 제동을 걸었다.

"그 남자가 형수를 취하는 것이 싫다고 하면?"

다말의 단호한 대답을 들어보자.

"이 경우 그녀는 앞으로 나서서 모든 사람 앞에서 이렇게 말해야 해요. 내 시동생이 형의 이름을 이스라엘 안에 남기기를 거부하여 나와 결혼하지 않으려 한다. 그러면 사람들도 그를 설득해서 그렇게 하도록 만들어야 해요. 그러나 그래도 그녀를 취하기 싫다라고 말하면 그녀는 온 백성 앞에 나아가 그의 신발을 한 짝 벗겨 거기에 침을 뱉고 이렇게 대답해야 해요. 형의 집안에 대를 잇는 일을 거부하는 남자는 모두 이렇게 해야 하며 그의 이름은 앞으로 '맨발의 남자'가 되어야 한다!"

"그렇게 되면 그 남자도 생각을 다시 하겠지. 내 딸아, 네 말에 일리가 있다. 계시를 받는 거룩한 나무 아래에서 내가 공포했던 규정을 근거로 이를 일반화하면 유다한테 오난을 네 남편으로 주라고 말하기가 훨씬 수월할 것이다."

이렇게 시동생과의 결혼은 다말의 개입으로 처음 생겼다. 이 시골 아가씨는 이제 역사적인 사건을 움직이게 된 것이다. 그녀는 과부로 살지 않고 오난을 남편으로 얻었다. 유다는 물론 이런 겹결혼을 별로 좋아하지 않았고, 더구나 이 결혼을 요구한 당사자 다말은 더더욱 좋아하지 않았다. 아버지의 부름을 받고 아둘람 초원에서 온 여후다는 아버지의 충고를 듣고도 한동안 내키지 않는다고 버텼다. 둘째 아들도 첫째 아들처럼 불행한 결말을 겪게 하는 것이 옳으냐. 또한 오난이 이제 겨우 스물이니 결혼을 할 수 있을지는 몰라도, 그녀와 하기에는 덜 성숙하다.

"하지만 오난이 자기 형의 대를 잇는 일을 계속 거부하면, 그녀가 신발을 벗겨 그는 평생 동안 '맨발의 남자'로 불리게 되는데도."

"아버지께서는, 이스라엘께서는 원래 그렇게 하기로 정해진 것처럼 말씀하시지만, 사실은 지금 처음으로 그 일을 하시고 있습니다. 그리고 전 누가 그렇게 하시도록 충고했는지도 압니다."

그러자 야곱은 이렇게 대꾸했다.

"그 여자를 통해 주님께서 말씀하신다. 그녀를 나에게 인도하신 건 바로 주님이시다. 그리하여 나로 하여금 그녀에게 주님을 알게 하였고, 이제 주님께서 그녀를 통해 말씀하시는 것이다."

이 말에는 유다도 어쩔 수 없어서 결혼을 성사시켰다.

침실을 엿보는 것은 화자의 품위를 낮추는 것이므로, 무뚝뚝한 표정으로 간결하게 이 정도로만 말해두자. 유다의 둘째 아들은 매력적이고 싹싹했는데, 어딘지 모르게 미심쩍은 구석이 있는 그만의 독특한 매력이었다고. 이것은 뿌리처럼 질긴 반항심으로 자신에 관한 판단과 자신 안에 들어 있는 생명에 대한 일종의 거부였다. 그렇다고 해서 자기 자신에 대한 거부는 아니었다. 그러기에는 자신을 너무 사랑했다. 그는 자신을 치장하는 것을 좋아해 지나칠 정도로 멋을 부렸다. 그러나 자신을 통해 생명이 이어지고 연장된다는 것, 여기에 대해서는 속으로 항상 아니오라고 말하고 있었다. 이 말은 자신이 형을 대신하는 남편 자리에 들어가는 게 못마땅했다는 뜻이다. 그리고 자신이 아니라 형의 대를 이어줘야 한다는 것을 못마땅하게 생각한 것이다. 이것은 사실이다. 말과 생각이 문제가 된다면, 그는 혼자서 그렇게 말할 수도 있었을 것이다. 그러나 생각과 말이란 어떤 것의 묘사일 뿐, 그 뒤에는 어떤 지식이 자리잡고 있었다. 이것은 유다의 자식 모두가 태어날 때부터 가지고 나온 앎이었다. 이 지식에 따르면, 생명이 지나갈 수 없는 막다른 골목이 바로 자신들이었다. 생명이 어떤 길로 가든 상관없다. 그러나 자신들은, 유다의 세 아들들은 결코 그 통로가 아니다. 그럴 뜻도 없고, 그럴 수도 없으며 그래서도 안 된다. 우리는 통로가 아니다! 그들은 한 목소리로 그렇게 말했다. 이는 나름대로 옳은 이야기였다. 생명이든, 허물 벗기이든 자기 갈 길로 가라고 해라. 단, 우리하고는 상관없다. 오난 역시 그랬다. 그의 귀여운 외모와 싹싹함은 자기애의 표현이었을 뿐, 그 이상은 아니었다.

마지못해 결혼을 해야 할 상황에 이르자, 그는 여자의 모태를 바보 취급하기로 작정했다. 그러나 이는 아스타르트로 무장한 다말의 야망은 전혀 고려하지 않은 계산이었다. 그녀의 야망은 그의 저항을 먹구름처럼 덮쳐, 그에 대한 보상이라도 하듯이 한순간에 천둥번개를 내려 죽음을 몰고 왔다. 그는 그녀의 품안에서 죽었다. 갑자기 생명이 굳더니, 뇌도 조용해지고 결국 죽어버렸다.

다말은 자리를 박차고 일어나 유다의 막내아들 셀라를 달라고 노골적으로 요구했다. 이제 열여섯 살인 그를 남편으로 달라고. 참, 기가 막힌다고, 뭐 이런 황당한 여자가 다 있느냐고 한다면, 우리도 할 말이 없다.

그녀는 이번에는 자신의 뜻을 관철하지 못했다. 우선 야곱부터 흔들렸다. 유다가 길길이 뛸 게 뻔했던 것이다. 그

472

리고 실제로 유다는 그렇게 했다. 사람들은 그를 가리켜 사자라 불렀지만, 이번에는 암사자처럼 마지막 아들인 소년 앞에 버티고 서서, 이 아이가 무슨 일을 할 수 있고 없고 간에, 무조건 이 결혼에 반대라고 했다.

"절대로 안 됩니다! 이 아이마저 잃으라는 겁니까? 첫째 아이처럼 피를 흘리든, 아니면 둘째처럼 피도 흘리지 않고 죽든 그렇게 망하는 꼴을 보라는 겁니까? 안 됩니다. 주님 께서 제 앞에 나타나신다 해도 결코 이번만은 안 됩니다! 저는 아버지 이스라엘의 부름을 받고 제가 살던 평원을 떠나 아버지가 계신 이 높은 고지대로 올라왔습니다. 지금 평원의 에십(Ehesib)에는 제게 이 아들을 낳아준 수아가 병들어 누워 있습니다. 어쩌면 그녀는 곧 죽을지도 모릅니다. 그런데 셀라까지 죽으면 저는 맨몸입니다. 이건 명을 어기려는 불복종의 문제가 아닙니다. 아버님께서도 제게 명령을 하실 생각은 없고, 한편으로는 의심스러워하면서 그저 자극이나 주려고 하시는 것처럼 보이니까요. 하지만 전 의심할 것도 없습니다. 지금 이 순간 분명하게 말씀 드릴 수 있습니다. '아니오, 절대로 그럴 수 없습니다.' 이건 아버님과 저를 위해서입니다. 도대체 그 여자는 무슨 생각을 하는 겁니까? 제가 그 여자한테 어린양까지 또 줘야 된답니까? 또 망쳐놓게요? 이 여자는 자신이 사랑하는 자를 죽이는 이쉬타르입니다! 젊은 청년을 잡아먹는 여자예요! 아무리 먹어도 배부른 줄 모르는 여자! 거기다 제 아들은 아직 어린아이입니다. 아직 그럴 나이도 되지 않았습니다. 그러니 이 어린양을 그녀의 품으로, 그녀의 울타리 안에 넣을

순 없습니다."

　정말 셀라는 최소한 지금은 그의 결혼한 모습을 상상할
수 없었다. 그는 천사처럼 보이지도 않았고, 인간의 아들로
도 보이지 않았다. 그저 맛있는 것이나 밝히고, 어디 쓰일
데도 없어 보였다. 그리고 아직까지 수염도 없고 목소리도
저음이 아니었다.

　야곱도 머뭇거릴 수밖에 없었다.

　"이건 그저 신발과 그 뒷일들 때문이다. 만일 아이가 형
의 대를 잇는 일을 거부하면, 뒤탈이 생길 테니까."

　"만일 청년을 잡아먹는 그 여자가 남자를 둘이나 죽이고
도 관습에 따라 지금 당장 친정으로 돌아가서 조용히 과부
로 살지 않고 음란함을 계속 드러내면, 아버님의 넷째 아들
인 제가 사람들이 보는 앞에서, 그 가족도 있는 자리에서
그녀의 신발을 벗겨서 공개적으로 그녀를 고발하겠습니다.
그녀는 흡혈귀라고! 그래서 돌에 맞아 죽거나 화형에 처하
게 할 겁니다!"

　그러자 야곱은 난처해졌다.

　"내가 아무리 자극했기로서니 그건 너무 지나치구나!"

　"제가 지나치다고요? 그러면 만일 사람들이 아버님한테
서 벤야민을 뺏으려고 하면 어쩌시겠습니까? 아버님은 그
를 위험한 여행에 내보내시겠습니까? 아버님은 마지막 아
들도 아니고 그저 막내아들인데도 그 아이를 지팡이로 지
키고 계시지 않습니까. 그리고 혹시라도 그를 잃을까봐 늘
가까이 두고 계시지요. 그래서 그 아이는 길거리에도 못 나
가게 하시지요. 그렇습니다. 셀라는 제게 벤야민입니다. 그

러니 저도 이 아이는 내놓을 수 없습니다. 절대로!"

"한 가지 제안을 하마. 이건 시간도 벌고 네 며느리와 심각하게 반목하지 않게 해주는 일이다. 이건 그녀의 요구를 무조건 묵살하는 것이 아니고 그녀 스스로 그런 요구를 잊어버리게 하는 것이다. 가서 그녀에게 이렇게 말하거라. '내 아들 셀라는 너무 어리다. 그리고 아직 제 나이 값도 못한다. 그러니 친정에 가서 과부로 살고 있거라. 그러면 아이가 다 크면 네게 주겠다. 그때 가서 아이한테 형의 대를 잇게 하자.' 이렇게 말하면 몇 년 간은 그녀가 그런 요구를 하지 않고 입을 다물고 있을 것이다. 그러다가 다시 그 요구를 할 수도 있고, 어쩌면 다시는 그런 요구를 하지 않을 수도 있다. 아니면 혹시 또 그 이야기를 꺼낸다 하더라도 그때 가서 다시 그녀를 위로하고 그럴듯한 이유를 들어 아이가 아직 다 자라지 않았다고 하면 된다."

"그렇게 하지요. 아무것도 모르고 잘난 척 까부는 부드럽고 여린 내 자식을 활활 타오르는 몰록(혹은 멜렉—옮긴이)의 팔에 제물로 바치지 않아도 된다면 무슨 말인들 못하겠습니까?"

양털 깎기

  야곱의 지시대로 이루어졌다. 다말은 시아버지의 결정을 침통한 표정으로 받아들였다. 그녀는 그의 눈을 지그시 바라보았다. 여하튼 그녀는 시아버지가 시키는 대로 과부로서, 고통을 당하는 여자로서 친정 집에서 살았다. 그리고 소식도 없이 1년을 보내고 또 1년이 지났다. 그리고 또 1년을 묵묵히 보내 도합 3년을 조용히 지냈다. 2년이 지난 뒤에 다시 요구할 수도 있었을 것이다. 그러나 그녀는 3년째도 아무 말 없이 기다렸다. 셀라가 아직 어리다는 거절을 듣지 않기 위해서였다. 이 여인의 인내심은 그녀의 단호함만큼이나 존경해 줘야 마땅하다. 그러나 단호함과 인내심, 이는 같은 것이다.

  그러나 셀라가 열아홉이 되어 남자로서의 자격을 갖추었다고 할 수 있게 되었을 때 그녀는 유다 앞에 나타났다.

  "기한이 지났어요. 이제 저를 아버님 아들의 아내로 주실 때가 되었어요. 그러니 아버님의 아들이 형의 이름을 살려 내어 형의 후손이 나오게 해주세요. 아버님께서 약속한 각 서를 생각해 보세요!"

그런데 유다는 기다림의 첫해가 지나가기도 전에 자신도 홀아비가 되었다. 수아의 딸이 죽은 것이다. 워낙 맺힌 한 이 많아서였다. 우선 남편인 유다가 아스타로트의 종인지 라 여자 문제로 속을 썩였고, 아들들까지 죽은 데다 또 이 모든 일이 자기 탓이라 하니 화병이 명을 재촉한 셈이었다. 이제 유다에게는 셀라밖에 남지 않았다. 전에도 그랬지만, 지금은 더더욱 아들을 위험한 여행에 떠나보낼 생각이 없 었다.

"약속한 각서? 그런 건 애초에 없었다. 그렇다고 구두 약 속이라고 해서 지키지 않겠다는 건 아니다. 그러나 이렇게 오랜 시간이 지난 후에도 여전히 그런 요구를 하리라고는 생각하지 못했다. 그건 그저 위로하려고 한 말이었다. 아직 도 위로가 더 필요하다면 한번 더 말해 줄 용의도 있다. 하 지만 스스로 충분히 위로를 해주었다면, 나한테 또 위로를 들을 필요도 없었을 텐데. 여하튼 셀라는 나이가 들긴 했지 만 충분히 성숙하지는 않았다. 그리고 너 또한 내가 위로를 해주었을 때보다 나이가 더 들었으니, 내 아들과 나이 차이 가 꽤 되지. 어쩌면 그 아이의 어머니가 될 수도 있을 걸."

"그래요? 제가 그럴 수도 있나요? 저한테 제 자리를 정해 주시는 것 같군요."

"난 네 자리가 친정이라고 생각하는데. 거기로 돌아가서 남편 둘을 잃은 슬픔을 안고 과부로 사는 것이 좋을 게야."

그녀는 절을 한 다음 돌아갔다. 그러나 일은 그때부터였다.

　이 여자는 그렇게 간단히 내칠 수 있는 여자가 아니었다. 그리고 궤도 밖으로 밀어낼 수도 없었다. 그녀를 주시하면 할수록 더 황당해진다. 그녀는 자신이 차지할 시간대를 마음대로 정했다. 처음에는 야곱의 손자의 대로 내려갔다. 그녀는 이들을 저주했다. 자신이 아이들을 출산할 수도 있었을 텐데 이를 방해한 자들이었던 것이다. 이제 그녀는 시간대를 다시 올라가기로 결심했다. 손자 중에 아직 한 명이 남아 있긴 했다. 그러나 사람들은 그를 그녀에게 내놓지 않으려 했다. 그 손자가 그녀를 다시 궤도로 올려놓을 수도 있지만, 다른 손자들과 마찬가지로 죽을 수도 있는데 그런 위험천만한 일을 감수할 이유가 없었다. 그러나 그녀로서는 이대로 주저앉을 수는 없었다. 그녀의 불꽃은 아직 꺼져서는 안 되었다. 그러나 사람들은 그녀를 주님의 상속자들의 대열에서 제거하려 했다. 그녀로서는 이처럼 고통스러운 일이 없었다.

　야곱의 아들 유다에게 어떤 일이 벌어졌는지 살펴보자.

　사자 수컷이 사자 암컷에게 어린 아들을 뺏기지 않으려고 완강히 버틴 덕에 무사히 암컷을 돌려보내고 나서 얼마 후였다. 때는 양털을 깎을 철이었다. 근방의 목자들은 함께 몰려다니며 여기저기서 양털을 깎고, 일이 끝나면 한판 거나하게 먹고 마시곤 했다. 이번에는 산에서 잔치를 벌이기로 되어 있었다. 딤나(Dimnach, 창세기 38장 12절에 소개된 지명—옮긴이)라는 곳이었다. 가축을 지키는 목동들과 그 주인들이 위에서 내려오기도 하고 아래에서 올라와서 그곳에 모여 함께 양털을 깎고 좋은 시간을 보낼 참이었다. 유다는 아둘람에서 이곳으로 올라갔다. 친구이자 자신이 부리는 목동들을 감독하는 히라와 함께였다. 이 자는 유다에게 수아의 딸을 소개해 준 바로 그 남자이다. 이들은 함께 양털을 깎고 즐거운 시간을 가질 계획이었다. 최소한 히라는 그랬다. 유다는 전혀 즐길 기분이 아니었으니까. 그는 지옥에 사는 자였다. 이전에 다른 사람들과 함께 저지른 일에 대한 벌로 말이다. 아들들이 죽은 방식도 이 지옥과 아주 흡사했다. 그는 자신이 상속자로 선택될까봐 상심이 컸다. 그리고 차라리 한해 동안 축제 같은 것은 아예 없었으면 했다. 즐거운 때라고는 전혀 없는 게 속 편했다. 왜냐하면 지옥의 노예에게는 어떤 축제든 지옥의 성격을 띠게 되어 상속자 선택을 더럽히는 결과만 가져왔기 때문이다. 그러나 무슨 소용이 있겠는가? 몸이 아픈 자라야 사는 일에 면제받는다. 그러나 마음으로만 아픈 경우에는 아픈 것으로 인정받지도 못하며 이해도 받지 못한다. 그러므로 생활에 참여해야 하고 다른 사람들과 시간을 함께 보내야 한다. 그렇기 때문에 유다도 털을 깎느라 딤나에 가서 사흘을 보내며 제물도 올리고 잔치를 벌였다.

산에서 내려올 때 그는 혼자였다. 그는 혼자 가는 것을 좋아했다. 걸어서 갔다는 것은 우리도 알고 있다. 그는 꽤 좋은 지팡이를 가지고 있었다. 손잡이가 달린 이런 지팡이는 짐승을 타고 다닐 때뿐만 아니라 걸어다닐 때도 아주 편리한 장비였다. 그는 이 지팡이를 짚고 언덕의 오솔길을 내려가고 있었다. 포도밭 기슭으로 사방이 붉은 황혼에 물들기 시작했다. 그 언덕길은 유다가 잘 아는 곳이었다. 높은 언덕의 발치에는 에남, 곧 에나임 성소도 있었다. 에섭과 아둘람으로 가려면 거기를 지나야 했다. 자줏빛으로 색칠한 집들과 흙벽이 보였고 성문이 있었다. 성문 옆에 누군가 쪼그리고 앉아 있었다. 가까이 가보니 그녀는 케토넷 파스파심으로 얼굴을 가리고 있었다. 그것은 유혹하는 여자들이 걸치는 베일 옷이었다.

그의 머리에 떠오른 첫번째 생각은 '난 혼자다', 그리고 두번째 생각은 '그냥 지나간다'였다. 하지만 세번째 생각은 이랬다. '그녀와 함께 아래로! 편안하게 집으로 돌아가는데 이렇게 꼭 환락을 주는 수녀 케데세가 길가에 앉아 있어야 하는가? 나한테 잘 어울리는 일이지만, 신경 쓰지 않겠어. 왜냐하면 나는 둘이니까. 하나는 이런 일에 딱 맞는 자이고, 또 하나는 이런 일에 치를 떨고, 자신을 부인하며 화가 나서 지나가는 자지. 이런 건 다 아는 오래된 노래야! 그런데도 똑같은 노래를 또 불러야 하나? 쇠사슬에 묶인 노예들이 노 젓는 부역에 끌려가가 신음을 토하며 이런 노래를 하지. 저곳에서 춤을 추는 어떤 시녀하고 헐떡이며 노래를 부른 적도 있어. 그러니 한동안은 배가 불러서 그 생각은 안 나야 마땅해. 하지만 그렇게 배불러 할 줄도 알면 지옥도 아니지! 노래를 부르고도 또 부르고 싶어 거기서 못 벗어나니 지옥인 거지. 이건 수치스러운 호기심이야. 말도 안 돼. 수백번도 더 맛본 건데, 그 김빠진 것이 뭐 그렇게 궁금해서! 그녀는 뭐라고 말할까? 또 몸은 어떻게 꼴까?

아, 그건 내 뒤에 오는 자가 시험해 보라고 그래. 나는 그냥 지나간다.'

그리고 그는 멈춰 섰다.

"여주인님은 안녕하신지!" 그가 말했다.

"그녀는 당신을 강하게 해드리죠!"

그녀가 속삭였다.

그때 그는 이미 쾌락의 천사에 사로잡혔다. 그녀의 속삭임에 호기심이 생긴 그는 여자를 쳐다보았다. 그리고 떨리는 입술로 물었다.

"속삭이는 여인이여. 이렇게 길에 앉아서 누구를 기다리고 있소?"

"즐길 줄 아는 즐거운 남자를 기다립니다. 저와 함께 여신의 비밀을 나눌 사람이지요."

"그렇다면 내가 제대로 온 것 같소. 나는 즐길 줄 아는 사람이니까. 물론 즐거운 사람은 아니오. 나는 쾌락에 별로 관심이 없소. 하지만 쾌락이 나한테 관심이 많다오. 그대 또한 쾌락에는 별로 관심이 없고, 그저 상대방이 쾌락을 얻으면 다행으로 여기리라 생각하오. 이게 그대들의 직분이니까."

"물론 저희는 선사하는 여인들이지요. 그러나 저희도 올바른 자가 오면 받을 줄도 안답니다. 제게 관심이 있으신가요?"

그가 그녀를 건드렸다.

"그런데 제게 뭘 주실 건가요?"

그녀는 그를 가로막았다.

그가 웃었다.

"내가 즐길 줄 아는 남자이며 그래도 약간은 즐거운 남자라는 증거로 염소 한 마리를 주겠소. 그대가 나를 기억할 수 있도록 말이오."

"하지만 지금은 가지고 있지 않군요."

"내 그대에게 보내리다."

"처음에는 다들 그렇게 말하지요. 그러나 나중에는 다른 사람이 되어 자신이 한 말을 더 이상 알지 못하지요. 그러니 담보물을 주셔야 해요."

"말해 보시오!"

"손가락에 끼고 있는 반지를 주세요. 그리고 목걸이와 손에 들고 있는 지팡이도!"

"그대는 여주인님을 보살피는 법을 잘 아는구려! 자, 가지시오!"

그리고는 그녀와 함께 길가에서 황혼을 받으며 자신이 잘 아는 노래를 불렀다. 그녀가 성벽 뒤로 사라지자 그는 집으로 돌아가 다음 날 아침 목동들을 감독하는 목부장(牧夫長) 히라를 찾아갔다.

"이러저러한 일이 있었네. 어떤 일인지는 자네도 잘 알 테지. 에나임(도시 이름—옮긴이)의 성문 옆이었네. 에남(신이름—옮긴이) 신전에 있는 창녀였어. 케토넷 아래의 눈에 뭔가 묘한 구석이 있었지…… 아, 간단하게 말하겠네. 남자들 사이에 이런 일을 가지고 긴말할 것도 없지! 그러니 자네가 염소를 갖다주게. 내가 염소를 주기로 약속했거든. 그리고 염소를 주고 내가 맡긴 물건들을 찾아오게나. 반지하고 지팡이 그리고 목걸이. 그녀에게 아주 괜찮은 염소를 가져다주게. 구걸하는 여자한테 구걸하고 싶지는 않으니까. 그녀가 다시 성문 앞에 앉아 있을 수도 있고, 만약 없으면 사람들한테 물어보게!"

히라는 염소를 골랐다. 악마처럼 흉측하게 생겼지만 몸 하나는 튼튼한 근사한 놈으로 둥근 뿔에 갈라진 코, 그리고 수염이 긴 염소였다. 그리고 염소를 끌고 에나임 성문으로 갔다. 그러나 거기에는 아무도 없었다. 그는 성소 안으로 들어가서 물었다.

"길거리에 앉아 있던 창녀는 어디 있소? 그녀는 어디 있소? 당신들 신전에 있는 창녀이니 당신들이 알 것 아니오?"

그러나 그에게 돌아온 대답은 이러했다.

"창녀라니, 그런 건 옛날에도 없었고 지금도 없소. 이곳에는 없소. 여기는 예의 바른 소도시오. 당신 염소한테 맞는 염소 암컷은 다른 데 가서 찾으시오. 안 그러면 돌 세례를 받든지!"

그래서 히라는 그대로 유다에게 전했다. 그는 어깨를 들썩여 보였다.

"못 찾으면 그거야 그 여자 잘못이지. 우리는 하는 데까지 했으니, 누구도 뒷말을 할 수는 없을 거야. 하지만 내 물건은 영영 잃어버렸군. 지팡이에는 수정 손잡이가 붙어 있었는데. 하는 수 없지. 자, 염소는 다른 가축이 있는 곳으로 도로 데려가게!"

그리고 유다는 그 일을 잊어버렸다. 그러나 석 달 후였다. 다말의 임신 소식이 들려왔다.

그것은 대단한 스캔들이었다. 지금까지 이 근방에서는 그런 일이 없었다. 그녀는 상복을 입고 친정에서 과부로 살았다. 그런데 알고보니 수치심도 없이 죽어 마땅한 짓을 저질렀다는 사실이 백일하에 드러난 것이었다. 그건 죽어 마땅한 죄야! 남자들은 분노하며 낮은 소리로 숙덕였고, 여자들은 조롱과 저주를 퍼부으며 꽥꽥거렸다. 그럴 만도 했다. 다말은 항상 고상한 척 굴었고, 자기들과는 다른 여자인 것처럼 굴었던 것이다. 여하튼 사람들의 원성은 유다의 귀에까지 들렸다.

"알고 있는가? 자네도 아나? 자네 며느리 다말이 몹쓸 짓을 했어. 이제 그 사실을 숨길 수 없게 되었네. 임신을 했거든! 창녀 짓으로 임신한 걸세!"

유다는 얼굴이 하얗게 질렸다. 사슴 같은 눈이 앞으로 불거졌다. 그리고 콧구멍 위의 살까지 벌렁거렸다. 죄인들은 다른 사람들의 죄에 유난히 더 발끈하는 법이다. 게다가 그의 피는 이미 그 여자에 대한 적의로 끓어 오른 상태였다. 그녀가 누구인가. 아들을 둘씩이나 앗아간 계집이 아니던가. 그리고 자신으로 하여금 약속을 어기게 만든 여자였다. 세번째 아들을 안 주려고 거짓 약속을 한 셈이었으니까.

"이런 패륜을 저지르다니! 그녀의 머리 위로 하늘의 철퇴가 떨어지리라! 또 발밑의 땅도 철퇴를 날리리라! 마땅히 불태워 죽여야 해! 그 여자는 벌써 화형대에 올라갔어야 했어. 하지만 이제 끔찍한 짓을 저질러 이스라엘과 자신의 상복을 더럽혔다는 게 만천하에 드러났으니, 당장 친정으로 찾아가서 그녀를 집 앞으로 끌어내서 불에 태워 재로 만들어야 해. 모든 게 자업자득이지!"

유다는 앞장서서 다말의 집으로 향했다. 그 뒤로 주먹을 휘두르는 밀고자들이 따랐다. 가는 도중에 사방에서 사람들이 모여들어 유다 일행이 과부의 집 앞에 이르렀을 때에는 사람 수가 엄청 늘어났다. 이들은 욕을 해가며 휘파람까지 불어댔다. 집 밖으로 다말의 부모들이 한숨을 쉬며 서럽게 우는 소리가 들려왔다. 그러나 그녀의 목소리는 들리지 않았다.

그러자 세 명의 남자를 골라 못된 창부를 끌어내기로 했다. 이들은 어깨에 잔뜩 힘을 주고 팔을 휘저으며 턱을 가슴으로 끌어당기고 주먹을 불끈 쥔 채 집안으로 들어갔다. 다말을 끌어내어 수치를 준 다음 화형에 처할 작정이었다. 그런데 잠시 후 이들은 다말 없이 자기들만 나왔다. 그리고 손에는 각기 물건을 한 가지씩 들고 있었다. 한 사람은 손가락 두 개로 반지 하나를 보여주었고, 두번째 남자는 지팡이 중간을 잡고 앞으로 쑥 내밀고, 세번째 남자는 자줏빛 목걸이를 대롱대롱 흔들어 보였다. 앞에 서 있는 여후다에게 이 물건들을 가져온 그들은 이렇게 말했다.

"당신 며느리 다말이 이 말을 전해 달라고 했네. '제 뱃속의 아이의 아버지는 이 담보물의 주인입니다. 이 물건들을 아시지요? 자, 보세요. 저는 주님의 상속에서 제외시킬 수 있는 그런 여자가 아니에요! 이런데도 저를 제 아들과 함께 내치시겠어요?'"

유다는, 그 사자는 물건들을 보았다. 사람들이 몰려와 그의 기색을 살폈다. 분노로 하얗게 질려 있던 유다의 얼굴은 서서히 피처럼 빨개졌다. 머리카락 밑과 눈까지 벌겋게 달아오른 것이다. 그리고 그는 입을 다물었다. 이때였다. 느닷없이 한 여자가 웃기 시작했다. 그러다 또 한 여자, 그리고 한 남자와 여러 남자와 여자들이 웃음을 터뜨렸다. 그리고 마침내 모두들 세상이 떠날 듯 박장대소를 터뜨렸다. 누구하나 웃음을 막을 재간이 없었다. 한바탕 실컷 웃고 난 자들은 입을 쩍 벌린 채 이렇게들 외쳤다.

"하하! 유다! 자네잖아! 유다 자네가 며느리를 자기 여자로 만들었네! 우하하하!"

그러면 레아의 넷째 아들은 어떤 반응을 보였을까? 사람들이 여기저기서 아우성치는 가운데 그는 나직이 말했다. "그녀는 나보다 의로운 사람이다!"

그리고 그는 고개를 숙이고 사람들의 틈을 비집고 되돌아갔다.

그러다 반년이 지난 후 다말은 쌍둥이 형제를 낳았다. 이 아이들은 강건한 남자로 자랐다. 그녀는 아랫대로 내려가서는 이스라엘의 두 아들을 없앴지만, 다시 윗대로 올라가서는 그들과 비교할 수 없을 만큼 훌륭한 아들을 두 명이나 낳았다. 처음 나온 아들은 페레쯔였는데 그 아이는 무척 강건한 남자로 장성했고, 대를 잇는 일에도 남다른 능력을 발휘했다. 그의 7대 손이 강건함 자체였던 보아즈였다. 그는 사랑스러운 여인의 남편이었다. 이들은 에프라타에서 번성하였고 베들레헴에서 칭송을 받았다. 이들의 손자가 이새인데, 이 베들레헴 사람은 일곱 아들을 가진 아버지였고,

486

어린양을 치던 막내아들은 갈색 피부에 아름다운 눈을 지 녔다. 그는 아마도 현악기를 연주할 줄도 알았던 것 같다. 또 창을 던질 줄도 알아서 거인을 쓰러뜨리기도 했다. 그리 고 기름부음을 받아 왕이 되었다(다윗을 뜻함—옮긴이).

이 모든 것은 훨씬 훗날의 일로 아직은 멀리 놓여 있으며 더 큰 이야기에 속하는 것이다. 요셉의 이야기는 이 큰 이 야기 중에 삽입된 이야기일 뿐이다. 그러나 이 요셉 이야기 에 바로 여자의 이야기가 삽입된 것이며, 그녀는 어떤 일이 있어도 이 이야기에서 삭제되려 하지 않았다. 오히려 무슨 일이 있어도 그 안으로 들어가려고 했다. 다른 사람들의 눈 에 황당해 보일 정도로 단호한 태도로써 마침내 우리 이야 기 안으로 들어온 그녀가 저기 우뚝 서 있다. 원래 키가 큰 그녀이다. 지금 그녀의 표정은 거의 무서워 보인다. 고향집 의 언덕 기슭에 올라 선 그녀는, 한 손은 배 위에 올려놓고 다른 손으로 눈을 가리며 멀리 경작지를 바라보고 있다. 저 멀리 구름을 뚫고 빛이 솟아나 드넓은 하늘에 환희의 물결 이 일렁이는 게 보인다.

《네번째 이야기 下권으로 이어집니다》

요셉과 그 형제들 5

펴낸날	초판 1쇄 2001년 11월 20일
	초판 3쇄 2024년 2월 5일

지은이	**토마스 만**
옮긴이	**장지연**
펴낸이	**심만수**
펴낸곳	**(주)살림출판사**
출판등록	1989년 11월 1일 제9-210호

주소	**경기도 파주시 광인사길 30**
전화	**031-955-1350** 팩스 **031-624-1356**
홈페이지	http://www.sallimbooks.com
이메일	book@sallimbooks.com

ISBN	978-89-522-0069-3 04850
	978-89-522-0064-0 (세트)

※ 값은 뒤표지에 있습니다.
※ 잘못 만들어진 책은 구입하신 서점에서 바꾸어 드립니다.